地势坤,君子以厚德载物。

都梁 著

浙江教育出版社·杭州

图书在版编目（CIP）数据

大崩溃/都梁著.--杭州：浙江教育出版社，2023.10

ISBN 978-7-5722-6510-5

Ⅰ.①大… Ⅱ.①都… Ⅲ.①长篇小说—中国—当代 Ⅳ.①I247.5

中国国家版本馆 CIP 数据核字（2023）第 170571 号

| 责任编辑 | 赵露丹 | 美术编辑 | 韩 波 |
| --- | --- | --- | --- |
| 责任校对 | 马立改 | 责任印务 | 时小娟 |
| 产品经理 | 王 军 | 特约编辑 | 夏 冰 |

## 大崩溃
DA BENGKUI

都梁 著

| 出版发行 | 浙江教育出版社 |
| --- | --- |
| | （杭州市天目山路 40 号　电话：0571-85170300-80928） |
| 印　　刷 | 河北鹏润印刷有限公司 |
| 开　　本 | 700mm×980mm　1/16 |
| 成品尺寸 | 166mm×235mm |
| 印　　张 | 36.5 |
| 字　　数 | 730000 |
| 版　　次 | 2023 年 10 月第 1 版 |
| 印　　次 | 2023 年 10 月第 1 次印刷 |
| 标准书号 | 978-7-5722-6510-5 |
| 定　　价 | 65.00 元 |

如发现印装质量问题，影响阅读，请与出版社联系调换。

# 目录

| | |
|---|---|
| 引子 —————— 001 | 第八章 —————— 149 |
| 第一章 —————— 010 | 第九章 —————— 171 |
| 第二章 —————— 032 | 第十章 —————— 188 |
| 第三章 —————— 050 | 第十一章 —————— 209 |
| 第四章 —————— 067 | 第十二章 —————— 229 |
| 第五章 —————— 088 | 第十三章 —————— 251 |
| 第六章 —————— 109 | 第十四章 —————— 271 |
| 第七章 —————— 130 | 第十五章 —————— 284 |

| | | | |
|---|---|---|---|
| 第十六章 | 299 | 第二十四章 | 446 |
| 第十七章 | 315 | 第二十五章 | 463 |
| 第十八章 | 340 | 第二十六章 | 480 |
| 第十九章 | 362 | 第二十七章 | 499 |
| 第二十章 | 382 | 第二十八章 | 525 |
| 第二十一章 | 395 | 第二十九章 | 547 |
| 第二十二章 | 413 | 第三十章 | 565 |
| 第二十三章 | 428 | | |

## ·引子·

那场惊天动地的大血战爆发之时,蔡继刚少将正在郑州以东黄泛区的中牟县西堤上,这是国军暂编第15军第27师的防区,身为军事委员会军令部派来的督战官,蔡继刚少将是这天下午赶到的。他带着副官沈光亚匆匆视察了河堤上的防御工事,然后和守军第354团团长李振甫谈了一个多小时话,此时不知不觉已是傍晚时分。

尽管早有心理准备,但蔡继刚仍然没有料到,这场战役的规模竟如此之巨大,交战地域如此之广袤,双方的参战兵力如此之多,其惨烈的程度超过中日战争以来任何一次大会战。

战争结束多年以后,蔡继刚将军还常常在梦中梦到这个春天的夜晚,河南中牟县的黄河岸边,冥冥之中的命运之手选择了这里,作为大战的爆发点。

1944年4月17日晚,席卷近半个中国的豫湘桂大战在此爆发。此后,中日双方为这次大战投入的总兵力达上百万人之众。

那天傍晚,国军第27师的官兵们感到情况很不对劲,因为黄河对岸的日军阵地突然安静下来,平时的喧嚣声变成了死一般的沉寂。

晚上11点左右,第354团第8连连长刘洪民心存疑惑地举起望远镜观察着河对岸,那边日军防区内一片漆黑,没有一丝灯光,河岸边不时传来几声单调的蛙鸣,黄河水静静无语地向东流去。刘连长对这种反常的寂静感到很疑虑,他心中隐隐有一种不祥的预感,便扭头对传令兵说:"日他娘,今天晚上八成要出事,传我命令,固定哨上双岗,游动哨给我增加一倍,密切观察对岸动静。"说完他匆匆向团指挥所走去。

就在这时,黄河对岸突然爆发出强大的轰鸣声,明灿灿、密如蛛网的弹道曲线划过河面上漆黑的夜空,对岸日军的150毫米榴弹炮和100毫米加农炮密集开火,第27师阵地顿时淹没在火光硝烟中,官兵们的残肢断臂被高高抛到半空中,然后化成血肉之雨落下,把活着的人身上搞得一塌糊涂,连马克沁重机枪的水冷筒上都溅满了碎肉块……

10分钟后，日军炮火开始向后延伸，刘连长透过硝烟猛然发现，被炮火映得通红的河面上，突然冒出密密麻麻的汽艇、木船、橡皮艇，甚至还有木排，上面满载着日军步兵。船头的轻机枪吐着火舌，木排上迫击炮在猛烈射击，由上百艘汽艇组成的第一攻击波高速向南岸驶来。国军第27师的官兵们也不含糊，立刻用75毫米野战炮开炮还击，阵地上所有的轻重机枪同时开火，河面上腾起无数条十几米高的水柱，数十艘汽艇和木船顿时被炸翻，燃油泄漏在河面上，燃起冲天大火。船上的日军步兵被国军密集的重机枪火力扫得纷纷中弹落水，幸存的日军士兵抱着被炸烂的木板和其他漂浮物，依然顽强地向南岸游来。

正在第354团指挥所观战的蔡继刚很兴奋，他拍着李振甫团长的肩膀，一再保证要给第354团的弟兄们请功。

蔡继刚的兴奋没持续多久，守军的火力招来了对岸日军更为强大的炮火压制。日军炮兵不时校正弹着点，守军炮位被一个个端掉，重机枪火力点一个个被炸得腾空而起，守军伤亡惨重。

李振甫团长命令几个士兵架起不肯离去的蔡继刚、沈副官，强行将他们撤下阵地，自己转身抄起了重机枪投入战斗。45分钟后，日军第37师团和独立混成旅团三万余人，从东西两个方向抢滩登陆成功，成千上万的日军士兵涌进守军战壕，李振甫团长率领残存守军死战不退，双方短兵相接，展开白刃格斗。半小时后，守军最后一名士兵引爆了一箱炸药，爆炸的冲击波将数十名日军士兵送上了天空……

是役，国军第27师第354团自团长李振甫上校以下1500余名官兵全部殉国。

日军随后迅速包围了中牟县城。守军第27师第355团官兵阵脚大乱，日军第37师团一个联队突入城中与守军展开巷战，守军第355团抵挡不住，便且战且退，弃城而去。

凌晨2点，中牟失守。

此时，在洛阳的国军第一战区司令长官蒋鼎文上将得到了一条极为荒谬的情报："今晚，敌人在中牟渡河，现在只有百余人，正同我军战斗中。"

这位二级陆军上将的命令倒也很干脆，只有六个字："注意警戒河防。"

4月18日，天刚大亮，驻守黄河北岸霸王城的日军炮火突然向国军汉王城阵地铺天盖地倾泻下来，鸿沟一侧的沟沿顿时被轰开一个宽约100米的斜坡。国军第85军的观察哨突然惊骇万分地发现，在霸王城背后，日军刚刚架好的黄河铁桥上，坦克集群的轰鸣声震耳欲聋，日军第3坦克师团300多辆坦克组成的钢铁洪流高速冲上铁桥，浩浩荡荡涌过黄河，随后而来的是如蝗虫一般的数千名日军步兵。

## 引子

上午8点,大批日军坦克在漫天的烟尘中出现在汉王城国军阵地前,这是自中日战争开战以来,日军首次使用大规模装甲集群作战,所产生的威慑效果令中国守军魂飞胆破。由上百辆97式坦克组成的第一攻击波摆开楔形战斗队形蜂拥而上,跟随其后的是200多辆95式坦克组成的第二梯队。当庞大的坦克集群出现在国军阵地前沿时,国军第85军官兵们的战斗意志险些被轰鸣的引擎声和咔咔作响的履带声彻底碾碎……

日本97式坦克于1939年才列装,为日军当时最先进的主战坦克。它的正面装甲厚度为25毫米,这类厚度的前装甲如果拿到欧洲战场上,无异于一层窗户纸,但是放在东方战场上,尤其是面对缺少反坦克炮的中国军队来说,简直就是战无不胜的巨无霸。

一股恐怖的情绪在国军阵地上像瘟疫一样四处弥漫,有些士兵扔掉了武器,蹿出战壕向后逃窜。军官们声嘶力竭地咒骂着,阵地后面督战队的机枪开火了,逃兵们被纷纷打倒……

日军第一辆坦克吼叫着开上斜坡,出现在阵地前沿。国军第85军的战防炮立即开火,一发37毫米钨芯穿甲弹瞬间击穿了坦克的正面装甲,随着剧烈的爆炸声,这辆坦克冒出一股烈焰瘫在那里,紧接着第二辆、第三辆坦克轰鸣着冲上斜坡,也同样被打瘫在阵地前。

三辆燃烧的坦克就像三支冲天火炬摆在国军阵地前沿,第85军官兵们欢呼声四起,炮手们重新装填炮弹,准备继续捕捉目标,但他们马上被随之而来的情景惊得目瞪口呆:日军的上百辆坦克前赴后继冲上斜坡,大地在发动机的轰鸣声和履带的咔咔滚动声中颤抖着,视野中的坦克集群犹如铺天盖地的蝗群蜂拥而来。

黄河北岸日军重炮群又开始了新一轮的火力压制,第85军阵地笼罩在一片硝烟火海中……一个小时后,日军坦克集群在邙山两翼分两股绕过鸿沟,全部冲进汉王城国军阵地,国军有限的战防炮被炸得七零八落,全军万余人竭尽全力与日军血战20多个小时。4月19日,从中牟渡河的日军第37师团分兵向郑州、新郑逼近,威胁第85军侧后方,国军防线终于崩溃了,残余的部队且战且退,向西南山区溃逃。

从两个渡河点突破黄河防线的十几万日军士兵,分两路迅速穿插分割国军的河防部队。4月20日,郑州只抵抗了一天即告失守。此刻仿佛上帝之手突然打开了潘多拉魔盒,巨大的灾难降临在中国军队的头上。两路日本大军向南向西如洪水般涌入豫中平原,前面是由数百辆坦克组成的突击集群狂奔在公路上,两翼的田野上是上万匹战马组成的骑兵部队,在这支令人生畏的突击部队身后,是十几万日军步兵组成的数路纵队，他们浩浩荡荡掩杀而来，来势之凶猛，推进之快速，战力之强大，均为抗战以来所罕见。极目望去，人喊马嘶，战车隆隆，空中的日军机群发出令人心悸的呼啸声，大编队低空掠过广袤的田野，豫中平原上腾起一片土黄色的"浪潮"向西南方向席卷而去。

国军官兵对日军突然采用大规模坦克集群突击的战法大为恐慌，绝大多数将校军官对日军这种新战法闻所未闻，他们从未见过这种惊心动魄的阵势，极度缺乏反坦克武器的国军官兵们，几乎是在以血肉之躯抵挡这群喷烟吐火的钢铁巨兽，由此引起的恐惧效应，使大部分士兵的作战意志濒临崩溃。

1937年6月，留学于德国柏林陆军大学的邱清泉少将为陆军大学参谋补习班的青年校官们讲了一堂别开生面的战术课，给青年军官们留下极为深刻的印象。而在1944年4月的豫中战场上，还有不少当年听过邱清泉讲课的军官，他们现在多数已成为团级指挥官，这些团长此时都不约而同地想起了这种战术的名称，这就是高机动性与火力密切配合的"闪电战术"。

当年邱清泉少将是这样解释的：闪电战就是在空中火力的掩护下，依靠高机动性的装甲集群，对敌方做奇袭式的突破，并从突破口做大纵深贯穿，直至达成战略目标。

20世纪20年代至30年代，苏联、法国和德国几乎同时出现了三个世界级的军事天才，他们分别是苏联元帅图哈切夫斯基，未来的法国总统、法兰西第五共和国的创建者、时任陆军中校的夏尔·戴高乐，以及时任德国摩托化部队总监部参谋长的海因茨·威廉·古德里安上校。这三个在不同国家服役的军人提出的极为超前的军事理论构成了机械化战争理论的基石。

苏联元帅图哈切夫斯基在1928年就提出了大纵深作战思想，并且在此基础上发展出"大纵深战役理论"，首次提出借助坦克群、炮兵、航空兵和空降兵对敌方全战术纵深实施突击的思想。他认为这是组织和实施现代战役的崭新形式，也是达成战争目的的最坚决的战略手段。

古德里安的过人之处是他的战术远见。他设计的作战形式是大量而集中地使用坦克，达成坦克集群的高速进攻，并提出闪电战术的三个要素，即奇袭、快速和集中。古德里安认为这种战术对进攻战役的胜利和整个战争的胜利将起着重要的作用。

法国的夏尔·戴高乐在1932年出版《剑锋》一书，强调机械化部队在现代战争中的作用，在步兵、空军协同下大量集中使用坦克。然而，这部著作在法国未受重视，却受到德国古德里安等人的重视，从而研究发展成闪电战的战术理论。

在西方军事家的眼中，第二次世界大战中的日本陆军在理论上应该属于一支三流军队，由于国力和资源所限，它缺乏进行机械化战争的物质基础，从而也导致了大部分陆军将领狂妄骄横、目光短浅，缺少战略眼光，战术思想陈旧僵化，指挥手段呆板而缺少变化，在作战中惯用平推硬攻的愚蠢战术。

其实，日本是较早在战争中使用坦克集群的国家之一。1939年6月，日本关东军与苏联远东部队在中蒙边境的诺门坎地区实实在在地干了一仗，关东军将领押宝式地舍出老本，动用了日军第1坦克师团。日本本来就是个穷国，这是当时它仅有的一个坦克师团，一直被心肝宝贝似的捂在怀里，在与中国军队进行的几次大型会战中都没舍得使用，这回也豁出去了，整个师团被派上了前线，与苏联远东部队展开了一场大规模坦克会战。

关东军将领们自以为在最合适的地域和最佳时机使出了撒手锏，定能达到一战定乾坤的战略目标，谁知他们的运气不太好，就像是一个小鬼不留神一头撞在了阎王爷的裤裆上，这小鬼注定要倒大霉了。第1坦克师团的对手忽然变成大名鼎鼎的坦克战专家朱可夫将军，论玩坦克战，朱可夫也算是祖师爷一级的人物了，尤其是在亚细亚广阔的大草原上和朱可夫玩坦克会战，关东军将领们实在是脑袋进了水，思维出现短路现象。

这一战打得惊天动地，其结果是日军的大部分坦克都被还原成机械零件，被送回北九州岛的炼钢厂回了炉。

第1坦克师团的惨败极大地震动了东京。此后，日本陆军将领们愚蠢地认定，今后造价昂贵的坦克不宜大规模使用。几个月以后，纳粹德国进攻波兰，古德里安的闪电战术震惊全球，引起各国军方的强烈关注。而在东方战场上，日本陆军将领们对这一最新军事成果却视若无睹，不再感兴趣。在此后的中国战场上，日军再也没有使用过大规模坦克集群作战，这种状况一直持续到1944年4月18日。

应该承认，在中日长达十四年的全面战争最后的阶段，日军将领们脑子突然开了窍，居然想起使用坦克集群作战了，这不能不说是一迟来的聪明之举，虽然是最后的灵光一现，但是在豫中战场上，这支由300多辆坦克组成的突击力量，的确造成了中国军队雪崩式的大溃败。

说到这里，事情还要回过头来看。

1944年年初，中日之间的全面战争已进入第十三个年头，古城开封西边的中牟县位于第一战区的最前线，滔滔黄河水从身边流过，黄河天堑和六年前花园口炸堤后形成的黄泛区是中国军队凭借的天险。自1941年5月中条山之战后，日军与第一战区的中国军队隔河相峙已达三年之久。

单调的对峙局面时间久了，军人们的精神免不了有些松懈，守在最前线的中国士兵与黄河以北的日军相隔只有几百米，没有战事时，彼此隔着工事相望。起初双方的士兵还有劲头操着不同的语言相互叫骂，常有中方的士兵操着河南腔指名道姓要日裕仁天皇的老娘。日本士兵当然也不示弱，曾有一位军曹在众目睽睽之下解开兜裆布，晃着生殖器对中国守军做出猥亵动作，以示羞辱。趁怒火中烧的中国狙击手还没来得及瞄准，这位有露阴癖的日本军曹已经光着腚窜回了工事。

国军第354团的李振甫团长在望远镜里看到这一幕，也气得破口大骂起来，声称有朝一日打过河逮住这小子，非把他那玩意儿剁下来做成"钱儿肉"喂狗不可。

对峙时间久了，双方的士兵也没了骂街的兴致，便开始扯着嗓子吼起各自的民间小调来。这边吼两句《小放牛》，那边来段《拉网小调》，歌声此起彼伏，使双方的士兵都暂时忘记了残酷的战争，好像在参加一场中日青年联欢会。

在黄河南岸中国军队驻守的战壕边上，阵地前的铁丝网成了晾衣架，上面挂满了破烂的军服和绑腿布，像一面面迎风招展的旗帜。中国守军的岸防工事破旧不堪，有的重机枪巢甚至都塌了半边，勉强用木棍支撑着破油布凑合着。战壕内的积土越堆越高，早已达不到150厘米的规定深度了。掩体边架着几支破旧的中正式步枪，一看就是缺乏保养，全然没了钢铁的光泽。值班的士兵们在单人掩体里铺开草席或布单，抽着烟懒洋洋地躺倒晒太阳。

荥阳以北的邙山头位于黄河南岸，却为日军所占。这里黄河河道较窄，原是黄河大铁桥原址，1938年兰封会战结束时，中国军队将黄河铁桥炸毁，配合花园口决堤形成的黄泛区将日军阻隔于黄河以北及开封以东。

1941年10月，日军为配合第二次长沙会战，突然从邙山头对面强渡黄河，配合开封西进的日军攻占郑州，中日军队在此激战一个月，中国军队将日军主力击退，郑州克复。但日军占据了黄河南岸邙山头旁的霸王城，把它当作日后反攻的桥头堡，国军屡攻不下，最后只好改成监围。日军就这样在黄河防线上楔入了一颗钉子，这颗"眼中钉"终将成为中国军队日后之大患。

霸王城对面隔着鸿沟即为汉王城，两千多年前楚汉相争时，楚王项羽和汉王刘邦就在此地对峙。岁月荏苒，两千多年后的今天，中日两国军队也对峙于鸿沟两侧的广武山巅。汉王城由国军第85军防守，双方步哨的最近距离只有几十米。在战事沉寂了两年多之后，汉王城中国守军的懒散程度与东面中牟县守军如出一辙，丝毫没察觉到霸王城的日军对黄河防线构成的潜在重大威胁。

1944年2月，这颗"眼中钉"周围发生了一些显而易见的变化。

驻守汉王城的中国士兵发现，对岸日军经常有小股工兵部队乘着橡皮艇在黄河铁桥残存的桥墩旁活动，似有修筑浮桥之企图。这一情况立即被上报到洛阳国军第一战区司令部。

当时第一战区司令长官蒋鼎文正和司令部的几个幕僚作方城大战，赌兴正浓，他不愿坏了兴头，便漫不经心地对参谋长说："日本人想过河？没那么容易吧，打几炮，别让他们修就是了。"

命令被不折不扣地执行了。

接到命令，军部的野战炮营迅速开了几炮，几条橡皮艇上的日军连人带艇飞上了天，残存的日军士兵纷纷跳进水里，国军阵地上的重机枪手们毫不客气地把这些家伙"点了名"。

日军工兵部队如此这般尝试了三五次，均以失败告终，损失了数十条橡皮艇和百十来号人。令人沮丧的是，日军这一显而易见的战略意图并没有引起第一战区国军将领们的警觉。

日军几次失败后并没有罢手的意思，一个星期后的早晨，中国守军的观察哨突然发现黄河北岸出现一个黑乎乎的庞然大物，上面有两条巨大的悬臂起重机，长长的机身两侧围以厚厚的钢板，脚下两边各装有16个轮子，沿铁轨滑动。最前面是打桩机，桩打好后，悬臂将预制钢架铺在桩上，机身缓缓向前移动，桥梁就一点点向黄河南岸伸延。观察哨不知道这东西是啥，急忙上报团指挥所，团长急忙用炮队镜向对岸观察，亏得这位团长见多识广，他看到这庞然大物不由得一怔，立刻用河南腔喊了起来："日他娘，这是架桥机，小鬼子在架桥，命令炮兵马上给我轰掉，马上开炮！"

第85军的数门野战炮立即开火，几发炮弹打在架桥机的钢板上炸开，爆炸过后在钢甲上留下点点凹痕，庞大的架桥机却毫发无损。这位团长终于明白了，野战炮营装备的火炮是法国造75毫米野战炮，这类火炮对付架桥机上60毫米厚的钢板如同给人家挠痒痒。

该团长正无计可施时，南岸邙山头突然闪出一排耀眼的火光，紧接着传来雷鸣般的巨响，河面上空顷刻间布满了密密麻麻橘红色的弹道，南岸日军的重炮群开始进行火力压制，铺天盖地的炮弹纷纷落下，使国军阵地陷入一片火海……第85军的炮营在5分钟之内损失了半数以上的火炮。

此后的日子里，日军炮火实行值班制，每天只打上两三个小时。只要国军炮兵不还击，双方倒也相安无事。一旦国军炮兵还击，立刻会招来凶狠的报复，一发炮弹往往招来百十发炮弹的回击。严重缺乏弹药的国军显得极为可怜，在日军修桥的一个多月时间里，一个炮兵连只打了二百多发炮弹，犹如守财奴一般抠抠搜搜。按照规定，炮弹打完后一定要把弹壳收好，用大车运到后方点数，与前一次所发的数目相符时才能领到新炮弹。中国在1944年其国力的衰竭，可窥见一斑。

眼下国军炮兵们算是想开了，干脆把火炮藏进山洞里，摆出一副咱们谁也不招谁的姿态，任由日军工兵部队大张旗鼓地修桥。日军工兵们越发得意忘形，他们居然在国军炮火的射程内热火朝天地搞起了劳动竞赛，由一个有着西洋美声基础的中尉，以抒情男高音的音域领唱劳动号子，百十名日本工兵一边整齐有序地铺设着钢板，一边以多声部合唱的形式应和着领唱中尉，国军官兵们被气得七窍生烟。

有个别炮兵实在气不忿，便在晚上悄悄把野战炮从山洞里拉出来，照着桥上的灯光打几炮，再赶紧把火炮藏回去。一个唐山籍的步兵连长这样发着牢骚："这他娘的哪是打仗？明明是欺负人嘛。"

可话又说回来，受欺负也有受欺负的好处，日军炮火送来了大量的钢铁，国军阵地上到处都是散落的弹片。国军士兵们马上就捕捉到了商机，娘的，这分明是给咱弟兄送银子来啦。士兵们趁夜里日军停止炮击时，成群结队打着火把，提着篮子满山寻捡弹片，然后集中起来用骡子驮到广武镇上卖给铁匠铺。

弟兄们有了钱当然得先顾嘴，买肉加菜自不必说，再有余钱就要用在买鞋上了。说来令人懊丧，时间已经到了1944年，战争进行到第十三个年头上，中国军队居然还没有解决士兵的穿鞋问题，别说是地方部队，就连最精锐的中央军，甚至是走出国门的远征军部队也发不起鞋子，下级军官及士兵们一律穿着自己打的草鞋。由此看来，这恐怕是世界上最贫穷的一支军队了，一个美军顾问团的少校曾经疑惑地说，他还没见过世界上哪个国家的军队穷得发不起鞋子。

第85军的前身是中央教导师，属于正儿八经的中央军部队，就算如此也是穷得叮当响，一个排长的军饷只有法币38元，以当时的物价，集市上一碗面条就得3元，38元的军饷还不够买两双好点的草鞋。俗话说，人穷志短，马瘦毛长，可怜堂堂的中央军竟成了捡破烂的叫花子。

在日军工兵修桥的日子里，军令部部长徐永昌接到军统河南站特工人员发自新乡的情报：从北平方向开来大批军用列车，上面满载着坦克、大口径火炮、高射炮以及大批弹药、辎重和油罐汽车，这批装备物资目前正秘密集中于新乡以南的小冀镇。据悉，这批坦克的始发站是内蒙古包头市。

徐永昌心里像明镜似的，看来长期驻守在包头市的日军第3坦克师团也奉命南下了，日军马上要有大动作了。

3月4日，又有情报传来：北平、上海各有两批敌机飞抵汉口。蒋介石判断，日军统帅部有打通平汉线的企图，他指示在河南布防的第一战区司令长官蒋鼎文和副司令长官汤恩伯做好应战准备，国民政府军事委员会军令部据此拟订了作战指导方案并下达给第一战区长官部。

而军令部部长徐永昌对目前的战略态势却有着不同的判断，他认为蒋委员长对日军企图打通平汉路的判断是缺乏说服力的，这次日军主力很可能是"声北击南"，他从大量的情报对比中得出判断，日军有打通粤汉线的战略意图，其目的是为将来从东南亚向中国大陆撤退做准备。因此他提醒第一战区注意豫南信阳一带的防务，切不可掉以轻心。

徐永昌显然对日军的实力和野心做了过于保守的估计，他这一思维必然影响到第一战区在平汉线上的备战部署。

中国军队的高级将领们显然没有意识到，日本军队将要发动的这次进攻，是日本自明治维新以来，日军历史上空前绝后的全面出击作战，其动员规模、物资储备、人员及技术装备的集结，超过了明治时期日俄战争的两倍以上。

中国军队马上要大祸临头了。

· 第一章 ·

在洛阳第一战区司令部的作战室里，司令长官蒋鼎文上将正在主持军事会议，与会的有战区副司令长官汤恩伯以及军长以上将官和参谋人员。

此时的中原战场，中国军队分为两大重兵集团。一是以汤恩伯为首的机动作战部队，下辖4个集团军，总兵力为30万人。汤恩伯集团名义上是军委会直辖兵团，但因配合作战的需要，仍然归一战区司令长官指挥，因此汤恩伯还兼任一战区副司令长官。二是蒋鼎文指挥的一战区主力——河防军，这是由8个集团军、1个兵团共17个军组成的大军，总兵力为40万人，其任务是依托黄河南岸既设河防阵地抗击日军。

1944年4月，中原地区70万中国军队的命运就落在蒋鼎文和汤恩伯这两位位高权重的陆军上将身上。

蒋鼎文是个老资格军人，早年毕业于浙江陆军讲武堂。1924年黄埔军校成立时，他已经是孙中山大元帅府的上校参谋，那时蒋介石还不过是个少将参谋长，军衔只比蒋鼎文高一级，合称孙中山身边的"两蒋"。这"两蒋"恰巧又都来自浙江，操一口宁波官话，所以人们总是错把他俩当成亲戚。那时颇有心计的蒋鼎文，做出了一生中最为正确的决定，他以上校之尊，甘愿屈就黄埔军校第一期学生队的中尉区队长，军衔被降了四级也在所不惜。当年秋天，军校举行野外演习，蒋鼎文任连指挥官，蒋介石和苏联顾问加伦将军[1]亲临现场。加伦将军见蒋鼎文小身板儿挺得笔直，一举一动都透着军人范儿，怎么看怎么顺眼，于是便即席发问了几句，蒋鼎文皆对答如流。事后加伦将军对蒋介石说："此人可重用。"这一字千金的评语非同小可，以加伦国民政府首席军事顾问的身份，

---

[1] 加伦将军，原名为瓦西里·康斯坦丁诺维奇·布柳赫尔，1916年参加布尔什维克党，1917年组织赤卫队，翌年组建红军时任师长，1921年任远东共和国人民革命军总司令，翌年任军长。1924年化名加伦来华到广州，任国民政府首席军事顾问。1927年夏回苏，曾任乌克兰军区司令员助理、远东特别集团军司令员，指挥过1929年中东铁路之战。后任远东军区司令员。1935年被授予元帅军衔，成为苏军最早的五元帅之一。1938年10月以"反苏阴谋"罪名被捕，随后被处决。1956年获平反昭雪。

他说话自然是一言九鼎，从此蒋鼎文官运亨通，成了"黄埔八大金刚"之一。

平心而论，此公即便在内战战场上也没有什么值得称道的战绩，他官场上的政治手腕倒是远远超过其军事才能。此外，这位蒋鼎文上将还有个不太好改的恶习——嗜赌如命，曾经干出过一夜间输光全师官兵三个月薪饷的事，是个一沾赌台就舍生忘死的赌徒。

此时的蒋鼎文双眼布满血丝，不住地打着哈欠——看来他昨天又是豪赌一宿，到现在还没缓过劲来。

蒋鼎文慢吞吞地说："诸位同人，本战区近日形势颇紧，河对岸日本人调动频繁。据情报称，日军似有较大的战略动作。本人已上报军委会及蒋委员长，军委会已派人来我战区商议军事部署问题。"

说到这里，蒋鼎文看了看身边一位中等个子、身材匀称的陆军少将："我给大家介绍一下，这位是军事委员会军令部派来的督战官蔡继刚少将。"

年仅40岁的蔡继刚"咔嚓"一声立正，潇洒地向大家敬了个礼。

蒋鼎文继续说："我们讨论的作战问题，诸位均可同蔡将军磋商，我们第一战区的重大决策，都可由蔡将军直接向军委会上报，获得批准。"

会议室内所有将官的目光一下子都落在了这位少将身上。

蔡继刚不卑不亢地微微欠身："晚生年轻无知，虽粗通军事，也多是纸上谈兵，各位长官长年带兵，身经百战，蔡某岂敢班门弄斧？还望各位长官多多指教！"

众将官面面相觑，都不知这位来自军令部的少将身后有何背景，自然没有人敢多嘴。

蒋鼎文继续说："我们现在的兵力部署大致是：郑州至陕县沿黄河南岸一线，约200公里的河岸上，集中4个集团军。孙蔚如第4集团军驻守郑州；刘茂恩第14集团军驻守洛阳；李家钰第36集团军驻守新安；高树勋第39集团军驻守渑池、陕县地区。"

蒋鼎文说到这里，转向一战区副司令官汤恩伯："恩伯，给大家谈谈你那个方向的兵力部署。"

汤恩伯扫了一眼众将官，面无表情地报出一连串布防数据："王仲廉第31集团军驻郑州以南；何柱国第15集团军及陈大庆第19集团军全部置于平汉路南段西侧；另有贺粹之第12军，刘昌义暂编第15军和豫皖边区的地方部队布防于平汉路南段东侧。我集团兵力的态势和战役决心是：在郑州东边黄泛区中牟，部署前哨守军暂编15军的第27师，其他主力的任务是确保平汉铁路南段之安全。"

这时，一位中将举手要求发言，这是第36集团军司令官李家钰。

蔡继刚因工作关系，早就认识这位中将。李家钰字其相，是川军老资格将领，抗战前就是第47军中将军长了。他1937年9月率第47军出川，一直在太行山与日军作战。1939年李家钰积功升任第36集团军总司令，1940年才调到河南担负黄河防务。因为关系比较好，蔡继刚总是称他为"其相兄"，从来不称呼官职。蔡继刚的字为云鹤，所以李家钰称蔡继刚为"云鹤老弟"。

李家钰忧心忡忡地发言："各位长官，目前日军正在修复黄河铁桥，此举表明日军近来要有大动作，铁桥一旦修复，后果不堪设想。愚以为，与其坐等日军来攻，不如先发制人，立刻派飞机轰炸桥南的邙山阵地，然后派小部队过河突袭日军，掩护我工兵将桥再次炸毁。"

应该说李家钰的这一建议非常可行，颇有现代战争中使用特种部队的出奇效果。

但蒋鼎文不以为然："这类战术动作我看成功的把握不大，对岸日军重兵防守，我小股部队贸然过河，岂不是飞蛾扑火？我战区与日军隔河相峙已达三年，谅日军不敢轻举妄动，我军沿河防线坚固，可称之为三百里血肉长城。因此，目前我战区防线没有必要调整，我军只要固守沿河防线，以不变应万变即可。"

司令长官蒋鼎文这一表态，李家钰马上闭了嘴，几个正准备发言的将领也不再吭声了。

蔡继刚是三天以前到的洛阳，这几天他一分钟也没闲着，仔细研究了蒋鼎文的兵力部署，私下里对他的指挥能力颇感担忧。这位二级陆军上将的脑子似乎不太好使，他缺乏现代化战略思维，打防守永远是线性布防，缺乏战役纵深。他把自己的全部主力都放在黄河沿线的各个据点及平汉铁路南段，而广大后方却无任何机动兵力和战役预备队，这种玩法实在太悬了。当然，如此排兵布阵是根据军令部部长徐永昌的判断而形成的，徐永昌认为日军意在打通粤汉线，而黄河以北日军的种种迹象完全是一种战略佯动。

问题是，徐永昌不是全知全能的上帝，谁能保证他的判断不会出现失误呢？如果黄河以北的日军不是佯动，而是真的打算突破黄河天险，首先从北面发起进攻，那又将如何应对？这种一厢情愿的判断，并以此判断进行兵力部署，一旦日军突破河防快速推进穿插，分割包围国军的主力师团与各城镇点，那么几十万中国军队将陷入灭顶之灾。

想到这里蔡继刚不由得打了个冷战，他忍不住站了起来："各位长官，我能否谈谈自己的看法？"

蒋鼎文客气地说："当然可以，你老弟是军令部派来的督战官，是握着尚方宝剑的人嘛。"

## 第一章

蔡继刚谨慎地发言："我有一个担心，据现有的情报判断，日军这次肯定是要大举进攻了，这一点毫无疑问。关键是它的进攻方向，日军的战略意图是什么？它的兵力部署和作战计划我军究竟了解多少？如果并不了解，仅凭笼统模糊的主观猜测，必将铸成大错。请蒋长官明察！"

蒋鼎文胸有成竹地点点头说："蔡老弟，这些我心里有数，谢谢你的提醒。老弟还有什么建议吗？"

他这话等于封了蔡继刚的嘴，而蔡继刚若是识相些，此刻就该闭嘴了，可偏偏他并不打算结束："还有，我认为刚才李长官的提议很重要，邙山头霸王城是大桥南岸的桥头堡，楔入我军防线已经两年多了，就目前态势而言，它早已不是什么眼中钉肉中刺的问题，而是生长在我军身上的一颗毒瘤，它早晚要化脓溃烂，我军一天不除掉这颗毒瘤，我河防部队就一天寝食难安！"

讲到这里，蔡继刚停顿了一下继续说道："还有，司令长官将战区司令部设在洛阳，我以为十分不妥，此地离火线太近，一旦指挥部被敌人打掉，我数十万大军分布在数百公里地域内，将如何统一协调作战？"

会议室气氛顿时活跃起来，有一半以上将官不住地点头，相互交换着眼色。

蒋鼎文笑了笑，以对待晚辈的口吻道："老弟不必多虑，我半数以上的主力都集中在黄河沿岸，日军想突破我黄河防线怕是没那么容易。退一万步说，即使我防线被突破，但要一口吃掉我几十万人，日军怕是还没长出那么大的嘴。只要我河防部队能与日军绞杀几日，我南线平汉路重兵集团即可北上合围，围歼敌军于豫中平原！蔡老弟还有什么问题？噢，对了，至于指挥部为何设在洛阳，我在此要向诸位解释一下，指挥靠前是我一贯的作战风格，本司令官愿以行动表明，誓与一线将士安危同在，生死与共。"

司令长官这么一解释，在座的众将官自然也就没什么好说的了，连蔡继刚也沉默了。他心里很清楚，自己人微言轻，再多嘴就讨人嫌了，司令长官对自己已经够客气的了。

蒋鼎文威严的目光扫视了一周，又补充一句："现在，我要求各集团军，各军长官把军官眷属及笨重行李、重要文件尽快向后方转移。"

副司令长官汤恩伯发言过后，再也没有开口，他时不时将眼神移向窗外，显得心不在焉。

这时一个参谋将一封密信交给蒋鼎文，信是第40军军长马法五转来的庞炳勋的情报：

"敌人已计划4月中旬发动攻势，望早做准备！"

蒋鼎文阅后皱起眉头，随手将密信交给在座的高级军官们传看，众人看完信后都默不作声。

蔡继刚心说，是不好表态啊，这个庞炳勋于一年前投降了日本人，被汪精卫伪政府任命为暂编第24集团军总司令，成了大汉奸，而这关节他居然转来了重要情报，谁信呢？谁又敢信呢？

去年4月，日军五万余兵力扫荡太行山区，庞炳勋的第24集团军防地豫北林县被日军突破，庞炳勋带领集团军总部向深山转移避战，后在九连窑附近与日军发生遭遇战，总部人员大乱。混乱中庞炳勋和儿子庞庆振以及两名卫士躲进了半山腰上的一个山洞里。

数日后，经早已投降日军的孙殿英从中斡旋，庞炳勋正式投降了日军。庞炳勋的投敌在重庆官场上引起轩然大波，蒋介石极为震怒，一时舆论大哗。庞炳勋本是抗日名将，1938年台儿庄会战时，庞炳勋与张自忠率部在临沂和日军板垣师团血战，解了临沂之围，成了名噪一时的抗日功臣。如今连庞炳勋这样的抗日功臣都投敌当了汉奸，这实在让国民政府下不来台，蒋委员长颜面扫地。

军统负责人戴笠是个现实主义者，他认为，你庞炳勋愿意自毁名声当汉奸，那是你的事，可就算你当了汉奸也没关系，我照样可以把你变成"卧底"，让你这个集团军司令成为我的编外特工，老子连薪饷都省了。戴笠指示军统人员对庞炳勋进行策反，动之以情，晓之以理，并承诺将来对庞投敌之事不予追究，战争结束后一样论功行赏。

对戴笠伸出的橄榄枝，庞炳勋也很高兴，他没想到这一投敌行为不但什么也没失去，集团军司令照当，还弄了个"高级特工"的身份，天下还有这么好的事吗？因此庞炳勋一再表示，自己是"身在曹营心在汉"，他愿意为国立功。事实上，近一年来，他一直和军统河南站保持着秘密联系。

1944年年初，庞炳勋调任伪开封绥靖公署主任。在此期间，庞炳勋的绥靖公署成了重庆国民政府、南京汪精卫伪政府和日本军方三家共享的接待站，三方的官员谁来都接待，衣食住行全包了。庞炳勋认为，只要这三家的官员互不见面，互不相扰，他多花点招待费倒也是小意思。

戴笠经过多方面考察认为，庞炳勋与军统方面的合作还是很有诚意的，他不时发送的一些日伪方面的情报，经核实，这些情报是真实的，也是有价值的。

而蒋鼎文可不像戴笠这么现实，他是个典型的民族主义者，与日本人的仇恨不共戴天，他的思维层次比较单一，认为凡是投降者必是汉奸，是汉奸就不可信任。

于是蒋鼎文说了句很有分量，也很有导向性的话："诸位，有没有人相信这个大汉奸的情报？"

众将官都不吭声，是啊，长官的话说到这份上了，谁敢说自己相信大汉奸，这不是自讨没趣吗？

只有汤恩伯有些迟疑地说："这份情报和军令部的其他情报似乎能对得上号，应该仔细斟酌一下。不过……万一是个圈套呢？"

蒋鼎文接嘴道："是啊，万一这里面有阴谋，责任恐怕还是要由战区长官来负责。汤副司令，你准备为这份情报负责吗？"

汤恩伯摇摇头："不，我负不了这个责。"

这时蔡继刚又忍不住了："二位长官，庞炳勋的情报不可全信，但也不可不信，我认为，我们做好敌人从北面进攻的准备总没有坏处。"

蒋鼎文有些不悦："督战官，你的提醒我注意就是啦。我军部署方案基本不变，各位还有什么要说的？没有了？那就先散会吧。"

散会后，蔡继刚走到司令部院中的花园边，在一排绿篱旁停下脚步。刚刚浇过水的小叶黄杨萌出嫩叶，青翠欲滴，但这并没有给他带来一丝春意，他忧心忡忡地陷入了沉思。

蔡继刚是安徽桐城人，这一年整40岁。他父亲蔡朝云是晚清举人，早年曾留学日本，毕业于早稻田大学，在东京加入同盟会。辛亥革命后任广东督军府参谋、外交督办等职。蔡继刚自幼在家乡读书，1922年考入清华大学化学系，1926年他清华毕业后决定投笔从戎，走富国强兵之路，于是赴美考入弗吉尼亚军校。

1931年"九一八事变"时，蔡继刚早已从军校毕业，正在南美洲亚马孙河流域游历。那段时间他玩得很开心，因为他历经千辛万苦在丛林深处找到了传说中的食人族，还和一位食人族青年交上了朋友。

那个土著青年一开始把蔡继刚当成了猎物，准备先杀死他，然后把他的尸体风干后存起来慢慢享用。两人交手的过程很简单，土著人虽然动作敏捷灵活，但并不擅长格斗，当他举着一支吹管准备向蔡继刚吹出毒刺时，蔡继刚一掌打飞了他的吹管，紧接着土著人的睾丸遭到膝盖的重击，他疼得弯下了腰。蔡继刚一把揪住他的头发，拎着他的脑袋往一棵高大的马黛树上连连撞击。土著人对这种野蛮的打架方式感到很不适应，还没来得及施展拳脚就被撞晕了。土著人醒来后摸着自己满头的紫包大为诧异，他本来以为自己已经很野蛮了，没想到这位长得貌似印第安人[1]的家伙比自己还要野蛮。南美热带雨林中的土著民族大部分都讲究生殖崇拜，他们认为裤裆里那个东西比较神圣，自家人打架时也有约定俗成的规矩，决不照那个地方打，这是延续种族的必要工具，而不是某种攻击性武器。土著人实在想不明白，眼前这家伙怎么能如此不懂规矩，竟毫无顾忌地往生殖器上踢呢？

蔡继刚可管不了那么多，一旦出手就异常凶狠。他心里非常清楚，这些生长在热带丛林中身材矮小的土著居民，打架虽然不怎么样，可玩起独门暗器来个顶个是高手。用吹管发射毒刺那都是小意思，你永远也弄不清他们都有些什么歪门邪道的暗器，他们可以无师自通地从热带植物中提取诸如生物碱之类的剧毒，然后涂抹在暗器上，让人挨上一下就完蛋。蔡继刚从军校毕业后，便在世界各个角落游荡，为的是增长见识，磨炼意志，锻炼自己处理危机的能力，以便将来回去报效国家，而绝不是为了被一个处于蒙昧状态的土著人当成点心吃掉。要是一不留神着了这小子的道，个人丢命是小事，传出去非让人笑掉大牙不可，做鬼都没脸面。

蔡继刚忽然惊喜地发现，这土著人居然略通英语，因为他嘟囔着几句简单的英语："你是个魔鬼，我不和你打……没有人可以和魔鬼打架……"

蔡继刚用英语回答："你才是魔鬼，只有魔鬼才无缘无故夺人性命。"

土著人毫无愧色："我在狩猎，因为我饿了，杀了你我才能吃到饱饭。"

蔡继刚顿时大怒，这他妈的算什么理由？土著人这种实用主义的态度使他感到很不高兴，你凭什么吃老子？老子还想吃你呢。蔡继刚一生气，好久不用的国骂就脱口而出："去你妈的……"可转念一想，这小子听不懂汉语，还是说英语吧。蔡继刚和颜悦色地用英语告诉他："现在你成了我的猎物，我也饿了，准备把你吃掉，你同意吗？"

土著人摊开双手，表情夸张地说："我除了同意，好像没有别的办法。"

蔡继刚被他奇怪的逻辑气乐了："那你能给我个建议吗？你是喜欢被烧烤呢，还是喜欢被煮熟了吃？"

土著人回答："你应该先杀了我，剩下的问题需要自己考虑。"

---

1　黄色人种也称"蒙古人种"，具有下列特征：皮肤略带黄色或浅棕色，头发黑而平顺，颧骨突出，具有蒙古式的上眼皮皱纹。黄色人种有两个支系：亚洲支系和美洲支系。亚洲支系主要分布在亚洲的中部、东部和东北部地区。美洲支系主要指北美和南美大陆原有的居民如印第安人。他们是亚洲支系的人经过楚科奇海和阿拉斯加而迁至美洲定居的。故事中的土著人没有亚洲和中国的概念，他们只见过印第安人，因此把蔡继刚当成了印第安人。

蔡继刚忍不住大笑起来:"如果我不杀你,我能得到什么?"

土著人考虑了一下说:"你可以得到一个奴仆,或者……一个朋友。"

蔡继刚说:"那好,我不杀你,我们做个朋友吧。"

土著人点点头,又提出一个令蔡继刚大为恼怒的建议:"我们可以再找到一个人,合伙杀死他,一起享用他的肉,你可以多吃一些。"

蔡继刚差点儿又用汉语骂起娘来。

他决定给土著人起个名字,于是想起英国小说家笛福的作品《鲁滨孙漂流记》,鲁滨孙流落荒岛28年,在岛上收留了野人星期五。眼前这个一心一意想吃人的土著青年干脆就叫星期五吧。

通过和星期五交谈,蔡继刚得知,几年前有个国籍不详的白人探险家,划着独木舟沿亚马孙河顺流直下,走到这里时船翻了,那个白人刚刚爬上岸就被食人族的弟兄们抓住,本想当晚就杀掉,用于改善生活,可部落首领认为此人太瘦,食用时可能口感不太好,便决定等养肥了再吃。于是,星期五被派去看守这个囚犯,和他一起度过了几个月时光。这个白人教会了星期五一些简单的英语,但星期五没有得到继续深造的机会,那白人最终还是被吃掉了。

那次部落宴会星期五没有参加,他拒绝吃自己老师的肉。

蔡继刚本来想去部落里看看,但星期五拒绝带路,他认为蔡继刚一旦走进部落,一定会被吃掉,他不希望自己的朋友变成美味的食品填饱别人的肚子。星期五帮助蔡继刚在一棵巨大的马黛树上搭了个窝棚,他时常溜出部落给蔡继刚送来一些令人难以下咽的食品。在蔡继刚逗留的十几天内,星期五还教会他不少丛林知识和生存技巧,两人相得很愉快。若不是部落里其他土著发现了两人的秘密,蔡继刚也许还要在窝棚里多住些日子。

在一个雾气蒙蒙的早晨,星期五惊慌地跑来通知蔡继刚,部落里有人发现了他的窝棚,前来抓捕的人马上就到。蔡继刚匆匆告别星期五,以长途奔袭的速度逃离了这片危险的丛林。

几天以后,衣衫褴褛的蔡继刚出现在厄瓜多尔的首都基多市,他住进当地最好的一家旅馆,先洗了个热水澡,然后穿上睡袍坐在露台的躺椅上,一边品尝着哥伦比亚咖啡,一边浏览刚送来的《华盛顿邮报》,这一天是1931年9月20日。蔡继刚在报纸的第4版上发现一条新闻,顿时扔掉咖啡杯蹦了起来。就在两天以前的9月18日,日本关东军袭击了沈阳北大营的中国驻军,张学良的东北军不战自溃,日军兵不血刃占领沈阳和辽宁全境。

蔡继刚顿时气血翻涌,经脉逆行。该发生的事一定会发生,几年来他一直关注着日本军队的动向,尤其是日本关东军。他早就断定,那些桀骜不驯的少壮派军人早晚会整出点事来，这是一群成天拎着脑袋要和别人换命的家伙，他们厌恶和平生活，无时无刻不梦想着在战争中建功立业，报效天皇。如果眼下没有发动战争的借口，他们也要不遗余力地制造出战争借口。这个不安分的大和民族，既然中国不幸与它做了邻居，那么战争是难以避免的。

蔡继刚当即决定回国。他的想法很简单，祖国有了危难，身为军人，他理应血洒疆场，报效国家。回国后，经清华校友介绍，他加入了刚成立不久的财政部税警总团，任上尉连长。

这个税警总团在中国现代建军史上的地位绝对非同小可，它原是1930年宋子文任财政部长时期建立的私人武装，顾名思义应该是一支用于缉私征税的准军事武装，但在宋子文的苦心经营下，居然建成了一支连甲级正规军都无法比拟的精锐部队。它的人才选拔全由宋子文亲自网罗，各任总团长全是美国西点军校毕业生，排以上军官大部分由留美学生担任，另还有一个由八名德国军官组成的顾问团。税警团对士兵的招募要求也很高，文盲一个不要，最起码念过几年私塾。

税警总团的武器装备均由财政部自行采购，全部装备欧美武器，精良程度非一般部队可比。该团还把中国传统教育和美国军校教育方式结合起来，制订出一套与国军其他部队不同的训练操典。蔡继刚在这支部队中一直服役到1937年的淞沪会战。

"九一八事变"后，蒋介石深刻意识到，中日两国之间的全面战争已不可避免。既然战争迟早要爆发，那么国民政府需要做的，就是尽量延缓战争的提前爆发，以赢得时间进行战争准备。在此期间，国民政府建立了国防委员会，并连续颁布了1935～1936年的《防卫计划大纲》，军队建设最重要的就是从1933年开始利用中德军事合作契机，准备组建80个德械师的新式军队，收复东北失地。到了1936年，国防委员会又实行全国整顿，拟订三年内整编120个精锐师的扩军计划。

早在1933年，国民政府鉴于"一·二八事变"的教训，针对日本的侵略意图和日军可能进攻的方向，决定在京沪杭地区构筑规模巨大的国防工事，于浙江境内修筑了两条国防工事，即"乍浦—平湖—嘉善—西塘"防线。此国防工事按照德国军事顾问的意见，由参谋本部城塞组设计，苏浙边区绥靖主任张发奎主持修建。该工事号称"东方马其诺防线"，工程可谓浩大，至全面抗战爆发前，尚未全部完工。

国民政府还派出采购团赴德、法、意、美等国采购最新式的火炮、作战飞机和坦克。

## 第一章

在以后的岁月中，蔡继刚经常发出这样的感叹，若是战争再晚爆发几年，我们的抵抗会更加从容，也更有把握一些。

1937年的"七七事变"是个偶发的事件，当时中日两国都没有做好全面战争的准备，战后所有证据都指出，此事变绝非预谋，因为双方都没有准备军队部署以及事件发展的兵力计划。当时主政北平的中方军政最高长官宋哲元要求部属息事宁人，尽量不要给日军扩大事端的借口，为中国争取更多准备抗战的时间。

此时，南京国民政府正与延安的中共红军进行改编国军的谈判、与西南诸侯进行军队整编安排以及准备抗战的理财、练兵计划，根本顾不上在北平郊区发生的军事冲突。

当时的日本政府，则是受困于全球经济大萧条余波的影响，财政上正焦头烂额，无意对外生事。日军参谋本部，在参谋次官多田骏及作战部长石原莞尔的领导下，正在推动对苏联作战的战略整备，并指示驻华日军减少对中国的军事挑衅。而日军在河北的驻屯军司令官田代皖一郎中将刚刚暴毙，尚未下葬，新任司令官香月清司还没有到任。日本政府与军部并没有决定要对卢沟桥发生的冲突进行直接军事干预。

但是，谁也没有想到，日本的强硬派将校却决定联手利用这个意外事件，对中国平津地区进行一次扩大的控制拓展。他们的目的是，至少要拿下永定河以东的河北地界，将其并入殷汝耕的冀东自治区，若是能一步到位，并吞冀察两省，分裂中国华北，则更为上策。

蒋介石及其麾下的战略家们认为，虽然日本帝国的长远目标是要征服整个中国，但在具体策略上，要采取的是逐步蚕食，而非一口吞下。它的国力、兵力有限，没有能力占领整个中国。而当时的日本军部断定，中国不敢全方位反击日本的侵略，中国军队最强烈的反击，不过是在事发热点上进行局部有限的抵抗。根据过去的经验，中国军队面对日军的一次次进攻，竭尽全力也无法防守，在遭到巨大伤亡之后，中国政府只好被迫签订停火协定，默认既成事实。

蒋介石认为，日本这种逐步蚕食的战略比发动全面战争更为可怕，它就像一头巨兽，每得到一块地方，就会强壮一分，占领区的全部资源都会纳入其总体战体系，最后由量变而产生质变。中国巨人就像被野兽撕咬下一块块肌肉，每失血一次就衰弱一分，终有一天，日本帝国将羽翼丰满，真正强壮起来，用最后一击将中国巨人击倒。

1937年8月初，蔡继刚去拜访父亲的好友、时任军事委员会高级顾问的蒋百里将军。那天蒋百里家高朋满座，来访的都是一些军政要人，其中有第9集团军司令官张治中将军，有军政部政务次长陈诚将军，有刚刚被任命为副参谋总长兼军训部部长的白崇禧将军，还有自己在弗吉尼亚军校的老校友、时任税警总团第4团团长的孙立人上校。还有一些曾留学日本、德国、美国军校的青年校官，其中大部分人蔡继刚都很熟悉。

蔡继刚没想到会遇到这么多大人物，蒋先生家的大客厅里将星闪烁，到处是身穿黄呢军服、武装带上佩中正剑的将军。他感到来得很不是时候，本想和蒋先生寒暄几句就告辞，谁知蒋百里一见到这个晚辈很是高兴，亲热地拉着蔡继刚的手让他坐在自己身边，还问他是否看过自己刚刚发表的军事论著集《国防论》。

蔡继刚谨慎地回答："蒋伯伯，晚辈看了，非常推崇，尤其那句扉页题词很是鼓舞人心：'万语千言，只是告诉大家一句话，中国是有办法的！'"

蒋百里笑道："哦，看来你看得很仔细，说说看！"

蔡继刚说："您对日军作战的主要论点有三：第一，用空间换时间，'胜也罢，负也罢，就是不要和它讲和'；第二，对日本的策略是不畏鲸吞，只怕蚕食，须全面抗战；第三，开战上海，利用地理条件减弱日军攻势，阻日军到第二棱线湖南形成对峙，形成长期战场。"

蒋百里拍拍他的肩膀表示赞许，并顺着他的思路说："中国不是工业国，是农业国。对工业国，占领其关键地区它就只好投降，比如纽约就是半个美国，大阪就是半个日本。但对农业国，即使占领它最重要的沿海地区也不要紧，农业国是松散的，没有要害可抓。所以我的结论是：抗日必须以国民为本，打持久战。"

蔡继刚试探着问："蒋伯伯，晚辈听说蒋委员长准备在石家庄建立指挥行营，由徐永昌出任行营主任，并动员100个步兵师北上，与日军决战于华北。这个传闻属实吗？"

蒋百里微笑着反问道："如果是这样，有什么不妥吗？"

蔡继刚猛地站起身来，脱口而出："此举万万不可！我认为华北决战的方略隐藏着严重的地缘战略危机，假如日军在华北决战中获胜，那么日军的机械化部队就会沿津浦路和平汉路迅速南下，渡过黄河，进入中原，进窥武汉，切断国民政府撤向西南的战略通道，从北向南完成对中国的战略切割，那么我国就会失去进行抵抗的战略纵深，无法与日军进行持久抗战。也就是说，在战略上，中国非败不可！"

蔡继刚急促的嗓音惊动了在场的所有将校，他们都扭过头来注视着这个年轻的中校。老校友孙立人上校还向蔡继刚挤了挤眼睛，以示鼓励。

# 第一章

副参谋总长白崇禧那年44岁，年纪虽不老，却在多年的征战中练就一套老谋深算的处世方式，他沉静地看着蔡继刚说："中校，请继续说下去，如果由你来主持制订战略方案，你准备怎么打？"

事关战略大局，此时的蔡继刚也顾不上谦虚了，他慷慨陈词："我认为当前我军唯一的策略是迅速开辟第二战场，以争取战略主动，控制战略轴线的发展，即使付出最高昂的战略成本也在所不惜。如果我统帅部以京沪杭地区的重大地缘经济政治利益，来吸引日军改变战略决战地点，然后以长江作为我国战略纵深轴线，由东向西节节抵抗，步步后撤，逐渐拉高我国的地理优势，同时也将抗战的战略资源同步移转到长江上游的西南地区。我认为，如能做到这一步，中国就亡不了。"

白崇禧微笑着问："你的意思是，改华北决战为华东决战，先发制人在上海打响，吸引日军主力师团增援淞沪，将战略轴线由南北方向改为东西方向？"

"是这样，我认为非如此不可，否则日军三个月灭亡中国绝非危言耸听。"蔡继刚回答。

孙立人把一杯咖啡递给蔡继刚："云鹤兄，刚才大家正在讨论这个问题，而且是英雄所见略同。蒋先生、张总司令、陈长官和白长官都想到了改变战略轴线的方案，并准备上报蒋委员长批准。"

蒋百里赞许道："贤侄啊，没想到你年纪轻轻，倒是很有战略眼光，能一针见血地提出问题，并且马上想到解决问题的办法，你这样的军官将来前途无量啊。"

"蒋伯伯，您过奖了，其实各位长官早已想到这一点了，我不过是马后炮罢了。"蔡继刚恭敬地回答。

1937年的蒋百里，是中国军界当之无愧的重量级人物。他早年毕业于日本士官学校，后来又留学德国学习军事，回国后曾任保定军校校长、陆军大学代理校长等职，一生桃李满天下。他在三十多年的职业生涯中，先后被赵尔巽、段祺瑞、袁世凯、黎元洪、吴佩孚、孙传芳、唐生智、蒋介石等聘为参谋长或顾问，却从来没有亲自指挥过一次战役，只是充当高级幕僚，颠沛于诸侯之间。准确地说，蒋百里先生是位军事学家，而非军事家，但他的军事学术成就是举世公认的。中国最早关于空军构建的思想，是来自陆军出身的蒋百里。他也是提出对日持久战理论的第一人，被称为中国"现代兵学之父"。

蔡继刚年轻时一贯恃才傲物，看得上眼的人不多，唯独对这位军界老前辈，他始终奉其为终生导师。

1937年8月13日，中国军队先发制人，在上海八字桥打响了淞沪会战的第一枪，一场惊天动地的大血战骤然爆发，中日双方在这场会战中投入的总兵力达到上百万人。

蔡继刚以税警第4团副团长的职务参加了淞沪会战，在孙立人团长率领下，于蕰藻浜一线同日军血战两周。在阻击战中，孙立人身先士卒，负伤13处后撤下战场，蔡继刚接替了第4团的指挥，直到第五天他身上三处负伤后才被抬下战场。

从表面上看，蔡继刚的军旅生涯很完美，军校毕业后从连长干起，直至副团长，在战争中独立指挥团级建制打过恶仗，经历过最惨烈血腥的现代化战争，他的资历似乎无可挑剔。但蔡继刚坏事就坏在嘴上，弗吉尼亚军校的立校精神是诚实与荣誉，蔡继刚一直将此奉为金科玉律。他性格直率，口无遮拦，不愿说违心话，他看不惯军官之间的倾轧和钩心斗角，也难以容忍国军内部的腐败风气。他当营长时，曾经有个军需处长诱劝他经手全营伙食费时"捞一把"，蔡继刚当即翻了脸，毫不客气地向团长孙立人揭发了那位军需处长，使这位仁兄连降三级。

本来税警总团就标新立异，以众多的留学生来管理军事训练和日常生活，这已在传统排外的国情之下显得鹤立鸡群了，再加之留过洋的军官们无视环境如何，相互间开口便是洋文，这更让不懂外文的军官们感到自卑，他们将这些洋派军官视为异类。而蔡继刚的为人更是异类中的异类，因此处处受到排挤。蔡继刚心灰意冷，渐生脱离税警总团的念头。

淞沪会战中，税警总团伤亡惨重。会战结束后，当时的总团长黄杰被第三战区长官顾祝同拉拢，将余部编为第40师，而五千多个伤员就不管了。蔡继刚闻讯，伤未痊愈便赶往第40师师部归建，他实在不愿再回到税警总团了。

孙立人以后就以这五千多个伤员为基础，于1938年重建税警总团，不久便率部参加了武汉会战。1941年年底，这支部队又被改编为新38师，加入远征军战斗序列，归国后编为新1军，成为国军五大王牌之一，此为后话。

淞沪会战历时三个月，最后以惨败告终，还连带着首都南京失守。蔡继刚痛定思痛，得出诸多痛苦的结论。他认为，当时的中国军界虽名将如云，但真正具有大战略思维的将领却属凤毛麟角。将领们缺乏战略眼光倒也罢了，即使在战役预案的制订与战役指挥层面上，也同样缺乏操作性。以淞沪会战为例，国军统帅部的长官们表现得很弱智，淞沪地区水网密布，地势平坦，地域狭窄，属于战略防御的浅近纵深。在既无战场筑垒准备，又缺乏回旋机动余地的作战地幅内，仓促展开70万大军，摆开决战的态势，此举在战略指导上是极其愚蠢的。蔡继刚百思不解，统帅部的长官们在战役布势和兵力运用上，为什么眼光总盯着淞沪这个弹丸之地？假如国军在淞沪地区打响后，趁日军大举增兵登陆，采用交替掩护、节节抵抗后退的方式，把防御纵深拉长到长江三角洲地区，将日军主力引往预设战场，以现成的国防工事为依托进行正面阻击，进行大纵深防御，再灵活运用轻装部队在江南水网地带进行逆袭，这样既拉长了日军的补给线，又避免了日本海军舰炮火力的威胁，而且能使以航空母舰为基地的日军飞机降低作战半径，削弱其作战效能。若真能如此，中国军队在战场上的伤亡就不会如此巨大。

淞沪会战的结局使蔡继刚感到很悲哀，没办法，自己虽早有预见，但由于人微言轻，这场大血战最终还是以失败告终。蔡继刚对这场会战的结论是，在战略上，国军统帅部的将领们天才般地制订出改变战略方向的作战方案，使中国以弱势与守势竟然掌握了战略主动，创造出劣势一方引导战略主动的先例，在战略指导方面策划得近乎完美。

然而，在淞沪会战中，国军统帅部在战役布势及兵力运用方面却极为愚蠢，其作战指导思想无法适应机械化兵团大纵深突击的特点，既未形成纵深梯次配置，又缺乏强大的反突击战役预备队。国军一线兵团紧贴海岸线以单薄的点线防御迎敌，在日军优势的空中火力及舰炮火力的攻击下伤亡惨重。而二线兵团在战术上又无法对前线进行有力支援，只能无所事事地采用逐次增加兵力的"添油战术"，不断将大量后备兵力输送到血肉横飞的作战地幅内，将这些有生力量逐渐碾碎于血肉磨坊中。

万幸的是，日本陆军的将领们也同样愚蠢，他们的战术呆板，缺乏灵活性，只会一味地平推硬攻，自恃火力与兵力的优势，专门攻击国军坚固阵地，采取硬碰硬的打法。如果他们的智商再高一些，以优势的火力和机动能力进行迂回攻击，直接切断国军上海与南京之间的交通线，那么国军在上海的阵地早就被日军分割包围，丧失战斗力。若如此，淞沪会战无论如何坚持不了三个月，中国的70万大军完全有被聚歼的危险。

战争初期，在敌强我弱的情况下，蒋介石采取了以空间换取时间的持久战。综合武器装备、作战技术、将士之士气等诸因素，国民政府军事委员会对日军战斗力的评估是：一个日本士兵可以对抗八个中国士兵。在战争期间，中国军队的兵力部署也基本按照这个比例。这是个极其无奈的选择，弱势的中国军队只能以巨大的牺牲，换取优势一方的日本军队有限的伤亡。这毫无疑问是不等价的交换，但蒋介石仍然希望以中国人多地广的优势，最终将日本消耗至战败。

纵观淞沪会战，中国方面的战略指导是成功的，而战役布势及战役指挥是失败的、愚蠢的。万幸的是，中国军队以正确的战略指导为此后的长期抗战赢得了时间，同时也将东部的工业及战略资源，有序地转移到长江上游的西南地区，为此后的长期抗战打下了物质基础。凭此一点，中国就亡不了。

蔡继刚在中央军系统中因性格问题及非黄埔出身等，一直郁郁不得志，虽然由于不同凡响的学历背景升至上校军衔，但也只是在军一级指挥部当个作战参谋，始终没有带兵权。

1942年年底，军委会军令部需要一名往返各大战区的联络官兼督战官。军令部部长徐永昌认为，此督战官的首选条件，应该由与军内任何派系都不沾边的军官担任，于是蔡继刚理所当然被选中。考虑到经常要和将官们打交道，区区上校何以服众？军令部斟酌再三，上报何应钦特批，破格提升蔡继刚为少将军衔。其实这不过是个礼仪性的虚衔，并无实权。

光阴荏苒，转眼蔡继刚回国参战已近十三年。此时，刚刚参加完第一战区司令部军事会议的蔡继刚心情抑郁，呆呆地望着青翠的绿篱，本能地觉得李家钰的建议是正确的，那个黄河铁桥一旦被日军修通，战役的结局显而易见。到那时，广阔的豫中平原将无险可守，潮水般涌过黄河铁桥的日军坦克集群将在豫中平原上纵横驰骋，如入无人之境……

至于蒋鼎文坚持将司令部设在洛阳的理由，更令蔡继刚哭笑不得。这位陆军上将完全混淆了指挥官与指挥机关的界限，高级指挥官亲临前线，与将高级指挥部设置于前线完全是两回事！

蔡继刚的目光仿佛越过洛阳城，越过黄河，伸向雾气迷蒙的黄河北岸，他心中渐渐升起一种不祥的预感：敌人在调兵遣将，蓄积力量，庞大的战争机器已经发动，随时有可能向中国军队发出致命的一击，而我们什么也不做，几十万大军就这样无所事事地坐等日军的进攻。悲乎！我的中国！

在古今中外的一切战争中，交战双方对战略主动权的争夺是首要问题，哪一方掌握了战略主动权，就能够控制战争的进程，继而取得最后的胜利。

那么在1944年春季的中原战场上，中日交战双方究竟谁掌握着战略主动权呢？答案很清楚：日本。这个经过长年战争消耗、业已气息奄奄的帝国，仍然掌握着战略主动权。

其实日本帝国的日子过得相当糟糕，自1944年始，美军攻占马绍尔群岛，进而轰炸日本联合舰队基地特鲁克和马里亚纳、加罗林群岛。日本军务局长佐藤面见东条英机，提出从马里亚纳和加罗林群岛撤退。这样，日本首相东条英机于1942年宣布的太平洋绝对国防圈就被撕开了一个大口子。

## 第一章

2月26日，美英军队在新几内亚北面的阿德默勒尔蒂群岛登陆，日本南洋派遣军司令部拉包尔完全陷于孤立无援的状态。

3月5日，英国温盖特少将的空降兵团在北缅伊洛瓦底江两岸空降。更致命的是，由于美国潜艇群的出色表现，日本帝国向南洋战区输送兵源补给的海上运输线被严重封锁。以战争的总趋势来看，日本帝国就像是拳击台上一个连遭重击、即将被打倒的拳击手，只需对手盟军方面最后一击就可结束比赛了。

可奇怪的是，这个已经鼻青脸肿的拳击手在倒下之前，却一反常态地向胜利者发出致命一击，然后他惊讶地发现，即将获胜的对手居然被打得轰然倒地，几乎丧失了比赛资格。

现代化战争是国与国之间的总体战，在1944年中日两国的战力比较上，并不是日本军队太强，而是中国军队太弱。弱在哪里？不仅仅是综合国力和武器装备上的悬殊，也是双方高级将领在智力层面上的悬殊。

1944年春，日本派遣军总司令官畑俊六大将，在南京的派遣军司令部召开由各方面军、野战军及师团长以上将领参加的军事会议，制订出一套完整的作战计划，即"一号作战计划"。

其内容是，此次作战将要达到三个战略目的：

第一，在美英海军封锁太平洋航线的情况下，打通一条北起东北，横穿中国大陆，南至越南河内的铁路交通线，从东北到朝鲜半岛与帝国相连，保持帝国与大陆的进出自由。

第二，消灭中国西南地区的中美空军基地，消除其轰炸日本本土的威胁。

第三，消灭重庆军队的主力，特别是蒋介石的中央嫡系部队。

畑俊六大将的战役布势及兵力运用是这样的：第一阶段作战，将打通郑州至信阳之间的铁路线，围歼中国第一战区防区内的重兵集团，尤其是消灭该战区的核心主力，汤恩伯的王牌第13军。

华北方面军冈村宁次大将为此次作战的总指挥。由华北方面军第12军司令官内山英太郎中将率领第37、第62、第110师团，独立混成第7、第9旅团，骑兵第4旅团、坦克第3师团从郑州以东突破黄河防线，向平汉铁路南段沿线发动攻势，一举击溃中国军队，占领并确保平汉铁路南段的畅通。

第11军司令官横山勇中将，以独立步兵第11旅团主力七个大队的兵力，从信阳出发北进，策应华北方面军作战。第13军以一部分兵力从安徽蚌埠地区沿黄泛区南侧前进，策应华北方面军作战。第5航空军司令官山下琢磨中将，以一部分航空兵力量，配合地面部队进攻。此次战役，日军投入总兵力初步定为20万人。

为实施"一号作战计划",日军大本营倾其明治维新以来所有累积的陆军战力和物资,孤注一掷投入此行动。日军大本营决定,中国派遣军在执行"一号作战计划"中,所有的兵力与支援要求都给予最优先的配合。在兵力动员上,日军大本营决定再动员51万部队,优先补足中国派遣军所有的缺额;尽量将原先在中国战区的乙种师团与丙种师团,调升为甲种师团,这样就使得日军甲种师团加上所有补充、特种作战单位之后,其作战兵力已达到3.2万人。此外,日军大本营还抽调日本本土与关东军的部队,进一步支援中国派遣军的一号作战。

日军对于"一号作战计划"的先期后勤准备,周全到几乎难以想象的地步。先是改组中国战场的航空兵团,仅是空军作战的油料,就有半年的储量,而弹药的储量多达两年。

陆军方面则破天荒地派出从未在中国战场上使用过的坦克师团。参战各军的粮弹后勤支援,都有半年以上使用量的准备,并且调集了马匹6.7万匹,运输汽车1.3万辆,运输补给船艇1万艘,还调动了日本全国所有的道路、桥梁工程支援人力与器材,投入战线后方道路的维修。

日军大本营为"一号作战计划"所有的作战需求,上至野战医疗设备,下到士兵军靴的修理,都准备得一应俱全。

箭已在弦上!日军的一号作战,很快将成为中国军队的噩梦。

现在,日军对黄河大铁桥的修复工程显然加快了速度,汉王城国军炮兵的炮火干扰索性成了应付差事的象征性行动,而对面日军的炮火却丝毫没有懈怠,只要国军敢发一炮,立刻就回敬20炮,到后来国军炮兵干脆一言不发,保持沉默了。于是黄河大铁桥在中国守军的注视下,在近三个月的时间里,一点一点向南岸延伸。与此同时,浮桥的铺设也在日军火力的掩护下进展迅速。

4月初,黄河大铁桥终于修通了。

忧心如焚的蔡继刚连连向重庆发报,汇报第一战区的作战计划存在严重偏差,同时申请动用空军,不惜一切代价炸毁新修复的黄河铁桥。

军令部第一厅厅长在电话里训斥着蔡继刚:"我说小蔡呀,第一战区的作战计划是军令部依情报编制下达的,你的任务就是督促各部执行落实,即使有不同意见也不能越权干涉,你这么干是两头不落好,以后不该说的话少说!再说,美国驻重庆武官认为,日军在河南的攻势准备不过是春季演习,日军很快便会退回原防地。怎么,你小蔡比美国盟军的参谋官还高明?"

蔡继刚忍着气说:"厅长,卑职并不认为官阶低就该闭嘴,这是关系到几十万大军生死存亡的大事,卑职明明看到其中潜藏的危机却不说话,其良心何在？现在黄河铁桥的修复是明摆着的事实，日军重型装备云集新乡的情报也确定无误。一旦敌人大量坦克过桥，豫中平原河流稀少，全是旱田，几乎无险可守。我军缺少反坦克武器，后果将不堪设想！我认为，动用轰炸机炸桥是最后的办法。厅长，我们已经没有时间了，总得想想办法呀！"

厅长的口气缓和一些："这个嘛……我倒可以向上面反映一下，不过批不批准我可不敢保证，当然，责任不在你啦。"

挂上电话，蔡继刚颓然瘫倒在沙发上，他悲哀地发现，那些手握重权的将领，脑子好像根本没用在打仗上。

蒋介石、徐永昌、蒋鼎文等人的脑子出了问题，而盟军驻中国战区的参谋长史迪威中将的脑子也没好到哪儿去。

近一个月来，沉寂的中原战场上呈现出越来越多的危机态势，美国第14航空队的侦察机发现，日军在黄河故道曲折处有大批运兵卡车向新乡以南开去，湖北北部的日军车队越过省界，向豫南信阳集中。沿长江有数不清的日军船舶在集结向武汉推进。第14航空队司令陈纳德将军向史迪威发出警告，认为日军在河南的部署是珍珠港事件以来最危险的态势，并建议4月份将驼峰航线的空运量提升至8000吨，立刻派轰炸机沿长江对日军船舶和九江、岳阳一带的交通线进行饱和轰炸。

由于美军机场大部在华南，B-17和B-24轰炸机载弹量和航程有限，难以对豫中战场提供密集支援，陈纳德准备调集飞机进驻汉中、安康一带的川陕机场，试图在日军过黄河之前将黄河铁桥炸毁。但史迪威认为，日军不具备在中国战场大举进攻的能力，陈纳德有些"大惊小怪"。第14航空队的第一任务是保卫成都的B-29轰炸机基地，其他的他让陈纳德"少管闲事"，对陈纳德的建议和行动予以制止。

对于轰炸黄河铁桥的建议，史迪威提出，必须由第一战区提供邙山日军桥头堡的防空火力情报，否则他"不便"派飞机轰炸。令人不解的是，美军B-29飞机轰炸日本本土时却并没有提出这个条件。汉王城的国军驻军也根本拿不出对方的防空情报，事到临头就是想收集也来不及了，于是轰炸黄河铁桥的事就这样不了了之。

邙山桥头堡的日军似乎增加了好几百人，在拼命修筑工事。他们的阵地沿鸿沟在向东延伸，扩大了近两倍，虽然大桥已经修通，双方的炮击也停止了，形势却一天天紧迫起来。

十万火急的军情报告打到洛阳，第一战区长官部的回复仍是千篇一律的措辞："注意警戒监视，不可轻举妄动！"

4月8日是个艳阳高照的日子，一大早，汉王城守军阵地上传来一阵阵铃铛声，几个老百姓牵着牲口向阵地走来。为首的是个三十多岁的汉子，壮实的五短身材，一脸络腮胡子，一双小眼睛不住地左顾右盼。他左耳上夹着一支铅笔，头戴一顶脏兮兮的破毡帽，身穿蓝布长衫，腰围布腰带，还把长衫的前后摆撩起塞在腰带间，显得很精干。另外两个牵驴的都是短衣打扮的精瘦年轻人，黑布裤腿高高挽起至膝盖，一看就是庄稼汉。

一个国军少尉拦住庄稼汉："嗨！往哪儿走呢？知道这是什么地方吗？去去去，离这儿远点儿。"

壮汉摘下帽子朝少尉鞠躬道："老总，俺是西面王村镇铁匠铺掌柜，听说队伍上卖炮弹皮，俺来上门收购，也省得老总们费时费力往集上送。"

少尉上下打量了壮汉一眼，疑惑地说："每次都是我们把炮弹皮送到广武镇李掌柜那儿卖，从来没人上门收购。再说了，也没听说王村镇有铁匠铺呀？"

这时连长急匆匆赶来，查看了两头毛驴的挎篓，没发现什么，他面露喜色地说："这下好了，每次送货还得借后勤处的骡子，闹不好还要为分钱吵架，你是……"

壮汉赶紧又鞠了一躬："老总，俺是王村镇的，铁匠铺刚开张五天，这年头生意难做，唉……俗话说同行是冤家，往后你这儿的炮弹皮俺包下了，俺比广武镇李掌柜每斤多出两毛钱，你看咋样？"

连长心中窃喜，表面却不动声色："河防重地禁止闲杂人员入内，我让你们进来，还担着干系，不能让上面知道。每斤加两毛我犯不上，这样吧，每斤加五毛咱就成交了。怎么样？"

壮汉显得很为难，他咬咬牙，朝地上猛啐一口唾沫："中！加五毛就五毛，这买卖俺做啦！"

连长立刻吩咐一个上等兵带两个年轻伙计去后面战壕搬炮弹皮，同时令少尉在此监秤记数，自己就回连部了。

壮汉笑眯眯地从藤筐里抽出一杆秤，耐心地等待两个伙计将炮弹皮搬来倒在地上，另外两个士兵用扁担将秤和藤筐抬起过数儿，由少尉在小本上记下数目。那壮汉从耳朵上取下铅笔，靠着大青骡也在小本上记着什么。

少尉心中很不高兴，心说有我记数就行了，你还记什么？莫非是不放心，还要跟我对账不成？国军军官都是有些脾气的，他们横行惯了，对老百姓从来不大讲礼貌。少尉冷不防一把抓过壮汉手中的小本，漫不经心地瞟了一眼正要扔掉，谁知这一瞟不打紧，少尉惊出一身冷汗，小本上记的哪是什么数字，居然是国军阵地上的工事炮位标记。

少尉大喝一声："你是奸细！"他一把揪住壮汉的衣领。

那壮汉早有准备，他反手攥住少尉的手腕，熟练使用柔道投技，将少尉隔着大青骡摔了出去，砸在两个毫无防备的过秤士兵身上，壮汉闪电般从怀里抽出手枪连开三枪，随后掀掉青骡背上的藤筐飞身骑上，用枪柄狠命砸在青骡屁股上，大青骡一头冲了出去……

这一切都是在短短十几秒内发生的，阵地上乱作一团，连长从连部里冲出来，大梦初醒地狂呼："日本探子！给我开枪，别让他跑了！"

哪里有人开枪，枪都在掩体边架着，士兵们乱哄哄地跑去抓枪，在狭窄的交通壕里挤作一团。

阵地工事里的机枪哒哒哒地响了，而壮汉已经骑着骡子冲进阵地旁的深沟里。连长气喘吁吁地带着士兵们赶到沟边，朝着跑远的日军探子开枪射击。谁知对面的日军大炮轰然响起，一个密集齐射就把阵地变成一片火海，连长和士兵们连个愣儿都没打，立刻抱头鼠窜，逃回掩体。

这次事件导致一名军官和两名士兵丧生，那两个搬运炮弹皮的年轻伙计被当场抓住，经审问后确系日军雇用的中国农民。连长一肚子怒火无处发泄，连请示都免了，掏出手枪当场就给毙了。

无独有偶，当天下午中牟县西堤守军防地上也出了事，是阵地最东端的几个哨位。

原来三个哨位的哨兵寂寞难耐，他们盘算离吃晚饭时间还早，便离开哨位挤到一个碉堡里，和两个机枪手推起了牌九赌钱。没一会儿，这五个士兵为出牌顺序发生争执，两位弟兄还动起手来，一个机枪手一拳把一个哨兵的鼻子打出了血，其余三个士兵连忙上前拉架。弟兄们正折腾得热闹，碉堡里不知什么时候进来八个全副武装的"国军"士兵。在刺刀的威逼下，五个打牌的士兵被破布塞住嘴巴五花大绑捆了起来。士兵们瞪着惊恐的眼睛，战战兢兢地靠墙根儿站成一排，他们本以为对方会给个战俘待遇，谁知对方毫不留情，瞬间用刺刀将五个士兵钉在了墙上……

这是日军的一支侦察分队，他们的任务就是渗透、侦察、突袭。日军士兵们迅速擦干刺刀上的血迹，走出碉堡。三个人进入哨位扮作哨兵继续放哨，其余人则扮作巡逻队，沿交通壕的边缘大摇大摆向阵地纵深走去，沿途不停记录着守军的炮位、工事、碉堡的位置。

天色渐渐暗了下来，一个炊事兵提着饭篮走进碉堡，见到碉堡里的惨状，他不由得发出瘆人的一声怪叫，回身冲出碉堡朝天鸣枪报警。

"叭！"一声震耳的枪声打破了阵地上的宁静……

炊事兵鸣枪后还没来得及逃走，脑门上就中了一颗子弹，潜伏在哨位上的日军士兵迅速冲进碉堡里埋伏起来。

一个中尉带着一个排的士兵朝枪响的地方奔来，和日军假扮的巡逻队撞个正着。

中尉刚喝了声："口令？"日军特工队就开了火，国军士兵立刻还击，阵地上顿时枪声大作……国军伤亡了几个弟兄。日军特工队交替掩护着撤退，国军中尉一把夺过机枪狂扫，撂倒了跑在后面的两个日军士兵，其余人跑得飞快，越过碉堡朝河滩上跑去。国军士兵们蜂拥而上，突然碉堡里的机枪响了，国军士兵们在猝不及防中被打倒一片，其余人被猛烈的火力压制在地上抬不起头来。

那个中尉还算镇定，他知道碉堡已被日军占领，便带着一个下士翻身跳进交通壕，慢慢接近碉堡的后门。中尉一脚踹开木门，将两颗手榴弹扔了进去。爆炸过后机枪声停了。中尉发现碉堡里只有一个日本兵，此时已被炸得支离破碎，而其余的日本兵早已跑得无影无踪。

这两个事件同时上报到洛阳的第一战区长官部，蒋鼎文终于意识到事情的严重性。这个时候哪怕是个白痴也会明白，日军的进攻已经迫在眉睫！他气急败坏地下令："河防阵地全部戒严，守军进入一级戒备，加固工事，增加粮弹贮备，派出巡逻队日夜不停巡视，严密监视对岸一举一动。"

在一旁的蔡继刚跨前一步说："长官，日军的进攻意向已十分明确，我建议向汉王城和中牟县西堤阵地增派兵力，并且向汉王城阵地两翼急调战防炮部队增援。还有……守中牟西堤的暂15军27师装备差、战斗力弱，我建议从85军抽调一个师加强中牟防务。"

长官部参谋长董英斌也表示赞同："蔡督战官言之有理，现在部署还来得及！"

蒋鼎文不以为然："你们怎么就能断定日军准在这两个地点过河？这极可能是敌人故弄玄虚，我们不可上当！再说了，85军抽一个师到中牟，他们守临汝的任务谁来代替？一个萝卜一个坑，丢了临汝你们俩谁负责？"

蔡继刚急了："长官，这两个地点正好是郑州的左右两翼，如果同时被敌突破，郑州将三面临敌，实在太危险了！郑州一旦失守，马上会变为日军的前进基地，此地又是平汉、陇海两大铁路的交会点，敌军接济极为方便，而我军战况将会变得十分艰难！"

蒋鼎文干脆转过身子，慢条斯理地说："小蔡啊，作战计划是军令部批准的，现已实施到位，怎么能临时变更？我负不起这责任，你小蔡更负不起！"

蔡继刚还要做最后努力，被参谋长董英斌连拉带拽拖到了室外。

董英斌小声劝道："蔡老弟，再坚持就是犯上啦，何必呢？天塌下来有蒋长官撑着，管他呢……哎哟，老弟，你……你这是怎么啦？"

此时蔡继刚的眼泪抑制不住夺眶而出："英斌兄，完啦，全完啦，我们的排兵布阵就好像十个指头按下十个跳蚤，哪个都不敢松开，没有任何防御重点和机动兵力，一旦被敌人突入分割包围，十个指头将挨个被斩断。到那个时候……我们几十万大军将死无葬身之地！"

董英斌叹息着："可我们人微言轻，谁会听我们的呢？"

"上帝啊！求求你，救救我们中国！"蔡继刚泪流满面地祈祷着。

## ·第二章·

凌晨时分发生的一件事让佟满堂陷入疯狂状态，他平生第一次产生了杀人的冲动。他家的母猪"黑妮"惨遭毒手，要不是肇事者麻老五舍弃赃物逃走，他佟满堂今天闹不好就成杀人犯了。

事情是由麻老五的偷窃行为引起的，麻老五是下沟子村一个颇有名气的地痞赖子。下沟子村离岗子村只有两里地，多年来两个村子的村民彼此通婚嫁娶，血缘融合，几乎家家都沾亲带故。仔细说来，麻老五和佟满堂还算是远亲呢，他们从小就在一起玩泥巴掏老鸦窝，很是知根知底。后来大了些，麻老五和佟满堂各自成了下沟子村和岗子村的孩子王，两人的关系才疏远起来，原因很简单，两个孩子王谁也不服谁，都拿自己当老大。

成年后的麻老五越来越不上道儿，他生性懒惰，厌恶农活儿，又没什么本事挣钱糊口，渐渐变成了人人厌恶的二流子，成天游手好闲，偷鸡摸狗。从古到今，这类青年在中国农村都很常见，几乎每个村子都有。

满堂家在岗子村属于佃户，父亲佟春富是个老实庄稼人，靠给东家陈家兴当佃农度日。由于租种的20亩土地是陈家兴的中药园，种植的是各种草药，因此比种庄稼的收入高，佟家的日子在岗子村属于中等水平。

民国三十一年河南大旱，中原一带出现数百万饥民，方圆数百里炊烟绝迹，饿殍遍野，很多地区出现人相食的惨剧。岗子村大部分村民也断了粮，饿死了几十口人，村西头的陈保仓一家七口人全部饿死，没一个活下来。像这样的绝户，岗子村还有几家。若不是大善人陈家兴拿出积蓄到洛阳买粮赈济村民，村里至少会饿死一大半人。作为陈家兴最忠实的佃户，靠着陈家的慷慨施舍，佟满堂家不但没有饿死一个人，还养起了一头猪。说起来，此后发生的一切事都和这头猪有关，完全是这头母猪惹的祸。

这头猪是佟春富去年春天在集市上用两斗玉米换来的，抱回来时只是个刚刚断奶的猪崽子，瘦得像只耗子。因为是母猪，满堂就给它起了个名字，叫"黑妮"。灾年间人都没粮吃，何况是猪，是佟满堂带着铁柱和妹妹翠花靠打猪草，到池塘里捞水葫芦，切碎了喂猪，才含辛茹苦地把它养大，为的是把猪卖掉，给自己娶媳妇。过了农历七月满堂就满19岁了，这个年龄在农村已经不算小了。

如此说来，"黑妮"已经不是一头普通的母猪，它承载着佟满堂一家人对未来的全部希望，就是把它当先人一样供养也不为过。

前几天，佟满堂又一次给"黑妮"过了秤，这货还真争气，体重居然长到一百二十多斤了。照这么侍候着，再有两三个月"黑妮"就能长到150斤以上。到那个时候，它就不再是猪了，它会变成一个俊媳妇，和佟满堂一起过日子啦。想到这里，佟满堂心里乐开了花，浑身上下洋溢着幸福感。

在二里地以外的下沟子村，麻老五也已经等得有些心焦了。他和佟满堂一样，也盼着"黑妮"长大。麻老五的嗜好很多，其中最上瘾的是推牌九赌钱，其实他赌技并不高明，经常是输多赢少，因此落了一屁股债。不用说了，这"黑妮"如果到手，至少能抵销他一部分赌债。

麻老五的作案工具很简单，一柄短把铁锤，半瓶烧酒，一个白面馍，一块蓝花布门帘，其中铁锤是从张家镇张铁匠那儿偷来的，蓝花门帘是从邻村蔡寡妇家随手顺来的。

这天夜里，趁着月黑风高，麻老五终于行动了。他摸到满堂家猪圈前，用蘸了烧酒的白面馍喂"黑妮"，"黑妮"长这么大还没吃过白面馍，即使有些怪味道也不大在乎，于是它连嚼都没嚼就一口吞下。接下来"黑妮"就有些迷迷瞪瞪，它晃晃悠悠走了几步便一头撞在圈上。这时麻老五出手如电，抡圆了铁锤照着"黑妮"脑门上砸去……可怜的"黑妮"还没来得及哼一声就轰然倒下。

麻老五将蓝花门帘的两个角系在"黑妮"的两只前蹄上，然后抓住两只前蹄把"黑妮"背到背上，这样蓝花门帘就像披风一样把"黑妮"从头到脚全部盖住。麻老五心说了，回村还有二里地呢，就算碰上走夜路的，人家也看不清你背的是啥。

可该着麻老五倒霉，这天夜里满堂和铁柱也出了门。因为听村里的佟大宝说，这几天鬼子和国军干了大仗，国军怕是顶不住了，大路上国军的败兵像潮水一样朝西跑，路上丢的东西多了去啦！佟大宝启发性地说，好不容易有点发财的机会，现在不去捡洋落儿那才傻嘞。

满堂当然不想放过发财的机会，他和铁柱天刚擦黑就出去了，哥俩在大路边的灌木丛里蹲了半宿也没找着机会，大路上的败兵太多，都跟放了羊似的，一群一群向西跑。满堂琢磨着，要是这会儿蹲到大路上去捡洋落儿，非他娘的让人家抓了差不可，这帮鳖孙正缺挑夫嘞。

天快亮了，大路上的败兵还没有过完，这哥俩终于等得不耐烦了，便决定回家。这里离岗子村有三里地,在回村的路上,倒霉的麻老五鬼使神差般撞上了满堂兄弟俩。

麻老五这趟活儿并不轻松,他要背着一百二十多斤重的"黑妮"赶两里地夜路,这无疑是件苦差事。路刚走了一半,麻老五就有些力不从心了,他后悔当初没找个帮手,哪怕分走一半猪肉也值了。正这么想着,迎面就遇见满堂兄弟。

满堂模模糊糊见麻老五背着什么东西气喘吁吁地走过来,心里好生纳闷,心说这货咋深更半夜从岗子村方向过来?于是就大声问:"老五,你去哪儿?背着啥?"

麻老五是个盗窃老手,心理素质绝对强过一般人,他面不改色地回答:"哦,是满堂啊,莫事!俺老娘病了,去你们村找陈先生瞧病。"

一听是麻老五的老娘病了,满堂就不能不表示一下关心,好歹两家还是远亲呢。满堂立刻凑了过去:"哎哟,是婶子病了,要紧不要紧?你歇歇,俺帮你背!"

麻老五客气地说:"莫事!莫事!这就到家了,俺娘吃了药刚睡着,莫吵醒她。"

满堂停住脚步:"那也中,往后婶子的病有啥要帮忙的,你给俺捎个话儿。"

麻老五忙不迭地道谢,准备开溜。谁知这时"黑妮"从昏迷中醒来,发出一种怪异的哼哼声,麻老五的冷汗一下子顺着脑门流下来,但他毕竟是老手,早就练就了处变不惊的本事。他扭头柔声安慰着:"娘啊,俺知道你难受,忍着点儿,这就到家啦!"

佟满堂这才感到哪儿不对劲,老五他娘的声音咋这么熟悉?不像是老太太的呻吟,倒有点像壮汉打呼噜的声音。

铁柱的脑子转得比满堂快,他早看出麻老五有鬼,冷不防一把掀开麻老五背上的蓝花门帘,"黑妮"那硕大的猪头立刻露了出来……

麻老五见势不好,一把甩掉"黑妮",一转眼就消失得无影无踪。

接下来的事就很简单了,怒不可遏的满堂兄弟拎着柴刀杀进下沟子村,准备劈了麻老五这鳖孙。谁知麻老五根本就没回家,听邻居说,他半个月前就把老娘送到亲戚家去了,至于他亲戚家在哪里,下沟子村无人知晓。

天亮时分,可怜的"黑妮"终于咽下最后一口气,它的颅骨几乎被铁锤打碎,能活到天亮已经是奇迹了。佟满堂一家人都哭成了泪人,在这可怕的大灾年里,"黑妮"的离去使满堂一家人的希望全部破灭。

1942年夏到1943年春,河南大旱,全省夏秋两季庄稼大部分绝收。谁知祸不单行,大旱过后又遇蝗灾,数十亿计的蝗虫如龙卷风般席卷大地。蝗群遮天蔽日,呼啸而来,啃光了地面上的一切植物,全省受灾民众达500万之众,占全省人口的百分之二十。

中原大地饿殍遍野，赤地千里，河南的部分地区人口锐减，已达到十室九空的程度。经国民政府有关部门私下统计，这场大灾难使河南省饿死了300万人之多。

河南受灾后的惨状，自然引起大后方新闻媒体的极大关注，除了《中央日报》之类的官方报刊，重庆几乎所有的民间报刊记者，包括驻渝外国记者，都蜂拥而至，赶赴灾区，一时关于灾区惨状的新闻报道铺天盖地，国内舆论大哗。

对于河南灾区的新闻报道，蒋介石和国民政府的大员们一开始并不重视，战争期间，大人物要操心的事太多，中国这么大，某个地区遭灾饿死一些人，这都是很正常的事。

照理说，像这样巨大的天灾，政府理所当然应承担起调集粮食进行赈灾的责任，但国民政府也有自己的难处，长达六年的战争消耗，已经使积贫积弱的中国经济濒临崩溃边缘，其综合国力的衰竭也到了临界点。当时的河南为中日战争的主战场，中日两军的重兵集团隔黄河对峙，在河南境内，三面临敌的中国驻军达几十万人，其交通运输极为困难，唯一可以依靠的战略通道，就是西面的陕西省。而陕西省自古就是个缺粮的贫瘠省份，在粮食问题上自顾不暇，岂有余粮支援河南的几十万驻军和数千万庞大人口？

算来算去，河南的军粮也只能在河南就地解决。战争时期，军人不能饿肚子。至于老百姓，只好委屈一下了。这一年，中央政府给河南省的征粮指标一点没减少，这对赤地千里、嗷嗷待哺的灾区民众来说，无疑更是雪上加霜。

当时的美国驻华外交官约翰·谢伟思在给美国政府的报告中写道：河南灾民最大的负担是不断增加的实物税和征收军粮，全部所征粮税占农民总收获的30%～50%，其中还包括地方政府的征税，通过省政府征收的全国性的实物土地税，还有形形色色、无法估计的军事方面的需求。

一些政府军高级军官把部队的余粮高价卖给灾民，大发横财。来自西安、郑州的奸商，地方政府的小官吏、低级军官，一些仍然囤积粮食的地主，拼命以罪恶的低价收买土地。

1943年2月1日，重庆《大公报》刊发记者张高峰的报道《豫灾实录》，披露了灾区哀鸿遍野、饥民相食的惨状。2日，《大公报》刊发主笔王芸生先生根据这篇实录激情写作的新闻述评《看重庆，念中原》。一石激起千重浪，大后方民众舆论鼎沸，悲愤莫名。当晚，国民党新闻检查所派人送来国民政府军事委员会的通知，勒令《大公报》停刊三天，以示惩戒。

这真是一件很无奈的事，蒋委员长和国民政府的大员们有着超稳定的心理素质,任你舆论闹翻了天,人家就是打死也不作为,看你有什么办法。

对于政府的不作为,中国的报人们闹腾一阵子也只好无奈地闭了嘴,可洋人们不大了解中国政治,他们对中国政府的态度感到不可思议。

美国《时代周刊》的记者白修德就是这样一个"轴人[1]"。

这位白修德先生是美国著名汉学家费正清在哈佛大学的第一位弟子。大学毕业后,他带着费正清的推荐信,于1939年来到重庆,任《时代周刊》驻重庆特派记者。白修德是继斯诺之后,又一位与中国关系密切、有着重要影响的美国记者。

1943年2月,白修德从重庆飞抵宝鸡,又乘火车走陇海线到西安,经潼关进入河南洛阳,在美国传教士梅根神父的带领下进行采访。他在后来的回忆录中这样描述他当时看到的情景:"我们所看到的,我现在已不敢信以为真——但是我的那些乱七八糟的笔记上记载下来的东西却让我相信。首先是尸体,第一次见到是在离开洛阳后不足一小时的地方,躺在雪堆里,死去一两天的一具尸体。她的脸已经萎缩,可以看见头盖骨。她一定还很年轻。大雪覆盖着她的眼睛。直到小鸟和狗来吃光她身上的肉,也不会有人来掩埋她。沿途的狗在恢复狼的野性,一条条吃得油光光的。我停下来拍摄了一条狗从沙堆里扒尸体的照片。还没有调整好相机,狗已把一个脑袋上的肉吃得精光。有半数的村子都废弃了……"

这次灾区之行使白修德先生受到极大刺激,中国官员们习以为常的事,在白修德看来简直不可容忍,这不能不让我们承认,东西方的价值观是存在极大差异的。

白修德回到重庆后,在写给一位朋友的信中说:"自从回来后我的精神便有了病——神经紧张、压抑、难受。那些事情至今我也难以相信,哪怕战争结束后我也不能原原本本告诉别人。军队强行从农民那里抢走粮食;饥民卖掉孩子来交税;路上到处都是尸体;我看到狗从土里扒出尸体;狗群撕开铁路上死去的饥民。省政府在当地军队的威胁下,试图封锁消息,不让任何人走漏风声。重庆政府根本没派人到灾区的中心郑州进行独立的实地调查。中央政府为河南提供的赈灾资金是两亿元。我试图了解其下落——实际上它们根本没有到达灾民手中。"

应该说,白修德的采访稿件是很犯忌的,因为重庆政府的新闻检查制度相当严格。按规定,当时从中国各省发往海外的所有文章,都要先传到重庆,经

---

[1] 轴人:北方民间土语,指固执的人,爱钻牛角尖的人。

新闻检查机构审查后方可发出。但让白修德感到惊喜的是，洛阳电报局不知出了什么问题，这篇稿件居然绕过了重庆，从洛阳经成都的商业无线电系统直接发到了纽约《时代周刊》总部。

这篇来自河南的灾荒真相报道在《时代周刊》上发表了，时间是1943年3月22日。这件事惹恼了蒋夫人宋美龄，因为仅仅就在21天前的3月1日，宋美龄成为《时代周刊》封面人物，这无疑是个莫大的讽刺。蒋夫人这年2月刚刚在美国风光了一回，她在美国参众两院发表支持中国抗战的精彩演讲，她的魅力一时间几乎征服了整个美国。正在这节骨眼上，白修德的文章极大地败坏了蒋氏夫妇的国际形象，这不是毁人吗？

蒋夫人看到报道后大怒，她气急败坏地给《时代周刊》老板卢斯写信，要求卢斯解雇白修德，但卢斯拒绝了她的要求。

事后白修德分析，如果不是审查系统出了问题，就是那位电报员受良心驱使，希望世界能够了解真相，哪怕这样做事后可能会受到迫害。

白修德回到重庆就像鬼魂附了体，他发了疯似的去找所有能找到的人反映情况，他找了宋庆龄、孔祥熙、何应钦等人。在与何应钦面谈时，两人还大吵起来，何应钦不承认军队抢了从外省运去的赈灾粮食，认为这是共产党制造的谣言。白修德坚持说他和被抢的农民谈过话，将军们的汇报都是假的。

两人就此闹得不欢而散。

最后白修德终于见到了蒋介石。他在一封信中，以极不恭的口吻描述了他与蒋介石的会面："这个老家伙给我20分钟时间。他像通常一样，面无表情，冷冰冰的，坐在昏暗房间里的大椅子上一直一声不吭，只是表示同意或不同意。开始，他不相信我所报道的狗从土里扒出尸体的事情。于是，我就拿出福尔曼拍摄的照片给他看。接着，我告诉他，军队抢走老百姓的粮食，这个老家伙说这不可能。我说真的是这样。他便开始相信我，动笔记下我们旅程的时间、地点。他把这些记在他自己的小本子上。好了，所有这一切都意味着那些发赈灾财的人该倒霉了。他们大多数是CC系和财政部的人。委员长对那些贪污犯，只要让他知道，那就只有一个简单的惩治办法——把他们枪毙。"

就这样，一场迟到而无奈的赈灾行动才开始实施。

不过蒋委员长的赈灾行为着实令人费解：他一方面心急火燎地召开"前方军粮会议"，决定将河南省的总征粮数减为250万石，由国库拨款两亿元用于河南赈灾，同时命令征用所有的交通工具，火速将陕西的贮粮运往河南；另一方面，这位蒋委员长又同时强调今年河南省的军粮征收不能减免。

蒋委员长的这一举动使日后的历史学家们感到一头雾水，一边是火急火燎的"赈灾",一边是不由分说的"纳粮",这两件南辕北辙的事居然搅到了一起。

有人这样分析,蒋委员长"赈灾"是假,"征粮"是真,三面临敌的河南驻军不可一日无粮,老先生从战略角度考虑,无奈地采取了舍民保军的残酷政策。

白修德写完那篇灾情报道后,又采访了一位中国军官,当他义愤填膺地指责国民政府横征暴敛造成的惨剧时,这位军官却振振有词:"老百姓死了,土地还是中国人的,可当兵的饿死了,日本人就会接管这个国家。"

这话应该很对蒋委员长的心思,他嘴上不说,心里却很希望老百姓应有这种觉悟,宁可饿死也绝不当亡国奴!

可问题是,奄奄一息的数百万河南灾民,此刻他们该如何选择?是宁肯饿死当中国鬼呢,还是当有饭吃的亡国奴?

这真是一个天大的悖论!似乎没有人能回答这个问题。

若干年后,白修德对中国民众做出这样的评价:"他们是创造了世界上最伟大文化之一的民族的后代,即使是文盲,也都在珍视传统节日和伦常礼仪的文化背景中接受熏陶和成长。这种文化把社会秩序看得高于一切,如果他们不能从自己这里获得秩序,就会接受不论什么人提供的秩序。如果我是一个河南农民,我也会被迫像他们一年后所做的那样,站在日本人一边并且帮助日本人对付他们自己的中国军队。我也会像他们在1948年所做的那样,站在不断获胜的共产党一边。"

两辆美制军用敞篷吉普车在叶县通往洛阳的公路上艰难地爬行着。这段公路由于年久失修已变得凹凸不平,再加上日军的空袭,使原本已经很糟糕的路面上布满了大小不等的弹坑,车子颠簸得很厉害,第一战区副司令长官汤恩伯上将和幕僚、卫士们被颠得七荤八素。汤恩伯的帽子歪斜着,落满了灰尘的黄呢军服敞着领口,满脸的汗水混合着灰尘在他的圆脸上留下一条条污痕。

汤恩伯的心情很恶劣。大战爆发的第一天,国军重兵防守的黄河防线就被撕开了两个巨大的口子,日军三面包围郑州,只在城西方向留出通道。日军的战略意图十分明确:与其在攻城上多耗时间,不如迅速夺取交通枢纽,主力尽快南下控制平汉铁路。至于郑州的中国守军,日军干脆放开一条通道,使其主动撤退,避免守军做困兽之斗,增加日军攻城部队的伤亡。

据中美空军混合团的侦察机飞行员报告,日军另有一股强大的兵力正向西南方向涌动。这一态势使蒋鼎文心里一惊,此时他就算再傻也看出了日军的路数,那是日军统帅畑俊六大将朝思暮想的心病:在豫中围歼汤恩伯集团的精锐主力——石觉的第13军。

蒋鼎文为此惊得张皇失措，他知道第13军是汤恩伯的心肝宝贝，绝不能有任何闪失，于是急令汤恩伯火速赶到洛阳召开军事会议。这就是蒋鼎文的愚蠢之处，都到了火烧眉毛的时候了，他还要正儿八经地召开军事会议进行讨论。

汤恩伯为了赶时间便轻车简从，只带了副官、参谋及四个卫士就匆匆上路了。

汤恩伯本不是等闲之辈，他是蒋委员长的同乡，早年毕业于浙江讲武学堂，后来就读于日本陆军士官学校第十八期炮兵科。回国后先任孙传芳部少校，后任国民革命军总司令部参谋、黄埔六期军训区队长，1932年任国民革命军第13军军长。

汤恩伯的威望随着第13军的赫赫战功渐渐声名鹊起。1937年卢沟桥事变后，汤恩伯率第13军在南口居庸关一带和日军血战14天，直到张家口被突破，才不得不下令突围。

在1938年台儿庄会战中，汤恩伯才真正显露杰出的指挥才能，他率领第20军团猛攻枣庄、峄县。日军以一个旅团进援台儿庄，汤恩伯一个反手将日军第10师团圈入包围圈内，第20军团的骑兵团随即沿台枣公路展开攻击，上千名手持马刀的轻骑兵组成数道凶猛的攻击波，在日军猛烈的火力下前仆后继，连续攻击，一波未平，一波又起，楔入日军防线纵深达四公里，数百名日军士兵横尸骑兵团刀下……

一个随军的日本《朝日新闻》记者亲眼看见了这场惨烈的搏杀，他是这样报道的："凶猛的中国骑兵展开战斗队形，旋风般冲进我们的防御阵地，随着战马冲击速度的加快，他们手中令人生畏的马刀犹如割草机，霎时造成我军血流成河的景象，即使是中世纪马木留克[1]骑兵再现，也不过如此了，我们一些步兵的神经系统处于崩溃状态……"

台儿庄大捷是抗战初期的传奇故事，汤恩伯军团和下属第13军功不可没。1939年随枣会战，汤恩伯军团纵横襄东平原，收复唐河、桐柏、枣阳、随县，其主力第13军成为中国陆军的明星部队。在当年的冬季攻势中，第13军奉命进击日军第3师团，大获全胜，成为冬季攻势中最辉煌的一役。1942年2月豫南会战，第13军与日军激战于舞阳，再度重创日军。

---

1　马木留克：中世纪服务于阿拉伯哈里发的奴隶兵，主要效命于埃及的阿尤布王朝，是由希腊的色雷斯、马其顿，高加索的亚美尼亚、阿塞拜疆等地方的人组成的奴隶兵团。马木留克骑兵都是不到六岁时，就从他们的故乡被购买或者拐骗而来，这些男孩经过筛选后一律被阉割，然后投入冷酷无情的军事训练，主要学习的课程是马术和格斗，被训练为没有家庭、没有亲情，甚至没有肉欲的战争机器。他们骑术精湛，擅长使用弯刀进行攻击，凶悍异常，曾称雄欧亚大陆300年之久，最后在埃及金字塔战役中败于拿破仑之手。

日本华北方面军的高级将领们对汤恩伯这个老对手恨之入骨,以汤恩伯部为天字第一号大敌,汤恩伯遂成为国军中少数为日军所畏惧的将领之一。

1940年,汤恩伯兼任鲁苏豫皖四省边区总司令与边区党政军分会主任,这是当时的一个流行做法,将战区中的党政军大权集于军事长官之手。不过,汤恩伯的主政之才却不敢恭维,1942年豫南大灾,汤恩伯不事赈灾、救民于水火,反而大肆扩军,为了维持军费,居然在重灾之区大肆征敛,河南省征起了著名的"汤粮"。汤恩伯部的大肆扩充,只要数量,不求质量,因此大批散兵游勇、土匪流寇被招入其中,他的部队一度发展至四个集团军,共计30万人。部队素质良莠不齐,所需军费大半靠河南一省支持,致使河南四害"水旱蝗汤"之谣不胫而走。这便为此次的豫中大溃败种下了不可逆转的苦果、恶果。

中午,汤恩伯一行穿过伊川县城,两辆吉普车颠簸着向北开过一个小村子,只见村口一间土坯房的墙上用石灰写着"岗子"两个字,已被雨水冲刷得斑驳模糊,几乎辨认不出。村中道路冷冷清清,两个村民慌慌张张跑回家,将院门紧闭。更多的院门缝隙后面是一双双惊恐的眼睛,注视着两辆汽车穿村而过。

村子北口有一棵巨大的古槐树,汤恩伯无意中看了一眼,他发现这棵古树的树皮已被饥民们剥得精光,早已死去,狰狞的枯枝冷冷地伸向灰色的天空,一群乌鸦被汽车的轰鸣声惊起,发出一阵阵鼓噪。

汤恩伯看了看手表,已经是12时30分,他觉得有些饿了,于是吩咐停车,吃一点东西再走。

副官从后面的警卫车上搬来食物箱,在村北口的打谷场上铺开一块军用雨布,打开折叠椅,请汤恩伯坐下,然后开始分配食物。

卫士们每人分到一个野战饭盒,这是美军标准野战口粮,里面有涂好黄油的面包片、午餐肉、果酱和色拉调料等,还夹有两支"骆驼"牌香烟和三根火柴,饭后还可抽上几口。

汤恩伯和几个军官吃得要好一些,他们的午餐是美军C类战斗口粮,这是一种使用工业化生产包装的战斗口粮,以中国军人的眼光看,这种食品简直太奢侈了。每份口粮重三千克,有六个小铁皮罐头和一个附件包,其中三个罐头是肉类、蔬菜、通心粉、腊肉、鸡蛋,称为M成分。另外三个罐头是主食类,有饼干、混合压缩麦片、糖衣花生仁或葡萄干、速溶咖啡、速溶柠檬粉或橙粉、水果糖、果酱、可可饮料粉和褐色牛奶糖,称为B成分。附件包里有九支香烟、净化水药片、火柴、卫生纸、口香糖和开罐头器。这六个罐头组成一天的口粮。在多数情况下,美军的C类战斗口粮为冷餐,但也可加热食用。

这种专门设计的野战食品都兼顾了营养、热量和口味,体现了美国强大的综合国力和工业化程度,属于《租借法案》物资中的一部分,在盟国军队中很普及,每个士兵都可以享用。

1941年以后,中国战区也分到少量的《租借法案》物资,但由于数量太少,只能优先供应驻印军和远征军,像这种C类战斗口粮也只有汤恩伯这个级别的高级将领才能够享用。

汤恩伯的胃不太好,平时几乎不能吃凉食品,但今天也只好凑合一下,在兵荒马乱的路途中,能有这种食物已经很奢侈了。

饭刚吃了一半,军人们就发现情况有些不对,不知何时,周围出现一些围观的庄稼汉。一开始他们并不在意,这种情况以前也有,乡下农民没见过世面,部队休息吃饭也时有围观者。但不一会儿工夫,围观的庄稼汉已达到数百人,更严重的是,他们手里拎着锄头、扁担、柴刀等五花八门的家伙,已经把军人们严严实实地围在中间,庄稼汉们都沉默地盯着用餐的军人们。

满堂和铁柱手执菜刀站在人群的最前边。

一个少校参谋站了起来,他根本没把这些农民放在眼里,右手习惯性地扶着腰间的枪套,厉声喝道:"你们是什么人?想干什么?"

满堂向前跨了一步,蛮横地回答:"没啥事,车子和身上的家伙留下,你们走人!"

少校参谋大怒,他感到匪夷所思,这些农民简直是疯了,居然打劫到堂堂国军头上,想找死啊!他冷笑道:"小子,知道车上坐的是什么人吗?"

满堂一脸不屑:"俺管你是啥屌人,咋这么多废话?"

铁柱上前一步:"就是蒋委员长从这儿过,也要把家伙留下。"

"小兔崽子,简直没王法啦,想造反呀?卫兵!"气急败坏的参谋骂骂咧咧地想掏枪。

庄稼汉们哪还容得他掏出枪来,五六把粪叉立刻顶在少校的喉咙上,少校的脸色变得惨白,摸枪的手在不停地抖动着,几个卫兵刚刚举起冲锋枪,还没来得及开保险,枪已经到了人家手里。

汤恩伯刚要说话,忽然觉得脖子上凉飕飕的,原来满堂已经把菜刀架在他脖子上了。汤恩伯斜眼瞟了一下,发现这菜刀是刚刚磨过的,如剃刀一般锋利,他只要稍稍动一下,就很可能被割断颈动脉。汤恩伯无法想象,一个身经百战的陆军上将会稀里糊涂死在几个傻乎乎的庄稼汉手里,这事要是传出去,非让畑俊六、冈村宁次等日军将领们笑掉大牙不可,他们做梦都想干掉汤恩伯,这下可省事了,还没等日本人动手,汤恩伯上将就被几个中国农民给宰杀了,这事儿想想都窝囊。

汤恩伯再看看自己部下，发现他们的处境也没好到哪儿去，每个人后脊梁上都顶着几杆梭镖，脖子上架着菜刀，头顶上是斧子。如果此刻贸然开枪，也许能打倒几个，但军人们转眼就会变成肉酱。

见此情景，汤恩伯算是彻底丧失斗志了，他把手一挥，泄气地说："都放下枪吧，有事好商量！"

军人们顺从地交出了武器，汤恩伯很不情愿地把自己那支名贵的象牙柄左轮手枪交给了满堂，这是一个美军准将送给他的礼物。

少校参谋这时换了一副面孔，他点头哈腰地和领头的满堂商量："我说好汉，我们有重要的军事会议，得马上走，您看是不是这样，这汽车和车上的东西您可以留下，只给我们留几条枪即可，现在正打仗，路上不太平啊。"

满堂不耐烦了，张嘴便骂："我日你个娘，快点滚！再废话爷爷我连你身上的衣服都扒了，让你光着腚上路，你狗日的信不信？"

汤恩伯气得七窍生烟，但又不敢发作，他铁青着脸对少校参谋说："没有时间和他们纠缠了，军务紧急，我们赶快抽身走人！"

少校参谋低声骂道："娘的，遇上汉奸了，山不转水转，咱们走着瞧！"

他话音未落，后背就结结实实挨了一扁担。铁柱凶狠地再次举起扁担："你个狗日的骂谁？"

汤恩伯烦躁地训斥着少校参谋："你就少说两句，我们走。"

少校参谋不吭声了，军人们就这样两手空空狼狈地离去。

这一天对岗子村的村民们来说，简直是个狂欢的节日。

岗子村大街上人头攒动，男女老少都涌出各自家门，观看满堂、铁柱领头打劫来的战利品。半大的孩子们爬上汽车按着喇叭，抱着方向盘，嘴里"轰轰轰"地学着发动机的轰鸣声。女人纳着鞋底子叽叽喳喳议论着，老人们则摇头叹息，悄悄退回自家院门。

佟满堂和铁柱正忙着清点战利品，东西虽不算多，但看着还值些钱。除了两辆吉普车无法估价，那几支手枪、冲锋枪都各有各的价，附近专门有枪贩子来收购，他们信誉不错，一向是用"袁大头"支付，其中手枪收购价5元，步枪10元，轻机枪、冲锋枪15元。

铁柱掰着指头算了算，仅枪支一项今天就能换回百十块"袁大头"。还有两箱C类战斗口粮，上面印着不少洋字码，谁也看不懂是什么，满堂和铁柱还没来得及下手，这些食品就被村里的老少爷们当场瓜分了。大家都饿疯了，各种罐头被粗暴地用柴刀砍破，老少爷们滚在地上抢作一团，有两位村民还为抢食厮打起来。

铁柱抢起菜刀扑上去，也想抢上几口，却被满堂止住："算啦！这帮鳖孙不要脸，咱还要脸嘞。"

最奇怪的是一个小铁箱，上面有十几个表盘、七八个按钮。老少爷们谁也不认得是什么玩意儿，这东西好像留下来没啥用，扔了又觉得糟践了。满堂吩咐道："管它是啥，留着吧，等枪贩子来了给他看看，兴许还能卖俩钱。"

老少爷们将汽车推到村南打麦场上，用麦秸草把两辆吉普车盖好，大家开始琢磨如何把汽车变成现钱，然后平分。

满堂家后院的李狗娃踢踢汽车轱辘说："这货可值老鼻子钱啦，八成连县长都买不起，我看还得卖给国军的大官儿。"

满堂在李狗娃屁股上踹了一脚："放你娘的屁！找死啊？从国军手里抢的再卖给国军，人家先要你狗日的小命！"

铁柱问："哥，那你说咋办？这么大个铁家伙搁在这儿，早晚搁出事来。"

满堂歪着脑袋想了想，也没想出什么办法，便吼了一声："日他个娘！这铁家伙先放着，乡亲们都别围着啦，先散散，以后再说！"

众人各自散去。

满堂和铁柱推开自家院门，见他爹佟春富正怒气冲冲地坐在院子当中的小凳上，看样子他早听说了满堂兄弟抢劫的事。母亲满脸愁云，不声不响地纳着鞋底，时不时停下手叹口气。13岁的妹妹翠花胆怯地躲在娘的背后，像一只瘦弱的小猫，手里不停地择着野菜，一双大眼睛不时观察着爹的脸色。见两个惹是生非的儿子回来了，佟春富铁青着脸怒骂起来："鳖犊子，越来越出息啦！敢造反啦？官府要是知道了，咱家是满门抄斩的罪过！"

满堂分辩道："爹，话不能这么说，这叫官逼民反，闹灾快两年了，咱这一片哪个村没饿死人的？远的不说，光是咱村和下沟子村就死绝了好几户！可官家照样征粮征税，不管咱死活，咱不偷不抢就要饿死！"

佟春富气得发抖："你个鳖犊子还有理了？你有种去抢鬼子抢汉奸，咋抢起自己人啦？你帮着鬼子打自己人，这是汉奸干的事！"

满堂索性破罐破摔了："爹，你爱说啥说啥，反正俺不能让全家人活活饿死。再说了，那汤司令的兵没一个好东西，打鬼子没多大能耐，糟蹋起老百姓来，个个是他娘的好手，这种队伍比鬼子还坏，就该抢他娘的！"

佟春富被气昏了头，抄起一把铁锨："俺活劈了你们两个孽种！"他举着铁锨满院子追打两个儿子，满堂和铁柱抱着脑袋四处乱窜，满堂娘忙扔下鞋底，死死拖住丈夫的袖口："当家的，当家的……有话好好说，咋动起真家伙来了？"

佟春富正在气头上，他胳膊一甩，满堂娘就飞了出去，一头撞在篱笆上。

翠花慌乱中打翻了箩筐，野菜撒了一地，她死死抱住父亲的腿，尖声叫道："爹！爹！求求你，别打俺哥呀，让哥认个错还不行吗……"

一家人正闹得鸡飞狗跳墙，院门开了，一个慢条斯理的声音传来："春富啊，你这是唱的哪一出啊？八大锤大闹朱仙镇吗？"

东家陈家兴手提一杆长长的烟袋锅，白净的面皮刮得利利索索，唇上留着精心修饰的小八字胡，略有少许银丝的头发向后梳着，一尘不染。他迈着不紧不慢的方步走了进来，儿子陈少林跟在后面。

佟春富一见来者，顿时收起了铁锨，恭敬地向陈家父子鞠了一躬。乖巧的铁柱立刻从屋里搬出两把椅子，请陈家父子坐下。陈家兴把长衫前摆一提，坐在椅子上，开始专心致志地往烟袋锅里装烟丝，满堂急忙欠身替他点上了火。

陈家兴是伊川县有名的乡绅，也是中医世家。他的祖父陈德元为晚清举人，做过伊川县令，又有祖传的中医手艺，在洛阳开着一家叫"德慧堂"的中药铺。陈德元辞官后在自己的药铺坐堂问诊，其医术之精湛，在伊川县极有口碑。陈家兴的父亲陈广济除行医外，还在乡里办了私塾，教授本族子弟，家境逐渐殷实起来。到了陈家兴这代，除了经营洛阳的药铺外，还在岗子村置地二百余亩，租给佃户耕种。

陈家兴为人豪爽，广结善缘，他牢记陈家家训："庶民之业，唯仕唯尊；贾而崇义，儒而尚仁。读书知礼，乃陈氏之尊荣，积德行善，本陈氏之家风……"陈家的地租比起邻村的地主要少二分。他还经常放债借粮，如果对方太穷还不上，他便淡淡地说一句：能还多少是多少，实在还不上就拉倒。给乡亲看病，完事后就问一句："手头紧吗？"见对方难以启齿，他会心一笑："那就算了。"同时奉送五服草药。

陈家兴的管家老黄对东家的乐善好施很有意见，曾几次向陈家兴辞工，说："您这家我没法管了，您还是另请高明吧！"

每当这时，陈家兴便双眼紧盯着黄管家，不做一句辩解，足足三分钟，盯得黄管家心里没了底儿，终于败下阵来。有什么办法？！这黄管家原是陈家私塾里的学生，因家境贫寒，陈家兴免了他的学费，后来又是陈家兴亲自登门请老黄当管家，解了他囊中羞涩之围，所以老黄深知欠陈家的太多，实在不好意思真辞职。

民国十一年，陈家兴的妻子难产，生下独子陈少林就死了。满堂娘那年刚生了满堂，奶水还足，佟春富便让妻子给陈家小少爷当奶妈。本来嘛，陈家待

## 第二章

佟家不薄,孩子吃几口奶算什么!可陈家兴不这么想,他认为陈家的孩子吃了佟家的奶,这种人情一辈子也还不完。就这样,陈家少爷陈少林从小到大一直管满堂他娘叫奶娘,而佟满堂小时候也沾光同陈少林一起上了三年私塾,陈家兴特地免了满堂的学费,两家的关系非同寻常。只是这陈少林长大了却不肯学陈家的祖传中医,自己做主上了郑州的新式学堂。陈家兴嘴上不说什么,心里却很失落,总觉得这儿子没什么出息。

此时陈家兴坐在椅子上,吸着烟锅不动声色地问:"满堂啊,听说你带着村里老少爷们把当兵的给抢了,有这回事吗?"

佟满堂低着头回答:"陈老爷,有这回事,是俺领头干的。"

陈家兴仰天长叹:"唉,天灾人祸,世道艰难,这倒也罢了,更可恨的是官吏无道,鱼肉乡民啊,百姓们活不下去,干些出格的事,也是情有可原……"

佟春富垂手肃立,恭敬地说:"陈老爷,俺是个庄稼人,官府的事俺闹不懂,可满堂这么干,不是在帮着鬼子收拾咱自己人吗?"

陈家兴看了满堂一眼叹息道:"是啊,政府也有政府的难处,都不容易呀!抗战打了快七年了,打得民困国穷。我只是担心又要出事,打民国三十一年起,旱灾、水灾、蝗灾就没消停过,可政府征粮派款却丝毫不减……"

陈少林插嘴道:"爹,其实早就出大事啦,去年七月,豫南七千多灾民抢了驻信阳国军的枪,政府派兵镇压,听说杀了五千多人,血流成河啊!结果灾民暴动从豫南蔓延至鄂北,灾民们到处袭击国军的小部队,甚至把国军整排整连地缴械,直到现在也没平息下来。"

"陈老爷……"满堂咬牙切齿地说,"年初谢保长就把我家种子粮收走了,后院李狗娃家的老黄牛也被拉走顶了数,三十一年闹蝗灾,咱村一下饿死了五十多个!村北头贺长顺家去年年关把最后20斤玉米交了军粮,全家六口吃耗子药自杀了,您该知道吧?政府这么干,就不怕遭报应吗?"

陈少林插嘴道:"爹,咱家从去年起就没收上过租子,现在吃的粮食都是洛阳药铺的伙计从米市上买来送到村里的。前些日子谢保长又来咱家征粮,是黄管家拿钱顶的数,连咱家都快过不下去了,何况佃户?满堂哥抢了国军的车,我看也是活该!逼急了,咱们也暴动!"

"胡说八道!"陈家兴瞪了儿子一眼,训斥道,"政府就是再不好,也是咱中国人自己的政府,我们就是再委屈再难,也不能胳膊肘朝外拐,帮小鬼子打中国人,这么干对不起列祖列宗!"

陈少林轻声说:"听说日本人在郑州过了黄河,看这架势要打通平汉线。国军本来就有点撑不住,正一肚子火没地方出呢,满堂他们这一闹事,我估计上面不会轻易罢手。"

满堂倔头倔脑地说:"好汉做事好汉当,俺不会连累大伙,你们把俺绑去见官,我没的说!"

佟春富又来了气:"你个鳖犊子说得轻巧,这是什么罪过?满门抄斩啊!你早晚把全家人都拖累了……"

满堂猛地飞起一脚将小凳子踢出老远,然后一头撞进屋里,铁柱连忙跟了进去,满堂又回身关门,把门摔得山响。

满堂娘急得一个劲敲门,满堂既不理睬也不开门。她回身埋怨丈夫:"满堂从小脾气倔,你又不是不知道,有什么话不能好好说啊?"

佟春富指着满堂娘斥责道:"都是你给惯的,要是倒退20年,我非宰了这鳖犊子!"他回身暴怒地去踹门……

陈家兴想化解冲突,急忙站起身来拉住佟春富:"春富啊,你该去药园子干活了。唔,我看金银花和连翘两块地也该浇啦,跟我走吧!"

一见东家发了话,佟春富立刻拎起铁锨跟着陈家兴父子走了。

屋子里满堂还坐在炕沿上生闷气,铁柱慢慢走到满堂的背后,双臂搭在哥哥的肩膀上,把头靠在满堂后背上轻轻地说:"哥,不管以后出了什么事,我都听你的!"

满堂一言不发,只是轻轻拍了拍铁柱的胳膊。这兄弟俩的感情非同一般,佟满堂和史铁柱并不是亲兄弟,史铁柱是佟春富夫妇收养的一个孤儿。

六年前的民国二十七年,兰封会战失利,日军逼近郑州,国民政府情急之中"以水代兵",扒开郑州近郊的花园口黄河大堤,豫东皖北44县一片泽国,遇难百姓达89万之众。史铁柱是中牟县人,那年只有10岁,他爹挣扎着将儿子抱到一块门板上,在铁柱脖子上套了一只长命锁以祈求平安,再返身去救全家人时,房屋轰然倒塌,全家人包括父母、弟妹、奶奶五口全部遇难。苦命的铁柱被人救上大堤后,跟随逃难的人群流浪乞讨四百余里来到伊川县,在一个暴风雨交加的夜晚昏倒在佟家的草屋门外……

那年佟满堂13岁,他在门外发现了奄奄一息的史铁柱,二话没说就把他扛进了家门。满堂娘点燃油灯,一家人凑上前来全惊呆了:这孩子上身赤裸着,下身穿条黑色土布裤子,裤子膝盖以下已经磨得不见踪影。双脚血淋淋的,瘦得像副小骷髅,如果不是在瑟瑟发抖,还真看不出是个活物。这孩子已处于昏迷状态,肯定是饿的。佟春富赶紧吩咐满堂娘热了碗面汤,给孩子喂了下去,不到一袋烟工夫,孩子缓了过来。出乎大家意料的是,他翻身下炕双腿一并,跪在全家人面前流泪磕头:"大爷大妈,行行好,别赶我走,只要给我口吃的,我给你们做牛做马……大爷大妈,行吗?"

满堂娘鼻子一酸,把脸背了过去,抽泣着:"作孽啊,这苦命的孩子!"

佟春富仔细看看这孩子,一张小脸上布满泪痕,眼眶深陷,眼睛显得格外大,一副招人心疼的模样。

佟春富的眼泪也一下子流了出来,他回头对满堂娘说:"他娘,现在让我把这孩子赶出去,我下不了手,干不了这缺德事儿!收下这孩子吧,做饭时多添一碗水,多摆副筷子就行了。"

佟春富把铁柱抱上了炕,这才看见铁柱的脖子上挂着一把长命锁,黄铜质地,锁面两端刻着两朵牡丹花,中间有四个小字:富贵长命。这长命锁刻工精细,佟春富拿起来仔细看着:"唉,说不定这东西真的管用,你的命已经够硬啦!娃呀,你叫啥?"

"俺叫史铁柱。"孩子怯生生地回答。

就这样,史铁柱成了佟家的第二个儿子,为了让铁柱牢记死去的亲人,佟家没有让铁柱改姓。善良的陈家兴对佟春富的义举大为感动,特地将佟家的地租又减了一分,说是也算他为这孩子尽一份力。

说来也奇怪,佟满堂从第一眼看见史铁柱那天起,就有一种说不清的亲近感,他认准了铁柱就是自己的亲弟弟,就算爹娘不同意收养这孩子,他也要把铁柱留下,大不了他把自己那份口粮分给铁柱一半就是。

外边满堂娘拍门叫道:"满堂啊,你爹走啦,你们兄弟俩还没吃饭呢,快点吃了,到北面河担水浇地去,那块地可是保命田,不能旱着。"

满堂弟兄俩在院里的小桌旁大口喝着野菜糊糊,满堂娘一脸愁云地望着他们,满堂虽说19岁了,长得一副好骨架,就是长年吃不饱,瘦骨嶙峋的。铁柱更是没长开,都十六七岁了,乍一看就像个十三四岁的大男孩,身子骨单薄得轻飘飘,风大点就能被刮倒似的。满堂娘一直在自责,觉得对不住铁柱死去的爹妈。这世道太艰难了,她操持这个家早就心力交瘁,满堂早到了娶媳妇的年龄,可哪有钱去提亲呢?

满堂娘的目光落在小桌上三个掺了豆饼米糠的小窝头上,两个儿子谁也没动它。

她敲敲桌子说:"儿啊,这是爹给你俩留的,说你俩的活儿最重,他自己才吃了半个就走了。别看他又打又骂的,心里还是疼你们俩。"

铁柱看了一眼翠花,小心翼翼地说:"娘,让妹吃一个吧?"

"哥,俺吃饱了!"懂事的翠花立刻提着野菜篮子,两个小辫子一撅一撅地扭头跑了。

满堂娘看不下去，背过身撩起衣襟擦着涌出的泪水说："什么吃饱了？就喝了一碗糊糊，说是给大哥二哥留着。"

满堂和铁柱面面相觑，满堂急忙掰了半拉窝头咬了一大口说："娘，别伤心，我吃还不行吗？"同时用眼光示意铁柱，铁柱这才把另外半个窝头拿了起来。

满堂娘深深叹了口气："这点豆饼和棒子面还是跟东家借的，估计也撑不了多久了，离麦收还有两个多月呢，你爹说不能再开口借了，东家也难啊，租子收不上来，你没听少林兄弟说他家也要拿钱上洛阳买粮吃啊。"

铁柱捧着半个窝头在流泪。

满堂娘问："儿啊，你咋啦？"

铁柱擦了擦眼泪说："娘，剩下的这个窝头给翠花妹留着吧，她要不吃，我以后也不吃，光喝糊糊！"

铁柱说完扛起扁担拎着水桶走了。

汤恩伯带着几个随从深一脚浅一脚地走着，恼怒之中还把路走错了。汤司令主政河南，积怨太深。这次在伊川县境内被暴民打劫，连车带电台被抢，他算是亲身体验到了什么叫作"报应"。

汤恩伯任高官已久，哪里吃得这般苦头，他的黄呢军服袖子开了口儿，脚板上磨了几个硕大的血泡，脚上精致的皮靴也张了嘴儿。为了不暴露身份，他和随从们都扯下了军服上的领章，一路风餐露宿，沿途由随从们向老百姓讨口饭吃，有几次还被灾民们拿着棍棒给赶了出来，因为他们看到汤司令穿着黄呢子军服，便认定他是大官，对大官百姓们从来没有好脸，不宰了他们已经是客气了。

从伊川到洛阳这短短几十公里路，汤恩伯一行居然整整走了四天。等他们灰头土脸赶到洛阳见到蒋鼎文时，汤恩伯一路上的愤怒和委屈一发不可收，他还没说话，眼泪已经流了下来。

蒋鼎文一见汤恩伯的狼狈状，惊得眼镜差点掉在地上，他一面大骂灾民，一面好言相劝，众参谋在一旁也唏嘘不已，无人说话。

这次军事会议至关重要，几天来众将领已纷纷赶到，就等汤司令了，如今汤司令终于赶到，于是蒋鼎文等不及汤恩伯梳洗休息，立即宣布开会。

按这类军事会议的惯例，蒋鼎文先要讲几句铺垫语，对众将领风餐露宿赶到洛阳表示慰问。可几句寒暄话还没讲完，一个作战参谋就冲进会场急报："长官，前方来电，郑州失守！第4集团军孙蔚如部已退守荥阳、汜水一带。敌37

师团主力沿平汉路向南猛扑,现已攻破新郑,敌12军在新郑设前进指挥所。敌110师团、62师团沿黄河南岸向洛阳方向迂回!"

蒋鼎文像挨了一闷棍,一下子傻了,半天说不出话来。

汤恩伯也大吃一惊,就在他们被抢后步行的四天里,战事发生了天翻地覆的变化。第31集团军司令官王仲廉、第28集团军司令官李仙洲等将领不停地用无线电台要"跟汤长官讲话",他们吼得嗓子都哑了,众将领实在闹不懂,在这兵败如山倒的关键时刻,他们的汤司令为什么像被蒸发了一样,消失得无影无踪。众将领急得像热锅上的蚂蚁,在各自的指挥部里跳脚骂街。

祸不单行的是,王仲廉与汤恩伯通话不成,跳脚骂街后仅一天,他的指挥车和随从们也被一群暴民缴了械!

汤恩伯气急败坏地用电话向各部队下达命令:"刘昌义暂编第15军固守许昌,贺粹之第12军分别守叶县、襄城、邱城、源河,以上各部必须死守,阻敌南下,作战不力者,临阵逃跑者,军法重处!石觉第13军各师,分别由临汝、禹县、密县向北运动,迅速在登封地区集结,伺机侧击从郑州向西进攻和南下之敌!"

汤恩伯一下摔掉话筒,他喘息未定地吼道:"妈的,开战不到一个星期,我军指挥系统已陷入一片混乱!怎么会这样?"

蒋鼎文急得在会议室里团团乱转,嘴里不停地说:"这如何是好,如何是好!"

汤恩伯不说话了,气鼓鼓地把身子背了过去。室内全体参谋和幕僚都站得笔挺,大气也不敢出一声。蒋鼎文走到汤恩伯身后,呆呆地站了一会儿说:"恩伯,我看这样,我马上托人把你的车和电台要回来,这是当务之急,刘参谋,给我接嵩县肖万成家!"

汤恩伯斜了蒋鼎文一眼,没好气地说:"那就劳您大驾喽,汤某不胜感激!"

## ·第三章·

四月的南京气候宜人，花园里枝繁叶茂的法国梧桐树在微风中轻轻摇曳，沙沙作响，墨绿色宽大的树叶像遮阳伞一样挡住了阳光，使坐在树荫下躺椅上的畑俊六大将感到很惬意。从这里望去，畑俊六可以看到中华门的古老城墙，那结实高大的城墙上还残留着当年的累累弹痕，中华门最上层的木结构"镝楼"已经毁于六年前南京之战的炮火中，只剩光秃秃的台基残迹和瓮城。

和那个年代大多数的日本军人一样，日本派遣军司令官畑俊六大将个子不高，身材瘦削，形似病夫。如果不是1904年的那场日俄战争，他本应是个很壮实的军人。畑俊六在25岁之前身体壮得像头牛，而且酷爱运动，无论是柔道还是剑道，都有过不俗的成绩，是战争毁了他的身体。日俄战争时期，他服役于乃木希典将军的第三军，在进攻旅顺外围的鸡冠山一役中，炮兵少尉畑俊六被一颗俄国子弹射穿了肺部。从那以后他的身体就越来越瘦削，以至于不了解他的人还以为他是个瘾君子。当然，这次负伤也使他获得了军旅生涯的第一枚勋章——功五级金鵄勋章，这奠定了他今后飞黄腾达的基础。

畑俊六大将出生于日本东京的一个武士家庭，是这个崇尚武士道的家庭的第二个儿子。这个家庭很不一般，兄弟之间竟然出了两个帝国陆军大将，畑俊六的哥哥畑英太郎死得早了些，但军旅生涯同样辉煌，也是以陆军大将之尊，于"九一八事变"前病死在关东军司令官任上。

从4月17日晚大战爆发后，畑俊六就进入一种浑身放松的舒适状态，他吃得饱睡得香，每天晚饭后还添了个毛病——召集部下品着清酒观看歌舞伎的表演。他没什么可操心的，前线的战事一如他早已预料的那样，日军各野战兵团进展神速，中国军队也像以往一样不堪一击。大战爆发的第一天，几十万中国大军就出现了雪崩效应，只经过象征性的抵抗，便一发不可收拾地向西南方向溃退而去。日军机械化部队的指挥官们一直在纳闷，为什么这些穿草鞋的中国士兵逃起命来速度如此之快，连汽车轮子都撵不上？

司令部里那些年轻的作战参谋颇感失落，为策划此次战役，大本营特地将在日军中素以谋略家著称的岛贯武治大佐派到11军制订作战计划。岛贯武治受过系统的西方现代军事理论教育，1942年以前此人曾专门在欧洲战场考察德军对英法联军、苏联红军实施大歼灭战的成功经验。岛贯武治专攻大兵团作战指挥，擅长大包围、大歼灭战的理论研究和图上作业。

作战参谋们在岛贯武治大佐的带领下，废寝忘食整整工作了三个月，从兵力调动与集结，作战物资的运输和囤积，到诸兵种合成的演练和计划实施，大家辛辛苦苦排兵布阵，满以为可以看到一场惊天动地、足以载入现代军事史册的大决战，谁知居然会是这么个结果：几十万中国大军连比画一下的机会都不给你，枪炮一响人家干脆不和你玩了，穿着草鞋居然跑过了汽车轮子。

战事的发展使岛贯武治大佐及作战参谋们大为恼火，早知如此，干脆在三个月前就直接打过黄河，何必煞有介事地制订战役计划？在广袤的东亚大陆上，日本陆军根本没有像样的对手，德军的"闪电战"理论到了这里连狗屁都不是，什么分割包抄迂回，什么诸兵种合成作战，什么大纵深突击……根本没人和你玩。中原这么大的地方，人家说不要就不要了，反正大半个中国都让你占了，再丢几块地方也无所谓。战役的策划者们曾绞尽脑汁地想啊想，生怕考虑不周，疏漏了某个环节而遭致受损。他们是一群极其聪明的人，称他们为日本军队的精英也不为过，所以对战役的结局，他们什么都想到了，并制订出若干套备用方案，可唯独没想到会是这个结果。想想都让人沮丧！看来没有个好对手，实乃军人之大不幸。

畑俊六大将边啜着咖啡边翻阅着刚刚送达的战报，这时侍从官报告："将军，岛贯武治大佐求见！"

畑俊六扔下战报点点头："请他到花园里来。"

岛贯武治挺胸昂首，迈着军人的步伐走进花园，他规规矩矩地向畑俊六行军礼："将军，卑职岛贯武治有事汇报！"

畑俊六和蔼地笑笑："武治君，你不要客气，你是我军有名的战略专家，又是大本营派来指导工作的，我可不敢把你当个普通的大佐。在我眼里，一个真正的军事战略家，顶得上三个大将啊。"

岛贯武治微微躬了一下身子谦虚地说："不敢当，将军。您是陆大22期首席毕业生，而我1933年才从陆大第45期次席毕业，那时您已是14师团中将师团长了，对我来说，您既是学长又是前辈。"

畑俊六指了指椅子道："请坐，武治君，你是陆大45期次席毕业生？那应该认识牧达夫了，他也是45期毕业。"

"当然认识，他是45期首席毕业生，成绩也是军刀组¹第一名，现在他在关东军第四军当作战参谋，我们之间还通过信。"

畑俊六叹了口气："牧达夫君在我手下当过参谋，此人也是个谋略型的军官，只可惜怀才不遇啊，他现在是什么军衔？"

"和我一样，也是大佐，我们45期毕业生好像还没有当上将军的。"

畑俊六寒暄了几句便切入正题："武治君，你不是有事要说吗？请讲！"

岛贯武治从椅子上挺直了身子："将军，根据各师团的情报，在我军作战地域内出现了一些耐人寻味的情况，我觉得有必要向您汇报一下。"

畑俊六抬起头关注地问："哦，有什么情况？"

"河南一些地区的农民自发组织起来袭击中国军队，甚至有成排成连的小股部队被缴械。据悉，不少中国军队的高级将领也遭到袭击。"

畑俊六吃了一惊："有这种事？是什么原因？"

岛贯武治侃侃道来："您知道，河南从1942年春天到现在一直在闹饥荒，从我们情报部门收集的信息看，连续两三年的天灾至少饿死了大约三百万人，在灾情严重的地区，有些村子甚至全部村民死于饥饿，从而出现大量无人区。"

畑俊六问："那么他们的政府在做什么？"

岛贯武治回答："好像什么也没有做，甚至有情报说，这两年重庆政府对河南的征粮也没有因灾荒而减免。"

畑俊六自言自语道："嗯，这就找到原因了，饥民们只有两个选择，要么坐以待毙，要么铤而走险。武治君，这些饥民与你的战役计划有关系吗？"

岛贯武治微笑道："当然有，将军。中国有句古话，叫置之死地而后生。我认为，数万濒临死亡的人群，一旦组织起来会产生巨大的破坏力，同时也会迸发出惊人的战斗力。"

畑俊六笑道："武治君，我明白你的意思了，你是在考虑把这些饥民纳入一号作战计划，让他们成为我们的友军？"

岛贯武治站了起来，脚跟一碰："是这样，将军阁下。我各师团自发起进攻以来，已经夺取了汤恩伯部大量粮食仓库，我统计了一下，仅面粉和大米就有

---

1 军刀组：指第二次世界大战结束前，日本陆军最高学府——日本陆军大学每一届毕业生中成绩为前六名的学生，因这几位毕业生能获得天皇御赐军刀而得名。这种陆大优秀毕业生被称为"军刀组"，又称"恩赐组"，日后一般都会有较好的发展。其中每一届的第一名被称为"首席毕业生"，往往能获得觐见天皇的特别奖励。历届军刀组成员中出过很多日军高级将领，以及在日本近代史上有重大影响的人物，其中包括甲级战犯武藤章、甲级战犯东条英机的父亲东条英教等。

一百多万包，足够20万军队一年之用，我原准备本着'以战养战'的原则将这些粮食充作进攻部队的军粮，但现在……我改变了想法。"

畑俊六大笑起来："武治君，你不愧是战略家，这一百万包粮食能顶得上精兵数万啊。"

岛贯武治眨眨眼睛，面带笑意地调侃道："将军，我此时只想当个慈善家，替蒋介石先生赈济一下灾民。"

畑俊六站起身来走到窗前，远处是中华门那灰色的城墙："武治君，我还有个小小的建议，如果能派出一些小部队，化装成中国民间武装，在一些关键地点对重庆军队进行攻击，以配合我们的政治战略，这样效果会更好一些。"

"将军，我认为这个建议非常及时，我马上组织实施，不过……能一下子收集到数百人的破烂服装，恐怕也要费点力气，我尽量办好就是。将军，这么说，我赈济灾民的计划您同意了？"

畑俊六站了起来，向岛贯武治伸出了手："我同意，这是在做善事嘛。我没有想到的是，作战和行善居然可以同时进行。这下好了，我们将来回国时，不用去京都的寺庙里烧香拜佛了。"

天刚蒙蒙亮，佟春富就听见村北头的大路上人喧马嘶，还有汽车发动机的轰鸣声，他以为又是国军的过路部队。想到两天前满堂领人打劫的事，佟春富不觉心凉了半截，那些当兵的是不是来算账的？他战战兢兢地从门缝往外看，立刻吓了一大跳："坏了！日本鬼子进村啦！"

街面上全是穿黄军装的日本军人，佟春富是从钢盔、束腰皮带上前后都挂着牛皮子弹匣上认出来的。国军很少戴钢盔，也没有牛皮子弹匣，只有帆布做的子弹带斜挎在肩上。日本兵另一个刺眼的标识是系在步枪刺刀上的膏药旗。

佟春富赶紧在院门后面又顶了一条粗木杠子，然后匆匆回屋叫醒了全家。

"咚咚咚！"一个日本兵在敲门，声音不大，却令听者恐慌不安。

满堂细听片刻，嘟哝了一句："不是砸门，是敲门。"

佟春富小心翼翼地开了门，一个矮壮的日本兵跨了进来，持枪鞠了一躬，用生硬的汉语说："皇军，粮食的给！"

佟春富连忙赔着笑脸说："太君，俺家都断顿儿了，实在拿不出粮食。太君您行行好，放过俺家吧！"

矮个子日本兵仍然固执地说："皇军，粮食，大大的给你！"

全家人都糊涂了。这时门外又进来一高个子日本兵，军衔是军曹。矮个子兵立刻斜跨一步立正，那军曹用纯正的汉语说："我们皇军知道河南发生大饥荒，上面命令我们每家发一包大米，救急的，请你们收下！"

满堂惊讶地张大了嘴巴：怪啦，什么时候见过鬼子说话细声细语的，还主动送粮食给中国人？他脑子里充满了以往鬼子烧杀抢掠的画面，而眼前的景象反差实在太大，脑子一时很难转过弯来。

日本军曹挥了挥手，矮个子日本兵立刻把步枪往土墙上一靠，跑了出去，他从院外扛了一袋大米进屋放在地上，军曹立正又一次强调："这是给你家的！"说完和矮个子日本兵走了出去。

佟满堂悄悄把头伸到门外，看见许多日本兵把粮食从卡车上卸下来，装在小平板车上，两个日本兵拉着，那个军曹在前面走着，敲开另一家的门，把粮食送进去。

满堂娘一把拉回了满堂，顺手把门关上。一家人你看看我，我看看你，沉默了好一会儿。佟春富说："乖乖，日头打西边出来啦？俺只见过鬼子进院抢粮，没见过鬼子往家里送粮。"

铁柱已迫不及待地把米袋打开了。

满堂娘一见感慨道："噫……没有见过这么白的大米，打俺记事起就没吃过，要不俺生火做点吃咋样？"

翠花拉着母亲的手晃着，一双无神的大眼一会儿看看雪白的大米，一会看看娘的脸，央求说："娘，俺饿，俺要吃！"

佟春富眼一瞪："慢着！这粮食来得不明不白，俺心里不踏实。满堂和铁柱，你们两个到外面打听一下，看看到底咋回事情。"

满堂二人出了大门，看见村北大路上尘土飞扬，满载日本士兵的卡车拖着炮管很粗的重炮呼啸而过，戴着风镜的日本兵驾驶着摩托车排成长长的行军纵队，风驰电掣般向东驶去，身后留下漫天黄尘。机械化部队的后面是赶着大车的辎重部队，赶车的是全副武装的日本兵，而拉小车的却是清一色的中国农民，小车上装满了粮袋。

铁柱拉了一把满堂朝东努了下嘴，原来那个军曹在敲陈家大院的门。敲了好一会儿，不见动静，军曹只好转身走下台阶。

满堂壮着胆子迎了上去："太君，你会说中国话？那俺想问问，凭啥要给老百姓发粮食？俺不明白。"

日本军曹打量了满堂一眼说："我们长官知道河南闹饥荒两年多了，报上都登了。我们联队长接到上峰命令，要我们拿军粮赈灾，把粮食发到沿途每个饥饿的老百姓手里。嗯，就这些，别的我就不知道了。皇军有很多事要做，希望你们帮帮忙！你看拉车的不都是你们中国人吗？"

"明白了！"满堂喜出望外地说，"你们鬼……噢，你们皇军够意思，比他娘的汤司令，还有俺们县长、保长都强，那帮鳖孙就知道抢老百姓的粮食，还是皇军好，一来就发粮食，还是白给……中！往后你们皇军有什么要帮忙的就吭一声，俺和俺兄弟不要钱，看着给口吃的就行。俺叫佟满堂，对啦，你叫啥？"

"我叫山田圭一，第8旅团3大队军曹，请多关照！"说完一个立正，鞠了一躬。

铁柱悄悄拉了一把满堂："咱们回家吧，爹还不知道怎么说呢。"

佟春富强压着怒火听完满堂兄弟俩的陈述，他的愤怒一下子爆发了："什么，你们两个鳖犊子想给日本人干活？想当汉奸啊？不行，你俩不要脸，我还要这张老脸呢！"

"爹！"满堂不高兴了，"这就是你的不对了，咱都快饿死了，是日本人发粮食救了咱一命，咱总得知恩图报吧？再说了，咱也不能红口白牙白吃人家的，帮人家干点活儿怎么啦？"

铁柱也在一边帮腔道："爹，以前咱给东家干活儿，东家给咱粮食，现在咱给日本人干活儿，日本人给咱粮食，这不一样吗？"

"放屁！"佟春富气得舌头都不听使唤了，"这……这……这是两码事，鬼子这是黄鼠狼给鸡拜年！能往一块扯吗？"

"我觉得……是一回事。"铁柱嘴里嘟囔着。

佟春富气昏了头，扬起手要揍铁柱，这时又有人敲门，佟春富的手僵在了半空中。

满堂开了门，那日本军曹山田圭一走了进来。

山田先是鞠了一躬，然后和颜悦色地对满堂说："满堂君，我们有一批粮食已经运到伊川县城，下一站是汝州，但这两地中间没有公路，不通汽车，我想请满堂君组织一些人，用平板车运送，我们会给报酬。拜托了！"

满堂撇下呆若木鸡的父亲，立刻到村里征集人力。他在陈家兴的私塾里念过三年书，还算是粗通文墨，所以在村里那些几乎是文盲的年轻后生中颇有人望，大家刚得了日本人的甜头，又听说干活儿有报酬，都踊跃报名，佟满堂不一会儿就召集了一百多口子。

这几年豫西民众在汤恩伯部队的恶劣表现中积攒下的民怨已达到了临界点，灾民们被饥饿折磨得奄奄一息，谁知在死亡临近时竟然得到另一支军队的慷慨赈济，灾民们心中的天平立刻倾斜了。对比之下，中国的官府和军队成了灾民们心中的恶魔，而凶恶的侵略者此刻却成了天使。

现在这些刚刚吃饱了大米饭的年轻人，精力稍一恢复，强压在内心深处的怒火便喷涌而出，大家群情激愤，七嘴八舌骂开了：

"弟兄们好好干！让日本人好好收拾那帮狗日的！"

"娘的，日本人不打那帮鳖孙，俺也得宰了他们！"

"报应啊，官府作孽到头了，也该遭报应了！"

这时满堂就像个指挥千军万马的将军，他气壮如牛地一挥胳膊："都他娘的给俺听好了，车上装的是粮食，大伙谁也不许偷，人有脸树有皮，别他娘的给咱村丢脸，谁偷俺打折他狗腿！山田大哥说啦，到了地方，日本人会给咱发粮，山田大哥，俺说得没错吧？"

山田圭一站在台阶上向大家立正鞠躬："满堂君说得没错，我保证，到达汝州以后，你们每人可以领到20斤大米。"

满堂吼了一声："大伙都听见没有？"

"听见啦！"众人闹哄哄地应着。

满堂满意地点了点头，接着发布命令："三人推一辆车，跟我走！"

一百多人推起车乱哄哄地跟在满堂和山田圭一后面出发了。

这时村里家家大门都开了一条缝儿，后面是一双双老人们既惊恐又忧虑的眼睛。

佟春富仿佛一下苍老了许多，他动作迟缓地关上了大门。

满堂娘一边叹气，一边扶着步履艰难的丈夫回到草屋的最里间。佟春富慢慢从柜子里拿出几个祖先牌位，供在桌上，他和满堂娘双双跪下，口里不停地念叨着："列祖列宗在上，春富不孝，家门出此孽子，辱没先人，实在无地自容，列祖列宗在上，求你老人家宽恕……"念罢，佟春富一头扎在炕上，好久没起来。

翠花在门帘后面泪眼汪汪地看着这一切，身上一阵阵地颤抖。

几天后的一个清晨，陈家对面住着的一位老汉出门扫街，看见陈家大门外停着一辆军用吉普车，两个国军士兵抱着枪坐在车上，正百无聊赖地抽着烟。

"肯定是来要汽车的国军大官，没错！"老汉这样想着，匆匆转身朝后面佟春富家跑去报信儿。

在陈家大院堂屋，陈家兴和来访者肖万成坐定，上茶后，陈家兴微微欠身，恭敬地说："万成兄真是稀客，有些日子不见了，今天这么早光临寒舍，一定是有重要事。"

肖万成六十出头的年纪，两鬓和胡子都已花白，腰杆笔挺，动作敏捷，一

## 第三章

副老军人做派,他双手抱拳,声如洪钟:"贤弟呀,无事不登三宝殿,今天来得是早了些,恕我打扰,现在有十万火急的事情相求,愚兄实在不好意思,不好意思!"

陈家兴急忙还礼道:"万成兄何出此言?有事尽管吩咐,小弟自然鼎力相助!"

这肖万成是豫西嵩县人,原是第15军的一位少将师长,因为年纪大了,便退出现役告老还乡。昨天下午接到蒋鼎文的急电,得知汤恩伯的指挥车和电台被劫,肖万成当时正在喝茶,一听就火冒三丈,把细瓷盖碗砸个粉碎。他也想不明白,抗日军兴,国难当头,自己的这些河南老乡为什么如此恶劣?!就算是闹灾荒没饭吃,也不该帮着鬼子打自己的军队吧?这简直是不折不扣的汉奸行径!肖万成连忙派人打探,才知是伊川县岗子村的灾民们干的。豫西一带从古到今没出过什么大人物,猛不丁出了个将军也是件了不得的事,因此肖万成在豫西一带颇有人望,名声大得很,而且他和岗子村的陈家兴又是朋友,两家之间还沾点亲。在得知详情后,肖万成不敢怠慢,立即登上蒋鼎文派来的吉普车,连夜启程,天刚刚亮就敲开了陈家兴的大门。

陈家兴听罢肖万成的叙述,没有马上说话,呆呆地沉默了好一会儿。

肖万成急了:"贤弟,你倒是说话!要急死我呀?"

陈家兴叹了口气缓缓说道:"此事小弟早已知晓,容我说句公道话,政府在大灾之年仍课以重税,强征'汤粮',搞的是赤地千里,哀鸿遍野,致使如今民怨鼎沸,官逼民反啊。本村民众揭竿而起也在情理之中,只是……只是时机不对,此时正值异族入侵,国难当头,这事嘛……也罢!也罢!国家兴亡,匹夫有责,请万成兄随我去见那个灾民首领佟满堂,痛陈国运艰难,晓以民族大义,说服他将被劫物资归还,万成兄,您看如何?"

肖万成赶紧站起身来:"贤弟既然深明大义,那我也就不说什么了,算是我欠贤弟一个人情吧。"

满堂领人替日军运完粮食,和铁柱两人共挣得40斤大米,昨晚刚刚回家,谁知今天一早邻居就来告知,有国军的吉普车开到了村里。

满堂心说,那些当兵的怕是来者不善,反正事情已经干了,如今怕也没用,大不了拼个鱼死网破就是。满堂和铁柱一个拎斧子,一个抄菜刀,义无反顾地冲出家门。

陈家大门外的空场上挤满了人,全村的男女老少都出来了,不少爷们儿手里还拎着家伙,大家警惕地看着陈家兴陪着一位老人走出大门。老人一副乡绅打扮,六十多岁,虽然胡子头发已经花白,但腰杆挺直,神情硬朗,眉宇间有几分英气,一看就是个见过世面的人物。

满堂和铁柱刚出现在空场上，肖万成就一眼认定，这家伙肯定是个头儿。比起一般的村民，满堂也算是相貌堂堂，他身材高大，国字脸，浓眉大眼，眉宇间透出几分强梁霸气，在一群山野村夫之间显得很出众。

肖万成跨上一步，朝满堂双手抱拳："鄙人肖万成有礼了，我想这位就是佟满堂壮士吧？"

满堂凶狠地晃了晃手里的斧子，满不在乎地说："我说老爷子，你是来找那两辆车的吧？嘿嘿！俺明人不做暗事，车是俺抢的，要杀要剐俺担着，和乡亲们没关系。"

肖万成直视着满堂的眼睛，不客气地说："好！敢作敢当，倒是个爷们儿！佟满堂，你知道你们抢的是什么人吗？"

满堂冷笑道："俺管他是谁，他就是天王老子，俺也照抢不误！"

肖万成皱了皱眉，他很不喜欢这后生的蛮横口气，为了不把事情搞僵，肖万成只好咽下一口气道："小伙子，实不相瞒，被你们打劫的人正是本战区副司令长官汤恩伯将军！"

人群"轰"的一声大哗，参加劫车的年轻人喜形于色，窃窃私语。

满堂笑了："那太好了，俺算是抢对人了，要早知道是汤司令，俺一刀宰了这鳖孙，省得他祸害老百姓。"

肖万成尽量缓和口气说："年轻人，你难道不知道现在在打仗吗？你们的行为是在帮助日本鬼子，是犯罪，你明白吗？"

"谁给俺粮食俺就帮谁，日本人再坏也比汤恩伯强，这两年遭灾饿死了多少人？他汤恩伯管过老百姓吗？"

"住嘴！"肖万成终于爆发了，他眼里射出一道凌厉的寒光，"我问你，你佟满堂还是不是中国人？"

满堂毫不示弱："你问俺，俺问谁去？要是当中国人就得饿死，那俺就不当了。"

肖万成咆哮起来："小子，那你的意思是，只要有口吃的，就是当汉奸也无所谓，是不是？"

满堂也动了气，他涨红着脸顶撞道："你要这么说，那俺就当这个汉奸了，你能把俺咋样？"

肖万成气昏了头，他的手习惯性地向腰间摸去："娘的，我毙了你这……"他话音没落便不吭声了，因为铁柱像个影子一样无声地贴近他，一把磨得飞快的菜刀已经架在了肖万成的脖子上。

这时的肖万成真想一头撞死算了，简直是奇耻大辱！他肖万成投身军旅四十余年，大大小小的仗也打过上百次，直奉战争、蒋桂战争、中原大战，哪次战争不是血流成河？这个久经沙场的将军，指挥过上万人马，见识过大阵仗，也多次从弹如飞蝗的战场上死里逃生。他这块少将牌子可不是吹出来的，那是血里火里打出来的，现在居然被一个毛头小子在众目睽睽之下用菜刀架在脖子上，心里别提多窝囊了。刚才他习惯性地向腰里摸枪，这是当惯军官的人下意识的动作，其实他手还没碰到腰部时心里就明白了，如今他已经不是手握重兵的将军了，只是个退役军人，和老百姓没什么区别。

陈家兴一见事情要闹僵，连忙出来制止："铁柱，你个愣种，有话好好说，把刀收起来！"

铁柱动也不动，只是看着满堂，那神情似在表明，只要满堂点点头，他史铁柱就会毫不犹豫地割断肖万成的脖子。

满堂向铁柱摆了摆头，铁柱立刻顺从地收起菜刀。

陈家兴与肖万成耳语了几句，肖万成渐渐冷静下来，他走上陈家大门前的台阶，向村民们推心置腹地说："乡亲们，大灾之年，你们受苦了，大家都活得不易啊。汤长官在电话里要我代他向乡亲们道歉，汤长官深知水可覆舟之道理。肖某不才，恳请各位看我薄面，高抬贵手，将车子和电台归还，我肖某人以全家人性命和本人人格担保，此事到此打住，官家绝对既往不咎！现在国难当头，战事十万火急，由于没有电台，五天来，司令部无法向各部队传达军令，鄙人曾为军人，深知战事之艰难，战机转瞬即逝。还望众人助我肖某一把……"

满堂打断肖万成的话头，不耐烦地说："老爷子，都这时候了，你能不能说点实在的？政府是啥俺不知道，它不拿老百姓当人，俺就不认它。你说说，连着两年闹灾，光俺村就饿死几十口，政府不管也就算了，可军粮照征，捐税照纳，保长把最后一点种子粮都拿走了。政府不仁，俺就不义，逼急了就反他娘的！"

众人齐声附和，又是一片嗡嗡声。

村东头的赵有财老爷子七十多岁，这两年家里接连饿死四口人，只剩老人和一个五岁的孙子，赵有财的眼睛都哭瞎了。这时他一屁股坐在地上，双手拍打着大腿放声哭号起来："作孽哟，不让俺老百姓活啊，俺自己的政府抢俺的粮，日本人倒给俺送粮，抗日抗日，抗个尿哟……"

肖万成有些尴尬，声音小了许多："乡亲们，大家不要光看眼前，日本人居心叵测，收买人心，他们的目的是要我们亡国灭种……"

众人又是一片哗然，七嘴八舌：

"政府早干吗去了？还等到日本人来收买我们？"

"让汤司令给每家发一包大米，也来收买收买我们穷人！"

"官家自作自受，这就是报应啊！"

陈家兴急了，他知道照这么下去，肖万成的事非但办不成，连他自己的人身安全都成问题。陈家兴把双手一举喊道："乡亲们，我说几句。"

众人立刻安静下来，陈家兴多年来积德行善，在岗子村及周边村落都深孚众望，口碑甚好，村民们不觉恭敬地望着他，想听听他说些什么。

陈家兴走到满堂面前说："满堂啊，我不是责怪你，你好歹也上了三年私塾，也算是粗通文墨懂些道理了，政府对不住百姓，干了坏事，那是政府不好，但国家没有错，你明白吗？生你养你的是国家啊，现在……"

满堂虽生性顽劣，但对陈家兴却不敢不客气，他小声分辩道："陈老爷，生俺养俺的是俺爹娘，可不是啥国家，要让俺说，国家和政府一样，都不是东西！"

陈家兴用哀求的口吻道："满堂啊，国家和政府不是一回事，其中的道理我一时半会儿也说不清楚，这么说吧，现在国家是遭了大难，军情紧急，每耽误一分钟，就关系到前线数十万将士的性命，我恳请大家把对政府的怨气暂时放一放，我陈家兴向众乡亲，向你佟满堂鞠躬了。"说完，陈家兴一个九十度鞠躬，然后久久地定在那里不动了，宛如一座雕塑。

全场顿时愕然，陈家兴不顾身份和辈分的举动，令众乡亲一片静默，继而嗡嗡的议论声群起。

佟春富急了，他大步跨向前，一把扶住陈家兴，回头对满堂大吼："孽障！陈老爷是俺佟家的大恩人，没有陈老爷就没有俺全家，你……你给俺跪下！"

这时连好脾气的满堂娘也终于忍不住了，她呵斥了一声："满堂！听爹的话，还不快给陈老爷跪下！"

人群中的许多老人也纷纷大声斥责满堂。

满堂没想到，这么一会儿的工夫形势就急转而下，刚才大家还群情激愤，一起咒骂政府，谁知转眼又冲着自己来了。这就是中国的现实，在中国农村，约束人们行为的不是法律，而是宗法制度下的伦理纲常，这种伦理纲常形成的文化氛围是很独特的，其表现是，既等级森严又上下亲和，亲族之间、邻里之间对宗法权威的共同维护，对人伦血亲和礼义孝道的遵奉，这种伦理纲常形成的约束力之大，几乎无人敢挑战，就是粗野蛮横的佟满堂也不例外。

在长辈们的呵斥下，满堂极不情愿地给陈家兴跪下了。

陈家兴上前一把拽起满堂说："快起来，孩子！咱们现在不提什么国家政府，我陈家兴个人先谢谢你了！"

满堂无可奈何地带人到了打麦场，把两辆吉普车扒了出来，清点了电台枪支等物资，一并交给肖万成。

临上车时，肖万成紧紧握住陈家兴的手感慨地说："贤弟啊，什么也不说了，我替国家、替军队谢谢你！"

陈家兴神色黯然地注视着肖万成："万成兄，多保重！如果我们都能活到战争结束，到那时一定聚一聚。"

全村人默默地目送三辆吉普车急驰而去，一条黄色的粉尘带逐渐伸向地平线消失了。

自从日军发动"一号作战"攻势以来，国军第一战区各部队仓促应战，不几日便陷入一片混乱之中。司令长官蒋鼎文上将急得火上房，确切地说，他已经对手下的几十万大军失去了控制，连一些军、师级单位的具体位置都搞不清楚了。在这场史称"豫中会战"的战役中，几十万中国军队几乎丧失了任何抵抗能力，兵败如山倒。

作为进攻一方的日军各野战师团也出现了混乱状态，日本陆军在东亚大陆虽然可以称雄一时，但以欧洲战场的标准看，它终归不是一支真正意义上的现代化军队。

在准备"一号作战"战役计划时，以岛贯武治大佐为首的参谋班子对日本陆军自身的弱点心知肚明。战争进行到1944年，日本陆军的野战师团在保持原先甲种师团和乙种师团的同时，又陆续组建了丙种师团和丁种师团，这后组建的两种师团在兵员人数和重武器配备方面都大为减少，其作战能力也大打折扣。这也是没办法的事，经过长期的战争消耗，资源贫乏的日本帝国只剩下这点家底了。

使岛贯武治大佐头疼的是，在制订战役方案时，这甲、乙、丙、丁四种师团很难形成合力，强者太强，弱者太弱，丙、丁师团难以独当一面地完成突击任务。就日本陆军整体而言，它的机械化程度很低。以最强的甲种师团为例，其机动能力只是由一个卡车大队和一个骡马大车队组成。其中卡车大队最多拥有150辆载重1.5吨的卡车用于运送兵员和给养。这点可怜的机械化装备离一支现代化军队的要求还差得很远，何况这还是最好的甲种师团。若是换了丙、丁种师团，情况只会更糟。既然各师团的机动能力参差不齐，那么必然会出现攻击速度的不均衡。

此外，日本陆军的诸兵种合成能力也很弱，"一号作战"发动后，日军各师团的攻势也陷入一片混乱，装甲兵、骑兵、步兵、炮兵、工兵、舟桥部队都闹哄哄一窝蜂地向前猛冲，各师团之间、各兵种之间，乃至地空协同、步坦协同、步炮协同都搞得一塌糊涂，呈现出乱糟糟的态势。在同一天中，有的部队迅猛突击了30公里，回头一看，身后和两翼竟然没有友军跟上，自己已经突入中国军队的防御纵深而身陷重围。与此同时，有些丙种、丁种师团还在原地踏步，使出吃奶的劲儿也无法在国军防线上打开缺口……日军第3坦克师团的第12联队居然把与之配合的机械化步兵第3联队甩到身后40公里以外……

总之，在豫中会战中，双方的指挥官都被呈现于战场上的复杂态势弄得几乎发了疯，在双方的司令部里，一大群参谋幕僚各自对着话筒狂吼，全都喊哑了嗓子。在空中，日本陆军航空队和中美空军混合团的飞行员们，也望着地面上犬牙交错的战场态势感到眼花缭乱，无所适从。

乱归乱，这场大战到底还是初见端倪，国军第一战区的40万大军在日军乱糟糟的攻击下，终于出现可怕的雪崩效应。

用军委会督战官蔡继刚少将的话说：不是敌人太强，而是我们太弱。

现在蔡继刚和副官沈光亚正在从洛阳赶往叶县的路上，按照军委会的命令，他要在叶县和暂编第15军刘昌义军长会合，然后一同前往许昌督战。

简陋的公路上挤满了逃难的人群，人群中有挑着担子的，有赶着猪羊耕牛的，还有些富庶人家赶着大车，一家男女老少都挤在车上，巨大的、首尾不见的人流缓慢地在公路上蠕动着。蔡继刚的吉普车司机心急如焚，他拼命按响喇叭，企图夺路而行，但麻木的人群无动于衷，继续向前涌动着，没有人让路，甚至连看他们一眼的兴趣都没有。

蔡继刚隔着车窗无奈地望着公路上成千上万的难民，烦躁地扯开衣领，极力控制住自己的焦虑情绪。走不动也只好等一等了，你就是急得火上房也没用，总不能从人群里撞出一条血路来。

中国的老百姓此时实在倒霉，政府的行政效率低下，没有官员会真心帮助民众，他们向来处于自生自灭的生存状态。战事开始之前也没有任何政府官员通知民众，直到听到枪炮声他们才知道打仗了，于是便自发地收拾起细软，赶着牛羊出门逃难。至于朝哪个方向走，到哪里去避难，他们心里却一片茫然。此时他们竟朝着火线方向涌动着，懵懵懂懂，一头撞进正在激烈交火的战场。

蔡继刚终于冷静下来，他认为公路上这种状况非常危险，一旦日军飞机临空，后果将不堪设想，那些日军飞行员对袭击平民向来是乐此不疲。但他无奈于自己势单力薄，面对这成千上万没有任何组织的难民，他是如此渺小、无能，什么也做不了，也没有人会听从他的指挥。

这个念头刚刚闪过，蔡继刚担心的事果然发生了，两架日军零式战斗机沿着公路超低空掠过，机翼下的机枪喷射着一团团火焰，密集的弹雨将公路上的人群打得人仰马翻……

## 第三章

吉普车司机手疾眼快，他猛打方向盘，加大马力将吉普车开下路基，副官沈光亚迅速把蔡继刚拉出车厢扑倒。

蔡继刚怒火难平地推开沈副官，随手掏出左轮手枪向日军飞机连开六枪，直到弹巢里的子弹被全部打光。他心里明白，这几枪除了发泄一下愤怒，不会有任何作用。

就在这时，天空中出现了四架编队的P-40战斗机，它们从公路上空一掠而过，向日军零式机猛扑过去，远处隐隐传来大口径机枪的连续射击声。

蔡继刚从P-40战斗机头部的鲨鱼嘴图案和机尾的青天白日徽上判断，这是中美空军混合团的飞机。很多人都知道，中美空军混合飞机头部绘有鲨鱼嘴图案，却鲜有人知道，这些彩绘图案其实有很多种，每一个飞行员都会根据自己的构想创作出各自可爱的造型，从鲨鱼嘴上表现出不同的神态，有龇着牙表示愤怒的，有撇着嘴表示嘲讽的，还有表示悲伤失望或渴望友谊的。那些在国外受过训的中国飞行员和他们的美国战友一样，几乎每个人都是标新立异者，都要尽量把自己飞机上的图案画得与众不同。

公路上的人流又重新蠕动起来，蔡继刚坐进吉普车，汽车随着人流缓慢地向前行走，蔡继刚疲惫地合上眼睛。一看见这些鲨鱼嘴图案的飞机，他便想起了弟弟蔡继恒。

蔡继刚唯一的弟弟比他小16岁，在中美空军混合团当飞行员，兄弟俩很长时间没见面了。

有一次蔡继刚在昆明遇见陈纳德将军，闲谈中他提到弟弟蔡继恒在中美空军混合团服役，陈纳德惊讶地睁大眼睛："蔡，你怎么不早说？原来'鳄鱼'是你弟弟。"

蔡继刚愣了一下："什么鳄鱼？他叫蔡继恒。"

陈纳德肯定地说："就是这家伙，他的绰号叫'鳄鱼'，不要说在中美混合团，就是在整个第14航空队他也是个名人，这是条胆大包天的鳄鱼。"

蔡继刚心里一沉，这浑小子是不是又惹事了？他太了解这个弟弟了，从小就极不安分，善做离经叛道之举。

"将军，我有好久没见到他了，我弟弟表现如何？"蔡继刚忐忑不安地问道。

"唔，他这个绰号起得很贴切，既凶狠又狡猾，名副其实啊。别人在空战中都是瞄准对方的飞机开火，可'鳄鱼'却专门瞄准对方的驾驶舱射击，他好像不在乎是否击落敌机，而是一心一意地要干掉对方的飞行员。现在这条'鳄鱼'已经击落过三架敌机，其中两架还是零式机，而且每次都是击毙了对方的飞行员，才导致飞机自然坠毁。值得一提的是，'鳄鱼'自己的飞机到目前还没被击落过，这说明他非常狡猾。所以他的军衔因为战功提升得很快,现在已经是上尉了,我看他很快就能当上王牌飞行员,真是个好小伙子!"陈纳德居然对蔡继恒赞不绝口。

"将军,有什么样的战绩才能获得王牌飞行员的称号?"

"哦,是这样,按照空军的传统,只要击落五架敌机就可以获得此称号,'鳄鱼'已经有击落三架敌机的成绩了,他早晚会成为王牌。"

蔡继刚相信陈纳德的话,弟弟从小就是个胆大包天的孩子,说起来还真是块当兵的材料,父亲蔡朝云想培养他当学者纯属一厢情愿,蔡继刚相信弟弟一定会是个作战勇敢的飞行员。问题是,这个离经叛道的家伙散漫惯了,他受得了军纪的约束吗?

"将军,我弟弟惹过什么事吗?"

"噢,军纪稍差一些,他和一个叫托马斯的美国飞行员是酒友,托马斯也有个绰号,叫'金枪鱼'。没有飞行任务的时候,这两条鱼经常溜出基地到酒吧去喝酒,上个星期还被宪兵送回了基地……"

"上帝啊,他们惹了什么事?"蔡继刚不安地问。

陈纳德轻描淡写地说:"嗨,也没什么大事,不过是喝得兴奋了点,用左轮手枪玩起了'俄罗斯轮盘赌[1]',金枪鱼先扣动扳机,他运气不错,枪没有打响。等轮到鳄鱼玩时宪兵赶到了,当时他正准备对着自己的脑门扣动扳机,宪兵们一拥而上夺过手枪。蔡,你猜怎么样?手枪转轮的击发位置上正好有一颗子弹,要是宪兵晚来一会儿,鳄鱼的脑门就开花了。"

蔡继刚惊出了一头冷汗,这倒像是蔡继恒干出的事,这浑蛋东西从小就不让人省心,父亲要是知道这件事一定会吓出心脏病来,他老人家还指望这小儿子继香火呢。

"将军,后来事情搞清楚了吗?他们是不是在赌钱?恐怕还有些同伙在一旁下赌注吧?"

陈纳德耸耸肩道:"没有同伙,只有他们两个,宪兵调查过,说这两个家伙没有赌钱,只是想证明一下自己的运气。蔡,虽然他们的游戏很荒唐,但我喜欢这两个浑蛋,我有个经验,凡是这种浑蛋,打仗都是好样的。"

"这两个浑蛋受处分了吗?"

---

[1] 俄罗斯轮盘赌:是在左轮手枪的六个弹槽中放入一颗或多颗子弹,任意旋转转轮之后,关上转轮,游戏的参加者轮流把手枪对着自己的头颅扣动扳机,中枪的当然是自动退出,怯场的也为输,坚持到最后的就是胜者。旁观的赌博者,则对参加者的性命押赌注。传说这种俄罗斯轮盘赌源自19世纪的俄罗斯。

"没有，我只是责备了几句，罚了金枪鱼一瓶1920年的威士忌，因为托马斯无论从年龄还是从军龄上都比鳄鱼更该受到处罚。"

蔡继刚忍不住笑起来："将军，我从来没听说过，军人违犯军纪，罚一瓶酒就算处罚了。"

陈纳德感伤地说："三天后，金枪鱼在武汉上空阵亡了，我很难过，还写了一封信给他的父母。蔡，我的经验是，战争时期，我们要尽量给予部下宽容，小事情能过就让它过去，消灭敌人才是最主要的。"

蔡继刚想起去年在重庆遇到弟弟时的情景，当时蔡继恒所在的中队在白市驿机场转场，兄弟俩在蔡继刚的办公室里见了一次面。

那天蔡继恒见了大哥第一句话就是："哥，今天是我生日。"

蔡继刚向来不关注这类小事，自己也从来不过生日，所以也不会重视别人的生日，他漫不经心地随口说："哦，那又怎么样？"

蔡继刚狡黠地眨眨眼："大哥，你不想送我个生日礼物吗？"

蔡继刚一边翻阅文件一边回答："你怎么也走这个俗套？过生日就过吧，还要哪门子礼物？"

弟弟立刻要起赖："我都23岁了，你当大哥的就从来没送过我礼物，有这么当哥的吗？"

蔡继刚想了想说："好，那你说吧，要什么礼物？想好了再说，你可千万别说想要一架P-40战斗机，大哥我送不起。"

"那我说了，我想要支司登式冲锋枪。"

蔡继刚一听就蹦了起来："什么，冲锋枪，你没发烧吧？你当我是军火商？再说了，你们飞行员不是都佩手枪了吗？"

"哎哟，大哥啊，我们配的那叫枪吗？一支点三八的破左轮，六发子弹，打鸟儿都打不起，我看顶多是个自杀工具。当年阎海文[1]手里要有支冲锋枪，也许还死不了。我可不想当阎海文，不管是在天上还是地上，我都得赢，所以我得有个趁手的家伙，你总不希望你兄弟当鬼子的俘虏吧？"

司登式冲锋枪是英国1941年年初研发的，1943年刚刚开始列装英国军队。

---

1　阎海文，辽宁北镇人，中国空军飞行员，航校六期毕业。1937年8月17日，阎海文驾机轰炸上海北四川路日军司令部时，被日军高射炮击中，机身着火。阎海文跳伞后落入敌阵，遭数十名日本士兵围捕并劝降，阎海文喊出："中国无被俘空军！"用手枪击毙数名日本兵，之后用最后一颗子弹自杀殉国。日本人亦敬重阎海文之气节，埋葬并立碑"中国空军勇士之墓"。关于阎海文之死还有另外一种说法，据日方史料记载：阎海文是在降落伞未落地时喊了这句话，然后持枪向日军射击，最后在空中被日军击毙。

英国驻缅部队曾向中国远征军和驻印军提供过少量司登式冲锋枪。由于数量太少,一般只配发给高级军官的警卫人员使用,不过以蔡继刚的身份,若是想找一支倒也不算是什么难事。

蔡继刚决定满足弟弟的愿望,美军驻重庆顾问团里有位上校是他的校友,那位上校拍着胸脯说:"没问题,驻重庆的英国武官乔治少将是我朋友,我向他要一支就是了。"

那位校友果然说话算话,第二天就送来一支崭新的司登式冲锋枪。战争时期,高级军官之间互送武器的事算不了什么,区区一支枪报个"战损"就可以销账了。

蔡继刚把这支枪给了弟弟,他只说了一句话:"继恒,枪可以给你,但我希望你永远不会使用它。"

是啊,一个战斗机飞行员,一旦到了使用冲锋枪的时候,那可是凶多吉少了,蔡继恒的思维方式是永远想到最坏的可能。

一阵飞机的轰鸣声把蔡继刚拉回到现实中,那四架涂着鲨鱼嘴图案的P-40战斗机又一次掠过公路返航了。

蔡继刚把头探出车窗,目送飞机远去。他心里在想,刚才那几架飞机里,会不会有弟弟蔡继恒呢?

## ·第四章·

蔡继恒从飞行员餐厅里出来,三拐两绕就进了杰克中士的工作间。这个工作间孤零零地坐落在衡阳机场的东南角上,和大部分机场建筑离得很远,平时这里很少有人来。

蔡继恒是个1.75米的中等个子,像大部分中国南方的男人一样,身材略显单薄,是那种身材比例很均匀的人。他清瘦的脸上肤色白皙,鼻梁精致挺直,浓密的头发略微卷曲,两颊侧面有着天生的、长长的鬓角。他脸部最显著的标志是,两道浓黑的剑眉。它们和两只细长的眼睛搭配起来,让他的面容显得十分生动。

第3大队的年轻飞行员们对蔡继恒有着如下评价:他这副小模样天生就是为舞台而生的,演个唇红齿白的小生连化妆都免了。

有一次蔡继恒穿着短裤在宿舍里看书,把两条光腿跷在另一把椅子上,第8中队有个绰号"白狼"的家伙,看到蔡继恒那白生生的光腿,便生出些许猥亵的念头。其实这怨不得白狼,蔡继恒腿上的皮肤光滑洁净,不像一般男人那样汗毛浓重,看起来难免使人想起年轻女人的大腿。白狼顺手在蔡继恒的腿上摸了一把,坏笑着说:"小蔡,我觉得你应该到梅兰芳先生那儿混碗饭吃,你要是好好打扮一下,演个《贵妃醉酒》什么的绝对没问题……"

白狼话音未落,就被蔡继恒一把掐住脖子,脑袋被死死地按在桌上。蔡继恒手里不知何时出现一把伞刀,锋利的刀刃已经顶住白狼的颈动脉,宿舍里所有人都惊呆了。

蔡继恒声音不高,却充满了杀气,他冷冷地说:"白狼,你有两个选择,要么向我道歉,要么我割断你的脖子。听清楚了吗?"

白狼的脸色变得煞白,他连声喊道:"我道歉,我道歉,对不起,对不起……"

蔡继恒收起伞刀,若无其事地坐下,继续看书,宿舍里一下子变得鸦雀无声。能当上飞行员的人没有胆子小的,可是这些胆大包天的家伙都被这个小白脸震住了,他们倒不是怕刀子,而是被这小白脸那细长眼睛里射出的杀气吓住了。

当然，这都是蔡继恒刚刚到中美空军混合团报到时的事了，"小白脸"这个称呼很快就没人敢叫了，取而代之的是一个凶恶的绰号"鳄鱼"，这表明蔡继恒为了摘掉"小白脸"的帽子，有过一系列维护尊严的举动。

其实蔡继恒对自己的相貌也很不满意，他甚至不喜欢照镜子。他羡慕那些身材高大粗壮、面部线条粗犷的北方大汉，认为那才是男人应有的形象。可爹妈把自己生成这样，尤其是承继了母亲那身雪白的皮肤，这使蔡继恒感到非常不幸。

蔡继恒家兄妹四人，蔡继刚是长子，下面是两个妹妹，这两个妹妹早已出嫁，现在暂时随丈夫居住在昆明和重庆。蔡继恒是兄妹四人中年龄最小的弟弟，他生性顽劣，从小就不安分，三天两头在外边惹事，经常有邻居带着哭哭啼啼的孩子前来告状，控诉蔡继恒打人的罪行。蔡家几代都是书香门第，偏偏出了这么个孽种，真应了那句民间俗语：老倭瓜也有串秧的时候。这令父亲蔡朝云非常头疼。为了管教这孽障，蔡朝云动用过无数次家法，每次都用藤条将蔡继恒的屁股打得皮开肉绽，但这毫无作用。蔡继恒每次挨完打后，只要屁股上的伤一愈合，又会兴致勃勃地开始新一轮的恶作剧，在挨揍问题上，蔡继恒是个毫无记性的孩子。

1940年，蔡继恒在昆明西南联大历史社会学系读三年级，这是父亲蔡朝云逼迫的结果。蔡继恒可不喜欢这种校园生活，他表达反抗的方式就是上课读小说或睡觉。有一次听陈寅恪先生的课，蔡继恒睡着了，居然还打起了呼噜，惹得陈先生大发雷霆，跑到梅贻琦校长那里要求给予这个学生处分。陈寅恪教授当年已经是闻名遐迩的历史学家了，作为一个历史社会学系的学生，得罪陈先生可不是一个明智之举。蔡继恒见惹了祸，正考虑是否要去陈先生家负荆请罪，求得先生的原谅，可还没等他拿定主意，中日战争史上一场惨烈的大空战发生了。

1940年9月13日，日本海军最新装备的零式战斗机在重庆以西的璧山县上空与中国空军的苏制伊-15、伊-16机群相遇，双方展开空战。这一仗中国空军被打惨了，几乎没有还手的余地，十几分钟内被连续击落13架，受伤迫降11架，飞行员阵亡10人，负伤8人。而日军零式战斗机创此战绩后，全部安全返航，无一损失。这场一边倒的战斗让中国空军丢尽了颜面。而日本方面占了便宜还嫌不够，又在本已很辉煌的战绩上再加水分，日媒公布的数字是击落中国空军战斗机30架，损毁比例为30:0。

璧山空战的消息传到西南联大，在校园产生了爆炸式的效应，这种奇耻大辱使大学生们简直发了疯，各系的学生都没心思上课了，他们聚集在操场上久久不肯散去，中国的陆军已经使他们大为失望，众学子都把希望寄托在中国空军身上，因为空军飞行员都是高素质、高学历，经过万里挑一选拔出的精英人士，他们完全没有理由打败仗。

那天蔡继恒被气得七窍生烟，他在人群中破口大骂，把那些不争气的飞行员骂了个狗血淋头。其实大学生们真是冤枉了飞行员们，他们并不知道这场刚刚发生的璧山空战是一场载入史册的特殊战斗，那是日军零式战斗机刚刚完成测试，尚未列装时首次进行的大规模空战。就飞机性能而言，零式机是当时世界上最先进、性能最优良的战斗机，对零式机而言，中国空军装备的苏制伊-15、伊-16战斗机无非是一些活靶子，双方飞机的作战性能完全不在一个层面上。

中国空军这次丢脸的战斗也遭到西方媒体的大肆嘲笑，《华盛顿邮报》甚至称这次战斗为日军飞行员的"空中狩猎活动"。

然而璧山空战发生15个月后，美国人也笑不出来了。1941年12月7日，太平洋战争爆发，日本海军偷袭珍珠港。日本刚换装的81架零式战斗机，作为护航战斗机参加了两个攻击波的空袭，完全掌握了瓦胡岛上空的制空权。随后，驻中国台湾的日本陆基航空兵也大举空袭菲律宾的美国克拉克等空军基地，零式战斗机采用多次训练的低速省油的飞行方式，为一式陆上攻击机进行远程护航。美军面对续航力如此强大的日本战斗机，不禁大为惊骇，在菲律宾的美国空军也被打得七零八落。太平洋战争初期，日本零式战斗机性能超过所有盟军飞机，特别是其机动性和续航力无人能比，有"万能战斗机"之称。当时美国的F-2A水牛、F-4F野猫、P-40战斧等飞机，面对零式战斗机的凶猛攻击一筹莫展。在中国香港、新加坡、菲律宾、东印度甚至印度洋，零式战斗机统治了整个天空，为日军的登陆作战打下了坚实的基础。

如此说来，中国空军在1940年的璧山空战中表现得还不算太丢脸。

当年的蔡继恒还是个狂妄得没边儿的热血青年，除了一腔热血，在军事知识方面还属于无知者无畏的状态，就是给他个上将总司令他都敢当。他肆无忌惮地在操场上叫骂着："空军的这些浑蛋都该送进军事法庭枪毙，这帮浑蛋吃得好，穿得好，平日里牛皮哄哄，怎么一打仗就打成这个熊样？妈的，就是蔡某上去也不至于……"

一个同学拍拍蔡继恒的肩膀说："继恒，系里通知同学们去上课！"

蔡继恒余怒未消地说："不去，上什么课？仗打成这样，都他妈快当亡国奴了，就是读完大学又有什么用？"

另一个同学跑来，边跑边喊："同学们，空军军官学校来招飞行员了，愿意报名的去总务处填表。"

蔡继恒一听就蹦了起来，他意识到机会终于来了，要想抗日救国，光靠读历史可不行，都说百无一用是书生，这话还真有些道理，国家危亡时刻需要的是军人。蔡继恒一向自视甚高，他认为自己不是扛支步枪去钻战壕的料，既然做军人，就一定要选择最尖端的军种，空军自然是首选，而战斗机飞行员则是空军的精粹，甚至可以说是整个军队的精英。那么好，就学飞行吧，蔡继恒就不信那些日本飞行员长着三头六臂，他早晚要在天上和那些浑蛋过过招。

蔡继恒没有和任何人商量就报了名，并且如愿以偿地通过了飞行员的考试和体检。等父亲蔡朝云知道后，怒火万丈地从重庆赶来捉拿蔡继恒时，他早已跑到保山以东云南驿的空军官校上起了初级班的课程。

其实蔡朝云并非不爱国，可他只有两个儿子，长子蔡继刚已经成为职业军人，常年奔波于战场，对这个长子，老爷子不能再说什么，国家有难，蔡家出一个儿子去打仗那是应当的，老爷子这点觉悟还是有的。可爱国归爱国，老爷子的爱国觉悟还没有高到不顾蔡家传宗接代的地步，大儿子已经献给了国家，小儿子是无论如何不能再当军人了，他就该好好读书，将来当个学者教授，这才耀祖光宗。为这件事，老爷子还特地跑到重庆航空委员会闹了一场，但毫无结果。

1942年，蔡继恒已经在空军官校初级班毕业，因成绩优良，被暂时留校任教。这年5月，日军占芒市，陷龙陵，轰炸保山，与中国军队对峙于怒江。空军官校初级班被迫迁校至印度旁遮普省首府拉合尔[1]，蔡继恒在拉合尔当了一年的飞行员训练教官。

1943年3月，美国驻华空军特遣队扩编为美国陆军航空兵第14航空队，陈纳德将军建议，中美双方各派空地勤人员，组成三个飞行大队配合作战，定名为中美空军混合团，1943年10月1日正式成立于印度卡拉奇[2]。蔡继恒坚决要求进入作战部队获得批准，被分配到中美空军混合团第三大队。这个由中美飞行员混编的飞行团下辖一个轰炸机大队和两个战斗机大队，编号分别为第一、第三、第五大队。

中美空军混合团是政治压力与军事革新的产物，在中国抗战最艰苦的阶段

---

1 在第二次世界大战中，拉合尔属印度。二战后，印度半岛获得独立，分为印度、西巴基斯坦、东巴基斯坦，拉合尔属于西巴基斯坦。因领土纠纷（即克什米尔问题）印巴两国于1948年、1965年、1971年在克什米尔地区发生了三次印巴战争，第三次印巴战争直接造成东巴基斯坦独立成为孟加拉国。现在的拉合尔为巴基斯坦第二大城市。

2 卡拉奇当时也属于印度，现在属于巴基斯坦。

扮演着一个重要角色。它是一个奇迹，两种截然不同的文化背景和肤色的人种，竟然能融合成一个坚强的战斗单位。中美空军混合团创造了令人称道的辉煌战绩，同时也克服了两国混合单位所产生的文化上与技术上的巨大差异。抗战后期，中美空军混合团对整个战争进程，起到了不可忽视的作用。

1943年以后，在美国人的帮助下，源源不断的中国新飞行员从航校毕业，被分配到作战部队。但并不是每个中国飞行员都能分到中美空军混合团，其中还有一部分人被分配到美国陆军第14航空队，成为正式编制的美国军官。因第14航空队里大部分都是美国人，中国人只是极少数，所以中国飞行员们并不喜欢那里，都盼望着能调到中美空军混合团服役，回到自己人中间。

这么比起来，蔡继恒还是很幸运的，他对自己所服役的单位感到十分满意。

蔡继恒是三天以前临时迫降衡阳机场的。那天他和第5中队的海蜇皮、杜黑、芬兰刀组成四机编队，从桂林机场起飞到武汉执行轰炸任务。蔡继恒的运气不太好，他的飞机被地面日军高射机枪击中尾部，一开始蔡继恒还没察觉什么，等返航时事情就来了，飞机越飞越吃力，机尾还冒起了黑烟。蔡继恒检查了一下航路图，发现衡阳机场就在附近，此刻除了迫降，似乎再没有更好的办法。

蔡继恒用密语通知编队的三位伙计："喂！海蜇皮、杜黑、芬兰刀，我是鳄鱼，我准备迫降5号圈（衡阳机场），今晚就不回2号圈（桂林）了。请告诉火枪手（大队长），我的马（飞机）一旦休息（修理）好，我立刻返回2号圈。"

中美空军混合团的空地勤人员大部分都有绰号，尤其是飞行员们，在空战中彼此称呼绰号也是一种保密措施，被日军的侦听部门掌握了真实姓名总不是一件好事。飞行员们的绰号五花八门，大部分绰号都有出处。"海蜇皮"赵宇霆是浙江人，暗合一个"蜇"字；"杜黑"楚崇光是制空权理论的创立者杜黑的忠实信徒；"芬兰刀"王海文是个刀具爱好者，收集各种刀子，尤其喜爱芬兰刀，因此得名。

海蜇皮是个大嗓门："鳄鱼，我们陪你到5号圈，把你安置好（安全落地）再走！"

杜黑用密语说："鳄鱼，你的马还行吗？实在不行就驾云（跳伞）吧！"

蔡继恒回答："诸位，这点小事就不用操心了，祝一切顺利！"

蔡继恒虽然这么说了，队友们却仍不放心，他们坚持陪同蔡继恒飞到衡阳机场上空，看着他安全落地后才晃晃翅膀编队返航。

蔡继恒听机械师说，他的飞机修复虽然没什么大问题，但有几个零件需要更换，凑巧的是衡阳机场的零件库里没有这类零件，只好请蔡继恒耐心等几天，芷江机场的运输机三天以后就会把零件捎来。

看来他只能在衡阳机场等几天了。

刚才蔡继恒在餐厅门口遇见机械师杰克中士，他和杰克是好友。一年以前，蔡继恒驻梁山机场时，杰克是他的机械师，负责维修他的飞机。按惯例，飞行员和机械师都会相处得比较好，因为飞机的维修保养质量，直接关系到飞行员的生命，这绝对不是一件小事。蔡继恒与杰克自然成了好朋友。在中美空军混合团里，大部分中国飞行员的英语都不太好，说几句日常用语没问题，但能和美国同事用英语聊天的，除了蔡继恒等少数几个人，大部人都不行，只能靠手势交流。蔡继恒与杰克之间没有语言障碍，杰克是个粗人，他的语言很不文明，经常夹杂些粗话。蔡继恒的英语虽然很好，但英文教师并没有教过他说粗话，于是杰克成了他的老师，条件是每次在酒吧的消费由蔡继恒付账。当然，蔡继恒也会偶尔教杰克几句中国粗话作为报答，杰克学得很认真。第3大队的副队长徐华江少校是留美生，英语也很好，据他反映，有一次在机库，他听到蔡继恒和杰克在用英语互相谩骂诋毁，其污言秽语不绝于耳。

按照规定，空勤人员的伙食标准要大大高于地勤人员，因此杰克经常在飞行员餐厅门外探头探脑，对这种不公平的待遇牢骚满腹。蔡继恒知道后，便大包大揽地说：想吃什么你就说，有兄弟我吃的，就有你吃的，咱们兄弟谁跟谁呀？

那段时间，蔡继恒经常从空勤灶偷一些地勤灶见不到的食品给杰克解馋。

后来杰克被调到衡阳机场，蔡继恒所在的第5中队转场到了桂林机场，两人这才分开，但一年来他们一直没断联系。

杰克今年30岁，和蔡继恒这些年轻人比起来，算是个老家伙了。但两人之间没有一点年龄障碍，不仅相处得像兄弟，还没大没小，相互骂骂咧咧是常事。杰克的绰号比较吓人，叫"响尾蛇"，鬼知道是谁起的名，其实他是个非常善良温和的人。

杰克是西雅图人，他和父亲两代人都在波音公司的飞机制造厂工作。当年陈纳德在美国招募志愿人员，杰克别的没听清，他只记住了一点，那就是月薪300美元的待遇。他当时的月薪是80美元，这在当时的美国社会属中等收入。杰克在招募会现场计算了一下，马上对这300美元的工作产生了浓厚兴趣——这几乎是他现工资的四倍，这还有什么可犹豫的？他当即决定参加志愿队。这笔账还用算吗？作为一个普通机械师，除了去中国，全世界没有任何一个国家能挣到300美元的月薪。

在招募会上，陈纳德除了介绍志愿人员的待遇，还向大家宣传中国的抗日战争。陈纳德是个理想主义者，对法西斯主义深恶痛绝，他对杰克说：日本法西斯正在屠杀中国人民，我们要去帮助中国人，帮助中国就是匡扶正义。

说实话，杰克当时听得一头雾水，因为无论是中国还是日本，对他来说都没有任何概念，杰克只是个技术人员，技术以外的事他从来不大关注。两年以后，在梁山机场的修理车间，他对蔡继恒说，以前他对中国的全部印象都来自西雅图市区的Chinatown（中国城），除了吃过一次同事请客的中餐外，别的什么也不知道。至于日本，杰克只知道一种叫寿司的食品，吃的时候还要蘸一种怪怪的绿色芥末酱，不过味道他妈的实在不怎么样。

蔡继恒对杰克的孤陋寡闻感到很愤怒，真不像话，一个具有五千年历史文明的东方古国，这家伙居然不知道？他好歹也是个机械师，若是放在中国也算是个大知识分子了，怎么知识贫乏到这等地步？

面对蔡继恒的愤怒，杰克抱歉地耸了耸肩："鳄鱼，我为什么要知道这么多与我无关的事？人的头脑就像一间房子，空间是有限的，要是没用的杂物放多了，那么有用的东西就放不下了，我就不信你家的房子里放的都是他妈的破烂。"

杰克的歪理把蔡继恒气得直想用脑袋撞墙，但还是原谅了他。杰克的前半生都生活在自己的巢穴里，外边的世界根本不关他的事，你不能要求一条响尾蛇关心人文地理、时事政治。

尽管杰克是个傻乎乎的家伙（至少蔡继恒这么认为），但就航空机械师而言，他绝对是个技术精湛的高手，修理各种型号的飞机根本难不住他。

绰号"响尾蛇"的杰克，却是个脾气温和的人，从没见他发过火。关于这一点，杰克自己也很不满意，他非常希望自己能变得凶恶一些，这样才能显出男子汉气概。他在自己左上臂的肱三头肌上文了个响尾蛇图案，图案是他自己设计的，从构图上看缺乏艺术性，那是一条昂头盘起的响尾蛇，为了突出那条能够啪啪作响的尾巴，他把蛇尾也设计成翘起状，和蛇头处在同一条水平线上，显得那么不伦不类。

自从有了这个文身，杰克便经常光着膀子干活儿，哪怕天气很冷也要袒露一下文身，他认为这是展示自己的最佳方式，很酷！

对蔡继恒由于相貌带来的种种烦恼，老杰克深表同情，他总是得意扬扬地脱下上衣，向蔡继恒展示自己的文身，并怂恿道："鳄鱼，我们是男人，男人是有尊严的，长成什么样子当然是上帝说了算，但如何展示自己，这可由我们自己说了算，你看我这条响尾蛇多么凶恶。告诉你，自从我有了这条响尾蛇以后，就有了明显效果，所有的同事都开始讨好我，把我惯得也有了脾气，动不动就想揍人！"

蔡继恒被杰克鼓动得有些心猿意马："老杰克，你真的觉得文身以后感觉就好多了？没有人说你是娘们儿啦？"

"当然,谁敢说我不是男人?除非他活得不耐烦了。鳄鱼,你的绰号很不错,但你走在大街上,谁会知道你叫鳄鱼呢?你总不能见人就说:'喂,我是鳄鱼!你不要惹我啊。'那不是大脑有病吗?所以你要听我的,马上在左臂上文一条鳄鱼,要不我来帮你设计个图案?"

蔡继恒考虑了一下,觉得自己若是不同意就会辜负杰克的一片热忱,他不能伤害朋友的感情,反正也不是什么大事,索性就刺一条鳄鱼吧。当然,杰克设计的图案实在不怎么样,还是自己设计吧。

于是蔡继恒在自己左上臂的肱三头肌上文了个鳄鱼的图案,从此只要是和杰克坐在一起喝酒,两人便不约而同地脱下上衣,相互炫耀自己的文身。

分别快一年了,杰克见到蔡继恒很是高兴,他拍着胸脯说,今晚由他做东,去酒吧坐坐。

蔡继恒当时只想着快点返回基地,对杰克的热情邀请显得有些心不在焉,他推脱说:"算啦,响尾蛇,拜托你赶快给我修飞机,我们那边忙着呢,有时一天之内要起飞两三次,飞机一落地,地勤人员马上加油装弹,飞行员就在飞机旁等着,加油装弹完成后立刻起飞。响尾蛇,我需要尽快赶回去。"

杰克不屑地说:"你的飞机有人修,我现在可不是个一般的技术人员了,没时间摆弄P-40。"

"哟哟哟,这么神气?你总不至于当将军了吧?"

"这么说吧,比起一年前,我的地位有了空前的提高,陈纳德将军给我派了重要任务,我现在有更好玩的东西。鳄鱼,你猜一猜,我在玩什么?"

"我说响尾蛇,你在玩什么不关我的事,我他妈的正烦着呢。"蔡继恒说着要走。

杰克得意扬扬地说:"鳄鱼,如果我告诉你,我拥有一架完整的日本零式机,你信不信?"

蔡继恒猛地停住脚步:"真的?在哪儿?不会是在东京吧?"

"嘿嘿,在我的工作间里。你只能悄悄来,这是个比较保密的任务,千万不能泄密!"杰克故作神秘地说。

蔡继恒嘲笑道:"什么事到了你那儿都成了保密任务,你不就是个破机械师吗?又不是将军,保密的事能让你知道?我们中国有句俗话,叫拿着鸡毛当令箭。响尾蛇,你现在就正拿着根鸡毛。"

"什么意思?我并没有拿什么鸡毛……等等……我要把这句话记在本子上,这是句骂人的话吗?好像还很有深意……"杰克手忙脚乱地翻找着本子。

蔡继恒懒得解释:"响尾蛇,你怎么一听骂人的话就他妈的来精神?你先去，我10分钟以后到你工作间。"

蔡继恒望着杰克的背影嘀咕道：这小子不会是骗人吧，他上哪儿去搞一架完整的零式机呢？

太平洋战争初期，日军仅有300架零式战斗机，其中250架投入了太平洋战场，就凭借这区区250架零式战斗机，日军在开战后几个月时间里便把盟军在太平洋地区的战斗机消灭了三分之二。当时盟军飞行员驾机起飞迎击零式机时，无论是飞行员还是指挥官都明白，飞机一旦起飞，返航的可能性几乎为零。

1942年以后，美国军方陆续得到几架被迫降的零式战斗机，经过研究，大致掌握了它的结构性能和缺陷，也为盟军战斗机飞行员提供了对付零式机的空中新战术，自此空战中一边倒的现象才得以扭转。

在蔡继恒的战绩表上，有着击落两架零式机的记录，他对太平洋战争初期牺牲的那些盟军飞行员怀有深深的敬意，没有他们的牺牲就不可能取得对付零式机的宝贵经验，这是拿鲜血换来的经验。

杰克的工作间其实是个小型的飞机库，里面很宽敞，蔡继恒果然看到一架没有起落架的零式战斗机，飞机的两个机翼架在两个50加仑的空汽油桶上，杰克带着几个中国地勤人员正围着机身忙活着。

杰克抬头看见蔡继恒，得意地指指飞机说："亲爱的鳄鱼，看看吧，这是我的新'情人'，她漂亮吗？"

蔡继恒围着飞机走了一圈，仔细观察着上面的部件问："响尾蛇，告诉我，你这'情人'是从哪个耗子洞里找来的？"

杰克拍了拍机翼说："听说是你们的游击队员在一个偏僻的海滩上捡来的。可能是这样，这架飞机的油箱中了一发子弹，造成燃料泄漏，这狗娘养的飞行员打算在海滩上迫降，谁知沙地太软陷住了轮胎，飞机一下就翻了，这家伙的脖子就像根筷子一样被折断了。这架飞机后来被几个农民发现，他们通知了游击队，那些游击队员把飞机拆卸后秘密通过日军封锁线运到后方，在运输过程中有不少零件被损坏或丢失了。不过这没关系，我们打下过很多零式机，我从那些残骸中找到了不少有用的零件，用了两周时间拼出一架完美的零式战斗机。"

蔡继恒朝架机翼的汽油桶踢了一脚："怎么连起落架都没有？"

杰克回答道："原来的轮胎已经被中国农民割掉做了鞋底，我无法恢复原状，只好把一架老式霍克双翼飞机上的轮胎拆下来代替，现在还没来得及安装呢。他妈的，我才搞清楚，原来零式机的外皮是布做的，这些日本猴子可真有想象力，居然用布做飞机，其实我很希望他们用报纸糊飞机，然后你用竹竿就可以把它捅下来了。你看，它的副翼、方向舵和升降舵上的日本原装蒙布都被老百姓撕走做了衣服,所以我只好用中国丝绸涂几层漆来代替。你们中国女人不是讲究穿丝绸旗袍吗?我也打算给我的美人穿上丝绸做的旗袍。"

蔡继恒疑惑地问:"为什么要费这么大劲运过来?对我们来说,零式机已经不是什么秘密了。响尾蛇,陈纳德将军为什么要让你做这件事?"

"陈纳德将军对我说,杰克,不对……当时他叫我的绰号,他说:'响尾蛇,日本人一直在改进这种飞机,我们一定要搞清楚,比起以前我们掌握的数据,这种飞机的性能是否有了很多改进和提高,响尾蛇,我要你把它修复,让这架该死的飞机飞起来,这对盟国来说非常重要,除你之外没有人能办得成这件事。'"

蔡继恒哼了一声,挖苦道:"响尾蛇,当时你一定是受宠若惊吧?"

杰克可听不出蔡继恒的挖苦,他认真地说:"当然,我当时的确有些受宠若惊,陈纳德将军可是个大人物。我向将军立正敬礼说,谢谢!长官,我以前没有摆弄过零式机,但这没有什么了不起,我会尽力完成任务,感谢你对我的信任!"

蔡继恒跳进零式机的驾驶舱,摆弄着操纵杆说:"老杰克,你都发现了些什么?"

杰克以赞美的口吻说:"它的设计原理非常新颖、聪明,有许多创造性的发明。它的左右机翼与驾驶舱浑然一体,减轻了接头和螺杆的重量,它的起落架很轻,只有P-40飞机起落架的三分之一重。瞄准具和氧气装置也设计得非常精巧,而冷却器、油箱、螺旋桨和发动机居然是一个整体,只用四个大螺钉就固定在飞机的火墙上,全部燃油、润滑油、压力、温度和其他管路,都连接到一个简单的接线盒上,安装或拆卸一台完整的零式发动机以及飞机螺旋桨和润滑油冷却器系统,只需25分钟至30分钟。而我们的P-40或P-51,干同样的活儿却需要5至6个小时,这种明显的时间优势,在战时具有非常重要的意义……"

"行了,老杰克,你少说些技术术语,你只要告诉我,比起以前的老型号,这种新改进型的零式机都有哪些提高?在空中格斗中我们该如何对付它?"

"鳄鱼,请耐心一点,听我说完。我们都知道,零式机之所以灵巧是因为重量比美国飞机轻一半,这样才使它的飞行性能具有极大的优势。我发现这架改进过的零式机比以前的老型号又轻了不少,原来这些狗娘养的设计师把飞行员的防护装甲都全部拆除了,他们好像不大在乎飞行员的生命。另外,又去掉了一英寸厚的自封油箱[1],还把发动机的电动启动机也去掉了,其实这玩意儿只有

---

1 早期的军用飞机油箱是金属的,只要被击中就会漏油或起火,后来发明了自封油箱,就是在油箱内加装了一层软橡胶,这种软橡胶在被射穿时具有自我修复能力,弹孔周围的橡胶会快速阻挡住洞口,以防止油箱内的燃料外泄。自封油箱由于壁厚减少了油箱容积,因此也减小了载油量,缩短了飞机的航程。第二次世界大战后期的日本零式飞机为减轻重量,加大航程,干脆取消了自封油箱,恢复了危险的金属油箱。

## 第四章

10磅重，他们是想在每一个微小细节上去节省重量。"

蔡继恒忍不住又打断杰克的絮叨，他大声嚷嚷道："该死的响尾蛇，你有完没完？我不是机械师，不想听这些枯燥的技术术语，我关心的是它的弱点，弱点，你明白吗？知道它的弱点我才能揍它！"蔡继恒一拳砸在仪表盘上……

杰克心疼地喊起来："鳄鱼，你他妈的轻点，它精巧得像个美人儿，你不能这么粗鲁地对待它。好吧，鳄鱼，我来告诉你结论，零式机的爬升率和转弯半径极好，能轻易超过我们的F-4F野猫和P-40。鳄鱼，你记住，在低空时用这两种飞机和零式机进行缠斗无异于自杀。但如果在高空，零式机的垂直机动性能开始恶化，原因是副翼的动作出现呆滞，反应变缓，这时候你知道该怎么办。另外，零式机的俯冲速度不快，在战斗中如果被零式机咬尾，应立即以高速俯冲并滚转，通常就可以摆脱，但切记不可使用爬升手段摆脱，也不要追击急剧爬升的零式机，否则就是他妈的死路一条。还有，零式机没有自封油箱和灭火设备，油箱一旦被击中就会变成个大火球。它也没有任何装甲保护飞行员，这就好办了。鳄鱼，还用你的老办法，先瞄准它的座舱，把那狗娘养的飞行员打成一块红红绿绿的比萨饼，别的你都不用考虑。"

蔡继恒眼珠一转，心里立刻有了主意，他满脸堆笑地问："亲爱的响尾蛇，你的零式机准备由谁来试飞呀？"

杰克大模大样地坐在一个破沙发上，接过地勤人员递过的咖啡喝了一口："还没有定，这恐怕要由陈纳德将军来考虑。等等……鳄鱼，你什么意思，总不会是你想来试飞吧？"

蔡继恒往前挪了一下，推心置腹地说："老杰克，你告诉我，咱们是不是好朋友？"

"唔，这我可不敢说，因为我不知道你脑子里在想什么坏主意，我是个很单纯的人，纯洁得就像一张白纸，弄不好就会上你的当。鳄鱼，把你的坏主意说出来，我先听听，然后我再告诉你，咱们是不是好朋友。"杰克狡猾地望着蔡继恒。

"老杰克啊老杰克，你可真让我失望，我们中国有句话叫热脸蛋贴到冷屁股上，我一心一意拿你当好朋友，他妈的逢人便讲，我有个好大哥，家在美国西雅图，将来我退了休要在西雅图海边买块地盖房子，和我大哥在一起安度晚年。老杰克，我发现你很不真诚，好像根本没把我当好朋友，你甚至不承认我这个朋友，这真的让我很伤心……"

"行了，行了，鳄鱼，别说了，再说你真要流出鳄鱼的眼泪了。我看出来了，你绕来绕去和我称兄道弟的，其实就是想玩玩零式机，是不是？"

"当然，我当然想玩玩，再说了，你好不容易把它修复了，总要有人试飞吧？咱们何必求别人呢？你兄弟我就可以代劳呀。"蔡继恒的嘴像抹了蜜一般。

杰克一口拒绝道："鳄鱼，这我可不能答应你，没有陈纳德将军的批准，谁也不能动零式机，否则老爷子会杀了我。"

蔡继恒苦口婆心地开导："亲爱的老杰克，陈纳德将军又不是全知全能的上帝，他怎么会知道咱们的事呢？我们完全可以不让他知道，除非你背叛了我们的友谊，但是凭你老杰克的为人，我百分之百地相信，你会守口如瓶，是不是？"

杰克的确是个实在人，他哪里是巧舌如簧的蔡继恒的对手，才两三个回合就败下阵来，他犹豫着："鳄鱼，这件事我需要考虑……再说，我们怎么能说服塔台的值班军官呢？没有塔台的起飞命令强行起飞，会惹出大事的。"

"这你就不用操心了，一切由我来办。我说响尾蛇，如果我没记错的话，零式机应该有两门20毫米机关炮和两挺7.7毫米机枪，机翼下还可以挂两颗60公斤炸弹。我的问题是，你收集了多少弹药？"

"弹药好像不成问题，可以按照它的标准弹药基数配备，可是……鳄鱼，你要干什么？就算我同意你试飞，也不必要带弹飞行吧？"杰克狐疑地望着蔡继恒。

蔡继恒严肃地说："老杰克，你到底只是个机械师，而不是飞行员，你只关心飞机的技术性能，却不关心它的武器系统，而我必须要测试一下零式机的武器性能，比如它的瞄准具和弹着点是否有误差等等。"

杰克搔了搔头皮说："你让我想一想，今天晚餐时答复你。"

"没问题，我会耐心等候你的答复。我说响尾蛇，你吃过中国的湘菜吗？好吃极了，我敢和你打赌，只要你吃一次，就一定会后悔，为什么没有投生在中国。在吃的问题上，不是我看不起你，你们美国人还处于茹毛饮血的原始状态，也缺乏一定的创造力和想象力。这样吧，今晚我请你吃湘菜，衡阳城里有家不错的湘菜馆，我带你去尝尝。"

杰克有些不好意思："鳄鱼，以前咱们喝酒就总是你付账，这次又让你破费，真不好意思。"

"老杰克，你说这话我就不爱听了，咱们谁跟谁？那是兄弟啊，是穿一条裤子的交情。"

"什么什么？穿一条裤子？我们为什么要穿一条裤子……"杰克又手忙脚乱地掏出本子要记录。

蔡继恒心说了，杰克啊杰克，蔡某搞定你这条响尾蛇根本不必费脑子。

满堂和铁柱正在村北的洛河边挑水浇地。哥儿俩挑着水桶才走了不到五个来回就累趴下了。从地里到洛河边大约有200米，若是平常年景，这活儿算不了什么，可自从前年闹灾起，兄弟俩就没吃饱过肚子，身子已经虚了，这200米的距离显得如此漫长。

满堂扔下扁担水桶，一头倒在地上，喘着粗气久久不吭一声。

铁柱也支持不住坐在地头上，喘息着问："哥，你咋啦？"

满堂没好气地哼了一声："没咋。"

铁柱说："哥，你是累了，你歇着，俺多挑几趟就行啦。"

满堂翻了个身："俺莫事，就是他娘的活得没啥意思。铁柱，你说咱哥儿俩这辈子就只能在土里刨食吗？"

铁柱闷闷地回答："不刨食咋办？咱爹咱娘都刨了一辈子，庄稼人就这贱命，咱得认命。"

满堂猛地坐了起来，大声喊道："狗屁！俺就不认命！俺这辈子就不是来挑水浇地、土里刨食的。"

"哥，那你是干吗来的？除了土里刨食咱还能干啥？"

满堂嘴里一时没了词："干啥来的？俺也说不清，反正不是干这个。"

铁柱小心翼翼地问："哥，那咱还干不干啦？要是不干，这点苗就得旱死，全家人还指望着呢。"

满堂看了一眼被晒得半蔫的庄稼苗，一下子泄了气，他爬起来又拎起了水桶："娘的，干吧，不干咋办？"

哥儿俩扛着扁担没走几步，就听见地头上响起摩托车的引擎声，铁柱抬头看了一眼说："哥，那鬼子又来啦！"

满堂捅了铁柱一下："小声点，这小子懂中国话，别让他听见。"

山田圭一把摩托车停在地头，笑嘻嘻地迎上来。

满堂努力做出笑脸道："山田大哥，你来啦！"

山田圭一笑着说："是鬼子来啦。"

铁柱不好意思地说："哟，你听见啦？山田大哥别生气啊。"

"我才不生气，我知道中国人叫我们鬼子。叫就叫吧，这已经很客气了。刚才我在来的路上遇见两个中国兵，我本来不想惹他们，大家客客气气各自走路不是很好吗？可这两个中国兵不这么想，他们举起步枪要向我开火，没办法，我只好先开了两枪，他们马上跑得连影子都没有了。"山田圭一拍了拍腰间的手枪套说。

铁柱盯着他的手枪套问："你这家伙叫王八盒子吧？"

山田圭一不满地说："这么叫很难听，怎么能叫王八呢？这叫南部十四式手枪。"

满堂问："山田大哥，你是不是又有事找俺？"

山田圭一点点头："你知道侯店乡吗？"

"知道，离郯县县城有30里，俺去年给东家送药材还去过那儿。"

山田圭一喜笑颜开地说："那太好了，我们部队要去侯店乡，你知道，地图上标的路很不准确，有时要走很多冤枉路。满堂，你能给我们带路吗？"

"可以，俺知道有条小路，很近。不过……俺有啥好处呢？"满堂毫不掩饰自己的贪婪。

"还按上次的规矩，20斤大米怎么样？"

"50斤，不干拉倒。"满堂毫不退让。

"好好好，就50斤，我们可以成交了。满堂，你们什么时候可以动身？我们长官说越快越好。"

"着啥急，咱还没成交呢。山田大哥，俺这可是两个人，每人50大米，统共是100斤。"

山田圭一考虑了一下，无奈地说："满堂，你这家伙肯定不是良民，这简直是敲诈。不过……现在军情紧急，我没时间和你讨价还价，100斤就100斤，我们马上走！"

满堂弯腰拎起扁担水桶说："那俺也得和俺爹娘打个招呼啊。"

山田圭一忙着发动摩托车："你们上车，我送你们回家，这样能快一些。"

满堂挥挥手，冷冷地说："你到村头等我们，千万别进村！"

"为什么？"山田圭一不解地问。

满堂突然爆发了："问啥问？俺不想让人家戳脊梁骨，要不是为这点救命粮，我……我……算啦，俺啥也不说了！"

山田圭一沉默了。

满堂和铁柱匆匆赶回家。进门后，哥儿俩急急忙忙找换洗衣服，收拾东西。

"满堂啊，你们哥儿俩要上哪儿去？"满堂娘赶紧问。

"去侯店乡，后天就能回来。"

满堂娘叹了口气："满堂呀，你从小脾气倔得像头驴，你现在要做啥事娘也拦不住你，要去就去吧，早去早回。娘只有一句话，你给我听好了……"

满堂望着娘那布满皱纹的脸轻声说："娘，你说，俺听着嘞。"

满堂娘摸了摸满堂的脸说："儿啊，记住！啥时候也不能干缺德事，听清楚啦？"

"知道啦，娘！那俺走了。"

妹妹翠花走过来，怯生生地拉着满堂的袖口小声说："哥，外边在打仗呢，到处是死人，哥，俺不要你死，你早点回家。"

"放心吧，我们一两天就回来，咱家的地还没浇完呢。"满堂和铁柱背起包袄向门外走去。

在跨出院门时,满堂猛地想起什么,回身问娘:"娘,俺爹呢?"

"你爹在陈家园子里浇地呢,中午才回来。"

满堂心里忽然泛起一股酸楚,这些日子净招爹生气了,他觉得有些对不起爹。其实,要不是为了那100斤大米,他才懒得给鬼子带路。

想到这里,满堂的眼睛有些湿润:"娘,跟爹说,别生俺气,等俺回来给他赔不是!"说完他拉着铁柱头也不回地走了。

满堂娘和翠花呆呆地目送他们远去,直到看不见,满堂娘才转过身来,偷偷抹去脸上的泪。

满堂和铁柱哪里知道,他们这一走,从此就和亲人们阴阳永隔了。

山田圭一所属的部队是日军独立步兵第11旅团第三联队,下辖三个步兵大队与一个步兵炮中队,这是一支齐装满员的联队,约2500人,此时的第三联队正以急行军的速度在豫中平原上由西向东行进。

山田圭一驾驶着挎斗摩托车行驶在队伍的最前方,满堂坐在挎斗里,铁柱则坐在驾驶后座上。

满堂饶有兴趣地打量着步行在身后的日本士兵,他们排成整齐的四列行军纵队,鬼子兵们个头不高但身材粗壮,面色红润,显得营养良好,就是军服有些破旧。每个鬼子兵都背着三八式步枪,腰间挂着牛皮子弹盒,他们的钢盔上都蒙着一层像渔网一样的网状物。

铁柱东张西望感到很新鲜,他不停地向山田圭一提问题:"山田大哥,干吗把渔网蒙在铁帽子上,是不是闲下来用它打鱼呀?"

山田圭一看了一眼铁柱,忍不住笑了:"那不是渔网,是伪装网,需要伪装时可以往上面插树枝树叶。"

"噢,那走在前边的那位扛着的是啥枪,枪把子咋是歪的呀?"

山田圭一回答:"那是大正十一式轻机枪,设计成这个样子,是为了让射手不用歪着脖子瞄准。"

"那……你们的手榴弹咋这熊样?连个木头把都没有,就像个甜瓜……"

"铁柱,你咋这么多话?给俺把嘴闭上!"满堂训斥道。

山田圭一回头看了看一个骑着白马的日本军官小声说:"没关系,这里除了我,没有人懂汉语。你看见那个军官了吗?他是酒井大佐,我们的联队长,大阪人,用中国话说,我们是老乡。"

满堂也回头看了一眼说:"嘿,你们鬼……不,你们日本人也讲究认老乡？"

"你又要说鬼子，这很不礼貌，我可没叫过你中国鬼子，你为什么总是叫我们鬼子？这很不好听。"山田圭一不满地责备道。

"好好好，不说了，不说了，以后叫你山田太君。行了吧？你们日本人事儿真他娘的多。"

突然前面传来零落的枪声和叫喊声，山田圭一猛地刹住车，满堂随着惯性差点飞出挎斗。

山田圭一拔出手枪用日语大叫了一声，只见走在队伍前边的日军机枪手闪电般端起歪把子机枪向前方开火，枪声震耳欲聋，灼热的子弹壳纷纷迸落在地上。

满堂这才看清楚，原来有几十个国军溃兵从山包那边出现，迎面跑过来，每人还大包小包扛了不少东西。他们猝不及防和日军遭遇，便惊慌失措地扔掉东西就地卧倒，胡乱地开枪射击。日军的行军纵队瞬间散开了，士兵们纷纷采用单腿跪射姿势进行还击。联队长酒井大佐大声发出命令，立刻有一个中队的日军士兵在机枪的掩护下从两翼迅速包抄了过去。

国军溃兵们在机枪火力下被撂倒了十几个，其余的人吓得落荒而逃，步枪和大小包袱凌乱地扔了一地。

酒井联队长把戴着白手套的手一挥，又吼了几句日语。

"他说什么？"满堂紧张地问。

"不许恋战，继续前进！"山田圭一边发动摩托车一边回答。

日军的队形丝毫不乱，撇下十几具国军尸体和痛苦呻吟的伤兵，继续行军。几个日本军官走出队列，纷纷掏出手枪向伤兵们一一补枪，看样子他们根本没有要俘虏的打算。

满堂望着近在咫尺的尸体，心中突然感到很不是滋味。娘的，这些倒下的人不管是不是汤恩伯的兵，他们终归是中国人，自己坐在鬼子的车上，眼瞧着鬼子杀中国人，还要装得若无其事，这他娘的不是汉奸是什么？他在心里暗暗发誓，等到了地方，马上和山田圭一结账，100斤大米一到手立刻走人，往后鬼子就是给100个金元宝也再不给他们干事了，这太给祖宗丢脸啦。

天渐渐黑下来，日军第三联队的行军速度一点没有减慢，士兵们已经显露出疲惫的样子。酒井大佐看了看手表，命令部队原地休息，吃些干粮补充体力。

豫中春天的夜晚并不暖和，满堂和铁柱把带来的衣服都穿上，还是觉得有些冷，山田圭一建议他们靠在尚有余热的摩托车旁。一个军曹在向士兵们发放食物，满堂和铁柱也各自分到一份，是大米混合大麦做的冷饭团子，还有一块干硬的咸鱼，一杯冷茶。

· 第四章 ·

满堂啃着冷饭团对山田圭一说:"你们每天就吃这?"

山田圭一狼吞虎咽着回答:"是啊,你以为我们吃什么?"

"俺还以为你们每天都吃大鱼大肉嘞,闹了半天是咸鱼就饭团子,这伙食也不咋的呀。"

山田圭一哼了一声:"你以为我们日本人有多富?要是天天都吃大鱼大肉,我们就犯不上打仗了。"

铁柱恍然大悟:"俺说呢,你们大老远跑到俺们中国干啥来了,闹半天是穷得吃不上饭,跑俺中国抢食来啦?"

山田圭一努力咽下一口饭团说:"住嘴!你这家伙说话太难听。战前我家在大阪开个小铺子,日子过得还不错,这仗又不是我要打的,是政客们要打,我不服兵役就得坐牢。你明白吗?"

满堂把憋在心里很久的一个疑问提了出来:"山田大哥,你真是日本人?中国话咋说得这么好?"

"我当然是日本人,不过……我的出生地是东北,我父母早在1915年就来到东北了,所以我的中国话比你们河南人说得还标准。"

"那是为啥?是在日本遭灾了,逃荒来的?"满堂大惑不解。

山田圭一沉默了一会儿,才缓缓地说:"我家在日本没有土地,孩子多,家境也太不好,在日本本土生存很艰难。后来政府号召大家移民中国东北,组织平民开拓团,我父母就带着全家来到黑龙江的伊春开荒种地,那时还没有我呢,我是1917年出生的,整个童年都是在东北度过的。"

铁柱搔搔头皮,不解地问:"这是咋说的,你家在日本穷得混不下去了,就跑到中国开荒种地?这地种就种啦,还没人收你们租子,咋有这么好的事哩?那俺河南人去你们日本种地行不?"

满堂冷笑道:"铁柱啊,你这脑袋是榆木疙瘩?咋净想美事,人家山田大哥在老家都混不上地种,还轮得上你去?"

铁柱的脑子是有些愚钝,越是闹不明白越是一根筋,他不依不饶地又提出下一个问题:"那……山田大哥,俺还是不明白,照理说,俺中国人可够意思了,地让你们白种,连租子都不收,你们日本人咋还动枪动炮打俺们来?"

山田圭一有些尴尬:"这个……我也不喜欢这场战争,要说东北的土地面积早就超过日本好几倍了,过日子足够了,可政客们还不知足,非要打仗,我也想不明白。我家在东北开荒攒了些钱,我10岁那年全家迁回了大阪。父亲用积蓄开了一间杂货铺,日子过得还不错。日中战争爆发,我大哥被征入伍,三个月后就在上海阵亡了。我母亲接到大哥的阵亡通知书时,当场就哭昏过去。两个月后,我也被强

083

征入伍……满堂,说心里话,我不喜欢战争,也不喜欢我的政府……"

"嘿,咱俩想到一块儿去啦,俺也不喜欢俺的政府,那些当官的鳖孙就没他娘的一个好货。"满堂咬牙切齿地说。

这时铁柱又插嘴问:"山田大哥,你说这仗打了六七年了,咋就打不跑你们?是不是你们日本人个个打仗不要命?"

山田耸了耸肩:"这可不见得,日本人和日本人也不一样,我入伍时在第四师团,全是由大阪人组成的。这支部队是日本资格最老的甲种师团之一,日俄战争之前就有了。要说打过什么漂亮仗,我看没有值得一提的。这也难怪,第四师团的兵员全是来自大阪市的菜贩摊商,大家入伍前都是买卖人,讲究和气生财,很少有好勇斗狠的,偶尔冒出一个,大家还看不起你,觉得你丢了大阪人的脸。"

满堂笑了起来:"俺说呢,你脾气咋这么好,你们队伍怕是净挨揍吧,咋就没一件露脸的事?"

"也不是没有,有一次一个二等兵在大阪市中心闯红灯,结果和警察发生冲突,被警察扣起来。当时的师团长寺内寿一中将一听就火冒三丈,这老爷子认为警察们没把本师团的荣誉放在眼里,就带兵狠揍了警察,还砸了警察所。当时日本所有的报纸都报道过这个'大阪事件'。你看,第四师团也不是不能打嘛!"山田圭一自嘲地说。

铁柱说:"还是大阪人好,个个都不喜欢打仗,就喜欢做买卖,要是日本人都这样,这仗就打不起来了。"

山田圭一叹了口气:"日本只有一个大阪市,哪能都像我们这么好脾气?凶悍的部队还是很多,比如第18师团就很厉害,这个师团的官兵是由北九州岛的矿工们组成,也叫'久留米师团',参加过攻占南京战役,听说还在南京杀过不少平民。你想,这些矿工平时就喜欢酗酒斗殴,聚众闹事,良善之辈并不多,由这些家伙组成的军队当然很可怕。"

正说着,联队长酒井大佐背着手溜达过来,山田圭一立刻闭了嘴。等酒井走过去,山田圭一吐了一下舌头说:"幸亏酒井长官听不懂汉语,不然就麻烦了,他可是个绝对效忠天皇的军官,要是知道我和中国人一起诋毁皇军,他会毫不客气地把我送上军事法庭。"

满堂看着酒井大佐的背影小声问:"他不也是大阪人,不还是你老乡吗?"

"他和我们这些生意人不一样,他是职业军人,上过士官学校和陆军大学,以前也是第四师团的。第四师团毕竟是甲种师团,老兵多,所以大本营经常抽调第四师团的官兵补充到其他师团。不瞒你说,我已经换了五六个部队了。经常被调动会影响升迁,所以我当兵快七年了,到现在还是个军曹。"

## 第四章

铁柱问:"军曹是个啥官儿?"

山田圭一想了想:"唔,相当于中国军队的中士吧,属于士官。"

满堂按照中国人的思维劝道:"老哥,还是要想法子升官啊,你们长官和你是老乡,老乡见老乡,两眼泪汪汪,酒井大佐再咋着也该拉老乡一把!"

山田圭一双手抱头抵在双膝上,心灰意冷地说:"我不想当官,只想保住命,平平安安回家。说实话,这场倒霉的战争我一天也不愿打了!我家兄弟两个都当了兵,我哥哥几年前死在上海,要是我再死了,我父母恐怕也会死,他们都是一辈子信佛,连走路都怕踩死蚂蚁的人。唉,这该死的战争……"

山田圭一用手捂住脸无声地哭了,泪水顺着指缝流了出来。

敢情鬼子也会哭?满堂和铁柱面面相觑,却也不知该说些什么。

天色刚蒙蒙发亮,尖锐的哨声就响起了,山田一跃而起,发动着摩托车。日军士兵们站起来迅速整队,五分钟后队伍重新出发。山田圭一、满堂和铁柱都沉默着,行军队列里没有人说话,只有急促的脚步声、大车车轮的滚动声和摩托车引擎低沉的轰鸣声,这一切都弥漫在清晨的薄雾中。

日军第三联队到达郏县以东的侯店地区时,已经是上午9点多钟,远处地平线上隐隐约约传来沉闷的炮声。酒井联队长策马向前跑到摩托车旁,向山田圭一说了几句日语,又向满堂和铁柱挥挥手,然后骑马向队列后面跑去。

山田圭一从一辆大车上搬下一个装着大米的麻袋说:"这是你们的大米,100斤只多不少,你们背上米赶快走,前面马上就要打仗了,联队长说多谢你们的带路。满堂,铁柱,咱们后会有期!"

满堂背起麻袋,有些恋恋不舍地望着山田圭一:"山田大哥,咱还能见面吗?"

"谁知道,看缘分吧,我是信佛之人,相信自在随缘,缘起缘灭,一切都无须刻意。快走吧!"山田圭一从大车上抽出一支三八式步枪,跑步进入队列。

随着一声哨响,日军士兵们立刻散开,纷纷用工兵锹挖掘掩体,构筑工事,一时搞得烟尘四起……

满堂和铁柱听不懂山田圭一话里的意思,他们只知道这袋大米算是到手了,给日本人当差还是挺合算的。

在侯店镇通往郏县的小路上,满堂和铁柱背着粮食拼命赶路,这一路他们已经躲过了一支向东开进的国军部队。汗流浃背的满堂看看日头,他必须要确定一下方向,尽快地往西北走,家里还指望着这点粮食呢,要赶快脱离这块是非之地。看这阵势,这里马上就要爆发一场大战了。

时近中午,天气渐渐燥热起来。铁柱解下小褂,擦了擦汗。满堂掏出昨晚偷藏的冷饭团，掰了一半给铁柱，哥儿俩坐在路边的一个树墩子上一边啃着饭团，一边商议着该走哪条路才能避开这个倒霉的地方。

一个饭团还没吃完，后面就有了动静，小路上传来一片嘈杂声。

满堂浑身一激灵，一下蹦了起来，拉着铁柱蹿到路旁，躲在一堆玉米秸秆后面观察。这是一支颇具规模的国军队伍，士兵们都穿着窝窝囊囊的灰色棉布军服，肩上扛的家伙也不咋地，全是些老套筒[1]之类的破烂货。满堂听人说过，凡是穿这种灰军服的应该是国军里的地方杂牌部队，而中央军大多是土黄色军服，手里的家伙也要好一些。

满堂哥儿俩还没来得及细看，就觉得后脑勺凉飕飕的被什么东西顶住了，身后传来一声低吼："别动！狗日的，把手举起来！"

兄弟俩乖乖地站起来，双手抱头慢慢转过身来。

身后是一个国军少尉带着两个士兵，三个黑洞洞的枪口正瞄着他们。

"长官，俺是附近村里的老百姓，刚从侯店赶集回来。"满堂顺嘴胡诌，心里还是有些发虚，这几个当兵的走路咋一点声也没有，啥时候绕到俺腚后头来啦？

一个士兵咋呼着说："排长，我看这俩货不像好人，八成是日本探子！"

满堂火了："你他娘的才是探子！"话音没落，他后背上重重挨了一枪托。

铁柱大叫道："老总，老总，俺冤枉啊！俺真是老百姓！"

那少尉长了一脸麻子，从脸颊到嘴角有一道七八厘米长的深深刀痕，显得面目狰狞，他挥着手枪说："就算是日本探子也没关系，咱不是还没凑够数儿吗？就拿这两个小子顶上，给我带走！"

满堂和铁柱被连踢带搡赶进队伍，铁柱想起了那袋救命粮，便挣扎着向队伍外边跑，嘴里还喊着："老总，俺的粮食……"

麻子少尉火了，夺过士兵的步枪照铁柱的后腰就是一枪托，铁柱一头栽倒在地上，啃了一嘴泥巴。

满堂一把拽起铁柱，小声说："柱子，咱不要啦……"他已经看出哪儿不对了，这是一条四列行军纵队，中间两列人全是没穿军服、空着两手的老百姓，而两边都是荷枪实弹的士兵。

满堂和铁柱对视了一眼，哥儿俩的脑袋一下就大了，心说这下麻烦了，事情是明摆着的，他们被抓了壮丁。

---

1 老套筒：湖北汉阳兵工厂的前身湖北枪炮厂于1895年仿造德国出品的1888式毛瑟步枪的俗称，口径7.92毫米。此枪的枪管外部有一套筒，增加套筒的原因，是当时所用枪管材质不好，在使用时经常炸膛，为了安全起见，在原枪管的外面又套上一根钢管，枪管是双层的，所以俗称老套筒。

## 第四章

满堂斜眼看了一下路边的地形，一片平坦的开阔地，没有沟沟坎坎可藏身。他心里琢磨着，要是这会儿窜出去，当兵的会不会开枪呢……正想着，他身旁一个三十多岁的汉子突然往斜刺里一冲，撞翻了一个士兵，窜出队列撒腿就跑。壮丁队伍一阵慌乱。走在队伍前面的一个上尉抽出镜面匣子[1]，甩手就是一枪，那汉子晃晃身子一头栽倒在田埂上，双腿抽搐了几下就不动了。

满堂和铁柱吓得抱住了脑袋，蹲在地上瑟瑟发抖。

别看这兄弟俩打劫过汤恩伯，那完全是仗着人多胆壮，他们可没有动手杀人的胆子。而眼前这个国军上尉真是个愣种，杀个人就像捻死个臭虫，一条人命转眼就没了，连他娘的收尸的意思都没有，满堂兄弟真被吓着了。

上尉吹了吹枪口，耍着花把枪插回木壳枪套，然后照满堂的屁股踢了一脚，厉声喝道："都看见没有？现在是非常时期，你们都给我听好了，哪个狗日的再逃跑，一律就地正法。现在继续前进！"

刚才还乱糟糟的壮丁队伍一下子安静下来，壮丁们都打起精神，低下脑袋规规矩矩地赶路，满堂和铁柱也暂时打消了逃跑的念头。

这支队伍加快了行军速度，跑步向东北方向奔去。

那上尉说得没错，现在的确是非常时期，中原一带的中国军队已经大祸临头了。

4月21日，郑州失守，日军兵锋南下直指新郑，新郑的中国守军毫无战斗意志，仅半天就兵败城破。日本第12军司令官内山英太郎中将在此设立前进指挥所。

4月27日，日军第62、63、27师团、坦克第3师团、骑兵第4旅团迅速南下，兵锋直指许昌。内山英太郎判断，许昌是豫中重镇，有中原粮仓之称，三国时代是著名的"军都"，历来是兵家必争之地，中国军队一定会派重兵驻守。

内山英太郎中将认为，对于战略要地，使用"杀鸡用牛刀"的战术是非常必要的。为此，日军集中八万余兵力，决心一举拿下许昌。

---

1　镜面匣子：德国造毛瑟手枪的俗称，也称驳壳枪。

## ·第五章·

蔡继恒和杰克带着几个地勤人员，用牵引车将零式战斗机拖到机场最靠边的一条备用跑道上。蔡继恒坐进了座舱，开始检查仪表和各种开关。

杰克踩着铁梯站在座舱外，他感到很不踏实，一个劲问："鳄鱼，你真的和塔台值班军官打招呼了吗？"

蔡继恒忙乎着，敷衍道："当然打了招呼，今天是胡广文在塔台值班，胡广文是谁？那是我同乡，我们可不是一般关系。老胡说了，鳄鱼，你一架飞机行吗？要不要我调两架P-40给你护航？我说不用，就是试飞一下，顶多围着机场绕两圈就下来，不会飞远的。"

杰克一脸的狐疑："他真这么说了吗？我记得老胡是个很严肃认真的人，他好像不那么容易通融。"

"我说响尾蛇，你烦不烦呀？同样的问题你问了好几遍啦，这可不像男人干的事。快点，帮我把座舱盖拉上，你下去吧！"蔡继恒不耐烦地说。

杰克不放心地叮嘱道："鳄鱼，电气师已经调整了飞机上的通信频率，你上天以后可以用这个频道与塔台通话。不过你千万记住，不要动其他频道，否则所有日军飞机的电台都会听到你说话，除非你他妈的想用日语和这些狗娘养的聊天。"

蔡继恒不是没找过胡广文，可胡广文一口拒绝，这是个不苟言笑的家伙，一贯独来独往，没有朋友。胡广文说："老蔡，这件事我人微言轻做不了主，你要是想在跑道上起飞，必须要有上面的命令，别说是零式机，就是你自己那架P-40返场也要有手续，这是个原则问题。"

胡广文这种人难怪没有朋友，动不动就是原则制度，老子要是有命令起飞，那还找你干什么？这种人走到哪儿都讨人嫌，老和尚的木鱼儿——天生就是个挨敲的货。

蔡继恒是那种不达目的誓不罢休的人，他要干的事就千方百计一定要干成。一个好的飞行员就像一个职业嫖客，人家讲究过手的女人越多越好，而优秀飞行员追求的是飞过的机型越多越复杂越好。想想吧，从太平洋到东南亚，从河内到满洲里，在如此广袤的作战地域，参加作战的盟军飞行员成千上万，其中有几个人驾驶过敌方的零式机？这可不是谁想干就能干成的事，就凭这个理由，今天惹出多大娄子也得干，反正他蔡继恒闲着也是闲着。

杰克把铁梯推到跑道边上，向蔡继恒挥挥手，蔡继恒向杰克打出个"V"字手势，而杰克却非常恶劣地向他竖起中指。这王八蛋，回来再收拾他，蔡继恒向杰克恶狠狠地挥挥拳头，尽管他自己也不能确定是否还能回来。

蔡继恒点火发动了飞机，慢慢地在跑道上滑行起来。他忙里偷闲瞟了一眼航线图，心里在计算着，离这里最近的敌占区是南昌，南昌与衡阳的直线距离不过五六百公里，零式机的最大航程是3000公里，最高时速是518公里，也就是说，飞到南昌大约一个小时就够了，往返航程一千多公里，油料才消耗了一小半，那省出来的大半箱油飞到黄河都够了。

蔡继恒在滑行中一下子把油门推到底，飞机轰鸣着加大速度在跑道上开始冲刺……

这时在塔台上值班的胡广文少校突然看见一架涂有日军徽记的零式战斗机正在备用跑道上滑行，大惊失色，他没想到蔡继恒敢强行起飞，看来以前还真低估了他，没想到这居然是个无法无天的家伙，简直疯了。

胡广文拿起通话器吼道："鳄鱼，鳄鱼，我是塔台飞行指挥官，我命令你立刻停止起飞！我再说一遍，我命令你立刻停止起飞！"

座舱里的蔡继恒冷笑一声，他随手关掉电台，猛拉操纵杆，零式战斗机在跑道尽头轻盈地一跃，腾空而起……

塔台上的胡广文气急败坏地扔下话筒，向值班参谋吼道："快，快给我接通第14航空队司令部，我要找陈纳德将军！"

蔡继恒驾驶飞机急速爬升到3000米高空改成平飞，零式机果然很轻灵，拐弯半径极小，爬升起来毫不费力。蔡继恒想，这恐怕是世界上最轻的战斗机了，尤其是在空中，他感觉就像一片纸在空中飘荡一样。

蔡继恒确定好方位，加大速度向东北方向飞去，他随手打开了电台。

"鳄鱼，鳄鱼，我是响尾蛇，你他妈的飞哪儿去啦？我怎么看不见你？"耳机里传来杰克气急败坏的吼叫声，看来他已经冲到塔台上，只有那里有电台。

蔡继恒懒洋洋地回答："响尾蛇，你跑到塔台去干什么？赶快带着你的人回工作间，我一会儿就下来。"

"该死的鳄鱼，你这骗子，你根本就没有得到批准，我再也不能相信你了。你他妈的给我回来，立刻就回来！不然我打瘪你鼻子！"

"算了吧，杰克，不要威胁我，论打架你又不是对手，唠叨个什么？好好在工作间等我，今晚我还请你吃饭！"

杰克的声音突然小了下来："喂！鳄鱼，老胡这家伙正告你状呢，他已经把电话打到第14航空队司令部，口口声声要找陈纳德将军。鳄鱼，你真要倒霉了，要有所准备。"

"响尾蛇，这你就不用操心了，反正咱俩是同伙，一根绳上拴两个蚂蚱，谁也跑不了。杰克，你这个人很不够意思，有点麻烦就首先择清自己，我们中国历史上这样的人还不少，他们的名字都遗臭万年。杰克，你可不能学这种人，否则我会很伤心的。"

蔡继恒看看机翼下，今天的能见度非常好，飞机已进入江西境内，山川、河流和大片绿茵茵的稻田都被急速地甩到后面，飞机的时速达到五百多公里，马上要进入敌占区了，蔡继恒开始降低高度。

耳机里传来杰克的声音："鳄鱼，你放心，老杰克永远不会背叛朋友，你说过，中国有句老话叫给朋友两肋插刀，老杰克从来就是这样……"

"等等……我说响尾蛇，我说的是为朋友两肋插刀，也就是说，只要是为了朋友，把刀插在肋骨上也无所谓。你却把意思弄反了，你他妈的硬是要把刀插在我肋骨上，这像话吗？这叫杀朋友，懂吗？"

"噢，对不起，对不起，我把意思领会错了。鳄鱼，我得向你忏悔，刚才我和老胡一起骂了你，但我不是真心想骂你，我不过是想表达一下，老杰克也是个很有正义感的人，我想你会谅解我的。"杰克絮絮叨叨地说。

"哼，要不说你不仗义呢，背后说朋友坏话就是小人，真正的朋友要互相吹捧才对……嘿，他妈的，下面有个日本兵营，我得兜回来……"

杰克惊恐地叫道："上帝啊，你他妈的跑到什么地方去了？怎么会有日本人的兵营呢？鳄鱼，难道你不在衡阳上空？"

蔡继恒顾不上回答，他一把关掉电台，斜过机翼在空中兜了个180度弯又飞了回来，刚才机翼下闪过一座日军兵营，大批穿黄色军装的日本兵好像在列队，蔡继恒决定以超低空的方式再侦察一下，可千万别打错了。

零式战斗机再一次低空掠过兵营，这次蔡继恒看清了，上千个日本军人列队站在操场上，几个穿黄呢军服的军官站在一座台子上，似乎正在训话，那几个军官兴奋地向蔡继恒招手。这就对了，他们当然认识零式机，也认识机身上的红膏药徽记，他们在向自己的飞行员致敬呢。

蔡继恒又一次兜回来，他的右手打开操纵杆上的射击保险，飞机进入俯冲。杰克说得对，零式战斗机的俯冲速度的确不怎么样，但对地面目标射击来说，慢有慢的好处，这样可以提高杀伤效果。眼看着那站满日军士兵的操场越来越近，蔡继恒狠狠地按下了发射钮，机翼下两门20毫米机关炮和两挺7.7毫米机枪吼叫起来，彩色曳光弹划出闪亮的弹道，密集的弹雨把操场的地面打得飞沙走石，仿佛开了锅，猝不及防的日本军人呼啦啦被撂倒一大片……

蔡继恒特别注意到，那几个站在台上的军官被炮弹直接命中，几个军官的身体轻飘飘地飞出很远……真他妈过瘾！这简直不是作战，是一边倒的屠戮！

蔡继恒的肾上腺素骤然升高，兴奋得大吼起来，幸亏刚才关了电台，不然非把响尾蛇吓出病不可。

零式战斗机在操场上空连续俯冲了三次，把下面变成了名副其实的屠宰场。蔡继恒计算了一下，觉得不能再打了，他得保存一部分弹药，谁知道返航时会遇到什么危险。这次出击唯一的遗憾是没有带航空炸弹，这得怨响尾蛇，他哪知道蔡继恒的打算，这家伙固执地认为试飞没有必要挂炸弹，蔡继恒又不好说破，也只好作罢，否则今天会加倍热闹。

蔡继恒拉动操纵杆使飞机爬升到5000米高度改为平飞，他检查了一下油料和弹药情况，油料还有大半箱，弹药倒是不太多了，炮弹还有三十多发，机枪子弹有四百多发，这点弹药还不够打一分钟的。蔡继恒实在不甘心就这么返航，为了今天的试飞，他惹的祸可不小，连陈纳德将军都惊动了，回去还不知道怎么交代呢，肯定会受到处罚，甚至有可能被关禁闭。蔡继恒不大考虑这个问题，战争时期，正是用人之际，把一个优秀飞行员关进禁闭室，还是关进飞机座舱，长官们应该算得清这笔账。反正事也惹了，长官爱怎么着就怎么着吧。

蔡继恒看了一眼航线图，这一看不要紧，他脑子里犹如电石火花般突然闪出一丝灵感，航线图上显示，蔡继恒此时的位置正好处在一条航线上，这就是南昌机场日军一式陆上攻击机[1]向重庆方向出击的航线。

1939年3月，南昌沦陷，4月21日，国军第三战区和第九战区合力发动了反攻南昌作战，中日两军激战18天，国军功亏一篑，未能夺回南昌。日军占领南昌后，扩建了南昌机场，使之成为轰炸重庆的前进基地。蔡继恒早就知道，南昌机场集结着大批一式陆上攻击机和九六式陆上攻击机，这庞大的机群是专门执行对重庆、成都方向实施战略轰炸任务的。

这时，蔡继恒脑子里闪现出一连串关于一式陆上攻击机的性能数据，这种日本海军的陆基轰炸机分三个型号，一三型、二二型、三四型，其中一三型的

---

[1] 一式陆上攻击机：太平洋战争中日本海军装备的一种双引擎陆基远程轰炸机，它与九六式陆上攻击机同为三菱内燃机株式会社设计及制造。1941年4月一式陆上攻击机正式服役，开始取代九六式陆上攻击机，这种轰炸机的续航距离可达到六千多公里，可携带800公斤航空炸弹。

实用上升限度最高，飞行高度可以达到9660米，它的巡航高度通常在7000米，而零式战斗机可爬升到10000米，如果在9000米的高度守株待兔干它一票，应该是个不错的买卖。

蔡继恒仔细研究过这种轰炸机，它的弱点是显而易见的，一式陆上攻击机的机身装甲薄弱，只有一门20毫米尾炮和三挺7.7毫米机枪，防御火力明显不足，加上脆弱的油箱内载有大量燃油，通常只要一轮扫射，这种轰炸机就会变成一团火球，盟军飞行员们很不恭敬地称它为"一点就着的打火机"，蔡继恒索性就称它为"打火机"。

在蔡继恒的战绩表上，还没有击落轰炸机的记录，这也难怪，每次他奉命截击日军轰炸机群，对方的护航战斗机都会不要命地冲过来，与蔡继恒缠斗在一起，根本不给他瞄准轰炸机的机会。蔡继恒盘算着，一式陆上攻击机有乘员七人，若是瞄准它的油箱，第一轮射击就把它打成一团火球，那七个乘员根本来不及跳伞。这笔买卖不错，用几十发子弹换七条人命和一架轰炸机，这种投入产出比实在是太上算了。

想到这里，蔡继恒一拉机头，飞机向上爬升到9000米高度，就在这儿守株待兔了，要是运气好，碰上日军返航的轰炸机群，今天就算是发了。要是没有遇到，那也没什么损失。俗话说得好，有枣没枣都打它一竿子。

蔡继恒死死盯着仪表盘上的油量表，只要预留出飞行五六百公里的油料，多余的油料都可以消耗在等待上，他有足够的耐心。他注意听了这几天的无线电广播，重庆附近又发生了空战，这说明日本人仍然没有放弃对重庆实施战略轰炸的意图。其实自1943年8月以后，中美空军的力量逐渐强大起来，基本掌握了中国西南部的制空权，日军虽然没有放弃空袭重庆，但事实上日军轰炸机已经很难接近重庆，双方的空战经常发生在离重庆很远的外围地区。

蔡继恒揣测，这条航线大有油水，是个打伏击的理想航线，这些日军轰炸机和护航战斗机劳师已远，在重庆附近与我们的战斗机已经进行过一次空战，消耗了大部分油料和弹药，如果我们派出一个战斗机中队在这里以逸待劳伏击它一下，闹不好就可以全歼这个机群。照这样的伏击再多干它几次，基本上可消除对重庆的空中威胁。

第14航空队的长官们为什么不能考虑一下，这种空中游击战术往往是一本万利呀。

远处出现一些黑点，蔡继恒兴奋地想，蔡某的运气不错嘛，想什么就来什么，这些找死的"打火机"终于来啦！黑点越来越大，他渐渐看清楚了，是八架编队的一式陆上攻击机，飞行高度大约7000米，在轰炸机编队的上方1000米高度还有护航的零式战斗机,也是八架编队。

蔡继恒兴奋地猛推操纵杆,他的飞机从9000米高度呼啸着俯冲下去,这时护航零式战斗机群早已发现了这架孤零零的零式机,它们没有任何反应,仍然保持着队形。

蔡继恒估计,他们一定在用电台呼叫,试图取得联系,至少蔡继恒的出现还没有引起他们的怀疑。这就对了,他要的就是这个效果,只需要两分钟,有这关键的两分钟就可以突破护航战斗机的防御线,直扑轰炸机群。

蔡继恒以大角度俯冲,风驰电掣般穿过护航战斗机群,他们仍然没有反应,只是奇怪地晃晃机翼表示询问。蔡继恒毫不理会,他居高临下向编队最边上的一架轰炸机猛扑过去,将瞄准具死死地套住敌机的油箱位置。目标越来越近,敌轰炸机的庞大身躯似乎扑面而来,马上要撞在一起了,蔡继恒猛地按下机炮发射钮,仅存的30发炮弹在几秒钟之内形成一条火龙,倏地钻入敌轰炸机的机腹,蔡继恒的眼前突然爆发出一个巨大的火球,敌轰炸机顷刻间被熊熊烈焰包裹起来……

蔡继恒灵巧地向左一个滚转动作,摆脱开轰炸机群。他在向上爬升的时候,那团火球轰的一声爆裂了,那架一式陆上攻击机在空中解体,无数碎片纷纷扬扬,向地面坠落下去……

蔡继恒的目的达到了,这架轰炸机从被命中到解体只有短短的二三十秒,它的七个乘员根本来不及跳伞。这是蔡继恒一贯主张的理论:最大限度地消灭敌方飞行员,而不在乎击落敌机的数字。以夺取制空权的角度看,战争中无论对哪一方而言,飞行员的损失都是不可逆转的。

蔡继恒一刻也没敢耽误,他一个爬升蹿到9000米高度改为平飞,将油门推到顶端,这突然加大的速度使飞机剧烈颤抖起来,这是一种危险的操作,随时会导致飞机的解体,但蔡继恒什么也顾不上了,他已经占了大便宜,现在要做的就是不顾一切地逃命,否则那八架护航战斗机一旦围过来,他小命休矣。

蔡继恒对自己的飞行技术一向颇为自信,在经过一连串令人眼花缭乱的特技动作之后,本以为已经摆脱了敌方战斗机的纠缠,他得意地回头一看,却着实吓了一跳,一架零式机已经死死咬住了他……

妈的,好悬!那个鬼子飞行员之所以还没有开火,是因为还没有找到合适角度。不过,能神不知鬼不觉地咬住他,足以说明蔡继恒今天遇到对手了,这小子的飞行技术不可小觑。别忘了,它后面还有七架零式机跟着呢,这么玩可不行,为了逃命得想个法子,这会儿拼的就是个技术。

蔡继恒猛推操纵杆,飞机几乎以垂直的角度向地面扎去,5000米、3000米、

1000米……蔡继恒的飞机仍然以垂直角度下降，他在距地面500米高度时稍稍变换了角度，飞机改作45度角俯冲，一串鲜红闪亮的曳光弹从蔡继恒的座舱上掠过，他握着操纵杆的手微微动了一下，飞机在空中做了一个S形躲闪动作，又是一串曳光弹从机翼下擦过……

蔡继恒又做了一个高速俯冲并且将飞机做出滚转动作，然后再次回头观察，发现那架零式机仍然跟在后面……

蔡继恒冷笑，行啊小子，技术不错，有能耐我玩什么你也玩什么。蔡继恒驾机在距地面10米高度改为平飞，那架零式机也在同样高度改为平飞。

蔡继恒心想，得，今天算是碰上了，这小子是个二愣子，一根筋，他的目的只有一个，就是追到天涯海角，也要把这个冒充皇军的家伙打下来，不达目的誓不罢休。

蔡继恒不禁破口大骂："王八蛋，你们天皇给了你多少钱？就这么不屈不挠地追老子，好，你不是玩吗？咱再飞低点。"

蔡继恒稍压机头，飞机下降了三米，他在七米高度将飞机油门推到全速，这可真是玩命了，只有这种超低空飞行才能检验出飞行员的全面素质，这不仅是飞行技术上的较量，更重要的是心理素质上的较量。一架时速五百多公里的飞机在距地面七米的高度上全速飞行，任何一座土岗，甚至一棵大树都会导致机毁人亡。

蔡继恒突然惊喜地发现，那日军飞行员终于胆怯了，他不仅没有下降高度，反而升高了几米。哈哈！他的技术不行了，胆量也不成了，有种你就继续跟着，等到了衡阳老子撞也把你小子撞下来。

蔡继恒打开电台，随便变换了几个频道，他要找到能和那个日军飞行员通话的频道，他终于听到哇里哇啦的日语对话声，他们在说什么蔡继恒听不懂，他对着喉头送话器用英语开了句玩笑："喂！是哪个王八蛋在跟着我？"

"八格……"耳机里传来一串略有些沙哑的日语。

蔡继恒就是再不懂日语，也知道这是句骂人话，他立刻用国语回骂道："×你妈！"然后不等日本人回骂就一把关了电台。

那个日军飞行员终于失去了耐性，不想玩了，于是猛地拉起了机头，斜着机翼来个180度转向，看样子他也心存顾忌，这里是国军的占领区，一旦他的飞机被击中，无论是迫降还是跳伞，后果都不太妙。

蔡继恒的反应极快，他几乎是下意识地拉起机头，也向上做了个180度转向。刚才他被那架敌机死死咬住，完全丧失了还手能力，除了做出一连串躲避动作自保外，几乎陷入被动挨打的状态，在蔡继恒的飞行生涯中他还从来没有这么狼狈过。

他从来就是个争强好胜的人,容不得任何人对自己不恭敬,刚才这鬼子飞行员足足追赶了他二百多公里,还几次向他开火射击,这大大伤害了蔡继恒的自尊心,因为从来都是他追着别人打,这次居然让别人像狗撵兔子般追出二百多公里,这实在是不能容忍。

蔡继恒调回头来,加大油门追了上去,这时机上装载的炮弹已全部打光,只剩下400发机枪子弹。蔡继恒随手打开电台,不管对方是否听得懂国语,他恶狠狠骂道:"王八蛋,你玩够了,想走?没门!老子还没玩够,今天我就是追到南昌也要把你揍下来!"

耳机里传来那个沙哑的嗓音,说的是日语,蔡继恒听不懂,他不耐烦地用英语吼了一句:"Fuck you!有种你别走!"

那个日军飞行员居然懂英语,他用英语回骂道:"Fuck you!有种你跟我走,到南昌上空一对一干一场!"

哟,这小子还会说英语?蔡继恒一下子把油门推到头,他豁出去了,今天一定要把这小子揍下来。

两架飞机的距离越来越近,蔡继恒必须不停地说话,以干扰那鬼子的注意力。

"喂!日本人,你叫什么名字?老子不斩无名鼠辈,报上名来!"蔡继恒玩起了心理战。

"藤野内五郎,大日本帝国海军大尉飞行员,你呢?"

"鳄鱼!中美空军混合团上尉飞行员。"蔡继恒做了保留,他不想让敌人知道自己的真实姓名,此时这个频道日军所有飞行员、塔台上的飞行指挥官,包括侦听部门都在听着呢。

前面出现浓厚的云层,蔡继恒心中窃喜,有了云层就好办,这样会使双方的技战术水平有更宽阔的操作空间。

看来对手也和蔡继恒想到一起了,那沙哑的嗓音忽然升高了八度:"鳄鱼,那咱们就开始吧……"前边的零式机突然加大速度向上翻转,以倒飞的方式从蔡继恒的头顶上向后飞去,隐入了云层。这个动作几乎毫无征兆,若是技术差一些的飞行员就会被他这一个动作反咬住尾部。

蔡继恒几乎同步做出反应,他也拉起机头向后翻转,进入云层……

云层里的能见度几乎降到了零。乳白色、棉絮状的云雾包裹着飞机,现在双方都隐藏在云雾里,谁也不知道对手的位置,满目是一片白茫茫的混沌,使人陡生压抑感。

蔡继恒脑子里闪出京戏《三岔口》中刘利华和任堂会鼻尖对鼻尖那一幕,

双方在伸手不见五指的黑夜里对打，谁也看不见谁，快刀擦过对方脊背和脑袋，而黑暗中的对手却茫然不知……

此刻的情景有些相似，两个飞行员在浓厚的云层里上演着一出《三岔口》。

蔡继恒看了看手表，时间是中午12点30分，这就是说，现在阳光照射的方向应该是正南略微偏西的方向。蔡继恒根据罗盘调整了方向，笔直地向正南方向飞行，一下子就冲出了云层，在冲出云层的一瞬间，来自正南方向的阳光强烈地刺痛了他的双眼，视野里一片金光灿烂，完全成了盲区……

蔡继恒心中窃喜，这犹如黑暗中格斗的两个人，其中一个人突然摸到了电灯开关，掌握了主动权，但他并没有立刻开灯，在等待最有利的时机。此时的蔡继恒就是那摸到电灯开关的人，这场一对一的空战，他已经有了八成获胜的把握。

蔡继恒向上爬升了100米，又灵活地转了个弯，这时他处在一个最佳的阵位上，只需以逸待劳稍等片刻，对手马上就会出现。

30秒钟后，那架零式机也逆光冲出了云层，蔡继恒早就等着这一刻了，他趁对方飞行员逆光产生盲区的一刹那，居高临下，背对着阳光向对手发起攻击。"哒哒哒……"第一轮射击就打碎了对手的座舱罩，一瞬间满天飞舞的碎片验证了他的射击效果。

蔡继恒兴高采烈地兜了个圈子，准备欣赏对手如何进入螺旋状坠向地面，谁知等他看见那架飞机时却吃了一惊，那飞行员居然还活着，他在加大油门向东北方向逃走。真邪门了，这小子简直是刀枪不入，座舱罩都打碎了，他居然还活着？蔡继恒顾不上多想，一压机头俯冲下去，死死咬住对方展开追击……

对手的飞行技术的确不错，他做出一连串规避动作，企图摆脱咬尾，而蔡继恒自然不允许他摆脱，仍然死死地咬住他……

蔡继恒把右手放在射击钮上，寻找着最佳的射击角度，子弹已经不多了，没有绝对把握他不会轻易射击。

渐渐地蔡继恒发现了一点规律，对手的躲闪动作像是有点惯性的套路，他一般是先向左闪一下，然后再向右闪一下。

蔡继恒冷笑起来，对手终于露出破绽了，在这种以命相搏的激烈对抗中，平时不经意养成的小习惯，往往会要了他的命。蔡继恒抓住他向左闪的一瞬间，故意把机头向右做出调整，果然，他下一个动作是向右闪，这下正好撞在蔡继恒的枪口上，他猛地按下射击钮，两侧机翼上的机枪打响了，一串闪亮的曳光弹钻进那架零式机的尾部……

比起P-40战斗机上六挺12.7毫米的机枪，这种零式战斗机的机枪火力还是差了很多。蔡继恒重新调整了一下角度，一口气把最后的一百多发子弹全部射出，那架零式机的水平尾翼被打掉半边，尾部也冒出了黑烟，向地面坠落下去……

蔡继恒冷冷地说："喂！藤野内五郎，还能听见吗？鳄鱼问候你，咱们下辈子见！"

他本来想降低高度，下去看看那架零式机的坠毁情况，但油量表已经亮起了红灯，现在他必须返航了，这架零式机是陈纳德将军的宝贝，万一有点闪失，老爷子非扒了他的皮。

蔡继恒拉起机头，爬升到2000米高度改为平飞。远远地可以看到衡阳了，再有10分钟左右就可以着陆了。

他这才开始考虑，着陆以后该如何收场。响尾蛇那里好说，一瓶威士忌就能把这小子嘴堵上。胡广文虽然不好说话，但他毕竟决定不了对蔡继恒的处罚，一个地勤少校的仇视还不能对他构成威胁，这小子顶多就是告告状吧。

真正要命的是第14航空队的老大——陈纳德将军，这老爷子可不好惹，特别是他和蒋委员长、蒋夫人的关系，那可是无话不谈的朋友，老爷子要是真动了怒，闹不好就把蔡某送上军事法庭了。

直到飞机着陆，蔡继恒也没想出对策来……

干旱的豫中平原上，两辆军用吉普车在叶县通往许昌的公路上疾驶，掀起一条黄色的沙尘带。

第一辆吉普车上坐着几个全副武装的卫士。

第二辆吉普车前排副座上坐着副官沈光亚少校，后排座上坐的是国军暂编第15军军长刘昌义中将和军委会督战官蔡继刚少将，两个人都沉默着。

蔡继刚忧心忡忡地望着车窗外，战局果然如他事前所料，日军的主力师团在他最担心的地点突破了防线，然后兵分几路迅速穿插分割，抢占国军的战役支撑点，其机械化部队毫不停顿快速南下。开战才10天，日军野战兵团攻城略地，势如破竹，其先头部队已兵临许昌城下，豫中重镇许昌危在旦夕。

蔡继刚知道，他绝不可以批评上司，甚至连一句牢骚话也不能说，不光不能说，还要赶快协助第一战区长官部收拾残局。

刘昌义和蔡继刚是奉副司令长官汤恩伯的紧急命令，前往许昌会同新编第29师师长吕公良商议守城之事。汤恩伯的命令是：死守许昌，牵制日寇，配合突围友军实施作战计划！

作为军委会下派的督战官，蔡继刚既不了解第一战区长官部的战役预案，也不清楚前线各部队的实际情况,此时他脑子里就像一团乱麻。据空军飞行员报告,日军数万人已对许昌实施合围,只不过包围圈尚未合拢。

蔡继刚心里非常清楚,死守许昌,拿什么来守?就靠一个不满员的新编第29师对抗数万日军的毁灭性攻击?这个汤长官的脑子是不是出了问题?

刘昌义、蔡继刚一行在途中数次被零散的日军穿插部队包围,警卫车上的卫士们拼死抵抗,几历险境,连刘昌义和蔡继刚都亲自端起了冲锋枪投入战斗,两辆吉普车车身上布满了弹孔,卫士两人阵亡,三人负伤。他们27日中午才到达许昌以北18里处的和尚桥,这里是新编第29师86团的阵地。

86团团长姚长仁看见军长布满弹痕的吉普车吃了一惊,连忙问刘昌义和随行人员有没有受伤的。刘昌义顾不上寒暄,马上和蔡继刚进入阵地检查工事的构筑情况。

蔡继刚在阵地上转了转,发现86团修工事的士兵里有不少穿便衣的老百姓,便向姚长仁询问这些人的身份。姚长仁报告说是补充团新补充的壮丁,还没来得及接受军事训练,现在训练是来不及了,只好有一个算一个,拉到阵地上现打现学。

蔡继刚问:"86团现在有多少兵力?"

姚长仁回答:"连非战斗人员算上不到1000人,其中还有多一半人是新拉来的壮丁,只有排长以上的人是老兵。其实85、87两团也没好到哪儿去,现在我们第29师总兵力只有三千多人。"

蔡继刚大吃一惊:"姚团长,据我所知,你们新编第29师应该有四个团啊,怎么只有三千多人?"

"是这样,我们第29师名义上有三个步兵团和一个补充团。听着四个团不少了,但实际上我们86团在黄河防线上和日军打了一场恶仗,全团伤亡三分之二,基本丧失了战斗力。85、87两团本来就不满员,在郑州附近也受了不少损失,补充团是壮丁组成,尚未完成训练,基本没有战斗力,所以我们新编第29师只相当于一个旅的兵力。"

蔡继刚心中暗暗叫苦,但他不能有丝毫表露。大战在即,士气很重要,气只可鼓不可泄。他神色黯然地望着仓促构筑的防御阵地,心中一阵阵发冷,没想到许昌守军只有三千多人,除了少量的迫击炮,没有任何重武器,这将如何抵挡数万日军组成的虎狼之师?汤恩伯是怎么想的?为什么派一个不满员的杂牌师来守许昌?看来许昌保卫战还未打响,结局似乎就已经注定。蔡继刚本想问问刘昌义,可话到嘴边又咽了回去。

在许昌城内新编第29师指挥部里,刘昌义和蔡继刚见到了师长吕公良。吕

## 第五章

公良是黄埔六期生,自1937年以来参加过几乎所有华北战场的会战,曾担任过第13军参谋长、第31集团军的高参,因带兵有方同时又精通参谋作业,开战以来屡建战功,被迅速提升到第29师中将师长的位置。

蔡继刚和吕公良早就认识,彼此还是朋友,所以见面颇为亲热。

吕公良握着蔡继刚的手开玩笑道:"云鹤兄,你这督战官坐镇洛阳用电话指点一下就行了,何苦大老远跑到许昌这孤城死地来?"

蔡继刚笑着说:"我来凑个热闹,上次在洛阳,你我还有盘没下完的围棋。公良兄,你这人,打仗我服你,下围棋可不服,晚上咱们再摆一盘,我可以让你三个子。"

"到底是军委会派来的督战官,手里拿着尚方宝剑,想找谁麻烦,只需来个先斩后奏,一剑斩了再说,真是个好差事啊,我巴不得和你换换呢。"吕公良当胸给了蔡继刚一拳。

蔡继刚把吕公良拉到一边小声道:"你实话告诉我,就凭你这三千多号人,有把握守住许昌吗?"

吕公良看看正在研究地图的刘昌义,小声说:"说实话,根本守不住!别说我只有三千人,就是再增加10倍,三万人又如何?我看照样守不住!不过……既然有命令,守得住要守,守不住也要守。敌人的下一个目标肯定是洛阳,只要能给洛阳保卫战赢得时间,我们新编29师打光了也值。"

蔡继刚望着吕公良一时说不出话来。

"云鹤兄,你随我去看看各团的阵地,顺便也给我们指导一下工作,然后我就不留你了,你马上去洛阳战区长官部交差,越快越好!"吕公良催促着。

蔡继刚不满地说:"我刚到你就轰人,太不够意思了吧?吕师长,别忘了我是军委会派来督战的,不等战斗打响我如何督战?"

吕公良神色严峻,毫不客气地说:"扯淡!我们新编第29师久经战阵,我这个中将师长多少也打过几仗,用不着别人指点,要督战你去洛阳督战好了,少蹚这摊浑水。"

蔡继刚知道吕公良的用心,看样子他已经做好了必死的准备,只是不愿搭上蔡继刚这条命。

蔡继刚起身冷冷地说:"吕师长,告诉你的副官,马上给我找支冲锋枪来!从现在起,我和副官沈光亚,连同卫士二人加入新编第29师战斗序列,除非上峰有令,否则我决不离开许昌一步,城在我活,城破我亡!"

吕公良瞪起了双眼:"蔡督战官,你走不走?你要是不走,我就让卫士把你们几个捆起来扔上车……"

蔡继刚理也不理，直接走到刘昌义面前大声说："刘军长，吕师长要我们去各团阵地上看看，咱们可以走了吗？"

刘昌义把比例尺扔在桌子上说："走吧，看看新编29师有什么绝活儿！"

"是！"吕公良盯着蔡继刚，生生把要骂的话咽了回去。

吕公良引着刘昌义、蔡继刚检查了各团的防御工事。以蔡继刚的眼光看，城防工事修得相当不错，许昌的城墙在中原大战后被拆除，只留下了土围子。这时土围子里面已被掏空，修筑了明碉暗堡，所有的射击口都对准宽达60米的护城河，护城河外的城郊处修筑了一个接一个的半圆形工事，包括机枪掩体、交通壕、铁丝网。再向外是鹿砦和雷场。防御阵地的最前沿是一道宽4米、深4米、长400米的防坦克壕，这是专门对付日军95式战车的。

蔡继刚看了很满意，心里暗暗称赞，吕公良带兵果然有一套，这些城防工事从设计到构筑都非常专业。碉堡群和环形工事，交通壕与火力支撑点都搭配得天衣无缝，作为临时构建的土木工事来说，已经是尽善尽美了。

吕公良斜眼看着蔡继刚，挑衅地说："我说蔡大长官，请您代表军委会对敝师的工作予以指导！"

蔡继刚毫不介意他的挖苦，公事公办地说："北面的工事修得最好，一般来讲，敌军由北向南进攻，守军自然最重视北面的防守。但我看敌人很可能会选择从南面攻城，理由是城北的工事坚固，很难短时间突破。如果选择从南面攻城，一来避免硬碰硬，二来也防止守军从南面突围。"

"那么敌军就不怕我们从北面突围吗？"吕公良反问。

"北面是敌军来的方向，援军源源不断，敌人恐怕不会有这个担心，我建议多抽调一些兵力加强城南的防御，吕师长，不信你就看着，敌人一定会把城南作为主攻方向。"蔡继刚肯定地说。

"好！蔡督战官说得有道理，我同意！马上给我加强城南的兵力。"刘昌义一锤定音。

满堂和铁柱正在新编第29师补充团的阵地上撅着腚修工事，麻子排长光着膀子坐在一个麻包上吸着旱烟。

该着这哥儿俩倒霉，新编第29师要守许昌，正缺人手呢，满堂和铁柱就懵懵懂懂，连人带粮食一头撞进了补充团。

麻子排长在刚抓的壮丁中间挨着人头拨拉了一遍，发现就满堂和铁柱还算机灵点，便决定把他俩留在自己排里。这哥儿俩就稀里糊涂算是入伍了，成了国军新编第29师86团2营3连8排的士兵。

## 第五章

更让这哥儿俩感到不踏实的，是被叫到连长面前训话。三连长姓陈，河北唐山人，总背着个木壳子的"镜面匣子"，脚上是一双张了嘴的翻毛皮鞋，鞋面上还有些可疑的血迹。满堂估计这皮鞋是从鬼子尸体上扒的。刚才在路上，陈连长一枪毙了企图逃跑的壮丁，给满堂和铁柱留下深刻的印象，这位大爷可不好惹，往后在他手下当差可要留神。

陈连长的训话很有特点。"你！"他指了指满堂，"我早看出来了，你狗日的不是个省油的灯，这一路上两眼儿就没闲着，滴溜溜乱转，想跑，是不是？"

满堂赔着笑脸："长官，俺不跑，俺跑得再快也跑不过您老人家的盒子炮。"

"嗯，你狗日的明白就好，往后你们就是咱三连的兵了，老子就是你们的连长，给老子好好干，打得好，老子就升你的官，听明白了吗？"

"明白，明白……"

"嗯，当兵打鬼子是件露脸的事，蒋委员长是怎么说的？地无分……什么来着？黄麻子，你说说……"

陈连长看样子也没什么文化，满堂心说，这位大爷也不知怎么当上的连长。

麻子排长跨上一步，脚跟一碰，挺胸大声背诵道："地无分东西南北，人无分男女老幼，均应抱定为国奋斗之决心，与敌做殊死战。"

"对，就是这么说的，国难当头……嗯，谁也不能闲着，有钱出钱，有力出力……嗯，你们俩，家里都有钱吗？"

"没有！连饭都吃不上，哪来的钱？"满堂大声回答。

陈连长的训话似乎缺乏逻辑性，显得有些语无伦次："嗯，看你就是个没钱的货，没钱就得出力，老子我就没钱，所以老子和你们一样，就得为国出力！一会儿鬼子来了，给老子好好打！没什么好怕的，鬼子也是肉长的，一枪上去照样一个窟窿……"

"报告长官，俺俩就会种庄稼，不会打仗，连枪也没摸过，咋办？"满堂壮着胆子问。

"不会打？那我管不着，找你们排长，这是他的事。麻子，这俩小子就交给你了，找两身军装给他们穿上，教教他们怎么装子弹放枪就行了，这些狗日的新兵一仗下来要是没死，那就是正儿八经的老兵啦。"陈连长说完转身走了。

麻子排长给满堂二人拿来两套破军装，那军装上满是污垢和血迹，勉强能看出是土黄色，胸前那块胸章更不知道是什么颜色，满堂瞪圆了眼睛，也没认清胸标上的字迹。

"哥，这衣服上有个窟窿，是不是枪眼儿啊？"铁柱把军服捧给满堂看。

满堂草草看了一眼，不满地嘟囔着："嗯，八成是从死尸上扒下来的。长官，咱不是国军吗？咋连件新衣服都混不上？"

麻子排长不耐烦了："你狗日的就凑合着穿吧，又不是啥新姑爷。实话告诉你，这身破军装你能穿几天还不知道哩，打起仗来闹不好头一天就死尿了，还他娘的挑挑拣拣？"

一个中士拎着两支汉阳造步枪走过来，他把步枪靠在堑壕的胸墙上说："这是你们的枪，每人的弹药基数是30发子弹，还有四颗手榴弹。一会儿排长会教你们装弹射击。"

铁柱好奇地摸着汉阳造步枪，玩了两下就失去了兴趣，他眼睛死死盯住排长身后的那挺捷克式轻机枪说："排长，俺用那支枪行不？"

麻子排长回身一看就笑了："小兔崽子，就你这小身板儿还想打机枪？奶毛儿还没褪净哩，这机枪叫起来，还不把你震散了架？行啦，你们能把步枪玩好就不错了，过来，我教你们怎么用。"

麻子排长简单地教了教步枪的装弹和瞄准，手榴弹如何拧开盖子拉弦。

铁柱摆弄着步枪问："排长，鬼子到了跟前咋办？"

"那就跟他狗日的拼刺刀，这还用问？"麻子排长又不耐烦了。

"咋拼呢？"铁柱一点也没看出排长的不耐烦，仍然不依不饶地追问。

麻子排长火了："你他娘的咋问起个没完？一会儿就开仗了，老子就是教你也来不及了。咋拼？想咋拼咋拼，不成就他妈的一头撞过去，拿脑袋当刺刀！"

满堂按照麻子排长示范的那样拧开手榴弹盖子，把导火索的金属环套在小拇指上，他比画了一下，怀疑地问："排长，不行啊，这环儿套在小拇哥上，俺一扔这铁疙瘩，又给拽回来咋办？"

麻子排长发了火："拽个屁！老子咋教你，你就咋扔，别他娘的扔到腔后头就行啦，哪儿这么多废话？"

麻子排长骂骂咧咧地往胸墙上爬，却突然看见胸墙上出现两只做工考究的高筒马靴，他猛一抬头，发现堑壕上面站着一个穿黄呢军服的少将，这可把他吓得不轻，连忙立正敬礼："长官好！国民革命军第29师86团2营3连8排少尉排长黄光成，听候长官训示！"

蔡继刚在吕公良的陪同下刚刚走到这里，就听见麻子排长在训斥士兵，满堂和铁柱刚穿上不合身的破军装，窝窝囊囊地站在那里，满堂的裤子不够长，成了吊脚裤。铁柱军裤的裤脚居然一只高一只低，显得很滑稽，两人的军容风纪简直一塌糊涂。

蔡继刚皱起眉头盯着麻子排长说："少尉，我想提醒你一下，训练新兵要耐心，看样子你这两个新兵从来没有摸过枪，你有责任把他们训练成优秀士兵。"

"是！卑职明白！"

蔡继刚对这个少尉一点好感也没有，在他看来，让没受过训练的新兵投入战斗简直是胡闹，除了送死没有任何意义。两千多年前的孔子都明白这一点，《论语》中就有"以不教民战，是谓弃之"的句子。孔子认为，让没有受过训练的人民去作战，就等于抛弃他们。蔡继刚很反感这些下级军官的不负责任，可有什么办法呢？战争进行将近七年了，部队中的连排级军官伤亡实在太大，战争初期那些受过军校教育、有带兵经验的下级军官早已伤亡殆尽，除了从士兵中选拔军官外似乎没有更好的办法。

蔡继刚拿起步枪，装好刺刀对满堂和铁柱说："来，你们两个过来，我来讲讲拼刺刀的基本要领。"

满堂和铁柱连滚带爬地登上胸墙，恭恭敬敬地站好。

蔡继刚以45度角挺枪摆出标准的刺杀姿势，开始讲解："拼刺刀的大忌是首先大力突刺，把身体的正面全部暴露在对手面前，这样很危险。你要沉住气，想办法用假动作引诱对方先突刺，这时只要枪托向下，用小臂之力猛地挡开对方刺刀，立刻把刺刀前挺，借对方前冲之力刺中对手……"

铁柱端枪比画着问："长官，是不是往心窝子里捅就中？"

蔡继刚说："不对，有经验的老兵在刺杀时不会以敌方的前胸为目标，因为这样刺刀很容易卡在肋骨中间，最好的攻击部位是敌人的腹部。记住！一定要用枪管去拨挡对方的突刺，而不是用刺刀。因为刺刀太单薄，分量也不够。还有，进行白刃战从来是勇气第一，技术第二，短兵相接靠的是一股气势，没有胆量你技术再好也没用……"

蔡继刚边讲边以动作示范，满堂心不在焉地听着，还拼刺刀呢？扯淡！他根本就没打算学，满堂早已打定主意，战斗一旦打响，别让他逮住机会，只要有机会他就带着铁柱脚底板抹油——溜之大吉。去他娘的，这个国家不是他佟满堂的，他犯不上为国家去流血拼命。

蔡继刚放下步枪，不再多说，他心里很清楚，新兵太多了，哪里教得过来，还是听天由命吧！多年的战争经验表明，新兵第一次上火线的死亡率常常在百分之八十左右，战前说得再多也是"嘴上谈兵"，战争才是最好的教师。只要能在敌人的炮火覆盖下生存下来，真刀真枪打上一仗就算是及格的老兵了。

对于国军新编第29师的弟兄们来说，战前的这一夜实在难熬，弟兄们怕是没几个人能睡着的。大家心里都很清楚，明天天亮时，迎接他们的不会是黎明前美丽的朝霞，而是铁与火带来的鲜血和死亡。打仗和押宝一样，全凭撞大运，死活就看明天了。

那天夜里，蔡继刚几乎没合眼，开始他想给妻子写封遗书，当拿起笔时却不知该写什么了，最后他决定什么也不写。从1937年的淞沪会战开始，在将近七年的时间里，蔡继刚已经记不清自己写过多少次遗书了，起初还有些创作激情，放眼破碎的山河，痛陈敌人的残暴，倾诉对亲人的思念，然后决心效法岳武穆、文天祥等民族英雄，精忠报国，留取丹心照汗青云云……可蔡继刚每次都活了下来，精心措辞、激情澎湃的遗书总是白写，每次都是他自己找个没人的地方臊眉耷眼地偷偷烧掉。久而久之，蔡继刚已经不好意思再写遗书了。本来嘛，一个职业军人，马革裹尸、血洒疆场本是你的宿命，这难道还有什么悬念吗？既如此，又何必喋喋不休？

那一夜，蔡继刚让沈副官先睡，自己却拎着支汤普森冲锋枪在阵地上转悠，一会儿和重机枪手们聊几句，一会儿又耐心地教几个新兵如何使用步枪瞄准，甚至还替一个刚满16岁的小哨兵站了两个小时的岗。

夜深人静时，蔡继刚坐在机枪掩体后，望着满天星斗陷入沉思……

在弗吉尼亚军校上学时，蔡继刚还是个戏剧爱好者，他是学校业余剧社的演员，经常和一些同学排演话剧，演的无非是些莎士比亚的经典剧目。一般来说，蔡继刚只能跑跑龙套，没机会出演男一号。这倒不是因为同学们歧视东方人，蔡继刚自己也承认，就他这模样，要是扮个奥赛罗、李尔王、麦克白之类的主角，很容易把悲剧演成了喜剧。不过，军校毕业时，蔡继刚终于捞上个男一号，总算大大露了一把脸。

按计划，毕业典礼的压轴节目是业余剧社演出的《哈姆雷特》。蔡继刚扮演的角色是哈姆雷特的恋人奥菲利娅，因为当时军校里没有女生，所以剧中女性角色一律由男生代替，由于白种人个个人高马大，相比之下，身高1.78米的蔡继刚就显得有些小巧玲珑，于是导演爱伦一锤定音，指定蔡继刚扮演奥菲利娅。

蔡继刚很恼火，他坚决不干，甚至以退出剧社相威胁，最后闹得连校长都出面了，经校长做工作他才勉强同意。可临到演出的日子，剧社的台柱子、哈姆雷特的扮演者巴尔特却因急性盲肠炎住进了医院。导演爱伦急得火上房，气急败坏地想自己去顶缺。

同学们都不同意，爱伦不是在校生，他是学校图书馆的管理员，快50岁了，体重250磅，硕大的肚子常使他感到不堪重负。这可开不得玩笑，要是爱伦挺着大肚子上了台，这种形象的哈姆雷特能把九泉之下的莎翁再气死一回。

其实在业余剧社里，要说最熟悉哈姆雷特台词的应该是蔡继刚，他经常和巴尔特一起对台词，哈姆雷特的台词他闭着眼都能背下来。蔡继刚请爱伦考虑，他可以出演哈姆雷特。爱伦搔着头皮考虑了半天，才答应让他表演一段试试。

于是蔡继刚声情并茂地朗诵出那段著名的独白：

"生存还是毁灭，这是一个值得考虑的问题。默然忍受命运暴虐的毒箭，或是挺身反抗人世无涯的苦难，通过斗争把它们扫清，这两种行为，哪一种更高贵？"

蔡继刚还是很有些戏剧天赋的，一段独白还没朗诵完，爱伦的眼泪就哗哗地流下来，他以艺术家的冲动拥抱了蔡继刚，并且宣布：弗吉尼亚军校1930年的毕业生中，将要产生一位了不起的人物，他未必能成为一个指挥千军万马的将军，但他将来一定是一个伟大的表演艺术家。

想到这里，蔡继刚不禁苦笑起来。爱伦到底不是预言家，他只是个图书馆管理员，一个业余戏剧爱好者，他的预言一文不值。从军校毕业后，14年过去了，蔡继刚没有成为表演艺术家，却成了一名将军。

蔡继刚环顾着月色笼罩下的阵地，明天天亮时，这里将会变成可怕的地狱，无数生命会在铁与火中融化消失。尽管人类发明了战争，但面对冷酷的战争机器，人类又是这样渺小，这样无奈。

这一夜，许昌的守军主将、新编第29师师长吕公良也没有睡，他在指挥所的马灯下给妻子方莲君写信。吕公良的小楷行书写得极为漂亮，妻子每次回信都要夸奖一番：我的夫君，你的字就像你的人一样漂亮。

明天就要打仗了，按照惯例，吕公良该给妻子写封遗书了。

从外表上看，吕公良不像个将军，他面相儒雅，口才极佳，又酷爱古典文学，善作诗文，是公认的儒将。自黄埔六期毕业后，他进入国军第13军89师服役，至今带兵已16年，算得上身经百战了。抗战爆发后，吕公良一直在华北战场第一线作战，1937年的晋中太谷战役、1938年的台儿庄会战、1939年的鄂北会战……仗打得多了，吕公良也习惯了，他认为自己的运气始终很好，能够活到胜利的那一天。

吕公良终于写完了信，把信交给副官，然后从枪套里拿出左轮手枪分解开，仔细擦拭。这是一支美制柯尔特M1917型军用左轮手枪，是两年前他去重庆述职时蔡继刚送给他的礼物。吕公良很喜欢这支手枪，这种点45口径的手枪无论是自卫还是自戕，其杀伤力都是令人满意的，吕公良一直把它带在身边作为佩枪使用。

和蔡继刚一样，在战争初期吕公良就做好了牺牲的准备，但上天似乎对他格外眷顾，经过将近七年的战争，无数次残酷的战斗，吕公良居然毛发无损地活下来了，这不能不说是个奇迹。

但在1944年4月27日这个夜晚，吕公良却有了一种不祥的预感，他感到自己的生命已经进入倒计时，冥冥中他甚至看到死神张着黑色的翅膀……

在这个世界上，没有人会永远保持好运气。自战争爆发以来，中国军人前仆后继，殊死战斗。初期的空军全军覆没，弱小的海军悲壮自沉，屡败屡战的陆军尸山血海，数百万将士倒在战场上，能活到今天的人已经很幸运了，我吕公良何德何能，能让上天如此眷顾？

吕公良心里很清楚，此次许昌之战，重庆统帅部的蒋委员长虽严令死守，而汤恩伯却并无死守之决心，否则他不会只把一个建制残破的新编29师放在这里，兵力不足只是个借口，第29、87军都在许昌附近，一天就可以调过来，汤恩伯不过是用新编第29师几千士兵的生命，去敷衍蒋介石的命令罢了。

以区区3000人手持轻武器去迎击数万装备着坦克重炮、有着近距离空中支持的日军精锐，其结果无疑是以卵击石。吕公良只能下定必死的决心，他没有别的选择。

吕公良把子弹一颗颗塞进手枪的弹巢，然后将手枪放进压花牛皮枪套。这支枪还从来没有使用过，对高级将领来说，手枪一般只是个摆设，一旦使用恐怕就是最后关头了。

这一切都该结束了，明天或者几天以后，新编第29师这个番号恐怕就不会存在了。想到这里，吕公良竟有些如释重负。

满堂弟兄俩蜷缩在战壕里睡觉。没心没肺的铁柱把脑袋枕在麻包上早就睡着了，满堂却怎么也睡不着，他一直盘算着如何逃走。刚才他想在阵地上转转，顺便踩踩道。谁知顺着交通壕走了不到100米就遇见游动哨，那两个游动哨看样子也是新兵，而且很有些二杆子状，其中一位神经高度紧张，询问口令的同时枪就响了，子弹从满堂脑袋上方掠过，他没想到哨兵会这么愣，吓得浑身都软了，一下子趴在交通壕里连声喊着："别开枪！自己人，自己人……"

枪声一响，86团阵地立刻紧张起来，团长姚长仁穿着裤头，拎着枪从隐蔽部里窜出来，边跑边喊："各连进入阵地，机枪手，各就各位！"

于是各连一阵忙乎，所有战斗人员都进入射击位置。3连的麻子排长正站在麻包工事上撒尿，枪声一响，麻子排长硬是把半截尿生生憋了回去，他顾不上提裤子，一把抄起了重机枪准备开火……

事情好不容易才搞清楚，3连陈连长挨了团长姚长仁一顿臭骂。团长走后陈连长一肚子火没地方出，于是踢了麻子排长一脚。麻子排长自然感到冤枉，等连长走后又给了满堂两个耳光，这件事才算告一段落。

## 第五章

满堂感到很绝望，没想到国军队伍打仗不咋地，他娘的盯人倒是一绝，每个士兵的活动范围只有几十米，超出这个范围便有逃跑嫌疑，闹不好就一枪给毙了，这下可真麻烦啦。

满堂想了很多，但怎么也想不明白，他凭啥要来打仗？打仗又关他啥事？当然，长官说了，打仗是为了保卫国家，可国家是个啥东西？这个问题长官倒没解释过。满堂为这个问题想得脑袋仁儿疼，也没想出个所以然来。

按满堂的想法，县长就算是代表国家了，但他从来没见过县长，只是听说过。就满堂见过的，又能够代表国家权力的人只有保长了，可保长好像只管收各种捐税，别的啥也没管过。老百姓遭灾饿死人，他当保长的管过吗？好像没有。

看来国家和老百姓的关系，就是国家要向老百姓收税，除了收税它啥也不管，这就是国家。满堂虽说没什么文化，但简单的推理能力还是有一些的，他总觉得有什么地方不对劲，可到底怎么不对劲呢？他一时也说不清楚，看来还要好好琢磨琢磨。

比方说，一个庄稼人自己没有土地，那只好去给地主种地，打下的粮食要和地主按约定好的条件分成，四六分成也好，五五分成也好，你交给地主这部分粮食是应该的。为啥呢？因为人家出了地，你出了力，所以各拿各的分成。这事不是挺明白的吗？咋一提国家，他娘的这事就不明白了？国家和地主不一样，地主还给你地种，可国家出啥了？啥也没出呀，啥也不出还照样找你要捐税，不给还不成，这理是咋讲的？一个地主要是把地租给农民种，到了年终把地里的收成全都拿走，啥也没给农民留下，那谁还给地主种地？世上的事都是有来有往才对，有来无往那叫不讲理。

国家这东西可有点不地道，你和它打交道就是有来无往，它找你收税可以，你要是有了难处找国家帮忙，他娘的门儿也没有。还有，要光是收收税也就算了，咋个打仗也得管？陈先生说过，现在是国家有难处，老百姓要体谅国家……可话又说回来了，国家啥时候体谅过老百姓？老百姓被饿死国家不管，等国家需要有人流血卖命了，这时候它又想起老百姓了。满堂终于有点开窍了，要说这世上啥东西最不讲理，恐怕只有国家了。

满堂打定主意，保卫国家这件事，长官说破大天也不听。谁爱打仗谁去打，佟满堂没兴趣，你要非逼着俺打仗，这好办，等仗打起来机会也就来啦，反正两条腿长在自己身上。

远处地平线上不断闪烁着红光，隐隐传来闷雷般的炮声和坦克引擎的轰鸣声，许昌城外围阵地上一片宁静，谁知道明天这里会变成什么样子。满堂想起百里外岗子村的父母和妹妹，这可咋办？走的时候没想这么多，只惦记那100

107

斤大米，连爹的面都没见上，现在弟兄俩突然失踪，家里非闹翻了天。

满堂想了很多，想父母和妹妹，想那没浇完水的几亩旱田，还有麻老五那鳖孙，他害死"黑妮"不能就这么算了，哪天逮住这狗日的一定要打断他的狗腿……

满堂什么都想到了，可就是没有想到，今天是他和平生活的最后一夜，今后他和铁柱要在恐惧和痛苦中煎熬，要从人间到地狱走几遭，命运这东西谁也把握不住。

·第六章·

4月28日下午，许昌外围的战斗打响了。日军第37师团226联队首先进攻城北18里的和尚桥，这是86团的防区。日军226联队自从突破黄河防线以来，一路势如破竹，没遇到像样的抵抗，便有些大意，在经过象征性的炮火准备后，步兵开始冲锋。86团虽然大部分都是新兵，但在连排长、老兵们的督战下，用机枪、步枪、手榴弹等轻武器打了个热闹。

炮击刚刚结束，昏头昏脑的新兵们在老兵的驱赶下钻出防炮掩体进入阵地，他们昨天才刚学会装弹射击，还没打过实弹，便急于练练手。日军的散兵线还在200米外，新兵们没等命令就噼里啪啦地零乱开火了，一时间子弹乱飞，倒把日军的指挥官给打蒙了。那些组织进攻的日军中小队长虽久经战阵，却没想到这帮二杆子居然离这么远就打上了，按照以往和国军作战的惯例，日军散兵线进入100米距离内守军才会开火。

86团团长姚长仁急红了眼，大吼大叫着命令各连停止射击，话还没喊完他又改变了主意，他发现新兵们的射击还是很见成效的，尽管是瞎猫碰死耗子，弹着点散布毫无规律，可日军散兵线上还是倒下了十几个人……姚团长大为兴奋，连忙命令轻重机枪开火凑凑热闹，于是阵地上枪声大作……

满堂和铁柱也跟着起哄放起枪，铁柱在开第一枪时，由于肩膀没有抵牢枪托，枪响时被后坐力狠狠撞了一下，差点震掉了下巴。满堂由于以前玩过抢来的步枪，还朝村口大树上的老鸦窝打过几枪，算是有过射击经验，所以情况没那么狼狈。但他那支汉阳造很不争气，才放了两枪就卡壳了。在老兵的帮助下，满堂费了好大劲才排除了故障，这时日军散兵线已进入100米内距离，满堂忙问铁柱："柱子，打死几个鬼子了？"

铁柱忙不迭地装弹射击："不知道，反正前边有人影晃就他娘的招呼，别往后打就行。"

满堂说："柱子，跟哥换换枪，俺这杆枪不好使。"

铁柱这么会儿工夫已经打顺了手，装子弹也像模像样了，他边射击边说："哥，枪不好使你就待会儿，俺这儿打得正上瘾呢。"

满堂怒道:"柱子,你敢不听哥的,欠揍了不是?"

铁柱突然欢天喜地地大叫起来:"哥,俺撂倒了一个……"

满堂被吓了一跳:"你他娘的嚷嚷个尿!"

他话音没落,一颗子弹飞来,正中他身旁轻机枪射手的前额,机枪手仰面跌倒。满堂一把接住那老兵的身子,见他额头上有个很小的弹孔,但脑后喷出的鲜血瞬间染红了自己的半条袖子。机枪手抽搐了几下就不动了。

满堂不可抑制地浑身哆嗦起来,他还是第一次这么近观察死者,只觉得浑身寒毛都竖了起来,他拼命甩着手上的鲜血。

这时只见人影一闪,麻子排长窜过来抄起机枪就扣动了扳机,"哒哒哒"机枪又响了起来,麻子排长边射击边对满堂吼:"开枪啊,你狗日的等啥来?"

满堂被骂得没了主意,便昏头昏脑地放了一枪,他发现50米外一个日军士兵踉跄了一下,跪在地上,随后一头扑倒……满堂兴奋地叫起来:"长官,俺也撂倒了一个。"

麻子排长喊:"打得好!瞄准了,继续射击!"

满堂又扣了一下扳机,枪却没响,他正纳闷,就听铁柱喊:"哥,拉栓退壳啊……"

满堂这才想起要拉栓退弹壳,然后重新将子弹推入枪膛。

铁柱又兴高采烈地叫起来:"哈!俺又撂倒一个,这是第三个啦……"

满堂又放了几枪,突然有了点感觉。闹了半天打枪这手艺一点儿也不难学,打几次就能摸出窍门来。总的来说就是打近不打远,把鬼子放近了,你都不用仔细瞄准,怎么打怎么有。

满堂近距离照着日军散兵线连放三枪,接连打倒三个敌人,得意得手舞足蹈。他根本没想到,要不是轻重机枪组成的火网有效地滞阻了日军的进攻,敌人早就跳进战壕了。

许昌保卫战的第一天,86团的新兵们居然把战斗打成了胶着状态。

在城内新编29师指挥部里,刘昌义、吕公良、蔡继刚等人正围着地图讨论战况。刘昌义认为手头兵力太少,应该收缩兵力,把部队撤到二线阵地进行密集防守,而吕公良认为现在收缩兵力为时尚早,既然命令是死守许昌,那么守军应该利用外围阵地尽量给敌人予重大杀伤,然后再采用节节抵抗、交替掩护的方式撤回土围子一线。

蔡继刚没有参加讨论,他认为这种讨论意义不大,无论使用哪种方式,许昌的陷落都是不可避免的。作为督战官,他的职责是监督部队执行上峰的命令,没有命令,一兵一卒也不允许撤退。至于自己的命运,蔡继刚想法很简单,最多两天以后，守军就会进行最后的巷战，他会用手中的冲锋枪尽可能多地干掉敌人，然后一了百了。汤恩伯把新编29师放在这个孤城，似乎就没打算让他们生还。既然如此，他这个督战官也就省省脑子，和这三千多弟兄一起与城池共存亡吧。

蔡继刚走进通讯室，对通讯主任吩咐道："请接汤副司令，快一点！"

按规定，督战官有权使用各级指挥部的电台与上级联络，任何人不得干涉。蔡继刚很少使用这种特权，他认为只要自己督战的部队在战斗中没有士气涣散，没有擅自撤退，没有叛国投敌，就没必要向上面汇报，因为这样很容易给执行战斗任务的部队指挥官造成打小报告的印象。

但是今天，蔡继刚决定使用一下特权，他想为新编29师这三千多弟兄再努力一下。

电台接通了，蔡继刚接过话筒，里面传来副司令长官汤恩伯的声音："我是汤恩伯，请讲！"

"汤副司令，我是督战官蔡继刚，此时许昌外围正在激战，攻守双方伤亡都比较大，作为督战官，我有几句话想说。"

"请讲！"

"我想请长官告诉我真实的情况，此次许昌保卫战，统帅部的战役决心是什么？其目的何在？"

话筒里传来汤恩伯的声音："统帅部决定不惜一切代价死守许昌，寸土必争，阻止敌人主力南下，这也是委座的意思，蔡督战官，你有什么想法吗？"

蔡继刚鼓足勇气说："长官，卑职认为，统帅部既然决定死守许昌，就应该调集重兵实施这一计划，而现在许昌守军只有建制残破的新编29师，经我核实，该部在防守黄河防线时损失巨大，目前只有三千多人，其中大部分是新兵。长官，您认为仅凭这三千多人能守住许昌吗？"

"守不住也要守，命令就是命令，你告诉刘昌义、吕公良，我手头兵力也有限，无法调兵支持许昌，请他们依靠自己的力量守住许昌。丢失阵地者，军法从事！"汤恩伯的话毫无商量余地。

蔡继刚还想再做一下努力："长官，卑职认为，任何作战命令的执行，都需要一定的条件，从理论上讲，无法执行的命令，相当于无效命令。根据情报，进攻许昌的日军为第37师团、第62师团、第7混成旅团、第27师团一部以及坦克第3师团一部，总兵力八万余人，除此之外，日军还有强大的空中支持，其战力非同一般。长官，您不觉得，以新编29师这区区三千余人，使用轻武器对抗敌人装备坦克、重炮的数万大军，这种命令很荒唐吗？"

汤恩伯顿时火冒三丈："蔡督战官，你在和谁讲话？太放肆了，你以为你是军委会派来的，就可以随便指责战区长官？"

蔡继刚低声说："对不起，长官。我……我是有些冲动，但是……"

"你不要说了，作为督战官，你已经行使了自己的职责，现在，我命令你立刻返回洛阳，到战区长官部报到！"

蔡继刚强硬起来："不，长官，我不能执行您的命令，我是受军委会指派，到新编29师行使督战任务，现在也是许昌守军的一员，没有军委会的命令，我决不退出战斗，城在我在，城破我亡！"说完，蔡继刚不等汤恩伯回话就关掉了电台。

他转过身来，发现副官沈光亚胸前挂着一支司登式冲锋枪，胸前插着一排手榴弹，全副武装地站在那里。

"沈副官，你这是干什么？"蔡继刚奇怪地问。

"长官，我已命令两个卫士编入师部警卫连。从现在起，由我担任你的警卫。"

蔡继刚忽然想起什么，盯着沈副官的眼睛道："沈副官，我已接到命令，督战任务结束，我们可以立刻返回洛阳，可我还有一些私事需要处理，暂时还不能走。这样吧，你收拾一下，马上动身，到洛阳第一战区司令部报到！"

沈光亚动也没动："长官，请原谅，我不能执行你的命令，因为我知道你的打算，所以我哪儿也不去，你走到哪儿，我跟到哪儿，这是我的职责。"

蔡继刚张了张嘴，什么也没说，转身走出通讯室。

刚一出门，他发现吕公良站在门外，正用异样的神态盯着自己。

蔡继刚奇怪地问："公良兄，你看我干什么？"

吕公良久久地望着蔡继刚，在他胸前轻轻捶了一拳："兄弟，谢谢你！我替新编29师这三千多弟兄感谢你！"

许昌保卫战的第一天，骄横的日军全线攻击受挫，各部队伤亡惨重。日军第12军司令官内山英太郎中将大感意外，他在指挥部里发了脾气，命令前线部队29日太阳落山之前必须拿下许昌。

86团的阵地激战至第二天凌晨2时，日军出动95式坦克掩护步兵冲锋，86团的新兵们大部分还没见过坦克，他们开始骚动起来，恐怖的气氛在阵地上蔓延开来，不少新兵扔掉枪爬出战壕向后逃窜，连排长们根本制止不住。

满堂和铁柱也跳出战壕准备逃跑，可还没跑几步，后面团部督战队的机枪就打响了，新兵们被撂倒一片，其余的又连滚带爬窜回了战壕。等满堂和铁柱退回战壕时，日军步兵已经挺着明晃晃的刺刀冲到跟前，几个新兵来不及抵抗就被刺刀洞穿胸膛。满堂和铁柱真急了眼，他娘的，往后跑督战队打，往前跑鬼子的刺刀又要你的命，反正横竖不让人活，只能自己救自己了。

满堂从小就是个打架不要命的愣种，论玩命村里孩子没人敢和他叫板，胆量还是有的。此时恐惧归恐惧，可人一旦走投无路反倒横下一条心，潜藏在满堂体内的野性一下子迸发出来，他破口大骂："小鬼子，俺操你个祖宗！"呼地抄起两颗手榴弹，一把拽开导火索，不要命地迎着日军士兵扑过去……

日军士兵们猛地发现满堂手里冒着白烟的手榴弹，精神一下子崩溃了，他们顾不上开枪，惊慌地四散躲避，满堂狠狠地将两颗手榴弹砸在一个日军士兵的后背上，同时扑倒在地……轰的一声爆炸，四五个日本兵被炸倒，满堂灵活地打了几个滚儿跳进战壕。

麻子排长目睹了这一幕，被惊得目瞪口呆，大叫道："好小子，有种！"

当哥的玩了命，当兄弟的自然也不能做孬种，铁柱嘴里爹啊娘的骂着抄起步枪连连打倒三个日本兵，他自己也没有意识到，开枪、退壳、上膛、再开枪这些动作竟如行云流水般娴熟。看来人要被逼急了，往往能创造奇迹。

设置在国军二线阵地上的几门75毫米防战炮开火了，两辆日军坦克中弹起火，日本坦克手浑身是火纷纷跳出坦克座舱，马上就被机枪火力打倒，其余的坦克见势不好，连忙向后退……

逃跑的新兵们两边挨揍，都被打急了眼，这时也纷纷抄起枪朝日本兵没头没脑地开火射击，抵近射击不需要神枪手，枪响人倒，弹弹咬肉，冲上阵地的几十个日本兵一瞬间被全部放倒，其余的日本兵迅速退了下去。

陈连长指着满堂，兴奋得语无伦次："打得好！你你你……你这狗日的……叫叫叫啥来着？"

"报告长官，俺叫佟满堂，俺兄弟叫史铁柱。"

"嗯，现在我宣布，佟……佟什么来着？噢，佟满堂，士兵佟满堂、史铁柱因作战有功，本连长决定，提升佟满堂为3连8班中士班长，史铁柱为8班下士班副，本命令从现在起立刻生效！"为了表示赞赏，陈连长抡起拳头照铁柱胸前擂了一下，铁柱猝不及防，一屁股坐在轻机枪那滚烫的枪管上，顷刻被烫得蹦了起来。

满堂没想到，才比画这么两下，就比画出个中士班长来，顿时很兴奋，照这么下去再打上两天，兴许能混个连长干干。日他娘，敢情当官这么容易？

铁柱对当官兴趣不大，这会儿工夫他居然蹿出了战壕，翻弄着日本兵的尸体，捡起洋落儿了。

麻子排长急得大喊:"那什么……8班副,你他妈的不要命啦?给老子滚回来!"

铁柱一边捡东西一边兴奋地喊:"排长,小鬼子这里还有烟卷呢,你要不?"

"铁柱,听话,赶快回来!"满堂也喊起来。

这时陈连长听到半空中传来一阵怪怪的呼啸声,他马上意识到,这是日军大口径炮弹划破空气的声音。陈连长大喊:"全体卧倒……"

新兵们刚刚卧倒,第一批炮弹就落了地,阵地上响起剧烈的爆炸声,浓烟烈火笼罩了阵地……

"铁柱……"满堂哭喊起来,他心想,铁柱完了。

又是一排炮弹落下,爆炸声震耳欲聋。满堂被震得七荤八素,一个劲地犯恶心。这时,一个人影嗖地跳进战壕。满堂定眼一瞧,原来是铁柱,这小子扛着两支三八式步枪,身上挂满了战利品,居然毫发未伤。

"哥,给,你那杆枪不好使,使这个,你一杆,俺一杆,别人咱不管。"铁柱递过一支三八式步枪。

满堂一把抱住铁柱,鼻涕眼泪滚滚而下:"兄弟啊,哥求你啦,往后别再乱跑了,行吗?"

"哥,你咋啦?俺这不好好的吗,你看俺捡的这些洋落儿。"

"看个尿啊,你要是死了,俺咋和爹娘交代啊?"满堂抹着眼泪说。

"行行行,俺答应你,行了吧?哥,你看人家小鬼子的枪,真地道,你再瞧这刺刀……对了,俺还弄了不少子弹回来……"铁柱四下看看,又小声说,"哥,咱一会儿不是还要跑吗?这两杆枪要带上,这可是咱自己捡的,回去卖给枪贩子,能卖个好价。"

满堂心灰意冷地嘟囔着:"跑,往他娘的哪儿跑?让连长逮住二话不说,掏枪就毙。就算跑出去,撞进鬼子怀里,也得让鬼子打死,反正横竖是死。"

"那……咱不跑啦?"

"你脑袋受潮啦?要跑也不是这会儿,这不刚给咱哥儿俩升了官吗?连长够意思,咱也不能不仗义,对不对?"满堂摆弄着三八式步枪说。

"那中,俺听哥的,哥说跑俺就跑,哥说留这儿当官,俺就当官。哥,这班长管几个人?"

满堂没好气地说:"谁他娘的知道,怎么着也得十个八个吧?"

团长姚长仁带着两个参谋顺交通壕跑过来:"3连长在哪儿?"

陈连长应声:"团长,我在这儿。"

姚长仁说:"刚刚接到师部命令,命令86团交替掩护,节节抵抗,撤至二

## 第六章

线阵地。3连长，带着你的人先撤！"

陈连长说："团长，你带团部人员先撤，我掩护。"

姚长仁厉声道："让你撤就撤，哪儿这么多废话？马上执行命令，2连随我断后。"

满堂在撤出阵地时还回头看了一眼，2连已经和敌人接上火，姚团长亲自操起马克沁重机枪在射击。

当86团的残余部队撤进土围子阵地时，担任掩护任务的2连边打边撤，也跟了上来。这时一个不幸的消息传遍阵地，姚团长阵亡了，他的重机枪掩体挨了一发炮弹，等硝烟散去，姚团长踪影全无，团部的一个参谋在弹坑里只找到他的一只脚。

消息传来，全团笼罩在巨大的悲痛中。

蔡继恒驾驶零式战斗机将要落地时，塔台上的胡广文表现得很合作，他通过电台告诉蔡继恒："鳄鱼，跑道上都清理过了，你可以着陆了，别忘了放下起落架，小心！"

蔡继恒心说，这不是废话吗，老子放起落架还用你提醒？明摆着没话搭话，这小子肯定是刚告完状，心里踏实了。

着陆后，地勤人员用牵引车把零式机拖回了杰克的工作间，老杰克忧心忡忡地说："鳄鱼，咱们肯定惹麻烦了，搞不好陈纳德将军会扒我的皮。"

蔡继恒嘲笑道："瞧你这点胆子。老杰克，你凭什么叫响尾蛇呀？以后我干脆叫你土拨鼠吧。"

杰克分辩道："我不是担心你嘛，我不想看到我的朋友进军事法庭。"

"嗨，多大事啊？咱们又没杀人放火，凭什么进军事法庭？再说了，我打下一架轰炸机、一架零式机，响尾蛇，从现在起，老子已经是王牌飞行员了，以后你要对我尊重点。"

杰克惊得目瞪口呆："真的？你不会是吹牛吧？"

蔡继恒一屁股坐在破沙发上，泄气地说："你说得对，还是别吭声了，反正也没法证明，那架轰炸机肯定是坠落在敌占区，零式机呢，我他妈的也不知道落在谁的地盘上了，算啦！不提了。"

杰克兴奋起来："看来是真的，我相信你，在我印象里，鳄鱼从来不吹牛。亲爱的鳄鱼，咱们该好好庆祝一下，我还珍藏着一瓶1918年的威士忌呢，今天我们把它喝了，只有英雄才配喝好酒。"

蔡继恒打了个哈欠："不喝，我累死了，只想睡觉，你替我催一催机械师，赶快把我的飞机修好，我争取明天赶回桂林。"

这一天蔡继恒早早地睡了觉，由于空战时精神高度紧张，他累坏了，一夜无梦。

第二天，机场总站长张敬元亲自找到蔡继恒的临时宿舍，把他从床上拉了起来："鳄鱼，九战区长官部打来电话，要你去趟长沙，说有人想见你。"

蔡继恒哈欠连天地问："谁想见我，既然想见我，为什么不到这里来见？"

"是你打下来的那个零式机飞行员，他点名要见你，否则他就要绝食。九战区政训处想请你协助他们做做日军俘虏的工作。"

蔡继恒颇感意外："哦，是那个藤野内五郎，他居然还活着？真邪了门啦，我还没见过这么命大的人。他怎么被俘的？"

张敬元说："听说他在空战中受了伤，迫降时飞机翻了，又第二次受伤。这家伙现在不但绝食，还拒绝治伤。他只是不停地说，要见一个叫鳄鱼的中国飞行员，九战区政训处打电话到中美空军混合团查询，结果一提鳄鱼谁都知道，班奈德中校同意你去见见这个日本人。我已经给你备好了车，你赶紧去看看吧。"

蔡继恒想起那个藤野内五郎，觉得很好笑，当时他偷袭那架一式陆上攻击机时，担任护航的零式机有八架，别的飞行员都是象征性地追击一下，然后马上返回到原来的航线上，只有这个藤野内五郎不屈不挠地追击，居然把蔡继恒追出二百多公里。从这种非理性的行为上看，这家伙很可能是个认死理的人，蔡继恒的偷袭战术激怒了他，于是他不顾一切地展开报复行动，这种人的脑子可能有些简单，很容易把战争行为变成争强好胜的个人恩怨。

藤野内五郎被关在长沙郊区的一个临时俘虏收容所里，这里以前是当地保安团的一个兵营，现在临时腾出来做了俘虏收容所。院子的外围设置了两层铁丝网，两层铁丝网中间是游动哨的巡逻地段，整个收容所显得警卫森严。

蔡继恒从吉普车上下来时，九战区政训处的一个少校正在收容所的门口等候他。

蔡继恒本来不大看得起陆军，但这个军官比他的军衔略高一点，军队的规矩还是要讲的，于是他随便抬手一碰帽檐，算是向少校敬了礼。少校向蔡继恒还个正规的军礼说："蔡上尉，我叫洪霖，奉命在此等候你。"

蔡继恒和他握手道："少校，你给我介绍一下情况，这个日军飞行员是怎么被抓获的？"

洪霖说："藤野内五郎迫降之前已经受了伤，他的左臂中弹，迫降的时候飞机起落架撞上田埂，飞机整个翻了过去，把他扣在下面。保安团的士兵把他拖出来时他已经昏迷了，军医检查后发现，他的右腿也骨折了，估计是迫降时造成的。"

"这个俘虏审讯过吗？他是否合作？"

"审讯过了，他只说了自己的姓名和服役单位，其他什么也不肯说，只是一个劲要求见你，并声称见不到你就绝食自杀。"

蔡继恒看了看铁丝网和正在巡逻的游动哨问："这里关了多少日本俘虏？"

洪霖回答："只有两个，除了藤野内五郎，还有一个侦察机飞行员，叫中信义雄，他是在长沙附近低空侦察时被我们的高射炮击落的，也受了伤。"

蔡继恒随洪霖走进大门，大门里面是一个带有草坪的大院子，院子中间一段短短的石子路对着并排的两道门。蔡继恒随洪霖走进一道门，才知道那是一间很大的办公室，中间用木板间隔成几个小房间。九战区政训处派来的一个上尉和一个日语翻译站在隔间外，正低声说着什么，他们身边还站着两个佩着手枪的保安团士兵。

藤野内五郎住在左边的一个小房间里。蔡继恒对洪霖说："少校，我想和他单独谈谈，你们能否回避一下？只留两个士兵警戒一下就可以。日语翻译我也用不着，我和俘虏可以用英语沟通。"

洪霖点点头："没问题，长官部有令，为你创造一切条件。"

洪霖带着上尉和翻译退出房间。蔡继恒走进藤野内五郎的房间，房间很小，只有一张单人床和桌椅。藤野内五郎个头儿很矮却很粗壮，大约二十五六岁，相貌还算英俊，浓眉大眼的模样。此时已是四月底，长沙的天气已经很炎热了，藤野内五郎还穿着羊皮制的飞行夹克，领口的衬衣已经被汗水浸透。他戴着手铐和脚镣，受伤的左臂用一块很脏的飞行员绸巾包扎着。蔡继恒注意到，这块绸巾居然是在皮夹克的袖子上包扎的，也就是说，他左臂中弹后根本没有剪开飞行服处理伤口，而是直接把绸巾连袖子一起扎上，难怪他浑身散发着臭味，并且带有浓重的血腥气。

蔡继恒向藤野内五郎行了个军礼，用英语说："还记得吗？我是鳄鱼。"

藤野内五郎抬起右臂向他还了礼，用英语回答："鳄鱼，我相信你会来，我没有什么重要事，只是想在临死前见见你，打扰了。"

蔡继恒叫来卫兵说："把他的手铐和脚镣打开。"

卫兵照办了。

蔡继恒坐下来问："会抽烟吗？"

藤野内五郎点点头："如果有的话，不妨来一支。"

蔡继恒打开带来的旅行袋，拿出两条骆驼牌香烟、四听美国牛肉罐头和几块巧克力放在桌子上，他一边撕开烟盒一边说："都是穷当兵的，没什么好东西，实在拿不出手，你需要什么和我说，我会想办法给你送来。"

藤野内五郎就着蔡继恒的打火机点燃香烟，吸了一口说："别操心了，我没打算活太久。鳄鱼，我心里有个遗憾，憋着很难受，你知道的。"

"我知道，就是没把我从天上揍下来，你死不瞑目，我猜得没错吧？"

"我在想，要是你当时驾驶着P-40，我根本不可能让你得手，是那架零式机让你占了便宜，我们把你当成了掉队的单机，被你欺骗了。"

蔡继恒笑道："藤野，我认为你在为自己的失手找借口，兵不厌诈，这是一条重要的军事原则。我知道你们当时在用电台试图和我联系，但我没有回答，这时就应该引起你们的警惕，并且要有所反应了，可你们什么也没有做，任凭我突破你们的防御线。藤野，说句吹牛的话，当时如果换了我，在电台呼叫无回复的情况下，我首先会警惕起来，然后先做警告性射击，如果警告仍然无效，我会果断开火，首先击落它。藤野，你不能不承认，你输在智力博弈的层面上，这与技术无关。"

"鳄鱼，我们的对话并不平等，无论如何，你是胜利者，我是你的战俘，你可以羞辱我，反正我是阶下囚。但我要告诉你，虽然我被你击落，但我并不服，你的获胜主要是靠运气，我只能承认运气不如你。说句不太现实的话，我宁可用这条命换取一次机会，在空中再和你单打独斗一次，然后随你们枪毙都可以。"藤野内五郎挑衅地看着蔡继恒。

蔡继恒淡淡地说："藤野，几年前我还是个历史系的学生，之所以走上战场是为了保卫自己的国家，尽一个公民的责任，而不是和人斗气，所以你服气也罢，不服气也罢，我真的无所谓。藤野，关于我们的战斗总结，将来有机会再探讨。现在……我只想表达一下对你的不满。"

"哦，请讲！"

"你浑身臭烘烘的，熏得我实在受不了，我宁可在空战中被你击落，也不愿闻这种味道。拜托，你能不能收拾得干净些？"

藤野内五郎有些难为情："实在抱歉！我几天都没有洗澡，除了这件飞行服，我没有任何换洗衣服，伤口也发炎了，难免会有些不好的气味，真是对不起！"

蔡继恒趁机提出建议："我看还是让军医来处理一下伤口，然后去洗个澡，换换衣服如何？"

藤野内五郎有些犹豫："还是算了吧，反正也没几天可活了……"

"这样不好，你哪怕是明天就死也没关系，可你现在让我的鼻子很不舒服，你不是总讲平等吗？咱们现在可不大平等，因为我并没有拿臭气去熏你呀。"

蔡继恒让卫兵把等候在院子里的军医叫进来，然后吩咐卫兵去买四身换洗衣服，由他来付账。

卫兵不解地问："四身换洗衣服？他一个人用是不是多了？"

蔡继恒说："不是还有一个俘虏吗？也给他两套吧。"

卫兵踌躇了一下说："长官，这两个鬼子可是飞行员，杀了我们多少人？咱不枪毙他们已经很开恩了，也犯不上可怜他们。"

蔡继恒挥挥手说："去吧，执行命令！"

军医把藤野内五郎的飞行服袖子剪开时，他疼得惨叫了一声，因为他的内衣已经和伤口粘在一起。军医用温水浸湿伤口处，想轻轻地剥离开内衣，藤野内五郎挣扎着，惨叫不已，军医有些犹豫，便停了下来。

蔡继恒走过去，闪电般地出手，一把将内衣从伤口处撕开，藤野内五郎疼得几乎昏死过去，他破口大骂："鳄鱼，你这浑蛋，你杀了我吧！"

蔡继恒哼了一声："我已经杀过你一次了，你小子运气不错，几十发子弹都没把你打死，现在你就忍着点吧。"

经军医检查，藤野内五郎的左臂是被12.7毫米的子弹擦伤了肌肉组织，骨头并没有受伤。不过就算是擦伤，大口径子弹所造成的创伤也还是很严重的，如果中弹的位置再正一点的话，藤野内五郎的左臂会被齐刷刷打断。他的右腿是飞机翻滚时机体变形被压断的。军医对伤口进行了临时处理，并告诉蔡继恒，这个俘虏需要到医院去打石膏。

蔡继恒吩咐卫兵带藤野内五郎去洗个澡，还特别交代，这个俘虏身上有伤，行动不便，要卫兵帮忙擦洗一下。交代完之后，蔡继恒向藤野内五郎告别："藤野，好好养伤吧，如果有机会我会再来看你。"

藤野内五郎翻着白眼回答："鳄鱼，你不用再来了，我不会活太久。对于日本军人来说，被俘是一种耻辱，只有死才能洗刷这种耻辱。鳄鱼，谢谢你来看我，也谢谢你送我香烟和食品，咱们来世再见吧！"

蔡继恒和他握手道："我们中国有句俗话，'会叫的狗不咬人'。藤野，你干吗总是死啊死的唠叨个没完。我只想告诉你一句话，要是真打算死，你找个机会自便好了。要是想明白了，不想死，那就好好活着，等候战争结束回国，我们将来总有机会见面的。"

蔡继恒说完，头也不回地走了。

29日，许昌保卫战进入白热化，日军用重炮和坦克猛攻土围子阵地，城北由于工事修得比较坚固，形成较大的防御纵深，还事先在阵地前敷设了雷场。日军226联队数百名士兵组成的第一攻击波，一头撞进雷场，首先触发了地雷群，一时间地动山摇，几十颗连环雷同时爆炸，弹片横飞，硝烟四起，一个中队的日军士兵伤亡殆尽。日军吃了亏后，集中重炮群进行报复性集火射击，利用弹幕伸延方式摧毁了雷场、鹿砦和铁丝网，随后将步兵推至护城河一线，乘坐橡皮艇、木排等浮渡工具进行强渡。这时城墙残垣中守军的隐蔽工事开火了，由轻重机枪组成的交叉火网，把水面打得像是开了锅，河面上一片猩红，密密麻麻的浮尸几乎堵塞了河道。

果然不出蔡继刚所料，日军受挫后，第37师团只留下小股兵力封锁北门，其主力绕过城垣，集中全力向南门展开攻击。

城南关外的思故台成了攻守双方惨烈厮杀的重点地区，这是一片丘陵地带，由国军85团6连和86团3连防守。

满堂和铁柱尽管还没有打消逃跑的念头，但此时已经顾不上了，原因很简单，他们现在拼命射击投弹未必是为了保卫国家，最主要的是为了保全自己的命。满堂心说，弟兄们把鬼子打惨了，这些红了眼的鬼子要是冲上来，恐怕连缴枪投降的机会都不会给你，非把全连的弟兄剁成肉酱生吞了不可，这可不是闹着玩的。

战前陈连长说得没错，这些狗日的新兵一仗下来要是没死，那就是正经的老兵了。现在86团2营3连的新兵们在血里火里滚了两天，活下来的都是像模像样的老兵油子了。杀人就是这样，杀一个是杀，杀一百个也一样，一旦杀顺了手就没感觉了。两天下来，满堂和铁柱自己也闹不清楚打死了多少鬼子。这哥儿俩早把上面发的汉阳造扔了，都换上了三八大盖，小鬼子的枪的确好使，很少出现卡壳，比汉阳造强多了，铁柱弄来的子弹足有二百多发，他刚才还叮嘱满堂省着点用，将来和枪贩子交易时多一发子弹就多赚一份钱，这小子可真会算计。

"注意！鬼子上来了，准备投弹！"麻子排长盯着前方小声发出命令。

这时，三十多个日军士兵端着刺刀号叫着扑了上来。麻子排长大吼："投弹！"他一甩手同时投出两颗手榴弹，全排人出手形成一道弹幕。随着剧烈不断的爆炸声，硝烟砂石混合着不断腾起的淡红色血雾，接近工事的日本士兵非死即伤。

满堂身后是轻机枪掩体，捷克式轻机枪发疯般地狂叫着，灼热的弹壳雨点般落下来，在掩体下堆成一座小山。阵地上的两挺重机枪和四挺轻机枪组成的交叉火力把一片开阔地打得烟尘四起。对面日军的几个掷弹筒轮番发射，企图打掉这些威胁极大的机枪巢。一发榴弹直接落在正压子弹的机枪弹药手身上，把他变成了一团粉红色的血雾……

机枪射手边扫射边吼:"弹匣,快给我弹匣……"

铁柱扔下步枪,窜到弹药手的位置上,一边往弹匣里压子弹,一边紧盯着机枪射手的射击动作。

那射手边射击边斜眼瞟了铁柱一眼:"小兔崽子,算你有种!敢上机枪这儿来,不怕死啊?"

铁柱贪婪地盯着捷克式轻机枪:"老哥,这家伙真带劲,让俺打一梭子行不?"

射手眼一瞪骂道:"狗日的,快压子弹,等老子死了你再打!"

满堂打疯了,他不停地把手榴弹一颗一颗地甩出去,两箱手榴弹一会儿就甩光了,箱子里剩下最后一颗时他意犹未尽,身子一拧,手一扬铆足了劲又扔出一颗,这一扔不要紧,这颗手榴弹翻着跟头划出一条弧线径直飞出60米开外,正好落在一个日军机枪手的钢盔上,手榴弹在钢盔上弹了起来凌空爆炸,两个射手连人带枪被炸翻。

国军阵地上一片欢呼声,日军的第四次冲锋又被打退了。

陈连长弯腰顺着交通壕跑过来,边跑边兴奋地喊:"刚才是谁扔的手榴弹?"

麻子排长把满堂往前一推:"报告,是8班长佟满堂。"

"又是你?好好好,太好了,乖乖,随便一甩就是六十来米,准头儿也行,你小子是练过投弹?"陈连长亲热地拍打着满堂的肩膀。

满堂不以为然地说:"俺以前就没摸过手榴弹,可没吃过猪肉还没见过猪跑?要说练过也中,俺小时候甩石头练出来的。"

陈连长对麻子排长说:"麻子,这批新兵一来我就跟你说过,里面有几块好坯子,像满堂和铁柱这样的,都不用训练,打上一仗就能当排长。麻子,我当时是这么说的吧?"

麻子排长连忙证实道:"没错,连长是说过,打上一仗就能当排长。连长,满堂作战有功,昨天提了班长,今天又立了功,你看……我这排长的位子是不是就让满堂坐了?"

陈连长顿时警惕起来:"麻子,你啥意思?满堂当排长,那你干吗去?"

麻子排长赔笑道:"我的兵都当排长了,我还不弄个连副干干?"

"噢,闹了半天你在这儿等着呢,麻子,你现在是不是看我都多余啊?巴不得老子赶快阵亡,是不是?"陈连长瞪起了眼。

"不是,不是,这你可误会我啦,我哪敢抢你的位子。我的意思是,你是一连之长,是靠本事当上的,我呢,这点能耐顶多当个连副,水大漫不过桥去,啥时候我当了连长,那你早就是营长了,咱啥时候也得在你手下听差呀。"麻子排长谄媚的功夫堪称一流。

"唔，这还像句人话。"陈连长哼了一声，表示满意，但他马上又想起了什么，"哎，让你这一打岔，我刚才说什么来着？"

"连长，你说我打上一仗就能当排长。"满堂提醒道。

陈连长摘下军帽拍打了一下尘土，然后又端端正正戴上，严肃地说："8班长，这两天你打得不错，按理说应该给你提职，但现在连里暂时还没有空缺，这样吧，这件事我记着，等一有了空缺，本连长立刻给你补上。"

麻子排长马上补充了一句："别着急，满堂，快了，不定哪天我殉了国，你就能补缺了。"

陈连长说："大家都准备一下，修复工事，准备弹药，恶仗还在后面。"

陈连长走后，麻子排长把满堂拉到一边，上下打量了一遍，又伸手捏了捏满堂的胳膊。满堂因为吃了多半个月的饱饭，原本骨架粗大的身子板肌肉渐渐隆起，身体恢复得很好，是个高大魁梧的身形，在一群身材矮小、瘦骨嶙峋的新兵中显得鹤立鸡群。

麻子排长很满意，低声说："满堂，你小子来当兵算是来对了，你天生就是块当兵的料，反应快，手脚利索，刚才你扔手榴弹我就看出来了，你臂力很强，一般人比不了。好好干吧，你要是命大，当官还不容易？你看看咱们团，每打一仗，军官和老兵就得死掉一大半，谁命大谁就提得快。"

满堂有些感动："排长，多谢照顾，往后俺要是有出头之日，一定报答您的栽培。"

麻子排长脸上出现难得的温情："兄弟，我心领啦！满堂啊，我和你说句心里话，这次打仗，我老黄怕是过不去了，咱们新编29师……怕也是凶多吉少。你记住，要是打到最后……还是给自己留条后路吧，你明白我的意思吗？"

"明白！谢谢长官，俺知道，长官是……为俺好……"满堂觉得鼻子发酸，眼睛也红了，"长官，你心里……啥都明白，咋就不为自己想想？"

"兄弟，我不一样啊，我当兵四年了，这个排长是自己打出来的，咱陈连长也一样，我们都没进过军校，都是从当大头兵干起，打了几年仗算咱命大，没死还当上了军官。人有脸树有皮啊，军官和士兵不一样，士兵可以开小差，可以怕死，枪一响，你尿了裤子也没人笑话你。可军官不行，军官的脸面比命还重要，不管到什么时候，就是刀顶脖子上，咱也不能认熊，这架子还得端着。你明白吗？"麻子排长似乎动了感情。

"排长，你是好人，俺忘不了你，你的话俺记住了。"满堂低声说。

这时半空中又出现炮弹落下的呼啸声，麻子排长一把按倒满堂。

阵地上响起猛烈的爆炸声……

由于思故台守军的顽强抵抗，日军指挥官急红了眼，命令炮兵将八门92式步兵炮推到距守军600米的地方，对守军工事进行直瞄射击。这一招很奏效，随着一发发炮弹出膛，守军阵地上的土木工事、机枪掩体一个个被摧毁，这下子可把守军打惨了。

第二次世界大战中日本陆军的所有装备里，最成功的武器当属92式步兵炮。这种70毫米口径的火炮设计得很有特色，它的炮管长度只有六十多厘米，算上盾板高度也只有62厘米。这类火炮虽然不属于战场压制型火器，但对于当时机械化程度较低的国家来说，是一种理想的步兵营支持武器，可用于步兵支持和反坦克作战，其分装式3.8公斤的高爆弹对付土木工事和一般砖石工事效果极佳。它卓越的设计思想还体现在运输上，火炮全重只有210公斤左右，在没有牵引车辆的情况下，使用畜力或人力都可以拖曳前进，甚至还可以分解运输，对战区的道路状况要求不高。也只有像日本这种资源穷国才能设计出如此物美价廉的火炮，因为为数不多的钢铁要优先供给海军。

思故台守军3连阵地正面宽200米，阵地纵深不过150米，在如此狭窄的地幅内集中八门火炮逐个进行打靶式直瞄射击，其摧毁效果十分可怕。

满堂觉得整个世界都变成了一片红色，剧烈的爆炸声把他变成了聋子，爆炸产生的气浪如飓风般掠过阵地，他和铁柱像鸵鸟一样顾头不顾腚地把脑袋扎在战壕深处。更可怕的是每次爆炸都伴随着一片惨叫声，然后就是一片血雨洋洋洒洒从天而降。铁柱发现，自己的裤裆不知什么时候已经湿透了，可能是不知不觉尿了裤子。

又是一声巨响，砂石劈头盖脸倾泻而下，满堂被爆炸的气浪震得呕吐不止。突然他脖子上挨了重重的一击，满堂惨叫一声，心说这下完啦！他以为是被弹片削断了脖子，便下意识用手一摸，那沉甸甸的东西掉在地上，满堂一看，不禁从喉咙深处发出一声怪叫，原来是一条血淋淋的人腿！上面还冒着热气，满堂的脖子上湿漉漉的全是鲜血……他感到一阵恶心，忍不住又呕吐起来。

炮火终于停了，陈连长小心翼翼地把脑袋探出堑壕观察，这一看便大吃一惊，日军的散兵线已经不声不响地冲上来，其前锋离战壕已不足20米了。陈连长狂叫一声："鬼子上来啦，全体上刺刀！"

铁柱身旁的机枪手一见敌人已经到了眼前，便猛地跃上战壕，平端起轻机枪开了火，没想到刚打了个点射，机枪手胸前就挨了一刺刀。铁柱在一边看得分明，那日本兵的刺刀穿透机枪手的身体，露出后背竟有十几厘米。机枪手不甘心地仰面倒下，他手中的捷克式轻机枪"哒哒哒"将一串子弹打向半空中……

铁柱的脸一下子吓白了，他本能地抄起步枪做出防护姿势，和他对峙的是一个身材矮壮的日本兵，此人应该是个刺杀老手，他两腿弯曲呈丁字步，以45度角持枪，刺刀刀尖与自己双眼持平，这是个标准的、无懈可击的姿势。如果铁柱是个受过刺杀训练的老兵，遇到这样的对手要格外谨慎，这是个难缠的对手。

问题是，铁柱根本不是什么老兵，眼前这位日本兵真是高抬他了，他两天以前还是个老百姓，连枪都没怎么摸过，如同一只等待被宰杀的绵羊，铁柱没有任何抵抗能力，这会儿除了吓得打哆嗦，他几乎没有任何想法。

铁柱握枪的手在剧烈颤抖，他极力想控制却怎么也控制不住，按北方农民的说法，这叫"浑身筛糠"。这状态是很丢脸的，要不是被吓得没了主意，铁柱也许就扔下枪举手投降了。

对军人而言，进行白刃格斗是最严酷的考验，双方较量的是军人的胆量、技战术水平、身体素质和心理素质。其中胆量和心理素质最为重要，在残酷的白刃战中生死转换只在几秒钟之间，白刀子进红刀子出，腹部中刀者内脏溢出体外是常事，如果被刺刀切断颈动脉，其情景就更为恐怖了，在心脏泵血的强大压力下，鲜血可以喷射到10米远，再强壮的人也撑不过20秒钟。如此残酷的战斗没有过人的胆量和极为稳定的心理素质，根本无法从战斗中生存下来。

日本兵终于不耐烦了，铁柱的胆怯和那孩子般稚嫩的脸庞使他放松了警惕，他急于解决掉这个瘦弱少年的性命，于是不顾拼刺刀的大忌，嘴里"呀"的一声率先突刺，铁柱慌乱中下意识把枪托向左下方一摆，"当"的一声，他的枪管碰在对方的刺刀上，日本兵的刺刀立刻偏离了攻击方向，刺刀尖擦着铁柱的右肋扎在胸墙上。强烈的恐惧感使铁柱的精神几乎崩溃，他趁那日本兵拔刺刀的一瞬间跳出两米远，双手握枪想重新做出防守姿势，谁知手中的步枪刚刚顺过来就"叭"的打响了，一发子弹穿透日本兵的胸膛，他的动作一下子僵住了，眼睛呆呆地望着铁柱，慢慢顺着战壕胸墙滑坐在地上不动了。

铁柱大口喘着粗气，胸膛在剧烈地起伏着，他望着日本兵的尸体一时还没有反应过来。他早忘了，这支三八式步枪是早装好子弹的。按正常操作，不需射击时要关上保险机，免得走火伤人。这种步枪的机尾是一个滚花的扁圆柱体，向前按压机尾并向右旋转到定位，即为保险状态。铁柱对步枪的了解很有限，他根本就不知道还有保险机的概念，这支步枪一直处于上膛待发状态，刚才他无意中触动扳机，造成了走火。铁柱惊魂未定地想，早知如此，还拼什么刺刀啊，一枪放倒那鬼子多省事？也不至于被吓出一身汗来。

这时阵地上乱成一锅粥，中日两国士兵搅成一团，喊杀声、惨叫声、喘息声、刺刀撞击声响成一片。

# 第六章

满堂正和一个日本兵滚作一团，那日本兵看上去和满堂年龄相仿，18岁左右，八成也是个新兵，双方的拼刺技术都是二把刀，交手没两下，双方的步枪居然都脱了手，于是赤手空拳厮打在一起。若论打架，满堂还是颇有自信的，他从小在十里八乡的孩子们中间就已经打出了名声，实战经验比较丰富。眼前这小鬼子长得眉清目秀，一看就是个挨揍的货，要是连这路货都收拾不了，他佟满堂算是白混了。

满堂见了尿人搂不住火，他左臂夹住小鬼子的脖子，一个"大别子"把他撂翻在地，然后骑在小鬼子身上抡开双拳照他脸上一通猛捶。小鬼子被满堂的重拳打得血流满面，这时也急了，他猛地挺身用头部撞向满堂，满堂猝不及防被撞中脸部，这一撞非同小可，小鬼子戴着的钢盔颇具威力，满堂被撞得鲜血迸溅，头昏眼花地仰面跌倒，那小鬼子猛扑上来，双手死死掐住满堂的脖子……满堂感到周围的声音渐渐消失了，整个世界变得异常安静，头脑中的意识正一点一点离他而去，他两只手绝望地在空中乱抓……

昏昏沉沉中满堂突然觉得对方身子一震，那小鬼子的手松开了。他猛地睁开眼睛，却惊恐地发现小鬼子的脑袋居然没了！脖腔里的鲜血蹿出半米多高，只见麻子排长拎着一把大砍刀，飞起一脚踢翻了小鬼子的尸体。

满堂的眼泪一下子流了下来，他哭喊着跪在地上："排长，你救了俺一命，多谢排长救命之恩……"

麻子排长一把拉起满堂吼道："哭！哭！你哭个尿啊！快给我抄家伙！到我身后去！"

满堂连滚带爬翻进战壕里抓起了步枪，他这才有机会看到阵地上的惨烈战况。此时情况万分危急，新兵们几乎都不懂拼刺技术，他们在强悍的日本士兵面前毫无招架能力，接连不断地倒在日军的刺刀下……

娘的，没法玩啦，这拼刺刀咱还真不中。满堂拉动枪栓，把子弹上了膛，他还没来得及寻找目标，就被三个日本兵围在中间。一个鬼子岁数不小了，一脸的胡楂子，嘴里还有两颗金牙在闪烁，他跨上一步，对着满堂的腹部就是一个突刺，满堂灵活地闪开，顺过步枪毫不犹豫地扣动了扳机，"叭"的一枪把老鬼子打倒。这时满堂再也没有机会退壳上膛了，剩下的两个日本兵见满堂开枪，顿时火冒三丈，可能是觉得满堂破坏了白刃战的规矩，于是红着眼扑上来把满堂夹在中间用刺刀痛下杀手。

满堂抵挡了几下就顶不住了，他意识到，今天这条命算是交待在这里了，无论你想不想打，这狗日的战争反正是粘上你了，你怕也好，不怕也好，今天不把你弄死不算完。他索性横下一条心，拼命吧！

不远处的麻子排长一刀劈死一个鬼子，他见满堂这里很危险，便一个箭步蹿过来，用刀背挡开日本兵的刺刀，猛地转身和满堂背靠背低声道："别怕，有我呢！"

一个日本兵哇啦哇啦地叫起来，大概是招呼同伴来帮忙，于是又有四五个日本兵冲了上来，把满堂和麻子排长围在中间。

满堂紧张地望着日本兵低声问："排长，咋办？"

麻子排长双手持刀面不改色："别慌，越慌死得越快，沉住气！"

一个日本兵挺枪向麻子排长刺来，麻子排长"当"的一声用刀背将刺刀磕开，闪电般翻腕一刀，刀锋落在日本兵持枪的左手上，那日本兵扔掉枪，捂着手惨叫起来。

满堂抓住机会，跨上一步把刺刀狠狠捅进日本兵的左肋，那鬼子一下子瘫软在地上，满堂用力想拔出刺刀却没成功……蔡继刚说得没错，刺刀最佳的攻击部位应该在腹部，因为攻击胸部极容易被肋骨卡住，这时满堂的刺刀果真被卡住了。他急得满头冒汗，自己的刺刀拔不出来，而对方四五把刺刀在不停地向他攻击，要不是麻子排长拼命左突右挡，他早被刺成筛子了。情况万分危急，突然，满堂听见"哒哒哒"几声轻机枪点射声，他对面的两个鬼子一头栽倒。满堂一惊，急忙向后退了一步，和剩下的鬼子拉开距离。说时迟，那时快，"哒哒哒！""哒哒哒！"轻机枪狂叫起来，其余的几个日本兵被打得手舞足蹈栽倒在地上……

麻子排长长嘘一口气转过身来，见铁柱端着捷克式轻机枪，枪口还在冒着青烟，他背靠着炸塌的掩体，大口地喘粗气。

麻子排长惊奇地问："刚才是你开的枪？"

铁柱点点头，惊魂未定。

麻子排长破口大骂："好你个狗日的，我们和鬼子搅在一起就敢拿机枪扫，你就不怕把老子也一锅端了？"

铁柱争辩道："俺怕伤着自己人，用的是点射！"

"你……"麻子排长哭笑不得，"我的小祖宗，你可真敢招呼！鬼子杀不了我，你小子倒有可能，小兔崽子……"

满堂惊喜地拉过铁柱："柱子，你啥时候学会打机枪啦？"

铁柱呜呜哭起来："那个机枪手老李教的，他是咱老乡，他家离咱村还不到50里，俺刚认他当哥……他就被捅死了，李哥死得好惨……李哥说，他死了机枪就归俺……"

麻子排长拍打着身上的尘土说："行啦，行啦，别哭啦，老李他人都走了，你就是把天哭塌了也没用。小兄弟，你机枪打得还有点准儿，这挺捷克式就归你用了，我再给你配个弹药手。"

"真的？真给俺啦？那俺谢谢长官了。"铁柱破涕而笑，紧紧搂着机枪，生怕被别人抢去。

陈连长刚才也参加了肉搏战，胳膊上被鬼子刺刀划了一下，流了不少血，连里没有卫生兵，更没有绷带药品，谁受了伤都是自己扛。此时他抓了把黄土糊在伤口上，正在清点战场。刚才冲上阵地的五十几个鬼子全部报销，3连的阵地前横七竖八躺了二百多具鬼子尸体。85团6连和86团3连的士兵算上轻伤员也只剩下36人。

陈连长望着尸横遍野的战场，嘴里不干不净地骂着："日他娘，我早就说过，他小鬼子也是肉长的，弟兄们看见没有，咱干掉他几百号人，值啦！"

突然，随着一声尖利的呼啸声，一发炮弹在不远处爆炸了。

陈连长拍打着身上的尘土说："这是鬼子炮兵的校正弹，第二轮炮火攻击马上就要开始了。我刚才接到团部命令，所有外围阵地的兵力全部撤回城里，准备巷战！黄排长，留下几个人掩护，其余的弟兄，撤！"

"7班留下，弟兄们先走，我来掩护！"麻子排长端起一挺轻机枪将子弹上了膛。

满堂、铁柱和残余的士兵们刚刚撤出阵地，就听见阵地上传来惊天动地的爆炸声，日军强大的炮火覆盖了整个阵地，思故台一片火海，黑黄色的硝烟翻滚着升腾到高空，完全遮住了太阳。

陈连长带着佟满堂等三十多人撤回了城里，还没来得及喘口气，就接到上面命令：立刻就地取材，构筑街垒，准备巷战！

弟兄们干活儿的时候传来一个不幸的消息，麻子排长和负责掩护的7班弟兄一个人也没有回来。

4月29日，日军已全部扫清了许昌外围所有阵地，用重炮轰平了反坦克堑壕和雷场。

4月30日清晨6时，日军向许昌城区发起总攻。第5航空队的12架轰炸机编队投入战斗，这是日军首次在中原地区使用轰炸机支持地面部队。在地面上，日军坦克第13联队的80辆95式坦克也协同步兵投入战斗，突击重点是许昌城的西门和南门。

国军新编第29师85团2营与日军第37师团226联队在西门外教会医院附近展开激战。日军轰炸机怪叫着轮番俯冲投弹，重炮集中轰击守军坚守的土围子工事，守军85团3营顽强抵抗，寸土不让。

日军226联队一个叫小川的中尉组织了一支赤膊敢死队，在炮火掩护下，游过60米宽的护城河，抢占了河边的三间民房，建立起桥头堡。随后日军五辆坦克强渡护城河，掩护步兵冲进西门。守军87团2营与日军展开白刃战，大批日军步兵潮水般涌入西门，一个小时后，国军2营全体官兵伤亡殆尽，西门失守！日军长驱直入，向市中心逼近，国军87团残存兵力节节抵抗，并不断实施反突击，日军必须逐街逐屋地拼杀，才能前进几米，攻守双方都打红了眼。

在许昌市中心十字街的新编第29师指挥所里，刘昌义和吕公良焦急地守在电台旁，眼睛盯着正拿着话筒狂呼的蔡继刚。

蔡继刚声嘶力竭地喊："汤副司令，我军伤亡惨重，兵力枯竭，敌人离我们的指挥部只有几百米了，许昌危在旦夕！请速派援军！请速派援军！"

电台里传来汤恩伯冷静的回答："蔡督战官，你要冷静，请转告刘军长和吕师长，长官部已经命令第29军和第87军前往许昌救援，但日军的阻击部队非常强大，援军暂时无法向许昌靠拢。你部要以大局为重，再坚持三天！三天后必有援兵解围。"

蔡继刚关掉电台，狠狠地把话筒砸在桌上。

刘昌义苦笑道："三天？咱们今天夜里都过不去啦！"

吕公良神色黯然地说："云鹤兄，不必冲动，你能和我们坚持到现在，已经是尽到责任了。我向你保证，新编第29师会战至最后一兵一卒！"

蔡继刚默默地解开腰间皮带，将四颗手榴弹绑在腹部，把导火索拽出垂挂在胸前，然后提起汤普森冲锋枪对吕公良说："吕师长，把师部的勤杂人员组织起来，我来带队，准备巷战吧！"

吕公良握住他的手点点头："谢谢！连累你了。"

刘昌义戴上钢盔大吼道："给我也找支冲锋枪，大家死在一起！"

巷战整整打了一个白天，许昌城变成了血肉磨坊，残垣断壁间到处是尸体，大街小巷的路面上流淌着厚厚的血浆。傍晚时分，日军坦克出现在新编第29师指挥部附近，坦克的发动机轰鸣着，滚动的履带发出铿锵的金属音，像推土机一样将所到之处的房屋撞塌，把守军的街垒连人带枪碾得粉碎。大队的日军步兵尾随着坦克蜂拥而上，向市中心平行推进。

缺乏反坦克武器的守军眼睁睁地看着坦克横冲直撞，如入无人之境，只得拼命用轻武器和手榴弹阻击坦克后面的日军步兵。

满堂所在的86团此时全部兵力已不足百人，军衔最高的指挥官是陈连长。

铁柱趴在一座民房的房顶上，端起轻机枪不知深浅地照着第一辆坦克就是一梭子，子弹打在坦克正面装甲板上火花四溅。坦克毫发无损继续前进，炮塔上的7.7毫米重机枪喷出火舌，把民房的房檐打得尘土飞扬。

　　陈连长发现坦克炮塔上的炮管在缓缓移动，他心里一沉，急得大喊："铁柱，鬼子要开炮啦，快跳……"

　　铁柱抱着机枪在房顶上滚了几下，灵活地从侧面跃下，这时火光一闪，坦克射出的炮弹把民房炸得四分五裂，砖石瓦块高高扬起……

　　街道左侧的街垒里响起了马克沁重机枪的扫射声，坦克后面的日军步兵被打倒一片，一个赤膊的国军爆破手抱着炸药包，从一座民房的房顶上一跃而下落在坦克上，随着一声剧烈的爆炸，坦克瘫在街上燃起冲天大火。紧接着，第二个爆破手出现了，他利用坦克机枪的射击死角，从侧面接近第二辆坦克，坦克后面的日军步兵纷纷开火，爆破手身中数弹，摇晃了一下，用尽最后力气将炸药包甩向坦克，爆炸过后，第二辆坦克也烈焰熊熊地瘫痪了。

　　两辆被炸坏的坦克阻挡了后面的坦克，87团残余的士兵们绝地反击，端着刺刀呐喊着扑了上去，与坦克后面的日军步兵搅在一起展开肉搏。两个日军坦克兵浑身是火地从被炸毁的坦克座舱里跳出来，满堂一刺刀结果了一个，剩下的一个扭头就跑，被另一个士兵用枪托砸在后脑勺上，脑浆迸溅。

　　日军渐渐不支，终于退了下去。

## ·第七章·

蔡继恒返回桂林机场的第二天,就被叫到第3大队中方大队长苑金函少校的办公室。蔡继恒知道,他私自驾驶飞机的事总要有个交代,但上面打算给他什么样的处罚,蔡继恒心里实在是没底。

第3大队的大队长有两个,一个是美国大队长班奈德中校,另一个是中国大队长苑金函少校。在作战指挥上,第3大队是班奈德中校说了算。苑金函少校除了参与制订作战计划和驾机参加战斗,也负责第3大队的一些日常管理工作。

苑金函是位传奇式的空军英雄,也是第3大队年轻飞行员的精神偶像。他的左耳只有半个,那是在1937年"8·14笕桥空战"中受的伤。在那次空战中,他的飞机被击中,苑金函跳伞正巧落在中日军队对峙的无人区中,他拔腿向中方防线狂奔,日军步兵集中向他射击,一颗子弹射穿了他的左耳,苑金函虽幸免于难,但也被破了相。九天以后,苑金函左耳还包着纱布,就参加了8月23日的罗店空战,这一次苑金函的飞机又被击中,坠落在罗店近郊。身负重伤的苑金函被中国红十字总会上海分会救护队副队长苏克率队员抢救,日军追至,苏克等队员惨遭杀害,苑金函的胸前也被刺了一刀,他靠装死瞒过了日本兵,最后脱险。

在1944年的中国空军飞行员中,像苑金函这种参加过抗战初期空战的飞行员已经非常稀少了,诸如高志航、乐以琴、阎海文那些早期殉国的飞行员已成为英雄的传说,为年轻一代的飞行员们所崇拜。而苑金函这种曾和英雄并肩作战过的老飞行员,自然也深受年轻人的追捧。

蔡继恒走进苑金函办公室时,他正对着航线图研究航线。苑金函抬头看了蔡继恒一眼,淡淡地说:"鳄鱼,又惹事了,是不是?"

蔡继恒说:"大队长,你是指哪一件事呀?"

"哦,听你的意思,你是惹了不止一件祸事,还有很多我没有掌握的,是这样吗?"

蔡继恒很真诚地说:"不是,不是,你不要错误地领会我的意思。我是说,我最近干了一件比较有争议的事,有的人认为我在做好事,主动帮助地勤人员排忧解难。当然,也有的人有不同看法,认为我未经请示就去做好事,有违反军纪之嫌。"

苑金函微笑道:"鳄鱼,都说你巧舌如簧,果然名不虚传,明明是一个板上钉钉的违纪行为,到你嘴里,就成了一件'有争议的事',这叫混淆概念。鳄鱼,我时间很紧,没工夫和你扯淡!告诉你,有人向陈纳德将军告了你的状,陈纳德将军刚才打电话给我,亲自宣布了对你的处罚决定。"

蔡继恒嘟囔道:"大队长,陈纳德将军总不至于为这点小事把我枪毙了吧?其实我也挺冤的,衡阳机场那个胡广文是个一贯告刁状的家伙……"

苑金函公事公办地说:"今晚有一架飞往云南羊街机场的C-47运输机,起飞时间是19点,你乘坐这架飞机到羊街机场23大队报到。听清楚了吗?"

蔡继恒一听就蹦了起来:"什么?把我调到23大队?这是谁的命令?"

苑金函卷起图纸回答:"这还用问吗?当然是陈纳德将军的命令!鳄鱼,你赶快准备一下,18点30分准时到停机坪。"苑金函说完就走出了办公室,把蔡继恒一个人丢在那里发愣。

第23战斗机大队和中美空军混合团一样,都隶属于美国陆军航空兵第14航空队建制。蔡继恒百思不得其解,陈纳德为什么命令他去23大队报到?难道说就因为犯了点小事,就把他赶出中美混合团了?蔡继恒不愿意离开中美混合团,因为这里三分之二是中国飞行员,美国飞行员只占少数,谁不愿待在自己人中间?可是到23大队就麻烦了,那里百分之九十是美国飞行员,中国飞行员只占极少数。

第23大队的前身就是那个著名的美国志愿航空队,人称"飞虎队"。珍珠港事件后,美国正式参战,"飞虎队"于1942年7月4日解散,改为美国驻华特遣队,即第23战斗机大队,半年后又扩编为美国陆军第14航空队,陈纳德恢复现役,任该队准将指挥官。第23大队初创时的骨干,特别是大队长和中队长,多是原"飞虎队"的飞行员,还有一些是从菲律宾撤退出来的部分美国海、陆军现役飞行员。

第23战斗机大队是美国第14航空队的主力,第14航空队初建时只有第23战斗机大队和一个B-25轻型轰炸机中队,以后又增加了一个B-24重型轰炸机队。这在整个第二次世界大战期间,是美国最小的航空队,总计有五百多架飞机。相比之下,驻英国的第8航空队飞机曾达到八千架以上,因此第23大队的飞行员们总是自嘲地称第14航空队是"吊在一根鞋带上"的航空队。

不知出于何种考虑,也有少量的中国飞行员被分配到第23大队,成了一些很尴尬的角色。他们的编制应该是正式的美国军官,而国籍却是中国,也同时拥有中国空军军官的身份。按第14航空队的轮休制度，美国飞行员飞满400小时即可调回美国，美国飞行员们认为这条规定很不公平，因为这里的飞行时数超过欧洲战场一倍以上。而在第23大队服役的中国飞行员们则保持着沉默，他们无所谓公平不公平，更不会去拿自己的待遇和欧洲战场比，因为他们根本不享受轮休制度，要想休假唯有阵亡以后再说。

这种种不公平当然不是什么大事，但总让人觉得心里不舒服，因此没有哪个中国飞行员愿意去第23大队。蔡继恒当然也不例外，他在心里嘀咕着，这就是陈纳德对自己的处罚吗？要真是这样，这老爷子可有点不讲理，就算我未经允许动了你的宝贝零式机，可我消灭了上百个日本兵，击落两架敌机，不给奖励也罢了，怎么能以调动作为处罚呢？你一个堂堂空军少将，干吗跟我这小上尉过不去？

海蜇皮、杜黑、芬兰刀这几位老伙计也感到匪夷所思，大家讨论半天也没搞明白。海蜇皮愤愤地说："鳄鱼，要不我们也故意惹点事，让陈纳德把咱们一起调走算了。"

芬兰刀问道："那架零式机还在响尾蛇手里吗？要不咱把那架零式机再弄出来，每人飞它一小时，给陈纳德来个法不责众。"

杜黑的思维一贯很缜密，不屑于这些雕虫小技，他肯定地说："陈纳德不是个等闲之辈，也不会仅仅为了惩罚鳄鱼就搞这么大动作，我看他有更深层的考虑。鳄鱼，我们不要过早地下结论，先去23大队看看再说。"

蔡继恒叹了口气，点点头，发牢骚归发牢骚，对陈纳德的调令他还没有胆量抗命，只好先去了再说，尽管他很舍不得这几位老朋友，也舍不得中美空军混合团。

羊街机场在昆明市东北方向的寻甸县境内，这个机场是1943年2月刚刚建成的，这里驻扎着第23战斗机大队，还有一个番号为308的重型轰炸机大队，机型以B-24D"解放者"轰炸机为主力。由于机场是仓促建成，它的设备非常简陋，指挥塔台是用木头临时搭建的，它甚至没有现代机场常见的混凝土跑道，所有的跑道和滑行道包括停机坪都是用三合土铺成，然后由成千上万的老百姓拖曳巨大的石碾进行人工碾压完成的，这些直径达二三米高的石碾在工程完成后被遗弃在跑道边。

羊街机场也没有夜航设备，蔡继恒所乘坐的C-47运输机夜间降落时，他从机窗里看到，跑道两侧居然摆放着数百盏老百姓常用的那种老式马灯，作为跑道指示灯。蔡继恒很是吃惊，这种原始的导航设备对夜间返航的大型飞机有着极大的危险性，稍有不慎就会机毁人亡。难道第14航空队的重型轰炸机和大型运输机都在这种跑道上起降？

下了飞机以后，蔡继恒仔细观察了一下机场的设施和环境，发现这个机场没有修筑混凝土机库，一排排B-24、B-25轰炸机和P-40、P-51战斗机只能依次停放在跑道两侧。23大队的司令部、空地勤人员宿舍等矮小简陋的土木建筑七零八落地分布在附近山丘上的灌木丛中。

蔡继恒提着旅行袋，右肩上斜挎着一支司登式冲锋枪走进第23大队司令部，这是一个临时的木板房，室内摆设的是自制木头桌椅，墙上挂着军用地图、飞行航线图和好莱坞女明星凯瑟琳·赫本、费雯·丽的照片。到底是美国人，什么时候都忘不了用美女照片调剂生活。

23大队指挥官罗伯特·斯科特上校接待了蔡继恒，他伸出手客气地说："我叫罗伯特·斯科特，宾夕法尼亚人，你就是那条大名鼎鼎的鳄鱼？"

蔡继恒敬礼道："长官好！空军上尉蔡继恒，向你报到！"

罗伯特的眼睛是蓝色的，他意味深长地看了蔡继恒一眼，却提了个不相干的问题："鳄鱼，我好像没见过带着冲锋枪的飞行员，顺便问一句，你驾驶战斗机的时候也带着冲锋枪吗？"

蔡继恒回答："是的，长官，我一向把冲锋枪带进座舱，地勤人员帮我在座舱里安装了一个固定枪架。"

"可以说说你的理由吗？难道带一支自卫手枪还不够吗？"

"长官，如果有一天我迫降或跳伞落在敌占区，这支冲锋枪就会派上用场，它可以弥补手枪火力的不足。"蔡继恒认为罗伯特提出的问题显得很多余。

"鳄鱼，这就是我们理念不同的地方，我认为飞行员一旦迫降或跳伞，从某种意义上讲，他已经完成了自己的使命，这时就该退出战斗了，可你显然不这样认为。"

蔡继恒摇了摇头说："长官，我的确不这么认为，我的理念是，只要我还活着，就要继续战斗！"

罗伯特耸耸肩说："作为军人，我欣赏你的理念，如果贵国的军人都具备这种顽强的战斗意志，我们就有理由对战争的前景表示乐观。"

在蔡继恒看来，罗伯特的话显然含有挑衅意味，他是否在嘲讽中国军队的战斗力？蔡继恒感到无言以对，他自己也承认，自豫中会战开始以来，中国陆军的表现是有些丢脸，他不想探讨这个问题。

蔡继恒脚跟一碰，挺胸道："长官，根据陈纳德将军的命令，中国空军上尉飞行员蔡继恒前来23大队报到，请长官指示！"

罗伯特站起来说:"我会马上派人领你去宿舍,至于你的工作……我看还是明天再说。"

蔡继恒一动不动,坚持道:"长官,我还有个问题,我那架002号战斗机现在还在桂林机场,请问,23大队是打算重新给我分配一架,还是希望我使用原来的飞机?"

罗伯特笑笑说:"哦,你既然这么急于工作,那我就现在告诉你,根据陈纳德将军的命令,你的新工作是擦洗飞机,水管和擦洗工具会有人给你,这个机场有四十多架P-40、P-51战斗机,你先从战斗机开始吧,轰炸机就不劳你大驾了。祝你好运!"

蔡继恒愣在那里,他心里有点明白了,陈纳德对他的惩罚开始了。

沈星云走进餐厅,迎面遇见营养师朱丽,朱丽满面笑容地向她打招呼:"嗨,早晨好!贝尔宁医生刚才还问到你呢。"

"哦,贝尔宁医生找我有什么事吗?"

"是这样,有个中国飞行员刚刚调到23大队,贝尔宁医生说,这个飞行员的饮食暂时由你代管一下。这是他的登记表,请你按规定入档。"

沈星云看了看登记表,这个飞行员叫蔡继恒,军衔是上尉,1920年出生,现在应该是24岁。沈星云心想,24岁就是上尉军衔了,这种情况并不常见,这个飞行员如果不是立过特殊战功,那就可能是来自某个显赫的家庭。

沈星云往餐厅里扫了一眼,马上就发现了一个新面孔,靠在窗口的一张餐桌前,一个年轻人正在吃早餐,他穿着中国空军制服,胸前佩戴着飞行员徽章。

沈星云抬抬下巴,示意朱丽说:"是坐在窗口那个人吧,他是从哪个单位调来的?"

"听说是从中美混合团调来的,具体情况还不太清楚。"

沈星云又仔细看了那位飞行员一眼,不由得笑出声来:"哟,朱丽,这个人的皮肤好白啊,简直比我们女人的皮肤还细腻。"

朱丽也看了一眼:"还真是的,我刚才忙晕了头,居然没有注意,你发现没有,这个小伙子长得也很英俊。"

沈星云开玩笑地说:"朱丽,你不觉得,漂亮的男人往往是个绣花枕头吗?"

朱丽笑笑:"亲爱的,别这么刻薄,一个人容貌漂亮是上帝给予的眷顾,不是每个人都有这种福气,无论如何,漂亮总比丑陋要好吧?"

第23大队和308大队空勤餐厅除了沈星云还有三个女营养师,她们负责四百多名空勤人员的营养调配业务,工作量很大。第23大队是战斗机大队,其空勤人员相对单纯一些，全部是飞行员。而308大队是轰炸机大队，其空勤人员的成员要复杂得多，其中有驾驶员、领航员、投弹手，还有空中机械师和射击士官。一句话，只要是上飞机的人，都属于空勤人员。这么多人的膳食营养工作只有四名营养师的编制，每个营养师要负责上百人，其工作的繁重程度可想而知。

朱丽是个三十多岁的美国女人，中尉军衔，来自宾夕法尼亚州一个虔诚的基督教家庭，丈夫是太平洋舰队一艘驱逐舰的舰长，目前正在太平洋战区服役。朱丽和沈星云在一个部门工作快两年了，她们是无话不谈的好朋友，朱丽总像个大姐一样照顾沈星云。

自从空军这个军种出现以后，由于空勤人员工作的特殊性，各国军队都对空勤人员的饮食形成一套系统而科学的管理方法，一般由专职营养师负责，营养师会严格根据人体需要的各营养成分按摄入比例安排饮食。除此之外，营养师的另一个职责就是控制空勤人员的偏食习惯。也就是说，个人喜欢吃的食品不能无节制地吃，而不喜欢吃的食品由于营养的需要，必须在营养师的监督下强迫吃，否则就会造成空勤人员营养比例失衡。对于不服从管理的空勤人员，营养师有使其停飞的权力。这样一来，营养师和空勤人员便成了一对冤家，譬如有些嘴馋的飞行员总要在宿舍里私藏一些巧克力、罐头之类的零食，而营养师便经常采取突然袭击的方式，对飞行员的宿舍进行搜查，将这些违禁物品没收，为此双方常常闹得很不愉快。

羊街机场的空勤人员们对这四名营养师都有不同的评价，其中对朱丽的评价最糟糕，这个女人虽然脾气好，但执行起规定来一丝不苟，毫无通融的余地。他们对沈星云的评价最好，认为她不但人长得漂亮，而且性格柔和，最好说话，从来没见她和别人红过脸。即使在没收违规者物品时，沈星云也是细声细语和对方商量：你看，我是个新手，还缺少工作经验，所以非常需要你的鼓励，如果你同意，我把这些食品拿走好不好？其实那些血气方刚的飞行员也都很通情达理，一个漂亮姑娘这么柔声细语地央求，谁还好意思拒绝呢？

既然贝尔宁医生把这个新来的飞行员分在自己名下，那沈星云就要了解一下了，她决定和这个上尉谈一谈。

沈星云用托盘装了一个苹果走到蔡继恒桌前，微笑着和他打招呼："上尉，你好！欢迎你来到23大队，我是你的营养师沈星云，有什么需要我效劳的吗？"

蔡继恒客气地点点头："你好！我没什么需要，谢谢了！"

沈星云坐下，一边动手削苹果一边说："上尉，我注意到，你餐后没有吃水果，是不喜欢吃吗？"

"是，我不大喜欢吃水果，个人习惯而已。"

"这个习惯可不太好，以后能不能调整一下？你看，这个苹果多好看，你尝一尝好吗？"沈星云把削好皮的苹果递过去。

"谢谢！我说过，我不喜欢吃水果。"蔡继恒一口回绝。

"好好好，不吃就不吃，这个问题我们以后再说。上尉，我们今天就算认识了，以后还要长期合作，我们随便聊聊天，好吗？"

蔡继恒本来已站了起来，听沈星云这么一说，只好又坐下："好吧，聊什么呢？对了，今天的天气好像还不错，是不是？"

"是啊，天气晴朗，阳光灿烂，我们也应该有个好心情。其实23大队和中美混合团差不多，都是中美飞行员混编单位，所不同的是，23大队中国籍飞行员少一些，百分之八十都是美国飞行员，不过，你很快就会习惯的。"

蔡继恒懒洋洋地打了个哈欠："沈小姐，我恐怕是要改行了，陈纳德将军给我分配了新的工作，擦洗战斗机，我正在努力适应呢。"

沈星云笑道："我来猜一猜，是不是蔡继恒上尉在中美混合团惹了一些小麻烦，所以现在的工作带有一些惩罚的性质？"

"沈小姐真聪明，居然一眼就看出来我是个倒霉蛋。你猜得很准，就是这么回事。一般来说，凡是飞行员头上都有个紧箍咒，这个紧箍咒就是被停飞。其实陈纳德将军有个判断性的失误，并不是所有飞行员都把停飞当成惩罚，譬如我，假如我把它当成休假呢？这么一想，心情就愉快多了。"蔡继恒说到这里，简直有些扬扬得意了。

"嗯，你思考问题的角度还是很奇特的，我还是第一次遇到你这么想问题的人。战争时期，被取消了飞行资格就等于被取消了作战资格，而作战是要死人的，无论如何，擦飞机倒是死不了人。我也被闹糊涂了，这究竟是对你的惩罚呢，还是奖励？"沈星云疑惑地问。

蔡继恒大言不惭地说："还有一种可能，也许23大队还缺个大队长什么的……"

沈星云被逗得笑起来，她觉得这个人很有意思，他在调侃时也一本正经，使人闹不清他哪句话是真的，哪句话是假的。

"沈小姐，我问你个私人问题，23大队和308大队共有几百个空勤人员，这些坏小子里面是不是有很多人都追求过你？"

"你为什么这么问？"沈星云反问。

"好奇呗，这我有经验，哪个单位出现个漂亮姑娘，肯定会乱一阵子，那些坏小子不会闲着的。"

## 第七章

"当然有人向我提出过，但我还没有考虑这个问题。"沈星云老老实实地承认。

蔡继恒以一种怜悯的口吻说："战争是件很残酷的事，女人还是离它远一些好，哪怕是在后方机场，女人的出现也未必是件好事。"

"为什么呢？"

"理由很简单，军人在投入战斗之前，心中最好不要有过多的牵挂，尤其是对女人的牵挂。所以，我认为女人不应该出现在作战单位，这会严重影响该单位的作战士气。如果我有这个权力的话，我会毫不客气地把女人清除出作战单位。"

蔡继恒说完，便站起来向门外走去。

沈星云愣在那里，半天没有反应过来。她想，这个人好奇怪，不光是行为举止显出一些玩世不恭的味道，他的思维方式似乎也与常人不同，他好像很排斥女人，居然认为女人不应该出现在作战单位。以沈星云的从军经历看，女人在军队中应该是非常受呵护的，其热烈程度往往会把一个原本很平庸的女人宠坏，更何况是一个漂亮女人，在军队中简直成了众星捧月的"女王"。沈星云还从来没见过蔡继恒这样的人，他竟然毫不客气地指出，女人的存在会影响作战士气，还声称要将女人逐出作战单位。对于蔡继恒的尖刻，沈星云倒是没有生气，她只是奇怪，怎么世界上还有这种另类？这位肤色白皙的年轻上尉引起了沈星云极大的好奇心。

入夜，许昌全城陷入激烈混战状态，全城到处是爆豆般的枪声和爆炸声，城内几条主要大街都在大火中燃烧。西门、南门失守后，日军第37师团和第110师团主力五万余人全部攻入城里，国军新编第29师的残余部队寸土不让，进行着绝望而顽强的抵抗。日军攻击部队进展极为艰难，城内的每条街道、每栋房屋、每一扇窗户都变成了喷火的堡垒，只有等守军全部阵亡后，日军才能前进一步。日军226联队从南门一直打到市中心的十字大街，这700米的距离，竟用了五个多钟头。

傍晚时分，陈连长清点了一下人数，发现86团残余的全部兵力只有四十多人了，排以上军官除了他自己已全部伤亡。如果还承认86团这个番号，那么此时的陈连长应该是86团的最高指挥官了。

满堂所在的3连早已伤亡殆尽，全连只剩下他和铁柱两个人，现在身边的这些弟兄都是老86团的，只不过哪个单位的都有。仗打到这份上，大家的神经全麻木了。许昌是不是能守住？此时和敌人逐街逐屋的厮杀是为了什么？大家谁也说不清，也懒得去想，弟兄们已经成了战争机器上的一个零件，只要机器还在运转，零件当然会发挥作用。

满堂和铁柱早把逃跑的事忘得干干净净，甚至连他们怎么来的许昌城也想不起来了。从被抓壮丁那天起到现在才几天的时间，满堂和铁柱觉得像是过了十年那样漫长。能在如此残酷的战斗中活下来，简直是个奇迹。就战争而言，优胜劣汰的法则同样起着作用，除了运气，士兵的个人素质也是很重要的。

他们是从南门一路节节抵抗退到这里的，之所以不断地退却，是因为弟兄们扼守的街道和建筑物全部被日军炮火炸平，已经没有了防守的条件。满堂、铁柱随着七八个弟兄撤到十字大街南口时又被敌人缠住了，这时陈连长等一部分人已经和他们走散。他们占据了一个街垒，阻击由北向南攻击的日军步兵，可打着打着就觉得不对，因为前后左右都出现了敌人，子弹从四面八方打来，满堂他们一时被火力压在街垒后面抬不起头来。

一个自称是原86团1营的家伙不知从哪儿弄了挺日本歪把子机枪，他一边还击一边骂骂咧咧，埋怨满堂和铁柱没看好后面，2营的人就没有一个机灵的，都是他娘的欠揍的货。

满堂和铁柱原本没有这方面的荣誉感，严格地说，他们只是壮丁，而不是士兵，也不知原86团1营和2营素有矛盾。不过，就这么肆无忌惮地公开诋毁2营，这不能不说是一种严重挑衅的行为。啥叫2营都是欠揍的货？俺兄弟俩就是2营的，你敢咋的？

满堂扔出一颗手榴弹，斜眼看了看那家伙说："兄弟，嘴上积点德好不好？俺2营怎么招着你了？"

铁柱也不满地说："就是，谁知道鬼子怎么从后面上来了？又不是俺招来的。"

那家伙长着个塌鼻梁，看样子是个老兵油子，他一听满堂他们敢回嘴便颇感诧异："咦，你们两个小子还敢顶嘴？知道我是谁吗？"

"谁知道你是谁，反正和俺一样，也是个大头兵呗，牛个屌呀？"满堂不停地射击。

"嗨！怎么说话呢？86团还没人敢这么和牛哥说话，你小子说话客气点。"一位下士朝满堂瞪起了眼。

"牛个屌？算你小子说对了，老子就姓牛，天生就牛，你小子去打听打听，86团的牛老大，连团长也得对我客客气气。"这个自称牛老大的老兵的确是个巷战老手，他端着歪把子机枪不停地变换射击位置，用的全是短点射，每打出一个点射，就迅速抱枪滚开，根本不给日军狙击手瞄准的机会。

满堂心里暗暗称奇，难怪这小子活到现在还没事，他的确是个战场经验极丰富的老兵，不光隐蔽位置刁钻，而且枪法奇准，几乎弹不虚发，这么一会儿工夫，倒在他枪下的日本兵就有十几个了。

## 第七章

铁柱看着牛老大玩机枪的功夫也不由得呆了。乖乖，机枪能玩到这份上，真是神了。

满堂心生佩服，便换了口气赔笑道："老大，俺俩是新兵，当兵刚三四天，有啥不对的，你多教训！"

牛老大惊奇地看了他俩一眼："什么，当兵才三四天？以前摸过枪吗？"

"打过几枪，没正经玩过，这两天现学的。"

"那就不错了，我还以为你们是老兵呢，看你们射击和战术动作蛮内行，你投弹技术也不错，不过这位小兄弟又瘦又小，怎么当上机枪手了？"牛老大的口气也缓和起来。

"我们连机枪手死了，连长让他先背两天机枪。他是俺弟，就喜欢机枪。"满堂倚在麻包工事后面，边拧手榴弹盖子边回答。

牛老大突然把机枪伸出工事"哒哒哒"一个点射，只见一个日本兵从七八十米外的民房房顶上连人带枪滚落下来。

牛老大咧嘴笑了："狗日的，这狙击手算计我半天了，老想找机会打爆老子的脑袋，老子就不给他机会，嘿嘿，想算计老子，他还嫩点儿。"

周围的枪声沉寂下来，日军停止了进攻。

铁柱好奇地问："大哥，啥叫狙……啥手？"

牛老大从上衣兜里拿出一支纸烟点燃，美美地吸了一口："叫狙击手，用咱的话说就是神枪手，咱们队伍里没这个编制，人家鬼子队伍有专门的神枪手，每个中队都有几个，平常啥也不干，只管练枪，打起仗来也舒服，冲锋是别人的事，狙击手只管藏起来放冷枪，专打军官和机枪手，老子刚才让这小子盯上了。"

铁柱说："大哥，那鬼子藏得挺严实，你咋能发现他？"

牛老大捻灭了烟卷，又小心翼翼地把半截烟放回衣袋："小兄弟，在战场上你要多长出八只眼，连后脑勺也得长眼。你还要有个好记性，第一眼一扫，就要记住周围的地形地貌，等再看时，你就能看出和刚才有什么不一样的地方。刚才那鬼子狙击手趴在房顶上，他以为天黑距离远我就看不见他，其实这小子还是嫩，他没想到身后很远的地方有火光，这一来他的位置成了背光位置，我拿眼一扫，就发现那房子的房脊线上多出个半圆的东西，那是他的钢盔，狗日的，只要让我盯上他就跑不了，不信你一会儿过去看看，我的三发点射全打在他脸上了，一发没糟蹋。"

满堂向那座民房看了一眼，马上明白了牛老大的意思。那狙击手在房顶上，位置高，这样就把自己头部的轮廓暴露在深蓝色的夜空背景上，成了牛老大的活靶子；而那狙击手想瞄准牛老大却不容易，因为街垒的位置低，他们身后没有光源，怕是微光的背景都没有，所以那狙击手尽管很想一枪干掉牛老大，却很难成功，反而被牛老大收拾了。满堂感慨地想，这老兵真是聪明，他能发现周围百米内地形地貌的微小变化，这里面道可深了。

"大哥，你这两下子可真绝了，只要我们兄弟这次不死，一定拜大哥为师。"满堂真诚地说。

谁知牛老大根本不领情，他兜头就是一瓢凉水："嘿嘿，这次不死？别净想美事了，实话告诉你，咱们这几个人谁也活不过这一夜。"

"为啥？"

"傻小子，你没看见咱们已经被包围了？能撑到现在不是因为咱命大，是鬼子指挥官也犯了蒙，他们的炮兵没来得及跟上。瞧着吧，一会儿就全来了，不是92步兵炮就是82迫击炮，咱这沙包工事还不够人家一炮轰的。"牛老大漫不经心地说，就像在评论别人的事。

"那……那咱现在咋办？大哥，你想想办法啊。"铁柱有些紧张。

"有个屁办法！等死吧。小兔崽子，过来！给老子捶捶腰，老子做鬼也做个舒坦鬼。"牛老大伸了个懒腰，然后趴在麻包上。

"柱子，赶快给大哥捶捶腰。"满堂吩咐着铁柱，自己从掩体里探出头，想观察一下情况，谁知刚一露头，日军的机枪就响了，密集的子弹打得沙包尘土飞扬，满堂赶紧缩回了头。

铁柱在给牛老大捶腰。"再重一点儿！你他妈没吃饱饭是咋的？哎，哎，就这样……"牛老大舒坦得直哼哼。

满堂看着羡慕，这才是身经百战的老兵，人家根本不拿死当回事，都到这地步了，还要舒坦舒坦呢。满堂可不想死，直到现在，他还认为这场战争与自己毫无关系，他和铁柱不过是倒霉被抓了壮丁，被长官拿枪逼着硬是卷进这场战争的。他还一天好日子没过过呢，凭啥去死？

满堂把身上的子弹都掏出来，仔细清点着。他心里琢磨，一定要找机会带着铁柱冲出去，绝不能在这儿等死。

突然，前面日军占据的民房里，有个中国人用铁皮喇叭在喊："国军新编第29师的弟兄们听着，我是85团3营1连上士班长刘建雄，昨天在北门被皇军俘虏，兄弟我受到皇军的优待，皇军要我告诉大家，许昌城已被占领五分之四，大部分守军已放下武器，受到皇军的优待。请你们珍惜生命！不要再做无谓的抵抗……"

牛老大翻身抓起机枪一步窜到工事前吼道："去你妈的，有种就上来，老子就是不投降，你能拿老子咋样？"他照着喊话方向就是一个长点射。

## 第七章

喊话声消失了,四周静了下来。

牛老大扔下机枪对士兵们说:"大家都给我趴好,我估计鬼子的炮兵已经上来了,马上就要开炮了。"

他话音没落,就听见一声尖锐的呼啸声由远而近,一颗迫击炮炮弹在沙包工事前爆炸了。

"打偏了,他们在校正落点,下一发落点会偏后,第三发才会落到工事里,弟兄们,互相告个别,一会儿一块上路吧!"牛老大自言自语地说,一副听天由命的样子。

果然,第二发炮弹落在沙包工事后面两米处爆炸。牛老大不愧是老兵,他估计得一点不差。

弟兄们都闭上眼睛,静静等待着第三发炮弹……

突然,前面枪声大作,在机枪、冲锋枪的点射声中还夹杂着手榴弹的爆炸声,大家等待的第三颗炮弹始终没有落下来。

牛老大奇怪地说:"不会是来援兵了吧?这不可能啊。"

这时枪声平息下来,附近有个声音在喊:"喂!这里还有没有新编第29师的弟兄?"

满堂猛地站起来大喊:"有,我们是86团的,还有七个人。"

随着一阵脚步声,手提冲锋枪的蔡继刚带着几个士兵走进街垒。

两个小时前,日军的穿插部队已经从北边接近第29师指挥部,战斗在离师部50米处爆发,日军的手榴弹已经扔到师部的房顶上了,情况十分危险。蔡继刚把师部的参谋、警卫员、电台报务员、炊事员、马夫等后勤人员组织起来,加上副官沈光亚和蔡继刚的两个卫士,编成一个加强排,由他亲自带队投入战斗,连刘昌义军长和吕公良师长也手持冲锋枪参加了混战。

此时许昌城内打成了一锅粥,师部与下面各团的联络全部中断,吕公良也弄不清自己还有多少兵力,他只有一个判断,哪里有枪声,哪里就有国军士兵在做困兽之斗。吕公良和蔡继刚虽是朋友,但毕竟没有在一起共过事,对彼此的指挥风格、带兵方式乃至在实战中的表现都不太了解。既然是蔡继刚主动要求带兵投入战斗,吕公良当然也想见识一下,这位喝过洋墨水的将军到底能力如何。

蔡继刚的指挥风格果然不同凡响,他带的队伍只有五十多人,其中大部分是非战斗人员,按常理,能把这些非战斗人员安排好,守住这条街道就算很不错了。但蔡继刚却反其道而行之,和日军交火不到五分钟,就从对方的火力中判断出这股日军的人数不多,他们是日军若干支穿插分队中的一支,而且并不知道这里是许昌守军的指挥部。

蔡继刚打量着这支临时拼凑的小部队说:"是军官的都到前边来。"

从队伍中走出五六个军官。

蔡继刚辨认了一下军官们的领章,挑出了一个少校和一个上尉:"请报一下你们的名字和职务。"

少校说:"我叫李运舟,师部作战参谋。"

上尉自我介绍:"孙良才,师部通讯参谋。"

"都打过仗吗?"

少校回答:"打过,我当过步兵连连长,参加过武汉会战。"

上尉说:"没参加过实战,但在军校受过军事训练。"

蔡继刚摇摇头叹道:"没打过仗?那可不行……"

他身边的沈副官跨上一步:"长官,还有我,我指挥过步兵连,参加过二十多次战斗,请长官派任务!"

蔡继刚点点头:"好!现在听我命令,李运舟少校,你带10个人,从左边出击,悄悄地绕到那院子的后面。沈副官,你带10个人从右边绕过去,用机枪封锁住街口,一个鬼子也不许跑掉。听明白了?"

"明白!"两个军官立正道。

吕公良倚在一道短墙边,正在往弹匣里压子弹,他看着蔡继刚笑了笑说:"云鹤老弟,看你这架势,是想打歼灭战?"

"没错,消极防守还不如不打,既然打就得进攻,这伙鬼子人数不多,包围再吃掉它,干掉一股是一股。"蔡继刚甩掉上衣,露出了绑在腹部的一排手榴弹。

吕公良被蔡继刚的进攻意识所震惊。仗已败到最后关头了,整座城市的五分之四已被敌人占领,连指挥部都不保,守军也几乎伤亡殆尽,仅凭手头这几十号人,蔡继刚居然还想打一场进攻战,而且打算全部吃掉这股敌人。这种心理素质和进攻意识果然不一般,要是换了其他指挥官恐怕连想都不敢想。吕公良发现,他以前还真小瞧了蔡继刚。

"云鹤,你指挥吧,我听你的!"吕公良拉开枪栓,把子弹推入枪膛。

"那我就不客气了,反正就这几十号人,我偶尔指挥一下,也不算抢你的饭碗吧?"蔡继刚开着玩笑。

"老弟别客气,这会儿我就是把师长的位子让给你,你也未必接受,新编第29师的全部兵力加起来,能有一两个连就不错了。"

对面的日军士兵在机枪的掩护下,交替向前跃进,吕公良指挥余下的士兵开火,和敌人展开对射。

蔡继刚挑选了几个精干的士兵,把他们的武器调换成冲锋枪,每人身上插满了备用弹匣和手榴弹，然后顺着梯子上了房顶。他以房脊为掩护，逐屋向前跳跃，一连跳跃了十几座民房。蔡继刚观察着脚下的大街，双方发射的曳光弹像流星雨一样划破夜空，攻守双方在互相投掷手榴弹，爆炸的火光把街道照得亮如白昼。

蔡继刚终于发现了日军的指挥官，他背对着蔡继刚，躲在一堵矮墙后面，正在用轻机枪发射曳光弹指示弹道，不远处日军的两挺92式重机枪根据曳光弹的指引随时调整着射击方向。

蔡继刚向身边几个士兵做了个手势，然后举起冲锋枪开火，一个点射打在日军指挥官后背上，他身子一震，头一垂，不动了。与此同时，士兵们投出的手榴弹把两挺重机枪连同射手一起炸飞，日军的火力顿时弱了下来。

李运舟少校带人已经迂回到位，他们兜着这股日军的屁股打响了。只顾进攻的日军士兵们没想到被抄了后路，猝不及防被打倒十几个，其余人慌乱地各自寻找隐蔽物，想逃避身后的火力，但无论怎么藏身，都躲不过站在高处的蔡继刚等人的火力。为了节省子弹，蔡继刚把冲锋枪定在单发射击状态，像狩猎一样不慌不忙地射杀着日军士兵。使用点45口径的汤普森冲锋枪进行单发速射需要较高的射击素养，大口径子弹的杀伤力固然大，但枪的后坐力往往使射手不易迅速捕捉目标。而蔡继刚却打得有条不紊，如同行云流水般自如，他有节奏地扣动着扳机，一个个弹壳从枪身右侧飞出，叮叮当当溅落在房顶上，一个弹匣还没打完，十几个日军士兵已横尸枪下。

日军指挥官的阵亡使士兵们群龙无首，纷纷向街口仓皇退去。哪知沈副官带领的一组士兵已经用火力封锁了街口，溃退的日本兵们正好撞在枪口上。这场战斗进行了八分钟，五十多个日本兵全部被消灭。

吕公良亲热地捶了蔡继刚一拳："老弟，我真服了你，你是个被埋没的战术天才，军委会真是瞎了眼，让你当什么督战官。我看让你指挥一个集团军都没问题。"

蔡继刚侧耳听了听远处的枪声淡淡地说："老兄过奖了，鄙人入错了校门，早知如此，我该去黄埔混个一期毕业生才是。"

吕公良笑道："我听出来了，你老弟是在发牢骚。"

蔡继刚摆摆手："不说这些了，我刚才在房顶上看见前边两条街也在交火，恐怕是我们的人被缠住了，我带人过去接应一下。"

蔡继刚带队干掉了包围满堂等人的日军突击分队，与满堂等人兵合一处后，又接应到陈连长带领的二十多人。蔡继刚计算了一下手头的兵力，共有九十多人，这是新编第29师残余的全部兵力了。现在蔡继刚已经无事可做，这里不需要什么督战官，他只能把自己当作一名战士投入到战斗中去，守住这条街，打到最后一颗子弹，最后一个人。此举从战术角度上看没有任何意义，完全是困兽之斗。当最后一个士兵倒下以后，重庆的各大报纸甚至盟军方面的宣传机器就会在头版用大号铅字登出标题："许昌失守！守军三千余人全部殉国，无一生还！"

蔡继刚不无悲哀地想，许昌保卫战的全部意义，就是把新编第29师这个番号从军委会的花名册上抹掉。

日军的第一次进攻被打退，街道上横七竖八地留下三十多具尸体。对于许昌守军最后的阵地，日军指挥官持慎重态度，他决定采用心理攻势，以期兵不血刃地解决战斗。

守在最前沿的满堂、铁柱、牛老大等人看见，这次日军进攻很安静，没有坦克的轰鸣声，没有炮火掩护，没有冲锋的呐喊，日军排成一字长蛇阵，静静地、一步一步地向前推进。

满堂感到日军的进攻队形有些奇怪，他慢慢从工事里探出脑袋仔细观察，这一看不要紧，他浑身的寒毛一下子竖了起来。日军长蛇阵的最前方走着一个人，竟是麻子排长！麻子排长双手抱在脑后，一瘸一拐地拖着右腿，艰难走在日军部队的最前面，脸上的麻子由于激动变成了酱紫色，带着刀痕的大嘴微微咧着，他的眼眶呈青紫色，两眼肿得只剩一条细缝，赤裸的上身布满了正在流血的刀口……

铁柱惊愕地放下机枪，忍不住哭了起来。他啜泣着喊道："黄排长……"

麻子排长左侧的日军少佐比画着手势，叽里咕噜说了几句什么，麻子排长静静地点点头，向前跨了一步喊道："国军弟兄们！我是86团2营3连少尉排长黄光成，有认识我的没有？"

铁柱大喊起来："黄排长，我是机枪手史铁柱。"

"好啊铁柱，你还活着？铁柱，弟兄们！刚才鬼子的翻译官被打死了，这伙鬼子都不懂中国话。鬼子军官让我喊话，劝你们投降。我答应了，为的是和弟兄们说几句话。我想告诉你们一句心里话：弟兄们！千万别放下枪，手里有枪，你就是个爷，敌人就不敢随便乍刺儿；手里没枪，你就是一堆烂肉，人家想怎么收拾就怎么收拾。和我一起被俘的弟兄们都被鬼子用刺刀捅死了，他们根本就没打算要俘虏。弟兄们，横竖是个死，绝不能交枪啊……"麻子排长声嘶力竭地喊着。

战场上一片寂静，仿佛连空气都凝固了。

满堂见牛老大咬着牙放下歪把子机枪，便小声说："牛大哥，不能放下枪啊！"

牛老大伸出手："哪儿这么多废话？把你枪给我！"

满堂把三八式步枪递给牛老大。牛老大悄悄移动到一堵残墙后，慢慢把步枪伸出去，瞄准了那个鬼子少佐……

麻子排长还在喊着："铁柱，你个小兔崽子，把机枪给我端稳了，照老子这儿打呀，你要手软就不是人揍的，开火呀，不要管我……"

"啪"的一声枪响，牛老大开枪了。

麻子排长身后的日军少佐半个前额被子弹打飞，他仰面跌倒在地上。麻子排长反应极快，闪电般地回身一头撞向身后的日军士兵，那日本兵被撞得仰面朝天，麻子排长扑上去压在日本兵身上厮打起来。他身边的日本兵立刻做出反应，两柄刺刀同时捅进麻子排长的后背，他发出狼一般的嚎叫，举起了右手。这时所有人都看到了，他手里竟然举着一颗拔掉保险针的日军手雷，随着一声爆炸，几个日本兵轰然倒下……

目睹这惨烈的一幕，中国士兵们疯了，他们大声号叫着开火了。铁柱和牛老大的机枪"哒哒哒"狂叫起来，密如飞蝗的手榴弹腾空而起……

满堂破口大骂着甩开膀子，一连扔出八颗手榴弹，街垒前的空地上硝烟四起，弹片横飞，日本兵们扔下二十多具尸体夺路而逃。

中国士兵们喘息未定，枪声还没有完全停下来，只见满堂嗖地窜出街垒，跑到麻子排长血肉模糊的尸体前，边哭喊边吃力地想扛起尸体。

蔡继刚急红了眼，大喊道："危险，快回来！"

满堂置之不理，自顾自地拖着尸体。

工事里的国军士兵们终于看不下去了，七八个士兵不顾危险跃出街垒，将满堂连同麻子排长的尸体接应回来。

满堂脱下军装上衣盖在黄排长的脸上，他和铁柱双双跪下向麻子排长磕头，满堂号叫着："排长啊，你救过俺命，俺佟满堂欠你的，这辈子还不完，下辈子俺当牛做马也还你！"

铁柱把头磕得咚咚响，哭喊着："排长，大哥，俺发誓，俺哪儿也不去啦！再也不跑了，俺跟鬼子拼啦！"

蔡继刚、陈连长和士兵们为之动容，纷纷摘下军帽，低头肃立。

战场上一片寂静，只有满堂兄弟俩的哭声……

4月30日这天，日军到底没有拿下许昌。

入夜，一个通讯参谋终于收到第一战区长官部发来的电令：经汤副司令批准，许昌守军新编第29师突围计划今夜准予执行！

蔡继刚疲惫地解下绑在腹部的手榴弹，嘴里发着牢骚："本来这几颗手榴弹是留到最后用的，既然汤副司令不批准，那我就留个全尸吧。"

吕公良对军官们下达了分三路突围的计划：突围部队一路出北门，一路出东门；突围战斗打响后，由陈连长带12人保护刘昌义和蔡继刚悄悄出南门，从日军防守的间隙中撤退。

蔡继刚坚决不同意："还是由我带一部分兵力从东门突围，吕师长和刘军长暗走南门为宜。北门敌情不明，最好不要走，我有预感，敌人很可能有埋伏。"

刘昌义问："你认为从北门走有危险，理由是什么？"

蔡继刚指着地图说："我来许昌督战之前，根据飞行员报告，对日军各部队的进攻位置有个大概了解，唯独隶属日军第27师团的步兵第3联队位置不明。战区长官部综合空中侦察和地面特工发来的情报分析，也仍没找到第3联队的位置。我使用排除法得出一个判断，这个第3联队很可能在许昌以北的位置上，也许此时正在张网等待着猎物。"

吕公良脸色凝重，不容置疑地说："蔡督战官，我想提请你注意，我是拥有指挥权的战地最高指挥官，请你不要再多说了，我最后强调一点，各路突围部队的集合地点为鄢城黑龙潭，请大家立刻执行命令！"

蔡继刚望着吕公良沉默了。

突围前，新编第29师全体幸存的军官和士兵列队向军旗行军礼，吕公良流泪焚烧了军旗。他整了整身上的黄呢将官服，缓缓说道："许昌虽然失守，但我新编第29师苦战至此，绝大部分官兵壮烈殉国，我们尽了最大努力，于国家于民族问心无愧，我守城官兵虽败犹荣，他们的名节不可辱！"

李运舟少校跨上一步："师座，您身穿将官服突围，有诸多不便，请师座便衣突围。"

吕公良凛然正色道："笑话！我是中国军人，堂堂陆军中将，就算战死沙场，也要戴着陆军中将的领章赴死，岂能扮成老百姓遭人耻笑？"

站在队伍里的满堂、铁柱听到师长的话脸色发白，浑身发抖，兄弟俩低着头不敢仰视，吕公良的话字字刺痛着他俩的心。

临分手时，吕公良紧紧拥抱了刘昌义："军座，保重！"

他转过身向蔡继刚张开双臂："云鹤，好兄弟，咱们告个别吧。"

两人紧紧拥抱。蔡继刚什么也没说，他心里升起了一种不祥的预感。

凌晨3时，吕公良发出突围命令，两路突围部队同时行动，城东城北立刻爆发出激烈的枪炮声。当呐喊声和厮杀声渐行远去时，蔡继刚和刘昌义等一行人悄悄出发了。

## 第七章

满堂和铁柱被编入陈连长的队伍，这十几个军官士兵护卫着两名将军潜出南门。由于日军已全部进入城里，南门外只有封锁线上几堆篝火在燃烧，日军的游动哨例行公事地在火堆间巡逻。

队伍分为三人一组鱼贯而行，每当日军的探照灯扫过来时，他们便卧倒不动，等探照灯扫过后，大家又分批向前跃进。蔡继刚远远看见前面有条公路，日军坦克和满载士兵的卡车亮着灯，浩浩荡荡地由北向南开进。蔡继刚伏在路基下仔细观察，发现每辆日军坦克之间有300米的间距，而公路对面就是黑沉沉的田野。看样子，这是最后一道封锁线，只要掌握好坦克之间的距离，抓住机会跃过公路就安全了。

蔡继刚一行人没费什么周折就通过了公路，转眼消失在暗夜中。

吕公良率领一队人从北门突围。为了吸引敌人的注意力，掩护南门的蔡继刚、刘昌义等人突围，吕公良故意要把动静搞大，他率队隐蔽接近北门时，突然发起攻击，前边由三挺轻机枪开道，后面的士兵将几十枚手榴弹一次投出，在剧烈的爆炸声中，吕公良端起冲锋枪率队发起冲锋。

日军没有料到残余的守军会突然发起反突击，包围圈顷刻间被撕开一个口子，吕公良率部突出了许昌城。

与此同时，由85团副团长张力勇指挥的另一支突围小部队也在许昌城的东门打响，经过短暂的激战突出重围。

蔡继刚的预感不幸成真，这三路突围部队中，南门和东门两路人顺利冲出包围圈，进入安全地带，只有吕公良率领的这一路遭到灭顶之灾。

蔡继刚估计得很准确，日军第3步兵联队此时正在许昌城的东北方向——许庄与郭庄之间掘壕固守，悄悄地张网等待。

刚刚冲出许昌城的吕公良残部，一头撞进日军的包围圈里。

隶属日军第27师团的第3步兵联队归关东军战斗序列，日军大本营在战前考虑，参加豫中会战的兵力不足，决定将日军第27师团调入关内，编入内山英太郎的12军，作为预备队使用。这第3步兵联队没有参加进攻许昌城的战斗，此时正求战心切，见吕公良的残部进入包围圈，立刻以强大的火力展开围歼。

日军数十挺机枪组成的火力网把吕公良这支小部队压在一片狭窄的地区内，铺天盖地的迫击炮弹落在国军队伍中，突围部队伤亡惨重。日军步兵发起冲锋，进行分割包围。黑夜中，残存的国军士兵绝望而顽强地抵抗着。

吕公良知道突围无望，现在能做的只是困兽之斗，他希望战斗能持续到自己的冲锋枪弹药打光之后，这样可以多杀伤一些敌人。

在国民革命军战斗序列中，新编第29师一直被称为杂牌部队，就是这支杂牌部队，让军委会那些高官看走了眼，他们在许昌保卫战中爆了个冷门，在予敌重大杀伤之后，以全军覆没的代价成为青史留名的英雄部队。

伏在岩石后的吕公良终于打空了所有的弹匣，他举起冲锋枪狠狠地砸在岩石上，冲锋枪的木制枪托被砸断，枪管也被砸弯。他扔掉冲锋枪，拔出了左轮手枪仔细端详。

他想起这支手枪的前主人蔡继刚。当时蔡继刚说，这支手枪是他在美国莱克星顿市一家百年老枪店里买的，弗吉尼亚军校的老校友小乔治·史密斯·巴顿将军那支著名的象牙柄左轮手枪也是在这家枪店定购的。巴顿将军说过，口径在9毫米以下的手枪全都是娘们儿的玩具，真正的男子汉要玩大口径手枪，用点45口径的子弹轰掉敌人的脑袋是军人最乐此不疲的事。蔡继刚说，他完全同意巴顿将军的观点。

吕公良不无遗憾地想，分手时自己对蔡继刚的态度太生硬了，会不会刺伤这位老弟的自尊心？其实蔡继刚的判断很准确，吕公良不得不承认，就军事领域而言，蔡继刚有着惊人的直觉和准确的判断力，这是个不可多得的将才。只可惜没有听从他的劝告，以至于现在陷入重围。可是……老弟啊，总有一天，你会明白我吕公良的一片苦心。

几个日军士兵端着枪围上来。吕公良猛地站起身，举枪射击。一个日本兵被击中前额，点45口径的子弹霎时轰掉了他半个头颅，日本兵被子弹强大的冲击力打得向后飞出两米，仰面跌倒。

日军的轻机枪开火了，吕公良身中四弹跌倒。

几个日本兵冲向吕公良，用生硬的汉语高喊："投降！投降！"

吕公良突然一个翻身坐起，大声吼道："老子不投降！"他努力支撑着身子，抬手连射两枪，两个日本兵中弹倒下。

日军士兵们大怒，他们号叫着连连开枪，吕公良终于倒下……

一个日军中尉带领士兵围了上来。他翻动吕公良的尸体，动作突然僵住了，吕公良领章上两颗金色的将星在月色下显得很醒目。

中尉吃惊地喊道："天哪，这是个中将！"

· 第八章 ·

　　三天以来，蔡继恒一直在羊街机场擦洗飞机，按照陈纳德的命令，他要把停机坪上四十多架P-40、P-51战斗机挨个擦洗一遍，蔡继恒拼命干也只完成了八架飞机。

　　他以前从来没擦过飞机，这种活儿应该是地勤人员干的，作为天之骄子的飞行员怎么能干这种粗活儿？军队就是这样，长官发出的每一道命令都是圣旨，你高兴也罢，不高兴也罢，反正你不能反抗，必须老老实实去执行，哪怕是今天让你挖个坑，明天再填上，像这种毫无意义的事，你也必须一丝不苟地执行，绝不能讨价还价。蔡继恒一边擦飞机一边想，难怪当初那些老飞虎队员一听说要转为现役就不干了，人家是志愿人员，身份是老百姓，干多少活儿拿多少钱，可以完全不受军纪约束。

　　说心里话，蔡继恒巴不得也当个志愿飞行员，他不怕死，也不在乎钱，更不稀罕什么军官的身份，他唯一需要的，是不受管束地做自己喜欢的事，至少没有人强迫他擦飞机。

　　擦洗飞机是个很乏味的工作，P-40N战斗机看起来不大，可真要把飞机从头到脚擦洗一遍还真费劲，飞机顶部的座舱盖和垂直尾翼都需要蹬着梯子才能够着，有机玻璃的透明座舱罩要擦得镜明瓦亮，不许有一丝的污痕。几天下来，蔡继恒累得腰酸背痛。更糟糕的是，那些路过的空、地勤人员，一见到他撅着屁股吭哧吭哧的狼狈相，便爆发出一阵幸灾乐祸的哄笑，还在他身后指指点点，这让蔡继恒非常恼火。

　　第23战斗机大队下辖五个中队，分布在从云南西南部的云南驿、昆明直到广西的桂林和湖南衡阳与零陵长达2000公里的空域内，形成了东西两个作战空域。在昆明和云南驿基地的两个中队是以防御为主，保卫"驼峰航线"，监视越南和缅甸两个方向的日军飞机。东部经常驻有两三个中队，以进攻为主，作战地域北起武汉，沿长江航线到南昌，南达广州和香港。

　　蔡继恒工作的停机坪对面是308轰炸机大队的停机坪，那里停放的是一排排B-24D"解放者"轰炸机，这种重型轰炸机的机身很庞大，有四个普惠公司制造的发动机,航距可达到3540公里,载弹量达3.6吨,机组编制为10个人,属于远程战略轰炸机。蔡继恒一见到这种飞机便暗暗庆幸,陈纳德将军简直太仁慈了,他不过是让自己擦洗身材娇小的P-40,要是换上这种大家伙可麻烦大了,凭他蔡继恒一个人,一周能擦完一架轰炸机就不错了。

羊街机场还有个美国红十字会的支部,既然是救死扶伤的医疗机构,当然少不了医护人员,因此,那些穿着白色护士服的中美女护士就成了基地的一道亮丽风景线。据说红十字会支部刚成立时,基地的病号骤然增多,甚至很多飞行员也出现了身体不适的症状,经常在候诊室外排成长队。

红十字会支部的负责人是斯蒂文·瓦特先生。这位瓦特先生是个不甘寂寞的人,他认为基地的条件简陋,生活实在单调枯燥,为了丰富美军官兵的业余生活,瓦特先生提议兴建羊街基地美军俱乐部,这个建议立刻得到了广泛的响应。在中国民工和美国工兵的共同努力下,俱乐部内部设施在红十字会支部驻地顺利完成,同时还修建了一个很不错的网球场。从此这里成了美军官兵的聚集地,它以朋友的面孔出现,用"家庭"的形式作为纽带,使每日经受战争折磨的美军官兵们那绷紧的神经得以暂时的放松。

就在蔡继恒报到的第三天,一架C-47运输机降落在羊街机场,来自美国本土的劳军剧团到基地慰问演出了,当一群打扮得花团锦簇的漂亮女人走下扶梯时,在场欢迎的美军空、地勤人员兴奋得几乎发了疯,一个美军中士不顾一切地冲上去,要拥抱著名的封面女郎洛伊丝,这位女郎是他多年来的梦中情人,但这位中士很不幸,他当即被两位高大的美国宪兵像扔橄榄球一样给扔回了人群。

308轰炸机大队的飞行员丹尼斯中尉和蔡继恒是酒友,他有个很艺术的绰号叫"管风琴",两人是两年前在昆明的一个飞行员聚会上认识的。

蔡继恒擦飞机的第一天,丹尼斯为了表示友谊,特地跑来帮他擦飞机,口口声声不忍心让老朋友一个人受罚,结果丹尼斯擦了不到一个小时就扛不住了:"亲爱的鳄鱼,真对不起,我想起来了,我的血压一直不太正常,医生说血压高的人不适合爬梯子,我现在头晕得很,实在抱歉!"

蔡继恒挖苦道:"爬两米高的梯子就血压高,那B-24能飞9000米高,我真奇怪,你的血管居然没有爆裂?"

丹尼斯出生在新泽西的一个富裕家庭,从小养尊处优,四体不勤,别说是劳动,连一般的健身运动都不参加,只喜欢泡泡酒吧或者开着跑车到野外兜风。他之所以当上飞行员,完全是出于对飞行的热爱,用他自己的话说,开飞机要比开跑车好玩一千倍。总的来说,管风琴是个很不错的家伙,他作战勇敢、技术精湛,对朋友热情,除了有些懒惰外,他几乎没什么缺点。

# 第八章

劳军剧团到了以后，基地里到处洋溢着欢乐的气氛，那些花枝招展的劳军女郎无论走到哪里，都有一批崇拜者屁颠屁颠地跟随着，这些欲火中烧的美国大兵想尽一切办法向美人们献殷勤，一厢情愿地盼望制造些爱情故事，但似乎收效甚微。

傍晚，管风琴又找到蔡继恒："鳄鱼，你怎么还在擦飞机？放下你的破抹布，赶快去换衣服，拜托，要打扮得漂亮一些，我有古龙香水，你可以喷一些。今天晚上有劳军演出，你知道都有谁出场？告诉你，有大名鼎鼎的歌星安·泰勒，还有露丝·希尔顿。上帝啊，昨天在餐厅里，我和希尔顿小姐只隔着一张桌子，我连她的每根眉毛都能看清，这可真是个美人儿，能和希尔顿小姐这么近距离接触，那可不是人人都有的幸运，说心里话，我已经不可救药地爱上她啦！快一点，鳄鱼，我们一起去，要早点去占座位！"

蔡继恒懒洋洋地擦拭着水平尾翼："没兴趣，不就是些百老汇的大腿舞吗？这有什么可看的？那些女人身上插满了各种羽毛，在台上蹦来蹦去，踢踢大腿，充其量就是这些吧？再说了，我怀疑你们根本不在意人家跳什么舞，演什么节目，你们感兴趣的是女人的大腿。我没说错吧？"

管风琴对蔡继恒的冷嘲热讽毫不在意："鳄鱼，还是去看看吧，难道你不觉得我们的生活有多么枯燥乏味吗？我他妈的简直烦透了，每天看见这该死的B-24我就想呕吐，连他妈的梦里都是高射炮的曳光弹在眼前乱窜，再这么下去，我就要疯了。"

蔡继恒摇摇头，坚决地说："不去。管风琴，你要知道，你眼中的美人儿在我眼里什么也不是，其吸引力还不如一瓶红方威士忌。我不喜欢白种女人，在我看来，她们的皮肤很粗糙，一眼看去，每个汗毛孔都清清楚楚，这很容易让我联想起某种皮革制品……"

管风琴疑惑不解："皮革制品？什么皮革？"

蔡继恒面带讥讽笑道："管风琴，你总见过猪皮鞋吧？那上面有很粗的鬃眼。"

管风琴顿时气急败坏："鳄鱼，你这是真正的种族歧视，不去就不去，但我不允许你诋毁我心中的女神……"

"亲爱的丹尼斯，别那么气急败坏，这谈不上种族歧视，我不过是表达一下自己的审美观而已，谁也没阻止你去追求希尔顿小姐啊，你激动什么？快去占座位吧！另外，我要提醒你，你要提前三个小时进入礼堂。据我所知，第23大队和308大队的空、地勤人员中，至少还有100个人对希尔顿小姐有着单相思的渴望。"蔡继恒轻飘飘地挖苦着。

羊街基地的美军俱乐部是用木板和铁皮搭建的临时房屋，从外面看上去很简陋，和机场里其他的工棚没什么区别，但是走进去却别有洞天。俱乐部的创建人斯蒂文·瓦特先生把这里布置得很有情调，俱乐部分几个区域，其中有酒吧、小型舞厅、扑克牌室和弹子房，网球场在俱乐部外边的空地上。这个俱乐部主要是为美军空、地勤人员设立的，也允许中国飞行员在此消遣。由于文化的差异，中国飞行员们对跳舞和台球都兴趣不大，多喜欢聚集在酒吧或扑克牌室。

晚餐后，蔡继恒走进俱乐部里的酒吧，他知道今晚这里会很清静，因为那些好吵闹的美国飞行员都去看劳军演出了，今晚在酒吧里消遣的都是中国飞行员。

这间酒吧布置得很本土化，看上去和美国任何一个小镇上的酒吧一样，曲尺形吧台前放着一排高脚凳，墙上挂着飞镖靶，四面的墙壁上贴满了好莱坞女明星的电影海报，大厅的一个角落摆放着一架乳白色的台式钢琴。

蔡继恒走近吧台，刚要了一份罗姆酒，就听见有人兴奋地叫他的绰号，他回头一看，见七八个中国飞行员围坐在靠窗的一张桌子前，其中一半人他都认识，都是他在印度拉合尔受训时的同学或学员。大家航校毕业后被分配到各部队服役，彼此不在一个战区，两年多来都没有机会见面。

蔡继恒端着酒杯兴冲冲地走向那群飞行员，嘴里叫着他们在航校时的绰号。第一个跳起来和他拥抱的是丁震天，绰号"海盗"。

海盗亲热地搂着蔡继恒："鳄鱼，我们前两天就听说你来了，一直没时间去找你，这几天忙得四脚朝天，每天都要起飞两三次，昨天夜里我们还出了趟夜航，去轰炸河内，回来时天都亮了。"

蔡继恒吓了一跳："天哪，你们都窜到河内去了？空袭目标是什么？"

另一个空军官校的同学是纪云浦，在航校时的绰号是"公牛"，笑着回答："轰炸日本人的机场和军用仓库，昨天夜里，我们把25架零式机炸毁在停机坪上，真他妈过瘾！"

蔡继恒也十分兴奋："你们的B-24出航有战斗机护航吗？"

公牛指指旁边几位飞行员说："这几位都是23大队的，和我们308大队是老搭档，我们每次出航都是他们护航。"

一个飞行员走过来给蔡继恒当胸一拳："鳄鱼，你小子早把我忘了吧？"

蔡继恒抬手还了他一拳，笑道："雷金涛，绰号'鱼雷'，听说你已经击落四架敌机了，再有一架就成王牌啦！怎么，听说你们23大队的战斗机全换成

# 第八章

'野马'[1]式了？真牛气啊。"

雷金涛说："大部分都换了，你还别说，P-51的性能确实比P-40提升了一大截，光是航程就提高了三倍，带上副油箱能达到最大航程三千多公里，足以掩护B-17轰炸机进行最远距离的攻击。"

蔡继恒叹了口气："真是货比货该扔啊，我们中美混合团还是清一色P-40N，谁知道要等到猴年马月才能换装。"

一个矮个子飞行员摘下军帽和墨镜，露出满脸的伤疤："鳄鱼，往这看看，还认识我吗？"

蔡继恒仔细看看，疑惑地问："你是……孙正清？"

孙正清笑了，露出了满口的白牙："没错，我是孙正清，绰号'滑翔机'。算你鳄鱼有良心，还记得老同学。"

蔡继恒惊讶地注视着他的脸："滑翔机，才两年没见，你怎么成了这模样？是烧的吗？"

"这有什么奇怪的，迫降时飞机起火，等地勤人员把我弄出座舱时就成了这模样。当然了，和航校的其他同学相比，我还不算最倒霉的。你记得张曙光吗？这小子在一次空战中飞机中了五十多发子弹，他当时还没觉得什么，结果飞机着陆后，他从座舱里往外爬，就觉得浑身不对劲，从飞机上一头栽到地面上。当时我也刚下飞机，冲过去一检查，你猜怎么着？太巧了，一发7.7口径的子弹把这小子的两个睾丸全部打掉了。"孙正清轻描淡写地描述道。

蔡继恒叹道："唉，这家伙运气实在不好，在航校时他睡在我上铺，夜里睡觉翻个身也会从上铺掉下来，我至少见过他掉下来三次，当时我还琢磨呢，怎么睡个觉都能掉下来，要是驾驶战斗机怎么办？别说三次，掉下一次就够了。那后来呢？张曙光后来去哪儿了？"

海盗说："还能去哪儿，只能退出现役了，这场战争对他来说，算是提前结束了。现在他在昆明滇池边的一个疗养院里，如果你有机会去昆明，可以去看看他。"

"海盗"丁震天在航校时和蔡继恒是好朋友，这是个典型的公子哥，有钱人

---

1 P-51"野马"式战斗机：美国北美航空公司于1940年年底在P-40战斗机的基础上研制改进的新型战斗机，后来在战争中又不断进行改进，包括采用轻重量机体、新型螺旋桨、全视界塑料座舱盖、新型翼型等，使其性能和机动性进一步提高。该机最大速度达每小时788千米，起飞重量5.02吨，发动机单台功率1029千瓦，升限12700米，航程3860千米。所带武器包括六挺点50机枪，并可外挂炸弹900千克。P-51战斗机被许多航空史专家和权威人士评为第二次世界大战中的最佳战斗机。

家的阔少。父亲是上海的大企业家，开着几个纱厂和五金厂，在美国也有一些产业。1940年，丁震天正在耶鲁大学法学院读三年级。

这年寒假，丁震天去纽约看望姨妈，在一次私人聚会上认识了陈纳德，当时的陈纳德名声还没有后来这么显赫，他的志愿航空队只是在中国有些名气，在美国却默默无闻，就连他的上校军衔还是中国政府授予的，他在美国的身份不过是个退役空军上尉。陈纳德上校向丁震天介绍了中国的抗日战争，也介绍了他麾下飞虎队的情况。丁震天是个性情中人，一旦冲动起来便不再考虑任何退路，他当即便决定中断学业，回国参加飞虎队。丁震天颇为狂妄地对陈纳德说，你给我一架P-40，告诉我怎么驾驶，我保证两个月就可以驾机参加战斗。陈纳德感到很好笑，他毫不客气地告诉丁震天，一个耶鲁法学院三年级的学生若是到了飞虎队，别说是飞行员，恐怕当个地勤机械员都不够格，他要是想驾驶战斗机和日本人作战，就得老老实实进航校学个一两年再说。

丁震天听从了陈纳德的劝告，回国考入空军军官学校，先是在昆明，后又转入印度拉合尔分校，老老实实学习训练了两年。在毕业分配时，丁震天和其他几个同学被分配到第14航空队308轰炸机大队。令他恼火的是，作为战斗机飞行员，到了308大队却莫名其妙地成了B-24轰炸机的副驾驶，也就是说，除非驾驶员阵亡，否则他根本没有机会单独驾驶轰炸机，他的任务永远是坐在副驾驶座上熟悉飞机性能。

蔡继恒也觉得匪夷所思，这些美国指挥官到底在想什么？为什么要把宝贵的战斗机飞行员送上轰炸机当个副驾驶呢？这样做还没有任何解释，真是很奇怪。

丁震天喜欢喝一种叫"红粉佳人"的鸡尾酒，这是在美国养成的习惯。就这么一会儿工夫，他已经喝光五杯酒了，越喝话也越多，他大声发着牢骚："鳄鱼，你以为在B-24上当副驾驶就轻松吗？我告诉你，更他妈提心吊胆。你想啊，驾驶员在忙着驾机俯冲，领航员在看航向，射击士官忙乎着射击逼近的敌战斗机，投弹手在计算投弹时机，机械士官在维护机械运转。整个B-24机组10个乘员，各有各的活儿干，唯独副驾驶闲着，闲着没事就要往窗外看，好嘛，这一看不要紧，吓得我头皮发麻，机窗外就像是过年放焰火，一串串五颜六色的曳光弹嗖嗖地在你眼前乱飞，地面上不知有多少高射炮在玩了命地朝你打。鳄鱼，不瞒你说，这活儿真不是人干的，心理素质差一点的人，飞几次就会进疯人院，每次出航回来，我的内衣都被汗水湿透了，不怕你笑话，这是吓出来的冷汗。"

公牛一口把杯中酒干了，向服务生招呼道："再来一杯杜松子酒！"他扭头对蔡继恒说："海盗说得没错，这种活儿实在没意思，轰炸机的飞行不是一看就会，必须要亲自驾驶才能领悟，当副驾驶捞不着飞行不说，阵亡的危险性可一点不少。上星期我们去轰炸汉口机场，返航时遭到大批零式机的拦截。鳄鱼，你没见当时的阵势，我们七机编队的轰炸机有12架P-40N战斗机护航，你知道拦截我们的零式机有多少？告诉你，整整40架。老天爷啊，满天都是零式机，眼前到处是P-40和零式机在追逐扫射，曳光弹满天飞，每架P-40要和两三架零式机进行缠斗，哪还顾得上保护轰炸机？这下子该轰炸机倒霉了。我往驾驶室左边一看，有一架B-24友机引擎起了火，正在失速往下坠，扭头再看右边，另一架B-24也被打着了火，眼看着驾驶舱里的正副驾驶员都变成了火球……唉，那天我们被打惨了，只有两架B-24和四架P-40返航，其余的全被击落了，正巧我和海盗就在这两架B-24上。还得说是运气好啊，要不就没机会在这儿喝酒啦！"

蔡继恒无言地举起酒杯，碰了碰公牛的酒杯，二人一饮而尽。

孙正清问道："鳄鱼，你是正式调到23大队了吗？是不是在中美混合团惹了什么事？"

蔡继恒若无其事地回答："喊，我能惹什么事？不过是普通的调动，大概是陈纳德将军要重用我吧。"

海盗嘲讽道："鳄鱼还是老样子，自我感觉一向良好。据我所知，23大队好像不缺指挥官，就缺个擦飞机的地勤。"

蔡继恒大笑道："看来你们已经听说了，是这样，我现在改地勤了，专职负责飞机外表的清洁工作。你们可能不知道，我以前学过绘画，后来这才能被埋没了，现在算是有了用武之地。兄弟我准备把战斗机上的鲨鱼嘴全改成美女的樱桃小口，这主意怎么样？"

孙正清说："我可不要美人嘴，你给我的飞机上画个猪八戒嘴吧，我喜欢猪八戒。"

一提起飞机，公牛又生起气来："这叫什么事？我从航校毕业就再也没摸过战斗机，连做梦都想有一架P-51，没驾驶过战斗机，那还叫飞行员吗？海盗，咱们还得给航空委员会写申请，坚决要求调到中美混合团去！"

海盗突然捅了捅蔡继恒，向吧台方向努努嘴，小声说："鳄鱼，你看，这女孩子怎么样？"

蔡继恒抬头看了一眼，发现吧台前站着一个穿着白色护士裙服的中国姑娘，正在小声和服务生说着什么。那姑娘皮肤白皙，相貌很清秀，留着一头长发，身材修长，比例适中，特别是她的两条长腿，笔直而性感。

蔡继恒想起来了，这姑娘是自己的营养师，叫沈星云，前几天还和自己谈过话。

蔡继恒漫不经心地对海盗说:"她不是营养师沈星云吗?我们见过面了。"

海盗目不转睛地注视着姑娘说:"鳄鱼,这姑娘属于清秀型的,虽然不是那种很惊艳的美,但她很有味道。对于沈星云,你要近距离仔细品味,就像品尝上等红酒,刚入口时还不觉得什么,时间越长口感越浓郁、越醇香。当然,这也是因人而异,欣赏这类女人,你自己首先要具有异于常人的品位才行。"

"我说海盗,你什么时候研究起女人了?在航校时你好像没显露出这方面的才能啊?那照你说的,时间越长口感越醇香,这杯'红酒'你品尝了吗?"

海盗灰溜溜地说:"没有,暂时还没有机会。"

蔡继恒笑道:"噢,闹了半天是单相思,那你干吗还在这儿坐而论道,为什么不行动起来?这可不像你。海盗,你的进攻意识太差了,这都是因为你当了轰炸机的副驾驶,要是战斗机的飞行员不懂得进攻,那就等着挨揍吧!"

一位服务生走过来,向蔡继恒鞠了个躬说:"蔡先生,沈星云小姐问您有没有时间,她有事想和您谈。"

蔡继恒笑道:"我太有时间了,请沈小姐过来坐!"他扭头对丁震天说:"海盗,你不是说没机会吗?现在我给你创造机会,就看你的本事了,记住我的忠告,一定要有进攻意识!"

服务生引着沈星云走过来,蔡继恒、丁震天等人都礼貌地站起来,向她点头致意。沈星云向飞行员们行了个军礼,轻声说:"长官们好!"

蔡继恒还礼后坐下,指指椅子说:"沈小姐请坐,是来杯可乐还是果汁?"

沈星云很大方地坐下说:"谢谢!我只要一杯水。"

丁震天指指蔡继恒说:"沈小姐,鳄鱼和我在航校是同学,听说你们已经认识了?"

沈星云皱着眉头问:"蔡先生怎么叫鳄鱼呀?多难听。我最不喜欢爬行动物,太丑陋了。干吗不起个可爱一点的绰号,比如叫笨熊什么的。"

海盗和孙正清等人大笑起来,孙正清说:"鳄鱼,你可以考虑一下这个建议。"

蔡继恒正色道:"沈小姐,你可能还不知道,丁震天先生对你可是倾慕已久了,不过他胆子很小,还没有勇气对你当面表达,沈小姐能给他个机会吗?"

沈星云礼节性地笑笑,向丁震天点头致意,然后对蔡继恒说:"蔡先生,我记得你说过,一个女人不应该出现在作战单位,这样很容易影响士气。"

蔡继恒耸耸肩说:"的确如此,正是由于沈小姐的出现,导致了丁先生的精神出了点问题,所以他需要沈小姐这样的医务人员的帮助。"

沈星云似笑非笑地盯了丁震天一眼说:"哟,精神出问题了?那可够危险的，丁先生是驾驶轰炸机的，可不要把炸弹扔在自己人头上。"

飞行员们大笑起来。

蔡继恒说："所以沈小姐一定要帮帮他，B-24D轰炸机的载弹量有八千多磅，真扔错了目标可不是闹着玩的。拜托沈小姐啦！"

沈星云不动声色地说："至于丁先生的精神疾病，我一会儿可以请史密斯医生来诊断一下。上尉，我现在需要和你谈！"

蔡继恒正色道："不，这可不太好，我有女友了，她会吃醋的。"

飞行员们又一次哄笑起来。

沈星云望着飞行员们，一点也没有恼怒，只是宽容地轻声说："先生们，对这种庸俗的玩笑，你们真的觉得很好笑吗？大家还是散一散吧，别影响我的工作，好吗？"

这姑娘不卑不亢的态度使飞行员们感到意外，他们毕竟都是些有教养的年轻人，继续起哄就会失礼，于是都讪讪地端着酒杯走开了。

桌子前只剩下蔡继恒和沈星云。

郾城黑龙潭是暂编第15军收容所的所在地。

蔡继刚和刘昌义突围后便赶到这里收容新编第29师的残兵。当吕公良师长壮烈殉国的消息传来时，蔡继刚和刘昌义伤心得久久说不出话来。职业军人不同于老百姓，他们已经见惯了流血和死亡，当得知战友或朋友阵亡的消息时，他们也会很冷静地接受现实，不动声色地把悲痛嚼碎了咽下去。

新编第29师从许昌北门和东门突围的部队都遭到重大伤亡，尤其是吕公良率领的这一路部队，几乎全军覆没。

刘昌义伤心地对蔡继刚说："唉，说什么都晚了，要是吕师长听了你的劝告，也不至如此……"

蔡继刚神色黯然："我的职务权限只是起审议、协调、参谋、鼓舞士气的作用，并没有决策的权力，战地最高指挥官不采纳我的意见也是正常的，这不怨他。我想，吕师长在决定突围时就已经做好了杀身成仁的准备，他安排我们走南门，是把生的希望留给我们……"

刘昌义终于忍不住流泪了，他用双手捂住了脸："老弟，别说了，我怎么也忘不了临分手的时候，公良和我们拥抱告别的情景，我和他相识多年，他一向是喜怒不形于色，从来没有这么感情外露过。"

蔡继刚沉默地站在窗前，他久久望着远处的群山，抑制着心中的悲痛。

汤恩伯从叶县发来电报："据报，日军第11军一部已占领信阳，其主力正从信阳向北移动。令暂编第15军余部会同第29军、第87军迅速赶往叶县以北郏县、汝州一带集中。"

蔡继刚和刘昌义面面相觑，他们实在闹不清汤恩伯在想什么，此举的意义何在。本来第29军、第87军是在豫南布防，为的是阻击从湖北来犯的日本第11军，防止日军占领平汉线南段。许昌告急时，汤恩伯又将第29军、第87军调往许昌驰援，日本人不是傻子，他们怎么可能不布置阻击援助部队？其结果是第29军、第87军被阻击，伤亡惨重，最终许昌失守，新编第29师全军覆没。等到第29军、第87军摆脱了日军阻击要回防豫南时，南部的信阳又丢了，真是顾此失彼，按下葫芦起了瓢。

蔡继刚仰天长叹："唉！第一战区何其不幸？这一正一副两个司令长官真是活活要了几十万将士的命啊！"

刘昌义看着地图也骂了起来："仗都打成这样了，兵败如山倒，可你看看人家嫡系第13军，这会儿倒没有任何防守任务，一直在登封休整。我们这些杂牌军兵不满员，装备低劣，可长官部专把你往风口浪尖上顶。"

蔡继刚哼了一声："这恐怕就是我们总打败仗的原因。军队派系林立，甚至成了私人武装，只对私人负责，不对国家民族负责，打起仗来各自保存实力，这样的军队要是能打胜仗倒奇怪了。"

说到这里，两个人都住了嘴。这种牢骚话不能再说下去了，一旦传出去，后果会很严重。

牢骚归牢骚，长官部的命令还是要服从的，刘昌义和蔡继刚决定带着刚收容的第29师残部赶往叶县。

刘昌义把陈连长带来的12个人编成一个警卫班，负责保卫蔡继刚的安全，陈连长则另行安排职务。陈连长想起守许昌时佟满堂已经被提升为中士班长，这会儿不能说话不算话，于是指定满堂为警卫班班长。

满堂和铁柱很高兴能留在蔡继刚身边，兄弟俩都很喜欢蔡继刚，他们觉得，只要蔡继刚在，心里就踏实。听说这位蔡长官留过洋，喝过洋墨水，是重庆派来的大官，但他说话和气，一点官架子也没有，这样的长官还不得好好侍候？

此时蔡继刚还不知道，在他和刘昌义带着第29师残部赶往叶县的这几天里，战场形势又发生了急剧变化。

北平，沿着紫禁城东华门外那条护城河向东行走，没多远便是老北京人所熟悉的翠明庄。翠明庄的建筑是一座三层中西合璧、绿色琉璃瓦顶的青砖楼房，在北平城众多的古老建筑群中显得别具一格。在日军占领下早已寂寥的北平城内，这片房子给人一种恐怖的感觉：翠明庄的大门外有持枪荷弹的日军哨兵站岗，建筑物周围有四组步兵游动哨在交叉巡逻，大门前还设置了两座带探照灯的岗楼。这里是日本华北方面军司令部的招待所。

在三楼的豪华套房里，华北方面军司令官冈村宁次大将站在窗户前，从这里望去，可以看到紫禁城灰色的城墙和金碧辉煌的角楼。

自1937年的"七七事变"以来，冈村宁次大将已经是第6任华北方面军司令官了。在第二次世界大战中，日本驻中国派遣军里名将如云，而冈村宁次大将则是诸多名将中最有口碑的一个。无论是他的朋友还是他的敌人，在评价他的为人和才能方面，都有着一致的看法：他是个不可多得的优秀军人，也是个极为难缠的对手。

冈村宁次出生在日本东京四名坂町街区的一个没落武士家庭。据家族内长辈们说，这个家族很有些来历，他们的祖先是中国明朝的开国名将徐达，徐达的后人在明亡后才流落到日本。这个传说到底有多少真实的成分，只有天知道。

冈村宁次的军旅生涯开始得很早，可以追溯到1898年他进入东京陆军幼年学校开始。这位大将今年刚好60岁，他的军旅生涯已经有46年了。军人熬到这年岁也该成精了。

在漫长的军旅生涯中，冈村宁次当过步兵小队长，当过司令部新闻检查官，还当过驻外武官。他的晋升之路一帆风顺，48岁时被晋升为陆军少将，51岁晋升为中将，57岁被授予陆军大将军衔。

就战役指挥而言，冈村宁次的扬名立万是在1939年4月的南昌会战。面对罗卓英集团的20万大军和横在进军路上的三条宽阔河流，冈村宁次不惜违抗总参谋长闲院宫载仁亲王的命令，使用101、106两个连吃败仗的特设师团[1]为主力，对南昌外围防线展开攻击。在日本陆军的战斗序列中，特设师团充其量只是三四流部队，战斗力极弱，特别是106师团，这是一支极其倒霉的部队，仅仅在六个月前的万家岭之战中，106师团几乎全军覆没，伤亡达到近9000人，使这支部队本来就不太高的战斗士气遭到毁灭性打击，日军大本营一度有取消106师团番号的打算。而101师团也没好到哪儿去，它下属的101、103两个联队也在万家岭之战中被全歼，从联队长到大、中、小队长等军官全部阵亡，无一生还。武汉会战后，这两个被打成残废的日军师团兵不满员，士气低迷，遭到其

---

1　侵华日军的特设师团实际上就是预备役师团，在战争初期征召预备役人员临时组建。特设师团在人员数量上与现役乙种师团无大差别，但质量差别较大。日军第106师团于1938年5月才在日本南九州岛的熊本编成。第101师团于1937年9月1日在东京编成。

他部队的大肆嘲笑，几乎没有哪支部队愿与它们配合作战。

令人惊异的是，这两个倒霉的师团在冈村宁次的指挥下，居然爆了个大冷门。冈村宁次在三公里宽的突破口上集中了250门重炮和130辆坦克，并调动空军进行近距离的空中支持。101、106师团突然迸发出极其高涨的战斗士气，进攻部队连续突破数道防线，只用七天就占领了南昌。

此次战役让日军大本营的高级将领们大跌眼镜，这真应了那句名言：没有无能的士兵，只有无能的将军。

南昌会战结束半年以后，纳粹德国用同样的战术闪击波兰，其闪电战术震惊了世界。追本溯源，在世界战争史上第一次使用闪电战的将领，并不是德国的古德里安，而是日本的冈村宁次。毫不夸张地说，仅凭这一点，冈村宁次即可当之无愧地进入世界名将之列。

冈村宁次的谋略不仅体现在军事上，也体现在政治方面。在对华政策上，他反对建立汪精卫政权，认为这样就会刺激重庆政府，逼其走上绝死抗战的道路。他反对日本人在占领区内担任各级官员，而主张以华制华，要给中国人以"尊严"。他提出"讨蒋爱民"的口号，主张分化抗日势力，而不以军事打击为主。当冈村宁次了解到日本军人在占领区内强奸妇女，而军事法官以证据不足和对方未告发为理由替犯罪军人辩护时，冈村宁次勃然大怒，他质问：战争期间哪有弱势的被害人敢告发罪犯？在他的干预下，罪犯得到了严惩。

1939年夏季，冈村宁次完成了他的研究成果，制订出对中国军队施以政、战谋略的方案和指导大纲。其核心思想是：以政治、军事和派遣间谍等各种手段，策反杂牌军，孤立以黄埔系为主的中央军，然后歼灭中央军。

对于中国军队而言，冈村宁次无疑是个可怕的对手。

第18集团军副总司令彭德怀对冈村宁次有这样的评价："冈村宁次是一个比他的前任多田骏更为毒辣、更为老练的对手。他有很多本事，能实事求是，细致周密。他不出风头，不多讲话，对部下不粗暴，你从他的讲话里看不出任何动向。他是历任华北日军司令官中最厉害的一个。"

冈村宁次的聪明还体现在制订占领区内的治安标准，他的判断标准很简单：从中国姑娘的眼神里可以看出当地治安情况的好坏。第一，绝对见不到中国姑娘的踪影，系惧怕日本兵的佐证，此为"治安不好"；第二，中国姑娘对日军的汽车感到稀奇而远远地从窗口眺望，此为"治安稍好"；第三，中国姑娘神态自若地走在有日本兵往来的街道上，则为"治安良好"。

在这个世界上，每个人、每个党派或每个利益集团由于所处的位置不同，看问题的角度就会不同，得出的结论也往往大相径庭。对于长年在华北敌后战场作战的第18集团军将士们来说，冈村宁次是个不折不扣的战争恶魔，是个灭绝人性的屠夫。1941年，冈村宁次调集数万日军，对华北的中国军队，尤其是第18集团军进行了残酷的大扫荡，他提出烧光、杀光、抢光的"三光"政策，造成约270万平民的死亡，仅第18集团军就伤亡过半，损失惨重。对这一段历史公案，冈村宁次不予承认，他在自己的回忆录中写到，他当时提出的口号是"不杀、不抢、不淫"的"三不"政策，并且言之凿凿是有案可查的。

在蒋介石的国民政府眼中，冈村宁次的为人还不算坏，相比之下，他的战争罪行也属于比较轻微。1949年2月，冈村宁次被国民政府军事法庭宣判为"无罪释放"，由他战场上的老对手汤恩伯亲自安排，乘"维克斯"号轮船驶离上海黄浦港回到日本。当轮船到达日本港口时，驻日美国占领军特地为他升起日本国旗，以示既往不咎的敬意。

历史的真实，总是包裹在重重迷雾中……

在战前的军事会议上，冈村宁次并不赞成一号作战方案，他提出日军重兵集团应夺取西安，取道关中，向成都进攻这一战略方案，但未被大本营所采纳。既然大本营批准了一号作战方案，冈村宁次就会不折不扣地执行。

此时，冈村宁次的目光越过紫禁城，越过北平城，又向南1000公里落到了广袤的豫中平原上。他心里很清楚，日本帝国经过长期的战争消耗，现已成了强弩之末。就中国战场态势而言，此"一号作战计划"是日本陆军竭尽全力的最后一搏，如果不能达成战役目的，从此日本军队怕是再也没有力量进攻了。

相对于中国军队第一战区的几十万大军，冈村宁次手里的本钱是很有限的。日本华北方面军的全部兵力只有140个步兵大队，能够动用的兵力只有一半，约12万人。冈村宁次的计划是先消灭作为机动兵团的汤恩伯集团，然后再收拾以洛阳为中心的蒋鼎文守点部队。作为对手，冈村宁次太了解汤恩伯了，此人擅打运动战，而且善于趁日军退却时集中兵力突击一翼进行包围分割。这种战术的确有效，第一次使用的人肯定是天才，第二次使用则沦为庸才，第三次使用就一定是蠢材了。汤恩伯将军，同样的战术你已经使用过不止三次了，可以肯定，你是个缺乏创造性思维的将军。

为了对付汤恩伯，冈村宁次命令驻包头的第3坦克师团秘密南下，部署在战线后方。这是他的撒手锏，准备在汤恩伯反攻时给予迎头一棒。汤恩伯果然上当了，事实证明，豫中战场的形势发展完全符合他的预计，汤恩伯的反攻刚刚显出点模样就被打垮了。

华北方面军参谋长大城户三治中将站在敞开的套房门前礼貌地敲敲门。

冈村宁次没有回头，只是轻轻地说了句："门开着，这表明你随时可以进来。"

大城户三治走进房间："司令官，我带来了一个你可能感兴趣的消息。"

冈村宁次仍然望着窗外，身子一动不动，说："哦，请讲！"

"我们的无线电侦破小组，刚刚破译了汤恩伯发往各集团军的密电，获得了中国军第13军的动向。"

冈村宁次猛地回过头："这情报核实了没有？"

大城户三治微笑道："当然，绝对准确！我军进攻开始后，汤恩伯马上命令石觉的第13军迅速北上，他的意图很明确，使用他惯常的战术，准备侧击我南下部队。"

"现在第13军的准确位置？"冈村宁次急切地追问。

"已在登封一带完成集结，目前正在北进途中。司令官，这个机会千载难逢，现在是围歼第13军的大好时机。"大城户三治的目光中显出几分激动。

冈村宁次兴奋得两眼放光，他在客厅里来回走了几圈，像一头饥饿的狮子猛然发现猎物一样，激动得连声调都变了："三治君，那我们还等什么？立刻向第12军司令官内山英太郎通报并下达命令，抓住它，干掉它！"

"司令官，我是否可以这样理解：目前我第12军应该立刻停止南下，其主力迅速向西转进迂回，完成对敌第13军之包围，不惜一切代价，全歼该敌！"

冈村宁次凝视着地图："告诉内山英太郎，宁可晚几天打通平汉线，也要先消灭第13军，只要消灭了第13军，第一战区的其他中国军队将不战自溃！"

5月1日，刚刚攻占许昌的日本第12军的数万之众倾巢而出，以坦克第3师团、骑兵旅团为前导，实施快速突击。第12军主力向西拐了个九十度的大弯，兵锋直指襄城、禹州。

日本第12军先遣兵团的三百多辆坦克和数千匹战马在豫中平原上不顾一切地向前推进，其后由炮兵、步兵、辎重兵组成的机械化部队分成几路纵队浩浩荡荡地跟进，空中第5航空师团的战斗机、轰炸机发出震耳欲聋的呼啸声，向沿途的城镇俯冲投弹扫射。干旱的豫中大地上腾起遮天蔽日的黄色烟尘，沿途襄城、灵井、郊县等地的国军守备部队完全丧失了抵抗能力，这些城镇多则半天，少则两个小时便纷纷失守，告急电报雪片般发往叶县的汤恩伯司令部。

这时，蔡继刚和沈光亚带着警卫班正在赶往叶县的途中。

一路上，到处是混乱不堪的景象，成千上万的国军溃兵完全丧失了建制，公路上密密麻麻的人流向南慢慢蠕动着，所有的路口都被堵得水泄不通，步兵、炮兵、汽车兵挤成一团，各不相让。

蔡继刚本以为凭自己的少将领章，可以指挥疏通一下路口的交通状况，谁

## 第八章

知丧失了建制的溃兵们谁也不认，少将的牌子狗屁也不是，有几个士兵甚至用枪威胁蔡继刚，让他滚远点，少在这儿发号施令。

一个下士指着蔡继刚的鼻子说："别说你是个少将，就是蒋委员长来了又咋样？惹恼了老子照样揍他！"

这个下士胸前表示部队番号的胸章显然是被他自己撕掉了，所以有恃无恐。

蔡继刚被气得七窍生烟，边掏枪边吼道："浑蛋！你敢这么对长官说话，你是哪个部队的？"

蔡继刚拔枪的动作并没有吓住溃兵们，那下士周围的七八个士兵端起了枪对准蔡继刚，满堂带着警卫班的弟兄呼啦一下挡在蔡继刚身前，也都举起枪，双方对峙起来。

蔡继刚把手枪装回枪套，泄气地向满堂摆摆手："都放下枪，我们走吧！"

面对这种混乱状态，蔡继刚也不得不承认，这时候一个少将还真的狗屁不是，没人拿你当回事，人家不揍你已经是客气了，惹恼了这些无法无天的败兵，他们还真敢开枪，把你打成筛子。

被阻在路口的汽车兵们终于不耐烦了，他们开起卡车一路撞过去，公路上顿时人仰马翻，惨叫声、咒骂声响成一片，躲闪不及的伤兵们被直接撞下路基，路面上血肉狼藉……溃兵们被气疯了，纷纷举枪向车队射击，一时间公路上子弹横飞。站在卡车车厢里的士兵中有人中弹倒下，于是引燃了卡车上军人们的怒火，一个上士抄起马克沁重机枪开了火，子弹呈扇面如泼水般扫向公路上的人群，立刻有七八个士兵被打倒。

这辆卡车顿时激起了公愤，公路上的人群立刻用更猛烈的火力回击。一个端着捷克式轻机枪的溃兵，嘴里一口一个"日你先人"，很利索地用一个长点射把那辆卡车的油箱打着了，卡车一头栽进路边水沟里，燃起冲天大火。车上的军人们立刻成了一个个火团，他们惨叫着在烈火中挣扎……

蔡继刚绝望地闭上眼睛。他不想看也不敢去看，这还是军队吗？简直是一伙无法无天的暴徒！有这种窝里斗的劲头去打鬼子好不好？

公路上的闹剧还没来得及收场，日军的大编队机群就临空了。战斗机俯冲扫射，轰炸机投弹，喧闹的公路上顿时变成了炼狱，爆炸声中人的肢体纷纷扬扬飞上半空中……

满堂和铁柱冒着横飞的弹片，拼死把蔡继刚架到路边的水沟里。蔡继刚两眼血红，他猛地推开满堂和铁柱，不管不顾地举起冲锋枪向日军飞机猛烈开火。他边射击边狂吼："弟兄们，打呀！别光顾着打自己人，有能耐跟鬼子干呀！弟兄们，有枪的都给我端起来，打呀！"

·大崩溃·

满堂、铁柱和警卫班的士兵们也纷纷举枪对空射击，公路上、田野里成千上万的溃兵好像刚刚猛醒过来，也都咒骂着、号叫着举枪朝天射击……

敌机飞走了，公路上又喧闹起来，人流缓缓地继续向南流动。蔡继刚颓然坐在水沟边，双手捂住脸，久久地说不出话来。

傍晚时分，蔡继刚风尘仆仆赶到叶县汤恩伯的指挥部。

他顾不上和军官们寒暄，便一头扎进作战室，向作战参谋们询问战况，这是他职权范围内的事，参谋们必须如实汇报。

一个少校参谋从通讯室出来，一见蔡继刚便走过来悄声说："长官，电台刚刚收到报告，襄城、灵井、郊县等地相继失守。"

蔡继刚浑身一震："什么？那一带也失守了？真是见了鬼！那就是……坏了，日军主力转向西进，这里面肯定有文章。汤长官呢？"

"在指挥室，正发脾气呢。"参谋小心翼翼地说。

蔡继刚跨进指挥室，见汤恩伯正对着话筒大发雷霆。蔡继刚静静等了一会儿，汤恩伯挂上电话。蔡继刚立正敬礼，汤恩伯余怒未消地点点头："蔡督战官，你来了，路上好走吗？"

蔡继刚顾不上寒暄，直截了当地说："汤副司令，通讯室接到襄城、灵井等地失守的电报。有个消息非常重要，刚刚占领许昌的日军第12军并没有继续南下和第11军会合，而是突然转向西进，其企图非常可疑，似有大的战略意图。"

"大的战略意图？蔡督战官，你的判断是什么？"汤恩伯有些不以为然。

"我觉得日军突然改变计划，是醉翁之意不在酒，他们必有重大企图，我判断……内山英太郎在打石觉第13军的主意。"蔡继刚小心地提醒道。

汤恩伯用手指在地图上测量着："他们想打我第13军的主意，是不是胃口大了点？"

"汤副司令，我认为，此次战役，日军的第一目的是打通平汉线，第二目的是想消灭我战区的主力，第13军是我战区中主力中的主力，他们一直视第13军为眼中钉，必欲除之而后快。"

汤恩伯反问道："你刚说完，日军的第一目的是打通平汉线，此时他们应该急于达成第一目的，怎么会为一个第13军而搁置如此重大的战略意图？"

蔡继刚毫不退缩："长官，从目前的战局发展看，日军打通平汉线是迟早的事，这已经没有任何悬念了。如果我是冈村宁次，我会面临两个选择，一个是迅速南下与日军第11军会师；另一个是推迟几天，先消灭我第13军，然后继续南下。长官，我认为冈村宁次肯定会选择第二个。"

## 第八章

"嗯,督战官还有什么想法?请继续讲。"

蔡继刚说:"我想提醒长官,能否请洛阳的蒋总司令从河防部队抽出部分兵力南下,和汤副司令的主力兵团南北夹击这股日军主力……"

汤恩伯客气地说:"督战官多虑了,情况没有那么严重嘛,我们的重兵集团在豫西,正挡在他们的路当口,日本人这是硬往上撞。再说,蒋司令的部队我也调不动啊。"

"汤长官,我觉得蔡督战官的建议相当有道理,是不是考虑一下?"参谋长谨慎地进言。

"各位就不必多说了,我看这样,第15军、第29军和第87军经过前一段的战斗,伤亡都不小,无法独当一面。我想把这三个建制残破的部队放在禹县至密县一带布防,以加强第4集团军的兵力,挡住这股西进之敌。蔡督战官,你能否跟着去一趟?"

"是!既然汤长官这么定了,卑职坚决服从命令!"蔡继刚无可奈何地说。

当蔡继恒和沈星云单独面对时,他有些尴尬,后悔自己刚才的轻佻,开了过火的玩笑。蔡继恒干咳了一声,正襟危坐道:"对不起,沈小姐,我不该开这种玩笑,失礼了,我道歉!"

"没什么,一般来说,第一次我都不会计较,可是以后呢?你能保证不再开这种无聊的玩笑吗?"

"能保证,能保证,我说话算话!"蔡继恒忙不迭地保证着。

"蔡先生,我们第一次见面时,我曾经告诉过你,我叫沈星云,职务是空勤餐厅的营养师,也就是说,有关你的营养调配都归我管。"

"沈小姐,我有个问题,我现在的工作是清洗飞机,这应该属于地勤人员吧?因此我很抱歉地认为,我不归你管!"

沈星云的眉毛一挑,脸上露出了顽皮的笑容:"上尉,关于这个问题,我请示过23大队指挥官罗伯特·斯科特上校,上校是这样回答的:'密斯沈,你去看一看这条鳄鱼在哪个餐厅用餐,如果他是在空勤餐厅用餐,那么就算他是空勤人员,是空勤人员就归你管。'上尉,我发现这几天你都在空勤餐厅用餐,这没错吧?"

"我虽然改行当了地勤,但空勤人员的待遇还没有被剥夺。"

"噢,是这样,那我现在正式征求一下你的意见,你是否愿意放弃空勤灶,把自己的伙食标准降为地勤灶?如果是这样,我会向斯科特上校汇报。"沈星云公事公办地站起身来。

"哎，别别别……我什么时候说要改吃地勤灶了？我……我声明，我是空勤人员，理所当然归沈小姐管。"蔡继恒见过地勤人员的伙食，比起空勤灶实在差太远，根本无法下咽，他可不想被轰到地勤灶去吃饭。

沈星云心满意足地坐下，随手翻开笔记本说："好，你既然做出了选择，那么下面的问题就好谈了，蔡继恒上尉，你仔细想一想，最近在饮食方面有什么违反规定的事吗？"

"没有，你可能不大了解我，我一直就是个很遵守纪律的人。"

"上尉，我观察你几天了，发现你每天都把配给你的煮鸡蛋送给一些地勤人员，我说的没错吧？"

蔡继恒心说真见了鬼，她怎么连这都知道？蔡继恒10岁那年见家里的厨娘做茶叶蛋，小孩子嘴馋，他趁厨娘不注意，就把刚煮好的鸡蛋偷走十来个，在一个角落里狼吞虎咽地全部吃掉，这下子招来了麻烦，他由于消化不良造成上吐下泻，被送进了医院，从此还落下个毛病，见了鸡蛋就恶心。从那时起，蔡继恒算是把鸡蛋给戒了，再也没吃过一口。

按照规定，像蔡继恒这种偏食的习惯是要被严格禁止的。

蔡继恒耐心解释道："沈小姐，这可没办法，我从小就不吃鸡蛋，一吃就会呕吐。在中美混合团时，营养师也知道我这个毛病，从来没强迫过我。"

"上尉，看来我得给你讲解一下营养学知识，鸡蛋中含有大量的维生素、矿物质和有高生物价值的蛋白质，这些营养都是人体必不可少的。如果你只是个陆军军官，我当然不会这样苛求你，可你是名飞行员，在空中执行任务需要消耗大量体力，因此对摄入营养的要求也很高，这是我的职责，否则还要我们这些营养师干什么？"沈星云毫不通融地回答。

蔡继恒有些气恼："沈小姐，我再说一遍，我不吃鸡蛋，因为我对这种食物有先天的排斥反应，如果你真为我的身体健康考虑，就不要逼迫我吃鸡蛋！"

沈星云一点也不生气，仍然和颜悦色地商量着："你看这样好不好，我们可以把鸡蛋混在别的食品里，比如把鸡蛋和面粉和在一起烙成葱花饼，或者擀成面条，你放心，我肯定让你吃不出鸡蛋的味道。上尉，这不是什么大事，我们都可以商量嘛。"

蔡继恒丝毫不让步："不行，没商量，我坚决不吃，谁说也没用，要是非逼我吃鸡蛋，那你还不如弄点毒药喂我呢！"

沈星云不急不躁地让步了："好好好，不吃就不吃，你不要生气，我年龄比你小，不会说话，论年龄你是当哥哥的，让着我一点好吗？"

蔡继恒毫不客气地教训道："嗯，这还差不多，年龄小就更该听话，别这么多鬼主意,你们这些女娃娃呀,总是拿着鸡毛当令箭,不就是看了本《营养学》嘛,就较起真来?我就不信,不吃鸡蛋能死人?"

"哎,我能叫你蔡大哥吗?"沈星云微笑着问。

"可以,只要不纠缠鸡蛋问题就行。"

劳军演出结束了,大批美国飞行员闹闹嚷嚷走进酒吧,他们意犹未尽地议论着女演员,显得很兴奋。丹尼斯中尉端着一杯朗姆酒走过来:"嗨,鳄鱼,你是个缺乏情趣的家伙,没有观看演出绝对是你的损失,说真的,今晚的演出简直精彩极了,希尔顿小姐的踢踏舞把我迷得神魂颠倒,嗓子都喊哑了。"

沈星云站起来向丹尼斯敬礼,用英语说:"丹尼斯中尉,你好!"

蔡继恒惊讶地发现,沈星云的英语发音非常纯正,简直是地道的牛津音。他心里纳闷,这丫头从哪儿学的这么好的英语?

"哦,密斯沈,你也在这里,和鳄鱼早就认识吗?"

"不,我们认识时间并不长,这条鳄鱼刚才向我龇出了牙齿,好吓人哪。"沈星云望了蔡继恒一眼揶揄道。

丹尼斯笑道:"鳄鱼又龇牙了吗?这一点也不奇怪,他本来就是条好斗的鳄鱼,就算没人招惹他,他也会主动找人寻衅。"

沈星云问:"哦,蔡大哥都有什么英雄事迹呀?"

丹尼斯又要了一杯马爹利,一扬头干了,兴致勃勃地继续说:"去年我到衡阳机场转场,正好遇到鳄鱼从桂林转场过来。老朋友见面总要喝个酒吧,于是我们去了机场外的一个酒吧,那天我们喝得稍微多了一些,都有些兴奋。旁边有两个美军少尉正好也喝多了,这两个家伙敲着桌子大声唱《苏珊娜》,我好意提醒他们说:'喂,伙计,你唱歌有点走调儿,拜托你,把调儿唱准了行吗?'密斯沈,我还算是有礼貌吧?可是……你猜鳄鱼说什么?他用空酒瓶敲着桌子说:'管风琴,我们这是在驴棚里喝酒吗?'我说:'鳄鱼,你喝多了,这是酒吧,哪来的驴棚?'鳄鱼说:'既然不是驴棚,怎么会有草驴在叫槽呢?'……"

沈星云"噗"的一口水喷出来,放声大笑。

蔡继恒笑着要了两杯罗姆酒,端起一杯递给丹尼斯:"行了,行了,丹尼斯,你总把自己说得像天使,其实当时你的话也很不好听,带有明显的挑衅意味。"

沈星云笑得捂住肚子说:"这真是鳄鱼说的吗?太好玩了,后来呢?"

"那两个家伙当然很不高兴,便向我们扑过来,鳄鱼一酒瓶打倒一个,我和另一个家伙扭打在一起,最后我们把那两个浑蛋揍个半死,酒吧老板报警招来了宪兵……"

蔡继恒笑了起来:"丹尼斯,你还好意思说呢,那两个宪兵已经抓住了你,让我用椅子砸倒一个……当时我喝得有点多，见那小子钢盔上有'MP'的字母，我还奇怪呢，'MP'是干什么的？真是死活想不起来。我记得剩下的那小子好像有点印第安血统，个子不高可一身的蛮力，他抡起警棍打我，被我闪开了，这时我再找你，你早跑得连个影子都没有啦。亲爱的管风琴，你可真对得起朋友！"

丹尼斯急赤白脸地解释道："鳄鱼，你这纯属诽谤，我怎么知道你还没有脱身呢？当时我已经跑出很远了，才发现你并没有出来。上帝做证，我义无反顾地又回去救你，这没错吧？"

"嗯，这倒也是。总的来说，管风琴还是个讲义气的家伙，他从那宪兵的枪套里掏出了手枪，随手把枪扔进一个巨大的鱼缸里，宪兵连忙冲过去捞手枪，管风琴这招玩得不错，那宪兵要是把手枪搞丢了，麻烦可就大了，所以他不顾一切地去捞枪，我们俩就趁机跑了。"蔡继恒乐呵呵地说。

沈星云听得目瞪口呆："天哪，你们连宪兵都敢打？后来呢？"

丹尼斯得意扬扬地说："没有什么后来，第二天我们就各自驾机转了场，我回到羊街机场，鳄鱼飞回桂林机场，那两个宪兵上哪儿去找我们？"

蔡继恒解释道："要是放在平时，我们也不敢惹宪兵，可那天不是喝多了嘛，我迷迷糊糊把宪兵当成和我们打架的美国军官，所以也一起打了。幸亏当时跑了，不然肯定会惹大麻烦，闹不好要上军事法庭。"

沈星云忽然想起了自己的职责，连忙翻开手里本子，用钢笔进行记录："喂！先生们，这可是你们自己说的，原来你们还有酗酒的习惯。这倒是个新发现，我准备记录在案。当然，我也会在适当的时候，向上面汇报，你们还有什么要补充的吗？"

蔡继恒和丹尼斯面面相觑，他们没料到沈星云还有这么一手，她是个营养师，当然管不着违犯军纪的事，但是对外出酗酒的行为可是正管。问题是，要仅仅是外出酗酒倒也不算太严重，可一旦把这事汇报上去，就会牵扯出殴打宪兵的事，这可不是件小事。本来他们不说谁也不知道，可刚才一高兴，吹牛吹顺了嘴，自己说了出来，这两位心里别提多后悔了。

蔡继恒有些尴尬地解释："其实……酒真不是个好东西，稍微喝多一点话就多，有时候还很容易把本来没有的事……硬说成是自己干的。嗨，这都是男人的虚荣心造成的。丹尼斯，你再仔细想想，一年前，你在羊街机场，我在衡阳，隔着这么远，又不是一个单位，咱们好像没有见面的机会，对不对？"

"是啊，是啊，真是见了鬼！鳄鱼，你没发现吗？人有时经常会出现一些幻觉，就像吸了大麻似的，一旦进入这种状态，就很容易把梦想与现实混淆……"

丹尼斯斟字酌句地附和着。

"嗯，编吧，继续编，你们的意思是，经常把梦境当成现实，是这样吧？先生们，要是这样就更严重了，这好像是精神方面出现某种病态，我这个营养师可解决不了精神病的问题，这需要先停飞，然后由专家来会诊。"

"沈小姐，你可千万别……这可不是闹着玩的，现在正在打仗，到处都缺人手，你总不希望把两个优秀的飞行员送上军事法庭吧？好好好，我豁出去了，不就是吃鸡蛋吗？我吃，我一定吃！现在我郑重表态，今后我一定服从营养师的管理和指导，让吃什么就吃什么，绝无二话！这样行吗，沈小姐？"蔡继恒期待地望着沈星云。

沈星云得意地笑了："这还差不多，这可是你说的，今后要服从管理和指导，我暂且相信你一次。蔡继恒先生，我做营养师已经两年了，遇到的刺儿头也很多，要说最难管理的就是你！好吧，这件事就算过去了，我会把它烂在肚子里。先生们，最后我再一次提醒你们，作为飞行员，酗酒是绝对不能允许的，过量摄入酒精会损害肝脏，最终会造成肝硬化。我希望你们以后能节制一些，这能做到吗？"

"保证做到，保证做到……"两人都松了一口气，忙不迭地做着保证。

沈星云走后，蔡继恒恨恨地说："该死的管风琴，都怨你这张臭嘴！我真想把你这张嘴缝起来，这么要命的事你也敢往外说？"

丹尼斯自知惹了祸，连忙道歉："对不起，鳄鱼，我真的很抱歉，都是酒精造成的，酒后失言，酒后失言……"

"管风琴，对这次泄密事件，你难道不想补偿一下吗？我还有三十多架飞机需要擦洗，你考虑一下，明天……"

丹尼斯猛然想起什么，他打断蔡继恒的话："鳄鱼，你不提我还给忘了，明天我们有重要任务，去轰炸海口的日军物资转运基地，这是个很棘手的活儿，情报上说，那一地区日军的战斗机很多，地面防空火力也很强。"

蔡继恒严肃起来，忧心忡忡地说："丹尼斯，你要小心，我真希望能驾驶战斗机为你护航，可惜……陈纳德暂时取消了我的飞行资格，我正考虑，是不是偷一架P-40……"

丹尼斯摇摇头说："鳄鱼，千万不要惹事。你放心，明天我们12机编队出击，第23战斗机大队会派出整整一个中队为我们护航，安全应该没有问题。再说了，我的运气一向不错，马上就要飞够400飞行小时了，明天是我最后一次出航，任务结束后，我就要回国度假了。鳄鱼，我很为你们中国飞行员鸣不平，同样是执行战斗任务，同样面临危险，可你们却永远没有休假，这太不公平了。"

蔡继恒淡淡地回答:"没事,这场战争毕竟没有发生在美国,你们能冒着生命危险来中国打仗,我们已经很领情了,要是再要求和你们同样的待遇,那也太不懂事了。丹尼斯,我再说一遍,明天的任务很凶险,你千万要小心!"

· 第九章 ·

在蔡继刚随增援第4集团军的部队刚刚到达新郑以西的顺店镇时，战况急转而下，已经恶化到不可挽回的地步。

豫西重镇临汝位于许昌以西二百多公里处，这里由国军第14军的一个团负责防守。5月3日上午，城墙上的守军忽然听到一种奇怪的声音，弟兄们面面相觑，谁也闹不清这是什么声音。这声音由远而近，很快就汇成一股巨大的声浪。守军的一个营长闻听后，脸色立刻变得灰白，他用变了调的嗓音喊道："老天爷，这是坦克发动机的声音……"

这时城墙上的士兵们发现，远处地平线上卷起漫天黄尘，轰鸣的发动机汇成的声浪犹如海啸般滚滚而来。士兵们终于看清楚了，这是由二百多辆坦克组成的突击集团，在10公里宽的正面上摆成楔形战斗队形，高速向临汝镇扑来……

守军从军官到士兵谁也没见过这阵势，都被吓破了胆，呆呆地看着坦克集群步步逼近。

为首的一辆坦克距城门100米处才开炮射击，仅用两炮就轰开了木制城门，庞大的坦克集群引导着骑兵纵队迅速穿城而过，根本不理睬呆若木鸡的守军，似乎不屑于和守军发生战斗。

战场态势表明，日军的突击兵团在执行更为重大的战略任务。守军团长最先从震惊中恢复过来，他心里很清楚，随后而来的日军步兵部队才会放下身段，"问候"一下守军。

这还有什么可考虑的？赶快跑吧！现在跑还有机会，晚了连机会都没有了。守军一个团一枪没放，一眨眼跑得无影无踪。

从许昌出击的日军第12军，仅用了两天时间，其坦克及骑兵部队即穿插到位，占领临汝镇，切断了石觉第13军的退路，完成了南面和西南面的包围。日军第110师团、第62师团从两翼合力夹击密县附近的国军第4集团军第110师，经过短暂的战斗后，日军占领密县，完成了登封东北面的包围圈。这时正在登封地区集结休整，准备反攻的国军第13军，禹县的第29军，连同刘昌义的暂编

第15军余部，西撤的第87军一部，一下子陷入十多万日军组成的巨大包围圈里，处境异常危急。

蔡继刚在第15军军部接到第14军发来的电报，他沮丧地抱住了脑袋：完啦！将近四个军已经全部被装进日军布下的大口袋里。还是那句话：不是敌人太聪明，是我们自己太愚蠢。

在叶县的汤恩伯接到报告也大吃一惊，事情完全出乎他的意料。他的心肝宝贝第13军有被消灭的危险，汤恩伯浑身颤抖起来。1932年，根据国民政府军事委员会的命令，以汤恩伯为师长的第89师和以徐庭瑶为师长的第4师，合编为第13军，钱大均任军长。第13军从组建起即参加围剿红军，是绝对的嫡系，中央军中的王牌部队。到了1936年，汤恩伯出任第13军军长，他从那时就和第13军结下不解之缘。到抗战中期，国军已形成四大嫡系，其中有何应钦的"元老系"、陈诚的"土木系"、胡宗南的"蒋家第一师"系和汤恩伯的"第13军系"。汤恩伯麾下20万大军，名列四大嫡系中的一大系，被称为"中原王"，如果没有其骨干部队第13军的支撑，他绝没有今天的地位。可以这样说，没有第13军就没有他汤恩伯。

现在第13军突然陷入重围，汤恩伯怎能不五内俱焚呢？

不过还好，登封一带紧靠着嵩山，有山就好办，你内山英太郎不就仗着有坦克和重炮吗？有能耐把你的重装备拉进嵩山遛遛。老天有眼，这真是不幸中的万幸，这四个军的部队若是在豫中平原上被包围，那才是灭顶之灾呢。

汤恩伯镇定下来，向被围部队发出命令："第13军、第29军、暂编第15军、第87军，速将部队转进嵩山之中，力求避免被敌围歼，相机跳出敌军包围圈！"

日军的突击集团终于完成合围，准备进行最后的一击。从临汝到洛阳的公路上，日军的百余辆坦克在公路上来回穿梭，构成一条严密的封锁线。与此同时，日军第110师团、第62师团、第37师团从三个方向将被围的国军部队压迫到洛阳至叶县公路附近，准备一举全歼。

国军被围部队节节抵抗，退入嵩山之中。

蔡继刚和第31集团军司令王仲廉取得了联系，王仲廉命令他们暂时跟随13军的部队进入嵩山，蔡继刚随时可以使用第13军及下属各师的电台与重庆军委会联络。

蔡继刚带着他的警卫班站在路边，第13军的部队排成四路行军纵队从他眼前走过。关于汤恩伯与第13军的传闻他以前听说过不少，只是没有近距离接触过，他很想利用这次机会好好观察一下。

到底是国军的嫡系部队，他们的后勤供给应该是不错的，士兵们体格健壮，面色红润，看样子营养状况良好，比起那些吃不饱饭的杂牌部队简直是天差地别。更令人羡慕的是装备，暂编第15军的刘昌义军长要是在这里，肯定会馋得流口水。第13军的团以上军官都配备有指挥车，车上装有电台，每个师的师属炮兵营都装备了德制75毫米山炮和丹麦制20毫米高射炮，每个步兵团的迫击炮连装备的是82毫米迫击炮，步兵的轻武器也很整齐，中正式步枪、捷克式轻机枪、水冷式马克沁重机枪……蔡继刚得出结论，以中国现有的野战军，除了那个特殊的驻印军外，这个第13军的装备已属第一流了。

蔡继刚想到许昌保卫战，汤恩伯明知新编第29师只有三千多人，其装备破烂不堪，却毫不在意地把这支部队置于配有重装备的数万日军的攻击之下。如果说牺牲这支部队能够达成重大战役目的，倒也值得，可事后蔡继刚对这场守城战进行检讨时，不得不遗憾地得出结论，这场守城战对战役全局毫无影响，不过是为了应付蒋介石和军委会而已。在新编第29师将士们拼死搏杀的时候，装备精良的第13军却在登封一带休整。汤恩伯才舍不得把第13军用于守城，这种倒霉事自然是由杂牌部队去完成。

这种现状令人感慨，同样是中国军队，面对着同样的敌人，后勤供给和武器装备却如此悬殊。这样厚此薄彼，无疑会影响整体的作战效应，以往中国军队的很多重大失利都与此有关。

蔡继刚正想着，只见三架日军战斗机沿着山谷低空掠过，飞机的机腹下闪烁着骇人的火光，密集的扫射把路面打得烟尘四起。部队训练有素地立即散开，路旁的几门高射炮也立刻开火。敌机没有料到会有防空火力，猛地一下想拉起机头躲避，但为时晚矣，一架日军战斗机的尾部冒出一道黑烟，呼啸着一头栽在对面的山腰上，燃起一团熊熊大火。国军部队一片欢腾，叫好声、欢呼声响彻山谷。

大部队进入山区后，山地的好处立刻显现出来。嵩山地区复杂的地形极大地限制了日军航空兵的行动，飞行员们无法与地面部队进行协同作战。机群的高度很难掌握，飞高了影响攻击效果，飞低了又容易撞山，况且第13军的高射炮也不好对付。

中日双方的军队在嵩山的崇山峻岭中兜来兜去，一时谁也奈何不得谁。日军的重装备进不了山，只能派出轻装部队随后尾追。比起日军无法携带的150毫米重炮和坦克部队，国军轻便的75山炮和82迫击炮就显出了优势。第13军对付尾随的敌人很有办法，一旦后卫部队发现敌人，马上鸣枪报警，行进中的大部队立即向两边山脚散开，炮兵将所有火炮的炮口统统向后，待日军追击部队进入射程后，便开火急射，把后面的山谷打成一片火海。山谷的两边都是峭壁，一旦遭到炮击，日军步兵根本没有躲藏的地方，因而伤亡惨重。日军追击部队吃过几次亏以后，就和国军部队拉开距离，只是远远地尾随。

蔡继刚这几天随第13军军部一起行动，也有了机会和军长石觉中将探讨战局。石觉是广西瑶族人，黄埔三期毕业。他的经历和那些黄埔出身的将领差不多，都是从当排长开始的带兵生涯，参加过中原大战、围剿江西红军等内战。抗战爆发后，石觉任第4师第10旅少将旅长，几乎参加了所有的大会战，南口战役、台儿庄战役、武汉会战、随枣会战、枣宜会战……34岁时官拜中将军长。

和大部分黄埔出身的将领一样，一开始石觉对蔡继刚这种留过洋的军人很有些不以为然，他不太把西点或弗吉尼亚军校当回事，认为这些名校再好也是培养美国军官的，除非你毕业后在美国军队服役，否则就没有意义，美国军校的毕业生带不了中国士兵，因为国情不一样。

对这种看法，蔡继刚早已习惯了。他心里明白，别说石觉这么想，就连重庆军委会那些高官恐怕也这么想。国情不一样，美国军队的那一套拿到中国来是行不通的，像蔡继刚这类留过洋的军官，只能担任个幕僚或高参之类的职务，做带兵的军事主官可不行。蔡继刚嘴上不说什么，但心里是不服气的：你们怎么知道我带不了兵？你们给我机会了吗？我在税警总团不是也从上尉连长干到副团长了吗？我在战争中独立指挥过团级建制作战，经历过最惨烈最血腥的现代化战争，流过血也负过伤，难道仅仅因为上过美国军校，就成了我不如人的理由？

石觉虽然军衔比蔡继刚高，但年龄却比他小几岁，加之蔡继刚又是军委会派来的督战官，所以很客气地称蔡继刚为兄长，凡事都和他商量。行军时，石觉总是邀请蔡继刚坐在他的吉普车上，两个人谈论最多的还是战局方面的话题。

"云鹤兄，我是前几天才听说吕公良殉国的消息，可惜啊，公良他走得早了些。"石觉叹息着。

"其实，他也是如愿以偿。我们以前谈到过死，在这个问题上我们没有争议，都认为在战场上打到最后一颗子弹，然后阵亡，是军人最好的归宿。"蔡继刚冷静地回答。

石觉表示赞赏："我同意！要是可以选择，我也选择这种死法。作为军人，最糟糕的事，莫过于战斗刚刚开始就被一颗莫名其妙的流弹打死。云鹤兄，我听公良说起过你，他说你是中国军界少数几个有战略眼光的将官。"

"他那是客气，蔡某不过是在军委会跑跑腿，把自己的职责尽到就行了，何来的战略眼光？"蔡继刚谦虚地说。

"云鹤兄，你不要客气，我是真心想和你讨教几个问题。不瞒你说，我们这些黄埔生是有局限的，毕竟学制短，培养的是初级军官。多数人想的是如何带兵，如何使用战术，却很少有研究战略问题的。"

"那好，你的问题是什么？我们一起探讨就是了。"

石觉直截了当地提出问题："云鹤兄，以你的判断，此次战役，我们能否在中原地区挡住敌人？"

蔡继刚不假思索地回答："不可能，我看日军的进攻势头，不仅是中原难保，湘桂也很危险。"

石觉吃了一惊："你太悲观了吧？那么，你的理由是什么？"

"我们的战略指导思想有问题，完全是被动防御，拼命地守点，然后又一个接一个地丢掉。从理论上讲，天下就没有攻克不了的要塞。许昌已经失守，下一步一定是洛阳。洛阳一旦失守，日军主力便会迅速南下，全力以赴进攻长沙。如果长沙失守，平汉线和粤汉线就得以打通，敌人的第一个战略目标就实现了。"

石觉反驳道："敌人想拿下长沙可没这么容易，此前的三次长沙会战，日军哪次不是以败退告终？"

"此前三次长沙会战，是因为日军并没有集中强大兵力进攻，我军虽然守住长沙，但也不能认为日军是溃败。比如第一次长沙会战，日军第4师团已经占领了长沙，虽然三天后放弃，但第4师团还是全身而退，损失不大。我认为，这三次长沙会战固然打得不错，但战果被夸大了。当然，新闻界为了鼓舞士气，在报道方面进行一些夸张也是可以理解的。"蔡继刚有些尖刻地评论。

石觉点点头说："好，你继续说。"

"此次战役，敌人还有两个战略目标：一个是摧毁我西南地区的中美空军基地，消除其轰炸日本本土的威胁；另一个是最大限度地消灭我军主力，特别是中央军部队。我判断，为了达成这两个目标，日军在拿下长沙后，下一个攻击点应该是衡阳。衡阳之后是桂林，我们在衡桂一带的空军基地也将不保……"

石觉神色黯然："唉，如果是这样，那简直是一场大灾难。云鹤兄，照你判断，日军会一个一个拿下这些城市，而我们每丢掉一个城市，就向后退一大步，你凭什么这么认为？"

蔡继刚反问："你不是要谈战略吗？这就是战略分析。我说过，我们统帅部的战略指导思想有问题，恕我直言，如果一味消极防守，其结果必然如此，没有别的可能。我们的统帅部没有丝毫的进攻意识，就像一个蹩脚的拳击手，在整个比赛中不发一拳，只是小心翼翼地护住要害部位，消极被动地躲避对方的攻击，他不求建树，只求自保，想撑到比赛结束便完事大吉，这完全是掩耳盗铃。我们的对手非常凶悍，在战役指挥的智力层面上要高我们一筹。进攻意识是大战略的灵魂，敌人进攻，我们也要进攻，从战术上的反突击到战略层面的局部反攻，都可以称之为进攻。反正不能被动挨打，要想尽一切办法进攻，没有进攻意识，等待我们的就是死亡。"

石觉叹道："我以前和一些军师级指挥官也交流过，但没有人谈过进攻意识，包括我自己。我以前总在想，我们不是不想进攻，但进攻是要有物质条件的。比如集中强大的兵力，有强大的空中支持和强大的火力，还要有充足的机械化装备解决机动能力。如果没有这些，就谈不上进攻，我们只能进行点线的防守。云鹤兄，刚才你的一句话点醒了我，从战术上的反突击到战略层面的局部反攻，都可以称之为进攻。你说得有道理，我要好好梳理一下。"

"我的理解是，没有进攻意识的军人，注定是失败的军人。我们要把这种意识浸透到骨子里，溶化在灵魂里。"蔡继刚望着车窗外若有所思地说。

"云鹤兄，目前对我第13军来说，你有什么好的建议吗？"

"目前我们没有摆脱危机，还在敌人的包围圈里，出了山以后会有一场恶战。不过没什么了不起的，敌人的兵力有限，胃口又太大，他们的包围圈不可能严密。其实突围与进攻是一码事，只要双方稍一接触，我们立刻施以重拳，集中全部重火力和优势兵力，以迅雷不及掩耳的进攻打垮它！"蔡继刚胸有成竹地说。

几万大军在嵩山里艰苦跋涉了四天后，第13军先头部队的军官士兵们眼前豁然一亮，视野突然开阔起来。先遣营的营长明白，他们快要走出嵩山了。石觉和蔡继刚得到消息，连忙驱车赶到先遣营，这时先头部队已停止前进，在路边待命。

蔡继刚和石觉登上一块巨大的岩石极目望去，广阔的豫中平原一片赤黄，只有少数灌木，稀疏地点缀着可怜的一点绿色。他们居高临下用望远镜观察，没有发现日军的动静，周围安静极了。

这时第13军的电台收到命令："令第13军、第29军及第87军一部出嵩山后，折向西南，开赴嵩县以北地区，如遇敌军阻击，要以坚决迅猛之手段奋勇突击，力保突破日军第37师团之封锁。同时，令暂编第15军余部及第87军余部折向西北沿叶县到洛阳公路火速驰援洛阳，此令。汤恩伯。"

出山的第一战在嵩县以北的汝阳一带展开。日军第37师团和第27师团一部已经在此等得不耐烦了，国军第13军的先头部队刚一露面，日军主力就全力以赴展开攻击。日军第3坦克师团的几十辆坦克组成楔形战斗队形，全速向前

## 第九章

突击，后面的骑兵、步兵部队潮水般涌来，一时间杀声震天。

石觉早有防备，他集中了全军三个山炮营摆在两翼，山炮群后面布置了若干个团属迫击炮连。当日军坦克集群逼近时，炮兵们压低炮口，用直瞄方式进行抵近射击，日军95式坦克前部装甲只有可怜的12毫米厚度，哪里抵得住75毫米炮弹的直接命中，第一轮射击后，前排的十几辆坦克立刻起火爆炸，其余的坦克纷纷后退。

山炮群的射击还没有结束，后面的近百门迫击炮又是一阵急射，炮弹雨点般落在日军步骑兵中，在急促爆炸的火光硝烟中，日军步骑兵被炸得人仰马翻，血肉横飞，在五公里宽的正面上，到处是人和马匹的残肢断臂……

炮火过后，石觉集中了三个步兵团组成第一攻击波，全线展开反击。

日军指挥官显然没有料到，被包围的国军部队居然摆出全面进攻的架势，而且把所有重火器都集中在一个点上，造成了日军一线进攻部队的大量伤亡。日军被打蒙了，纷纷向两翼溃退，日军阵地上出现了一个巨大的缺口……

国军第13军的大批步兵快速跑步通过突破口，石觉指挥的后卫部队也很有特色，他们把轻、重机枪架在吉普车上，用密集的火力掩护步兵且战且退，有条不紊地冲出了日军的封锁线，向西南撤去。

出山第一战就打垮了日军的阻击兵团，第13军果然出手不凡，不愧是第一战区的精锐。蔡继刚暗暗称奇，从某种角度来看，中国军队不是不能打，关键在于指挥官驾驭部队的能力。

蔡继刚按照长官部的命令，随同刘昌义的暂编第15军和第87军驰援洛阳。和石觉分手时，两人恋恋不舍。他们以前并不熟悉，但通过这几天的接触，两人结下了友谊。

石觉紧紧握住蔡继刚的手说："云鹤兄，相见恨晚啊，你多保重！我们后会有期。"

蔡继刚笑着说："不好意思，我们谈了一路，光是听我讲进攻了，到最后你不言不语打了个漂亮仗，用行动诠释我的进攻理论，佩服，佩服！你也保重！"

石觉的第13军在嵩县和转移到此的汤恩伯及其幕僚们会合，朝嵩县以南伏牛山的崇山峻岭中退去。

冈村宁次的这一合围没有收到预期效果，他的眼中钉国军第13军就像条泥鳅，硬是从他指缝里滑脱了。不仅仅是第13军，就连第29军、暂编第15军及第87军也顺利跳出包围圈，冈村宁次功亏一篑。

在汤恩伯兵团于中牟、许昌、登封地区与敌血战和周旋，并吸引了全部日军主力的20天时间里，蒋鼎文的11个军，却一直蹲在黄河南岸边，静静地坐等

177

日军的进攻。

这一奇怪的战场态势，使人不由得想起第一次世界大战时的"西线静坐战"。

蔡继恒凌晨5点就起床了，虽然他目前还是个没有战斗任务的闲人，但今天出征的空勤人员中有不少他的同学和好友，308轰炸机大队的美籍驾驶员丹尼斯中尉、中国籍副驾驶员"海盗"丁震天、"公牛"纪云浦；担任护航的第23战斗机大队飞行员孙正清、雷金涛等人，蔡继恒一定要为他们送送行。其实谁心里都明白，战争时期空勤人员的伤亡率高得惊人，他们每一次起飞出征都意味着可能永远回不来了。

天刚蒙蒙亮，B-24D轰炸机的机组成员和担任护航的战斗机飞行员们，早已披挂整齐，他们草草吃过早餐，便背上二十多磅重的保险伞，走向情报室，等候情报官讲解今天的具体任务。

在清晨的冷风中，蔡继恒夹在忙碌的人群里，通过一排排的营房，进入机场的停机坪。5点30分，跑道东侧的停机坪上早已人声鼎沸，灯火辉煌，几十架C-46运输机在滑行道上摆成两排，中间空出供飞机滑行的跑道，所有运输机的舱口都已经打开，上千个身穿卡其布军装的新兵安静地坐在巨大的C-46机翼下边，准备登机。

蔡继恒知道，这些新兵都是准备开赴印度蓝姆珈训练基地，补充中国驻印军的兵员，这支为大反攻组建的部队早已名声在外了，他们吃得好，穿得好，武器及机械化装备相当于现役美军的乙种部队，连排级的训练科目都有美国教官亲自指导。有这么好的待遇，国军官兵们几乎人人都想去印度开开洋荤。总之，这是一支牛皮哄哄的部队，仗还没打名气已经很大了。

蔡继恒怜悯地望着那些表情兴奋的新兵想，这些新兵蛋子大概还不知道"驼峰"航线的凶险，且不说气候地形的复杂和日军战斗机群的截击，就是单从C-46飞机的性能上看也不是很靠得住。在这条"驼峰"航线上，C-46运输机经常因机翼结冰、发动机熄火而坠毁，这种飞机本来是为执行低海拔地区物资运输任务而设计的，现在却必须在高原地区飞行，发生事故的概率自然加大了。印度机场潮湿炎热的环境，和飞机高空飞行时遇到的寒冷干燥环境反差巨大，以至于C-46飞机即使在地面检查时一切正常，可一到了空中，飞机零部件就会一个接一个出问题。由于战争形势危急，中国战场需要大量的物资，因此在"驼峰"航线空运期间，C-46飞机很多时候都是带着故障强行起飞的，因而造成的损失也是异常巨大，尤其是运送兵员的飞机，每坠毁一架就会造成数百人的丧生。

## 第九章

蔡继恒随着人流走进情报室，这是一间巨大的铁皮顶木板房，大约可容纳400人开会，情报室的四壁挂满了战区地图、敌情照片及日军各型号作战飞机的识别图，大厅中间放了十几排长条木椅子，正面讲台上坐着一位美军少校情报官，他笑容可掬地和陆续进来的军人们打招呼："早晨好，先生们！"

大批的美军飞行员已经到了，他们松散地坐在木条椅上，嘴里嚼着口香糖，有的人还吹着口哨，互相开着玩笑。他们都是坐着吉普车来的，自然要到得早一些，而那些中国飞行员却没有汽车接送，他们只能背着沉重的伞包步行而来。蔡继恒数了一下，美国军人有一百多人，按照B-24D"解放者"轰炸机每机10人的编制，今天出动的是12机编队，加上20架护航的P-51战斗机飞行员，总人数应该是140人。

蔡继恒看到第23战斗机大队指挥官罗伯特·斯科特上校走过来，连忙迎上去向斯科特上校敬礼："早上好！上校，我有个请求……"

罗伯特上校还礼道："鳄鱼，你有什么需要我效劳的吗？"

蔡继恒说："上校，我请求参加今天的战斗，您如果能借我一架P-40战斗机，我将不胜感激！"

罗伯特上校耸了耸肩，摊开双手说："鳄鱼，很遗憾，我只能拒绝你，因为我不是你的指挥官，你目前只听命于陈纳德将军。"

"可是……上校，今天的任务非同小可，12架轰炸机只有20架战斗机护航，实在是太危险了，我想，护航战斗机多一架是一架，反正我也是闲着，不如让我以志愿者的身份参加战斗……"

"鳄鱼，我已经说过了，不行！我不会由于你的固执而违反军纪，请不要再耽误时间了，你应该去擦飞机了，祝你好运！"罗伯特上校转身走了。

这时中国飞行员们陆续走进大厅，背着伞包的丁震天老远就兴高采烈地向蔡继恒打招呼："嗨！鳄鱼，你这个地勤人员怎么也来啦？"

他身边的公牛也笑着说："鳄鱼，你还是老老实实去擦飞机吧，这儿不是你来的地方。"

"面目狰狞"的孙正清拍着蔡继恒的肩膀开玩笑道："鳄鱼，你一个擦飞机的地勤居然敢吃空勤灶？太不像话了。"

蔡继恒苦笑着问："滑翔机，停机坪上还有没有加满油的P-51，哪怕是P-40也行？"

孙正清警惕地问："鳄鱼，你又在想什么坏主意吧？我劝你少想歪门邪道，一点成功的可能性也没有，羊街机场的规章制度非常严格，没有作战任务的飞机不可能加油装弹，没有空子可钻，你小子就死了这条心吧。"

参加出航任务的空勤人员到齐之后,讲台上的情报官详细讲述了今天的作战任务。据他介绍,三亚日军物资转运基地存有大量的弹药,只要投中一枚炸弹,就会引起连续爆炸和燃烧,B-24D的航行高度与投弹高度要保持在6000米,另外的20架P-51负责掩护攻击,其中10架在B-24D上空1000米高度担任掩护,其余10架战斗机与B-24D同高度,在一公里距离内左右伴行。

情报官讲解完任务及飞行要点后,又指着正面墙上的地图说:"先生们,在物资转运基地港口及附近的车站,驻有日军一个步兵大队和两个高射炮大队,防空炮火十分严密,大家一定要小心。另外,在海口市及周围地区,驻有日军一个联队,岛上其余地区大部分是重庆政府控制的民间游击区,五指山地区有中共琼崖纵队控制的小片游击区,我机如发生意外或迫降时,最好选择民间游击区迫降或跳伞,当地的游击队可以向机组人员提供掩护和帮助。"

最后情报官又问众人:"大家还有什么问题吗?"

下面静悄悄的,无人提问题。

情报官点点头,又宣布道:"好,如果没有问题,请大家马上去领意外备用金,我们定于6时整准时起飞!"

于是,所有的美国军人都领到一条布板腰带,里面装有两根金条和部分美钞、国统区的法币、日本占领区发行的军票、南京政府的伪币,还有共产党根据地的货币。美国军方为自己的飞行员考虑得相当周到,这些钱是供飞行员跳伞或迫降后使用的,既可以报答为自己提供方便的人,又可以向敌方人员行贿,为自己买一条生路。当然,如果不出意外,每次出航回来,这些钱必须上交。

领到意外备用金的美国军人们纷纷把布板腰带系在腰上,他们对这些钱毫不在意,反正是过路财神,出不出意外这些钱都不属于自己。

领取意外备用金的场景对蔡继恒来说也很熟悉,他曾驻守过不少机场,衡阳、桂林、重庆梁山……好像哪个机场都一样,出征前美军空勤人员们都能领到这种装钱的布板腰带,而中国空勤人员却从来没有,蔡继恒对此已经很习惯了。

这时中国飞行员们都很知趣地先行走出大厅,丁震天对蔡继恒笑笑说:"兄弟,人家是阔少,咱不能比,谁让咱穷呢?要比就比技术和勇气,这一点咱不比美国佬差。"

蔡继恒握住丁震天的手,略带苦涩地说:"什么都不说了,祝你们好运!都能平安回来。"

蔡继恒把丁震天、纪云浦等人送到停机坪,此时早已加满油、试好车的12架身型巨大的B-24D"解放者"轰炸机已经整齐地排列在停机坪上,机头下边供人进出的小门也全部打开,机组人员登着铁梯一个个进入机舱,先是正副驾

## 第九章

驶员,然后是领航员、投弹手及机械士官,最后是操纵机枪的射击士官。

6点钟整,一颗红色信号弹从塔台上方升起,12架B-24D"解放者"轰炸机的引擎同时震耳欲聋地发动起来,庞大的机群开始慢慢滑行,一架架轰炸机依次滑向跑道,机翼梢上的红色航行灯一闪一闪……

蔡继恒看见丁震天在驾驶舱里向他挥手告别,他举手向出征的机群行军礼,眼看着轰炸机群一架接一架在跑道上加速疾驶,最后腾空而起,隐没在云层中。

随后是20架喷涂着鲨鱼嘴和美人身子图案的P-51战斗机群起飞,景象也颇为壮观,机群在空中完成编队后消失在远方……

蔡继恒踩着梯子正在仔细擦拭P-40战斗机的座舱盖,他大汗淋漓地光着上身,头上戴着一顶云贵地区常见的竹编斗笠,显得十分滑稽。云贵高原的气候并不炎热,但阳光却格外强烈,才几天时间,蔡继恒几乎被晒脱了一层皮,他到集市上买了一顶斗笠戴在头上,方才感觉好些。

一群机场红十字会的中美护士从停机坪旁的小路上经过,沈星云也在其中。女护士们一见蔡继恒的狼狈相都忍不住捂着嘴笑起来,蔡继恒一见美女顿时来了精神,他摘下斗笠向护士们挥动了几下,兴致勃勃地用英语打招呼:"嗨!美人们,下午好!"

一个金发碧眼的美国护士笑着回答:"你好!先生,你是新调来的地勤吗?"

蔡继恒毫不脸红地自我介绍:"不,我是新调来的蔡继恒上校,受陈纳德将军的委派,正准备接替第23战斗机大队指挥官罗伯特·斯科特上校的职务。请大家多关照!"

美国护士夸张地睁大眼睛:"上帝啊,好年轻的上校,你大概10岁就进军校了吧?"

蔡继恒从梯子上跳下来,穿上衬衣一本正经地说:"这很正常,莫扎特5岁就会作曲了,我为什么不能10岁进军校呢?"

护士们被逗得大笑起来:"哈哈,原来我们这儿有个少年天才……"她们笑着走远了。

沈星云留了下来,她笑得上气不接下气:"蔡大哥,你可真能吹,张嘴就敢冒充上校……"

"哟,这不是我的营养师吗?那我可得好好侍候,不然得罪了沈小姐,我连空勤灶都吃不上了,来,喝口饮料!"蔡继恒随手递给沈星云一瓶可口可乐。

沈星云也不客气,接过瓶子喝了一口,开玩笑说:"嗯,尽管是个冒充的上校,但还是挺有绅士风度的。蔡大哥,你慢慢熬吧,早晚能熬到上校。"

蔡继恒不屑地哼了一声:"上校算什么,总有一天,上校们见了美女得冒充蔡继恒。"

沈星云"噗"的一口把可乐喷出去,又一次大笑起来。

蔡继恒弯腰把抹布在水桶里涮了涮拧干,然后登上梯子准备继续擦飞机。

沈星云仰起脸望着蔡继恒说:"蔡大哥,休息一会儿吧!"

蔡继恒拉开飞机的座舱盖,跳进机舱坐下,他随手摆弄着操纵杆说:"沈小姐,我敢说你从来没进过战斗机座舱,是不是?"

沈星云的确没有近距离观看过飞机座舱内部,她好奇地登上梯子伸头去看。

蔡继恒指指操纵杆顶端的红色按钮问:"知道这个按钮是干什么的吗?"

沈星云摇摇头,不好意思地说:"不知道。"

"这是机枪发射按钮,需要射击时,先翻开这个盖子,这是保险盖,然后按下这个红色按钮,飞机上的六挺大口径机枪就同时打响了……"

沈星云奇怪地问:"那我怎么没看见机枪呢?再说……这么窄的座舱里好像也放不下六挺机枪啊?"

蔡继恒哭笑不得地说:"你以为机枪都架在座舱里啊?战斗机的机枪一般都装在机头或机翼上,P-40战斗机的型号也是在不断改进,安装机枪的数量也不同,比如这架飞机是1941年以后出厂的P-40E,两侧机翼上各安装了三挺点50机枪,射速是每分钟600发至1200发。"

沈星云指着一块仪表问:"那……这是什么?"

"哦,这是高度仪,你可以通过这块仪表确定你的飞行高度。"

"那这个仪表呢……"

蔡继恒毫不客气地打断她的话:"我说你怎么这么大好奇心,还问个没完了?我要开始工作了,你该干吗干吗去!"

沈星云是个好脾气的姑娘,被蔡继恒数落两句也不生气,她恋恋不舍地扒着驾驶舱边缘央求道:"蔡大哥,你就给我讲一讲嘛。我今天下午休班,没事的。"

蔡继恒眼珠一转问道:"这么说,你今天下午没事?"

"是啊,只有到晚餐的时候才去餐厅值班。"

"噢,我明白了,你是没事干闲得难受,这好办,我这还有几块抹布,你和我一起擦飞机怎么样?"蔡继恒居心叵测地望着沈星云。

"行啊,不过你得把斗笠给我戴,我最怕太阳晒。"

蔡继恒没想到沈星云这么痛快就答应了,他喜出望外地摘下斗笠扣在沈星云头上:"哎哟,我的姑奶奶,你可真是个好姑娘,我来三天了,这么多老同学、老朋友,没一个来帮我的,管风琴这小子来比画了两下就跑了,我是叫天天不应啊……"

沈星云捡起抹布一边擦一边说:"哦,你说的管风琴就是丹尼斯中尉吧?这家伙坏着呢,他每次见到我就凑过来说:密斯沈,你做我的女朋友好吗?"

"那你怎么回答他的?"

"我说,亲爱的丹尼斯,你的军衔太低了,我的男朋友至少应该是个少校才行。结果丹尼斯和我较上劲了,我每次到餐厅值班,他一见到我就故意拼命吃,有一次居然一次吃下五个鸡蛋和半公斤火腿,我去制止他,他一往情深地看着我说:'密斯沈,你不答应我,我就把自己吃死,反正活着也没意思……'"

蔡继恒大笑起来:"这小子追女人的方式太拙劣了,也不怕撑死。"

沈星云也笑了:"其实丹尼斯是个很好的人,他只不过还没有长大,还是个大男孩呢。上帝保佑他,今天能平安回来!"

"沈小姐,你信上帝吗?"蔡继恒问。

"当然,我从小在教会学校里上学,身边的人大部分都是基督徒,我是18岁时受的洗。"

"噢,你是基督徒?那可真不该到军队里来,这里不是讲仁慈的地方,军队的存在价值就是杀人,这和你的信仰有冲突。"

"圣女贞德也是基督徒,她统率千军万马保卫自己的国家,其中肯定没少杀人,但上帝并没有因此而责怪她。战争总是有正义之战和不义之战的区别,所以我参军与我的信仰并不矛盾。"

"问题是战争的性质由谁来定呢?只要是打仗,谁不说自己是正义之战呢?十字军八次东征,哪次不是以上帝的名义?哪次不是打出正义之战的旗号?其实不过是组织起来到东方去抢劫财物罢了。"

"蔡大哥,在宗教问题上,我们最好不要辩论,好吗?"

"好啊,那就不谈宗教,聊点别的。小沈,你家里还有什么人吗?"

"我5岁时父母双亡,只有一个哥哥,他后来报考了军校,现在也在军队里服役。"

"哦,也是军人?他在哪个部队?"

"我哥哥在重庆军委会工作,是个少校,给一位姓蔡的将军当副官。"

蔡继恒浑身一震,抬起头来:"你哥哥叫沈光亚,是重庆人?"

沈星云惊奇地说:"是啊,你认识他?"

蔡继恒跳下梯子说:"真巧了,沈光亚是我哥的副官。"

沈星云扔掉抹布,噘起嘴来:"天哪,这个世界真小!我哥是你哥的副官,我呢,又帮你擦起了飞机,我们兄妹俩侍候你们兄弟俩,凭什么呀?"

"这说明咱们有缘啊！喂，把抹布捡起来，继续干活儿。"

傍晚，蔡继恒和沈星云走进空勤人员就餐的大餐厅，这是个长条形木板结构、铁皮屋顶的临时建筑，可以同时容纳二百多人就餐，餐厅主任是美国军士长戴维。

戴维军士长主业是地勤维修，同时兼任餐厅主任。他是个很敬业的军士长，工作的时候一丝不苟。为了使每天餐桌上都能摆上鲜花，他甚至在俱乐部后面建了个玻璃花房，请了专职花匠。好在云南的气候很适合养花，因此餐厅里总是布置得花团锦簇。

戴维的举动让中国军人们大惑不解，认为他简直是神经病，这是典型的形式大于内容之举，战争时期居然还有这么穷讲究的人？餐桌上是否有鲜花似乎并不耽误吃饭。

每当有大规模作战任务时，戴维总是亲自安排空勤人员的膳食表，并且在归航的空勤人员进入餐厅之前，戴维和服务员们一定要穿上浆洗过的雪白工作服，站在餐厅入口处列队欢迎。按照戴维的说法，这是让飞行员们感受到家庭的温暖，羊街基地就是个温暖的大家庭。

戴维见到沈星云兴高采烈地说："密斯沈，今天是你值班吗？"

沈星云举手敬礼："军士长好！今天是我值班。"

戴维看了看手表："刚才塔台值班员打来电话，说空勤人员已经上了汽车，估计马上就要到了。大家各就各位！"

戴维的话音刚落，空勤人员们已经陆续走进餐厅，先进来的是第23战斗机大队的飞行员们，随后是第308轰炸机大队的驾驶员、领航员、射击士官等空勤人员。蔡继恒很敏感，他立刻发现所有的空勤人员都脸色铁青，默默无语，没有了平日的嬉笑喧哗声。这情景不对，出征人员中一定是出现伤亡了。不过这并不奇怪，这是战争中常有的现象。

蔡继恒在寻找自己熟悉的人，环视了一遍后，他的心一沉，丹尼斯、孙正清、纪云浦、雷金涛等人都不见了，最后一个进来的是阴沉着脸的丁震天，蔡继恒迎上去想和他打招呼，而丁震天就像没看见他一样，径直从他面前走过去。

餐厅主任戴维军士长脸色突然变得惨白，他数了数人数，又低头核对手里的就餐人员名单，发现竟然少了68个人，这些缺席的空勤人员中，有60人属于第308轰炸机大队，8人属于第23战斗机大队76中队。

戴维脸部的肌肉抽搐着，嘴唇也哆嗦起来，他一把揪住一个美国飞行员大吼道："少了68个人，这是为什么？告诉我！"那个美国飞行员摇摇头，一句话

## 第九章

不说，只有两行热泪顺着面颊滴落在胸前……

沈星云泪流满面，无声地哭泣着。

蔡继恒的心里翻江倒海，心中的悲痛难以自抑，对于羊街基地来说，今天的远途出征变成了一场大灾难。由此算来，今天损失了6架B-24D轰炸机和8架P-51战斗机，整整60名轰炸机机组人员和8名护航战斗机飞行员永远不会回来了。

此时餐厅里所有的空勤人员及服务员都沉默着，每个人都在压抑着自己的悲痛，大厅里变得鸦雀无声，连空气似乎都凝固了。

突然，戴维军士长声嘶力竭地狂吼一声："上帝啊，这该死的战争……"他猛地掀翻了一张餐桌，桌上闪亮的餐具和插满鲜花的花瓶哗啦啦地摔在地板上，大厅里轰然响起金属的碰撞声和玻璃器皿的破碎声……在场的所有人那被强压着的情绪都在突然间爆发了，大家把餐具和器皿摔在地上，放声痛哭……

人群中只有蔡继恒没有哭，因为自从懂事起，他就再也没有哭过，时间久了，他觉得自己的泪腺好像已经退化，遇到再悲痛的事也流不出一滴眼泪。况且蔡继恒对战争有着自己的看法。

1937年12月中旬南京陷落，蔡继恒正在清华大学从长沙到昆明的南迁队伍中。到了12月月底，有关南京大屠杀的详细消息陆续传来，同学们震惊之余无不失声痛哭。中国政府就南京大屠杀问题向国联提出强烈控诉，后方的新闻媒体连篇累牍地报道着关于南京大屠杀的悲惨消息，大后方的民众无不悲痛莫名，极度悲伤的氛围一时笼罩着整个国统区。

1938年5月4日，由北大、清华、南开等大学的南下师生组成的国立西南联合大学在昆明正式开课，那天蔡继刚正好去昆明出差，他赶到西南联大去看望弟弟。当时的西南联大校舍非常简陋，连自习室都没有，学生们上自习课都是坐在校园内的草坪上。蔡继刚看到了令他惊讶的一幕：几个女同学正在语气激烈地指责蔡继恒，而弟弟坐在草地上，背靠着大树，无动于衷地看他的书，对别人的指责充耳不闻，似乎根本没听见。

蔡继刚经过了解才知道，原来刚才同学们就南京大屠杀的问题展开讨论，在讨论中几乎所有的同学都哭了，唯独蔡继恒不但没掉一滴眼泪，他甚至连讨论也不屑参加。同学们很愤怒，认为他是个没有感情的冷血动物，于是纷纷指责他，而蔡继恒既不解释，也不申辩，只是专心致志地看自己的书。

蔡继刚把弟弟拉到一边，兄弟俩就南京大屠杀的问题进行了一次对话。

蔡继刚说："继恒，你是怎么回事？对同学们的批评好像无动于衷，你为什么不申辩呢？据我所知，你不是个感情冷漠的人。"

蔡继恒不屑地说:"我懒得和他们解释。哼,中国文人的通病,就会练嘴,什么问题也解决不了。"

"继恒,你应该知道,我们的首都被敌人占领了,从各方面传来的消息说,被屠杀的被俘军人和平民有几十万人,听到这个消息你难道不难过吗?你到底在想什么?"

蔡继恒合上书本,冷静地回答:"我在想我小时候,男孩子之间经常打架,既然打架就会有吃亏的时候,我也常被人打得鼻青脸肿。哥,你知道我们小伙伴之间怎么处理这个问题吗?"

蔡继刚摇摇头:"我小时候可不像你,我很少打架,也记不清当时怎么处理这类问题了。"

"哥,我告诉你,作为一个男孩子,挨揍本来就是一件很没面子的事,要是你挨了揍,又哭哭啼啼向老师和家长去哭诉,某某某欺负我,你们管不管?哥,这是不是更没有面子?"

蔡继刚笑了:"嗯,有点意思!我有点明白了,你继续说。"

"其实在这个问题上,男孩子的思维似乎比成年人更直截了当,也更接近真理。既然哭诉是件丢脸的事,那就牙掉了咽进肚子,养精蓄锐,找机会再干一场,打服了那个欺负人的坏小子。"

蔡继刚惊讶地说:"继恒,你还真说到点子上了,这是真正的军人思维。"

蔡继恒若有所思地说:"一个国家也该是这样,挨了打就哭哭啼啼向国联去控诉,指望国际社会来为我们主持公道,指望一些利益不相干的国家为我们去惩罚恶人,这根本指不上。哥,我问你,中国养这么多兵是干什么用的?"

"这还用问吗?当然是为了保卫国家。"蔡继刚回答。

"这就对了,保卫国家是军人分内的事,指望别的国家来主持公道,那国家养这么多军人干什么?战争有战争的法则,战端一开,打得好也罢,坏也罢,反正要打到底,总不能四万万人都当亡国奴吧?要是中国人都这样,就算日本人不杀我们,我们自己恐怕也没脸活在这个世界上。哥,我觉得,军事上的失利并不可怕,可怕的是国人的心态,是我们的精神太软弱。如果不解决这个问题,我们打不赢这场战争。"

蔡继恒始终认为,老百姓可以流泪,妇女和儿童可以流泪,唯独军人不可以流泪,军人需要的是敌人的鲜血,而不是自己的眼泪。

这次出征受到重大损失,当务之急是要找到原因,否则悲剧还要重演。很明显,这次失败是情报和战术方面的重大失误,从表面上看,用20架战斗机为12架重型轰炸机护航,搭配是合理的,但如果缺乏战区状况的第一手情报,那就相当于盲人骑瞎马，随时会招来灭顶之灾。蔡继恒推断，如果日本间谍潜伏在羊街机场附近，机群起飞时他马上即可将飞机数量、型号、飞行方向用电台通知敌人的指挥部。从昆明到海口的飞行距离大约1200公里，鬼知道在途中会有多少日本间谍在不断报告机群的方位，日军指挥部只要判断出机群的数量和目的地，就随时会调集大批战斗机前来拦截。广东沿海及海南岛上有至少十几个日本海军或陆军的航空基地，他们的反应时间是极为充裕的。

蔡继恒叫过哭泣的丁震天问："震天，告诉我，你们今天是不是受到敌人战斗机的拦截了？"

丁震天擦着眼泪说："我们一路上遇到过三次拦截，损失了两架P-51，最后到了三亚上空遇到敌人的大机群，足有四十多架零式机，日本人肯定是事先得到了情报，专门在这里设伏拦截。23大队18架P-51和敌人四十多架零式机缠斗，实在无法掩护轰炸机，我们308大队的弟兄一边用机枪和敌人空战，一边冒着防空炮火向目标俯冲投弹，丹尼斯那架飞机刚刚投下炸弹，就被高射炮火击中，当时就在空中解体了，我看得清清楚楚，10个乘员没一个来得及跳伞。纪云浦的飞机是完成投弹后向上爬升时被敌人零式机击落的……"

蔡继恒打断他的话："那个物资转运站炸掉了吗？"

"连仓库带码头全部摧毁了，为了这个目标，我们的轰炸机被击落了6架，23大队损失了8架P-51，可他们击落了12架零式机，其中雷金涛一个人就击落了两架。当时我的位置离他不远，我看到他的飞机已经烧成一个大火球，可他的六挺机枪仍然在射击，直到把一架敌机打得凌空爆炸，雷金涛拉开座舱盖，他浑身是火，连飞行帽都在燃烧，看样子实在没力气爬出座舱跳伞了，他朝我招了招手，好像还喊了一句什么，就这么坠落下去……"

蔡继恒握住丁震天的手说："震天，别难过，从战果上看，今天弟兄们的牺牲也值了。"

丁震天望着窗外喃喃自语："在返航的路上，我一直在想，雷金涛临死前到底喊了些什么……"

蔡继恒冷冷地说："也许过不了几天，我们都会和雷金涛见面，到时候你问他好了。"

这时他身边的沈星云突然不管不顾地大喊起来："蔡继恒，住嘴！求求你，别说了……"

·第十章·

蒋鼎文的"坐守"战略终于迎来了灾难性的后果。

从许昌出发向西迂回的日军第12军坦克集群和骑兵部队，攻占临汝后继续向西北快速推进，于5月上旬攻占了洛阳南郊的龙门。5月13日，日军坦克部队开始从南面向洛阳攻击。与此同时，日军第63师团由郑州向西进攻，突破国军第4集团军的嵩山防线，沿黄河南岸西进，5月11日到达洛阳东郊。随后，日军第63师团的攻击势头丝毫未减，它以部分兵力从洛阳北面进行穿插，13日到达洛阳西面重镇新安附近。

同日，日军第1军的两个独立旅团在渑池北的白浪渡强渡黄河，突破了国军新8军的河防阵地，从西面逼近洛阳。

至此，蒋鼎文的黄河防线从东至西，被打开了四个巨大的缺口，号称"固若金汤"的黄河防线终于全线崩溃。

随着黄河防线的崩溃，蒋鼎文上将的精神也濒临崩溃。他先把第一战区长官部撤到新安，没过两天，日军又逼近新安，蒋鼎文半夜带着幕僚和参谋人员逃到洛宁。还没喘过气来，洛宁又告危急，蒋鼎文再次落荒而逃。这次他吸取汤恩伯被民众打劫的教训，不敢再坐吉普车，而是以陆军上将之尊骑在毛驴背上，远远跟在汽车后面逃命……

经过一番失魂落魄的奔逃，第一战区长官部总算从洛宁退入绵亘于豫西南的伏牛山中。

蔡继刚随暂编第15军军部和第87军余部一路风餐露宿，沿途与日军零星部队打了三次遭遇战，战斗规模不大，却伤亡惨重，此时已是人困马乏。当他们艰难地突进到龙门南面的鸦岭一带时，突然遭到日军的猛烈炮击，部队一下子被打乱，在刘昌义下令后撤五公里后才稳住阵脚。派出的侦察兵报告，日军只是炮击，而步兵却没有出动，显然敌人的目的是进行火力拦截，并没有把这支部队太当回事。

这时道路两旁忽然出现了许多从洛阳逃出的老百姓，公路上挤满了大大小小的车辆。蔡继刚仔细辨认了一下，发现车流中还有洛阳中央银行运钞票的汽车，这几辆运钞车拼命按着喇叭，押运的士兵不断地朝天鸣枪，驱赶前面挡路的人流。

蔡继刚上前拦住运钞车，命令押车的士兵下车。那个士兵见有人居然敢拦车，刚要破口大骂，猛地看见蔡继刚的少将领章，连忙跳下车立正站好。

蔡继刚用和蔼的口气问："这位弟兄，洛阳的情况如何？"

"报告长官，我们是10日从洛阳突围出来的，那时敌人的包围圈还没有合拢，听说日本人11日开始攻城，城内已抵抗三天了，我们这几辆运钞车是因为逃难的难民堵了路，走了四天才到这里。"

"有没有前去解围的部队？"

"我没看见，路上只看到向西撤退的国军队伍。"

"谢谢这位弟兄，你可以走了。"

蔡继刚同刘昌义军长商议道："这里道路阻塞，又有强敌拦截，我们不如把队伍拉到洛阳西郊，看看能否遇上友邻部队，等问明了情况再做决定。"

"也只能这样了，我们这点残兵，不要说打不进洛阳，就是打进去了又能怎样？"刘昌义无可奈何地说。

部队向西北方向行进了约一个小时，遇上一支向西撤退的国军部队。这支部队看样子刚刚打过仗，士兵们衣衫褴褛，疲惫不堪，个个都是满脸烟火色。

蔡继刚拦住一个上校问："上校，请问贵部是……"

那位衣冠不整的上校瞟了一眼蔡继刚的领章，举手敬礼道："报告长官，我是第83师281团团长于运昌，我们团刚刚在龙门抵抗了两天两夜，昨天龙门东山被日军占领，师部命令我们向西撤退。"

"现在是哪个部队在守洛阳？"

"15军和94师。"

"上面有没有派部队增援洛阳？"

"不知道，我只听说蒋鼎文司令逃跑了，洛阳守军各自为战。长官，我劝你们不要再往前走了，这会儿跑还来得及，谁会当冤大头往洛阳城里闯？"

15军军部的一个参谋解释："我们是奉汤长官之命增援洛阳的。"

"什么时候的命令？"

"5月11日发出的。"参谋答道。

"恐怕这是一道无效命令，蒋总司令5月6日就跑了，谁也不知道他现在在哪里。"那个上校没好气地说道。

蔡继刚和刘昌义面面相觑，被气得说不出话来。

刘昌义愤愤道："这么说，汤恩伯完全知道洛阳的情况，他命令第13军往伏牛山里跑，倒是让我们往火坑里跳！"

那个上校劝道："长官，洛阳失守是早晚的事，你们去了也是飞蛾扑火，我看还是跟我们向西撤吧。"

"老蔡，我们向西撤吧，我还想给暂编第15军留点残家底。"刘昌义建议道。

"蒋长官和汤长官就这么指挥，一切忠言听不进去，以致局势如此不堪，我蔡某光杆督战官还督什么战！罢了，西撤就西撤！不过西边路上更不太平，我估计这200里河防不止撕开了两个口子，麻烦事还在后面呢！"蔡继刚气哼哼地说，他想起自己的建议一再被否，也不愿再往死路里闯了。

刘昌义和那位团长告别，请他们赶快上路。

满堂悄悄对蔡继刚说："长官，这里离俺家太近了，俺想和铁柱回家看看，行吗？"

"满堂，你现在是国军军人，当兵的谁没有家？不要说部队处于危难之中，就是平常部队在行进中，离谁的家近，谁就回家去了，成何体统？你还好意思提这个？"蔡继刚一脸的不高兴。

满堂偷偷向铁柱吐了下舌头，不敢再说了。

洛阳城内中日两军正在进行惨烈的厮杀。

古都洛阳不光是历史文化名城，其战略地位也非常重要，有"四面环山、六水并流、八关都邑、十省通衢"之称。洛阳地处中原，西依秦岭，东临嵩岳，北靠太行，南望伏牛。这里曾是国民政府行都，又是第一战区司令部所在地。对这个城市日军志在必得，蒋介石命令蒋鼎文死守洛阳，但5月6日蒋鼎文却率先弃职西逃，洛阳城内一时群龙无首。

主帅跑了，这个烂摊子总要有人去收拾，最后还是由第14集团军司令官刘茂恩出面，承担起洛阳保卫战主帅的角色。在第一战区大军匆忙西撤的喧嚣中，有三支部队被留了下来保卫洛阳，它们是第15军的64师、65师和第14军的94师，全部兵力只有七个团，兵员严重不足。第15军军长武庭麟是伊川人，副军长姚北辰是洛阳县人，第15军大部分官兵为豫西人，因此，这支部队的战斗士气十分旺盛，官兵们认为保卫洛阳就是保卫家乡。

5月10日下午，远在重庆的蒋介石见有人出来收摊子，略感欣慰。守洛阳是当务之急，蒋鼎文渎职一事先放一放，以后再收拾他。蒋委员长的命令是："若15军固守洛阳10至15天，即督促外围大军增援洛阳。"

遗憾的是，自抗战军兴，几乎每守一城，蒋委员长的命令都大致如此：死守若干天，必有大军前来解围云云……事实上兑现的时候少之又少，几乎每次都是增援无望，守军即将伤亡殆尽才接到允许撤退的命令。对这样的命令，国军将领们早已习惯了，守就守吧，不要问为什么，何时部队打光了，撤退命令自然就来了。

一开始，日军主攻部队第63师团师团长野副昌德中将显然没有把守城的这几支杂牌军放在眼里，他夸下海口，宣称"'菊兵团'最晚于17日攻占洛阳"。

洛阳保卫战于5月11日打响，日军首先进攻城东郊外七里河阵地和西郊关帝庙阵地。64师和65师官兵凭借梯田斜坡、悬崖壕沟及修筑的半永久性工事顽强固守，与日军逐村逐地进行争夺，多次在逆袭中展开白刃格斗，攻守双方均伤亡惨重，战斗从开始便进入白热化。激战至22日，守军除一部分固守洛阳东西车站外，主力全部撤到城里准备巷战，日军野副昌德中将对洛阳城仍是可望而不可即。

5月22日中午，中美联合航空队的飞机给守军投送了蒋介石的手令："着仍固守洛阳，勿轻信谣言，至迟一星期，我必负责督饬陆空军增援洛阳。"

手令倒是很鼓舞人心，可援军在哪里呢？

第一战区并不是没有部队，而且这些部队此时都在洛阳附近。问题是，战区的正副司令长官都消失了，谁来指挥调动这些部队呢？

在派系林立的国军系统中，军队私人化的问题根深蒂固，军队将领之间互不买账，高级将领往往指挥不动下属部队，最后搞得只有独裁者一人能指挥全国军队，但战况不好时，连蒋委员长也指挥不动。蒋鼎文、刘峙等人拒绝执行驰援洛阳的命令，对此蒋委员长似乎一点办法也没有。

第一战区的特点是，全部兵力由汤恩伯和蒋鼎文两大集团组成，其中汤恩伯集团作为机动兵团归中央直辖，但因配合作战的需要，名义上划归战区司令长官指挥。而蒋鼎文集团的任务很明确，就是负责防守黄河防线，因此被称为"河防军"。这样的隶属关系弊端甚多，因为这两大重兵集团的长官谁也指挥不动谁。

现在战区司令长官蒋鼎文率先弃职逃跑，副司令长官汤恩伯率部避入伏牛山区。这两位陆军上将倒是可以在伏牛山里会师了，但聚集在洛阳附近的河防部队各军师却群龙无首，成了一群乌合之众。各军师的长官此时考虑的首要问题，是如何将自己的队伍带出这块险地，谁还有心思去当冤大头驰援洛阳呢？

蔡继刚随同暂编第15军军部撤往渑池以南的山中小镇翟涯。在他们到来之前，第36集团军司令官李家钰带着他的司令部人员和第47军一部首先来到这里，尔后第64集团军司令官刘戡也带着部队赶来。紧接着，高树勋的第39集团军司令部和新8军在黄河防线上被日军打垮，损失惨重，他们也慌不择路逃到这里。

这个山中小镇顿时热闹起来，不到两天时间竟聚集了三个集团军总部和暂编第4军、第14军、新8军和第47军多个部队的番号，小镇上人喊马嘶，挤得水泄不通。

尾随新8军从黄河岸上追来的日军第1军59旅团，这时也追到了离小镇20公里处，已经和新8军的警戒部队接上了火，小镇上已经可以听见远处传来的枪炮声。

蔡继刚和刘昌义等人是最后到达这里的。蔡继刚进镇后看见的第一个熟人是李家钰，他坐在弹药箱上正专心致志地用毛笔写字，身边的一群卫士持枪把他围在中间。

蔡继刚向李家钰打招呼："李司令，敌人快追上来了，你怎么还有闲情逸致写字呀？"

李家钰神态自若地说："云鹤老弟，你看看我的字怎么样？"

蔡继刚看了一眼，这是个横幅，上面龙飞凤舞地写着两句诗：

"男儿欲报国恩重，死到沙场是善终！"

蔡继刚心里一沉，这位中将司令官似乎已做好死的准备，这可不是好兆头。蔡继刚回答："其相兄的字是好字，不过这两句诗用得好像早了些。"

"哦，云鹤老弟，看样子你懂诗，那我可得考考你，这两句诗语出何处？"李家钰微笑着问。

蔡继刚也搬了个弹药箱，和李家钰相对而坐："那我就献丑了，这两句诗出自清代袁枚的《哭鄂制府虚亭死节》，袁枚是哭他的朋友鄂荣安，此人号虚亭，是雍正年进士，乾隆年时任西路参赞大臣，为平定新疆阿睦尔撒纳叛乱，力战自尽。原诗是'男儿欲报君恩重，死到沙场是善终'，其相兄改君为国，一字之差，是为现代军人，愿为国家战死沙场，而不是为某个人尽忠而死。"

李家钰淡淡地说："有个老部下一直向我索字，我拖了两年没有写，今天他又提出来，虽然这里不是写字的地方，但我想还是应该满足他的要求，否则怕是没有机会了。"

"其相兄所言有些悲观吧？兵来将挡，水来土掩，我们还有这么多部队，战士们手里拿的不是烧火棍，只要战斗意志不垮，就大有回旋余地，总不能三个集团军总部全被敌人一锅端吧？"

李家钰慨然道："我想起洛阳会议，你老弟慷慨陈词，大胆进言，可惜，无人理睬啊。如今老弟的警示不幸而言中，由此足见老弟的战略眼光老到，可惜怀才不遇，只能在军委会屈就一个督战官。我李家钰虽心有不平，却也无能为力，真是可悲啊。"

蔡继刚急切地说："其相兄，我们好像没有时间闲谈了，现在战局势如危卵，第一战区40万大军兵败如山倒，敌人先头部队离我们只有20公里，我们必须想出一个办法，否则……"

李家钰站了起来："老弟，我看还是你出面召开个临时会议吧。"

"我？恐怕不行，这里有这么多中将和集团军司令，我的军衔还不够资格。"

李家钰厉声道："不，老弟，你是军委会派来的督战官，代表的是军委会，这里只有你具备这种资格。情况紧急，你不要再推托了！"

话都说到这份上，蔡继刚就不能再推托了，他对李家钰改用官称，恭敬地说："是！李司令，恭敬不如从命，我马上去办。"

临时会议的地点就选在小镇口的空场地上，大家都站着。三个集团军司令官和七八个军长师长都有自己的参谋班子和众多卫士，他们都站在外围，会场上的气氛十分紧张，谁也不说话。

蔡继刚登上一处高台阶，向各位将领敬礼道："各位司令官，各位长官，我是军委会派来的督战官蔡继刚少将。现在我有个建议，目前第一战区的正副主官都不在这里，这么多部队处于群龙无首的状态，形势非常危险。我们需要选出一个临时长官统一指挥，安排各军的撤退路线，各部队要交替掩护进行有序的撤退，否则后果不堪设想。"

第64集团军司令官刘戡首先发言："我提议由第36集团军司令官李家钰统一指挥。李司令，我们大家都听你的，你安排好了！"

暂编第15军刘昌义高喊："我同意！李司令从1939年冬天就驻河南新安渑池一线，四年来一直与日军战斗，对豫西一带的地形非常熟悉，请李司令下命令，我们暂编第15军坚决服从！"

第39集团军司令高树勋也说话了："其相兄，请不要推辞，我代表第39集团军所属部队表态，我们坚决服从李司令的指挥。"

在场的所有将领都纷纷表示同意。

李家钰走上台阶慨然允诺："承蒙各位长官不弃，李某万死不辞！我们吃了河南老百姓四年的饭，现在不能见了日本人就跑。日本人有什么可怕的？为了保证各部队的有序撤退，我们川军愿意殿后！张参谋长，请把地图拿来！"

第36集团军参谋长张仲雷拿出军用地图铺在地上，大家围了上来。李家钰也不客气，他用一根小树枝指着地图直截了当地发出命令："高树勋的第39集团军总部和新8军先从果园以南西撤；第64集团军刘戡带总部和暂编第4军、第

14军经西村、白阜跟进撤出；刘昌义的暂编第15军和第87军之一部走西李村至官前村一路西撤；我带第36集团军总部和第47军最后从陇海铁路南侧西行，这一路离敌人最近，我们如遇敌情，也可替各军抵挡一阵。另外，离我最近的一路部队也可酌情回军支援我们。"

既然川军愿意殿后，掩护全体部队撤退，大家觉得这个临时总指挥行事还算公平，于是各将领得令而去，各路兵马有条不紊地分道扬镳，皆向西撤。

李家钰站在高岗上，目送各军鱼贯西行，紧锁的双眉间郁结着很久以来的愤懑。在军事指挥上，他常戏称自己不得不演戏中的配角，而现在却发现自己不得不当回挑梁主角唱起大戏来，而且是一台早已唱砸了的大戏。第36集团军的看家底子第47军94师此时正在死守洛阳，李家钰心里很明白，洛阳的失守是早晚的事，这一战过后94师将不复存在。他心中一阵绞痛，不知道前面还有什么样的结局在等着第36集团军，只能走一步看一步。

蔡继刚带着警卫班随着西撤的部队路过高岗时，忍不住命令警卫班停下来，自己走上高岗与李家钰告别："其相兄，洛阳会议聆听老兄高见，兄弟我记忆犹新，要是两位战区主帅能听一听你的建议，也不至于使战况如此不堪。唉，蒋、汤两位长官刚愎自用，不听忠言，大战来临又消极避战，弃职而逃，弃几十万大军于不顾，我蔡继刚若能活着回到重庆，一定要向军委会控告他们！"

李家钰平静地说："老弟，至于战区长官的事，蒋委员长自会处置，我等不必多言。听我的，回到重庆后如实向军委会汇报，不要带有个人评论。"

"其相兄，我还是和你一起殿后吧，多个人就多份力量，况且我还有个警卫班呢。"蔡继刚请求道。

李家钰一口回绝："不行，你们既然推举我为总指挥，就要服从命令！老弟不可耽误，请马上动身！"

"是！我服从命令！"

"等等……我还有一事相求，老弟若能突出重围，请代我将此信交付内人安淑范，我李家钰谢了。"李家钰双手郑重地将信递给蔡继刚。

蔡继刚心头一紧，强忍着泪水哽咽道："其相兄何出此言！既为军人，当竭诚力战，我们都要有完胜出局的信心，其相兄一定能与家人团聚，还是由你自己交给家人吧！"

李家钰摇摇头，再次将信递上："别的话不说了，请云鹤弟费心！"

蔡继刚含泪接过信，贴身装好，然后一个立正，缓缓举起右臂敬了个标准的军礼，转身慢慢离去。

蔡继刚走出很远，又忍不住回头张望，他看到李家钰立在高岗上，清晨的阳光斜照在他身上，宛如一尊雕像。

蔡继刚没有想到，这一分手，竟是和李家钰的最后一别。

5月21日清晨，李家钰的断后部队到达陕县张家河，这里是群山中的一处谷底。身后的追兵越来越近，日军第59旅团先头部队的迫击炮开始集火射击，数十发炮弹落在周围爆炸。李家钰命令改走赵家坡头到南寺院这条路，这时他自己并没有意识到，这一改变，使自己和第36集团军总部走到了死亡的陷阱中。

部队转过一道山梁，前面又响起枪声，参谋长张仲雷在望远镜里看到，高树勋的新8军在行进中被尾随日军咬住了。李家钰当即命令随集团军总部行动的特务营上前阻敌，掩护新8军脱身。经过一场激战，暂时压住了追兵的势头，远远看见新8军的队伍已经消失在视野中，李家钰才命令总部转移。

就这么一耽误，导致了第36集团军总部的覆灭。

队伍行至西坡山头，循路下山来到了秦家坡。参谋长张仲雷打开地图想确定方位。这是一个小山包，军用地图上标高只有二百多米，小山包的东面紧挨着一个稍高些的小高岭，地图上标明叫作旗杆岭。张仲雷命令总部手枪排走在最前面，司令部的参谋人员和卫士们簇拥着李家钰走在后面。

这是一条不到两尺宽的石板路，路左边是陡峭的山岩，右边是一层层的梯田，田里青青的麦子还未成熟，在微风的吹拂下掀起层层麦浪，一派田园牧歌景象。

就在这时死亡突然降临了，尖兵们发现麦地里有人影在晃动，还没来得及鸣枪报警，右边麦地里唰地立起几十个身穿便装、插满麦草伪装的人，他们手中的轻机枪组成密集的弹幕铺天盖地狂扫过来，手枪排的士兵们猝不及防，被扫倒了一片。

手枪排排长孙长水见对方都穿着中国老百姓的服装，还认为是哪个县的民团武装，连忙摘下军帽摇动着大喊："不会误会，我们是国军……"

话音未落，胸前就中了几发子弹，孙长水一头栽倒……

张仲雷惊叫道："糟糕，是鬼子化装的，手枪排掩护，总部人员快走！"

残存的士兵顽强地用手枪抵抗着逼近的日军，无奈手枪的火力太弱，根本不是日军步机枪的对手，手枪排的士兵们不到两分钟就伤亡殆尽。

日军士兵们冲上来，将国军残余部队分割开来，张仲雷和李家钰被冲散。李家钰被五六个卫士簇拥着边打边退，向山坡下撤退。日军早已布好了口袋，他们用机枪火力严密封锁了山口。

这股日军是第69师团的一个中队，他们化装偷袭的目的，是想制造民众武装袭击国军的混乱，加大中国军队与民众之间的矛盾，这是日军政治战的一部分，却未料在旗杆岭打了一个成功的伏击，消灭了第36集团军总部。当他们发现被围部队中有身穿黄呢军服和高统马靴的高级军官时,立刻断定这是中国军队的高级指挥部,日军士兵们顿时就疯狂起来,这真是个千载难逢、建功立业的好时机,绝不能让他们逃走。这时日军所有的火力都转向了李家钰。

总部迫击炮班的炮兵们牺牲得很悲壮,他们明知突围无望却没有一个人退缩,炮手们冒着弹雨架好迫击炮,他们一心想在牺牲前打掉山口的日军机枪阵地。一个炮手刚刚举起炮弹,还没来得及把它装入炮口,顷刻间就身中数十弹倒下。第二个炮手又一跃而起,举着炮弹准备装填。日军机枪射手的动作更快,又是一轮扫射,第二个炮手又被打倒……就这样,炮班士兵们一个个冲上去,又一个个被打倒,全班士兵无一幸免。这门迫击炮始终没有发射出一发炮弹。

这时李家钰身边的卫士已全部阵亡,他还在徒劳地用手枪还击。火光一闪,日军发射的一发枪榴弹在他身边爆炸,李家钰的肩部和腋下被弹片击中,鲜血汩汩涌出。他慢慢地坐下,为手枪换弹夹,然后艰难地将子弹上膛,当他举起手枪准备射击时,又是一发子弹击中了他的左前额,李家钰仰面跌倒……

在这场战斗中,第36集团军总部的军官和士兵们没有一个人投降,他们战斗到最后一刻,残余的几个战士跳下了悬崖……

蔡继刚正随刘昌义的部队行走在一个山涧中,忽然听见山口外响起爆豆般的枪声炮声,神经不觉一下子绷紧了:"不好,李司令有危险!警卫班全体跟我杀回去!"说完他扭头向山口冲去,沈光亚和满堂也带着警卫班追了上去。

走在队伍中间的刘昌义听说此事也大吃一惊,他急忙命令军部警卫连去支援蔡继刚,不惜一切代价,务必把李司令救出来!

蔡继刚一行赶到旗杆岭下的河沟对岸,遇见匆匆赶来的104师的一个营,他们正准备强攻旗杆岭。营长脸色惨白地向蔡继刚敬礼:"报告长官,少校营长苟戴华听候您的指示!"

蔡继刚一把扯开衣领,瞪着眼睛问:"你们的总部在哪儿?李司令在哪儿?"

苟营长一听就忍不住放声大哭起来:"长官,完了,总部全完了!敌人的伏击偏偏让老长官遇上了!我日他个先人啊,我们杨师长说了,104师哪儿也不去啦,强攻旗杆岭,把这伙鬼子一个不剩全宰了,给老长官报仇……"

第47军104师是李家钰带出川的老底子,他和该军的军官们情同手足,这位营长的悲痛是可以理解的。

蔡继刚厉声喝道:"少校,就这么当着你的士兵哭,成何体统?现在是哭的时候吗?给我望远镜!"

少校不敢再哭了,连忙递过望远镜。

## 第十章

蔡继刚仔细用望远镜观察着旗杆岭的地势,这个高地西面是缓坡,东面是山崖,北面和秦家坡连在一起,南面是绝壁,只有东面山崖较矮,坡度也小。山上敌人的兵力估计有一个中队。当蔡继刚发现山上的敌人大部分穿着中国老百姓服装时,他吃了一惊,这难道是豫西的土匪武装?

再仔细观察,蔡继刚马上就明白,从他们手里的武器到战术动作,绝对不会是土匪武装,稍有战斗经验的人都能看出,这是日军正规的野战部队。

蔡继刚心中有了主意。他叫过苟营长:"现在听我指挥,暂15军警卫连悄悄向北,从秦家坡上山,到与旗杆岭的连接部一起埋伏起来。苟营长,你带部队从西面佯攻,声势造得越大越好,目的是吸引敌人火力。记住,等到山顶上打起来,你们立刻改强攻,务必攻上山去!"

苟营长问:"攻上山顶以后呢?"

蔡继刚暴躁地一瞪眼:"废话!这还用我说?把鬼子一个不剩全宰了,给李总司令报仇!现在给我找支冲锋枪,再找根长绳。"

苟营长一丝不苟地执行了命令,负责佯攻的部队和山上的日军接上火,山坡上枪声大作。

蔡继刚命令沈光亚把警卫班带到东边山崖下,他目测了一下高度,然后拿过绳子系在腰上,准备攀登峭壁。

沈光亚吃惊地说:"长官,这不是闹着玩的,还是我先上吧!"

蔡继刚笑笑:"别和我争了,我在军校时攀登科目是年级第一名,爬过垂直一百多米的峭壁,难度可比这里大。听着,我先上去,把绳子拴好,你们再抓住绳子上去。"

沈光亚不再争了,他默默地抽出两支冲锋枪弹匣,将弹匣插在蔡继刚腰间的皮带上。

满堂偷偷吐了下舌头,心说乖乖,少将是多大的官,还会徒手爬悬崖?

沈光亚和满堂等人提心吊胆地看着蔡继刚攀登,只见他时而屈体,时而蹬腿,时而用臂力引体向上,时而横向一跃腾空抓住岩石角,很是惊险。大家看得目瞪口呆,惊出了一身冷汗。大约15分钟后,蔡继刚爬上崖顶,一条长绳从悬崖顶端垂了下来,沈光亚第一个抓住绳子向上攀登,满堂和士兵们随后一个一个抓住绳子爬了上去。

蔡继刚静静观察了一下,西面缓坡下苟营长带着部队在佯攻,打得正热闹。日军士兵们伏在山坡的棱线部不慌不忙地向下射击,他们的背部都毫无遮掩地暴露在蔡继刚等人的枪口下。

蔡继刚轻声发出命令:"听着,最左边那个机枪手是我的,光亚,那个弹药手是你的，弟兄们，从沈副官以下顺延，每人瞄准一个目标，以我枪声为号。我们13个人，除了机枪手铁柱，第一排枪必须放倒12个敌人，不许放空枪！铁柱，你在右边高一点的岩石上架好机枪，等大家第一排枪放过后全力扫射。"

"是，长官！"铁柱端起机枪行动起来。

蔡继刚端起汤普森冲锋枪，调到单发射击位置上，然后举枪瞄准日军的机枪射手："听我数到三就开火，一、二、三！"

"啪"的一声枪响，日军机枪手的后脑勺上爆起一团血雾，他身子一挺，扑倒在机枪上。与此同时，满堂和其他士兵也扣动了扳机，排枪响过，11个日本兵立刻成了枪下鬼。其余的日本兵还没来得及反应，铁柱的机枪就狂叫起来，日本兵成片倒下。

蔡继刚持枪一个前滚翻扑到一块岩石后面，身子没落地枪就响了，一个日本兵头部中弹栽倒。日军机枪扫过来，密集的子弹打在岩石上，火星飞溅。蔡继刚又是两个横滚变换了位置，"啪啪"两个单发又撂倒了两个日本兵。

沈光亚的战术动作也很娴熟，他在向前跃进中不时用短点射掩护着蔡继刚，不但枪法准，连投掷手榴弹的落点也很准确，一眨眼工夫，沈光亚已经向前跃进了五十多米。

满堂和警卫班的弟兄们看得目瞪口呆，他们从来没见过这么漂亮的战术动作。军人们都知道，使用冲锋枪是需要一些经验的，如果是没有作战经验的新兵，往往是将扳机一扣到底，用连发速射把弹匣中的子弹一口气打光，而有经验的老兵则是用短点射的打法。蔡继刚把冲锋枪使用得如手枪一般自如，他像只青蛙一样翻腾跳跃，不停地变换射击位置，从一块岩石后跃进到另一块岩石后，手中的冲锋枪啪啪响个不停，只见枪响人倒，弹无虚发。

沈光亚也配合得很默契，蔡继刚的单发射击刚一停顿，沈光亚的短点射马上就打响，两人之间的巧妙配合使火力保持着持续状态。

这时蔡继刚突然跃起打出了一个长点射，对面的日军士兵们早被他精准的枪法吓破了胆，立刻伏下身子不敢抬头。蔡继刚回头吼了一声："弟兄们，学我的动作，向前跃进！"

警卫班的弟兄们纷纷跃过岩石向蔡继刚靠拢过来。

蔡继刚举枪又是一个长点射，然后右手拇指一按退弹钮，手腕一磕，弹匣脱离枪身滑落到地上。他左手已然握着一只新弹匣，"噔、嗒"两声脆响，新弹匣刚刚装好不到一秒钟，枪已经打响，又是一个单发，子弹洞穿了一个日本兵的胸膛。整个过程如行云流水般，绝无一丝磕绊。

战斗经验老到的沈光亚一眼就看出了名堂，蔡继刚装好弹匣后没有拉动枪机上膛，手里的枪就打响了，这是因为他枪膛里还剩了一发子弹，把这颗子弹发射出去，新弹匣中的子弹就会自动上膛。自动火器玩到这个份上，就需要射手在战斗中保持极冷静的心理状态，在射击中仔细记住子弹发射的数量，一个30发的弹匣要精确计算到已发射29发才能达成这种效果，为的是节省拉动枪机将子弹上膛的两秒钟。不能小看了这两秒钟，在战斗中哪怕先敌开火0.1秒，结果也会大不一样。

到底是弗吉尼亚军校的高才生，其深厚的战术素养使士兵们佩服得五体投地，跟着这样的长官当兵，真是上辈子修来的福分。

这时西面缓坡上传来惊天动地的喊杀声，苟营长带着部队铺天盖地冲上山顶。剩下的几十个日本兵终于顶不住了，他们慌乱地朝北面的秦家坡退去。这时埋伏在旗杆岭和秦家坡结合部的刘昌义警卫连突然开火，四五挺轻机枪组成的火网把跑在前面的日本兵撂倒十几个。剩下的日本兵又慌不择路，朝东面山崖方向退来。这下子又撞在蔡继刚警卫班的枪口上，铁柱的机枪立刻咆哮起来，日本兵们又被打倒一片。

蔡继刚指挥三路人马步步紧逼，将残存的三十多个日本兵逼到了悬崖边上。这些日本士兵已经没有了子弹，他们纷纷上刺刀，虎视眈眈地盯着慢慢逼近的国军士兵，准备做困兽之斗。

暂15军警卫连的张连长向他的士兵们发出命令："弟兄们，别开枪！给我上刺刀，老子倒要看看，玩起刺刀来谁怕谁？"

苟营长推开士兵，一步步走到前面，他两眼血红地低吼道："就剩这几个龟儿子了，还耍个屌啊？机枪手，把机枪给我！"

一个机枪手心神领会，立刻将轻机枪送到他手里，苟营长不动声色地拉动了枪栓，慢慢将枪口指向日本兵们。此时全体国军士兵们安静下来，大家都杀气腾腾地盯着濒临绝境的日本兵们。

突然，苟营长爆发出一声瘆人的长号："啊……"他手中的机枪喷出长长的火舌，子弹疾风暴雨般呈扇面扫去，日本兵们在弹雨中手舞足蹈地痉挛着倒下……

枪声停了，战场上一片寂静。苟营长的精神仿佛刹那间崩溃了，他呆呆地扔下枪口仍冒着青烟的机枪，双膝一软慢慢跪下："李司令，我的老长官，我苟戴华总算给你报了仇哇！老长官，我的老长官，你一路走好，我苟戴华下辈子还跟你当兵！我的老长官啊，我们来生再见！哈哈哈哈……"

苟营长的狂笑声忽然转了调，变成一长串令人心悸的号啕声，这哭声在山谷中引起悠长的回声，在场的104师的军官士兵们纷纷跪下，爆发出惊天动地的哭声……

满堂等人和暂15军的士兵们无不为之动容。

这时铁柱突然发现蔡继刚和沈副官都不见了，警卫班的弟兄们慌了神，连忙分头去找。大家从悬崖边一直走到旗杆岭的西头，再折向北往秦家坡走去，一路走一路高喊："蔡长官，沈副官……你们在哪里？"

在秦家坡通往旗杆岭的一段石板路上，沈光亚在一边端着冲锋枪警戒，蔡继刚独自一人静静地坐在一堆第36集团军士兵的尸体旁，傍晚落日的余晖斜照在他身上，呈现出一片金红色的光泽。满堂等人看到这样一幅悲壮的画面：李家钰卫士们的尸体散卧在周围，各自保持着临死前的姿势，有的右臂前伸紧握手枪，有的仰面倒在战友的尸体上，最后死去的一个卫士竟然以战友的尸体为依托，持枪作射击状，被削去半边脸的头颅无力地靠在枪托上，枪栓和扳机上糊满了已经凝固的鲜血……

李家钰的遗体静静地躺在卫士尸体的中间，他的军服上，甚至连皮靴底上都布满了弹孔。显然，日军士兵们唯恐这个中国将军不死，竟然用机枪对他的遗体进行过扫射。

满堂发现，李家钰脸上的血迹已经被蔡继刚擦干净，这位陆军中将神情坦然，仪态安详，仍保持着生前的威严。

蔡继刚在笔记本上写下了记录：

"是役，我第36集团军总部人员在旗杆岭遭到日军经过化装的野战部队之伏击，兵力约一个中队，配有很强之火力。在战斗中，自李家钰司令官到部下248人壮烈殉国，其殉国军官有参谋处少将处长萧孝泽、少将高参陈绍堂、总部副官处少将处长周鼎铭、总部参谋处上校作战科长陈兆鹏、上尉侍从副官龚子仪、警卫连连长唐克俊……"

蔡继刚缓缓地将手伸进贴身衣袋，李家钰那封绝笔家书还在，上面似乎还保留着他的体温。蔡继刚感到心中稍有一丝安慰，他想起在许昌阵亡的吕公良，他的遗体还不知所终。比起吕公良，李家钰还算幸运，至少他死后还能得到战友们的照顾，还能保持一个将军的尊严。

自抗战以来，中国军队倒在战场上的将官已经接近200人，其中职务最高的是四年前在随枣会战中阵亡的第33集团军总司令张自忠。一般来说，如此高级别的将领阵亡概率不会太高，蔡继刚本以为这种牺牲不会再有了，不料今天又是一位集团军司令官倒在战场上。

104师的苟营长啜泣着跪在李家钰遗体前，为他的军服清除干涸的泥浆和血迹，一串串泪水洒落在李家钰的军服上。

## 第十章

蔡继刚站起身来下达命令："104师苟戴华少校听令！"

苟营长立刻停止啜泣，立正站好。

"命令你部将李总司令遗体送至第47军军部，路上不管遇到什么情况，要不惜一切代价保护好遗体，以确保遗体送至李总司令家乡四川蒲江县安葬。第36集团军其余阵亡官兵之遗体就地掩葬，并做好记号，以便战后查找。敌第69师团其他部队应该就在附近活动，你部善后工作完毕后应尽快出发，此地不可久留！"

"是！长官。"苟营长敬礼。

蔡继刚随后转身吩咐沈光亚："传我命令，警卫班列队出发！"

满堂在列队时仔细看着蔡继刚的脸，他发现蔡继刚的脸上有两条干涸了的泪痕……

5月23日，洛阳城还在猛烈的炮火中颤抖着，中日两军惨烈的攻防战趋于白热化。洛阳保卫战已经进行了12天，洛阳市区还掌握在中国守军手中。

清晨，城郊白马寺的僧人给第15军军长武庭麟送来内山英太郎的劝降书，武庭麟还没来得及看，日军阵地上的扩音器就响了，把劝降书的内容全文向全城守军播放。看来内山英太郎不大相信武庭麟，生怕他把劝降书当了手纸而不向守军透露。

日军喇叭的功率很大，播音员的声音在整个城市上空回响："……皇军自入中国以来，所向无敌，攻城没有超过一周而不下者，今将军及其将士坚守洛阳十日有余，尽到了守土之责，而今洛阳外围百里内已无中国军队，援军无望，坐以待毙，实属不智。为防止洛阳古迹毁于战火，切望守军停止做无益之抵抗……"

这个播音员不知何许人也，国语说得极好，不仅抑扬顿挫还颇有感情色彩，似乎对守城将士不珍惜生命的行为感到痛心疾首。在前沿阵地上的国军弟兄们认为，这小子肯定是个中国人，日本人学汉语不可能发音如此标准，得好好查查这小子，查出来非扒了他家祖坟不可。汉奸当到这个份上，还真要有点勇气。

武庭麟军长当即将劝降书撕得粉碎，命令僧人回复内山英太郎，中国守军决心与洛阳共存亡！

5月24日拂晓，内山英太郎下令分六路对洛阳城发动最后的总攻。

日军首先集中120门重炮在环城阵地上向市区进行覆盖式射击，四个小时之内发射了八千余发大口径炮弹。与此同时，日本陆军航空队数百架次的轰炸机也不停地呼啸着俯冲轰炸，向市区投掷了上千枚重磅炸弹。第一轮火力急袭后，市区内暴露的工事及民房均被摧毁，尔后日军在二百多辆坦克的引导下，集中三万多步兵向西南城角、西门、西北城角、东北城角、东门、东南城角六个方向同时展开攻击。

·大崩溃·

日军第3坦克师团的工兵部队用连续爆破方式，将城市外壕的陡壁炸成斜坡并炸塌了城墙。第13坦克联队的十余辆坦克自东北城角率先突入洛阳城内，大批日军步兵潮水般涌入街内，西北城角随后也被突破，城防守军伤亡惨重。

两路日军在体育场会合，沿中山南街和北街向十字街口攻击前进。

下午5时，突入洛阳的日军已达万人，大批日军步兵仍在源源不断地冲进街区。傍晚，日军坦克占领市中心的十字街口，守军各级指挥系统被完全切断，但守军官兵的战斗意志没有崩溃。他们各自为战，利用民房、仓库、街巷、院墙逐屋争夺，节节抵抗，日军每前进一步都要付出巨大的伤亡代价。

天黑后，全城进入白热化的混战状态，剧烈的爆炸声、腾空而起的烈焰笼罩着全城。

深夜，攻入市区的日军步兵已达数万人，守军伤亡过半。日军攻城部队逼近城东南角的第15军指挥部，军部警卫营和日军第8混成旅团展开肉搏。双方的士兵滚成一团，战况极为惨烈。在最后的时刻，第15军军长武庭麟召集三个师长商议，紧急决定突围。

凌晨1点，国军64师自南门、65师自北门、94师在东门同时向城外冲杀。日军不得不分兵阻击，国军三个师的残部反复冲杀了五次，伤亡惨重，终于在凌晨突出城外。

军长武庭麟在城外仅收容到官佐士兵共两千余人。

从5月11日日军攻城到25日洛阳失守，国军第15军及国军第94师一万五千余将士以血肉之躯与日军的优势兵力浴血厮杀了14个昼夜，终因寡不敌众、孤立无援而告失败。古城洛阳的古建筑和民房被毁过半，洛阳平民在日军的轰炸中死亡近万人。

是役，国军第15军及第94师在洛阳保卫战中伤亡、被俘人员为一万三千余人。第94师是川军李家钰的老底子，李家钰在殉国前就已预感到，洛阳之战结束后，第94师将不复存在，杂牌部队的结局理应如此。

武庭麟的第15军更是杂牌中的杂牌。这支部队的前身形象并不光彩，在北伐战争前，该军前身是由河南豫西一带被招安后的刀客[1]组成，首脑人物是当过

---

[1] 刀客会是关中地区下层民众的一种组织，其成员通常携带一种临潼关山镇（关山镇今属阎良区）制造的"关山刀子"，此刀长约三尺，宽不到两寸，形制特别，极为锋利，故民众称之为刀客。刀客产生于清咸丰初年，没有固定的组织形式与严密的纪律，只有一个类似首领的人物，大家都称之为某某哥，在他以下的人都是兄弟，围绕首领活动。刀客分散为各个大小不同的集团，划地自封，分布的地区以潼关以西、西安以东沿渭河两岸较多，渭北则更多。这类民间组织良莠不齐，有的崇尚侠义，主张杀富济贫；有的则为非作歹，沦为盗匪。

## 第十章

陕西督军兼省长的刘镇华，人称"镇嵩军"。连恶名昭著的掘墓大盗孙殿英早期都是出自镇嵩军。1926年，镇嵩军干了一件比较露脸的事，使全国民众都知道了它的大名。当年4月，刘镇华率10万镇嵩军围困西安，这才有李虎臣、杨虎城"二虎守长安"的故事。西安被围了八个月，城内饿冻致死的有四五万人，最终由冯玉祥援军解围，击溃了镇嵩军。刘镇华被击败后干脆投靠了冯玉祥。没过几年，镇嵩军在中原大战中又翻云覆雨投靠了蒋介石，被编入国民革命军第2集团军，番号为第11路军。1930年5月，第11路军才改称为国民革命军第15军。

提起当年的镇嵩军，豫陕民众无不咬牙切齿。这支土匪武装横行乡里，鱼肉百姓，他们勒民种烟、横征暴敛、摧残教育、滥发纸币，使豫陕人民苦不堪言。镇嵩军在中国近代史上写下了不大光彩的一页。

可就是这样一支口碑极差的部队，竟然在1944年的洛阳保卫战中脱颖而出，成为一支英雄的部队。在战斗中，第15军和川军第94师全体将士以顽强的战斗意志、低劣的武器装备与数万日军精锐血战14昼夜，以几乎全军覆没的代价重创敌人，他们所建立的功勋足以洗刷历史上的恶名，跨入英雄部队的行列。

蔡继刚带着他的警卫班随同暂编第15军军部行进在豫西崤山的群峰中。

山区的小路很狭窄，只能容纳一人行走，部队以单列行军队伍前进，光是军部及直属队的人员就能拉出五六公里长的队伍。前面高树勋的新8军刚刚过去，小路边还存留着部队埋锅造饭的痕迹。暂编第15军的总部人员行至一个名叫"菜园"的地方，前面有一座山峰挡路，刘昌义命令总部人员向山南的谷地拐进，这时只听见山上人声鼎沸，大约有二百名老百姓蜂拥而至，拦住了山口。

军部警卫连的张连长走在最前边，一见这阵势便知不好，连忙掏出手枪喝道："你们要干什么？"

为首的一个戴着破草帽的中年庄稼汉，拎着柴刀大喊："当兵的，把手里家伙放下再走路！"

满堂和铁柱对视了一眼，这情景他俩太熟悉了，又碰上打劫的啦。

蔡继刚头一次遇见这种事，他还不大相信老百姓敢公然打劫军队。蔡继刚走到队前观察，见对方脸色黝黑，衣衫褴褛，手里拿着柴刀、斧子和梭镖等简陋的家伙，心中大惑不解，便问了一句："你们是什么人？是土匪吗？"

刘昌义悄声对蔡继刚说："是打劫的暴民，专门对付零散的国军掉队人员，听说汤长官和王仲廉部都遭过劫，没想到咱们也碰上了。"

"可咱们不是零散部队，还保持建制呀？"

"2团的部队刚过去，他们精得很，肯定是按兵不动，专等人少的，大概看咱总部人少好欺负才出来的。"

蔡继刚在重庆军委会工作时，由于政府对负面消息的封锁，他对河南民间的状况并不了解，听了刘昌义的解释，未免气不打一处来，他厉声道："我们是抗日的部队，现在正在打仗，请不要干扰我们的战斗行动！"

那中年汉子嘲弄地说："抗啥日啊？还是先抗抗汤恩伯的遭殃军吧！这位长官，俺不要你的命，乖乖把枪和粮食留下，滚蛋就中！"

蔡继刚气坏了："现在是战争时期，军情如火，你们可要为自己的行为负责！"

"俺负狗屁的责！反正也活不下去，横竖都是个死，有种你就开枪，把俺们都打死，要不就放下家伙滚蛋！"

蔡继刚顿时气得七窍生烟，猛地拔出手枪："妈的，你以为我不敢？谁破坏抗日，我有一个杀一个。史铁柱，机枪准备！警卫班，全体上刺刀！排成横列跟我上！"

警卫班的弟兄们都挺起了刺刀，铁柱看看满堂又看看蔡继刚，犹豫着拉动枪栓。

刘昌义有些不知所措，低声对蔡继刚说："老弟，你还真打算开枪？还是再商量商量吧，一旦开枪麻烦就大啦！"

满堂心里也发虚，真要向老百姓开火，他实在下不去手，况且自己饿得没办法时也干过这营生。他连忙凑在蔡继刚耳边小声说："长官，不能开枪啊，他们也是没办法，这两年闹灾，老百姓都给饿狠了，咱别动真格的，吓唬吓唬就中……"

满堂的话对蔡继刚还真起了作用，他脸色有所缓和，哼了一声发出命令："机枪手，枪口抬高两寸，以我枪声为号，向对方头顶上方射击！"

蔡继刚"啪"的甩手一枪，对面中年汉子的破草帽应声飞起，铁柱的机枪"哒哒哒"地打了一个长点射，子弹擦着打劫者的头皮嗖嗖飞过。那中年汉子的精神立刻崩溃了，他抱住脑袋第一个转身逃跑，嘴里叫着："娘呀，他们动真的嘞！"打劫的农民们大骇，他们原本都是些胆小的农民，实在是被饿得发了疯才铤而走险，此时一见军队真的开了火，立刻作鸟兽散，不少农民连裤子都跑掉了。

蔡继刚铁青着脸把手枪装入枪套，嘴里骂着："这叫什么事？军队打败仗，老百姓当汉奸，照这么下去，中国还有什么希望？"

满堂讨好地对蔡继刚说："蔡长官，你别和这帮鳖孙生气，他们也不是汉奸，是个啥来……俺也说不清楚，等到了宿营地，俺跟你好好说说。"

铁柱抱着机枪转过身去，装作没听见满堂的话。

傍晚，部队到达崤山天爷庙。这是一个小山村，高树勋的第39集团军总部也在这里宿营，这会儿已经架起了电台。

蔡继刚汇总了一下自己掌握的战况，通过第39集团军总部电台，向军委会军令部汇报战况："洛阳失守后，敌63师团、69师团仍马不停蹄向豫西南急进，现在前锋已过洛宁、长水、故县，其攻击点似指卢氏。卢氏为我驻豫部队后方补给基地和兵站，切不可失！这一点请军委会考虑。此外，日军另一路主力，其37师团、110师团、62师团及第1军的第5、第59两个旅团一直尾随我河防西撤部队各军，其战略意图似指灵宝、潼关……"

蔡继刚请通讯参谋将自己的战况汇总编成密码发出后，才松了一口气。他心里很清楚，这封电报很可能会被日军破译截获，冈村宁次的那个无线电侦破小组是很敬业的，这小组里面的几个密码破译专家都是个中高手，他们很少休息，也从不休假，夜以继日地工作，其工作效率极高，中国的密码破译专家不是他们的对手。中国军队只能采取经常更换密码的方式，而且把更换周期越缩越短。即使这样，中国军队的密码仍然频频被破译。

蔡继刚常想，如果蒋委员长给自己权力，他一定要成立个战略欺骗机构，利用日军的密码破译能力将大量的假情报提供给对方，以造成对方的错误判断。实施战略欺骗是件一本万利的事，一旦运作成功，能以极小的代价换取最大的利益。

战争的实质，除了双方国力和资源的较量，更是双方决策者在智力层面和运作能力的较量。我们的老祖宗早在两千多年前就已经把这种战略运作玩得炉火纯青。孙子认为：兵者，诡道也。故能而示之不能，用而示之不用，近而示之远，远而示之近。利而诱之，乱而取之，实而备之，强而避之……此兵家之胜，不可先传也。

可惜，重庆军委会那些高官没人关心这些，他们总是一味地强调国力的羸弱、士兵素质的低劣及武器装备的简陋，总是希望通过外交渠道争取更多的外援，或从《租借法案》的物资分配上多讨得一些份额。中国不是没有人才，而是有能力的无权，有权的无能力。

想到这里，蔡继刚叹了一口气，罢了，罢了，不再想这些了，这个时候自己能做的，只是尽一个军人的本分，别的他管不了。

此时，第39集团军总司令高树勋中将正眉头紧锁，拿着放大镜和比例尺在军用地图上寻找战机。

高树勋出身西北军，早年当过冯玉祥的贴身警卫，他从士兵干起，直到官拜集团军总司令。因受冯玉祥的影响，高树勋也入了基督教，是个虔诚的基督徒。就是这位基督徒，在1940年干了件石破天惊的大事：他设计诱捕了汉奸石友三，然后连个愣儿都没打就把石友三给活埋了。此事在中国军界引起极大震动，被称为大快人心之事。

在豫中会战前，蔡继刚与高树勋并不熟悉，只是在这次随同河防部队西撤的途中两人才渐渐熟悉起来。

高树勋怒气冲冲地把比例尺扔在桌上，嘴里只蹦出了两个字："窝囊！"

蔡继刚接过高树勋的话："是窝囊，仗打成这样谁不窝囊？我他妈的一头撞死的心都有！高司令，我们不能再退了，再退只能退往灵宝、潼关，这不是把日本人往西安引吗？西安有中美空军基地，是第八战区司令部所在地，日军一旦进入陕西，后果不堪设想。"

高树勋阴沉着脸说："第一战区把仗打得一塌糊涂，还把祸水引到第八战区，我们这些人今后怕是没脸见人了，还好意思穿这身军装吗？"

蔡继刚一拳砸在桌子上："我们得打一仗，一定要打一仗！高司令，刘军长，你们借我一个团，我只要一个团，打不好我蔡继刚提头来见！"

一只肥硕的老鼠顺着墙根飞快地跑过，怒火中烧的高树勋右手一动已拔枪在手，他抬手就是一枪，"砰"的一声响过，老鼠被子弹打得飞出两米远……

站在院子里的卫士们不知屋子里出了什么事，都持枪冲了进来。

高树勋吼了一声："都给我滚出去！"他"啪"地把手枪拍在桌上："云鹤老弟，咱们干！你来指挥这一仗，要枪我给枪，要兵我给兵！"

刘昌义也冲动起来："我也同意打，就这么丢盔弃甲地撤到陕西，就是蒋委员长不追究我们，我们自己也没脸穿这身军装了。只是现在没有高级别的长官统一指挥，别的部队能听我们的吗？"

蔡继刚冷笑道："我根本就没指望大打一仗，别说是我，就是高司令出面和其他各军商议，恐怕也不会有什么结果。这么多军长师长，各有各的打算，也许人家还认为我们多事呢。"

高树勋说："别人都指望不上，咱们自己干，以我们新8军为主，刘军长的暂15军可以作为预备队待命。云鹤老弟，详细说说你的打算，这一仗咱们怎么打，打多大规模？"

蔡继刚肚子里早有了预案，他拿过五万分之一比例的军用地图展开，用红铅笔在一个点上画了个圈："两位长官，我想把这个山谷作为预设战场，昨天我从那里过的时候已经看好了地形。我的想法是，把新8军的一个团放在这里打个伏击，暂15军的两个团布置在侧翼，随时准备阻击敌人的增援部队。"

高树勋提出质疑："我有三个问题。第一，你现在并没有掌握第一手情报，敌人的先头部队兵力有多少？是一个联队还是一个大队？若是一个联队，我们一个团不但吃不掉它，反而有可能被它吃掉。第二，如果进入伏击圈的是敌人一个大队，我们同样面临很大风险，日军一个步兵大队的标准编制是1100人，我们的一个团只有两千多人，一旦投入战斗，很可能谁也吃不动谁，把战斗打成胶着状态，到时候我们想脱身都脱不了。第三，敌人先头部队与后面大部队之间距离有多远？如果是五公里之内，我们无法速战速决迅速脱身。云鹤老弟，你的具体计划是什么？"

蔡继刚回答："高司令，我的胃口不大，干掉鬼子一个中队我就知足。只要这一个中队进入伏击圈，我马上把口子封死，用一个团干它一个中队还是有把握的。"

刘昌义盯着地图问："你的意思，是控制进入伏击圈的日军人数？可你准备用什么去封口子？是用火力阻击敌人的后续部队？别忘了，敌人的火力可比我们强，这么干我们恐怕没有把握。"

蔡继刚胸有成竹："这个好办，我看地形时已经注意到了，那个山谷的进口处只有七八米宽，两侧都是峭壁，我准备用两吨炸药进行定向爆破，把山口炸塌。我计算了一下，炸药引爆后两边峭壁向中间坍塌，会形成高十几米的岩石屏障，敌人的工兵即使使用施工机械清障至少也需要两天。有了这两天，我们什么事都办完了。暂15军的阻击部队可以凭借这道人工障碍进行阻击，敌人就是出动坦克也无济于事。"

高树勋大笑："老弟啊老弟，只有你才能想出这种怪招来，你大概早惦记上我们工兵营的那些炸药了吧？"

蔡继刚笑着承认："是啊，我早注意到了，新8军工兵营为了带这些炸药，一路上苦不堪言，我看不如把它用掉，也好轻装上路嘛。"

刘昌义感叹道："妈的，上过洋军校的人就是鬼点子多，连工兵爆破也懂。我说老弟，你给我讲讲，什么叫定向爆破？"

"定向爆破是把某一地区的土石方抛掷到指定的地区，并大致堆积成所需形状的爆破方式，其实这个科目并不复杂，只是要学会装药量、装药点与被爆破物体之间的关系计算。老实说，这个科目我学得不怎么样，充其量是个中等，不过也够用了，因为战争中的爆破是为了破坏，而不需要太精确。"蔡继刚解释着。

高树勋拿起电话："参谋长，给我把工兵营黄营长叫来，部队全体待命，准备战斗！"

深夜，第八战区副司令长官胡宗南被急促的电话铃声吵醒。他看了看表，已经是凌晨两点钟，这么晚有人来电话似乎不是好兆头。胡宗南迷迷糊糊地拿起话筒,里面传来熟悉的宁波口音:"是寿山吗?"

胡宗南吃惊地从床上蹦到地板上,光着两只脚不自觉地做出立正姿势:"校长!学生在。"

蒋介石的心情似乎很恶劣:"寿山啊,你听说了吧,豫中会战我们打得很糟糕啊。"

"是!学生听说了,校长,这么晚了,您还在工作?"

"睡不着啊,黄河防线失守,许昌失守,洛阳失守……唉,几十万大军一退再退,这简直没法向盟国交代啊。"

"校长,前线的情况我知道一些,您不要急坏了身子,此时有什么需要学生做的,校长只管下命令!"

"第一战区的情况很糟糕,蒋鼎文、汤恩伯不听调遣,居然擅离指挥岗位,日本人穷追不舍,他们下一步是想拿下灵宝和潼关,我们绝不能让敌人进入陕西,进入西安!寿山啊,军情紧急,你马上给我整军出陕阻击,我已紧急任命陈诚为第一战区司令长官,火速赶往豫西收拾残局,并且严令第一战区西撤部队就地拦截阻击敌人,绝不许再后退一步!娘希匹!蒋鼎文、汤恩伯是党国的败类,我要严惩他们……"

胡宗南惊出一身冷汗:"校长,学生遵命!我立即带兵火速出陕!"

放下电话,胡宗南回头大喊:"副官,立刻打电话给参谋长,传我命令,第34集团军全部出动,火速出潼关,向灵宝、卢氏一带攻击前进!我带指挥部人员在华山脚下等候!"

## ·第十一章·

蔡继恒终于等到了陈纳德将军的召见,陈纳德的常驻地点是昆明东南部的巫家坝机场,那里是第14航空队司令部及主要训练基地,通常他到各机场视察总是搭乘C-47运输机,有兴致时甚至单独驾驶一架P-40战斗机往返于各个机场。

老杰克曾经向蔡继恒透露,尽管第14航空队已经在换装,陆续装备新型的P-51"野马"战斗机,但陈纳德将军很念旧,仍钟情于老式的P-40,他对这种"战斧"式飞机有着深厚的感情,美国援华志愿大队最早得到的100架作战飞机就是P-40战斗机。老杰克说,陈纳德将军是个真正的西部牛仔,他每次驾驶P-40外出视察时都要求地勤人员装足飞机的弹药基数,还加挂副油箱,并且拒绝基地派出战斗机为他护航。其实他巴不得在途中遭遇敌机,这样他就可以名正言顺地和敌人进行一场空战。自从担任指挥官以来,他被剥夺了亲自驾机出征的权利,这使他一直耿耿于怀。陈纳德说过,他宁可不要将军的军衔,也愿意当一个随时可以投入战斗的飞行员。

在去基地主任办公室的路上,蔡继恒还在想,幸亏日军情报部门没有掌握陈纳德的行踪,否则就太危险了,他们会不惜一切代价干掉陈纳德,就像美国海军飞行员在空中设伏干掉山本五十六一样。在某些情况下,消灭掉敌方的优秀将领,的确可以改变战争的进程。

陈纳德将军正坐在基地主任的办公桌前抽雪茄。这一年陈纳德51岁,他那刀削般的窄脸上有一双炯炯有神的眼睛,最有特点的是他的鹰钩鼻子,让他看上去活像一只老鹰。蔡继恒对他的印象是:这是个具有钢铁般意志、强悍力量和非凡勇气,并兼有高超智慧的老军人。他穿着一件草绿色翻领式毛料军服,左胸上佩着几排五颜六色的功勋略章,肩章上两颗表示少将军衔的银色将星显得颇为醒目。

和蔡继恒一样,陈纳德的青少年时代也不是安分之辈,他童年时从祖父的黑人老仆那里学会了打架技巧,于是经常把周围的小伙伴打得鼻青脸肿。他在路易斯安那州立大学学习时,虽然学习成绩优良,但平时的表现却近乎放纵,为了寻找机会打猎和垂钓,他甚至不惜破坏学校纪律,以致多次受到开除处分。

像陈纳德这类的捣蛋鬼在军队里是注定吃不开的，他在1918年就获得了预备役中尉军衔，19年后，他在44岁退役时才混了个上尉军衔，这种情况世上少有。若是从1917年陈纳德考入印第安纳州本杰明士官学校算起，他在军队整整混了20年，其中有17年是当飞行员，这位捣蛋鬼20年的军龄，其军衔才升了一级，真令人匪夷所思。

若不是中国的抗日战争爆发，陈纳德这辈子就算耽误了，他可能会回到密西西比河边，靠钓鱼打猎终老一生，别说是少将，就是少校军衔也是非分之想。

早期的"飞虎队"队员都是陈纳德以月薪300美金从美国招募来的，其中大部分人都是美军退役飞行员。以当时的美国物价，300美金绝对是高收入，更使他们感兴趣的，是时任航空委员会秘书长的宋美龄女士提出了悬赏价格，每击落一架日军飞机奖励500美金，于是弟兄们的战斗热情立刻空前高涨。他们都是些非常敬业的人，拿了雇主的高薪理所当然要把活儿干漂亮。那段时间志愿航空队进行了31次空战，飞虎队员们以5至20架可用的P-40战斗机击毁敌机217架，自己仅损失了14架。如此算来，击落一架敌机奖励500美金，飞虎队队员们一共挣到108500美金，这无论如何都是笔巨款了。

应该说飞虎队队员们干得的确不错，他们唯一的缺点就是纪律差些，酗酒闹事时有发生。陈纳德一般都会给予谅解，因为他们的身份是平民，说得直接点就是雇佣兵，只要把活儿干好，纪律差点也是正常的，况且陈纳德自己年轻时也不是个省油的灯，这些劣迹都是他当年玩剩下的，所以陈纳德对违犯纪律的队员，一律予以宽容。

1942年4月，美国航空志愿队被纳入正式军队编制，成为美国驻华空军特遣队，陈纳德被重新召回军队，授衔准将，担任了司令官。原飞虎队队员们可以自愿选择是否留下，结果原飞虎队队员中仅有5名飞行员和22名地勤人员选择留下，其余队员一哄而散，大部分飞虎队队员情愿转往中国航空公司或印度斯坦飞机公司，寻求待遇较高的工作。其原因主要是自由惯了，不愿再受军纪约束。当然，无钱可挣也是个原因。

当年的飞虎队队员们虽然已经大部分离去，但飞虎队自由散漫的风气却留了下来，并且不自觉地影响到中美空军混合团的飞行员们，于是他们中间也出现了一些喜欢冒险刺激，不愿受军纪约束的家伙，蔡继恒就是其中的一个。

看样子，陈纳德今天心情不错，他微笑着向蔡继恒点点头。

蔡继恒立正，向陈纳德行军礼："将军，中美空军混合团上尉飞行员蔡继恒向您报到，请指示！"

陈纳德站起来握住蔡继恒的手说："鳄鱼，我们虽然是老熟人了，可我居然不知道你是军委会蔡将军的弟弟。来，你坐下。"

"将军，您认识我哥哥？"蔡继恒有些惊奇，规规矩矩坐下。

"何止认识，我们还是很好的朋友呢，他是弗吉尼亚军校的高才生，在他那一届毕业生里，有不少人都当上了将军。鳄鱼，不瞒你说，我年轻时做梦都想去西点或弗吉尼亚军校上学，可惜未能如愿。"

蔡继恒有些好奇地问："哦，您是功课不好没有考上呢，还是有什么别的原因？"

陈纳德熄灭了手中的雪茄："西点和弗吉尼亚门槛有些高，还有些要命的规矩，比如入学一定要有副总统或国会议员、陆军部高官那样有身份的人推荐。他妈的这种人我一个也不认识，谁会推荐一个乡下孩子？我只好退而求其次，去考马里兰州的安纳波利斯海军学院。你知道，这所海军学院是美国海军将领的摇篮，对我也有很大的吸引力。那年我才16岁，一心想上军舰体验大海生活，可是两天以后，我得知考生一旦被录取，就必须过两年纪律严明的校园生活，然后才能上舰受训。这我可不干了，我是个在路易斯安那州丛林和沼泽地里野惯了的孩子，怎么能忍受军营的刻板生活呢？于是我在最后一场考试中交了白卷，放弃了入学的打算。"

蔡继恒笑了："将军，幸亏您放弃了当海军的打算，否则就不会有飞虎队了。"

"是啊，鳄鱼，人的命运是无法把握的，少年时我像你一样不安分，我最喜欢去路易斯安那州的橡树林和苔藓丛生的沼泽地，一去就是几天，靠吃野果子和打猎为生，住在自己搭的小破屋里，用苔藓和树枝做一张床，用笼子捕捉各种鸟，设陷阱捕捉貂和黄鼠狼，那时候，我哪里想到日后会成为一个飞行员？"

蔡继恒在心里盘算着，这老爷子今天找自己总不会就是为了唠叨他的少年时光吧？以陈纳德的地位，不会抽出大把的时间和一个小小的上尉一起怀旧，这老爷子葫芦里卖的什么药？只有一点可以确定，把蔡继恒调到羊街基地肯定是因为他违反了军纪，接下来会面临着处罚。问题是，处罚就处罚，蔡继恒早做好了心理准备，可老爷子东拉西扯是什么意思？

蔡继恒决定以攻为守，主动出击："将军，您年轻时是不是也经常犯错误，就像我这样？"

陈纳德眯缝起眼睛打量着蔡继恒："嗯，你是一条很狡猾的鳄鱼，好像在暗示我，年轻人都会犯错误，是不是？"

"不，将军，我没这个意思……我只是对您的年轻时代感兴趣，我想知道，您的少年、青年时代是不是个经常被长辈们夸奖的好孩子？"

陈纳德大笑起来："那我可以告诉你，肯定不是！我在路易斯安那州立大学读书时,几乎每学期都会遭到开除的处分,因为我急着去捕鱼,不想错过捕鱼的季节,总是千方百计在大考结束得到学分之后,故意找点错事干,让学校把我开除,以求早一星期离校去捕鱼。其实我心里是有底的,我叔叔纳尔逊是路易斯安那州还算有些名气的教授,校方会给我叔叔面子的。果然,等到开学时,校方就会给自己一个台阶下,说是念我成绩优良,愿意再给我个机会,于是给我撤销处分,继续上学。"

蔡继恒不失时机,启发性地附和道:"将军,路易斯安那州立大学的负责人在处理问题上是很有智慧的,他们对一个犯错误的青年给予了极大的宽容,从而保证了这个青年的远大前程。有句谚语不是说,青少年犯了错,上帝都会原谅。"

陈纳德哼了声:"鳄鱼,我知道,你绕来绕去,只有一个目的,就是有了过错之后要千方百计逃避惩罚。说实话,鳄鱼,你这次玩得有些过分了,这不仅仅是违反军纪的事,而是很可能要耽误我的大事,所以你必须受到惩罚!"

蔡继恒毕恭毕敬地回答:"我知道,将军,那架零式机对您很重要,如果我被敌人击落,就会影响对零式机的研究工作。"

陈纳德突然咆哮起来:"你这无法无天、专门惹祸的浑蛋,你知道那架零式机有多宝贵?就是有人拿一艘战列舰来换,我都舍不得!可你竟敢把它当成冒险的工具,去满足你那该死的冒险嗜好,他妈的……我真想枪毙了你!"

蔡继恒没吭声,他知道,老爷子正在气头上,此时任何解释都是不明智的。

陈纳德继续教训道:"你想想,从太平洋到东南亚,从远东到中国大陆,我们有成千上万的好小伙子驾驶着P-40和零式机作战,所以我们必须熟悉它所有的性能,据我所知,那个该死的设计师堀越二郎[1],他一刻也没有停止对零式机性能的改进研究,我们绝不能掉以轻心,要密切关注零式机的性能变化,我们P-40的战术动作必须因零式机的性能改变而调整,否则璧山空战的悲剧还会重演。"

蔡继恒低头小声说:"对不起,将军,我很抱歉!我保证今后不会再违反军纪,请您相信我。"

"当然了,你打得还算不错,击落了两架敌机,可是……这也他妈的抵偿不了你应受的惩罚!"

蔡继恒心想,这老爷子今天怕是真动怒了,平时他温文尔雅,彬彬有礼,

---

[1] 堀越二郎,第二次世界大战期间日本三菱重工业公司的著名飞机设计师,零式战斗机的设计者。他1927年毕业于东京帝国大学航空工业科,曾在德国容克斯公司和美国寇蒂斯公司深造。他吸收了世界最先进的设计思想,在日本海军的96式舰载战斗机的设计基础上设计出了零式战斗机。零式战斗机的问世,代表着日本飞机设计的重要里程碑。

## 第十一章

很有绅士风度，可今天居然一口一个"他妈的""浑蛋"，把自己骂了个狗血淋头。若是换个长官如此骂人，蔡继恒可能也会暴跳起来，可是对陈纳德的怒骂，他却没有一点不舒服的感觉，这老爷子是他最尊敬、最佩服的人，就是揍他两巴掌他也得恭恭敬敬地挨着。

陈纳德骂够了，气也消了一些："鳄鱼，你知道你哥哥对你的评价吗？"

"不知道，但肯定全是负面评价。我这位兄长对我一贯严厉，小时候我淘气他没少揍我。这和我父亲的怂恿有关，我父亲是个很传统的人，按照中国式的家庭伦理，叫作长兄如父，也就是说，父亲不在时，长兄可代行父亲的权威。"

陈纳德划了一根火柴重新点燃雪茄说："总的来说，你哥哥对你的评价还是比较客观的。当然，你的优点就不说了，现在只谈负面评价，他说你从小就是个既胆大包天，又诡计多端的孩子，要是给你个梯子，你能上天！因此，你这样的人需要严格管束，否则很容易惹出大乱子。"

哦，原来如此！是大哥在陈纳德那里透了底。蔡继恒在心里咒骂着，这位大哥在家里代行父权还不够，现在居然把手伸到空军来了，这也太过分了。蔡继恒不满地嘟囔着："可是，我并不觉得23大队是个梯子，如果我违反军纪理应受到惩罚的话，那么我宁愿在中美混合团接受惩罚。"

"这可不行，据我所知，你在中美混合团有不少志趣相投的朋友，对你的惩罚，监督执行是个大问题，弄不好你不但没有受到惩罚，或许还可能得到几天假期，所以我必须要把你这条鳄鱼调出巢穴。"

"恕我直言，将军，我有个建议，不知能不能说？"

"可以，说吧！"

蔡继恒把心一横，站起来说："咱们为什么不成立个惩戒部队？苏德两国都有这种惩戒营，我听说苏联空军里还有个'惩戒军'，由犯了严重过错的飞行员组成，据说战斗力很强。我的意思是，我们是不是也成立个'惩戒中队'，把我们这些犯有过错的飞行员组织起来，在战斗中戴罪立功呢？说实话，我宁可进入惩戒部队去作战，也不愿意受到擦飞机的处罚。"

陈纳德耸耸肩摊开双手说："嗯，这倒是个不错的主意，我要是有这个权力，就任命你当惩戒中队的队长。你是够格的，无论是你错误的严重程度还是你的飞行技术和组织能力，都有资格当这个中队长。可惜，我没有这个权力，把犯有过错的军人送进惩戒营，担任自杀性的作战任务，说得确切点就是炮灰，这类事只有法西斯国家和极权国家才干得出来，这是缺乏人性的表现，与民主精神背道而驰。"

蔡继恒坚持着立正姿势，激愤地大声说："将军，任何处罚都有结束的时候，对我违纪的处罚已经持续整整一周了，但现在还没有结束的迹象。在这短短一周里，第23战斗机大队和第308轰炸机大队每天都要起飞两次以上执行战斗任务。就在这一周里，羊街基地阵亡了68名空勤人员，他们中间还有我不少朋友。将军，我请求您，给我一架P-40，恢复我参加战斗的权利！"

蔡继恒的激愤似乎打动了陈纳德，他站起来，把蔡继恒按到椅子上坐下，他望着蔡继恒的眼睛，以一种少有的温和口气说："鳄鱼，我需要你的帮助。"

蔡继恒睁大了眼睛："我……我能帮您什么？"

陈纳德走回办公桌前坐下，他打开一个文件夹抽出两份材料递给蔡继恒说："你认识这个人吗？"

蔡继恒仔细看了一眼一份文件上的照片，便一眼就认出，照片上的人正是那个被他击落的日本飞行员藤野内五郎。另一份文件上也是个日本人，但蔡继恒并不认识。

蔡继恒点点头说："这个人我认识，他是日本海军零式机飞行员，叫藤野内五郎。至于怎么认识的，我就不用说了，反正我这一周擦飞机的工作与他有关，您都知道的。另一个人我不认识。"

陈纳德开门见山地说："鳄鱼，最近我们得到不少日军的密码数据，它们大部分是从被击落的日军战斗机和轰炸机残骸里得到的，第14航空队通信处计划成立一个专业单位来研究日军作战飞机密码的破译，据我们所知，这两个日本俘虏都受过这方面的训练，特别是藤野内五郎，他在战前是京都大学数学系的学生，参与过密码编写工作。重庆政训部门的两个军官一直在做他们的工作，但他们不肯。据看守所的人员说，这两个日本人对一个叫鳄鱼的中国飞行员大有好感，如果鳄鱼亲自去劝说，他们可能会答应。"

蔡继恒考虑了一下便同意了："我没这个把握，但可以去试试。不过……我只认识藤野内五郎，另一个俘虏我甚至没见过，他怎么会对我有好感？"

"那个俘虏叫中信义雄，是个侦察机飞行员，他说你曾经送过他两身用作换洗的衣服，有这回事吗？"

蔡继恒想了想说："哦，好像有这么回事，当时藤野内五郎浑身臭烘烘的，我要是不给他找身换洗衣服，得熏死我。我考虑到他们有两个人，就多买了两身衣服，没想到这个中信义雄还记得，算这小子有良心。"

陈纳德挺直身子，正襟危坐道："鳄鱼，从现在起，你可以不用擦飞机了，你的任务是说服这两个俘虏，与我们合作，至于用什么方法，那是你的事，我只要结果。"

蔡继恒站起来立正道："长官，如果我完成了任务，下一步的工作是……"

## 第十一章

陈纳德打了个哈欠，不耐烦地挥挥手说："这还用问？滚回你的原单位就是了，你还能干什么？"

"那……我要是办不成这件事，会有什么后果呢？"

陈纳德又一次咆哮起来："必须办成，否则我会派你到308大队，把所有的轰炸机都擦一遍。除此之外，鳄鱼，我警告你，要是再惹是生非，我就把你挂在B-24的弹仓外边，拿你当颗炸弹投下去！"

蔡继刚将新8军的217团安排在后面山谷两边的坡地上，在工兵营埋设炸药时，蔡继刚督促伏击部队抓紧时间构筑机枪阵地和单兵掩体。

新8军工兵营营长黄一鸣是黄埔八期工兵科毕业生，这是个怀才不遇的家伙，他当年的同学们混得最一般的也是上校团长了，而黄一鸣还是个少校营长。按他自己的说法是，黄某为人耿直，不善溜须拍马，军界又无靠山，混个少校营长怕是干到头了。

蔡继刚对黄营长的印象不错，因为他的专业能力的确很强。他在山口处走了几个来回，然后蹲在岩石上用铅笔在笔记本上列了几道公式，五分钟后向蔡继刚报告："长官，要达到你要求的爆破效果，用一吨炸药就可以了。"

蔡继刚一听脸就发起烧来，他自己的爆破计算很粗糙，一来不是很专业，二来他用的是美国人的思路，人家是个富国，使用起资源向来大手大脚，总是追求最大保险系数，却很少计算作战成本。黄一鸣就不一样了，他自从毕业后进入军队服役就一直过着穷日子，在他看来，这些炸药的价值比金子还贵。从黄河防线撤退以来，新8军被日本人兜着屁股追赶，能扔的东西都扔了，唯独工兵营的五吨炸药却心肝宝贝似的捂在怀里，打死也不肯丢下，这可是有钱也买不来的宝贝。

"黄营长，听你的意思，这省下的一吨炸药还想拉走？"蔡继刚用目光逼视着他问道。

黄营长在蔡继刚的逼视下毫不退缩："当然，如果我能用500公斤炸药完成长官交代的任务，那我绝不用1000公斤，省下一公斤也是好的，别说是炸药，就是空炸药箱我都不会留下一个。"

蔡继刚尽量用缓和的口气开导他："黄营长，没人想拿你的炸药当鞭炮放，这是因为作战需要，必要时我把你的五吨炸药全部用光也是合理的。所以，这剩下的一吨炸药不但不能拉走，我还要求你在伏击圈内埋设200枚地雷，具体埋设地点我会告诉你，现在，请你执行命令。"

"长官，我能否再请示一下军部……"

蔡继刚冷冷地打断他："用不着，我奉第39集团军总司令高树勋的命令指挥这次战斗，这里一切由我全权负责，违抗军令者，军法从事！"

"是！长官，我服从命令！"黄营长屈服了。

"黄营长，我知道你是黄埔八期的，现在的军阶是低了些，你心里恐怕会有抱怨，觉得自己怀才不遇，上司对你不公平。可你想过没有，如果你在战场上建功立业，用军功来证明你的才华，那还有谁敢阻挡你的晋升？"

"是！长官的教诲我谨记在心！"

"黄营长，我向你保证，只要你根据我的命令打完这一仗，我会向军令部为你请功，并向高总司令举荐，晋升你为上校团长。"

黄一鸣向蔡继刚立正敬礼："谢长官栽培！我黄一鸣坚决执行命令！"

"黄营长，你看看这地形，山谷两侧的坡地上是我们的伏击部队，战斗一旦打响，被伏击的敌人会有什么反应？"

"长官，敌人会寻找隐蔽物躲避道路两侧的火力进行顽抗。"

"这就对了，你把地雷和剩下的炸药分别埋设在敌人有可能当作隐蔽物的地方，每个埋设点多覆盖碎石，以增加杀伤效果。另外，战斗打响后，你们工兵营要确保每个爆点与起爆器之间的电线不出问题，电线打断了要有专人负责接通，你明白吗？"

"明白！长官，还有别的任务吗？"

"告诉你的工兵们，在保证炸点的情况下，别光顾着看热闹，你们手里又不是没家伙，都给我抄起枪来，向敌人开火！战斗打响后，不分兵种，所有人都要参加战斗。记住！击溃敌人一个师团，不如彻底消灭他一个中队，我们以往的失利，都是不关注作战效能所致。"

蔡继刚说完扭头走了，黄营长站在原地，呆呆地琢磨着他的话。

蔡继刚走上山坡检查217团的机枪工事和掩体。他不看还好，一看便火冒三丈，最前沿的射击点离谷底的小路竟然有150米远，这么远的距离还打哪门子伏击？

217团的团长孙永志听说蔡继刚发了火，连忙跑来询问。

蔡继刚劈头问道："孙团长，为什么把火力点设在这么远的距离上？说说你的理由。"

"报告长官，如果距离太近，我们的火力不足，怕是挡不住敌人，一旦敌人冲进堑壕，我们就要被迫进行白刃战……"

蔡继刚压住火问："怎么，怕打白刃战？"

"长官，鬼子拼刺刀很厉害，我们恐怕会吃亏，所以我们在作战中尽量使用

## 第十一章

火力消灭敌人，避免拼刺刀。"

蔡继刚毫不客气地说："我看胆小的不是士兵，是你这个团长。还没和敌人交手，你在气势上就先垮了。白刃战靠的是勇气和胆量，其次才是技术！你们217团从黄河防线一路撤到这里，居然还是个齐装满员的部队，这只说明了一点，你们从来就不敢和鬼子正经打上一仗。哼，你这个团长好意思吗？"

蔡继刚近乎羞辱的训斥使孙团长感到很难堪，但他慑于蔡继刚的少将军衔，强忍着不敢发作。孙团长涨红了脸小声说："长官，我不怕死！战斗打响后，我第一个端着刺刀上，请长官监督，如果我临敌怯战，长官可以枪毙我！"

蔡继刚缓和了口气："孙团长，我不怀疑你个人的勇敢，但我希望看到的是你这个指挥官的战术素养和整个217团的杀气，要是没本事带出一支虎狼之师，你不如去当个班长。我问你，150米的射击距离和50米的射击距离有什么区别？"

"当然是距离越近命中率越高。"

"这就对了，在50米距离上，一个新兵都可以成为神枪手，命中率至少百分之九十以上。敌人冲到20米距离更好打，你们的手榴弹是干什么用的？几百颗手榴弹扔出去，敌人的散兵线就会变成一堆碎肉，再凶悍的敌人也经不住这样的弹幕攻击。日本人并不可怕，可怕的是我们内心的恐惧。"

"是！长官，我马上重新设置工事！"

"告诉你的士兵们，不要惧怕短兵相接，不要惧怕拼刺刀，鬼子没长着三头六臂，和你一样，也是肉长的，你越怕丢命，死的可能性就越大，不如横下一条心，刺刀上见高低！但凡优秀的部队，无一不是敢于近身肉搏的部队，我倒要看看，这一仗下来，217团是英雄还是草包！"

孙团长脚跟一碰，挺胸道："请长官放心，这一仗要是打不好，我孙永志提头来见！"

蔡继刚把一切都安排好后，吩咐满堂把警卫班布置在最前沿，准备参加战斗。满堂对蔡继刚的命令提出异议："长官，警卫班的任务是保护你的安全，你走到哪儿俺跟到哪儿，咋能把警卫班搁在最前沿呢？"

蔡继刚说："我的指挥部就在最前沿，你们当然要跟着我。"

满堂一听脑袋就大了，因为刘昌义军长说过，蔡长官要是有个三长两短，警卫班从班长到士兵都得枪毙。凭他对蔡继刚的了解，这个蔡长官好像对打仗很有瘾，枪一响就往前凑，一个堂堂的少将怎么总想着干连长排长干的事？

满堂带着弟兄们磨磨蹭蹭地搬石头做掩体，他希望蔡继刚能改变主意。

蔡继刚忽然想起路上遇到农民打劫的事，他心里一直很不舒服，也很不理

217

解，这些农民为什么如此混沌，连一点起码的是非观念都没有？就算是出于愚昧、出于饥饿，也不至于帮助日本人缴自己军队的械，政府做得再不好，毕竟也是自己国家的政府，他们难道连这点起码的道理都不懂吗？

蔡继刚叫过满堂和铁柱，他知道这兄弟俩是本地人，他们一定知道这些打劫的老百姓在想什么。

满堂和铁柱一听蔡继刚的问话心里就毛了，这本来就是他们的一块心病。自从被抓了壮丁，满堂就不止一次偷偷叮嘱铁柱，抢劫国军的事打死也不能说，这是掉脑袋的事。不过蔡长官既然问了，满堂还是得站在老百姓的立场上说几句公道话。他真诚地认为，河南的老百姓实在是很倒霉，反正交战双方谁也没拿老百姓的命当回事，他们只好自己救自己。当然，自己干过的事坚决不能承认。

蔡继刚静静地听着这兄弟俩的叙述。满堂和铁柱显然不具备完整的表达能力，他们的叙述语言极度缺乏逻辑性，甚至多次颠三倒四地重复同一个问题。他们的思维似乎混沌一片，既没有国家和民族的概念，也没有任何简单朴素的政治诉求，甚至连一般的好恶是非观念都很模糊。

蔡继刚听了半天才弄明白，这兄弟俩喋喋不休唠叨的只有一个明确的表达，就是河南闹了两年大灾，农民粮食颗粒无收，其饥饿程度已经到了人相食的地步，而政府不但没有赈济灾民反而加紧横征暴敛，尤其是汤恩伯那鳖孙，他的兵最坏，把老百姓糟蹋得活不下去才豁出命去抢劫，这实在是没办法的事。

蔡继刚向满堂提出一个问题："那么你认为汤恩伯的兵比日本人还坏吗？"

满堂肯定地说："听逃难的人说，鬼子也不是啥好货，可俺村以前没来过鬼子，俺不是没见过嘛。"

铁柱马上补充道："这回第一次见鬼子，鬼子对俺老百姓挺好，挨家发粮食，还是白米呢，俺长这么大也没吃过白米。"

蔡继刚沉默了，他不知道该说什么好。事情是明摆着的，中国的老百姓从来都是处于自生自灭的原生状态，政府除了收税，似乎没有为他们做过什么。国家对他们而言是个很虚幻的概念，既然老百姓感受不到国家的存在，那么他们凭什么要为国家去流血牺牲呢？中国两千多年的皇权统治，只是让老百姓明白了一个道理："普天之下，莫非王土。率土之滨，莫非王臣。"既然天下都是皇家的，与老百姓没有关系，那么老百姓为什么要为与自己毫无干系的皇家去打仗去流血呢？听着满堂兄弟的叙述，蔡继刚感到震惊，感到惶惑，他意识到自己语言的苍白，他无法对满堂兄弟的混沌愚昧做出批判。此时，蔡继刚又能说些什么呢？

· 第十一章 ·

　　蔡继刚知道，中原的惨剧不仅仅始于1942年以来的水、旱、蝗灾，其实恶果在1938年就已经种下了。那年5月，日军土肥原师团由菏泽北面董口偷渡黄河成功，向陇海线西犯，目标在于占领郑州、许昌。日军的战略目的不仅为切断平汉路郑汉段的运输联络，更在于南进武汉，西迫洛阳、西安，进而窥视中国西南大后方。当时郑州危急，武汉震动。国民政府似乎没有什么更好的办法扼制敌人的进攻势头，情急之下，蒋介石命令商震的第20集团军新8师炸开黄河花园口堤坝，以水代兵，使黄河改道南流，入贾鲁河和颍河，夺淮入海。此举在一定程度上达到了阻截日军西进南下的目的，使日军第14、第16师团陷入困境，但同时也给豫、皖、苏的中国百姓带来了巨大的灾难：1200余万亩的耕地被淹没，造成了大片的黄泛区，共计1200万人受灾，89万人死亡。

　　蔡继刚这几年一直在军委会工作，由于他的特殊身份和地位，使他接触到不少绝密资料。蔡继刚根据自己所掌握的资讯对此事件进行过评估，应该说，国民政府在进行决策时已经充分考虑到民众的巨大伤亡和经济损失，为了防止民怨的扩大，国民政府在事后的行为很不光彩。6月11日，也就是花园口刚刚决堤，蒋介石就做出指示："须向民众宣传，敌飞机炸毁黄河堤。"自此中央社奠定了宣传基调，将决堤栽赃于日军，并且加强其悲剧性的引导，开动所有宣传机器对受灾惨状加以渲染，把民众的怒火引向侵略者，而逃脱政府应负的责任。[1]

　　几年来，花园口事件的得失在重庆高层军政官员中间争议很大，包括蒋介石在内的一部分人认为，花园口决堤给日军造成了重大伤亡。据后来得到的情报表明，洪水之后日军紧急以航空兵团全力援助困于黄水中的第14、16师团，用运输机和临时改装的轰炸机给被困部队投下大量补给。6月29日，日本华北方面军在徐州举行联合追悼大会。据悉，仅日军第2军死于洪水的人数便达到7452名之多。从战略角度看，黄河决堤后形成黄泛区这一巨大地障，迫使日军于平汉路以东停止前进，从而消除了唐、白河流域及汉水中游面临的军事威胁，并守住了军事重地郑州。如此说来，国民政府的"断臂图存"之举是利大于弊。另外，民众死于洪水的人数也存在极大的争议，国民政府的宣传部门宣称："花园口决堤后，灾区人民扶老携幼，均平安逃至平汉路豫西地带，政府分发大量救济金，非但无任何人员伤亡，即猪狗牛鸡，都随人走避，并无损失。"

　　对此事件执肯定态度的一部分人认为，花园口决堤在军事上的意义有三点：

---

1　花园口决堤事件发生之后，中华民国政府一度对外宣称是日军飞机轰炸所致，但不少民间媒体提出质疑。抗战胜利以后，国民政府仍坚持日军飞机轰炸的说法，但随着当事人和亲历者的回忆资料陆续面世，以及日本和中华民国政府军事档案的公开，个中秘密渐为人知。国民政府到台湾后才承认了炸开花园口的事实。

首先是阻止日军西进，改变了进攻武汉的路线；其次是为保卫武汉赢得了准备时间；再就是造成了中日两军夹黄泛区对峙的局面。

蔡继刚对此说法很不以为然，他认为花园口决堤的军事价值仅在于给占领中牟、尉氏的日军造成困难并使其受到一定的损失。黄水夺淮造成淮河泛滥，日军不过是将原定以一部分主力沿淮河进攻大别山北麓地区的作战部署，改为沿长江西进进攻武汉。与豫、皖、苏民众因黄水泛滥遭受的巨大损失相比，这点军事价值不足称道。

从后来的战局发展来看，也证实了蔡继刚的判断。其实，日军在6月9日花园口决堤之前就已经制订好进攻武汉的计划与行动，日军大本营并没有因为黄水泛滥而改变或推迟进攻武汉的时间。此外，决堤放水也并没有为中国军队保卫武汉赢得准备时间。在花园口决堤的第三天，也就是6月12日，日军波田支队在安庆登陆，并很快占领安庆，武汉会战正式拉开帷幕。9月6日，广济失守。29日，日军攻陷长江要塞田家镇。至10月下旬，武汉三镇全部沦于敌手，武汉会战结束。事实证明，对于中国军队保卫武汉的准备时间而言，花园口决堤与否都是一样的。

中日两军夹黄泛区对峙的原因并不是日军为地障所阻才转入对峙，对于具有立体作战能力的日军来说，区区一片黄水地障并不能阻挡他们进攻的步伐，此次豫中会战就证明了这一点。1944年的日本帝国，虽然经过长期的战争消耗已成强弩之末，但令人遗憾的是，在中国战场上，他们仍然牢牢地掌握着战略主动权。蔡继刚认为，交战双方夹黄泛区对峙的最根本原因是日军的兵力不足所致。地形是两军选择对峙的一个条件，但不是决定性条件。此时的对峙，是服从于整个中日战争进入战略相持阶段的总形势的需要而决定的。

身为将级军官，蔡继刚不会天真到相信中央社的宣传："非但无任何人员伤亡，即猪狗牛鸡，都随人走避，并无损失。"连训练有素、组织严密的日军部队都淹死了这么多人，那么以中原一带人口的密集程度，没有组织、缺乏避险手段并惊慌失措的老百姓会死多少？只有天知道！

事后国民政府的一些高官认为，民众死亡89万这个数字是无稽之谈。其实具体数字并不重要，重要的是黄泛区上千万民众的感受，他们会深切地感受到，几十万民众的生命在政府决策者的眼里似乎形同草芥。这个如此冷酷的政府不要也罢了，即使当了亡国奴，状况也不会比这个结果更坏。"壮士断腕"固然悲壮，关键是谁去充当这个"腕"？

想到这里，蔡继刚痛苦地用双手抱住头，他理解了那些抢劫抗日军队的民众。抗战以来，中原民众承受了如此深重的苦难，战争和洪水给平民带来巨大

# 第十一章

伤亡，天灾和苛捐杂税造成民不聊生。他们中的少数人即使有过错，也是可以原谅的。

这时远处传来密集的枪声，蔡继刚的精神为之一振，敌人终于来了，这是暂编第15军派出的小股部队在实施引诱行动。蔡继刚下令217团和工兵营全部进入阵地。

这一仗打得毫无悬念，长驱直入的日军第5旅团像条巨蟒一样被重重砍下一截。

日军先头部队进入山口时照例进行了火力侦察，几个机枪手分别向路两侧的坡地上扫射了一轮，217团隐蔽得很好，坡地上静悄悄的，没有人暴露目标。日军的尖兵小组向后面部队打出信号，日军的大部队以四列行军纵队进入山谷。蔡继刚心说，这个日军指挥官八成是被我们给惯坏了，连起码的战术措施都省了，他居然没有派出小股步兵去占领两侧的制高点，这就活该他倒霉了。

走进山谷的日军部队已接近200人，黄营长把手放在手摇发电机的手柄上，用目光向蔡继刚询问，是否可以引爆炸点。蔡继刚摇了摇头，他忽然改变了主意，原本只想干掉敌人一个中队，现在又觉得一个中队不够本，对不起那些炸药和地雷。再让他们进来一些，胃口再大点，一口吃掉它两个中队。

蔡继刚以前很少有机会近距离观察日本兵，他们普遍身材矮小，大部分人身高都在1.60米到1.70米之间，偶尔有个高个子就像是羊群里的骆驼。这些日本士兵尽管个子矮小，但都长得很壮实，黝黑的脸上泛着油光，显得营养良好。蔡继刚对日本军队很了解，日本其实也是个穷国，士兵们的伙食很一般，每餐供应的不过是一份米饭和两块腌咸鱼。他们补充营养的唯一途径就是以战养战，在占领区或扫荡区内掠夺一些肉类食品。蔡继刚悲哀地想，我们的很多部队甚至还吃不饱饭，伙食的质量就更谈不上了，国力如此悬殊，这场战争进行得实在太艰难了。

日军走进山谷的部队已经接近400人，差不多了，再多怕是啃不动了。蔡继刚向黄营长打出引爆的手势，黄营长早已按捺不住，他急速摇动发电机手柄……一声山崩地裂的巨响，山口两侧的峭壁坍塌下来，数百块巨大的岩石被TNT爆发的力量抛了起来，落在山口中间的路上，正在行进中的几十个日军士兵在一瞬间被砸成肉酱……

蔡继刚在望远镜里看到，硝烟渐渐散去，原先的那个山口已经消失，取而代之的是十几米高的乱石堆横在山口。黄营长的计算果然精确，这一吨炸药的效果比蔡继刚预想的还要好，日军的行军队伍被这道人工障碍一截两段。这时山口外枪声大作，这是暂15军的阻击部队按照预先的计划打响了。

被堵在山谷里的日军部队迅速做出反应,训练有素的日军士兵们纷纷寻找隐蔽物准备反击,结果引发出一连串的爆炸……山谷里硝烟弥漫,乱石横飞,国军最前沿的堑壕离炸点只有50米,大量日军士兵的残骸被冲击波抛进工事,鲜血和碎肉雨点般落下,217团的士兵们浑身落满了血肉,堑壕里到处是日军的残肢断臂。

残存的日军士兵被这一连串的爆炸弄得几乎发了疯,在217团重机枪猛烈的火力下,他们没有任何隐蔽物躲避横飞的子弹,便横下一条心,成群地嗥叫着向217团阵地扑来。满堂的警卫班也在最前沿,他们负责防守正面20米宽的区域,弟兄们用步枪放了几轮排子枪就顶不住了,敌人的散兵线已经离堑壕只有十几米,再有几秒钟就能跳进战壕了。满堂惊慌失措,他大喊道:"机枪!机枪!快挡住敌人!"

沈光亚扔掉冲锋枪冷冷地说了句:"近了才好呢,你们的手榴弹是干什么的?"说完,他身子一扭,扬手扔出两颗手榴弹。

警卫班的弟兄们这时才如梦初醒,他们纷纷扔出手榴弹,顿时几十颗手榴弹爆炸,形成的弹幕将逼近的日军士兵们炸得血肉横飞……

满堂一连扔出二十多颗手榴弹,他终于明白了蔡继刚的近战方式,不仅射击的命中率提高了,连投掷手榴弹的效率也高多了,这么近的距离每次都可以投出两颗手榴弹,防守一方在堑壕的爆炸死角里,根本不在乎横飞的弹片。此时217团的阵地上飞出数百枚手榴弹,把前沿几十米处变成了一片火海……

负责指挥阻击部队的刘昌义打来电话:"老弟,你那里怎么样?还要多久才能完事?"

蔡继刚回答:"快了,再有20分钟吧。你那里怎么样?"

"鬼子拼命啦!一次冲锋就动用两个大队的兵力,他们想把伏击圈里的部队救出来。不过我还顶得住,你放开手脚打!务必全歼这股敌人!"

"放心吧,一个也剩不下!"蔡继刚挂了电话。他观察了一下战场情况,心里暗暗称赞,这股日军异常顽强,他们的伤亡已经超过了三分之二,居然杀性不减,仍旧不歇气地对前沿阵地进行一波接一波的亡命攻击。

217团的孙团长沿着交通壕弯腰跑过来:"长官,敌人大部分被消灭,现在还剩下几十个,我们要不要抓几个活的给长官部送去?"

蔡继刚不动声色地摇摇头:"他们好像没有投降的意思,我也没有抓俘虏的兴趣。孙团长,应该结束战斗了,你来指挥吧!"

孙团长心领神会:"明白了,长官,彻底消灭,一个活的也不留!"

冲锋号响了起来,士兵们端着刺刀跳出战壕全线压上去。蔡继刚惊讶地发现，冲在最前边的居然是黄营长带领的工兵营士兵。

五分钟后，残余的五六十个日本兵被217团的刺刀消灭。通过清点尸体，统计结果送到蔡继刚手里，这一仗击毙日军人数超过400人，这只是从现场遗尸统计的数字，并不包括被地雷和炸药炸碎的敌人。

这一仗打得还算够本，217团伤亡了不到70人。令人意外的是，工兵营的黄营长负了重伤，他在最后的肉搏战中被一个日军中尉用军刀砍断了左臂。

蔡继刚命令满堂把黄营长的断臂用布包好，放在黄营长的担架上，然后俯下身子摸摸黄营长的脸："兄弟，疼吗？"

"刚才不觉得，这会儿疼起来了，不过没问题，我还扛得住！"黄营长失血过多的脸变得惨白。

"黄营长，好好养伤，我不会忘了当初的承诺，你会得到勋章和晋升，好兄弟，我提前祝贺你！"

两行泪水从黄营长苍白的脸颊上流下来，他哽咽着吐出几个字："谢谢！长官……"

这时，蔡继刚听见孙团长在大喊："听我命令！217团全体官兵，立——正……"

蔡继刚转过身来，他惊讶地发现路两侧山坡上站满了217团的士兵，两千多官兵向蔡继刚挺胸持枪立正。

孙团长再一次发出命令："请蔡长官接受217团全体官兵的敬礼！"

两千多官兵唰的一声，齐崭崭地举手向蔡继刚行军礼。

蔡继刚庄重地回了礼，然后转过身子，他实在不愿让官兵们看到自己脸上涌出的泪水……

蔡继恒没有想到，在他受处罚擦飞机的这一周里，那两个被俘的日本飞行员藤野内五郎和中信义雄已经被秘密转送到羊街基地。而从全国军队、情报系统和大学里抽调的一些密码破译人员也早已集中在这里，藤野内五郎和中信义雄的不合作态度，使陈纳德这项雄心勃勃的计划暂时搁浅。

其实在抗战爆发前后，国民政府先后设立了不少关于电讯侦听破译的研究机构，这些机构很庞杂，隶属于不同的部门，比如"军委会密电研究组""军委会机要室密电股""交通部电政司电检所""军统局特种技术研究室""军政部研译室"等。从这些名称上就可以看出，为了同一个目的，设置的研究机构却叠床架屋，有限的人力财力无法集中成一个拳头，攻关力量被分散，其效率被大大降低了。特别是这些机构之间不但从不合作，反而为邀功请赏相互拆台，钩心斗角。

这就是典型的中国式内耗。因此,在抗战期间,国民政府对日军的密码破译工作,从总的方面来说都是乏善可陈的,但其中的确有一两件辉煌之举。

最著名的例子就是"军委会技术研究室"的池步洲[1]破译了日本偷袭珍珠港密电,这个传说在战后流传了几十年,成为一个经久不衰的神话。

池步洲是福建闽清人,早年毕业于日本早稻田大学,曾在中国驻日本大使馆工作。1939年2月,何应钦在军政部内组建破译日本军事密电的机构,名为"军委会技术研究室",池步洲应邀参加。

从1941年5月开始,池步洲在破译的日本外交密电中,发现日本外务省与檀香山日本总领事馆的往来电报数量突然剧增,被破译出的电文有六七十封,其内容是日本外务省多次要求檀香山日本总领事馆报告:美军舰艇在珍珠港的数量、舰名;停泊的位置;进、出港的时间;珍珠港内美军休息的时间和规律;夏威夷气候情况等。这些电文引起池步洲的极大关注。

1941年12月3日,池步洲又破译出一份日本外务省致日本驻美大使野村吉三郎的特级密电,主要内容是:

(一)立即烧毁各种密电码本,只留一种普通密码本,同时烧毁一切机密文件。

(二)尽可能通知有关存款人将存款转移到中立国家银行。

(三)帝国政府决定按照御前会议决议采取断然行动。

池步洲破译出这份密电后,震惊不已,他立刻得出自己的判断:美日之间的战争迫在眉睫!日本对美进攻的地点可能是在珍珠港,而战争的爆发时间可能是在星期天。

这份重要情报立刻送交到蒋介石侍从室,并由侍从室转告美国大使高斯及美国军方。

据当时的美国国务院官员答复说:"美日谈判已陷入僵局,国务院已知道日本撤侨计划,美国也准备同时撤侨。"

1941年12月7日凌晨,日军偷袭珍珠港,太平洋战争爆发。

根据战后美国官方解密的文件看,当时的重庆政府仅告知美方日本的侵略

---

[1] 池步洲,抗战时中国密码破译专家。福建闽清人,1908年生,早年毕业于日本早稻田大学,曾在中国驻日本大使馆工作,并娶了个日本姑娘为妻。1939年2月,池步洲担任军政部军用无线电总台第43台主任,经他摸索、研究,破译了日本外务省外交密电的电码,得知日军即将进攻珍珠港的重要情报,获得军政部颁发的光荣奖章。在1951年4月的全国镇反运动中,池步洲被捕入狱12年,十年动乱中再度受到冲击。当年池步洲每月将破译的情报摘记在自己的笔记本上。在"文化大革命"红卫兵抄家中,这个笔记本有幸逃过了劫难,奇迹般地保存了下来,成为确凿的历史证据。

意图，而并没有告知日本偷袭珍珠港的确切日期，而美国的情报及侦听部门对此也并非一无所知，所以，这份情报并不是像后来传说的那样具有重大战略价值。

在一定事实的基础上进行某种夸大，其目的无非是吹嘘自己的过人智慧，这种现象在古今中外的名人传记、回忆录及史料中，到处可以找到痕迹。

关于这桩历史公案，更多的传闻是张冠李戴，把功劳归于戴笠领导的"军统局特种技术研究室"，这实际上是把"军委会技术研究室"和"军统局特种技术研究室"这两个不同的部门给搞混了。

当然，"军统局特种技术研究室"也不是没有干过漂亮事。戴笠于1939年在重庆神仙洞街94号的一座大洋房里成立了特种技术研究室，秘密代号为"豁庐"，直属蒋介石领导，并且秘密聘请了美国密码破译专家赫伯特·雅德莱。这个研究机构有五十多名工作人员，五十多台侦听机和二百多名侦听员，主攻日本陆军的密码系统。由雅德莱领导的破译机构也干了些比较露脸的事，其中之一是破译了日本的"南进"密电。

其实军统方面的破译能力与池步洲的水平差不多，也是通过部分密码的破译推断出日军将要做出的战略行动，而并非是具体得知日军将于何时进攻何地的准确情报。1941年12月月初，"豁庐"发现日本外务省命令中国香港、马尼拉、夏威夷和新加坡等日本领事馆将密码机和所有重要的密本密件全部销毁，只留下一种普通的密本，听候命令。因为当时中国政府正在紧张研究日本究竟会不会"南进"，这份情报不过是具体证实了日军的"南进"企图。这份情报转给美国政府后，美国政府并没有表现出极大的震惊，因为他们的情报机构也同样没有闲着。

尽管干过一些漂亮事，但就总体而言，中国军队在长达十四年的抗日战争中，在密码破译方面处于绝对的劣势。而事实证明，在战争中日军方面的密码破译技术则远远超过中国方面，并且在战争中处处占有先机。

藤野内五郎和中信义雄被关在羊街基地西北角的一座砖房小院里，两个人被分别关押。小院四周暂时设置了铁丝网，还有一个班的武装士兵负责看守。

蔡继恒对完成这项任务毫无把握，在他的印象里，那些被武士道精神洗了脑的日本军人都是一条道跑到黑的死硬分子，他们完全不在乎自己的生命，对他们的天皇保持着狂热的崇拜，随时愿意无条件地为天皇献身，和这类人去沟通，而且是动员他们与自己国家为敌，这无疑是自讨没趣。不过，既然陈纳德对这件事寄予厚望，蔡继恒也只好去试一试。

藤野内五郎见到蔡继恒一点也没有表现出惊奇，他只是淡淡地用英语打了个招呼:"哦,是鳄鱼,你是以私人身份来看我,还是带有某种任务对我进行策反呢?"

蔡继恒也不想和他兜圈子,既然是心照不宣的事,何必要虚伪地东拉西扯呢?不如开门见山直接谈。他从提包里拿出两条骆驼牌香烟扔到桌上说:"藤野,我和你说清楚,这两条烟可不是为了贿赂你,我个人没什么可求你的,你犯不上这么警惕。"

藤野内五郎嘲讽地说:"那我可能错怪你了,如果你真的不是为了动员我背叛自己的国家,那我可以收下,把它当成朋友之间的馈赠。"

蔡继恒说:"藤野,实不相瞒,我的长官是给我派了任务,他们希望我能说服你,与我们合作。可我对这件事很无所谓,因为我不认为你在密码破译上有什么能力。再说了,我的职业是飞行员,只要是和飞行无关的事我都没兴趣,所以你是否合作与我无关。"

藤野内五郎从烟盒里抽出一支烟点燃,他向天花板喷出一口烟不紧不慢地说:"鳄鱼,你不用对我使激将法,这没有用。应该说,你们的情报还是比较准确的,我的确懂得一些密码学方面的知识,但我现在不想谈这个问题。鳄鱼,我们说句题外话,你对战争的前景有什么看法?"

蔡继恒没好气地回答:"我没什么看法,反正好也罢坏也罢,我们都必须坚持打下去,中国有四万万人呢,再打个十年二十年也无所谓,因为这仗又不是我们要打的。"

藤野内五郎深深地叹了口气:"这场战争耗的时间太长了,我真有些厌倦了,为了这场战争,我家兄弟三人已经战死了两个,我哥哥两年前死在长沙战役,我弟弟去年战死在太平洋的塔拉瓦岛,最可怜的是我母亲,她听到儿子的死讯时差点疯掉。说真的,我真希望这场战争赶快结束,时间拖得太久了。"

蔡继恒放肆地把两条腿跷到桌子上,轻飘飘地说:"着什么急呀,你是理科生,学数学的,没学过历史,所以很容易大惊小怪。你知道英法百年战争[1]吗?从14世纪到15世纪,英法两国就为了点儿破羊毛整整打了116年,人家都没觉着烦,咱们不才刚打了十三年吗?还早着呢,连人家的零头都不到。反正我不

---

[1] 英法百年战争是指英国和法国,以及后来加入的勃艮第,于1337年至1453年间的战争,是世界上持续时间最长的战争,断断续续进行了116年。14世纪初,英国占据着法国南部阿基坦地区,成为法国政治统一的最大障碍。双方为争夺富庶的佛兰德地区进行角逐。佛兰德的毛纺业主要依赖英国的原料,英国则从羊毛贸易中获取巨额利润。1328年,法国占领佛兰德,英王爱德华三世下令禁止羊毛出口,英法两国于1337年爆发战争,直至1453年以法国的胜利而结束。

烦,我得赶紧找个老婆生孩子,连生三个儿子,他妈的陆海空三军全有了,让他们这辈人继续打下去,儿子之后还有孙子、重孙子,就这么一代一代打下去,反正闲着也是闲着嘛。"

藤野内五郎震惊地看着蔡继恒:"鳄鱼,你这个人太可怕了,你把战争当作游戏,居然还玩得兴致勃勃!唉,我可不希望这场战争能打100年,战争不是什么好东西。"

"其实对你而言,战争已经提前结束了,以后就是天塌下来也与你无关,等战争结束了,你会被遣返回国。说实话,你母亲也该知足了,因为她毕竟还剩下个儿子,她为什么不能想一想,在这场战争中我们两国有多少家庭都死绝了?藤野,我这个人对政治没什么兴趣,也很少谈论,但我明白一个浅显的道理,如果有人无缘无故地揍我,我肯定要还手,不可能忍气吞声任人欺负。国家与国家之间也是这样,我们国家很弱,真的不想打仗,我们没有欺负人的本钱,这场战争是日本强加给我们的,中国没有退路,只有两个选择:要么亡国,要么战斗到底!你说我们该选择什么?"

藤野内五郎冷笑道:"你说的当然有道理,但那是从中国的角度看问题。我们日本人也有自己看问题的角度,在这个世界上,原本没有对与错,这个世界本来就是一片大丛林,弱肉强食、优胜劣汰的丛林法则始终贯穿着整个人类历史,我们日本不过是动手晚了,才被称为侵略者。以大和民族这样优秀的种族却蜗居在几个小岛上,生存空间狭窄,资源贫乏,这难道公平吗?比起一两百年前那些殖民主义者,我们不过是想分得一点残羹剩饭而已,更何况,日本发动战争的目的并不是想灭亡中国,而是想在亚洲建立起反对西方殖民主义者的联盟,共存共荣,解放亚洲人民,由亚洲人自己管理自己。"

"行啦,别扯淡了,你们那套'大东亚共荣圈'的说法实在太招人烦。当然,你刚才提到西方殖民主义者,他们也的确是浑蛋,和你们唯一的区别是,他们早年靠抢劫发了财,有了钱以后就想把自己洗白,当个绅士了,于是定出了一套于自己有利的规则,以前的事情不许提了,今后谁要是再抢劫,谁就是强盗。你们日本呢,就属于不走正道儿的国家,想学老牌强盗去抢劫,又觉得脸上挂不住,就弄出个'大东亚共荣圈'的说法,明明是抢别人的财物,还把自己打扮成解放者,有这么不要脸的吗?他妈的,我们过得挺好,用得着你们来当救世主吗?就算在亚洲,也轮不上日本来当老大。"

"好了,好了,鳄鱼,我们不谈这些了,你我都是小人物,连自己的命运都掌握不了,更何况是国家的命运?我声明,我藤野内五郎对你个人没有任何怨恨,我还记得你给我送来的换洗衣服、香烟和食品,你走后,我和中信义雄还根据你的吩咐，享受了洗热水澡的待遇。对此，我感恩，也永远不会忘记！"藤野内五郎的眼圈红了。

蔡继恒怜悯地看着他："藤野，你是受过高等教育的军官，应该有些自省能力，你被俘后没有受到任何虐待，这总是事实吧？不要和我谈什么丛林法则，还是谈谈人性吧，我们是人，不是动物，就算人类曾经有过弱肉强食的历史，也该被时代淘汰了，因为人类总是要进步的。"

"鳄鱼，我知道你今天来的目的，可我很抱歉，真的不能答应你，我是个爱国的日本人，不能帮着一个敌对国家来反对自己的国家，希望你能谅解！"

"藤野，我向你提过任何要求吗？虽然我很想说服你，但我永远不会强迫你，既然你不愿合作，那就慢慢等吧，等到战争结束被遣返回国，这样也挺好。"

"可是……你的上司会不会因此而处罚你？因为你没有完成任务。"藤野内五郎不安地问。

蔡继恒站起身来，拎起提包说："我说过，我只是个飞行员，不是情报人员，这不是我分内的工作，谁会处罚我？再见吧，藤野，我会经常来看你，临分手我还有一句话你想听吗？"

"请讲！"

"这是我个人的看法，你刚才说得对，大和民族的确是个优秀的民族，它有良好的文化传统和非凡的创造力，这我承认。但是你们的国家现在很危险，那些法西斯分子完全丧失了理智，他们是疯子，仅仅为了他们脑子里那些莫名其妙的想法，就把整个国家和民族绑在战车上，完全不考虑这个国家的未来与人民的福祉，即使以国家和民族的毁灭为代价也在所不惜，这绝不是什么爱国主义，是心理不正常的邪恶表现。藤野，我真的希望我们能携起手来，共同制止那些邪恶的人，拯救更多的生命，结束战争，同时也拯救你的祖国！"蔡继恒说完，转身走出门去。

## ·第十二章·

蔡继刚与高树勋、刘昌义等将领在嵩山群峰中同日军周旋的时候，他们没有想到，由于洛阳的失守，大批日军潮水般涌入豫中平原，按照他们对占领区平民一贯的方式，烧杀淫掠，无所不用其极，把这一地区变成了地狱。开战之初，日本驻中国派遣军司令部发布的赈济灾民的命令，不过是暂时的政治策略，军事上一旦得手，当初的抚民措施便荡然无存。日军所到之处，官兵们都被一种疯狂的情绪所支配着，平时被军纪强力压抑着的兽性，突然像地下沉睡的岩浆，以千百倍的力量爆发出来。

驻扎在伊川县城的日军是第63师团的一个步兵大队，这个大队在进攻洛阳外围阵地时伤亡了近三分之一兵员，大队长吉村秀野少佐的弟弟也在洛阳巷战中阵亡。这些日子，吉村秀野两只眼睛变成了血红色。

吉村秀野少佐认为，古代成吉思汗大军每攻下一座城池必然大索三日，除了将有手艺的男人编入随营工匠队，其余全部杀光。女人和财物按军职高低、战功大小进行分配，这是很有道理的，没有女人和财物的诱惑，军人就会失去作战的动力。历史上十字军八次东征，历时200年，开始是出于争夺圣地等宗教原因，后来十字军的弟兄们尝到了甜头，原来通过战争手段可以增加财富，这才是进行战争的真正动力。吉村秀野从来不是个国家主义者，至于日本帝国为什么要进行这场"圣战"，他很少考虑，他只是因为热爱战争才选择进入军校做个职业军人。在吉村秀野看来，世上没有比攻城略地更富于快感的事了。他喜欢打仗，更喜欢杀人。但凡有这种嗜好的人在和平时期都活得不大如意，只有在战争中，在嗜血的愿望得到满足以后，他们才有幸福感，才觉得活得有意义。世上这样的人并不多，吉村秀野肯定算是其中一个，这是因为他的身体里有着武士家族的基因。

吉村秀野的第12步兵大队因为在洛阳之战中伤亡惨重，因此被联队长指令在伊川县城进行休整，这使吉村秀野感到很烦躁。他不喜欢休整，这样成天无所事事，简直是浪费生命。吉村秀野渴望战斗，特别是弟弟战死后，他产生了一种强烈的复仇冲动，中国人一定要为他们的行为付出代价。

这天吉村秀野处理完军务后，便开始擦拭他的军刀。这把军刀并不是统一配发的制式军刀，他一向对制式军刀嗤之以鼻，那简直不算军刀，只能用来切西瓜。吉村秀野的军刀是祖传的真正武士刀，传世时间要追溯到德川幕府时代，距今已经三百多年了。吉村秀野仔细观赏着刀身，从刀脊到刀口满是密密的像海浪一样的花纹，刀身在日光的照射下反射出五彩斑斓的光泽，这是钢坯在反复的折叠锻打中形成的云纹，此谓折叠打造法。

日本古代的制刀工艺相当讲究，在高温和锻打的过程中，钢坯中的杂质不断被去除，又在每一次锤打中加入硫化汞和稀有金属粉末，使之均匀地渗进刀身，这种方法的现代专业名词叫渗碳。古代日本武士的等级随战刀的叠打层数而异，叠打层数越多，武士的身份等级也越高。上千次甚至上万次的折叠锻打才能制成上千层薄如蝉翼而又紧密咬合的刀片。这样的战刀锋利异常，无坚不摧，而且刀身具有极好的韧性，在格斗中与对方刀剑相击能火花四溅而不折裂。

吉村秀野仔细用绒布蘸着酒精擦拭着刀镡上方镌刻的铭文，这是三个汉字"三胴切"。按传统日本制刀业的规矩，但凡刻有这样铭文的武士刀都有一段令人恐怖的血腥历史。日本制刀史上有一种独特的祭刀礼式——用人体试刀。"三胴切"是将三个人绑在一起，用武士刀拦腰挥去，一刀将三人的胴体齐齐斩断，这样的武士刀才有资格镌刻"三胴切"的铭文。能够一挥而腰斩三人的武士刀自然是价值连城的名贵之刀，这样的刀传世并不多。吉村秀野曾在一个有着皇室血统的世袭男爵手里见过一把武士刀，那把刀的刀身上竟然刻着"七胴切"的字样，这意味着这把武士刀曾经创造过一刀腰斩七人的纪录，实在是惊人。

吉村秀野望着刀身上的云纹在思考着一个问题：传说毕竟是传说，一刀腰斩数人的事他还真没见过，什么时候也用人体来试验一下？看看究竟能不能达到"三胴切"的程度。

门外传来一阵喧哗，吉村秀野手下的几个中队长走进大队部，他们的情绪很激动，好像正在争论着什么。

吉村秀野把武士刀插入刀鞘，抬起眼皮问："发生了什么事？"

第3中队中队长中岛治方大尉满脸怒气地说："长官，我的士兵在岗子村附近遭到袭击，一死一伤，是中国军小股散兵干的。"

吉村秀野感到很意外："哦，你确定是中国军散兵干的？据我所知，这一带不应该再有中国军了，即使是被打散的小股敌人也应该向南跑了。"

"据在场的士兵说，他们穿着中国军装，一共五个人，手里都有武器，我的士兵和他们进行交火，击毙了两个，其余的都逃走了。"

吉村秀野抚摸着刀鞘默不作声，他在考虑着什么。

## 第十二章

第1中队中队长小川义雄怒火中烧地说："长官，我认为这些中国兵藏身在周围的几个村子里，我们有必要对那一带进行扫荡。"

军官们七嘴八舌地议论着，个个情绪激昂，都很愤怒。

吉村秀野倒是很冷静，在他看来，死伤一两个士兵不是什么了不得的事。他在想另外一个问题：在休整期间如何安抚他的部队。这些从战场上幸存下来的官兵都需要放松，下一步的作战任务马上就要分配下来，等待他们的将是更加激烈的战斗。吉村秀野需要一个理由，他手下的官兵们为什么要打仗？他们在战争中能够得到什么？如果说这些军人没有想过这个问题，那么他有责任去提醒他们，占领区里不光有抵抗，还有财物和女人。吉村秀野不反对士兵们发点小财，也不反对他们适当解决一下性欲，这是人类诸多欲望中最起码的一点欲望，否则他们为什么要去流血拼命？当然，要解决这些问题需要一个冠冕堂皇的理由，吉村秀野不会授人以柄，不会用下达命令的方式让部下去抢劫去强奸，这一切都应该以作战命令的形式来贯彻。

吉村秀野走到地图前，用手指在岗子村周围画了个圆圈："诸位，为了强化治安，我们需要对这一带进行军事扫荡，一切敢于对抗皇军的行为，都应该受到严惩！拜托了，请各中队立即执行！"

"是！"军官们拔腿就走。

"等等……"吉村秀野再一次看看地图上的岗子村，"记住，岗子村有个中医叫陈家兴，告诉部队，不要骚扰这家人，叫翻译官送上我的名片，请陈家兴先生到县城来为我治病。"

吉村秀野患有严重的风湿性关节炎，每当天气变化就十分痛苦。西医认为，这种在关节及周围软组织产生的慢性疼痛，其形成的病理原因尚不明确。这种疾病因关节疼痛而造成患者的活动障碍，严重时会导致患者肌肉和血管萎缩，出现关节致残和内脏功能衰竭。多年来吉村秀野四处寻医，却久治不愈。占领洛阳后，吉村秀野听说城中"德慧堂"中药铺的东家陈家兴医术高明，曾特地上门去求医，没想到"德慧堂"中药铺已在巷战中毁于战火，陈家兴将伙计遣散，自己回了岗子村。

吉村秀野一向不相信西医，却非常尊崇传统的中医，他认为，中医唯一的缺点就是在理论上和传授上缺乏量化概念，同样的草药医治同样的病症却因医生的经验不同而异。由此说来，中医本人的悟性和经验才是最重要的，一个优秀的中医可以创造出很多让西医们目瞪口呆的奇迹。可惜的是，真正医术高明的中医极为稀少，如果能够遇到，当是你本人的造化。

根据吉村秀野的命令，第12步兵大队一千多官兵倾巢出动，对伊川县周边地区进行扫荡，其扫荡的重点地区是岗子村一带。于是巨大的血光之灾降临了，岗子村是最先被日军血洗的村庄之一。

日军是上午10点多冲进岗子村的，第12步兵大队的每一个士兵都知道，军事扫荡不过是个幌子，抢劫财物和寻找女人才是真实目的，这是经过大队长吉村秀野默许的。日军士兵们此时都进入一种疯狂状态，他们砸开每一家院门，冲进去大肆抢劫，奸淫妇女，稍遇抵抗便立刻开枪射杀，然后点燃房屋，岗子村被淹没在血泊之中。

佟春富家的院门在重击之下被直接撞倒，一个日本军曹带着两个士兵闯了进来，见院子里没什么可抢的东西，便端着枪进了屋。

日本军曹一见到翠花便两眼放光兴奋起来，翠花吓得尖叫着扑到娘的怀里，她浑身颤抖，惊恐地看着步步逼近的日本军曹。满堂娘本能地把翠花揽在身后，一步步地后退。

佟春富上前拉住军曹的胳臂，苦苦哀求："孩子太小，求太君放过她吧！"一个日本兵抡起枪托砸在佟春富的脸上，佟春富仰面跌倒，他的鼻梁被打断，牙齿也被打飞几颗，鲜血糊了一脸。日本军曹一把抓住满堂娘的头发狠命一甩，满堂娘被甩出屋外，头部重重磕在墙壁上，顿时血流满面昏迷过去。

日本军曹抓住翠花的双脚倒提起来，重重摔在炕上，另两个日本鬼子按住翠花，军曹迫不及待地解开裤带，翠花发出绝望的嘶喊……

佟春富本是个老实的庄稼人，对使用暴力的人一向是躲得远远的，他没有胆量也没有能力进行哪怕是轻微的反抗。但任何事情都有限度，一旦超越了底线，把人逼得无路可走，就是兔子也会变成猛兽。

眼下日本兵的暴行早已突破了底线，佟春富的怒火终于爆发了，他扑到炕沿下抓起一把劈柴的斧头，狠命向军曹的后脑劈过去，随着一声闷响，军曹的鲜血和脑浆喷溅在墙上。佟春富毫不迟疑，再一次举起斧子向另一个日本兵砍去……两个日本兵大惊，连忙松开翠花，闪身滚开，佟春富的斧子砍在炕沿上，斧刃深深卡在炕坯里。他使劲拔出斧子想继续拼命，但已经没有机会了，一个日本兵抄起步枪扣动了扳机，子弹击中佟春富的胸膛，他双眼圆睁靠着炕沿慢慢滑落到地上……

两个日本兵喘息着，呆呆地望着佟春富的尸体，他们本以为中国老百姓不会反抗，哪里想到会有这样的结局。两个日本兵一边挪动军曹的尸体，一边商量着该如何向长官交代，却没料到懦弱的翠花也拼命了，她在炕上的针线筐里摸出把剪刀，一跃而起将剪刀插进一个日本兵的脖子，那日本兵发出一声惨叫，双手捂着脖子，痛苦地在炕上滚动着……另一日本兵向翠花扑来，又被翠花的剪刀划伤了脸，翠花疯了，她号叫着挥舞着剪刀，使日本兵奈何不得，那日本兵火冒三丈，抄起步枪用刺刀将翠花钉在墙上……

翠花的手无力地垂下，剪刀落在地上。她背靠窗台半坐着死去，鲜血像条红色的小溪沿着打翻的炕坯流进炕洞里。

岗子村在这场浩劫中死亡87人，重伤一百多人，房屋大部分被烧毁。死亡的村民中有很多人都参加过满堂组织的支持日军行动，也都得到过日本军队赈济的粮食，这些村民到死也没搞明白，为什么日本人翻脸翻得这么快。

陈家兴也没逃过这一劫，10天以后，他死在伊川县城吉村秀野的大队部。

日军血洗岗子村的时候，陈家兴的家没有遭到洗劫，吉村秀野的命令被一丝不苟地执行了。坐在客厅里的陈家兴听到村子里的惨叫声和枪声，他打开院门想出去看看，谁知院门外站着两个日本兵，他们客气地把陈家兴堵了回来。

陈家兴沉默了片刻，便对儿子陈少林说："夹壁里有个木匣，里面有一部宋版的医书，那是祖上传下来的，你要把它保护好。"

陈少林说："爹，不用担心，鬼子好像对咱家挺客气，没事的。"

陈家兴似乎没听见儿子的话，他像是交代后事，又像是自言自语："洛阳的铺子毁了，这两年家里的积蓄也都救济乡亲们了。这样也好，没有家产拖累，人会活得轻松些……"

"爹，没关系，家产没了可以再挣，反正咱们有手艺，饿不死的。"

"我走了以后，你也不要在岗子村住了，还是想办法到后方去，听说昆明的西南联大办得不错，出了不少人才，我看你可以考虑去西南联大完成学业。唉，要不是打仗，你这会早就该毕业了。"陈家兴还在唠叨。

"爹，说啥呀？别说这不吉利的，我哪也不去，就在你身边尽孝……"

这时外面响起了敲门声。陈少林打开院门，见一个日军中尉站在门外，他向陈少林恭恭敬敬鞠了一躬："你好！我是第12步兵大队的翻译官武山信哲，奉吉村秀野少佐之托请陈家兴先生到伊川县城做客。这是吉村秀野少佐的名片，请收下！"中尉双手送上名片。

"对不起，我父亲病了，他恐怕去不了，你请回吧！"陈少林不客气地说道。

陈家兴走上前来，他推开陈少林站在日军翻译官面前："先生，请告诉我，你说的这位吉村秀野先生与我素昧平生，他找我有什么事？"

日军翻译官又鞠了一躬说："哦，是这样，吉村秀野少佐患有风湿性关节炎，已经很多年了，他遍访名医却久治不愈，早听说陈家兴先生出自中医世家，医术精湛，所以，他想请您去县城为他治病，真是给您添麻烦了。"

陈家兴摆摆手："看病的事一会儿再说，先生，我想问问，贵国士兵正在我们村里干什么？"

"哦，我们的士兵正在搜查抗日分子。不过，这不关陈先生的事，您和您的家人不会受到打扰，吉村秀野少佐特意交代过。"

"翻译官先生，我可以为吉村秀野先生治病，但我有一个要求，我想在村里走一走，看看贵国军队是如何惩治反抗者的。对不起，请原谅我的好奇心。"

翻译官有些迟疑："这……请原谅，您还是不看为好，军事行动总是有些残酷，没办法，这是战争……"

陈家兴摇摇头："先生，那就恕我不敬了，你们长官的病，我治不了。少林，送客！"

"等等……如果先生执意要看，当然可以。我再一次向您重申，我们的军事行动是针对一切胆敢反抗皇军的人，而保护您这样的良民是我们的责任，请您对我们的行动给予谅解。"翻译官又鞠了一躬。

"你前边带路吧！"陈家兴已经走了出去。

很多年以后，陈少林回忆起父亲的时候，总是感到不可思议。在陈少林的印象里，父亲是个极为儒雅的书生，他这一生过得很平静，没什么大起大落，更没有目睹过血腥残忍的事。可是那天，他走在血流成河的街道上，眼看着横七竖八、残缺不全的尸体，呼吸着充满血腥味道的空气，他老人家竟然神色平静，毫无恐惧之态。陈少林看到各家的惨状浑身颤抖，好几次忍不住哭出声来，而父亲的脸上居然没有一滴泪水。

回到家里，陈家兴请翻译官在客厅稍坐，他去准备一下，马上就可以动身。

翻译官说："陈先生，您不必费心，我们那里什么都有，到时您只管开出药方就可以了。"

陈家兴沉下了脸："你懂什么？你们要是什么都有，还请我干什么？告诉你，有那么几味药你们恐怕永远找不到。"

陈家兴走进后院的一间厢房，这里是陈家配药的房间，外人从没有进去过。10分钟以后，陈家兴拎着一个木匣走了出来。

陈少林站在大门前，目送着父亲坐进日本人的汽车。在汽车开动的一瞬间，父亲面色平静地向他扬起手摇晃了一下，始终没有说一句话。

陈少林顷刻间泪流满面，他知道，父亲永远不会回来了。

在伊川县城的日军第12步兵大队的队部，陈家兴为吉村秀野号了脉，然后默不作声地开始研墨，看样子是打算写药方。吉村秀野瞪了一眼翻译官："信哲君，怎么能让陈先生亲自研墨呢？我可担待不起啊！"

## 第十二章

翻译官连忙接过陈家兴手中的墨，卖力地研磨起来。

吉村秀野期待地望着陈家兴："陈先生，我的病能治好吗？"

"应该可以，不过治风湿病需要时间。从你的脉象看，你这两天受了风寒，头痛发热，咳嗽咽干，还伴有腹泻，是这样吗？"

"是这样，您诊断的一点不差，陈先生真是名不虚传！"

陈家兴淡淡地说："吉村秀野先生，您还不太会恭维人，诊断这类小病，一个走江湖卖草药的山野村夫都会。这样吧，我开个方子，先把你的风寒治好，明天再治风湿病。"

"您的意思是，服了您的药明天就会好？有这么快吗？"吉村秀野有些不相信。

"你不是有枪嘛，你的风寒病明天要是不好，你可以照我脑门上开一枪！"

吉村秀野有些尴尬："陈先生开玩笑，您为我治病，就是我的恩人，我怎么能恩将仇报呢？"

陈家兴不再说话，他提笔写起药方。

一边的翻译官用日语说："长官，这个人城府很深，令人难以捉摸。我们的士兵在岗子村的行动他都看到了。坦率地说……当时的场面是有些残酷，可是他居然没有丝毫的恐惧。"

吉村秀野若无其事地用日语回答："信哲君，请照这个药方去抓药，等草药煎好后，我们应该找个中国人来试服一下，你说呢？"

"遵命！"

吉村秀野是个多疑的人，他也觉得这个中国人有些可疑。陈家兴是个喜怒不形于色的人，一般来说，目睹了这种血腥的场面，是个人都会有比较强烈的反应，或恐惧或愤怒，或悲痛或惊慌，这些反应都是正常的，很少有人会无动于衷。而陈家兴的表现令人困惑，他面无表情，沉静如水，给人的感觉就像一块厚重的岩石，谁也猜不透他内心的真实想法。

陈家兴开出的草药煎好后，翻译官武山信哲带着士兵在街上抓了两个乞丐，把他们绑在柱子上捏着鼻子灌了一肚子药汤。试验的结果表明，陈家兴的药方应该是安全的，因为那两个乞丐直到第三天还是活蹦乱跳的，吉村秀野宁可晚几天服药，也要确保安全。

为了确保安全，那两个乞丐被多留了几天。吉村秀野是在五天以后才开始服用治风湿的草药，在他正式服药前，那两个乞丐照例充当了试验品。在等候结果的时候，陈家兴见到吉村秀野，他的第一句话就使吉村秀野很是尴尬："吉村秀野先生，我的药方已经开出三天了，你为什么还不服药呢？"

"陈先生，您怎么知道我没有服药呢？"吉村秀野反问道。

"这不奇怪，从你的脸色就可以看出来。一个好中医用不着与患者用语言交流，他是哑巴都没关系，可以通过其他的方式得出判断。我就是通过'望'的方法得知，你并没有服药，能告诉我原因吗？"

吉村秀野知道，他的一切生理反应都瞒不过这个名医，如果编造一些理由会更显得画蛇添足，不如索性把窗户纸捅破，让他知道，在草药上捣鬼会付出什么样的代价。

吉村秀野笑了笑，嘴角上显出一丝狰狞："陈先生，我知道，你心里充满了仇恨，因此，我暂时还不能信任你。"

"仇恨？何以见得呢？"

"理由很多，我就不一一陈述了，我想解释的是，战争是一种极端状态，在这种极端状态下，人性随时可以转变为兽性。要是你理解这种转变，我们就可以找到一种能够互相认可的沟通方式。"

陈家兴微笑道："吉村秀野先生，难道你也怕死吗？"

吉村秀野凝视着陈家兴的眼睛："不，我不怕死，但军人希望的是战死沙场，而不是吃错了某种不该吃的东西，像狗一样死掉。"

"噢，我明白了，那我们的治疗能否结束呢？"

"不能，医生不应该抛弃病人，这有违职业道德，所以，我们还要继续合作下去。"

"你刚说过，人性随时可以转变为兽性，野兽之间好像不需要道德。不过，你既然还要治病，那就应该按照医嘱服药。如果还是觉得不安全，我可以和你一起服药，除此之外，我就没有别的办法了。"

吉村秀野眯缝起眼睛："陈先生，我还没问过，你怕死吗？"

陈家兴不作正面回答："我当然不想像我的乡亲们那样死掉，你的士兵把他们弄得支离破碎，我看到很多人的内脏被挂在树上，那种景象……很怪异。吉村秀野先生，你在暗示什么吗？"

吉村秀野阴冷地点点头："不是暗示，是提醒！我也不希望我的医生会遇到这种不愉快的事。陈先生，从明天开始，我们正式服药治疗吧。"

陈家兴的医术果然高明，吉村秀野正式服药两天后感觉就不一样了，他的膝、踝、肩、肘、腕等关节所呈现的局部红肿、灼热、疼痛都在逐步减轻。吉村秀野很高兴，他认为自己和陈家兴之间的问题已经解决了，拿破仑说过，世界上只有两根杠杆可以驱使人们的行动，那就是利益和恐惧。吉村秀野认为，拿破仑先生还不够狠，其实有一根令人恐惧的杠杆就够了，至于利益，那可不能给别人，这是留给自己的。

## 第十二章

吉村秀野正式服药的第三天上午,他突然感到不太舒服,他有些头晕,心动过速,四肢微微麻木,这种感觉以前可从来没有过。吉村秀野叫来陈家兴,想问问陈家兴的感觉,因为早晨他是和陈家兴一起服的药。

陈家兴没等吉村秀野问话就告诉他:"你有些头晕,心跳加快,手脚微微麻木,是这样吗?"

"是的,这是怎么回事?"

"这很正常,是药物在起作用,我现在的感觉比你还强烈一些,你少安毋躁,再等一会儿,还会有些新的变化。"

"陈先生,这都是些什么草药,怎么会有如此强烈的反应?"

"好,我来告诉你一些中草药方面的知识,你刚才服的汤药里有四种主要成分:曼陀罗、钩吻、乌头和番木蟞。曼陀罗又名山茄子,钩吻俗称断肠草,番木蟞也叫马钱子,《本草纲目》上说,这四种草药有一个共同的特点,其性味辛、温,有大毒……"

吉村秀野一听就蹦了起来:"什么?有大毒?你……给我下了毒?"

"你不要激动,否则药性发作得更快,很多草药都有此特点,既可以治病,也可以杀人,关键在药量的控制上。如果我猜得不错,你现在又出现一些症状,瞳孔开始散大,视力出现障碍,还感到恶心腹痛,我说的对吗?"陈家兴汗如雨下,他的面部肌肉在痉挛,但他极力控制着。

吉村秀野挣扎着扑到墙边,摘下挂在墙上的家传武士刀,他刚刚把刀拔出一半,就止不住浑身痉挛,嘴里流出了涎水,"当啷"一声,武士刀掉在地上。吉村秀野喘息着瘫坐在椅子上,望着陈家兴说不出话来。

大队部里几个日军尉官马上明白发生了什么事,他们气急败坏地抽出军刀……

吉村秀野举手制止住他们,他努力支撑着身体,吐字困难地问:"陈先生,告诉……我,我……还有……多长时间……"

"不到10分钟……你……什么也来不及做了,你和我……都会……因呼吸肌麻痹……死亡。你马上会出现……番木蟞碱惊厥症,惊厥发作时……头后仰,脊柱后弯……牙关紧闭,颜面肌痉挛呈'痉笑'状……吉村秀野,你作恶多端,应受此报!我很高兴……和你一起下地狱……"陈家兴的头无力地垂下。

一个日军中尉看了看陈家兴:"长官,他……他已经死了。"

吉村秀野一头从椅子上栽倒在地,他浑身抽搐,头部后仰,脊柱向后弯曲,身子呈弓状反张,显得极度痛苦……

几个青年尉官束手无策地看着他们的长官在痛苦中慢慢死去。

自从蔡继刚指挥217团在崤山天爷庙打了一场漂亮的伏击战，全歼日军两个中队后，日军的第5、第59两个旅团认为他们就是蒋鼎文集团的主力，于是死死跟定了他们。由此看来，中原战场上的交战双方都呈现出一片混乱状态，双方的情报系统也都有些迟钝。

新8军和暂15军的残余部队彼此交替掩护，且战且退，部队的编制已经被打乱，一些担任掩护的部队在完成任务后没有归建，大概是自谋生路去了。几场遭遇战下来，部队越打越少，最后一场大战发生在崤山南坡的官道口，部队在这里与日军第5旅团迎头遭遇，战斗在几分钟之内便进入白热化，双方围绕着五个山头展开兵力，拼命争夺制高点，这五座山头在两个小时之内反复易手。

随同高树勋的第39集团军总部行动的只有新8军的217团，而刘昌义的暂15军手头的部队只剩下两个营的兵力，这仅有的一个半团兵力投入战斗后，第39集团军和暂15军都各剩一个警卫连的兵力，再有就是蔡继刚的警卫班。

趁着217团和日军打成胶着状态，高树勋、刘昌义和蔡继刚等人带着警卫部队迅速脱离战场，向豫西卢氏县城方向撤退。

卢氏县城为第一战区驻豫部队的后方补给基地和兵站所在地，到了那里就可以得到补给。蔡继刚等人早已从电台得知，驻陕西的胡宗南第34集团军已经出动，目前正向卢氏靠拢，一旦到了那里就安全了。

谁知祸不单行，蔡继刚等人向西走了不到50公里又和日军第59旅团的一个联队迎头撞上，高树勋的警卫连几挺轻机枪率先开火，消灭了日军的尖兵，暂15军警卫连抢占了制高点，还没来得及构筑掩体，整个制高点就被日军的炮火所覆盖，又是一场激战。两个警卫连加上蔡继刚的警卫班总共不到300人，他们的对手则是三千多人的一个联队，兵力如此悬殊，就这么打下去恐怕连两个小时也坚持不下来。

蔡继刚和高树勋、刘昌义等人商量，目前只能留下警卫部队拖住敌人，总部人员先撤离，四个小时以后，担任阻击的警卫部队可以上山分散行动，全体人员最后在卢氏集结。

高树勋很不甘心地骂着："妈的，老子一个集团军如今只剩下我这个光杆司令啦，我实在没脸往陕西撤，让胡宗南看我的笑话！"

蔡继刚劝道："高司令，你的部队并没有被敌人消灭，不过是暂时脱离了建制，早晚都会撤到陕西的。"

刘昌义黑着脸说："要走你们走，我不想走，我要和我的部队在一起，部队打光了，我回到后方也没什么意思。"

蔡继刚急了："我说两位长官，你们是在意气用事，我们没有时间争论了，这一会儿工夫阻击部队又不知道要增加多少伤亡，你们要真是爱兵就赶快走，我们安全了，阻击部队才有生存的可能。"

蔡继刚这一吼，高树勋和刘昌义都不吭声了。事情是明摆着的，现在正是万分危机的关口，如果不尽快撤离，第39集团军总部和暂15军军部就会被敌人彻底消灭。

蔡继刚主动站出来组织了两个总部的撤退，当他随总部人员退入山谷时，还不时回头遥望那渐行渐远的两座制高点，那里传来的激烈枪炮声仍然不绝于耳。蔡继刚颇为沮丧，他的心情从来没这么恶劣过。昨天接到军委会命令，要他尽快赶往西安述职，军委会准备在西安召开一次军事会议，检讨一下在豫中会战中的失误，这更令蔡继刚尴尬不快，仗打成这样，检讨有什么用？第一战区的两位司令长官若是在战前稍微考虑一下下属的建议，也不至于落到如此地步。

蔡继刚强打起精神，跟上总部，以急行军的速度向西南方向的卢氏县城赶去。

满堂的警卫班和暂15军警卫连守在南边的制高点上，日军的炮火很猛烈，阻击战斗打响不到一个小时，部队已经伤亡过半。谁心里都清楚，仅靠手里的轻武器和有限的弹药，这个山头守不了多久，不过是为了让总部长官们走得远一些，能拖一分钟是一分钟罢了。

阵地上军衔最高的是暂15军警卫连连长赵长山上尉，赵连长没进过军校，是从士兵直接提拔成军官的。这是个参加过淞沪会战的老兵，从1937年到现在整整打了七年仗，也算是久经沙场的。赵连长实战经验很丰富，他完全放弃了山坡正斜面的防守，而是经验老到地把前沿工事设在山坡棱线部，作为反斜面阵地的支撑点，这样在日军炮击时，守军士兵们能够在反斜面阵地上躲避低弹道的炮火，大大降低了伤亡。总之，一个军官该做的事他都做得不错，唯一的缺点就是好说丧气话，一点也不考虑士兵们的心理承受力和士气。

日军的第一次进攻被打退后，赵连长立刻命令士兵们抓紧时间加固工事。满堂在山坡后面的灌木丛中发现一条流水沟，这是雨水长期冲刷山顶形成的，沟底没有任何植物，很光滑。满堂兴奋地报告："赵连长，俺仔细看了，这条流水沟从山顶一直到山脚，一会儿撤退的时候，弟兄们顺着沟滑下去就中。"

谁知赵连长没好气地说："撤？撤个屁！实话告诉你们，今天咱这一百多号人哪儿也去不了，全得埋在这儿。"

满堂吃了一惊："不至于吧？把鬼子挡住一会儿，长官们走远了，咱不就可以撤了吗？"

"你想得美！我看要不了一个小时咱们就得全完蛋。你看刚才的炮火，都是大口径重炮，只有鬼子师团所属的炮兵才有这种炮，今天咱们兄弟算是撞在阎王爷的裤裆上啦，谁也别想活命，我说弟兄们，认命吧！"赵连长一边往驳壳枪里压子弹一边回答。

赵连长没什么文化，是个粗人，他怎么想就怎么说，全然不顾士兵们的心理感受。满堂注意到，不少士兵听到赵连长的话已经露出了恐惧的神色。

半天没说话的铁柱忽然开口了："反正也要死，那还挖啥掩体？挖个尿吧，弟兄们就坐这儿等死啦。"

赵连长瞪起了眼："嘿！我让你什么都不干等死了吗？知道是死也得给老子干，趁没死之前多拉几个鬼子垫背，有赚就行！"

正说着，日军又开始了炮火准备，第一批炮弹呼啸着落在阵地上，猛烈地爆炸开来，阵地顷刻间被烈火和硝烟所笼罩。

满堂和士兵们连滚带爬跑到山坡的反斜面去躲避炮弹，这里虽然是低弹道炮火的死角，但也防不住雨点般垂直落下的迫击炮弹，这种曲射火力非常可怕，迫击炮的最大射角可以达到85度，炮弹几乎是垂直地飞出去，令人防不胜防，从天而落的炮弹随时可能直接砸到你的背上。

士兵们趴在地上，尽量把身子紧贴在地上，仿佛这样就安全了，其实这是自欺欺人。满堂透过硝烟看到，离他七八米远的一个士兵被一颗82迫击炮弹直接命中，那颗炮弹正好砸在他背上，随着一声爆炸，那士兵变成了一片粉红色的血雾，顷刻间消失得无影无踪。

铁柱吓白了脸，小声嘟囔着："乖乖，这么大个铁疙瘩砸上，不炸也活不了啊。"

满堂发现老兵们防炮都有一套方式，他们不会在一处地方待得太久，只要附近有一颗炮弹落下爆炸，他们立刻跃进新弹坑，就这样不停地变换自己的位置。老兵们都知道，理论上每门炮多次发射的炮弹不会落在同一个点上，因为炮管受后坐力影响会产生移位，炮弹受风力、装药量、炮膛温度等影响也会产生误差，所以老兵们认定追着炮弹落点隐蔽，生存率会高一些。

赵连长对此嗤之以鼻，他大声嘲笑道："傻小子，这么干没用，就这么屁大个地方，人家好几十门迫击炮盯着你打，我看哪个弹坑也不保险。哼！该死屁朝上，怕也没用，看谁命大吧！"

满堂和铁柱紧挨着赵连长卧倒，他们认定赵连长命大，既然这老兄打了七年仗都没死，不是命大才怪嘞，跟着他准没错。赵连长果然是一副老兵风范，

## 第十二章

在震耳欲聋的爆炸声中,半空中不断落下弹片和被气浪扬起的砂石,赵连长竟然掏出纸烟点燃,面不改色地过起了烟瘾。

赵连长看看满堂和铁柱的脸色,心知肚明地说:"吓着啦?莫事,习惯了就好啦!我第一次赶上炮击时还不如你俩,不怕你们笑话,我当时都尿了裤子,尿完了自己还不知道,光顾着哆嗦了,炮声一停我才发现……他奶奶的,老子裤裆里咋热乎乎的……"

赵连长正说着,日军的炮声突然停了,赵连长向掩体外看了一眼,他吃了一惊,原来日军的散兵线离堑壕已经不到20米了。赵连长狂叫一声:"鬼子上来啦,弟兄们,抄家伙!"

铁柱的机枪疯狂地叫了起来,阵地前的山坡被密集的子弹打得烟尘四起,冲在前边的日军士兵被扫倒了几个,尸体顺着山坡骨碌碌滚了下去。

阵地上残存的国军士兵们刚刚从被炮击的懵懂中清醒过来,他们纷纷扔出手榴弹,满堂一口气甩出了五六颗,日军的散兵线一头撞进弹片横飞的弹幕中,被炸得血肉横飞……

日军这一次进攻又被打退,山坡上留下了几十具日军尸体。

赵连长统计了一下人数后叹了口气:"没多少人了,鬼子要是再来一次进攻,我们就守不住喽。"

满堂问:"赵连长,我们什么时候撤?"

"被鬼子缠上了,现在我们想走也走不了,恐怕要等到天黑才有机会。现在的麻烦是,我们没几个人了,弹药也快打光了,照这样子,我们根本守不到天黑。"赵连长躺在掩体里抽起了烟。

满堂的脑袋被爆炸掀起的石块砸了个大包,他随手捡起一个日军钢盔戴上,铁柱看着他说:"哥,不中,不中,你戴上这铁帽子跟鬼子差不多,太他娘的难看了。"

"管他像什么,先把脑袋护住是真的。这铁帽子挡挡石头还行,就是不知道能不能挡住三八大盖的子弹。"

赵连长抽完烟从掩体里爬出来:"嗯,鬼子咋没动静了?我看看……"

赵连长慢慢把头探出掩体向山坡下观察,只听"啪"的一声枪响,赵连长的脑门上中了一发子弹,他猛地向后跌倒,半倚着堑壕的胸墙不动了。

满堂扑过去想扶起赵连长,但他发现赵连长圆睁的双眼已经失去了光泽,他的额头上有个黑黑的弹孔,脑后的胸墙已经被鲜血染红了。

看样子日军改变了战术,他们在进攻之前布置了狙击手,想先干掉守军指挥官和战斗骨干。

满堂怒火中烧，他把步枪架在胸墙上，探出脑袋想寻找打死赵连长的日军狙击手，这时"啪"的又一声枪响，满堂的钢盔顶部中了一枪，他只觉得头部受到强烈的震动，鲜血从脑门上流下来，瞬时就糊住了双眼，他的思维出现一片空白……

日军急于在天黑前结束战斗，发动了最后一次攻击。进攻前的炮火准备非常猛烈，迫击炮弹铺天盖地砸下来，把阵地炸成了一片火海。满堂模模糊糊感到一股猛烈的冲击波将他掀翻在战壕里，震耳欲聋的爆炸声渐行远去，他渐渐地丧失了思维。

铁柱一声狂叫："哥！你咋啦？"他不顾一切地扑到满堂的身上大声哭叫起来……日军的炮火冰雹似的砸下来，阵地上的树木残片，砂石黄土被气浪搅得腾空而起，遮天蔽日。铁柱的哭叫声立刻被淹没在爆炸声中……

日军的这次炮击是毁灭性的，当阵地上的爆炸声停止后，国军的这支阻击部队已经不复存在了。

铁柱艰难地抬起身子，抖落掉身上厚厚的一层泥土砂石，手忙脚乱地把满堂从土里扒了出来。满堂满脸是血，他的钢盔顶上斜穿了个弹洞，铁柱急忙摘掉钢盔，只见那颗步枪子弹竟然在满堂头顶上划出一道沟，头皮被划开，流了不少血，所幸的是没有伤及颅骨。铁柱从军服上扯下布条，把满堂的脑袋厚厚地缠了几圈。这时满堂已经醒过神来，只是浑身无力，站不起来。

成群的日军冲上阵地，他们在检查尸体。这些日军士兵显然不打算抬受伤的俘虏，他们发现重伤者就毫不犹豫地用刺刀挑死，见到伤势较轻的就猛踢一脚喝令俘虏自己站起来，如果站不起来就一律用刺刀解决。

铁柱趴在满堂的耳边小声说："哥，不能再躺着了，站不起来的都活不成，咱得咬牙站起来！"满堂在铁柱的搀扶下，慢慢地站了起来，难堪地举起了双手。

三个日军士兵立刻跑来，用刺刀顶在兄弟俩身上，喝令他们站到一边。满堂看清楚了，除了自己和铁柱，还有三个国军弟兄站在路边，他们都受了不同程度的轻伤。

满堂沮丧地想，娘的，这仗是怎么打的？刚才还有二百多人，这一眨眼的工夫，就剩下五个人了。至于是否有人突围，满堂不知道，只有一件事是明摆着的，他和铁柱成了战俘。

黄昏的时候，羊街机场发生了一件大事，不知从哪里钻出了四架日军九六式轰炸机偷袭了机场，给机场造成重大损失。

这件事又把蔡继恒卷了进去，这一次他成了羊街机场的大明星。

## 第十二章

由于藤野内五郎不合作的态度,蔡继恒一时还没有什么好办法,只好耐心等待他改变主意。陈纳德虽心急如焚,但考虑到此事的难度,还是给了蔡继恒极大的宽容。

于是蔡继恒成了羊街基地时间最富裕的闲人,整日插着裤兜在基地各处闲逛。凑巧的是,蔡继恒又喜出望外地与老杰克重逢了。

蔡继恒走过停机坪时,突然发现灰头土脸的老杰克刚好从一架P-40战斗机的座舱里爬出来。

蔡继恒高兴地大叫起来:"响尾蛇,你怎么跑到这儿来啦?"

老杰克看到蔡继恒一点儿也没有表现出惊奇,他不紧不慢地用棉丝擦着手上的油污说:"哦,是鳄鱼呀,这有什么大惊小怪的,是陈纳德将军把我调来的。你又不是不知道,响尾蛇是第14航空队技术最好的飞机维修师,哪个机场有了技术难题,第一个想到的就是本人。鳄鱼,你根本想不到我这条响尾蛇有多么重要,这两年我把所有的机场都跑遍了。这么说吧,当我乘坐C-47降落在某机场时,他们都以为是上帝降临人间了。"

"亲爱的响尾蛇,你就吹吧,空勤灶最近总吃牛排,就是因为你把牛都吹死了。来来来,拥抱一下,我他妈的太想念你啦!"蔡继恒夸张地向老杰克扑去。

老杰克躲避着蔡继恒的拥抱:"鳄鱼,你离我远点,我他妈不喜欢男人的拥抱……"

"嘿嘿,我也不喜欢,可对你例外!喂,老伙计,我那架零式机呢?"

"也弄到羊街机场了,是陈纳德将军的命令,他要在这里组织几个王牌飞行员试飞,找出一些规律性的东西。你知道,那架零式机的维修只有我能对付,别人都不行,所以我只好跟来了,就像个保姆一样。"

"响尾蛇,你来了太好啦,今晚我请你喝酒,我们这儿的俱乐部办得不错,不光有好酒,还有美女呢,有来自盐湖城的,还有洛杉矶的……"

老杰克一听就来了精神:"有西雅图来的吗?我太想见到家乡人啦!"

蔡继恒揶揄道:"你看,你看,见到老朋友你无精打采,一听说美女你就两眼放光,我们中国人管这叫重色轻友,你明白吗?"

"是吗,中国人还有这样的看法?那我该怎么办?假装不喜欢美女?可我他妈的的确喜欢美女,这你知道啊。"

"算了,算了,反正说什么你也不懂,这架飞机怎么了?"蔡继恒打量着那架P-40,飞机的机身和机翼上有不少修补过的弹孔。看样子,这架飞机参加过激烈的空战。

"这是23大队一个叫汤姆的座机,他是宾夕法尼亚人,这家伙在武汉上空的空战中,飞机中了43发子弹,飞回来时简直像个马蜂窝,这小子一下飞机就马上宣布,他正好飞满400个飞行小时,现在一分钟也不想待了,要回国度假去。正好这里有一架C-47要去印度加尔各答,这小子连衣服都没换,穿着飞行夹克就上了运输机。你猜怎样?这架C-47前天在飞越'驼峰航线'时失踪了,你说他有多倒霉!"老杰克叹息着。

蔡继恒登上扶梯,朝驾驶舱的仪表盘上看了一眼,自言自语道:"唔,油料还有三分之一,弹药连一半都没打完,他自己的飞机倒成了马蜂窝,这小子是怎么玩的?"

老杰克指指停机坪旁的一辆手推车,那手推车上高高的不知装了什么东西,上面蒙着一层帆布,他得意扬扬地说:"鳄鱼,看看我的新式武器……"他一把掀开了帆布。

蔡继恒这才看清楚,原来是一挺P-40战斗机上的点50航空机枪被焊在手推车的铁架上,成了一挺类似高射机枪的东西,机枪上还垂着金光闪闪的弹链。

"有一架P-40报废了,我把上面的机枪拆下来改装了一下,不过还没试射呢。"老杰克解释道。

蔡继恒笑了起来:"响尾蛇,你可真是个外行,这种气冷式机枪只能在空中使用,因为空中的低温可以随时冷却枪管,但在地面常温下,你打不了一会儿,枪管就会因冷却不良变得通红,除非你在枪管外再套个装水的桶子,用水进行冷却,就像马克沁机枪那样。"

"噢,原来是这样,机枪射击还有个气温问题?我从来没听说过。"老杰克感到很扫兴,"我他妈的费了一上午时间才把它装好,闹半天是个废品。"

"也不能说是废品,还是能打个百十发,万一这百十发子弹碰巧打下一架飞机呢?"蔡继恒安慰着老杰克。

老杰克一边收拾自己的工具箱一边说:"鳄鱼,咱们晚上在俱乐部见吧,我还要去检查一架P-51,失陪了。"

蔡继恒点点头,准备走开。他环顾四周心想,蔡某什么时候变成个闲人了?机场上所有的人都在忙碌着,油料车在停机线上来回奔跑着为飞机加油,几个军械士蹲在战斗机的机翼上忙着安装机枪子弹,一个穿飞行夹克的美军少校站在吉普车上,指挥几架刚刚落地的P-51战斗机缓缓滑向疏散道……

正在这时,一阵尖锐的声音划破天空,蔡继恒下意识地浑身一震,不由得惊呼一声:"空袭警报!"

羊街机场毗邻昆明市,属于后方的二线机场,自1943年2月建成以后还从没有遭到过空袭,尽管日军大本营把这个机场当作眼中钉,想尽一切办法要摧

## 第十二章

毁它，但组织了几次空袭行动都没有得逞，中美空军的战斗机始终把他们拦截在安全圈以外。时间久了，人们心里便产生了错觉，认为这是真正的后方机场，无论如何不会遭到空袭。

而今天的空袭来得太突然，拉响空袭警报不到两分钟，四架日本九六式轰炸机就已出现在东方的天际线上，随着机群的出现，远处传来轰炸机双引擎发出的刺耳轰鸣声。顿时机场上的地勤人员都慌了手脚，他们扔下工具四散奔跑着，那个站在吉普车上的美军少校大声喊叫制止，却无济于事。

此时蔡继恒已经离开停机坪大约100米，他在第一时间里做出了反应，毫不犹豫地向停机坪狂奔过去……

第一拨双机编队的九六式轰炸机接近机场后立刻进入俯冲，机腹、机翼下的机枪和20毫米航炮发出耀眼的火光，三合土跑道被弹雨打得飞沙走石，烟尘四起。

23大队几个刚刚返航的飞行员本已经离开飞机，正在等候吉普车送他们回宿舍，一见情况紧急，便不顾一切地背着伞包冒死冲向停机坪，一阵弹雨袭来，飞行员们的身体被子弹打得飞腾起来，又重重地落在跑道上……

第一波的九六式轰炸机从跑道上一掠而过，几颗黑乎乎的炸弹从机腹下翻着跟斗落在停机坪上，火光一闪，爆炸声撕裂了空气，几架P-51战斗机顿时被烈焰包裹起来，爆炸产生的气浪像飓风一样掠过，把奔跑中的蔡继恒掀出几米远……

蔡继恒在地上打了两个滚儿又蹿起来继续奔跑，这时他听见点50机枪的射击声，远远地望见老杰克正用那挺不伦不类的机枪，朝跑道上空没头没脑地疯狂射击。蔡继恒跑到汤姆那架P-40战斗机前，爬上梯子跃进驾驶舱。

正在射击的老杰克急得大喊："鳄鱼，危险，你没带伞包！"

蔡继恒顾不上回答，他"砰"地拉上座舱盖，随手发动了引擎。飞机缓缓绕过几架正燃烧着的飞机驶向跑道。他心里盘算着，真得感谢那个叫汤姆的美国飞行员，这架飞机居然还剩有三分之一的油料和将近一半的弹药基数，P-40N战斗机上的六挺机枪配备的弹药基数一共是1686发子弹，看着很多，其实若连续射击，不到两分钟就会打光。蔡继恒遗憾地摇摇头，真便宜那些九六式了，这点弹药只够打一架飞机的。

不过这不重要，只要能顺利升空，蔡继恒就是撞也要撞下一架九六式。

由两架九六式轰炸机组成的第二攻击波又出现在跑道上空，一颗250公斤的炸弹在蔡继恒左侧100米处爆炸，强烈的冲击波使飞机偏离了疏散道，差点撞在一堆燃烧的油罐车残骸上。被爆炸掀到半空中的飞机碎片纷纷落下，砸在蔡继恒飞机的座舱盖和机翼上，他看着机头上螺旋桨的转速，心里焦急不安。对于战斗机飞行员来说，没有了高度就没有了任何主动，最窝囊的事莫过于被敌机击毁在跑道上，因为此时你就像个刚出生的婴儿一样，毫无自卫能力。

飞机的引擎终于达到了理想转速，蔡继恒把油门一下子推到了极限，飞机发出震耳欲聋的轰鸣声，沿着跑道疾驶，速度越来越快……

蔡继恒脑子里闪过一个画面，他想起当年和那个绰号"金枪鱼"的美国飞行员玩"俄罗斯轮盘赌"的情景，那个游戏死亡的概率是六分之一，那么今天他准备迎着弹雨起飞，死亡的概率恐怕是要小于六分之一。没有别的办法，只能再赌一把，战争中充满了偶然因素，不可否认，能生存下来的人没有别的解释，靠的就是运气。

蔡继恒认为自己的运气还不错，能在如此频繁激烈的空战中活下来，没有运气保佑着他是不可想象的，今天他还想赌一把自己的运气。

老杰克的机枪终于打不响了，这挺航空机枪的枪管已经被打得通红，枪管变软，出现了弯曲。老杰克对枪械就算再外行，心里也明白，要是再继续打下去，枪膛内的弹药会发生自燃，弹头也会卡在枪管内，最后会危及射手的安全。老杰克无可奈何地扔下机枪，嘴里不停地咒骂着。

这时蔡继恒的飞机已经在跑道腾空而起，老杰克看着他一个上升小转弯，然后以几乎垂直的角度向上爬升，转眼消失在云层中。

老杰克惊慌地抹去脸上的汗水，大声咒骂着仰头四处观望，他不能确定此时机场上空是否有日军零式机护航，要是有的话，那这条鳄鱼算是死定了，就凭他那架P-40还跟人家零式机比爬升和转弯半径，简直他妈的一点胜算都没有。

蔡继恒这时可管不了这么多，他一心一意以最短的时间爬升到高空，以抢占攻击的有利阵位。大角度的爬升使飞机剧烈地颤抖起来，似乎随时有散架的可能。蔡继恒的眼睛死死盯着仪表盘上的高度仪，500米、600米、700米……只要能爬升到1500米以上的高度就可以寻找目标进行攻击了，蔡继恒的心里在焦急地祈祷着：上帝，只要给我一分钟，一分钟……

当高度仪指向1500米高度时，蔡继恒猛推操纵杆把飞机改为平飞，冲出一片云层，他突然惊喜地发现，下方100米处出现一架两翼涂着血红膏药标志的九六式轰炸机，它庞大的机身侧面有一排醒目的飞机编号：0854。现在这架轰炸机正在进入俯冲状态。

蔡继恒对九六式轰炸机可说是了如指掌，这种长程双发轰炸机设计得非常糟糕，为了追求长航程，日本航空设计师省略了很多必要设置，它的机身结构很薄弱，一旦遭到攻击极易起火燃烧，因而有"空中打火机"的绰号，成了盟军飞行员的理想猎物。

后来一个美国情报军官告诉蔡继恒，这是因为在战争初期，日本陆海军航空队一些掌权的少壮派之间，流行着一种愚蠢的理论，叫战斗机无用论。他们认为保护轰炸机最好的办法是加强轰炸机的自卫武器和提高飞行速度，而不是用战斗机护航。这种荒唐的理论坑苦了轰炸机的空勤人员，使他们在战争中付出惨重的代价。有关方面曾做出过统计，在作战中阵亡的日本轰炸机空勤人员，大部分是因为飞机被击中后在空中烧死的。

在1937年8月14日的笕桥空战中，中国空军与日军九六式机群遭遇，大队长高志航首开纪录，击落了日机领队指挥官新田慎一中佐。新田绰号"凶猛之熊"，是日本著名试飞员，也是"战斗机无用论"的狂热信徒。在这次战斗中，他为自己的理论付出了最合理的代价。

蔡继恒经常百思不解，那些绝顶聪明的日本航空设计师，为什么在设计九六式时脑袋进了水，设计出如此糟糕的轰炸机？

说白了，号称军事强国的日本并不是样样都行，他们的强大实际上不过是相对于中国而言。

蔡继恒暗暗庆幸自己的运气，没费什么事就抢占了一个有利阵位，这架九六式正好撞在自己的枪口上。他一推操纵杆压下机头俯冲下去，与此同时，九六式轰炸机的中部机枪塔率先开火了，一串闪亮的曳光弹从蔡继恒座舱上掠过，他不为所动，两眼死死盯着瞄准器，最先进入瞄准器光环的是九六式中部机枪塔，可以清楚地看见那个戴风镜的机枪射手近乎扭曲的脸，若是此时开火，只需几发点50子弹就能把他打成一堆烂肉，但蔡继恒不想在他身上浪费弹药，他略微调整了一下俯冲角度，这时九六式的透明驾驶舱出现在瞄准器光环上，驾驶舱里并排坐着正副驾驶员，那个副驾驶员正在惊恐地回头观望，蔡继恒嘿嘿冷笑起来，他的理论向来如此，打飞机的任何部位都不如直接消灭驾驶员的肉体，其效果是一劳永逸地解决问题，驾驶者死了，飞机自然会坠毁。

蔡继恒猛地按下射击钮，两侧机翼上的六挺机枪同时吼叫起来，密集的弹雨刹那间将驾驶舱的玻璃击得粉碎，两个日本驾驶员顿时血肉横飞……

这架"空中打火机"这次倒是没有起火燃烧，可它一旦失去了驾驶员便像断了线的风筝，一头扎向地面……

蔡继恒驾机穿过低空云层，在距地面300米时改为平飞，他看见那架九六式坠落在一片水田里，燃起冲天大火。其余的三架九六式已经爬升到一定高度，正在向东南方向逃窜。他摇摇头，遗憾地想，刚才的一轮射击已经打光了全部弹药，否则还可以追上去再干掉一架。

蔡继恒这时才发现，自己升空以后居然忘了打开通讯电台，他随手打开电台，里面传来第23大队指挥官罗伯特上校的呼叫："鳄鱼，鳄鱼，你听到了吗？为什么不回答？"

"对不起，上校，我刚刚打开电台。"

"小伙子，你干得太漂亮了，我代表第23大队全体空、地勤人员向你致敬！现敌机已经逃走，不过，你还得待一会儿才能着陆，因为地勤人员正在修补跑道。"

蔡继恒在机场上空兜了一个圈子，发现跑道上布满了弹坑，像蚂蚁一样的地勤人员正开着翻斗车来回往返，把沙土填进弹坑。

蔡继恒看看油料表，发现上面的指针已经接近零。他心里暗暗叫苦，心说这下麻烦了，以往出航，如果油料耗光至少还有两个办法补救，一是找块平坦的地方迫降；二是弃机跳伞。可今天这两个办法一个也用不上。据蔡继恒所知，羊街机场附近都是水田，飞机在水田里迫降基本上是找死。至于跳伞就更没法考虑了，因为他根本就没带伞包。

电台里传来罗伯特上校的声音："鳄鱼，你怎么不回答，有什么问题吗？"

蔡继恒回答："上校，拜托地勤的弟兄们快一点，我的油量已接近零，还可以勉强支撑五分钟，顺便提一句，我登机时比较匆忙，忘了带伞包。"

罗伯特上校大惊："上帝啊，是这样？鳄鱼，不要慌，你还可以爬升得高一些吗？譬如爬到三四千米高度？"

"我试试吧，上校，我明白你的意思，在油料完全耗尽之前抢占高度，然后靠滑翔着陆。"

"是这样，这是唯一的办法了，跑道上大家正在拼命干活儿抢时间，连空勤人员都动手了，马上就会好，应该来得及！鳄鱼，赶快爬升，祝你好运！"

"是，上校。"蔡继恒猛拉操纵杆，飞机以六十度角向上爬升。他心里明白，飞机做大角度爬升是最耗油的，可事已至此，没有别的办法，能多升高100米，就多一分活命的可能，这恐怕又是一次"俄罗斯轮盘赌"式的赌命。

和蔡继恒估计得差不多，飞机爬升到2500米高度时，引擎骤然停车，这意味着油料已经全部耗尽。谢天谢地，命运再一次给了蔡继恒一个机会，这2500米的高度就是生与死的界线。

现在没有了发动机的轰鸣声，四周立刻变得静悄悄的，蔡继恒觉得失去动力的飞机，轻得像一个风筝，在空中飘浮着，感觉还是很轻松的。他自从当上飞行员以后，经历过各种复杂条件下的飞行，但唯独缺乏的是滑翔飞行的经验，这也是没办法的事。空军军官学校在战争中培训的飞行员都是速成方式，只要能应付战争的需要就可以了，绝不会再拿出时间对飞行员进行滑翔机训练。

蔡继恒在脑子里搜索着，以前学过一知半解的滑翔与空气动力学知识。有一点是绝对的规律：失去动力的飞机在空中滑翔，除非碰到上升气流，否则空气阻力会逐渐减缓飞机的速度，升力就会愈来愈小，重力大于升力，飞机就会愈飞愈低，最后降落至地面[1]。

可是，这该死的P-40可不是滑翔机，它没有滑翔机那种细长的机翼，自身重量也大大超过滑翔机，它的滑翔比能达到20∶1就不错了。蔡继恒在紧张地计算着自己的留空时间，但愿那条该死的跑道能够迅速修补好，否则几分钟之后他只能一头扎进水田了。

还有个要命的问题，飞机必须在100米以上高度时对准跑道，高度与方向要绝对统一，拿捏得极为准确，不然失去动力的飞机会跃过跑道尽头，最后扎进机场外的水田。

"鳄鱼，鳄鱼，好消息！跑道已基本修复，但你一定要特别注意，所有弹坑里只是暂时填埋了沙土，而来不及用压路机碾实，因此在你降落时有可能会出现一些小麻烦，你要特别小心！"

蔡继恒回答："明白，上校，要是我有什么不测，请替我把那支司登式冲锋枪交给我哥哥，那是我向他借的。"

"明白，我会照办的，不过情况还没有这么糟糕，你会成功。鳄鱼，注意高度，对准跑道！"罗伯特上校的声音里竟然有了一丝温情。

地面上的景物越来越清晰，机场上被摧毁的飞机残骸都被推土机推离跑道，几辆红色消防车和白色救护车在停机坪待命，很多空、地勤人员都站在跑道两侧的草坪上，蔡继恒能清楚地看到有些人不住地在胸前划着十字。他顾不得多想，打开减速板，对准角度，压下机头，飞机以二百多公里的时速落在跑道上，轮胎接触跑道的一刹那发出一声刺耳的怪叫，飞机风驰电掣般在跑道上疾驶……

老杰克驾驶着一辆吉普车停在跑道旁，吉普车的引擎还在运转，他已经做好准备，随时冲上跑道去抢救朋友。

这时蔡继恒的飞机在跑道上已经冲过了三分之一的长度，速度渐渐慢了下来，机场上所有人都松了一口气。蔡继恒看着仪表盘上的时速表，80、70、60、

---

[1] 滑翔机的留空能力强，是因为它具有大展弦比的狭长机翼和光滑细长的机身，从而获得很高的升力阻力比，其滑翔比与同是固定翼航空器的飞机相比要大很多，因此有些滑翔机的滑翔比可达到50∶1，即在无风条件下，滑翔机每下降1米的高度就可在水平方向上滑翔50米的距离。

50公里……还好，有惊无险，总算是平安着陆了。他想起今天晚上还要和响尾蛇一起喝酒呢，不过得让这小子请客……蔡继恒正这么想着，只觉得飞机猛地一颠，似乎跳了起来，他一头撞在仪表盘上，整个飞机竖了起来，终于停在跑道上。蔡继恒心里明白，这是由于填埋弹坑的沙土太松软，飞机轮胎陷进了弹坑里。幸亏速度降了下来，要是在200公里时速时碰上这个弹坑，那就彻底完蛋了。

　　蔡继恒头昏眼花地看见黑压压的人群从四面八方向飞机涌来，他解开安全带，绷紧的神经终于松弛下来，他感到一阵眩晕……

　　他觉得有人将竖起的飞机慢慢放平，登机梯也靠上了机身，座舱外第一个出现的是老杰克那一脸的硬胡楂子，他猛地拉开座舱盖，满脸坏笑地一把将蔡继恒拎出座舱，迷迷糊糊的蔡继恒大头朝下栽向地面，他还没来得及骂出声来，就立刻被无数双手接住，并且被高高地抛向空中，数百名中美空、地勤人员爆发出一阵狂热的欢呼和掌声，蔡继恒的身子被一次一次抛向空中……

　　沈星云像是刚刚哭过，她两眼红肿，满脸泪痕，在人群中声嘶力竭地喊着："求求你们，不要扔了，不要扔了，把我们的英雄摔坏了，你们负得起责吗？"

## ·第十三章·

蔡继刚和刘昌义、高树勋带领残余部队马不停蹄赶到豫西卢氏城外，他们刚刚进城就被眼前的景象惊呆了：到处是烧得乌黑的残垣断壁，地上横七竖八倒卧着国军官兵和老百姓的尸体，仓库里的军用物资已经被烧毁，变成了灰烬，县城的街道上到处是撕烂的被服、损坏的枪械、翻倒的车辆和骡马的尸体。

蔡继刚大惊："糟了！日军到底还是比我们先到了。"

高树勋镇静地从警卫人员手里拿过轻机枪，拉开枪栓道："看来又得干一仗，闹不好这是最后一仗了，全体注意，准备战斗！"

这时沈光亚挡住了蔡继刚，他端起冲锋枪喊道："尖兵排跟我来，搜索前进！"

尖兵排立刻散开，跟在沈光亚身后小心翼翼地搜索前进。他们转过一个街口，突然发现前边的沙包工事后有人头晃动，紧接着就听见有人鸣枪并操着陕西口音大喊："站住！哪部分的？"

猛地听见有人说中国话，大家心里别提多兴奋了，莫非是援兵到了？但沈光亚心存疑虑，对方会说中国话并不能证明是自己人，因为伪军也说中国话。他端枪隐身在街道的拐角处大声喊道："我们是一战区的部队，刚刚从崤山里突围出来，你们是哪一部分？"

这时工事后面闪出几个穿土黄色军服的国军士兵，一个佩上士领章的军人招手回答："自己人，我们是第34集团军第16军。"

"我们熬出头了，陕西的援兵终于到了！"蔡继刚一屁股坐在一个破弹药箱上。

他身后的刘昌义、高树勋等人一听说援兵到了，都纷纷扔掉武器，瘫倒在地上。自进入崤山到现在，这一路不知打了多少仗，多少弟兄倒在突围的路上，新8军和暂15军的全部人马加起来，眼下只剩下这几十号人，这些突围的幸存者现在是一步也走不动了。

16军的一个上校走上前来向蔡继刚等人敬礼："长官，我是16军118团团长雷鹤鸣，请长官们训示！"

蔡继刚强打着精神问："雷团长，我们刚刚突围出来，对战局变化一无所知，请你先给我们介绍一下情况。"

上校回答:"三天以前,敌69师团一部突然南下攻击卢氏县城,我守军仅一个营,日军当日便攻破县城,卢氏守军伤亡殆尽,日军进城后大肆烧杀,大火烧了两天,兵站基地损失惨重,辎重、被服、枪械均付之一炬,日军抢夺了部分弹药、粮食后匆匆退去,我第16军随后进占卢氏县城,紧急灭火后准备重建兵站。"

高树勋问:"日军有没有进攻陕西的意图?我们能不能守住防线?"

"应该没问题,目前第八战区各军已前出到灵宝、卢氏、西平一线构筑工事,建立了稳固的防线,日军兵力有限,不可能有什么大动作。"

蔡继刚、刘昌义、高树勋等人一听都松了一口气。无论如何,在这个战略方向上,日军的攻击势头被扼制住了。

当蔡继刚等人在嵩山苦战突围时,战局已经发生了重大变化。在蒋介石的严令下,胡宗南第34集团军受命杀出潼关,在灵宝、卢氏一带山岳地区凭险布阵,迎击日军。第34集团军初出潼关,士气旺盛,以逸待劳,与日军的进攻部队在灵宝血战一场,日军各师团的进攻锋芒顿挫,其主力第3坦克师团一进入山区便失去进攻优势,终于被阻于嵩山脚下。

第34集团军中的第1军,是胡宗南精锐中的精锐,被冈村宁次看作是与汤恩伯的第13军同等厉害的王牌部队,此役,第1军将士功不可没。

在豫中遭到惨败的汤恩伯坐在位于伏牛山的总部里羞愧难当。他从军二十多年,从未像豫中会战这样遭到如此重大的失败,若不想办法扳回一局,今后怕是无颜面见蒋校长了。

汤恩伯毕竟不是庸常之辈,他一旦下定决心,总会弄出些名堂来。他在伏牛山下调整第31集团军各部的同时,整日把眼睛盯在地图上,他要在犬牙交错的战线上找到一个关键点。日军主力不是想西进吗?好,我在你背后搞一下,切断你的供应线,让你的主力调头回援豫中,这么一来,陕西方向的危机自然解除了。汤恩伯的目光落在洛阳西南重镇宜阳,这是个绝佳的攻击点,相当于日军攻击集团的尾巴,砍断这条尾巴,日军主力就会像受伤的野兽一样负痛调头回扑,那么这次出击的目的就达到了。

在地图上,汤恩伯用红铅笔把宜阳重重打了个叉,他站起来发布命令:"第31集团军各部立即出击,以第13军为前锋,向宜阳发起反攻。"

汤恩伯心里很清楚,这次反攻虚实都有,是否拿下宜阳并不重要,关键是要造出声势,给日军的进攻兵团一个信号:汤恩伯的第31集团军要玩命了!冈村宁次不是梦寐以求要干掉第13军吗?好,现在第13军要砍断你的尾巴了,你调头还是不调头？

这一招果然奏效，第31集团军倾巢出动，摆出一副玩命的架势，追着日军的进攻部队一路打去，西进日军集团的战略后方受到威胁，供给线面临着被切断的危险，又被胡宗南的第34集团军阻击在崤山前进不得，只好放弃进攻西安的企图，主力回援豫中，反击汤恩伯兵团。

陕西危机解除，蒋委员长大大松了口气。

这些日子，蔡继刚住在豫西灵宝的第1军军部，他受命代表军委会完成豫中会战溃败部队的收容、整编、布防工作。在这里，蔡继刚见到了许多他熟悉或不熟悉的面孔，那些九死一生突围出来的将领，人人面色灰暗，神情沮丧，目光里都透出一种凄凉。而他熟悉的面孔已经大部分消失了，他们为这次愚蠢的会战，为守住那些重要的或并无多少战略价值的城镇，为了第一战区长官部矛盾百出的荒谬指挥，付出了生命的代价，他们已经长眠在豫中平原的城郊、街巷、田野、山川、河流里。他们付出的代价如此沉重，连魂归故里的小小回报都没有，成了匆匆游荡于冥界的孤魂野鬼。

蔡继刚常常独自一人凝视着崤山东南起伏的群峰，难以抑制心中的悲伤和愤懑之情。他怀念那些曾和他一起出生入死的弟兄，陈连长、满堂、铁柱……他们是否还活着？

"报告长官，您的电报！"军部报务员将一封电报递上。

蔡继刚打开电报，电文是第一战区司令部发来的：

"军委会督战官蔡继刚少将：拟近日在第一战区司令部召开由该战区各集团军司令官、各军军长参加的军事会议，商议改组该战区总部，重新布置各军防务问题。各部队长官应携带各部作战汇报、伤亡统计等材料尽快启程。此报送第4集团军孙蔚如、第14集团军刘茂恩、第39集团军高树勋、第31集团军王仲廉……开会地点：西安。此令，第一战区司令长官，陈诚。"

蔡继刚又喜又忧，喜的是妻子赵湘竹此时正好在西安，在经历了一场残酷的血战后，能见到妻子总是一份奢侈的享受；忧的是自己这个督战官把战事"督"成这样，训斥和检讨怕是少不了的，而且军事会议上的内斗和相互推诿也是避不开的。

经过几天的长途押送，佟满堂他们五个战俘被押到黄河渑池渡口。上渡船时，这支战俘队伍增加到50人。满堂仔细观察，发现战俘们都是一副倒霉相，个个蓬头垢面，脸上带着惊慌失措的神态。一个小个子战俘上船时动作慢了些，后背上立刻狠狠地挨了一枪托,负责押解的日军士兵用日语大声呵斥着,又横过刺刀对准那战俘胸口,小个子战俘当时就被吓哭了,他跪在甲板上咚咚地向日本兵们连连磕头,嘴里连哭带喊地求皇军饶命。日本兵们哈哈大笑,像是在看马戏团表演。满堂很想踹那小个子一脚,这小子也太屃了,好歹是个爷们儿,至于吗?难怪咱老打败仗,就是他娘的这号丢人现眼的东西太多。

日军用渡船把战俘们载过黄河,进入山西平陆县地界。战俘们在日军士兵驱赶下又跌跌撞撞走了三十多公里,终于到了一座战俘营。战俘营大门前挂着块牌子,上面用汉字写着"更生训练所"几个字。

这座战俘营是日军在1941年5月的中条山战役后,为关押国军战俘匆忙修建起来的。营地背靠着一座约300米高的山丘,山丘后面是连绵起伏的中条山,营墙前面是个小山涧,一条碎石路通向南面的一片丘陵,这是进出战俘营唯一的通道,满堂等人就是从这条通道进入战俘营的。

新到的50个战俘被押到院子里点名造册。一个年轻的日军少尉戴着口罩,拿着表格站在院子中央,他脚下蹲着一条吐着血红舌头的狼狗,眼睛里闪着凶光在低声咆哮着,好像随时会扑向战俘们。

日军少尉用日语向战俘们挨个问话,一个身材矮小的翻译官负责翻译,内容无非是每个人的姓名、年龄、籍贯和军衔。那个翻译官虽然个子矮小,嗓门却大得出奇,对待战俘的态度好像比日军少尉脾气还大,战俘们回答的声音小了一点就招来他不耐烦的斥骂,竟然是一口一个"日你娘"。满堂听出来了,这个翻译官日语说得怎样他不知道,要说起中国话可是一口纯正的河南腔,一听就是个土生土长的孬货。

点名结束后,战俘们被分别赶进北区的四个大屋子里,每个屋子大约住60人,有用木板搭的四层大通铺,满堂抬头看看屋顶,发现顶棚上还透射着稀稀落落的阳光。

他观察了一下周围的环境,见院子里建有一座三层高的木结构瞭望楼,上面架着轻机枪,楼顶平台上装有两架探照灯,周围全是丈余高的青砖墙,大门口设有架机枪的岗亭,墙头上布有密密麻麻的铁丝网。一个由七个鬼子组成的巡逻队,牵着两只狼犬走进战俘营后面的小院子,那里显然是日军守备队的兵营。

满堂眼睛盯着门口的岗亭问一个瘦高个的战俘:"老哥,那咋咋呼呼的翻译官是中国人吧?"

那战俘瘦削脸,深眼窝,一张薄嘴唇棱角分明,他不屑地撇了撇嘴:"哦,这货叫高升,郑州人,在日本留过学,是鬼子的一条狗。"

另一个方脸盘的战俘嘘了一声:"嘘……兄弟,小声点儿。"他蹑手蹑脚走

· 第十三章 ·

到窗前,迅速往两边看了看,回来小声说:"高升这鳖孙没事就扒窗偷听,上次有两个弟兄打算逃跑,连时间路线都定好了,没想到让这鳖孙偷听了去,他立马报给鬼子渡边,渡边这老鬼子更狠,表面上不动声色,暗地里布置了埋伏,那两位弟兄刚翻过墙就中了招儿,被抓回来当着全体战俘的面给毙了。"

一个圆脸的战俘也骂了起来:"娘的,俺早晚宰了这小子,上次鬼子战地医院来战俘营抽弟兄们的血,就是这狗娘养的使的坏,俺让鬼子抽了好几管子血,头昏眼花的刚出门,就看见鬼子渡边一边拍着高升肩膀,一边朝他竖大拇指,要不是他使的坏才怪嘞。"

瘦高个对满堂叹了口气说:"鬼子把战俘营当成医院的血库,我们班一个弟兄一下子被抽了十管子血,当时脸都白了,一出门就倒下了,再也没醒过来。兄弟,这里不是人待的地方,鬼子早晚要整死咱们,早知道这样,我说什么也不会交枪,死在战场上也比窝窝囊囊死在战俘营里强啊!"

此时正是晚饭前的放风时间,战俘们三三两两分散在院子里闲聊。满堂谨慎地四处看看,发现没人注意这里。他双手一抱拳说:"各位弟兄,俺是新来的,叫满堂,这位是俺兄弟,叫铁柱,大伙叫他柱子就行。俺初来乍到,不懂这儿的规矩,还请各位弟兄多多照应!"

"好说,好说!"大家七嘴八舌地客气着。

满堂小声说:"咱现在是共患难的弟兄了,俺还不认识各位,弟兄们都咋称呼?啥时候进来的?"

瘦高个朝满堂抱了抱拳说:"我叫张宝旺,25岁,山西垣曲人。27师的,民国三十年在中条山张店镇被俘,到现在已经三年了,算是这里关押时间最长的老战俘了。"

那个方脸盘的战俘也自我介绍:"我叫李长顺,20岁,河南孟津李家沟人,15军65师的,今年5月初在洛阳城北郊突围时被俘。我是迫击炮手,这种炮对付步兵还管用,对付坦克就没用了。乖乖,我从来没见过那么多坦克,蝗虫似的,根本顶不住,我们师差不多打光了。94师也没好到哪儿去,打巷战才两天就打得不到百十号人了,都说四川兵能打,这回我算是亲眼看到了。"

那个圆脸战俘有些腼腆,他嘴唇鼓了几下嗫嚅道:"俺叫孙新仓,家在河南洛宁熊耳山柴禾沟,俺家是猎户……从小就跟俺爹打猎,今年年初……让38军抓了丁,4月守郑州……仗打得实在窝火,郑州才守了一天就撤了,俺连长说俺枪打得准,让俺留在后面打掩护,就这么着,俺掉了队,在城里被俘……俺今年18岁,各位都是俺大哥。"他说完看了一眼铁柱便连忙改口说:"除了这位兄弟。"

铁柱连忙接口:"你18,俺今年17,你算是俺大哥嘞。"

孙新仓腼腆地笑了,仿佛恢复了些自信。

太阳落山了,这时外面有人喊了一声:"开饭啦!"战俘们来到外面院子里。满堂看到两个日本兵抬着一筐窝头,另一个士兵提着个桶,隔着七八米远站着一个日军曹长,默默地看着战俘们吃饭。

战俘们每人只领到一个拳头大的、掺了一半糠的粗玉米面窝头,再有就是桶里的凉水。满堂感到奇怪,忙问张宝旺:"就一个窝头?没有菜吗?"

张宝旺冷笑了一声:"你以为鬼子是请你来吃席的呀,还想吃菜。"

"那长期不吃盐,顶得下来吗?"

"一星期发一小块腌萝卜,那叫改善生活。满堂,我这里有上星期剩的一点咸菜,舍不得吃,你先凑合着来点?"宝旺说着从怀里掏出个小纸包,剥开三层纸,露出小手指大的一点咸菜。

满堂不忍心动他的宝贝,把手一挡:"谢啦!俺刚来,还没到缺盐的时候,唉!老哥,真不知道你这三年是咋熬过来的?"

张宝旺没有说话,他把身子转过去,默默地吃着那份仅够活命的口粮。满堂望着他瘦削的背影,心想这人别看瘦,骨架子可大,以前肯定是个壮汉,现在这模样八成是这几年饿的。

铁柱悄悄走到满堂跟前,用下巴朝远处的日军曹长一点:"哥,你看那鬼子,咋有点面熟?"

满堂这才注意到那个日军曹长,他仔细看看说:"是他娘的面熟,咱肯定见过……"

满堂假意走到水桶旁弯腰舀水喝,就在他抬头一刹那,发现那日军曹长也一直在看他,两人四目相对,满堂心里猛然一震:是山田圭一!几乎是同时,山田圭一也认出了他。满堂眼睛一亮,兴奋地刚想打招呼,山田圭一迅速用右手的食指做了个住口的手势,他不动声色地用眼睛往两旁扫了扫,脸上没有一点表情。

晚饭结束后,满堂回到屋里,在张宝旺对面坐下,开门见山地说:"宝旺大哥,俺看你是个靠得住的人,俺就明说了,这鬼地方……俺是不想待了,大哥能给指条明道儿吗?"

张宝旺没抬头,把眼皮往上一翻小声说:"我早就看出你小子是个机灵鬼,怎么着,才来了不到一天,就打算跑了?倒是挺有种啊。"

"俺早看出来了,在这儿待下去早晚得死,俺可不想死得这么窝囊,要死就死在战场上。"满堂说。

## 第十三章

张宝旺叫过孙新仓:"新仓,你到外面瞄着点,特别留神高升那狗日的。"

孙新仓听话地走到门外。

张宝旺仔细打量着满堂:"兄弟,和你这么说吧,战俘营里的弟兄没有不想跑的,可你小子得有跑的本事,玩愣的谁不会?你看见那围墙了吗?墙头上是电网,前些日子有位弟兄想跑,他不知道那铁丝网是带电的,半夜里用绳子搭在铁丝网上翻墙时触了电,人都烧成焦炭了,第二天鬼子带我们去看尸体,弟兄们都掉眼泪了,唉,那惨样儿我这辈子也忘不了……"

满堂的眼睛里射出冷光:"大哥,这可吓不住俺,死人俺见得多了,俺非跑不可,逮着了算他的,逮不着算俺的。"

张宝旺沉默了片刻,好像下了决心:"好吧,我给你说说。这战俘营现在关着八百多个弟兄,其实这里只是个收容所,每隔十天半个月就有成批的战俘从这里送走,听高升说是送到天津、北平、济南,最远的送东北。三年啦,战俘换了不知多少茬儿,这800人分四个大队,大队长都是老战俘,这是战俘营长官渡边想的主意,让战俘管理战俘,我也是大队长之一,所以一直没被送走。鬼子那边是官多兵少,最大的官是渡边少佐,他下面还有一个大尉、两个中尉、三个少尉和一个六十多个士兵的守备队,嗯,还有那狗日的翻译官高升……"

满堂有些疑惑:"咋才六十多个兵,军官倒不少?"

"大部分都是些技术军官,估计营外边有不少工程,我经常看见军官们在研究工程图纸,你以为咱们会在屋里待着?没这么美的事!每天都要干重活儿,修碉堡、盖营房、修渡口码头、架电线、挖壕沟、运军火……什么都干。监工的鬼子兵动不动就把人打个半死,要是病了,对不起,你就等死吧,鬼子可从来没给咱看过病。我记着账呢,这三年里不算打死的、枪毙的、出事故死的,光是病死的就有五百六十多个,有的人还有口气就说是传染病给拉出去活埋了。"

满堂压低了声音问:"刚才开饭时,远远站着的日本军曹是干什么的?"

"你说的是山田圭一?这人还不错,是个好脾气,在鬼子里很少见,从没见他打过人,也很少见他说话。他好像是个班长,还兼管伙房,专职的炊事兵只有两个,每天都是调一个班的日本兵帮厨,毕竟是八百多号人吃饭。"

"这个山田圭一来这里多长时间了?"

"没多久,才来一个多月。"

满堂不再问了,他朝张宝旺点点头:"多谢大哥!"

夜深了,铁柱躺在满堂身边,趴在他耳边耳语:"哥,山田在这儿,这就好办啦……你有啥打算?俺听哥的。"

满堂在铁柱后脑上轻轻撸了一把:"柱子,这事轮不上你操心,睡你的觉!"

铁柱睡着了，一只胳膊还搭在满堂的胸口上。

这天夜里，满堂失眠了。他脑子里出现很多令人心惊肉跳的画面：熊熊燃烧的许昌城、血流成河的巷战……铺天盖地的迫击炮弹像雨点般落下，把他藏身的地方变成一片火海……麻子排长一瘸一拐地走在日军部队的最前面，他脸上的麻子变成了酱紫色，赤裸的上身布满了正在流血的刀口……俺的排长啊……满堂忍不住呜咽起来……

真是做梦也没有想到，那天早晨他和铁柱走出家门的时候，会接踵而来发生这么多事。短短一个月的时间里，他和铁柱已经在血里火里滚了几个来回了……满堂很怀念以前的庄稼汉生活，那时候可没这么多烦心事，日出而作、日落而息，日子虽说苦点，可一家人相依为命在一起，对一个农民来说，这种太平日子真是金不换啊。要是能回到以前该有多好，那他一定要好好孝顺爹娘，绝不惹是生非。再娶个媳妇，生几个娃，好好过日子。

满堂想是这么想，可他也知道，过去的日子已经永远过去，无论你怎么留恋，它也再不会回来了，现在该想的是往后怎么办。他和铁柱要是不想死在这里，就得想办法逃出去。

满堂仰面躺着，双眼呆呆地望着屋顶，山田圭一的脸庞渐渐清晰起来。他到底是个鬼子兵，会帮自己忙吗？眼下要是没有更好的办法，也只能在他身上打主意了……日他娘的！就是逃跑时被打死，也比待在战俘营里活受罪强！

一阵山风吹来，窗纸瑟瑟作响。屋里战俘们的鼾声此起彼伏，满堂翻了个身，忽然看见一个黑影悄悄接近窗户，那人的剪影清晰地映在窗纸上。满堂一眼就认出是高升，他不动声色地腾出右手，轻轻在木板上敲了一下，那黑影一下子缩了回去，伴随着一串细碎的脚步声渐渐消失……

蔡继刚坐在招待所的房间里等候着妻子赵湘竹。这个招待所坐落在西安市中心，是第一战区长官部专供中高级军官下榻的内部招待所。按蔡继刚的军衔，他被长官部安排到二楼的一个不错的套间住宿。

蔡继刚焦急地在屋里踱着步，他很想念妻子，迫切地盼着和她见面。但与此同时，他又不太希望妻子到西安来。原因很简单，这个赵湘竹是个喜欢惹是生非的女人，这位《中央日报》的女记者一来，肯定会招惹麻烦。

赵湘竹的家世不错，父亲是上海滩有名的棉纱大王，母亲也出身江南望族。从金陵女大毕业后，赵湘竹不顾父母反对，执意报考《中央日报》，当上了记者，抗战爆发后被报社总编辑指定为军事记者，专门报道与战事有关的新闻。

这下可麻烦了，赵湘竹天生有些反骨，她仗着文笔不错专和军政界高官作对。这女人是个多面手，新闻报道、人物专访甚至社论、文学评论、电影评论都能来上几下。她平时与人交谈温文尔雅，很有亲和力，可一旦抄起笔来就变得颇为狰狞，大有变文字为刀子的劲头，为此她得罪了不少权贵人物，有几次还差点被报社开除，但她依然我行我素。

用蔡继刚的话说，她老子有钱，她向来不怕丢饭碗。幸亏《中央日报》是国民党机关报，隶属国民党中央宣传部，这要是份民办报纸，闹不好赵湘竹一怒之下就把报社买过来，她自己当总编了。

当了军事记者以后，赵湘竹一发不可收，她在报上连连发表声情并茂的战地报道、详尽而客观的名人采访、辛辣而切中时弊的述评，她以一般女记者所欠缺的国际视野和军事知识，来采写有关战略问题和对战局发展的评估，经常受到一些国军将领的赞赏，以至于有些将军不愿相信该记者竟是一位女性。

蔡继刚是在淞沪会战负伤后和赵湘竹认识的，当时他住在武汉的陆军医院养伤。淞沪会战后，国军兵败如山倒，首都南京守了不到三天就城破兵败，军民伤亡近30万人。蔡继刚在医院里气得是七窍生烟，一股邪火在胸中游走却无处发泄，他能做的只是把护士给他送药的药盘子砸碎。他妈的，仗打成这样，所有高级将领都该自戕殉国，还好意思穿这身军装？！

正是有气没地方撒的时候，女记者赵湘竹来采访了。蔡继刚一贯讨厌记者，认为记者都是些靠揭名人隐私、炒作花边新闻吃饭的庸人。国家都成这样了，这些记者就该拿起枪去打仗，跑到医院里来扯什么淡？蔡继刚没好气地对勤务兵吼道："不见！不见！记者来捣什么乱？"

勤务兵小声嗫嚅说："长官，这记者是……是个女的。"

"女的就更不见了，她懂打仗吗？不懂打仗她采访什么军人？真他妈的……"

已经到了病房门口的赵湘竹听见蔡继刚的吼叫，便也来了气，这人怎么如此无理，不过就是个小小的中校嘛，他以为自己是谁？赵湘竹也动了大小姐脾气，她运足力气，一脚踢开房门，怒火万丈地闯了进来。

"蔡先生，你这个人好无理，你懂不懂得尊重女性？我看你这个美国军校算是白读了，充其量就是个粗野的丘八，你根本不配接受我的采访！"赵湘竹气急之下不管不顾地向蔡继刚喊道。

蔡继刚正好背对着房门，这时他动也没动，只是皱着眉问勤务兵："是谁把她放进来了？"

"长官，是她自己闯进来的。"

赵湘竹挑衅地说："是我自己进来的，怎么样？你不用撵我走，我自己会走，要是早知道我的采访对象是个没有教养的人，就是丢了工作我也不会来……"

这时蔡继刚转过身来，看了赵湘竹一眼，两人四目相视的一瞬间，赵湘竹像是突遭雷击，还没来得及说出的刻薄话被卡在了嗓子眼里，她一下子沉默了。

赵湘竹内心惊骇不已，眼前的这个男人仅从外貌上看就已非同凡响。他有着一张白种人式的窄脸，面部轮廓棱角分明，浓密的剑眉下是一双透着冷峻的眼睛，他的皮肤是健康的古铜色，一看就是在漫长的军旅生涯中风吹日晒的结果。赵湘竹当了几年记者，久闯江湖，尤其是在南京、上海这种大城市里，可谓阅人无数，她还真没见过像蔡继刚这种类型的男人。此人的神态似乎是懒洋洋的，与人对视的时候总是微微扬起头，给人一种居高临下的感觉。他沉静如水的气质里隐隐透出一股令人生畏的杀伐之气，赵湘竹知道，但凡这类男人，是绝对不可以被人轻视的。

赵湘竹的心里感到一阵前所未有的慌乱……

蔡继刚本打算好好训斥一下这个不知天高地厚的女记者，但当他转过身第一眼看到赵湘竹的时候，便改了主意。原因很简单，一个男人猛地见到漂亮女人都会先愣一下，然后迅速调整自己的心情，就是有再大的不快也要克制一下，蔡继刚当然也不例外。他对女人一向挑剔，相貌平凡些的女人入不了他的眼，所以到三十多岁还没有遇到一个心仪的女友。可当他看到赵湘竹时，心里竟然微微一动。这姑娘的相貌真是漂亮，五官搭配得非常精致，即使在生气时也表现出一种可爱的韵味。那天赵湘竹穿着一件月白色的暗花软缎旗袍，把修长的身材勾勒得曲线诱人。蔡继刚暗想，中国的旗袍就是为身材姣好的女人设计的，身材不好的女人对旗袍想都不要想。蔡继刚有些后悔，觉得自己刚才是有些无理，都怨这场该死的战争，战争的失利把自己弄得实在有些气急败坏。

蔡继刚望着赵湘竹点头微笑了一下，尽管这笑容转瞬即逝，但也足以让赵湘竹一下子就消了气。

蔡继刚像是对老熟人说话："生气啦？"

赵湘竹竟然神使鬼差地点点头："嗯，刚才是有点生气……不过现在好了……"

"为什么？"

"从前线回来的军人火气都大，我理解。"

"对不起，不是对你，仗打得不好，无颜见江东父老！"蔡继刚神色黯然。

"别这么说，你们已经尽力了，日本人不是吹牛三个月灭亡中国吗？一个淞沪会战就打了三个月，有你们这些军人在，中国就亡不了。"赵湘竹柔声安慰道。

## 第十三章

蔡继刚扭过头去看着窗外，他不愿意让赵湘竹看到自己的眼泪。

赵湘竹轻声说："蔡团长，我希望您能接受我的采访，如果现在不方便，我明天来也行。"

"记者女士，你想知道什么？"

"我看了战报，蕰藻浜阻击战中，你们税警第四团作战非常英勇，战绩很突出。我想知道，在孙立人团长负伤被抬下火线后，您是如何接替指挥的？又是如何负伤的？"

"国家有难，军人理当效命疆场，不过是尽本分而已，这好像没什么可说的。"蔡继刚一点也不通融。

"那好，我们不谈战争，谈点别的，只当是聊天吧。蔡团长，我冒昧地问个私人问题，您……有家眷吗？"

蔡继刚惊奇地看了赵湘竹一眼，反问道："怎么，这种私人问题也是你的采访计划？"

"当然，前方将士在流血牺牲，我们后方老百姓能做的，就是把最好的东西拿出来支持前线，这里面包括武器弹药、被服食品、亲人的关怀、妻子的思念，还有……姑娘们的爱情……"赵湘竹的脸一下子变成了粉红色。

蔡继刚终于大笑起来："这倒是个新鲜的说法，连爱情也能当作慰问品送上前线？"

"这是应该的，抗战军兴，民众则有钱出钱，有力出力，姑娘们既没钱又无力，就把爱情献给前方将士，这理所当然！"赵湘竹合上采访本不打算采访了，她忽然想研究研究这个中校军官。

"我没有家眷，暂时还不想找这个麻烦。"蔡继刚老老实实地承认。

"怎么，爱情是麻烦？请蔡团长解释一下。"

"难道你不知道？打仗是要死人的，我已经死过一次了。听医生说，抢救我时很多人都为我输了血，否则我不可能还活着。等伤好了，我还要返回前线，下一次可不见得有这么幸运。对于一个正在作战的军人来说，爱情是一把双刃剑，既伤自己又伤别人。"

赵湘竹微笑着嘲讽道："哎呀，中校先生，您可真高尚，为了自己当英雄就把爱情锁进保险箱吗？可那是您的想法，女人们并不这么想。"

"那么女人们是怎么想呢？"蔡继刚问。

赵湘竹狡猾地眨眨眼："我现在不告诉你，以后再说！"

"你的意思是，以后你还要来？"

"当然，除非你不欢迎我。"

蔡继刚耸了耸肩，这是典型的弗吉尼亚军校校风，他略显玩世不恭地说："美人上门，总是令人愉快的。"

两个月以后，蔡继刚和赵湘竹在武汉的一座教堂里举办了简单的婚礼。

电话铃响了，蔡继刚拿起话筒，里面传来战区长官部张副官的声音："是蔡长官吗？"

"我是蔡继刚。"

"蔡长官，我奉命传达战区长官部的通知，今天上午9点，在第一战区长官部会议厅召开由陈诚长官主持的军事检讨会，请您准时参加！"

蔡继刚看了看手表，不满地问："还差半个小时就开会了，怎么现在才通知？"

"对不起，陈诚长官刚下飞机，是他临时决定的，现在大批的记者已经赶往会场，接您的汽车马上就到！"

"好，知道了，我马上就到。"蔡继刚挂上电话想，看来赵湘竹来不及过来了，她应该是和陈诚坐同一架飞机来的，这会儿恐怕已经去了会场。

蔡继刚赶到会场时，新任命的第一战区司令长官陈诚和几位高级将领已经在主座就位。陈诚认识蔡继刚，他点了点头，示意蔡继刚坐下，然后宣布开会。

蔡继刚四下看看，发现与会的有第一战区各集团军司令官，各军军长，军委会政治部、军令部官员和司令部参谋人员，他的副官沈光亚已经坐在最后排的旁听席里。

已就座的高树勋、刘昌义等人向蔡继刚点头示意，蔡继刚朝他们笑了笑，然后正襟危坐，听陈诚讲话。

陈诚今天的心情也不太好。仅仅在几天以前，他还在云南的中国远征军司令长官任内，4月中旬，蒋介石在美国总统罗斯福的压力下，向远征军下令渡过怒江，反攻缅甸。仅一个多月，缅北战事正酣，又突然接到蒋介石急令，要他接任第一战区司令长官，收拾豫中会战的烂摊子，陈诚心中的不快可想而知。但不愿意归不愿意，命令还是要服从的，这个保定军校炮科八期的毕业生对蒋介石一向是言听计从，执行命令从无怨言，其忠诚程度深得蒋介石赞赏。在国民党军政系统中，陈诚炙手可热，官运亨通，是国民政府中仅次于蒋介石的第二号人物，有"小委员长"之称。

对陈诚而言，命令要服从，话却不能不说。接到命令后，他当即向蒋介石上书进言内心的不满："今日第一战区之事，战区长官固应负责，但军政之不能配合，军队素质之不健全，指挥权责之不分明，以及中枢主管部门之欠缺整个主动计划，欠缺真知灼见与诚意等，使任何人易地而处，亦均无办法……今仓促受命，无补时艰，而大局病根之深、个人健康之坏，更远不如当年，故此行除服从钧座命令外，实别无意义，亦别无效益……"

陈诚把信发出后，便郁郁寡欢地来到西安走马上任。

在各军长汇报完各自部队的损失后，陈诚气哼哼地在会议桌旁踱了一圈，板着脸对每个将领都盯了三五秒钟，只看得众将官臊眉耷眼，不敢正视。

蔡继刚早知这一天躲不过去，有相当的心理准备，但此时仍如芒刺在背，脑门上微微沁出汗来。

陈诚踱到案首巨幅军用地图前，慢慢转回身，一字一句地说道："接委员长手谕：'因洛阳、郑州、豫中方面作战失利，蒋鼎文大敌当前，擅离职守仓皇出逃，实为不齿，革去司令长官之职。汤恩伯临阵慌乱，指挥失当，致使战局如此不堪，着令：二人马上前往重庆接受统帅面训，听候处理。兹任命：陈诚为第一战区司令长官，将第八战区的陕南地区划为第一战区统辖，设长官部于西安。战区副司令长官：胡宗南、汤恩伯、曾万钟、郭寄峤、孙蔚如五人。'"

会场上鸦雀无声。

陈诚口气稍有缓和："战区当前之敌，正在积极完成交通与加强工事中，随时有进犯西北之可能。为应付上述局势，本战区任务简而言之就是：以一部广领前方要地行持久战，主力固守白河安康间、西坪商南间、卢氏雒南间各要隘，及豫陕河防、崤函要点、陕北陇东封锁线；另挺进必要兵力于沦陷区，树立反攻基础。并控制有力部队于各地加紧整训，完成攻守两势的作战准备。"

陈诚接着又问："关于此次豫中会战失败之检讨，各位有何高见，不妨畅所欲言。"

全场沉默，足足五分钟，将领们不时抬起头相互察言观色，就是没人先开口。

陈诚略带嘲讽地问："怎么，都哑巴了？"

蔡继刚忍不住了，他只觉得血往头上涌，多日的抑郁不吐不快，不然他真要疯了，他第一个举起手要求发言。

陈诚点点头："蔡继刚少将，你说！"

蔡继刚站起身慷慨陈词："我认为第一战区长官部最大的失误在于事前疏于防范。日军进犯之前，我方已获得情报，而且亲眼看到敌人修复黄河铁桥，第36集团军司令官李家钰提出了很有战略眼光的建议——派出小部队奇袭北岸，再次炸毁黄河铁桥，无奈不被采纳，而且认定这是日军故意发出的谣言攻势。一度封锁之河口，竟又复行开放，致使4月17日前两天就有日军小部队偷渡过河，将我南岸河防阵地侦察得一清二楚，待我军发现时为时已晚，足见防范之松懈。特别是日军工兵在我军众目睽睽之下修桥达数月之久！我军竟长期坐视，毫无动作，致使日军第3坦克师团冲过大桥，在豫中平原上横冲直撞，如入无人之境。现在李长官已壮烈殉国，而他的担心不幸被证实，我们在座的各位，何以抚慰李长官的在天之灵？"

在座的将领们都低着头，无言以对。

"还有个致命的问题，就是战前我军的兵力部署，第一战区兵力虽多达40万之众，但一个师守一个县，十个指头按十个跳蚤，每一点上都是劣势，而日军往来机动，在每个点上都能集中绝对优势兵力各个击破。我军将士再英勇顽强，也无力抵挡日军优势兵力的进攻，耗尽拼光只是时间问题，毫无胜算把握。"

陈诚点点头问："还有吗？"

蔡继刚回答："暂时没有了，想起来再说。"

蔡继刚发言后，会场气氛活跃起来，长官部后勤处处长李峻如站了起来，很谨慎地说："此次战事失利，后勤也是个大问题，长官部在战前用兵站总监部的汽车到河对岸抢购敌占区的物资，致使战事发生时，兵站没有汽车对部队适时补给粮弹。"

会场上一片哗然，将领们纷纷交头接耳，皆面露愤愤之色。

李峻如见状似乎受到鼓舞，鼓起勇气继续说："还有兵站总监部所属各仓库，平时都把军粮贷放给农民，坐收利息，更有盗卖军粮者，所以部队军粮欠发甚多。另外，所发军粮都是原粮小麦，各部队只好动用作战士兵自行磨面，战事一起，难以全员上阵。更有很多部队直接就食于民间，造成军民关系恶化。嗯，还有兵站征用民间交通工具太多，但大部用于为商人包运货物，或者为部队走私货物。"

陈诚的脸色渐渐变得铁青，他的右手下意识地敲打着桌面。

长官部办公室一个上校发言："长官部移动时管理松懈，混乱不堪，电务人员建制混乱，责任不明，每到一新地点，总有人不能追随行动而失散。电话机丢失更多，又因密码本遗失及无线电台与各部队波长呼号错误，以致失去联络，无法指挥。而兵站总监部于转移时，科长以上职员多擅自后退，导致前方兵站业务无人负责。可以说第一战区长官部的指挥管理形同瘫痪。"

一个中将站起来说："部队普遍吃空额，实际缺额极大。以战前而论，洛阳市场上的粮食半数以上都是部队卖出去的。"

另一个中将立刻辩解道："作战部队有作战部队的难处，今年年初以来物价飞涨，市场上粮食及商品早晚都不同价，可军饷却无增加，士兵的月饷只等于战前的几毛钱，甚至几分钱。一切副食费、办公费，都同样无形减少，减少到官长若不吃空额，不仅他本人会饿死，全军全师都会饿死，这样下去，还打什么仗？"

又有个少将抢着发言："最气人的是管弹药的后勤人员，我甚至怀疑他们是汉奸，他们拒绝与作战部队合作。兵站的弹药仓库每个县都有，可没有一个兵站仓库愿意把弹药送往前线。这些浑蛋不管战事多紧张，一律等候各部队派兵持提货单来领，要是没有兵站上级军官颁发的提货单，就算是副司令长官汤恩伯也休想领到一颗子弹！汤长官于4月26日在登封碰了兵站小官的钉子，5月10日又在嵩县碰了兵站的钉子。"

又有人接着发言，但声音小了许多："将帅不和，彼此间不信任。部队仍有地方部队、中央军之别。许多北方部队装备差，兵员缺额又大，但使用起来专往风口浪尖上顶，这次会战我军打得最激烈最顽强的许昌、洛阳等守城战，都是杂牌军打的，而有些嫡系部队却一直养精蓄锐，偏安一隅，如此不公，令各友军之间无法同舟共济，相互配合作战。"

蔡继刚没有抬头，听声音就知道是暂编15军军长刘昌义。

陈诚一言不发，气恼地在地图前来回踱步。

军事检讨会因为蒋鼎文、汤恩伯二人不在场，所以开得很热烈，直到下午1点钟。

下午3点，第一战区长官部记者招待会在司令部招待所入口大厅召开。

西安市党政系统、社会贤达、各界名流、社会各团体、群众组织、商会代表、新闻媒体会聚一堂，人声嘈杂，气氛热烈。大厅北面置一讲台，上面铺着绿呢桌布，放着一支麦克风。第一战区所有高级军官按军衔高低分前后两排坐在讲台后面，蔡继刚故意在后排最靠边的位置坐好。他抬头看了一眼，见妻子赵湘竹站在媒体记者最前一排，夫妻俩对视了一眼，没有任何表示。

记者招待会刚刚开始，立刻有一位男记者抢先提问："我是《扫荡报》记者，请问陈诚将军，关于此次豫中会战的大溃败……请原谅我用这三个字来形容，您不这样认为吗？请陈将军谈谈这次溃败的最主要原因是什么？"

陈诚回答："首先，这位先生的用词我认为基本属实，此次日军的一号作战，总兵力有8个师团14.8万人之众，而我驻豫部队有7个集团军，虽然严重缺员，但加上地方部队也有40万人之众。从4月17日日军突破中牟河防，到5月25日洛阳失陷计38天，我军失守城镇38座，可谓日失一城，我军损兵折将达20万人，部队一溃千里，日军一直冲到豫西卢氏县城。另一支日军几乎闯进潼关，幸好被第八战区的五个军挡住，在灵宝、卢氏、西坪一带建立起防线。陕西方面的防务已经固若金汤，请大家安心勿忧。"

陈诚擦了擦汗继续说："关于此次会战失败的原因，我认为首先是指挥不统一，命令难以贯彻。第一战区长官部与副长官部之指挥不能统一，司令长官蒋铭三与副司令汤恩伯二人各行其是，互为参商，影响作战甚大。许昌失守后日军主力迂回洛阳，逼近龙门，我统帅部命汤副长官及各军会师洛阳，均未遵行，以致日军终于得以合围洛阳，并分兵直捣我长官部所在地。第一战区长官部没有判断指示的时间，以致部队各自行动，造成不可收拾的局面。第二点是部队战斗意志低落，日军进攻之初仅用数百人，后渐增至千人，我军均不战自溃。日军见我毫无斗志，开始集中抽调大部队，连犯我密县、汜水、新郑、许昌。此时黄河以北敌陷区及日军新占领地区防务空虚，我自孟津河防至汜水密县一带有六七个军之多，竟然都袖手旁观，不予出击，坐待敌人来各个击破，这也是我军失利的主要原因。"

赵湘竹终于抢到话筒提问："我是《中央日报》记者，风闻此次会战我军损兵折将，有相当一部分是被当地武装农民所缴械，请陈将军将此事予以澄清，另外也请陈将军谈谈造成如此局面的原因，因为这不是个别的孤立事件，而是普遍行为。"

蔡继刚在后排一听，心想："糟了，连上午的军事检讨会都无人敢提及此事，这里面牵涉了太多的政治原因，一时哪里说得清楚？湘竹啊，你真是哪壶不开提哪壶！"

陈诚没有马上回答，眼中闪过一丝不易觉察的尴尬，他显然是在斟酌词句："我承认驻豫部队军纪废弛已极，河南民间早就有'水旱蝗汤'和'宁愿敌军烧杀，不愿国军驻扎'的口号，此话虽然过分，但军队纪律败坏，实在也是无容为讳的事实。汤副长官不能以身作则，又个性太强，上行下效，往往相互蒙蔽，不敢举发。伊川、嵩县、登封遭85军洗劫极惨，13军在密县、禹城，预8师在卢氏，40军在木洞沟也是如此行事。"

说到这里，陈诚停了一下，回头看了一眼身后坐着的两排高级军官，有几个将官尴尬地把头低下。

陈诚继续说道："长官部特务团随长官部行动，也是到处鸡犬不留。军民之间俨如仇敌，战事进行中，军队不能获得民众的支持，自属当然。而各地身任乡镇保甲长或自卫队长等之土劣恶霸，也有趁机劫杀零星部队及予以缴械之事，加之敌人在行政下级干部阶层及各乡镇、各警所多已隐伏汉奸分子，淆惑民众，阻扰国军，无所不用其极。敌自龙门突破后，即窜大屯，开伪保甲长会议，当时民众竟然持旗欢迎。我宜阳县地方团队奉令破坏洛宜段、新洛段公路，洛阳民众竟以不敢触怒日军为辞，持械抵抗，入夜又暗暗将破坏处修复。豫中现实如此，怎能寄希望于军民配合的原则呢？"

赵湘竹仍然不依不饶,她又一次拿过话筒:"陈将军在王顾左右而言他,据我所知,劫杀国军零星部队及缴械之事,并不仅仅是各乡镇保甲长或自卫队长等之土劣恶霸,而是大批民众的自发行为。我的问题是,在抵抗侵略的战争中,我国部分民众竟然帮助敌人缴自己军队之械,这个令人匪夷所思的事件,其原因涉及国家与民众之间的关系,涉及抗战之生死大计,还请陈诚将军谈一谈对此事件的看法。"

陈诚有些不悦,但不失风度地使用起外交辞令:"这位女士,你说的这些情况我并不掌握,如果情况真如这位女士所言,我会把此事调查清楚,给各界朋友一个交代。下面还有哪位朋友提问?"

"陈将军,我是《大公报》记者,河南民间传闻驻军腐败并非只是军纪和军粮问题,还有长官部主要精力不办河防军事,倒是一门心思经商捞钱。请陈长官切勿护短,将详情告之民众,以正视听。"另一男记者又开始发难了。

陈诚坦然答道:"长官部在洛阳开设面粉厂,并利用陇海路营运煤炭图利;汤副长官为自筹经费自谋供应计,在界首成立物资调节处,后改民生公司,变相征收税款;又在漯河开设中华烟厂,界首开设三一酒精厂,嵩县开设造纸厂,镇平开设三一纺织厂,鲁山开设煤厂,其经营范围之大可以想见,原为改善军队补给,本意不能说不善,可是结果完全成了假公济私的经商行为。长官部既然如此,下级各部队即纷纷效仿,遂一发不可收拾。各级军官差不多都成了官商不分的人物,个个腰缠万贯,穷奢极欲。而普通士兵绝大部分形同饥民,严重营养不良,瘦弱不堪。官兵生活不能同甘共苦,要这样的官兵组成的部队发扬斗志,那无疑是痴人说梦。"

赵湘竹再一次抢过话筒,提出一个不但令陈诚难以回答,也令全场始料不及的问题:"刚才陈将军在回答《扫荡报》记者时,谈到原正副司令长官蒋鼎文和汤恩伯之间的合作欠佳,各行其是,导致指挥不能统一,严重影响作战。这确实是个大问题。那么,我的问题是:陈诚将军新任第一战区司令长官,将如何与副司令长官胡宗南、汤恩伯二位将军配合指挥作战?因为当下党政军系统中盛传陈诚将军由于性格及派别关系很难与胡、汤二位将军相处,我想这也许是民间传闻,不足为信。但这个问题关乎我第一战区军事形势的安危,关乎千百万百姓的安居和生计,关乎国家的抗战进程,所以我们更愿意听听陈诚将军本人的看法。恕我直言,希望陈将军见谅。"

全场静默了两秒钟,随即嘈杂声起,人们交头接耳,窃窃私语。陈诚身后的将官们先是面面相觑,继而将目光集中在胡宗南身上。全场听众的目光却都集中在这个容貌姣好、衣着典雅的女记者身上。

赵湘竹面带微笑，不卑不亢，静静地等待着陈诚回答。

蔡继刚这时脑门已经渗出汗来，心里暗暗叫苦。赵湘竹果然名不虚传，还真是个惹是生非的记者，她对高级军官们一点面子不给。按记者采访惯例，这样的问题私下提问较为合适，怎么能在公众场合贸然发问？

陈诚不动声色，等场内嘈杂声稍弱，举起右手向下一按，全场立刻安静下来。这时他脸上才出现一丝微笑，缓缓地说道："这位女记者敢于提出这样的问题，可谓有胆有识，看来也非等闲之辈。"

全场发出一阵善意的笑声。

"我奉命之初，确实有些信心不足，有朋友劝我婉拒，军政界有些人也是存心想看笑话，觉得陈某人无法与胡宗南、汤恩伯相处，鄙人也是能感觉到的。在此，鄙人要坦诚地告知各界朋友，人之相交，贵相知心。人非圣贤，孰能无过？只要其心无他，其余的都好商量。汤恩伯在河南的过失或者叫作罪状，虽不胜枚举，但一一根究，才知道有许多是别有用心之人冒充汤部干出来的。此事待我调查清楚后，会向河南父老和各界朋友为他洗刷罪名，想必会得到民众的谅解。"

赵湘竹又一次拿起话筒："陈将军只提到了汤恩伯，那么胡宗南呢？陈将军好像并没提起。"

陈诚皱了皱眉头，耐心地说："关于胡宗南，此人之忠贞负责及其不与政客官僚同流合污，可称上选。其缺点在于讳莫如深，不擅与人接近，因此成了西北有名的神秘人物，不仅为地方父老所不了解，连中央也觉得他不易驾驭。有人专攻其短，说他的部队战斗力较弱。我想，这恐怕是个误会，第34集团军中除了第一军外，都是他奉中央之命收编的，原来都是打我们的部队，现在不打我们了，这已经很不错了。因此，对他过于苛求是不公道的。我想本着这样的心态，和胡、汤二人和谐相处，力争合作无间。当下有人认为国家危急，世道艰难，是因为没人讲有用之话，其所以如此者，一是有官做的人不必讲话；二是想官做的人不敢讲话；三是知道不能讲，讲了也没用的人不肯讲话。鄙人想告诉各位，我陈诚是'有官做'的人，而且好说切直的话，我想通过我的努力，革除弊端，整顿吏制，本人在任内必将鞠躬尽瘁、励精图治，还仰仗在座的各界父老、我身后的各位同人尽心协力，精诚合作，让那些看笑话的人无地自容去吧！"

全场又是一阵静默。赵湘竹满面笑容地放下采访本，第一个鼓起掌来，紧接着全场响起热烈的掌声，经久不息。

陈诚举起双手，轻轻往下一按："请各位谅解，今天的记者招待会就开到这

## 第十三章

里，因为下面还有别的安排，我战区壮烈殉国的第36集团军司令长官李家钰将军的灵柩送经我市，现在就停在外面广场上，我将主持西安市各界的公祭大会，希望大家踊跃参加，为捐躯赴国难的李家钰将军最后送一程！"

全场反响强烈，大家井然有序地退场，来到外面的广场上。

广场上已是人山人海，各界人士、政府机关职员、市民代表分列广场两侧，中间是一个全建制步兵营排成整齐的士兵方阵。全场肃穆，气氛哀伤，在缓缓的哀乐声中，12个身材高大的士兵将李家钰的灵柩从车上抬下，一边6人抬着灵柩正步走到台阶前轻轻放下。陈诚和将官们人人佩戴黑纱，摘下军帽，用左手捧持，肃立在台阶之上。

陈诚慢慢举起右手，示意哀乐暂停。他双手打开一个文件，目光扫视一遍全场，一字一句地念道：

"褒扬令：陆军上将、第36集团军总司令李家钰，器识英毅，优娴韬略。早隶戎行，治军严整。由师旅长游领军符，绥靖地方，具着勋绩。抗战军兴，奉命出川，转战晋、豫，戍守要区，挫敌筹策，忠勤弥励。此次中原会战，督师急赴前锋，喋血兼旬，竟以身殉。为国成仁，深堪轸悼。应予明令褒扬，交军事委员会从优议恤，并入祀忠烈祠。生平事迹，存备宣付国史馆，用旌壮烈，而示来兹。此令！中华民国政府，1944年6月10日。"

哀乐声起，陈诚率将官们到李家钰灵柩前三鞠躬，然后来到李家钰夫人安淑范面前握手志哀，抚慰家眷。

蔡继刚有意排在将官队列的最后一个，等轮到自己时，他快步上前，双手紧握住安淑范早已伸出来的手。他脑子一片空白，先前准备好的安慰话竟一句也想不起来，只是呆呆地看着安淑范那已显苍老的脸庞。

在旁边陪同的一位亲属说："夫人接到讣告，满头黑发一夜间变得花白。"

安淑范哽咽道："听军中友人告知，蔡将军率部冒死将亡夫遗体夺回，忠勇无量。其感恩之情，纵有千言万语，终显苍白！"说罢深深鞠躬。

蔡继刚一把扶住："夫人何出此言？其相兄在危急时刻，亲自断后，掩护全军，将生还的希望留给我们，是真正的侠肝义胆！只是蔡某闻身后有变，回援太迟，未能救其相兄生还，至今愧疚难当，无颜面对其相兄在天英魂！"

蔡继刚拿出李家钰的家信，哽咽着说："其相兄殉国前两天，曾修家书一封，叮嘱蔡某务必将此信亲手交给夫人，当时未曾想到竟是其相兄的绝笔！请夫人收下，聊补蔡某心愿！"说罢他双手将信庄重地捧上。

安淑范颤抖着接过信，慢慢将信贴在脸上良久，无声地啜泣。等她拿开信时，那封信已被泪水浸湿大半。

蔡继刚泪眼模糊地抬头望去，李家钰灵柩前的挽联，是由夫人安淑范亲自撰写的：

"马革裹尸还，是男儿得意收场，亦复何恨！唯怜老母衰颓，养生送死，瞑目尚余难了愿；

"鹃声啼血尽，痛夫子招魂不返，奚以为情？犹若诸孤幼稚，衣食教诲，伤心空剩未亡人。"

这时站在人群里的赵湘竹跨上一步，轻轻挽住蔡继刚的右臂，两人一起向灵柩前李家钰的遗像深深鞠躬。

安淑范和家眷们登上了战区长官部安排的轿车，引导灵柩车缓缓离去，广场上所有的官兵在陈诚的率领下庄重地举手行军礼，市民人人肃立默哀。轿车里传来安淑范压抑过久的痛哭声。

蔡继刚泪流满面地喃喃自语："其相兄，你走好，兄弟为你送行了……"

·第十四章·

  一百多个战俘排成两路纵队在山路上行进,十几个日本兵手持上了刺刀的步枪走在队伍两侧。战俘队伍沿着山涧蜿蜒而行,军曹山田圭一面无表情地跟着饭车走在最后。
  大约走了一个多小时,战俘队伍来到西坪旺。这是日军新建的一个据点,有一座修了一半的大型碉堡,周围是三米深的壕沟,壕沟边沿上筑有土木结构的机枪巢,还有两排尚未完工的营房。
  队伍停下后,负责押送的日本兵驱赶战俘们散开干活儿,两个战俘轻车熟路地从车上搬下桌椅,支好遮阳伞,把水壶和杯子放在桌上,就不声不响地退下了。山田圭一大模大样地坐在椅子上,抬手向满堂一指。
  满堂不解其意,愣在那里。张宝旺立刻低声对满堂说:"这是让你伺候军曹,倒水端饭,扇个扇子什么的,可以不干活,是个美差。"
  满堂立刻就明白了,山田是有话要说。他顺从地走到遮阳伞下,垂手恭敬地站在山田圭一身旁。山田悠闲地坐在椅子上,眼睛漫不经心地看着四周,嘴里轻声问:"满堂君,你和铁柱怎么成了战俘?"
  满堂刚要说话,山田立刻小声发出警告:"脸不要对着我,说话时眼睛要看着别处,拿起那把扇子来……对,给我扇扇子。注意!这里的人都不知道我会讲中国话。"
  满堂一边给山田扇着扇子,一边骂了起来:"日他个娘,被抓了丁呗,不干都不成,逃跑就枪毙,这不,一开仗又让你们日本人给抓了,反正他娘的倒霉呗……"
  "哦,明白了,你们被抓了壮丁,然后就赶上打仗,最后成了战俘,是这样吧?"
  "没错,从那天早上出门帮你们送粮食,俺兄弟俩到现在还没回家呢,也不知道俺爹娘咋样了。"
  山田轻轻叹了口气:"这不算太倒霉,至少你们还活着。战争就是这样,谁也做不了自己的主,我也一样。我还不想打仗呢,做梦都想回大阪去经营我的铺子,可是不行啊,我必须在这当兵,这是命!"

"得啦老哥，你还做不了自己的主？知足吧，你坐在阴凉地乘凉，俺得站着给你扇扇子……"

"嗯，你要是觉得这个活儿不好，我倒是有权给你换换，你去挖壕沟怎么样？"山田不动声色地喝了口水。

"别……俺就这么一说，这差事你可不能给了别人，一会儿你把俺兄弟换过来，也让他歇会儿。"

"你可想好了，铁柱要是过来，你就得去干活儿，这里只能有一个人。"

"那就干呗，谁让他是俺兄弟呢，受罪的事还是俺扛吧。"

"满堂君，你以为我支个遮阳伞坐在这儿是为了摆排场？你想错了，我是可怜这些战俘，让那些体弱的人和病号轮换着到这里歇口气。你认识那个张宝旺吧？我也经常把他叫到这里，我看得出来，这人是条汉子，我不想让他死。"

"哼，在这鬼地方，这些战俘早晚得让渡边折腾死。对啦，老哥，你咋也跑这儿来啦？"

山田深深叹了口气："我也是才明白，当初长官要我们善待战区的中国老百姓，甚至命令我们发放军粮赈灾，约束士兵不许扰民，现在看来完全是骗局，目的是取得中国老百姓的支持，和蒋的军队作对。可等河南战役打完，我们的大本营就不再约束部队了，士兵们憋了很长时间的怨气终于大爆发，干出了很多暴行，我厌恶这些虐待狂，厌恶暴行，实在看不下去，仗一打完，我就申请调到这里来了。"

"俺也正后悔嘞，当初真不该为了点粮食就帮你们干活儿，这叫啥事儿啊，以后都没脸回村了，说难听点，俺这是当了汉奸，下辈子都抬不起头来。老哥，你知道俺最怕见谁？就是那个翻译官高升，一看见他，俺就想起自己，就想找个耗子洞钻进去，没脸见人啊……"

"满堂君，你和铁柱都是好人，高升可不一样，这家伙人品坏透了，是个真正的坏人，我也很厌恶他。"

"老哥你说，他高升好歹也是个中国人吧？怎么会比日本人还坏？"

"满堂君，你这么说可不对，好人坏人不分国籍，中国和日本一样，都是既有好人也有坏人。"

"嗯，这倒也是，你这个日本人就不错，算是好人吧，挺够意思。"

满堂忽然感到有些头晕，身子晃了一下，几乎跌倒。

山田圭一看着远处，关切地问："你没事吧？"

"没事，脑袋顶上让枪子犁出道沟来，跟他娘的犁地似的，这两天老是晕乎乎的。"

## 第十四章

"这个给你。"山田圭一右手一张,满堂看见他手里有个小药瓶。

"这啥玩意?"

"碘酒,把头上的伤口消消毒,别感染了。过一会儿你到车上拿两个窝头藏在身上,吃饭的时候每人只有一个,根本吃不饱。以后你有什么事要和我讲,只要是我当班,就朝我点点头,我会把你叫到身边的,记住了!"

"老哥,俺和你明说吧,俺和铁柱不打算在这儿待啦,这他娘的不是人待的地方,要是不跑早晚要死在这儿,俺想回家……"

"恐怕不行啊,太危险了,抓回来就会被枪毙,你和铁柱是我的朋友,我不能让你们冒这个险!"山田圭一目光冷峻地看着远处站岗的日本士兵。

晚上收工回到宿舍,满堂把铁柱、张宝旺、李长顺和孙新仓叫到一起,拿出山田给的窝头,每人分了半个。这些日子大家都快被饿疯了,见了窝头就想往嘴里塞。

张宝旺制止住大家:"都藏起来,半夜里再吃,千万别让人看见。满堂,你跟我来!"

两人来到院子里。

张宝旺四处看看,小声说:"满堂,这窝头是哪儿来的?"

满堂说:"山田给的,噢,就那个日本军曹,他会说中国话,我以前和他认识。"

张宝旺警惕地说:"这个鬼子虽说不打人,比别的鬼子强点,可到底还是鬼子,可别是什么圈套,诱咱们上钩!"

"不会,这人好像还靠得住,日本人里也有好人,这老哥挺够意思的,等仗打完了,俺要和他拜个把子,往后就是兄弟啦,你放心吧,俺心里有数。"

张宝旺嘲讽道:"你行啊,来了没两天就在鬼子群里认了个兄弟,你想干什么?"

满堂盯着张宝旺的眼睛:"俺想跑,山田能帮忙,宝旺大哥,咱五个弟兄一起走吧。"

"满堂,我在这儿待三年了,逃跑的事可不新鲜,三天两头有人跑,可有一样,我还没见过谁跑成了。没有一次不是被逮回来,当着全营弟兄的面就地枪毙的,这种事我见得多了。"

"宝旺大哥,那又咋样?你以为不跑就能活?横竖是个死,为啥不试试?逮住了俺认命,不就是枪毙吗?那也比整天饿着肚子卖苦力,让鬼子折腾死强!"

突然院外响起急促尖厉的哨声,十几个日本兵在一个少尉的带领下,狂奔出营门向北跑去。

这时高升从渡边少佐办公室里出来,向院子里战俘们吼叫:"看什么?看什么?有什么可看的?现在我宣布,今天的放风结束,都统统给我回去睡觉!"

张宝旺说:"看见没有?肯定是有人跑了,鬼子兵去追了,看样子跑的人凶多吉少。"

第二天清晨,全体战俘都被集中在院内空场上,日本兵的枪上都上了刺刀,在外围警戒,瞭望塔上的九二式重机枪对准了人群。空场中间临时竖起两根木桩,渡边少佐牵着两条军犬和其他几个日本军官走进院子。

战俘们紧张不安地等待着,他们不知发生了什么事。只见渡边把戴着白手套的右手一挥,营区大门开了,四个持枪的日本兵,押着两个战俘走进来,他们把战俘分别绑在木桩上。空场上的战俘们一阵躁动,大家都知道,鬼子这是要杀人了。

张宝旺小声对满堂说:"这两位弟兄是四区的,我认识,看样子又没跑成,肯定是昨晚高升告的密。"

渡边双腿叉开站在院子中间用日语向战俘们厉声训斥了几句话,高升立刻高声翻译道:"大家仔细听着,渡边太君告诉大家,昨晚又有两个中国士兵企图逃跑,被警备队当场抓获。渡边太君认为,这两个逃犯明明知道逃跑的下场,却仍然要跑,这显然是在有意冒犯皇军的权威。既然如此,今天就召集大家来开开眼,看看逃犯的下场,顺便提一句,渡边太君认为子弹是宝贵的,他们不配享受枪毙的待遇,今天皇军准备给他们换个死法,诸位都看仔细了!"

这时,一个日军少尉突发口令,10个日本新兵分成两组,"呀呀"狂叫着用刺刀向两个战俘身体上轮番突刺。为了不让受刑者立刻死亡,日本士兵们的刺刀全都捅在受刑者的腹部,两个战俘发出瘆人的惨叫,顷刻间血流如注……一个日本新兵看模样只有十六七岁,他颤抖着跨出一步,又心惊胆战地缩了回来,枪刺无力地垂下……

日军少尉大怒:"八格!"上前噼里啪啦就是几个耳光,那少年兵的鼻子和嘴角被打得喷出血来,他惊骇地捂住脸退到一边,后面的日本士兵们就像刚刚服用了兴奋剂,他们一拥而上,"呀呀"叫着用枪刺不停地向受刑者突刺,两个战俘的腹部被捅得稀烂,内脏都流了出来。其中一个汉子声嘶力竭地叫骂着:"小鬼子,我操你妈!爷爷到了阴曹地府也跟你们干……"

日军少尉一挥手,两只狼犬狂吠着扑了上去,叼住受刑者的内脏拼命撕扯,将肠子拖出七八米远。两个战俘绝望地挣扎着,发出令人心悸的惨叫声。

## 第十四章

院子里八百多个国军战俘痛苦地低下头，不忍再看。

两个受刑者终于停止了惨叫，都圆睁着双眼咽下最后一口气。张宝旺在这里住了三年，这类场面见得多了，他仔细观察了一下，大部分战俘都是第一次看到如此惨烈的行刑，他们没有这种心理准备，都被吓得面如土色，很多人在浑身颤抖，连头也不敢抬。

行刑的日本新兵们列队跑步出了战俘营。

张宝旺铁青着脸，正要招呼战俘们上前收尸，却发现佟满堂面不改色地叉开双腿，稳稳地站在那里，他将双臂抱在胸前，挑衅地盯着翻译官高升。

张宝旺暗暗吃惊，心说此人倒是不一般，绝对是个胆量过人的汉子，好像什么事也吓不住他。张宝旺想，要是有朝一日高升落在满堂手里，他会毫不手软地掏出高升的肠子。

这几天满堂一直在琢磨着如何逃跑。他在观察日军哨兵换岗的规律和战俘营大门前哨兵的位置，还有那个该死的瞭望塔，这瞭望塔高出地面五六米，上面通常是两个鬼子哨兵操纵着一挺九二式重机枪，战俘营外的开阔地足有300米的视野，瞭望塔上的重机枪一旦开火，没有人能跑过这片开阔地。看来不把瞭望塔上的岗哨干掉，逃跑便是一句空话。

满堂需要武器，没有武器什么事也干不成，他在等待时机。满堂总是叮嘱铁柱，凡事要忍，千万别惹事，否则会给逃跑计划带来麻烦。

想是这么想，可事情还是来了，想忍都不容易。

一天晚上，放风刚刚结束，院子里的战俘们纷纷回到屋里，满堂发现铁柱的眼角青了一块，像是被人打的。

满堂立刻火冒三丈，一把揪过铁柱问："说，你眼睛怎么了，谁打的？"

铁柱一副若无其事的样子："哥，莫事。"

"放屁！莫事你眼角咋青啦？是谁干的？"

铁柱朝四周看看，小声说："哥，咱不说好了吗，遇事能忍就忍，不惹事吗？"

"忍也要看看是啥事，俺兄弟让人家打了……他娘的，这还了得啦？快说，要不哥连你一起揍！"满堂凶相毕露地低吼着。

"嗨，这事怨俺自己，刚才在院子里放风，俺躲在茅房后面正吃山田给的窝头，结果让二大队一个狗日的看见了，这狗日的过来就抢，俺不给就挨了一拳。"

"那你咋不还手？揍他个鳖孙！"

"还手了，还真不行，那狗日的比俺高半头，胳膊比俺大腿还粗，他轻轻一拎像拎小鸡似的把俺扔出去，真打不过这狗日的，窝头到底还是让他抢走了。哥，算了吧，只当把窝头喂了狗……"

满堂气得几乎发疯："娘的，明天你揣着窝头，俺跟在你后面，俺要会会这狗日的！"

第二天傍晚，铁柱依照吩咐在前面走，满堂混在放风的战俘群里溜达，眼睛一直用余光盯着铁柱。果然，一个又高又壮的汉子拦住了铁柱，这家伙身高足有1.85米，长着一脸疙瘩，阔鼻大眼方嘴，敞开扣子的军服里露出发达的胸大肌和浓密的胸毛，他见了铁柱似乎是懒得废话，径直把手伸进铁柱的怀里，铁柱双手拼命护住他的窝头挣扎道："干吗呀，明抢啊？"

那汉子狰狞地只用一只手揪住铁柱的衣领将他提了起来："小王八羔子，老子就抢了怎么着？"

满堂像头豹子般冲过去，一拳打在那汉子的左眼角上，汉子的注意力全在铁柱怀里的窝头上，冷不防挨了重重一拳，他身子晃晃险些栽倒。

满堂从小就好斗，多少有些格斗经验，他知道凭这汉子的身板怕是一拳放不倒，要趁热打铁再来几下，绝不能给他喘息的机会。于是满堂又照他鼻子给了一拳，谁知这一拳却打空了，那汉子身形未动，只是脖子轻轻一歪，满堂的拳头竟从那汉子脸颊旁擦了过去，他身子一时收不住，随着惯性将要向前扑倒的同时，柔软的腹部遭到对手重重一击……只这么一下，这场格斗就结束了。

满堂一头栽倒在地上，双手捂着腹部痛苦地在地上滚动，难以言传的剧痛使他浑身大汗淋漓，一句话也说不出来。

铁柱见哥哥被打倒也急了，他破口大骂着一头撞过去，那汉子轻轻闪开，一个飞腿踹在铁柱胸前，铁柱仰面跌倒，再也爬不起来了。

周围看热闹的战俘们哄笑起来，战俘营的生活很枯燥，战俘们巴不得天天有人打架，谁把谁打了并不重要，有娱乐效果就行。

那汉子叫薛占魁，今年30岁，是战俘营二大队的队长，被俘前是国军第9军新24师的一个上士班长，民国三十年中条山战役时被俘。薛占魁是河北深县魏家林村人，少年习武，打得一手好拳，是个性情暴躁的人。以薛占魁的功夫，像满堂这类没见过世面，只擅长村野打斗的野孩子根本没有跟他交手的资格，只不过刚才薛占魁太过于关心铁柱怀里的窝头了，才猝不及防挨了满堂一拳，否则十个满堂也别想近他的身。

此时薛占魁虽然打倒了满堂兄弟俩，但他余怒未消，长这么大还没人敢揍他，今天却在众目睽睽之下，脸上被揍了一拳，这简直是奇耻大辱，就是把满堂撕碎了也不为过。薛占魁不能就这么算了，他一把拎起满堂，准备照他脸上再饶上几拳，只要这几拳上去，这小子的脸就会变成一块烂柿饼，要让他后悔一辈子，吃豹子胆了，敢和薛大爷动手动脚？

然而薛占魁的手腕却突然被人攥住了，他下意识地使出脱腕术，准备反击擒制对方，谁知对方臂力惊人，竟然纹丝不动。薛占魁知道，这回是遇上真正的对手了。

站在他面前的是战俘营一大队队长张宝旺。

"薛占魁，看得出你功夫还不错，只是别坏了规矩，我这两位兄弟没练过武，你就是一拳把人家打死，脸上也无光啊。"张宝旺客气地说。

薛占魁收了手，李长顺、孙新仓急忙上前将满堂和铁柱扶起来。两个大队几百个战俘将场子围得里三层外三层，大家谁也没有料到，平时貌不惊人、性格随和的张宝旺竟然有和薛占魁叫板的胆子，这种热闹可是百年不遇。

薛占魁心里也暗暗吃惊，真他妈的走眼啦，这个平日里不显山不露水的张宝旺居然是个练家子？而且成功地瞒过了所有人，就冲这个，此人真不可小觑。

薛占魁打量着张宝旺说："张队长，这两个小兔崽子是你的人吧？我可把丑话说在头里，日本人拨给战俘营的粮食就这么多，战俘营里八百多号弟兄都吃不饱，有人多吃了就得有人少吃，张队长，你得管管自己的人，少干偷鸡摸狗的事。"

张宝旺平静地说："薛占魁，说话要有证据，你凭什么说我的人手脚不干净？"

薛占魁指了指铁柱说："我盯这小子不是一天两天了，吃饭的时候他早把自己那份窝头吃了，怎么放风的时候又变出个窝头来？难道是天上掉下来的？"

张宝旺笑了笑："噢，是为这个，那我告诉你，铁柱的窝头是我们几个弟兄从嘴里省出来的，他年纪小，需要照顾，这总可以吧？"

"扯淡！你糊弄鬼去吧，每人就这么点粮食，我就不信你还能从嘴里省出来给别人，他又不是你爹。"薛占魁蛮横地说。

张宝旺沉下了脸："薛占魁，你嘴放干净点，会不会说人话？"

"嘿嘿！大爷我这么说话是客气的，你还没见过我不讲理的时候呢。"

张宝旺被彻底激怒了："好啊，我倒想见识见识，姓薛的，你出招儿吧，我今天陪你玩玩。"

薛占魁解开衣服扣子，将军装上衣甩飞，露出一身结实发达的胸肌和六块棱角分明的腹肌。他身子下蹲，展开双臂立了个门户道："姓张的，这是战俘营，鬼子巴不得咱们都死，咱们也就省点事，不用立生死文书了。"

张宝旺后撤一步，凝神屏气侧身以丁字步迎敌，格斗双方都进入一触即发的临战状态……

这时院子里突然响起了哨声，只见翻译官高升吹着哨子，带着几个日本兵跑来，围观斗殴的战俘们纷纷自动让开一条路。

高升边走边吼道："你们这帮鳖孙，吃饱了撑的，是不是？还有闲工夫打架斗殴？他奶奶的，统统给我关'小号'饿上两天！"他扬起手中的皮鞭，驱赶着看热闹的战俘们。

高升说的"小号"，是指放在岗楼后边的两个铁笼子，这是专门为惩戒战俘预备的。铁笼只有一米见方，囚犯只能坐着，根本无法躺平，顶部除了几根铁条则毫无遮拦，囚犯日晒雨淋，饮食全无，关押的天数依日军军官情绪决定，一至七天不等，身体虚弱的人很少有能熬过五天的。

几个日本兵上前将张宝旺和薛占魁分开，准备拖进小号。这时大家头顶上传来鼓掌声，战俘们抬起头来才发现渡边少佐正坐在瞭望塔上，看来他已经观看多时了。

高升挥手制止住日本兵，抬头看着渡边等候吩咐。

渡边的心情似乎不错，他向高升点点头说："高，不必惩罚他们，我很有兴趣观看这两个人的比武，说实话，我还从来没有见识过真正的中国功夫呢。"

院子里的几百号战俘一下子静了下来，渡边是战俘营最高指挥官，在这里他的话就是圣旨，违抗渡边的命令，结果只有一个，那就是死亡。

高升愣了一下，但他马上就反应过来："大家都围过来，给这两位腾个场子，渡边太君可是难得有这种雅兴，大家可能不知道，人家渡边太君也是柔道和剑道的高手呢，能有兴趣看中国人比武，那可是够给面子的！"

张宝旺倏地收起拳势，面无表情地对薛占魁说："姓薛的，咱俩的账以后再算，今天就到这儿吧，我不奉陪了。"说完张宝旺转身要走。

薛占魁冷笑道："姓张的，你怕了？"

"随你怎么想，薛占魁，你是不是喜欢让人家当猴耍？"

"无所谓，我现在除了想揍你，没工夫去想别的。当然了，今天你要是不想交手也行，当着这些弟兄的面给我赔个不是，咱俩的账也就算了。"

张宝旺转过身来："薛占魁，你是练武之人，应该知道武林的规矩，凡事不可苦苦相逼，我不和你打可未必是怕你，明白吗？"

这时在瞭望塔上的渡边说了几句日语。

高升点点头，高喊道："渡边太君说了，拒绝比武者，立刻枪毙！张宝旺，薛占魁，你们听到没有？"

薛占魁嘲讽道："张宝旺，听见了吧？还是比画两下吧，顶多是挨顿揍，总比被枪毙强吧？"

张宝旺无奈地朝薛占魁一抱拳："薛占魁，你记住，咱是军人，军人可以死在战场上，可不能窝窝囊囊死在这鬼地方，临死还让人家看笑话。我要是出手重了，你多担待吧。"

薛占魁懒得废话，他抢上一步，化掌为刀，用掌侧向张宝旺喉头砍来。这一招很歹毒，人的喉咙是极脆弱的部位，一旦被击中很容易丧命。张宝旺左臂一抬，挡开对方凌厉的刀掌，同时右拳闪电般出手，猛击薛占魁的小腹，薛占魁迅速闪开，躲过张宝旺的重击……

高升扛着把椅子气喘吁吁地爬上瞭望塔，他恭恭敬敬把椅子放好，请渡边少佐坐下观看。

渡边目不转睛地盯着比武场，嘴里说："高，这两个人功夫都不错，以前我们竟然不知道，这是你的失职。"

高升感到很委屈，申辩道："太君，我的工作是翻译，还有就是关注战俘们有没有逃跑的企图，至于他们会不会打架，这好像不是我的职责。"

渡边冷冷地甩出一句话："你也是中国人，他们是你的同胞，你应该比我们更了解这些人。"

张宝旺和薛占魁已经斗了七八个回合，张宝旺的嘴角中了一拳，渗出血来。薛占魁也没占到便宜，他的眼角被张宝旺回敬了一记重拳，眉骨边缘被打破，血流下来糊住了眼睛。格斗的双方都用袖子迅速抹去血迹，重新弓下身子，慢慢地转着圈，寻找对方的破绽。一大队和二大队的几百个战俘都兴奋起来，雷鸣般的掌声在为各自的队长呐喊助威。

张宝旺盯着薛占魁的脸心里在盘算，这小子功夫是不弱，就是脑子不太好使，像块榆木疙瘩，怎么点也点不透，就这么打下去算什么？谁打赢了都是博日本人一乐，给他们提供难得的娱乐。他薛占魁怎么就不明白这一点？张宝旺感到很屈辱，他必须尽快结束这场打斗，否则两败俱伤。张宝旺打起精神，故意卖了个破绽，将正面身体全部暴露在对手面前。

薛占魁不知是计，他跨上一步，右腿闪电般飞起，在空中划了个弧形向张宝旺脸部扫来，张宝旺微微下蹲，低头躲过这一击，然后一头撞入薛占魁怀中，展开贴身肉搏的绝技，他抬起膝盖猛击薛占魁的裆部……薛占魁大惊，连忙撤步防守，谁知张宝旺的膝盖攻击是虚招儿，他的撒手锏是肘击，张宝旺抓住空当运力挥动右臂，一个肘击砸在薛占魁的鼻梁上，只听一声闷响，薛占魁的鼻梁骨几乎被砸断，顿时鲜血狂喷，闹了个满脸花，他头晕目眩地仰面跌倒。

瞭望塔上的渡边一下子从椅子上蹦了起来，用汉语大声叫好："张，好功夫，非常精彩，大大的好！"

一大队的战俘们见自己的队长占了便宜，也轰地发出一片叫好声。二大队的几个战俘是薛占魁的死党，这时他们冲进场地，悻悻地扶起薛占魁，替他擦拭着脸上的鲜血。

渡边对高升吩咐道："高，你去拿一些绷带药品，让薛安心养伤，明天他不用出工了。至于张，他今后可以多分到一些粮食配给，胜利者是有权吃饱饭的。"

张宝旺被一大队的弟兄簇拥着回到营房，满堂兴奋地说："宝旺大哥，你可是真人不露相啊，没想到你有这么好的功夫。"

弟兄们也七嘴八舌地嚷着："这回可让姓薛的长长记性了，让他知道马王爷有几只眼。"

"张大哥，往后看谁还敢欺负咱一大队的人！"

张宝旺摆摆手，大家都静了下来，他苦笑着说："弟兄们就别起哄了，今天这场架不是我要打的，是鬼子渡边逼我打的，说到底还是中国人打中国人，没什么好高兴的。其实薛占魁也不是个花拳绣腿，他功夫相当不错，尤其是腿法，很有功力，我刚才不过是侥幸得手，弟兄们要有点嘴德，别满世界嚷嚷去！"

铁柱一直没有参与大家的说笑，他忧心忡忡地提醒大家："俺就不明白了，鬼子渡边今天脾气咋变好了？狗日的别是在憋啥坏吧？"

张宝旺收敛了笑容，他望着铁柱轻轻说："铁柱，你小子平时话不多，可心里有数，这是件好事，凡事多琢磨琢磨有好处。弟兄们，我在这儿待了三年，这身拳脚功夫一直没有露，就是担心枪打出头鸟，招来祸事。以前咱们这个战俘营里，也来过不少练过功夫的弟兄，可他们都没活下来，你们懂我的意思吗？"

满堂说："明白，鬼子希望咱中国人越尿越好，要是他们看出来谁能打仗，就会变着法子弄死你，省得你出去再和他们打。"

张宝旺点点头："没错，是这么回事，所以鬼子渡边肯定要在我和薛占魁身上打主意，不弄死我们，这件事恐怕完不了。"

弟兄们都沉默了，屋子里顿时死一般的寂静。


蔡继刚坐在客厅的沙发上，随手翻看着赵湘竹刚写的新闻稿。

赵湘竹坐在蔡继刚的对面，正在仔细校对自己的文稿，这篇文章的标题是《第一战区痛陈弊端，重整旗鼓》，副标题是《陈诚将军答记者问》。现在这篇新闻稿马上就要发往重庆见报，赵湘竹在进行最后的校对，这是她的工作习惯，凡自己写的稿子绝不允许出现一个错别字或标点符号的错误。

蔡继刚皱着眉头合上文稿："湘竹，我事先声明，我不是新闻审查官，当然更不想干涉新闻自由，我只是认为陈诚在回答你的问题时涉及高级官员的私人关系，这是不是属于个人隐私？公开报道是否合适？"

赵湘竹不以为然："没什么不合适的，高级官员是公众人物，他们的行为关系到国计民生、军国大事，所以越是公众人物，他们的行为举止越要公开透明，让民众时时刻刻知道他们在想什么、做什么，这并不过分呀？"

蔡继刚哭笑不得地摇摇头："公众人物无隐私，这是欧美民主国家的新闻法则，咱们中国嘛……国民政府还处于由训政到宪政的过渡阶段，按马克斯·韦伯的观点，算是种威权制度吧，我们虽然有成文宪法和一定程度的宪政，也有相当的新闻自由，但是不能超出政府容忍的底线，这你同意吗？"

赵湘竹似笑非笑地看着他，揶揄道："亲爱的，什么是政府容忍的底线？给我讲讲好吗？"

蔡继刚笑了："湘竹，你这是明知故问，没有人告诉你什么是底线，这个问题要受领袖的文化视野、个人修养、当时的心境以及个人的价值观念所左右，总之变数很大，目前还没有一套严密的法律来约束政府和领袖，我们还是要小心一点为好。"

"哟，以前我怎么没看出来，你对政治学还颇有研究。我还以为你只对军事战略感兴趣呢。"

"我听出来了，你在挖苦我。我承认，像我这种从美国留学回来的人都有些书生气，自以为很懂政治学和现代社会学，结果回国一看，满不是这么回事。西方价值观和西方政治学理论一拿到中国就变了味，真是应了那句话，橘生淮南则为橘，橘生淮北则为枳。我在税警总团服役时，按说这支部队的军官大部分都是欧美留学生，在国外留学时都是好学生，可一回国就全变了，告密、贪污、内斗、说假话、吹牛拍马、欺上瞒下，样样都无师自通。我常常搞不清楚，是中国的制度造就了中国的国民性，还是中国的国民性改造了中国的制度？"

赵湘竹想了一下说："我的观点是，在专制制度下，有什么样的统治者就有什么样的国民；在民主制度下，有什么样的国民就有什么样的统治者。这你同意吗？"

"基本同意，我的想法是，只强调制度恐怕也不是个好办法，应该说，民主制度是个不错的制度，可它也并不完美。你看，德国人民心甘情愿地把希特勒选上台，那可是严格按照民主程序走的，这该算是民主制度的失误吧。"

赵湘竹合上稿纸，转变了话题："我问你，关于陈诚的答记者问你如何评价？"

蔡继刚仔细斟酌着词句："他的态度倒是很诚恳，也敢讲些真话……不过，以他在政府和军中的地位来说，这算不得什么，级别比他低的官员可不敢这么说实话。还有一点，陈诚把灾民袭击国军零星部队之事说成是土劣恶霸所为，这我可不敢苟同，我在西撤嵩山途中就遇见过那么一伙人，据我观察他们的确不是什么土劣恶霸，还真是普通的农民。突围后我到各部队做了一下调查，发现这绝不是偶然事件，而是豫中会战中出现的普遍现象，调查结论把我自己都吓着了。"

赵湘竹关注地问："是什么结论？"

"民众与政府离心离德，仇视国军甚于日军！"

赵湘竹倒吸一口凉气："天哪，抗战已经打了十三年，怎么会发生这种事？太可怕了。"

蔡继刚痛苦地承认："是啊，非常可怕，对于一个国家来说，这比战场上的失利更令人沮丧。河南大旱，灾民百万，饿殍遍野，政府不但不救济，反而横征暴敛。关键时刻日军倒是拿出军粮赈济灾民，这一招真够狠，我们在军事上和政治上都一败涂地。"

赵湘竹轻轻地拥抱蔡继刚："继刚，我知道你心情很压抑，但这不是你的错，作为军人，你已经尽到了责任。"

蔡继刚闭上眼睛，用拳头照自己胸口捶了几下："这里堵得慌，有一口气憋在这儿……此次豫中会战，上面真不知道是怎么指挥的，蠢得不能再蠢了，你以为把战败的责任推到两个长官意见不合、指挥失误就可以解释吗？蒋鼎文固然是个蠢货，但问题出在高层，出在军令部。说实话，我就没见过这么愚蠢的指挥，竟然命令29个步兵师死守29个县，师与师之间不许相互配合，不许主动出击，不许机动驰援，干等着日军来各个击破。还有件事更荒唐，我们早在登封、临汝之间依托地形构筑了坚固的防御工事，可是战役打响后，军令部却命令我军主力在禹县、密县、许昌、漯河等地与敌决战，要知道，那可是一片没有任何防御工事的大平原啊！所以，战斗刚一开始，我们的主力兵团就遭到日军第3坦克师团的分割包围，他们的坦克集群在无险可守的大平原上简直如入无人之境，幸亏石觉及时命令第13军转入嵩山，才避免了被全歼的下场……"

赵湘竹惊骇地捂住嘴："这是真的吗？有这么多细节，新闻界居然闻所未闻……"她立刻拿出采访本准备做记录。

蔡继刚一把按住采访本："我的祖宗，你太天真了，这种事万万不能见报！否则追查下来，就是一起重大泄密事件，我要被送上军事法庭的。"

赵湘竹疑惑地问："你的意思是，但凡我们打了败仗，都不能追究指挥上的失误，只要追究，就是泄密？"

"话不是这么说，但就是这个意思。你想，报纸一旦披露这些细节，军令部必然要追查，你一个小记者怎么知道这么多作战命令？是谁透露给你的？你有什么证据吗？况且这件事牵涉到最高层的人事问题，事情远比你想象的要复杂。"

赵湘竹泄气地合上采访本："唉，我这个军事记者当得实在没意思，上有中央宣传部，下有新闻检查官，记者的手脚被捆得死死的，到处是禁区，我还能报道些什么呢？"

蔡继刚情绪低落地说："那就别干记者了，辞职回家当太太，我蔡继刚养得起老婆。"

"呸！亏你想得出，我才不要过这种日子呢。蔡继刚先生，你老婆不是个乡下的黄脸婆，她是个受过高等教育的职业妇女，绝不会待在家里靠丈夫养活，你一定要搞清楚这点。"赵湘竹抗议道。

蔡继刚叹了口气："对不起，我心情不好，别生我气，你知道，我是个军人，只关注战争，这是我分内的事，可是你看，我们在战场上被人家打得一败涂地，这是因为我们军人没能做好分内的事，实在没脸见人啊！"

赵湘竹把头靠在蔡继刚胸前，倾听着他心脏的跳动："继刚，你心跳声强劲有力，就像擂响的战鼓。我想告诉你，作为军人，你是最优秀的，没有人能打败你！"她紧紧搂住丈夫，仿佛蔡继刚会突然消失似的。

蔡继刚没有说话，只是轻轻抚摸着妻子乌黑的长发，低头闻着她淡淡的发香。

冥冥中似乎有个声音在问：下一个战场会在哪里？

蔡继刚在心里回答：长沙和衡阳……

## 第十五章

骄阳似火，一大队的战俘在工地上挥汗如雨，连在一边警戒的日本兵都热得受不了，他们全挤在一棵树的荫凉下，狗一样张开嘴喘着粗气。

山田圭一悠闲地坐在太阳伞下，满堂拿着把芭蕉扇站在他身后扇风。

山田装作喝水，用水杯挡住自己的嘴悄悄说："满堂，你们惹祸了……"

满堂一惊："出了什么事？"

"前几天张宝旺和薛占魁不是打了一架吗？麻烦就出在这儿，渡边盯上这两个人了，他打算再安排一次比武，不过，这次可是要动真格的，这两个人处境非常危险。"

"山田大哥，能说详细点吗？"满堂观察着四周问。

"我还不太清楚，只知道渡边给第一军司令部的野藤参谋打了电话，要野藤找两个刺杀高手到战俘营来比武。野藤和渡边都是北海道人，从小还是邻居，听说这两个人都出身武士家族，是狂热的剑道爱好者。"

"怎么个比法？是真刀真枪往死里整，还是点到为止？"

"当然是以命相搏！"山田圭一忧心忡忡地说，"其实这种决斗是被军纪所严格禁止的，一旦出了人命会被送上军事法庭，但在日本军队里还是时有发生，这些好斗的家伙宁可被军事法庭审判也不愿放弃这种嗜血的游戏。"

满堂顿觉一股冷气从脚下升起，顷刻间笼罩了全身，在烈日的照射下竟然渗出一身冷汗。他无助地望着山田圭一问："山田大哥，张宝旺是俺朋友，俺不能让他死，你有什么办法吗？"

"对不起，满堂，我也没办法，我帮不了你们。"山田圭一微微摇摇头。

"没办法？没办法也要想办法，总不能让张宝旺在那儿等死吧？山田大哥，你告诉我，你哪天值夜班？"

山田圭一半合着眼说："我哪天值夜班不重要，我要告诉你的是，千万不要蛮干，凭你们几个人的力量是跑不出去的，不要做无谓的牺牲！"

满堂擦了擦汗央求道："山田大哥，求你了，帮帮俺，帮帮俺这些弟兄，你有办法。"

"满堂，把脸扭过去，不要看着我，你要谨慎！对，就这样……你的要求我会仔细考虑，这不是件小事，一旦事发，我们都要倒霉。满堂，我和你说过，我不想死在战场上，因为这场战争不关我的事。现在我还想再补充一句，我山田圭一也不想死在刑场上，你明白吗？"

"明白，俺等你信儿。"

山田圭一直起身子，大模大样地挥挥手："满堂，你已经歇半天了，该去干点活儿了，把张宝旺换过来，我要和他谈谈。"

渡边正在办公室里接待来自驻太原第一军的野藤中佐。野藤面色黝黑，1.6米左右的矮个子，罗圈腿，但长得很粗壮。他和渡边一样，都是来自北海道的武士世家，少年时他们还在一起玩耍过。

日本的武士阶层是历史的产物，起源于10世纪的平安时代，最早是地方领主建立的私人武装，后来逐渐成为一种制度化的专业军事组织，直到明治维新之前，武士都是统治日本社会的支配力量。经过上千年的传承，武士阶层的思想遗产"武士道"所推崇的不畏死亡艰险、忠于职守、精干勇猛的尚武精神成为现代日本文化的重要组成部分。

在日本文化中，最能体现"武士道"精神的莫过于"剑道"。"剑道"是古代武士安身立命的手艺，如果剑术不精就等于砸了饭碗，不能在圈子里混了。公平地说，虽然"剑道"最早起源于中国古代的"双手刀法"，于隋唐时期流传到日本，但这种刀法经过日本长年战争岁月的不断演变，到了江户时代已经形成独特实用的日本剑术。到了近代，日本剑术又分为两个分支，一种是用于竞技的体育剑道，选手们身穿护具，使用竹刀进行比赛；另一种为传统的古剑道，日语中称为"剑术"，通常是使用未开刃的武士刀，参与者不穿护具进行实战格斗。这种格斗极为危险，经常会出现伤亡，是一些嗜血者喜爱的游戏。

渡边和野藤都是"剑术"的推崇者，从少年时代起，他们就对竞技类体育剑道嗤之以鼻，认为这是懦夫的游戏，真正的武士根本不屑于这类玩意儿。

他俩十二三岁时曾用真正的武士刀干过一次，不过还没打上两个回合就被别的孩子告了密，于是双方的父母都发了疯，两个小"武士"各自被拎着耳朵带回家，结结实实挨了一顿臭揍。渡边和野藤既是邻居也是最好的朋友，两人之间以命相搏不是出于仇恨，而是出于友谊和惺惺相惜，这些是外人无法理解的。他们盼望着赶快长大，好在成年以后继续这场决斗。

然而两人长大以后却没了这个机会。他们先是进了陆军幼年学校，后来又进了陆军士官学校，毕业后被分配到不同的部队，从少尉军官干起。战争并没有给他们带来运气，渡边在1937年的淞沪会战中右臂中了两发重机枪子弹，虽然侥幸没被截肢，但右臂算是残废了，无法继续在作战部队服役。他伤愈后被调到战俘营任职，也算是老长官对他的关照。

野藤在1938年的武汉会战中被弹片击碎了膝盖骨，变成了瘸子。要不是因为战争扩大，军队极缺兵员，这类伤残军人早该退伍了。承蒙长官照顾，野藤伤愈后被调到第一军司令部当了个坐机关的作战参谋。事已至此，渡边和野藤的愿望这辈子都不可能实现了。

明治维新之后的日本军队逐渐发展成为一支现代化军队，从战略战术到兵器装备不断地与西方军队缩短差距，而日本军人的思想却未必进入了现代化，这是有其深刻历史原因的。

日本16世纪的战国时代是个没有权威的时代，那时的日本列岛群雄四起，整个国家乱了套。传统的贵族政治土崩瓦解，土豪、平民甚至浪人都开始不满意自己卑贱的身份而准备闹事。西方基督教和火枪的引进改变了社会和战争形态，使日本逐渐摆脱以往的兵农合一制度，转变为以现金雇用浪人为职业军人，早期各诸侯的国人土豪联合体制也逐渐转型成集权独裁的军国政体。于是日本列岛上大规模的会战成为常态，统一的幕府也自战火中历练诞生……这时候的武士们才算有了正式饭碗，他们终于可以像贵族一样领取俸禄了，当然是谁给钱就为谁打仗，他们只忠实于自己的领主，而不听命于任何权威。不管攻击对象有多么显赫的家世和头衔，领主一句话就可以灭了他全家。因此，日本战国时代的诸侯们没有哪个活得太长久，总是屁股还没坐稳，就让别人给灭了。后世日本军队中奉行的"下克上"行动从那时起就有了理论依据。自明治维新后，日本军队虽然发展成为现代军队，而军人们的思想及行为方式却出现了两极分化，作为军队主体的士兵阶层只强调忍耐与服从，而军官们，尤其是中下级军官们却桀骜不驯，有抗上之风气，稍不满意便实行"下克上"，一旦出手便凶狠异常，哪怕是血流成河也在所不惜，1936年的"二二六政变[1]"就是最好的例子。

渡边和野藤也属于这类军官，他们天生不喜欢受人管束，总愿意按照自己的想法生活。他们好勇斗狠，视自己和他人的生命皆如草芥；他们激进偏执，

---

1 1936年2月26日黎明时分，以皇道派青年军官率领的近卫步兵第三联队为中心的1500名日本军人，袭击了首相官邸等数处枢要部门，杀害了内大臣斋藤实、教育总监渡边锭太郎和大藏大臣高桥是清，重伤天皇侍从长铃木贯太郎，之后占据永田町一带达四天之久。这些少壮派军官起事的目的是"尊皇讨奸"，推动实行"昭和维新"，实际上起事的缘由却是皇道派与统制派之间、部队军官与幕僚军官的长期倾轧，以致最终反目，酿成震惊世界的突发事件。

## 第十五章

一旦认为自己正确便死不悔改；他们藐视权威，对高级军官嗤之以鼻。用渡边的话说，他这辈子最大的遗憾就是没赶上"二二六政变"，如果当时他在东京的近卫军服役，他一定会把那些统制派的元老杀个片甲不留。他很羡慕那些在"二二六政变"失败后被判死刑的军官，干出这等漂亮的事，就是走上刑场也值了，这该是件多么荣耀的事。

渡边和野藤一致认为，虽然战争中的伤残使他们过早地失去了建功立业的机会，但这并不妨碍他们制造一些刺激的故事，否则他们的军旅生涯会变得非常乏味，他们不喜欢乏味的人生。

这时渡边坐在办公桌前仔细翻阅着野藤带来的文字材料。这是两个军曹的服役简历，其中一个叫松月正雄，年龄28岁，已经服役10年，修习剑道及铳剑道[1]近20年。按简历上记载，松月正雄参加过南京、武汉、南昌等大型战役，他的战绩是在23次白刃战中用军刀或刺刀斩杀过78个中国士兵，而自己竟安然无恙。

另一个军曹叫柳川信哲，27岁，此人10岁便开始修习剑道及铳剑道，服役期内参加过三十多次白刃战，战绩是斩杀81人，自己毫发未损。

渡边抬起头问道："野藤君，从技术角度看，这两位军曹应该没有任何问题，都是冷兵器高手，关键是他们对比赛的后果有没有充足的心理准备？"

野藤腰板笔直地坐在椅子上，习惯性地叉开双腿，两只手放在膝盖上，一副标准的士官生坐姿。他声音低沉地回答："这两个军曹和你我一样，都是狂热的'剑术派'，厌恶现代战争，怀念冷兵器时代。据我所知，这两个人都多次参加过私下决斗，他们成功地瞒过了宪兵的眼睛，到目前为止还没有任何不良记录。"

"野藤君，你想过没有？决斗的结果只有两个，如果这两位军曹获胜，自然皆大欢喜，没有人会关心那两个中国战俘的性命。但是还会有另外一种可能，我们的人，哪怕只有一人丧命，你我也要上军事法庭接受审判，也许还会判死刑。这个问题……野藤君考虑过吗？"

野藤耸了耸肩，显出一副玩世不恭的神态："司令部里的空气令人窒息，我巴不得换个地方，坐牢的感觉不会比坐办公室的感觉更糟。渡边君，昨天我还遇到松月正雄，他一个劲给我鞠躬，嘴里不停地说：谢谢长官、谢谢长官！我问他：为什么要谢我？他说：感谢长官给了我这个机会。我说别高兴得太早，此事还不一定能成呢。松月正雄说：拜托长官了，一定要办成，这两天我的肾上腺素像井喷一样往上涌，怎么压也压不住，心跳加快，呼吸急促，瞳

---

[1] 铳剑道：日本中古时期独具特色的器械搏击术。明治维新之后，日本陆军开始大规模进行刺刀技战术训练，并且根据日军士兵的特点将"铳剑术"的技战术动作结合起来，发展成现代"铳剑道"，实际为步枪上刺刀的刺枪术。

孔放大……医生说，这叫'战斗反应'，要是这件事被取消了，我肯定会发疯的……"

两人放声大笑。

渡边笑道："这个世界上总要有这么一些人，把血腥搏杀当成一种娱乐。这个松月正雄是个好军人，你我也是好军人，一个军人要是没有进行冷兵器格斗的胆量，那他最好再回到母亲的肚子里，只当没来过这个世界，让他再重新出生一次。"

"渡边君，我憎恨20世纪，憎恨那些该死的机枪大炮、近距离空中支持……这哪里是打仗呀？这是绞肉机，英雄和懦夫简直没有区别，一颗炮弹就可以把他们一起送上天，再勇敢的武士也抵挡不住懦夫手中的火器。这不是武士的过错，是时代的悲剧。说来令人沮丧，武汉战役时，我还没有面对面见到敌人，我的军刀还没来得及溅血，就被糊里糊涂送进了医院，这种战争实在令人厌恶。"野藤捶打着自己受伤的左腿痛心疾首地说。

渡边叹道："是啊，我们要是能早出生200年，还可以赶上江户时代，那时候的武士多令人羡慕，一把武士刀就可以走遍天下。哪像现在，一个农夫出身的人都可以当将军，真是生不逢时啊。"

"渡边君，那两个中国战俘真是武术高手吗？他们受过器械搏击方面的训练吗？我之所以尽力促成此事，那是真想看到一场高水平的、比较公平的决斗，否则我们还不如枪毙了那两个战俘，何必费这么大劲呢？"

"野藤君，请相信我，这点眼力我还有，他们一出手就不一般，从步法、身形、速度和爆发力上看，没有多年的训练和名家指点不可能有这种身手。你放心吧老朋友，中国武术家没有不会使用器械的，依我看，中国武术中的棍术和刺枪术比我们的'铳剑道'要更实战些。"

野藤站了起来，似乎下了决心："好吧，这件事就算说定了，三天以后我会带着松月正雄和柳川信哲来，其余的事由你来打理。顺便问一句，宪兵们常来战俘营吗？"

渡边笑道："野藤君，在这个山沟里，我就是上帝，而上帝会惧怕宪兵吗？"

薛占魁坐在宿舍里的铺板上发愣，他面前摆着几个白面馍和一碗炖羊杂碎，这是伙房根据战俘营最高长官渡边少佐的命令为他加的餐。薛占魁的心情很恶劣，几乎没有食欲。在他看来，这些平时见不到的食物无非是猪饲料，其目的是把猪养肥后再行宰杀。薛占魁非常后悔，真不该为个窝头就惹出这么大事来，和张宝旺的交手不但使自己当众丢了脸，还招来杀身之祸。当渡边把决斗的事通知他时，薛占魁明确表示自己不愿意参加这种毫无意义的决斗，而渡边根本没打算征得他的同意，只提供了两种死亡的方式供他选择，要么被枪毙，要么死在决斗场上，前者是必死无疑，后者还有百分之五十生还的希望。

实际上这是没有选择的，薛占魁不干也得干。听说他的对手是个剑道和铳剑道高手，薛占魁以前只听说过日本剑道，至于铳剑道他还闻所未闻。渡边的解释很简单："按你们中国人的说法叫拼刺刀，你是个老兵了，应该很熟悉吧？至于用剑还是用刺刀你可以自选，不过我个人建议，你最好选择刺刀，否则你一点获胜的可能都没有。"

薛占魁心说，这两种方式他都没有把握，剑道就别提了，日本人那种双手使用的武士刀他连摸也没摸过。至于拼刺刀，薛占魁倒还算熟悉，在中条山战役中，薛占魁所在的部队和日军进行过营级规模的白刃战，作战效果非常糟糕，在他的记忆中，那一战虽然自己毫发未损地刺倒了四个鬼子，但战后统计，全营每个连队都达到三分之二的伤亡，以至于弟兄们一提起拼刺刀就谈虎色变，士气低落。

国军在战前不是很注重刺杀训练，尽管不少国民党高层军政人员有着日本军校教育的背景，但并没有因此对部队刺杀训练产生过什么积极的影响。而黄埔军校自建立之初，就将政治教育放在首位，军事训练倒是第二位，这个军校之所以闻名遐迩，是由于时代背景和政治因素所决定的。它的前几期学员受训期平均不过是几个月时间，譬如一期生全部在校时间是6个月，二期生11个月，三期生时间稍长，也只有15个月，四期生又变成7个月，这分明只是个速成班，在这么短时间里很难培养出合格的军官。平心而论，黄埔军校初期培养的军官在战术素养方面还不如北洋系的保定军校，在冷兵器方面的训练就更不用说了，几乎为零。

20世纪30年代以后，中德军事合作进入蜜月期，国民党军队特别是中央军，受德国军事思想的影响颇深。由于德国陆军在传统上更重视步兵火力的持续性和射速，在训练科目上也同样不重视刺杀格斗，只有在巷战或堑壕突击战等个别情况下，德国步兵才会使用刺刀、匕首和工兵锹进行肉搏战。这一点并不符合当时中国军队以日本为假想敌作战的实际情况。这一训练方面的失误，使中国军队在战争中付出了高昂的代价。

薛占魁在中央军当了八年兵，虽然成了兵油子，但同样没有受过刺杀训练。此时薛占魁茫然地看着西边的落霞，心情越发沉重，他不知道什么样的命运在等着自己。

薛占魁练习过武术，他少年时练武的原因很简单，就在他的家乡，河北深县魏家林村，19世纪末出现了一位武术大家王芗斋。王芗斋先生少年习武，年轻时游历甚广，曾遍访名山大川，与众多武林名家切磋技艺，后来在形意拳基础上，汲取众家之长，自成一派创立了"意拳"。

"意拳"无套路及固定的招式招法，名之"意拳"，以强调"意"在拳术训练中的重要作用。"意拳"的创立是中国传统武术的一次重大革命，曾在当时的武术界引起极大的震动。后来北平名宿张玉衡、齐振林两位老先生赠"意拳"名"大成拳"，于是"大成拳"遂由此传开。

"大成拳"以意念控制肢体，强调精神集中，呼吸自然，周身放松，让肢体各部连成一个整体，使精神和肢体、肢体和外界达到高度协调统一，从而充分发挥精神和身体的能量。

薛占魁作为王芗斋的小同乡，少年时便和同村的一些孩子跟随王先生练习"大成拳"，他坚持练习了十几年，当兵以后也没有放弃。以他的技击能力，若是和一般的武术家交手，薛占魁还是颇为自信的。

薛占魁参加过白刃战，尽管没受过专门的刺杀训练，但以他的身形、步法及反应能力，区区几个日本兵自然不在话下。问题是这次的对手实在太强悍，这两个日本军曹都是从数万名士兵中脱颖而出的佼佼者，而且是在实战中搏杀出来的，这样的对手无疑是可怕的。

宿舍的门被推开，张宝旺捧着个纸包走进来。

薛占魁连忙站了起来。几天前的交手，薛占魁吃了张宝旺的亏，他心里比谁都明白，要不是张宝旺手下留情，他的鼻梁骨早被打断了。想起这些，薛占魁还有些不好意思。

张宝旺还像平时一样，他脸色平静，显不出任何喜怒哀乐，只是淡淡地问："老薛，你准备得怎么样？"

"有啥可准备的？反正是该死屄朝上，听天由命吧！"

张宝旺沉默了片刻说："老薛，你练过武，应该明白，人都是靠一口气撑着，你我都一样，要是没这口气，咱们就不用上场了，干脆服软认输吧！可有一样，就算咱们认输，鬼子难道就不枪毙咱了？"

薛占魁闷声回答："可要是咱们打赢了呢？鬼子更得枪毙咱们，反正怎么都是个死！"

"那不一样，要是咱把这两个刺杀高手干掉，那就死得值！这叫临死拉个垫背的，至少也比让人家拉出去枪毙了强。"

薛占魁看着张宝旺说："老张，你来找我，就为了说这些？"

"不是，我找你来，是想对你说句话。"

"那就说！"

张宝旺诚心诚意地道歉："前几天打架是兄弟我不对，我想向老哥赔个不是，都是一口锅里搅勺子的弟兄，一块儿受苦的穷哥们儿，有啥事不能好好商量么，干吗非要动手打架？唉，咱中国人啊，就是这点毛病，老是窝里斗。"

薛占魁叹了口气："是啊，要是当初咱们都忍下一口气，也不至于招来现在的祸事。人哪，都没长前后眼，看不了太远。"

"老哥，咱都是练武之人，不管是什么门派，都有这么个说法，叫没事不惹事，有事不怕事。现在事来了，咱们躲也没用，不如横下一条心跟那两个鬼子拼一场。这么跟你说吧，我在这个战俘营待三年了，妈的……什么事没见过，比咱俩有本事、有功夫的人也见过不少，最后怎么样？还不是一样让日本人折腾死。实话跟你说，我真待烦了，再也不想为活命就这么忍着，我忍够了，反正横竖是个死，我干吗不死得像条汉子？"平时沉默寡言的张宝旺第一次一口气说了这么多话。

薛占魁顿觉一股热血直冲脑门，他猛地站起身来大声道："兄弟，你说得对，反正横竖是个死，咱就干掉这两个鬼子再死！"

张宝旺伸过手来："好，就这么说定了，咱们好好合计一下，想办法宰了这两个鬼子。"

薛占魁用力握住张宝旺的手："干！死活就这一锤子买卖啦！"

张宝旺恢复了平静，开始研究对策："其实以中国武术的眼光看，刺杀技术并不复杂，连红缨枪枪法都比不上。红缨枪枪法里不光是刺，还有棍法的招数，可你想想，一支上了刺刀的步枪，除了刺刀和枪托，其余部位的杀伤力是很有限的。要我看，拼刺刀最关键的技术就是一拨一刺，拨开你对手的刺刀和顺势突刺是一个动作。"

"其实我们意拳的棍法也有点像刺杀，就是扎、刺、挑、崩、劈几个基本动作，我向渡边提出过，要比武可以，我要自选器械，给我根趁手的白蜡杆就行。可渡边不同意，说是规矩得由他们定。这就没办法了，这是战俘营，咱们的命都捏在日本人手里，哪还有什么公平？"薛占魁拿起白面馍咬了一口。

张宝旺指指带来的纸包："这是给你的，你要吃饱了，增加点体力。"

张宝旺走后，薛占魁打开纸包，发现竟然是四个米饭团和两块咸鱼。这是张宝旺特地从自己的口粮里为他省出来的。

薛占魁的眼睛湿润了，到了生死关头，还是自家同胞靠得住啊。

战俘队伍刚到了工地上，满堂就频频对山田圭一使眼色，山田马上心领神会地把满堂留在身边。

满堂边给山田扇扇子边小声问:"山田大哥,我那件事……你琢磨得咋样啦?"

山田轻轻叹了口气:"这件事只能试一试,但是有一个条件,必须把高升这浑蛋控制住。这个人好像不大正常,精神总是很亢奋,夜里像个幽灵似的到处游荡,还喜欢在窗外偷听战俘们说话,然后立刻向渡边汇报。我是最近一两天才注意到他的行踪,有这个人在,你们的计划无法完成,我也无法帮助你们。"

"这好办,只要你那边安排好,我们立刻干掉高升!"满堂一口应承下来。

"这是你们的事,我是佛教徒,不会建议你们杀人,这违背我的信仰。我决定行动时间初步定在后天,后天上午是比武的时间,第一军的野藤参谋会带五六个观战军官来,渡边已经通知我,后天中午要多准备一些酒菜,他要招待比赛的选手和观战的军官们吃饭。你们要做好准备,那天的后半夜行动。"

后天?满堂捧着茶壶的手开始哆嗦起来。比武的结果很难预料,万一张宝旺……满堂不敢再想下去。

"山田大哥,为啥一定要在后天夜里行动?明天夜里行不行?"

"恐怕不行,后天夜里才有机会。那天下午渡边要送野藤他们回太原,当天晚上住在第一军司令部,第二天才返回战俘营,所以后天夜里正是机会。此事知道的人越少越好,你们一共几个人?"

"连我一共五个人……不,要是后天夜里薛占魁还……活着,他也和我们一起走。"

"嗯,知道了,计划是六个人,但是你们走时大概只有四个人了,张和薛不可能活到中午。"

"不,俺不信,他们都是有功夫的人,还有可能赢呢。"

"但愿如此……"山田说完就不吭声了。

今天是战俘营比武的日子,从早晨起天色就是阴沉沉的。八百多名中国战俘被集中到院子里的空场地,翻译官高升向战俘们宣布,今天停止出工,所有人员必须观看比武。

一群日军士兵在操场上搭起一个木制三层坐台,空场的四周站满了荷枪实弹的日本兵,他们的步枪上刺刀闪着寒光,两条狼青军犬不停地咆哮着,营房入口处的瞭望塔上照例架着两挺九二式重机枪,后面营房的房顶上也架了四挺歪把子轻机枪,空场上的气氛凝重而紧张。

上午10点整,营区外响起汽车鸣笛声,野藤中佐和七八个日本军官下了车。这些军官有的来自第1军,有的来自第12军,他们都是清一色的少壮派军

## 第十五章

官，其中军衔最高的是一个大佐。

渡边少佐今天的心情不错，忙不迭地跑前跑后应酬着。为了今天的比武，渡边整整忙乎了一个星期，因为这种比武是严重违犯军纪的行为，所以在筹备时要格外谨慎，一是不能走漏风声被军界高层人物知道，二是必须为参加比武的两个军曹制造外出的理由，因为他们都在野战部队服役，外出时必须取得各自部队长官的同意。这些筹备工作都是渡边和野藤做的，至于那些观战的军官倒是不必担心，他们也和渡边、野藤一样，都是些不太守规矩的人，在某些特定的场合，军纪对他们来说形同狗屁。

东道主渡边少佐招呼着军官们在看台上就座。看台前摆着一个长条凳，端坐着两个日本军人，这就是松月正雄和柳川信哲，他们在头一天晚上就赶到了战俘营。

张宝旺和薛占魁作为国军"选手"坐在对面的一个条凳上。

今天的比武由野藤中佐主持，野藤宣布，由双方决斗者挑选兵器。两个日本军曹坐着没动，他们的步枪和刺刀是自己带来的，已经使顺了手。张宝旺和薛占魁站起来，在十来支三八式步枪和三零式刺刀间挑拣着。张宝旺仔细检查着步枪的枪身，把刺刀装上又卸下。他测试着刺刀柄右侧有弹簧控制的刺刀驻榫，这是个不大引人注意却又很要命的部位，控制着刺刀驻榫的弹簧如果出现不灵敏等故障，就会影响刺刀柄与刺刀座的配合，这样一旦投入与敌人刺刀相交的战斗时，刺刀就有可能脱落，这绝对是件生死攸关的事。张宝旺选好了刺刀，用拇指试了试锋刃，随即将刺刀装上步枪，立起身来。这时薛占魁早已选好了武器，已经端坐在长凳上。

野藤中佐开始宣布决斗的规则和组织者的承诺。

他的话由高升翻译给中国战俘们："为了体现军人的勇气，双方自愿进行刺杀决斗，生死自负。本着公平的原则，本组织者以军人的荣誉保证，无论决斗的结果如何，双方均不得追究获胜一方的责任，现在决斗开始！第一场，日方松月正雄军曹出战，中方薛占魁中士出战。"

薛占魁站起来，拍了拍张宝旺的肩膀算是告别，张宝旺向他点了点头，什么也没有说。

松月正雄满脸络腮胡子，他身高1.65米左右，五短身材，体格健壮。他做出预备出枪的姿势，双腿微微弯曲，作下蹲状，手中的步枪呈45度，刺刀尖与眉心齐平，一副胸有成竹的临战状态。相比之下，薛占魁持枪的姿势却不那么标准，他神色平静，手中的步枪呈水平状挺向前方，似乎并不急于出击。松月正雄的出击很果断，他左腿跨上一步，"呀"的一声怪叫，一个突刺向薛占魁左胸刺来。此人果然训练有素，他的突刺力道很猛，刺刀和胳膊、肩膀、头部处在一条水平线上。薛占魁握枪的右手一拧腕，用枪管拨开了对方的刺刀，立刻向对方胸部顺势突刺。松月正雄果然是老手，他早有防备，马上闪电般后退一步，躲开了这致命一击……

看台上的日本军官们鼓起掌来，中国战俘们也大声叫着好。

张宝旺坐在长凳上，冷眼观看决斗双方的动作。他虽然和薛占魁一样，并没有专门下功夫练习过刺杀技术，但他有中国武术根底，练习过红缨枪的套路，所以并不觉得日军的"铳剑道"技术有多可怕。

其实世界上所有冷兵器的实战技术都大同小异，持械格斗不同于徒手格斗，它的特点体现在出手一击的必杀性，而不会出现徒手格斗时双方相互纠缠的局面。冷兵器的搏杀特点是双方兵器相互碰撞的瞬间，就已经分出高下，谁抓住机会抢先一击得手，谁就是赢家。白刃战的残酷性就体现在这里。在白刃战中，阵亡者的比例通常要大于负伤者的比例。由于双方的交战距离极近，刺刀等冷兵器所造成的伤害，多集中于胸腹部和喉咙等人体要害部位，因此，战斗中的负伤者即使没有当场死亡，也会在较短的时间内由于流血过多而丢掉性命，只有能够控制战场的一方，才能有效地救治伤员，降低死亡率。

松月正雄和薛占魁的格斗转眼间已经进行了四五个回合，双方暂时还没有分出高下。但张宝旺已经嗅出一丝不祥之气，他发现薛占魁的动作里有些明显的破绽。刺杀这门技术虽然非常简单，最核心的要素无非是一拨一刺，但还是有一些诀窍的。它的诀窍在于动作简洁，快速凶狠，一击必杀。在白刃格斗中，拨开对方刺刀的动作幅度要小，但爆发力要强，只要略微改变了对方刺刀的攻击方向，即可顺势突刺，借对方的冲力让对手自己撞到刺刀尖上。而薛占魁的破绽即在于拨挡时动作幅度过大，一动就闪出空当，把自己的正面暴露出来。这绝对是个要命的破绽，很容易被对方所利用。

张宝旺正要提醒薛占魁注意，但已经晚了，松月正雄又是一个突刺，薛占魁习惯地进行防右刺，当他用枪管拨动对方刺刀时却拨了个空，他正面胸腹部完全暴露出来。松月正雄的突刺是个假动作，他看准空当猛地向前跨上一步，一个标准的突刺，将刺刀捅进薛占魁的腹腔……

空场上的几百个中国战俘齐声发出惊叫，而日本军官和外围负责警戒的日军士兵们则纷纷叫起好来。

人群中的满堂痛苦地闭上眼睛，这场面太血腥了，薛占魁……完啦！他实在不愿意再看了……突然，全场又爆发出一阵惊叫声，满堂泪眼昏花地睁开眼睛，场上形势发生逆转，只见已经被刺刀捅穿的薛占魁扔掉手里的步枪，左手

## 第十五章

攥住对方的枪身,身子猛地一扭,松月正雄随着惯力一时收不住脚,一头撞过来……这是真正的短兵相接,双方挨得如此之近,已经脸对脸了。这时薛占魁使出全身力气发出垂死一击,只听一声闷响,松月正雄的胸口上着着实实挨了一记重掌,他的身子径直飞出两米开外,仰面砸倒在地上……

在场的所有人都惊呆了,全场鸦雀无声。

浑身是血的薛占魁并没有倒下,他咬牙拔出插入腹腔的装着刺刀的步枪,扔在地上。在场的中国战俘们都看见薛占魁被劐开的腹部流出青紫色的内脏,大量的鲜血像泉水一样喷射出来。薛占魁摇晃着向中国战俘们双手抱拳,艰难地说出几句话:"弟兄们,兄弟我……先走一步……"说完他一头栽倒在地上。

山田圭一带着几个日本兵跑到松月正雄身前,想把他抬上担架,只见他喉咙里发出很大的呼噜声,鲜血从口鼻处大量喷射出来。山田圭一简单做了一下检查,发现松月正雄的胸口已经塌了下去,看样子薛占魁这一掌把他胸前的肋骨全部击碎,内脏也受到重创。山田圭一见此情景被震惊得说不出话来,他判断松月正雄就是不死也会落个终身残疾。这个薛占魁的绝地反击简直惊世骇俗,人在垂死之时居然能爆发出如此巨大的能量,真令人不可思议。

薛占魁发出的垂死一掌表现出"大成拳"的最高水平。"大成拳"的精髓就是运用意念调动全身的能量瞬间集中在一个点上爆发出来,俗称"发力"。"大成拳"是技击性很强的拳术,它的发力极具特色,只强调在极短的距离内,用很小的动作,以爆炸般的速度,释放出巨大能量,以便完成极具摧毁性的有效打击。薛占魁临死前的这一掌,总算是没给师父王芗斋先生丢脸。

野藤是个铁石心肠的人,面对如此血腥的场面,他的面部表情没有丝毫变化,只是冷冷地挥挥手,示意士兵们将受重伤的松月正雄和薛占魁的尸体抬走。

当薛占魁的尸体被抬出场时,二大队的战俘们悲痛欲绝,一阵阵被压抑的哭声滚滚而来……

柳川信哲是个真正的亡命徒,松月正雄的惨状并没有引起他的任何恐惧,倒像是服了兴奋剂一般,表现出异常亢奋的样子。野藤用欣赏的目光看着他,心里在思忖着,但凡这类人都是真正的嗜血者,对这类人而言,鲜血和残缺的肢体非但不会使他们感到恐惧,反而会激发他们的极大快感,起到兴奋剂的作用。

张宝旺没等到野藤宣布第二场决斗开始就主动站了起来,他手持步枪走到场子中间。

野藤望着柳川信哲露出微笑:"柳川君,你做好准备了吗?"

柳川信哲向野藤鞠了一躬,平静地回答:"准备好了,感谢长官为我安排了这么有趣的游戏。"

"那就开始吧,柳川君,祝你好运!"野藤发出命令。

这时张宝旺举起手:"且慢,渡边少佐,我有话要说。"

渡边诧异地站起来:"张,你要说什么?"

张宝旺将刺刀插进土里:"下面这场决斗我有条件,否则我拒绝决斗,随你们枪毙好了。"

渡边皱起眉头:"张,决斗规则刚才已经宣布了,生死自负,无论决斗的结果如何,我保证不会报复获胜的人。"

张宝旺哼了一声:"我既然敢上场就不怕报复,要是你日本人不守信用,拿自己的话当放屁,就是枪毙我也无所谓了。渡边,你听好了,我的条件是:第一,好好埋葬我们的兄弟薛占魁;第二,今后提高全体战俘的伙食定量;第三,对生病的战俘给予人道的治疗。"

渡边冷笑着:"我知道,下面的话是,如果我不同意,你就拒绝决斗?"

张宝旺强硬地回答:"没错,反正是个死,怎么死都一样,这位军曹不是想玩游戏吗?老子还不陪他玩啦!"

渡边沉下脸,在这个战俘营里,他就是上帝,还从没有人敢这么对他说话。他身后的高升气急败坏地喊道:"张宝旺,你他妈的吃了豹子胆,敢这么和渡边太君讲话?"

张宝旺用刺刀向高升一指喝道:"高升,你这条狗,有种你来!不敢上就滚远点!"

渡边正要发作,被野藤制止住。野藤和颜悦色地走到张宝旺身前,拍拍他的肩膀,用生硬的汉语说:"张,你很有胆量,我的佩服!我认为,你的要求并不过分,我,可以向你承诺,你的条件可以得到满足。"

野藤转过脸望着渡边:"渡边君,我没有和你商量就做出承诺,希望没有冒犯你。"

渡边点点头:"哟西!野藤君,我会遵守承诺。"

张宝旺转身向战俘们喊道:"弟兄们,大家都听到了吧?"

战俘们乱哄哄地回答:"听到啦!"

"宝旺大哥,日本人说话咱能信吗?咱可别上当啊。"

"老张,让渡边给咱们写字据,别让他们反悔……"

这时满堂举起手高喊道:"弟兄们,别吵,兄弟我说两句成不成?"

中国战俘们静了下来。

张宝旺把身子转过来,面对满堂平静地说:"满堂,有话你就说,我听着呢。"

满堂大声说:"弟兄们,宝旺大哥马上就要和日本人交手了,一会儿是死是

## 第十五章

活谁也不知道，就是这样，宝旺大哥还想着大伙，想用这条命给弟兄们争口吃的……弟兄们，咱们也都是五尺高的汉子，要是还有点良心，就不该拿宝旺大哥的命和日本人讨价还价！要让我说，咱什么都不要，就要宝旺大哥使出真本事，宰了这个日本军曹！"

战俘们一下子炸了，大家群情激愤地吼道："对，宰了他！"

"老张，干掉这个鬼子，为老薛报仇！"

几百个战俘叫的叫、骂的骂，场内乱成一团。日本兵手里牵的狼青犬躁动起来，冲着人群狂吠。瞭望塔上的日军哨兵也紧张起来，"咔嚓咔嚓"地拉动重机枪的枪机。

高升掏出王八盒子"砰！砰"朝天放了两枪嚷道："干什么？干什么？想造反啊？谁再起哄就枪毙谁！现在我宣布，决斗开始！"

张宝旺拿起步枪，用手指指柳川信哲低声说："你，出手吧！"

身穿黄色军服的柳川信哲是个中等个子，身材单薄，长着个鸭蛋脸盘，他皮肤白皙，眉清目秀，没有半点日本武士的样子，倒像个白面秀才，柔美俊秀。这才真应了那句俗话：人不可貌相。

柳川信哲早已等得不耐烦，他挺枪一抖枪环，"哗"的一声，干脆利索就是一个突刺，张宝旺也不客气，立刻使出防左刺动作拨开对方的刺刀，一个箭步跨出，也来了个标准的突刺。经验老到的柳川信哲并没有后退一步躲避刺刀，而是变换体位轻轻向左侧滑出一步，在躲开刀锋的同时猛地扭身，他右手的枪托斜着向上划出一条弧线，向张宝旺的喉咙部击来。这两个动作简单实用，毫不花哨，显示出极为扎实的基本功，如行云流水，一气呵成，这是个技术细腻型的高手。

张宝旺没有躲闪，他硬碰硬地横枪用弹仓部挡住了凶狠的一击，"当"的一声，双方都被震得后退了一步。

柳川信哲不愧是"铳剑道"高手，他浑身充满着强烈的进攻意识，不容对手有半点喘息时间，闪电般又是一个突刺……张宝旺斜着向前跨出一步，手中的步枪横了过来，在身子避开对方刀锋的同时，他手中刺刀的刀锋朝前，紧贴着对方的枪身上部掠过……柳川信哲顿时惊出一身冷汗，他马上明白对手的用意了，张宝旺的刺刀锋刃借助对手的冲力已经顺着枪身划向柳川信哲握枪的左手。这一招虽不致命，却非常刁钻阴毒，因为刀锋一旦到位，柳川信哲握枪的左手就算废了。

柳川信哲毕竟是老手，情急之下他顾不得多想，干脆侧身闪开，松开了双手，步枪"砰"地落在地上……柳川信哲的左手是保住了，但他的正面身子完全暴露在张宝旺的刺刀下……

若是平时比武，张宝旺会客气地收枪，让对手捡起枪继续比试，但今天可不一样，生死搏斗，来不得半点客气，决斗场上没有平局，不是你死就是我活。张宝旺猛地跨上一步，挺枪一个突刺，锋利的刺刀瞬间刺进柳川信哲的胸膛……柳川信哲的面部表情一下子凝固了，他惊讶地望着张宝旺，仿佛不大相信这个结果，他嘴唇动了动，却没有发出任何声音。张宝旺凝视着柳川信哲的眼睛，他眼里的光泽渐渐暗淡，似乎蒙上了一层白雾……张宝旺毫不迟疑地将刺刀一拧，此时观战的所有人都清楚地看到，柳川信哲的背部露出大约10厘米的刀尖，刺刀的刀身在他身体里又转动了90度。

柳川信哲的身子瘫软了，双手握着插在胸前的刺刀慢慢地滑坐到地上，张宝旺撤枪拔出了刺刀，眼瞧着柳川信哲躺倒，咽下最后一口气……

白刃战就是如此残酷，生死对决只在一瞬间。这场决斗仅用了不到两分钟，便已见分晓。

战俘们爆发出一阵欢呼声。渡边、野藤和几个日本军官都一言不发地走出院子，他们甚至没有看一眼柳川信哲的尸体。

张宝旺扔掉步枪，坐到长凳上。他抚摸着粗糙的凳面，两行泪水顺着脸颊滴落到胸前。就在半个小时前，薛占魁还和他一起坐在这里准备应战，长凳上似乎还留着他的体温，可就这么一会儿工夫，薛占魁的灵魂已经飘向了一个不可知的去处……张宝旺双腿跪下，仰天长啸："老薛啊，你走好……兄弟我……为你送行啦……"

人群中的满堂、铁柱、孙新仓、李长顺等人也纷纷跪倒，号啕痛哭起来。

· 第十六章 ·

中午午餐时，蔡继恒闷闷不乐地坐在餐桌前发呆，他正在想着陈纳德所派的任务，已经10天过去了，那两个日本战俘还没有答应合作。蔡继恒有些焦虑，他觉得自己只是个飞行员，其职责是驾驶战斗机与敌人进行战斗，陈纳德将军有些强人所难，他并不适合做俘虏的说服工作，这应该是政训部门的事。听说中共对日本战俘的管理很有一套，先是在延安成立了一个"日本工农学校"，其学员全部是日军俘虏，校长是个叫"林哲[1]"的日本共产党员。他们的工作卓有成效，这些日本战俘后来大部分都参加了"在华日人反战同盟[2]"，很多人甚至参加了八路军，并以军人身份直接参与对日军作战。

蔡继恒真想找陈纳德谈谈，他没这个本事做战俘工作，建议陈纳德最好把这两个俘虏送到延安去，让共产党给他们上上政治课。

沈星云穿着白色的护士服正在协助服务员送餐。她看见蔡继恒嫣然一笑，开玩笑道："大明星来用餐啦。"

蔡继恒一愣："什么明星？"

"你是羊街基地的大明星啊，那天有这么多人看见你的空中表演，还不是明星啊？"

蔡继恒不高兴地说："小沈，以后少说这种废话，什么表演？那是打仗，知道吗？"

沈星云连忙道歉："哎哟，不高兴啦？好好好，我不说了，对不起！蔡大哥，我很高兴你完成了每日的鸡蛋定量，看来小时候养成的饮食习惯也不是不能克服的。"

---

1 林哲，真名为野坂参三，是日本共产党的创建者之一，日共驻共产国际代表。1940年5月，野坂参三与当时在苏联的周恩来一起从莫斯科来到延安。在延安，他化名为"林哲"。

2 1940年7月20日，日本著名反战作家鹿地亘在重庆成立"在华日本人民反战同盟总部"，到会的33名盟员一致推举鹿地亘为总部会长。"在华日本人民反战同盟总部"在重庆成立后，许多支部在野坂参三的领导下相继建立，其中"延安支部"最为著名，并在当时产生了较大的国际影响。

"噢，你是说吃鸡蛋的事？对不起，从那天你说过以后，我就把这事给忘了，再说，你不是也没再提吗？我还以为这件事就过去了。"

"其实你已经完成了规定，是我告知厨师，把鸡蛋揉进面粉，你每天吃的面包、馒头、面条里都有鸡蛋，你好像也没吃出来，这说明你的胃并不排斥，只是你的味觉不喜欢鸡蛋而已。"沈星云得意地说。

蔡继恒立刻从椅子上蹦了起来："什么，我居然吃了鸡蛋？你怎么不和我商量一下？"

"这是我职权内的事，用不着和你商量，再说，你也没有任何不良反应，这个问题不是已经解决了嘛。"

蔡继恒不满地训斥道："小沈，我警告你，以后凡事要和我商量，不要自作主张，听见没有？"

"嗳，听见啦！"

"嗯，看在你帮我擦飞机的分上，这次就不追究了。"

"你还说呢，那天擦飞机可把我累死了，好几天都没缓过来，太阳把胳膊都晒脱皮了。"

蔡继恒夸奖道："你的表现还是不错的，以后要是遇见你哥哥，我会好好夸夸你。"

沈星云顽皮地说："以后我要是遇见你哥哥，也得好好夸夸你。蔡大哥，你真的很棒！我第一次见你时还真没看出来。唉，小女子看走眼了啊。"

蔡继恒斜眼瞟着她问："怎么，你的意思是，第一次见我时印象不好？为什么？我好像没有得罪你嘛。"

"不说了，不说了，说多了你又急了，吃饭吧！"

"别，吃饭着什么急？我最怕人说一半留一半，你还是把对我的看法说清楚吧，我保证不急。"

"其实也没什么，就是你的形象有点……"沈星云吞吞吐吐似乎不敢说。

"说！"蔡继恒很敏感，尤其涉及自己的形象问题。

"蔡大哥，我说了你别生气，你的形象就像京戏里的小生，虽然很漂亮，但很难使我产生信任感。"

"为什么？"蔡继恒怒目而视。

"你别生气，不是答应我不生气了吗？你听我慢慢说。蔡大哥，其实中国文化里对男人的审美是有问题的，你想想古典小说里对男人的描写，动不动就是什么'面如满月''目若青莲'的英俊小生，比如《红楼梦》里的贾宝玉、《西厢记》里的张生，你看王实甫是怎么描写张生的：'他脸儿清秀身儿俊，性儿温克情儿顺，不由人口儿里作念心儿里印……'听着多肉麻呀，换成对女人的描写也同样适用。当然，还有一种男性形象就是李逵、鲁智深那类有勇无谋的粗粝之人，这种美审观也太极端了……"

蔡继恒不耐烦地打断她的话："我明白你的意思了，我属于前者，是吧？可就算我是个小生形象，也不至于让人产生不信任感啊？"

"问题在于中国女人，她们大部分认可这种审美观，所以这种白脸小生就成了很多女性的梦中情人，这样一来，就把张生们惯坏了，他们很容易变成靠脸蛋吃饭的男人，于是许多花花公子就从他们中间诞生了。"

蔡继恒张了张嘴，却什么也没说出来，他不得不承认，沈星云的分析还是有些道理的。可是……长成这模样又不是老子的责任。蔡继恒也不喜欢自己的形象，这是爹妈给的，他又有什么办法？

蔡继恒下意识地摸摸脸，自嘲地说："这是我爹妈犯的错误，我哥和我长得基本是一个款式，他不过比我大一号而已。我经常很不平地想，怎么就没人说他是白面小生呢？我想来想去终于想明白了，他年龄比我大16岁，游历过很多国家，经历过很多事情，这一来二去，脸上就布满了沧桑，就像埃及的人面狮身像，四千多年的岁月都刻在脸上呢。唉，小沈，我现在什么都不缺，就缺岁月这把雕刻刀，你说是不是？"

沈星云大笑起来："你就胡扯吧，还人面狮身像呢，你做条鳄鱼还勉勉强强。蔡大哥，以前我对这类爬行动物很讨厌，觉得它面目狰狞丑陋，可我现在倒没这种感觉了，大概就是因为你。"

蔡继恒心里一动，他想起丁震天的话，他说沈星云算不上漂亮，这姑娘你得近距离仔细品味，就像品尝上等红酒，刚入口时还不觉得什么，时间越长口感越浓郁，越醇香。当然，欣赏这类女人，你自己首先要具有异于常人的品位。海盗说得还真有些道理，这姑娘的确有味道，至于味道在哪里？蔡继恒一时还说不清，他不由得想入非非起来……

对于女人，蔡继恒可不像哥哥那么本分。蔡继刚虽然在美国留过学，也游历过很多国家，但他毕竟是深受中国文化浸染长大的，又由于是长子，从小父母管教得严格，这种中国旧式家庭对他的影响是无处不在。而蔡继刚在弗吉尼亚军校上学时，正是美国20年代至30年代，当时代表美国社会的主流价值观是强调上帝选民、天定命运的宗教情怀，以及爱国主义、家庭至上、正义必然战胜邪恶等积极向上的正统思想，这是当时由美国社会的政治经济结构所决定的，也是一个政治、经济、文化相互作用的历史过程。从那个年代里走出来的蔡继刚深受这种价值观的影响，他和弟弟蔡继恒的思维方式、处世方式自然有很大的差异。

蔡继恒从小就不是个安分之辈，是在那一带成了名的顽劣少年，干过的坏事数不胜数。父亲蔡朝云本是个温文尔雅的读书人，一贯崇尚孔孟之道，厌恶暴力，可就这么个斯文之人也经常被小儿子的劣迹气得发疯，恨不得掐死这不争气的孽障。少年的蔡继恒在和人打架时，经常发现自己颇有些抗击打能力，开始还有点纳闷，后来才明白，这身功夫是老爹帮他练就的。

所以说，挨揍也有挨揍的好处，如此长大的蔡继恒对一切说教都怀有天然的抵触，他认为生活经验是自己摸索出来的，而不是教育出来的。至于道德问题，蔡继恒也有自己的见解，有人不是说过：世界上本没有路，走的人多了，就变成了路。道德好像也是这样，那是权势者用来规范普通人行为的，虽然没有错，但蔡继恒认为这太笼统，不如法律来得准确，既然法律规定了人们可以做什么，不可以做什么，那么好，凡是法律没有规定的，人们都可以做，若是某人做了法律没有规定的坏事，那么某人不应承担责任，责任在立法者，谁让立法者考虑不周全，留下了漏洞呢？

其实在中国人的道德范畴中，男女关系是个很重要的问题，中国古代的士大夫阶层在男女关系上是很随便的，三妻四妾且不说，文人之间喝花酒狎妓从来都是件很时尚的事。李白曾有狎妓诗句："携妓东山去，春光半道催。遥看若桃李，双入镜中开。""南国新丰酒，东山小妓歌。对君君不乐，花月奈愁何？"看来这位大诗人很精于此道，但李白的放荡生活并没有在历史上留下什么有关道德方面的恶评。

成年后蔡继恒多次去过南京，每当他看到秦淮河畔的贡院就哑然失笑。古代庄严的考试场所居然与烟花柳巷只隔一条小河，也就是说，古代考生们考完试，只需迈过一道小石桥，就可以进入秦淮河那片烟花柳巷，尽情招蜂引蝶，放浪形骸了。这似乎是一件很正常的事，没有人把这看作是道德问题。

有一种说法，1919年的五四运动割断了中国传统文化的传承，成功地摧毁了中国传统的文化秩序。对五四运动的意义，后世学者们众说纷纭，莫衷一是，从来没有一个统一的认识。但蔡继恒认为，也许我们在抛弃传统文化的糟粕的同时，也不自觉地割裂了一些优秀的传统文化，但毋庸置疑，五四运动以后，中国文化人的道德价值取向出现了巨大的变化，新一代文化人在两性关系上的确与传统文化进行了彻底决裂。蔡继恒的道德价值取向应该属于这一代人，他不喜欢没有感情基础的性关系，也厌恶传统文化中习以为常的狎妓之风，他认为只有对异性最缺乏自信的男人才会用金钱去买女人。

## 第十六章

蔡继恒认可那种西方式浪漫的、灵肉合一的爱情，并且早已身体力行，尝试过禁果，这是他自己的秘密，从未向别人透露过。他的第一个女人是中学时的同学，家庭很富有，是个丝绸商人的女儿，也说不上谁先勾引谁，反正是情到浓时就稀里糊涂上了床，不过这段恋情极为短暂，维持了不到两个月就结束了。在蔡继恒的印象中，那姑娘长得很美，也是个新派人物，鄙视一切旧礼教，颇有女权主义者的做派。

"五四"以后，一部分中国青年极度推崇俄国传来的"杯水主义[1]"，这种纵欲理论的基础是，到了共产主义社会，人们要满足性欲和恋爱的要求，就像是喝一杯水那样轻而易举。这种道德理论在十月革命后的俄国工人，特别是在青年学生中得到一定的传播。可以想象，在无产阶级革命前，那些处于性压抑状态下的弱势群体，一旦得到这类道德理论的指引，一定会使一些青年人发了疯。而蔡继恒的这位初恋女友，就是个"杯水主义"的狂热追求者，懵懵懂懂的蔡继恒成了她不知第几任的实验品。

事实上，如果一对青年男女都极具个性，而且在性格中都有一种绝不妥协的精神，那么两人的交往一般不会长久。蔡继恒认为，这姑娘实在是生错了地方，她要是生在西方国家，一定会成为像艾米琳·潘克斯特[2]那样的女权主义政治家。可惜她生在中国，这里没有适合她生长的土壤，除非她继承了丰厚的遗产，并且学会有效地管理资产，首先做到经济上的独立，然后才可以选择终身不嫁的生活方式。

尽管如此，这段初恋还是给蔡继恒留下了美好的回忆，这姑娘虽不适合做恋人，但她通透精灵，绝不庸俗，也没有一般女人常有的功利色彩。其实男女之间的交往，只要不涉及庸俗的功利主义，都应该是美好的，因为过程的享受比对结果的追求更为纯美浪漫。

蔡继恒的第二个女友是他在西南联大的同学，重庆人，这姑娘有个梦一般的名字，叫谭追梦。她是1940年春天入学的，在工学院的化学工程系读一年级。这次恋爱是蔡继恒发起进攻的，听同学说，化工系新来了一个漂亮的女生，

---

[1] 杯水主义：产生于十月革命后的俄国，是一种性道德理论。它认为在共产主义社会，满足性欲的需要就像喝一杯水那样简单和平常。其代表人物是亚历山德拉·米哈伊洛夫娜·柯伦泰（1872.3.31～1952.3.9），她曾被列宁任命为社会福利人民委员，是列宁政府中唯一的女性部长。在斯大林时代她成为世界上第一位女大使。直到今天，她还被西方的女权主义者奉为先驱。

[2] 艾米琳·潘克斯特（1858.7.15～1928.6.14），英国政治家，女权主义者，是妇女参政权运动的奠基者之一，她试图揭露英国社会制度里的性别歧视，并且成立了妇女社会政治联盟。

就其相貌而言，堪称联大校花绝不为过。蔡继恒听说后决定去化工系侦察一下，那天他特地旷了一节课，跑到化工系挨间串教室寻找。当时各教室都在上课，蔡继恒鬼鬼祟祟地在每间教室窗前张望，结果让系主任黄子卿先生抓了个正着。当年黄子卿先生虽然才四十多岁，可他凭着美国麻省理工学院博士的头衔，在中国的化工界已是泰斗级人物，在西南联大师生中享有极高威望。面对教授的诘问，蔡继恒自然不敢撒野，他干脆直说，是来找谭追梦同学的，有要事相告。教授问，什么事？答曰，对不起，不能说，只能和谭同学面谈。

看着神态自若的蔡继恒，黄先生也犯了难，也许这学生真有事呢？于是谭追梦被从课堂里叫出来。黄先生问："你认识他吗？"谭追梦看了蔡继恒一眼摇摇头。黄先生说："历史系这位同学，你不是有事吗？现在可以说了。""对不起，教授，您得回避一下，否则不太方便。"

当蔡继恒和谭追梦单独面对时，他却一时想不起该说什么了。谭追梦微笑着揶揄道："喂，怎么不编了？继续编呀。"

蔡继恒一眨眼就找到了借口："同学，帮帮忙吧，我和系里的同学打了赌，他们说，如果我敢在上课时间，当着黄先生的面找你，这个赌就算我赢了。"

谭追梦惊讶地睁大眼睛："就为这点事？赌注是什么？"

"今天晚上……就有汽锅鸡吃了。"

"天哪，你就这么馋？"

"是，我是很馋，不过一见到你，我就不想吃汽锅鸡了。我想转系和你做同学，这是刚有的念头。"

"为什么？"

"这还用问吗？当然是……你比汽锅鸡更能诱惑我了。顺便提一下，我叫蔡继恒，历史系的。说实话，能不能做你的男友，我一点把握也没有，如果你不同意，最好也帮我个忙，和我一起去历史系转一圈，咱们先骗一顿汽锅鸡吃好不好？"

谭追梦终于被逗乐了："我发现你很无赖哎，你这样的人比较少见。"

"走吧，走吧，先把肚子混饱再说，然后呢，各走各的，就算我们从没见过面。"

蔡继恒没想到，谭追梦居然鬼使神差地跟他去校外吃了一顿饭，这件事使蔡继恒在历史系大大风光了一回，同学们都说谭追梦在一刹那肯定是鬼迷心窍了。

随后的那段时间，蔡继恒的学习成绩直线下降，以致期中考试都不及格，他完全沉浸在温柔乡中难以自拔。谭追梦是个风情万种的姑娘，也是个新女性，父亲早年留学法国，回国后在政府部门做官，是个典型的洋派人物。因此谭追梦身上少有旧式礼教留下的痕迹,她敢恨敢爱,从不在意别人的议论,敢公开和蔡继恒在众目睽睽下携手同行。

两人相识两个月后,在滇池边一片寂静的草地上,蔡继恒开始提议:"追梦同学,咱们是不是可以结束这种'精神恋爱'了?我可不是柏拉图的信徒,已经等得有点不耐烦了。"

谭追梦仔细看着蔡继恒的眼睛:"嗯,这里面的确有烈火在燃烧,看样子已经到了临界点,亲爱的,你想要我做'消防队员'吗?"

"不对,消防队员只会灭火,而我需要的是助燃,你最好把自己当作一块木柴投进来,咱们一起燃烧。"

"唔,你的提议我还要考虑一下,这有些突然,我需要一个理由。"

"我好比是个大爆竹,你不能把火捻点着了又踩灭,这样很不负责任。"

"可这个大爆竹一旦爆炸了,我同样也什么都得不到,只剩下些碎片了,我要碎片又有何用?"

蔡继恒苦口婆心地开导:"那你不是还能听个响吗?爆竹本身的价值就是听响。爱情可不像收藏古董,过个几百年也许价值更高。男女之间的事极具时效性,就像写文章,灵感来了你挡都挡不住,可灵感要是消失了,你再怎么搜肠刮肚也追不回来。战争时期,人命比纸薄,也许顷刻之间就生死两茫茫,要是哪天日本飞机下个'蛋',正好落在我头上,那你就后悔去吧。还是李白说得好,五花马,千金裘,呼儿将出换美酒,与尔同销万古愁。"

谭追梦一把将书本扣在蔡继恒嘴上:"乌鸦嘴,快把刚才的话吐出来!"

蔡继恒双手枕着头躺在草地上,他望着谭追梦的眼睛轻轻说了一句:"知道吗,死亡之前的狂欢,连上帝也不会拒绝。"

"嗯,这个爆竹说得还是很有道理的,那就由我把它点燃吧……"谭追梦顺从地扑进蔡继恒的怀抱。

1940年是抗日战争进入相持阶段以后最为艰难的一年,在外援几乎断绝的情况下,中国军队虽竭尽全力,却屡战屡败。国民政府在苦苦支撑,从政府高官到普通百姓,谁也看不到命运转机的曙光,呈现在四万万民众眼前的只有鲜血和死亡。那时的蔡继恒对国家的命运和个人的前途,有着一种深刻的破灭感,在极度抑郁中,他想得最多的是死亡,在死亡面前一切都没有意义,如果这个国家终归要灭亡,他蔡继恒愿意与国家一起覆灭。此时他生命中唯一的亮点,就是谭追梦那美艳柔软的躯体和充满激情的身体媾和。谭追梦的体内蕴含着一种神奇的芬芳,这种年轻女人特有的芬芳使蔡继恒心醉神迷。

肉体的欲望一旦被唤醒,就会变得可怕而疯狂,他们想尽一切办法在各种隐秘的场所幽会，昆明西山的森林里，滇池畔的草丛，街头肮脏的小旅馆，夜阑人静的校内草坪上，到处留下他们释放激情的痕迹。

可惜天道不测，造化弄人，冥冥之中蔡继恒一语成谶。两人相好了不到一年，谭追梦就香消花殒，死于非命。1941年6月，谭追梦的母亲亡故，她请假赶回重庆为母奔丧，不幸赶上惨烈的"六五大轰炸[1]"，谭追梦死于较场口的大隧道里，在这一惨案中同时遇难的有上万民众。

蔡继恒从空军军官学校毕业后，再也没有和女人有过亲密接触，这并不是因为他对女人没有渴望，而是觉得不想再找麻烦了，他现在的身份是战斗机飞行员，这是个极易制造寡妇的高危职业。

通常不了解情况的人，往往以为飞行员是军队中的天之骄子。万里选一的淘汰率，比一般军人要优厚得多的生活待遇，职业生涯上的远大前程，这些都是罩在飞行员头上的炫目光环。在重庆军政要人、社会贤达们举办的各种聚会和社交场所里，年轻的飞行员们往往是令人瞩目的明星，是上流社会名媛淑女们崇拜的对象，尤其是击落敌机五架以上的王牌飞行员，简直成了香饽饽，连上将级的高官也不敢怠慢。

其实只有飞行员们自己知道，相对于其他军兵种，空军飞行员的阵亡率实在是高得惊人，尤其是中国空军飞行员。从抗战初期到中期，飞行员已经换过好几茬了，抗战初期与高志航、刘粹刚等人同资历的老飞行员们已是所剩无几，他们大多数都牺牲在空战中。日本为这场战争做了多年的准备，他们的飞行员和飞机无论从数量上还是质量上对中国空军都占有压倒性的优势，而中国空军这种以卵击石的作战方式，其结果必然是悲剧性的。

1940年的璧山空战后，中国空军气数尽失，国民政府大为震惊，蒋介石气愤得几乎丧失理智，他在紧急会议上，语气严厉地责备空军"太不中用了"，声称要派大机群前往复仇。听到这种不公正的指责，与会空军人员都流泪了，第4大队副大队长刘宗武拍案而起，慷慨陈词："委员长，我是航校三期，是您的学生，为了救国家，救同胞，我万死不辞，心甘情愿。但就算是牺牲，也要让日本人付出一定代价才好，而不是无谓的牺牲。您知道，我们的飞机本来在数量和质量上都不如他们，如今他们又拿出今年新出的飞机，来打我们10年前的旧

---

1　1941年6月5日，日军轰炸机群对重庆市进行了长达三个多小时的空袭。本可容纳五六千人的较场口大隧道涌进万余人，但该隧道并不是正规的防空洞，出入口只有三处。据此情况，本应在两次轰炸间隙，让群众出洞呼吸新鲜空气，重庆防空司令部有人请示具体负责的防空副司令胡伯翰，但胡伯翰声称，为安全起见，不准擅自开洞门。于是，洞内氧气逐渐稀薄，最后造成上万人窒息身亡的惨案。

## 第十六章

货。我们连还手的机会也没有，这样的牺牲有什么意义？委员长，今天我向您表态，为服从命令，我必定死给您看！"

那时蔡继恒还没有参加空军，一个老飞行员告诉他，那天委员长的话使所剩无几的飞行员们群情激愤，他们明知再次出动挑战零式机必是一次有去无回的行动，但仍然集中了最后的九架伊-152战斗机，由刘宗武等九名飞行员组成"空中敢死队"，准备进行最后一次决死战斗。据说当时大部分飞行员都没带伞包，空战一旦打响，他们就不准备活着回来了。当机群在悲壮的气氛中起飞时，机场上所有的地勤人员无不潸然泪下，他们痛哭着向远去的机群致以军礼……

后来还是蒋委员长醒悟过来，这不是意气用事的时候，这些所剩无几、有实战经验的飞行员实在是太宝贵了，就这样毫无意义地全部牺牲，终归不是明智之举。后悔不迭的蒋委员长给空军总部下了死命令，要求机群立刻返航，这样才给中国空军留下一些种子，否则，中国空军有可能在1940年就全军覆没了。

蔡继恒算了一下，自从1943年10月中美空军混合团在印度卡拉齐成立至今，已经相继有几十名中美飞行员在空战中阵亡，其中大部分都是他在航校的同学。飞行员这个职业实在是太残酷了。蔡继恒的戏谑之言是：只看见贼花钱，没看见贼挨打。

由此说来，在女人问题上，还是不要轻举妄动为好，这已经不是当学生的时代了，从某种意义来说，蔡继恒的生命已经不属于自己，他不想制造悲剧。


晚饭的时候，战俘们惊喜地发现，每个人居然多发了一个窝头，这可是从来没有过的事情。战俘们议论着，都说鬼子坏归坏，可一旦说好的事，还是很守信用的。谁都知道，这增加的粮食定量可不是日本人发善心白给的，这是上午比武时张宝旺和渡边讲好的条件。

渡边已在下午和野藤等军官一起去了太原，他出发之前兑现了承诺，先是下令给薛占魁钉了口薄板棺材，然后当着战俘们的面把薛占魁安葬在营区后的小河边，坟头上还立了块木牌，爱好书法的野藤还露了一手，他在木牌上工工整整写下"薛占魁壮士之墓"七个楷书体大字。渡边甚至破例允许战俘们在日军士兵的押送下，分批到薛占魁墓前祭奠。

张宝旺、满堂、铁柱、李长顺、孙新仓等人按照军人的礼节站成一排，默默向死者脱帽志哀，然后一起行了军礼。

在回营区的路上，满堂悄悄告诉张宝旺："大哥，山田那儿有消息了，今晚后半夜行动。"

"知道了，走之前还有什么事要做？"

"只有一件事,就是干掉高升那狗日的,这是俺的意思,高升长了个狗鼻子,灵得很,不宰了他,咱跑了以后山田也不安全。"满堂轻声回答。

"都安排好了吗?"

"安排好了,今晚渡边不在,是个机会,就这一锤子买卖了,要是运气不好,今天夜里咱兄弟几个就死在一块。"

张宝旺说:"兄弟,开弓没有回头箭,一旦动起来就得认命,活着干,死了算。路上只要有人挡道,咱遇佛杀佛,遇魔杀魔,要有股子拼命劲头才行!"

"放心吧大哥,不就是赌命吗?俺就把这条命押上了。"满堂向张宝旺伸出了手。

两人的手紧紧地握在一起。

傍晚时,山田圭一找到高升,他敬了个礼,用日语说:"高先生,今天是我生日,如果不嫌弃的话,我想请高先生喝酒。"

高升有些惊喜:"山田曹长太客气了,既然是您生日,应该是我请客呀,哪能让您破费?"

山田圭一笑了笑:"不光是您,我还请了几个军官,平时军务忙,大家难得凑在一起,所以,请高先生务必赏光!"

高升兴奋地说:"既然是这样,那我就恭敬不如从命了。"

山田圭一为满堂等人逃跑的事考虑了好几天,他明白,这绝非举手之劳的小事,而是要承担很大的风险,一旦事发,自己是要上军事法庭的。山田圭一倒不是个怕事的人,但是他在做每一件事的时候,都需要给自己一个充足的理由。为什么要帮这几个战俘逃跑?是否值得冒这个风险?他一时还没有给自己找到理由。

山田圭一的父母都是虔诚的佛教徒,受此影响,他从16岁起就选择了佛教作为自己的终生信仰,虽然没有正式通过皈依仪式,但他一直在用佛教教义约束自己的言行。

佛说:"人无善恶,善恶存乎尔心。"人生来便没有善恶之分,善与恶的区分只是在于自己内心是如何去定义。山田圭一认可这句话,同时也为自己的行动找到了理由。

他从小是个性情温和、厌恶暴力的人,上小学和中学时,班上的大部分男同学都热衷于柔道、空手道、剑道一类的技击性运动,他对此却毫无兴趣。在他看来,学这些东西的唯一用处就是和别人打架。大和民族的男人们都是有些脾气的,因此在生活中和别人发生冲突的概率就会高一些,学一些防身术是可以理解的。可问题是，山田圭一不需要这些暴力手段，他从小就是个好脾气的孩子，长这么大还从来没和别人吵过架，更别提动手打架了。他的理想是做个企业家，在山田圭一看来，世界上没有比资本积累和资本运作更有趣的事了，资本的力量太神奇了。有人认为，国土狭窄、资源贫乏的日本只有靠战争，靠夺取海外殖民地才能强大起来。山田圭一则认为，持这种观点的人都是疯子，靠战争和暴力去掠夺财富是等而下之的手段，大和民族是优秀的、充满智慧的民族，能够使国家富裕强大的方法有很多，譬如靠跨国资本运作、金融市场、发展制造业、新技术的开发和输出……为什么一定要用战争和暴力去解决问题呢？

山田圭一从来没有想过，自己这辈子会当军人，而且还会到中国来打仗。都怨那些该死的政客，这年月，当个小百姓真的很无奈，你想远离政治，可政治偏偏找上你。你爱好和平、厌恶暴力，而你却躲不开，政客们靠一部《兵役法》就把你发配到中国，以国家的名义逼迫你去杀戮，去行使暴力。

想起这些，山田圭一心中充满着悲哀。

今天渡边少佐策划的决斗活动使山田圭一再也忍耐不下去了，他憎恨渡边和野藤这两个嗜血者，他们有什么权力这样冷酷地践踏人性、践踏生命？本来他们虐待中国战俘已经是一件不可饶恕的行为了，更令人愤怒的是他们对自己同胞的生命也如此轻视。从古罗马时代到20世纪，人类已经走过两千多年了，渡边和野藤的思维方式和行为方式居然还停留在古罗马的斗兽场上。

这种冷兵器决斗实在太残酷了，一两分钟之内，一条鲜活的生命就变成了一具血肉模糊的尸体。当士兵们把柳川信哲和薛占魁的尸体抬回来时，他看到两具尸体都像是被泡在鲜血里，胸腹部被利刃劙开，内脏挂在体外，十几米外都能闻到浓烈的血腥气。回到宿舍，山田圭一翻江倒海地呕吐起来。战场上的尸体他见过，但那是特定环境，在战场上对丧失生命的恐惧远远超过看见尸体时的恐惧。而在今天的决斗场上，两个生龙活虎的青年在毫无意义地手持利刃面对面进行殊死搏斗，阳光下喷溅的鲜血、刀枪的撞击声、濒死者的惨叫声实在是触目惊心，令人惨不忍睹……山田圭一终于决定，他要帮助佟满堂等人逃走，他不想看到这些熟悉的中国人再遭厄运，就算将来东窗事发，受到军事法庭的审判也在所不惜，否则他会后悔，他的后半生将在黑暗中度过。

山田把请客的地点安排在后院的会计室里，这里紧挨着伙房，伙房的东侧就是仓库。山田对战俘营的建筑布局很熟悉，如果从一个越狱者的角度看，这个仓库是通向外边世界最安全的通道，只要能进入仓库，就可以从仓库后墙的窗户跳出去。那窗户离地面的高度只有两米，越狱者当然不会在乎这点高度。这里是战俘营警卫系统的死角，附近没有设岗哨，唯一的危险是巡逻队。山田圭一早已计算好，巡逻队有五个士兵和一条狼犬，每隔15分钟巡视一次。这15分钟足够跑掉100人，时间绰绰有余，只要越狱者跑过大约100米的开阔地就可以进入青纱帐，到那时越狱就成功了一大半。

战俘营的设计者当然不是傻子，他在设计营区时就考虑到，越狱者根本不可能进入日军守备队居住的院子，因为从战俘居住区到这里还有一处岗哨亭。

就这个战俘营来讲，应该说设计得非常严密，难怪从建营到现在的三年时间里，还没有越狱成功的先例。可如果守备队的看守人员里有人心存异志，主动配合越狱者逃走，那就另当别论了。

高升和五个日本军官上了桌，眼睛顿时都亮了。山田圭一准备的酒菜非常丰富，有罐头装的红烧鳗鱼，有盐烧秋刀鱼，还有照烧鸡肉卷和炸成金黄色的什锦天妇罗。酒是山西汾酒和从日本运来的"大关"清酒，还有五六种不同口味的寿司。高升有日本留学的经历，很喜欢日本料理，他一看就知道，这顿饭是很讲究的。

此时已是战争末期，日本的国力已衰弱不堪，日军海外作战部队的供应更是捉襟见肘，下级军官和普通士兵每餐分到的食物配给不过是400克米饭和两块咸鱼，在这穷乡僻壤，能吃到一顿精致的料理实在是件极为难得的事。

对山田圭一来说，拿出这些东西请客算不了什么，他是司务长，经常经手这些食品。大阪人又有做生意的传统，他还可以和别的部队司务长进行易货贸易，那些高级军官享用的供应他一样可以搞到手。山田圭一打仗不怎么样，要论起做买卖来，绝对是把好手。

高升惊喜地搓着手说："山田先生，您真是太客气了，真让我不知说什么好……"

山田圭一给所有人斟满酒，然后举起杯："各位，不好意思，以我战前在大阪的标准，今天这个生日晚宴是非常寒酸的，连一点起码的生鱼都找不到，真是很惭愧。各位，将来战争结束了，如果我还活着，我一定请大家好好享用一顿大餐。来，干杯！"

军官们嘴里客气着干下一杯酒。

山田圭一给高升夹了条秋刀鱼，笑着说："高先生，你的日语说得非常好，刚认识你时，我还以为你就是在东京长大的，没想到你居然是中国人。"

高升喝了口酒叹道："我在日本留学四年，也仔细比较过中日两国文化和生活方式的差别……怎么说呢，我还真是喜欢日本，远的不说，走在日本的城市和乡村，到处都是干干净净，不像中国，到处那么肮脏破烂……"

这时守备队的冈村中尉笑着插了一句嘴："中国人的确不讲卫生，他们的住处总是像猪圈一样又脏又乱，我不明白，他们又不是住在缺水的沙漠里，讲卫生又不需要花钱，为什么不能把自己收拾得干净一些呢？"

冈村中尉的话很具侮辱性，他根本不考虑高升作为中国人的感受。但高升显然没有这种民族自尊心，他倒像是遇到知音一样："冈村中尉，我非常赞同你的观点，这的确是中国的现状，贫穷、野蛮、肮脏。正因为如此，方能显出建立'大东亚共荣圈'的必要性。说实话，中国之所以贫穷落后，是因为中国的传统文化早已经没落，在这一点上，我们肯定不如日本，你们的'明治维新'厉害啊，好嘛，这才七十多年，日本就成了强国，真是不服不行啊。所以我说，中国非常需要日本的提携，中日两国'共存共荣'那是绝对有必要的。"

山田圭一为高升斟酒："高先生，你既然这么不喜欢中国，为什么不在留学时加入日本国籍呢？"

高升苦笑着："哎哟，我的山田曹长，这可真是应了中国那句俗话，叫作：站着说话不腰疼。我干吗不想入日本籍？我他妈……做梦都想，可贵国政府也得让啊？入日本籍的门槛儿太高啦，有钱有身份有社会地位的人才考虑，像我这种小人物想入籍，门儿都没有。"

山田圭一开玩笑道："谁说不容易？找个日本女人结婚，就有了申请入籍的理由，不过时间可能要长一些。"

高升扬起脖子又干了一杯清酒，然后发起了牢骚："这招儿我也试过，哪有这么容易？我在早稻田大学读书时，学校图书馆有个叫枝子的女管理员，长的嘛……真他妈不敢恭维，我觉得自己条件虽然不是太好，娶个丑女人总行了吧？结果您猜怎么着，我刚把这意思说出来，话还没说完呢，这娘们儿就一口唾沫啐在我脸上……"

山田和几个军官放声大笑起来。

冈村中尉擦着笑出的眼泪说："高升君，找女人可不能在大学里找，你应该到东京新宿的歌舞伎町试试，那里也许有女人愿意嫁你。"

军官们又一次大笑起来。他们都知道，新宿的歌舞伎町是东京有名的红灯区，那里只有妓女。

高升这时已喝得有些过量，对冈村的侮辱性玩笑一点也不觉得尴尬，他大着舌头说："我倒是不在乎找……找个妓女，可人家妓……妓女也……也看不上我，当时我……就是个穷学生，腰包里没……没钱啊……"

守备队另外一个军官川岛少尉也醉了，他的玩笑话更过分："高，歌舞伎町还……还有'牛郎店'[1]呢,你可以……去当牛郎嘛,收入很高啊,你用当牛郎挣的钱……娶个妓女不就行啦……"

这时已经没几个人笑了,多数人都已醉得东倒西歪。

山田圭一手下的两个炊事兵从下午就开始忙乎,直到现在还没停下来,他们不停地上菜、斟酒,寿司不够了又去卷寿司,还要照顾已经醉倒在桌子底下的军官,这两个敬业的炊事兵已是满脸疲惫。

山田圭一也做出醉态,他大着舌头命令两个炊事兵去吃饭。一个年纪稍大的炊事兵壮着胆子问:"长官,我们可以喝酒吗?"

山田圭一一边捏着高升的鼻子往他嘴里灌啤酒,一边回答:"当然可以,不过只许喝汾酒,清酒和啤酒是有数的,士兵不能喝。还有,你们可以把那两个站岗的士兵叫来一起吃,今天渡边少佐不在,应该没有人查岗。"

炊事兵高兴地领命而去。

山田圭一看了看表,盘算了一下,再有一个小时,这几个士兵也该醉倒了。他特意给士兵们预备了四瓶60度的汾酒,这些家伙平时的伙食很糟糕,猛地有了好酒好菜,不喝倒是不算完的。

高升还颇有些酒量,此时他虽然头重脚轻,但居然没有醉倒,不过山田最后灌他的几瓶啤酒起了作用,他的膀胱有点要爆裂的感觉。高升摇摇晃晃站了起来,口齿不清地说:"山田君,实在对不起,我要去厕所,恕我失陪!"

山田扶着他来到院子里,高升跌跌撞撞就往厕所跑,山田一把拉住高升,向院外一指:"高先生,你的厕所在外边!"

高升猛地清醒过来:"噢,对……对不起,喝……喝多了,我忘了啦……"他东倒西歪地向院外走去。

战俘营有明文规定,中国战俘不允许使用日本军人的厕所。渡边下命令在前院办公室和后院兵营里单修了两个卫生设施齐全的厕所,严令禁止中国人使用,即便是翻译官高升也不例外。

内急的高升捂着肚子一溜小跑,窜进前院西南角战俘们使用的厕所,刚进门就忙不迭地解裤子,他的裤子还没解开,突然觉得呼吸困难……在酒精的作用下,他的神志有些模糊,不知道发生了什么,只觉有种越来越强烈的窒息感,他挣扎着抬起手摸摸脖子,才发现不知何时脖子上多了根粗麻绳,而且这根麻绳就像上了绞盘似的越来越紧……高升的眼睛开始向上翻,似乎在研究天花板的结构,喉咙里发出一阵奇怪的声音,脸庞渐渐变成了猪肝色,膀胱中的尿液

---

[1] 日本的"牛郎"是男妓的雅称。

也不听话地喷射出来……

玩绳子的是张宝旺。貌不惊人的张宝旺臂力极强，他不屑使用膝盖顶住高升的后背，这类绞杀法太正规，勒死高升这条狗根本犯不上。张宝旺用双手勒住麻绳，曲起双臂用肘部顶在高升的肩膀上，不到一分钟，高升的身子就瘫软了……在一边帮忙的满堂无事可干，索性抱起高升的双腿，将他头朝下塞进了粪坑里。

高升的头扎在粪水里，露在茅坑上沿的双脚还在微微抽搐，满堂踹了两脚，高升的整个身子渐渐沉入粪水中。张宝旺和满堂对视了一眼，都解气地点了点头。干掉这条狗真是很容易，整个过程只用了不到两分钟。

在厕所外放风的铁柱跑进来低声说："山田发信号了，那边墙头上有手电闪了三下。"

满堂抬腿就走，被张宝旺一把拉住："别动，探照灯扫过来了……"几个人闪进墙角的阴影里。

瞭望塔上的探照灯忽地一下扫过去，一切又回到黑暗中……

张宝旺说了声："快走！"一行人顺着墙根溜进撤了岗哨的后院，山田圭一从伙房里闪出来，他顾不上打招呼，转身用手电在前面引路，领着众人进了仓库。山田把门反锁上，搬来一个矮梯子靠在后窗上，他登上去打开后窗观察了一会儿，突然他轻轻关上窗，用食指堵在嘴上，示意不要出声。满堂等人屏住呼吸，窗外传来日军巡逻队有节奏的脚步声和狼狗的喘息声。等脚步声渐渐远去，山田叮嘱道："你们只有15分钟时间，跳下去跑过100米开阔地，进了青纱帐就安全了。祝大家好运！铁柱，你先上！"

铁柱敏捷地蹿上梯子，纵身跳下去，悄无声息地消失在黑暗中……

随后张宝旺、李长顺、孙新仓也跳出窗外。

满堂最后一个抓住梯子，他忽然转过身来，一把搂住山田圭一，流出了眼泪："山田大哥，俺这条命是你给的，俺记一辈子……俺要是死不了，早晚来报恩……"

山田圭一平静地说："人生幻化如梦，一个擦肩，一个转身，便物是人非。对于过往，不需回首，当像清风一样干净，流云一样洒脱。"

满堂根本听不懂他在说什么，愣愣地望着山田圭一。

山田圭一不再说什么，只是给了他一拳："巡逻队马上就到，快走！"

满堂一跺脚，转身蹿上梯子，纵身跳出窗外……

山田圭一望着窗外浓重的夜色长吁一口气，他关上窗户，以生意人特有的精明和缜密，有条不紊地做着善后工作。他的想法是，救人归救人，但也不能

313

给自己招来麻烦,他还要活到战争结束,回到大阪去实现自己的梦想呢。山田圭一仔细清除了窗台上的泥土和鞋印,把梯子放回原处,轻轻锁好大门,无声无息地潜回会计室。

几个军官都已酩酊大醉,东倒西歪地趴在桌上。山田圭一走进伙房,见两个炊事兵和两个哨兵也早已横七竖八躺倒了。桌上的闹钟指针指向两点十五分,一切都在计划之内,明天早晨这个战俘营就会闹翻天,山田圭一可以想象到渡边少佐会发出怎样的雷霆之怒。反正是法不责众,五个军官,一个军曹,四个士兵都同时酗酒醉倒,论起责任都差不多,让渡边看着办吧,他总不能把十个人都送上军事法庭吧?更何况他私下组织决斗,还出了人命,这种严重违犯军纪的行为还不知怎么收场呢。

山田圭一拿起一瓶汾酒,一口气灌了大半瓶。他感到一阵昏眩,慢慢躺倒,把头舒服地枕在冈村中尉的肚皮上。刚才他没怎么喝酒,现在可是真要醉了,这醉酒也是计划中的事。

山田圭一闭上了双眼,沉沉睡去……

## ·第十七章·

蔡继恒终于接到藤野内五郎传来的口信，他想和蔡继恒再谈一次。

在几天前发生的空袭中，临时关押战俘的看守所也遭到扫射，看守人员被打死了几个，这两个战俘倒没有受伤。

蔡继恒到达看守所的时候，看到几个工人正在修补被机枪子弹打坏的房顶。藤野内五郎和中信义雄已经站在院子里等候蔡继恒了，两人很有礼貌地向他深深鞠躬。

这是蔡继恒第一次看到中信义雄，这是个身材瘦小的青年人，20岁出头，脸上甚至还带有几分稚气。蔡继恒知道，他是个侦察机飞行员，在长沙附近被高炮击落被俘。中信义雄不是军官，他的军衔只是二等飞行军曹[1]，按惯例，在战俘营中他不能享受军官待遇，但这里是临时关押，也就不计较这些了，因此他和藤野内五郎享受同样的生活待遇。

蔡继恒伸出手与中信义雄握手："你会说英语吗？"

藤野内五郎替他用英语回答："他不会英语，由我来替他翻译。"

中信义雄叽里咕噜说了一些日语。

藤野内五郎翻译道："他说，你曾经给他买过换洗衣服，中信义雄对你的慷慨之举表示由衷的感谢！同时，他声明自己不是军官，但贵国政府居然给予他军官的生活待遇，他也表示非常感激。"

蔡继恒说："客气话就不用说了，大家都是同行，互相照顾是理所当然的。藤野，前几天空袭时让你们受惊了，幸亏没有受伤，我很高兴。"

藤野内五郎再一次鞠躬道："真对不起，我的同事给贵机场造成了伤亡和损失，我为他们的过失向您道歉！"

蔡继恒笑道："你们日本人真是很奇怪，这么讲礼貌、彬彬有礼的民族，一旦打起仗来，就变得凶悍野蛮，杀人不眨眼，简直令人匪夷所思。"

---

[1] 按照惯例，世界各国军队的飞行员都是军官，但是第二次世界大战时日本陆海军飞行员则并非全部是军官，绝大部分是军曹（士官）或士兵。飞行士官及士兵均有级别，例如一飞兵、一飞曹、二飞曹、三飞曹、飞曹长，等等。

藤野内五郎苦笑道："我在航校时的教官叫田中信夫，他也是个彬彬有礼的绅士，有一次，我做飞行科目时出了错，刚一下飞机，田中教官走过来向我恭恭敬敬鞠了个躬说：'您辛苦了。'我也回礼鞠躬说：'教官辛苦，给您添麻烦了。'然后田中教官突然变脸，出手就是一拳，把我的门牙打掉两颗。他咆哮着喊：'浑蛋，为什么不按规定飞？'鳄鱼，这就是我们日本人，我想，我已经回答了你的问题。"

"藤野，空袭那天我击落了一架九六式轰炸机，它的飞机编号是0854，你认识这个飞行员吗？"

藤野内五郎立刻呆住了："九六式？0854……"他突然放声大哭起来，中信义雄惶恐地扶他坐下。

蔡继恒耐心地等他哭够了，才问："你认识他？"

藤野内五郎悲伤地说："他是我的好朋友，叫三岛平治夫，第45轰炸机大队的驾驶员。我们还是同乡。"

蔡继恒安慰道："藤野，这是战争，我们都很无奈，再说，你的朋友也并不吃亏，他把我们的机场炸了个底朝天，还毁掉七八架飞机，我们不过是扯平了而已。"

藤野内五郎擦拭着眼泪问："他难道没有跳伞吗？"

蔡继恒冷冷地回答："对不起，我没有给他机会，我是瞄准驾驶舱开火的，你知道点50机枪的威力，他身上至少中了几十发子弹，几乎被打成了碎片。"

"鳄鱼，我看得出来，你是个凶狠的杀手。不过……我并不恨你，你说得对，这是战争，我们谁也没办法。"藤野内五郎渐渐恢复了平静。

蔡继恒试探地问道："藤野，你叫我来，有事吗？"

藤野内五郎与中信义雄对视了一眼，中信义雄微微点点头。

藤野内五郎说："鳄鱼，我们两人已经商量过了，我们不相信任何人，只相信你，问题是，如果我们愿意合作，鳄鱼是否有权力答应我们的要求。"

蔡继恒不动声色地回答："你得先提出条件，我才能回答。"

"鳄鱼，你知道，在目前的状况下，我们回不了日本，而且就是回到日本也不会受欢迎，在我们国家，军人被俘是一件极为耻辱的事，舆论也会杀死我们。"

"这我知道，你继续说！"

"我们被俘的情况，日本国内并不掌握，军方只知道我们驾驶的飞机被击落，一般情况下，会将我们这类人列入失踪名单，我们的家属也会享受到与阵亡军人家属同等的待遇，除非有证据证明我们被俘虏，否则任何人不可歧视家属。"

"藤野，这些我也知道。不过，我有些好奇，想问问，是什么原因让你们改

## 第十七章

变了主意？当然，如果不想回答，就算我没问。"

"鳄鱼，你上次的谈话我想了很久，也和中信义雄谈过，我们认为你说得对，日本军部的确有一些危险分子，他们自己很嗜血，很好战，所以也要求所有的日本人都和他们一样好战。可是有很多人不这么想，人生下来不是为了打仗，而是为了享受幸福。战争终归是丑恶的，那些人不管打着什么样的旗号，其理由都是不能成立的。所以，我们不想再打仗了，之所以愿意与你们合作，并不是不爱自己的国家，而是想让战争快一点结束，这样也可以少死很多人。"

"好！我明白了。现在我想听到的是，你们关于合作的条件。"

藤野内五郎踌躇了一下，终于下了决心："好，那就我说了。第一，绝对不能把我们被俘的事，写在中国空军的阵中日记上，就说我们被击落后已经死亡。第二，在合作期间，我们应该有完全的自由，不再拿我们当战俘对待。第三，在我们死亡之前，这件事情不能公布。"

蔡继恒问："就这三个条件？还有吗？"

"没有了！"

蔡继恒干脆地说："藤野，你知道我的军衔，还没有权力答复你们的要求，但我会在十分钟之内答复你们。我想，这应该没有问题。请稍等！"他快步走出房间。

八分钟以后，蔡继恒走进房间，他向两人郑重行了军礼道："你们知道陈纳德将军吗？"

藤野内五郎点点头："听说过，他是个大长官。"

蔡继恒宣布："现在我来转达陈纳德将军的承诺。第一，我承诺，着令中美空军混合团飞行员蔡继恒上尉，在1944年5月26日的作战日记中，并中美空军混合团1944年5月26日的阵中日记中，同时取消击落日本海军航空队飞行员藤野内五郎座机的记载。同时，取消中国长沙高炮部队在5月24日阵中日记中，关于击落日本陆军航空队飞行员中信义雄侦察机之记载，并承诺删除该二人被俘的全部文字记载。第二，我承诺，在合作期间，藤野内五郎和中信义雄拥有绝对的行动自由，并享受和我方工作人员同等的薪饷待遇，任何人不得歧视。第三，我承诺，此事在40年之内，不得解密。"

两个日本人站起来和蔡继恒握手，藤野内五郎说："鳄鱼，我们相信你，也相信陈纳德将军，因为你们都是绅士。"

蔡继恒说："二位，现在我们就是兄弟了，你们多保重！我可能过几天就要回原单位了，如果不死的话，我们还会见面。"

分手时，两个日本人都流泪了，他们再一次向蔡继恒深深鞠躬。

蔡继恒开玩笑道:"唉,你们日本人怎么都这么爱哭啊?"

满堂等人逃出战俘营的警戒区,一路不敢停留,一直逃到高庙附近的黄河边上。在河边休息时,大家才讨论了下一步的打算,这一讨论不要紧,满堂才知道每个人都早有自己的想法了。

张宝旺说,他家在山西垣曲县,离这里不远,他离家好几年了,家里情况一点都不知道,所以一定要回家看看,至于将来会不会返回部队,他自己也说不好,只能走一步看一步。

李长顺和孙新仓也要回家,都说不想再打仗了。

李长顺说:"这仗俺是不打了,他娘的打烦啦,跟鬼子打了七年,死了这么多人,咋就没把鬼子打跑?倒把俺自己打到战俘营去了,这回说啥也不干啦,打鬼子谁爱打谁去,俺回家种地去总成吧?"

孙新仓说话更不靠谱,他认为自己本来就不该当兵,在家打猎日子过得还不错,日本人也从来没进过熊耳山柴禾沟,没招惹过他,他干吗要跟日本人干仗?要说仇人,那不是鬼子,是国军38军把他当壮丁抓的那个连长,那狗日的最不是东西,往后要是再见着他,非拿火枪轰了他狗日的。

满堂和铁柱也没打算归队,这哥俩已经把自己部队的番号忘得差不多了。满堂搔着头皮想了半天也没想起来:"咦?他娘的,咱那队伍是个啥番号?"

铁柱正拿着鞋往外磕沙子,顺口说:"谁知道,俺记它干啥?"

满堂自言自语地捶捶脑袋:"唉,这记性,帮人家干了好几仗,还不知人家是谁,日他娘,这啥脑子?"

铁柱说:"俺啥都记不得了,就记着有个蔡长官,这姓好记,菜包子的菜。"

"可蔡长官……不是咱连的,也不是咱团的,他好像比咱团长官儿还大……也不知道蔡长官跑出去没有,可别跟咱俩似的,让鬼子拿枪顶着修炮楼嘞。"满堂猜测着。

铁柱不爱听了:"蔡长官修炮楼?不会吧?人家不是这命,真让鬼子逮住也会好吃好喝供着。再说了,鬼子也别想逮住蔡长官,人家可有本事,一杆枪到蔡长官手里就能玩出花儿来,多少鬼子也近不了身。"

满堂表示同意:"那是,蔡长官不是一般人,咱兄弟给他当差还中!"

铁柱提醒道:"哥,别想啦,咱回家吧,咱爹娘、咱妹,还不知咱去哪儿了呢。"

"可不得回家,我说不回了吗?中,就这么办,日他娘,这仗咱不打啦,回家好好孝敬爹娘,好好过日子。"满堂下了决心。

讨论的结果是五个人都不想归队,都想回家过日子去,大家决定,就在这里分手。

张宝旺照着满堂胸前打了一拳:"兄弟,我要往东北方向走,咱兄弟就此分手。满堂兄弟,要不是你操持,弟兄们也逃不出来,大伙都得死在战俘营。我张宝旺欠你的情啊,你记着,日后我张宝旺要是不死,早晚还你这个情!"

满堂也动了感情:"宝旺大哥,说这话就见外了,都是生死弟兄,往后日子还长着呢,等俺把家里安顿好,俺带着铁柱到垣曲找你去。"

孙新仓说:"满堂哥,铁柱兄弟,以后有工夫上洛宁熊耳山柴禾沟找俺,俺打野兔子给你们吃。"

李长顺哭了:"满堂,铁柱……好兄弟,真舍不得和弟兄们分开,地址咱都留下了,将来你们要是赶上啥过不去的事,托人给俺带个信儿,俺一准儿赶过去……"

张宝旺临走时嘱咐道:"满堂,路上一定要小心,千万别走大路,大路上有鬼子巡逻队。"

张宝旺、孙新仓、李长顺一个个消失在夜幕中。

满堂和铁柱一路上不敢大意,他们昼伏夜出,专走小路,饿了就在路边农民的地里随便刨点什么能吃的东西,有时遇到村庄就去讨口饭,就这么饥一顿饱一顿走了五六天,离家乡越来越近了。

满堂吃惊地发现,以往人口稠密的中原地区完全变了样,以前这一带到处是村庄,在乡间小路上走个几里地就会遇到一个村庄,村与村之间阡陌交通,鸡犬相闻,到处人声鼎沸,似乎见不到一块安静的地方。但经过这场豫中会战,一切都变了样,经常是走出二三十里地也见不到人烟。这里土地荒芜,水田干涸,大部分村庄成了残垣断壁,田野里到处是新添的坟头,不管是白天还是黑夜,永远是死一样寂静……

满堂心里升起一种不祥的预感,这么多村子都被毁了,岗子村会不会……

铁柱安慰满堂:"哥,咱村肯定没事,小鬼子狠是狠,可咱村乡亲又没招惹他们,咱不招灾不惹祸,他鬼子总不能平白无故刨咱祖坟吧?再说了,乡亲们不是还帮鬼子干过活儿吗?鬼子多少要给点面子。"

一提这些满堂就不爱听了:"柱子,你个狗日的闭嘴!以后再提这个俺揍你!哪壶不开你提哪壶?当初俺是蒙了头,发了癔症,帮鬼子运了粮,这事俺想起来就他娘的别扭。"

眼前的景象越来越熟悉,洛河、河边的土岗、岗子村西边的樊村、鸦岭、西坪历历在目……满堂的心突突地跳着,腿也有些发软,他在岗子村北面的路口停下，一屁股坐在路边不肯向前走了。

铁柱奇怪地问："哥，你咋啦？"

满堂喘了口粗气："没事，哥歇口气……"此时的满堂突然感到一种前所未有的恐惧，是那种对不可知的命运的恐惧。

这里曾是满堂带领乡亲们打劫汤恩伯的地方，他怀着异样的心情环顾四周，回忆着当时的情景。那时咋就这么大胆儿？人家手里拿的可都是真家伙，要是真搂了火放倒几个，村里的老少爷们不尿裤子才怪嘞。

满堂的脑子里突然闪现出一道思辨的火花……那时村里的老少爷们天不怕地不怕，手里拎把破斧子就敢去抢国军，还真就抢成了。可问题是，同样是军队，村里的老少爷们咋就不敢去抢日本人？怕是连想都没敢想过，这是为啥呢？因为鬼子咱惹不起，你不招惹他，他还要上门杀人放火嘞，那就只能找惹得起的队伍耍耍蛮，反正知道中国兵多半不敢开枪打老百姓。

这么一琢磨就不对头了，岗子村的老少爷们咋这么操蛋？吃柿子专拣软的捏，见了尿的就欺负，见到横的就躲得远远的，这事干得可不大地道。

一想起这些往事，满堂总是有些臊眉耷眼。

满堂和铁柱慢慢走进村里，他们这才发现村子已经完全变了样，大部分的房子被烧得只剩下乌黑的残垣断壁，整个村庄死一样地寂静。满堂家院子门口那棵枝叶茂盛的老槐树居然已经枯死，一只乌鸦怪叫着扑腾着翅膀飞走……

满堂浑身一阵颤抖，他失魂落魄地扑到院门前，轻轻叩响了院门。

院子里没有动静，满堂又重重地敲了两下。

仍旧是死一般的寂静。

满堂的眼泪一下子流了下来，家里一定是出事了，他抬脚狠命向院门踹去，单薄的院门轰然倒下，兄弟俩冲进院子……

白发苍苍的满堂娘静静地坐在房门前的木凳上，呆呆地，面无表情地看着他们。

满堂和铁柱都愣在那里，这是娘吗？怎么变成这个样子？

满堂像是突然明白了什么，他的眼泪滚滚而下，撕心裂肺地喊叫着扑了过去："娘啊，我是满堂啊，你不认识儿子啦……"

满堂娘的眼睛直勾勾地看着他，嘴唇动了动："你是谁？俺……不认识你……"

满堂和铁柱抱着娘放声大哭。

铁柱哭喊着："娘啊，俺是柱子，俺和哥回来啦，您老人家说话啊……"

满堂娘摸摸铁柱的脸轻声说："这是谁家的孩子？这么大了还哭？孩子，不哭，不哭啊……"

满堂一头撞进屋里，又窜了出来，他环顾四周绝望地哭喊着："娘啊，这是咋啦？俺爹呢？俺妹翠花呢？娘啊，你倒是开口说句话啊。"

满堂气血攻心，几乎丧失了理智，他狠命地用头"咚！咚"撞着窗台，一缕鲜血从额头上流下来。

这时少东家陈少林和黄管家冲了进来。陈少林一把抱住满堂："满堂哥，你别急，你别急，听我慢慢跟你讲，慢慢讲！"

满堂和铁柱安静下来。

满堂用衣袖擦着眼泪问："少林，俺爹呢？俺妹呢？俺娘……这是咋啦？"

陈少林的嘴唇动了动，欲语还休。

满堂大吼道："你说啊……"

陈少林忽然泣不成声："满堂哥，你让我怎么开口啊？咱村……咱村遭了大难啦，好多乡亲都不在了，你爹，你妹……也不在了，太惨啦！"他不停地用拳头捶着自己的头。

黄管家流着泪劝道："少东家，你先静静心，慢慢讲，慢慢讲……他们早晚要知道的……"

满堂脸色铁青地站起来："是鬼子干的，是不是？少林，你说，你给俺仔仔细细说，快点！"

陈少林猛地一跺脚："我说，我说，满堂，你要是个爷们儿，就给我挺住了……"

蔡继刚乘车从西安赶到豫西卢氏县城的第一战区后勤基地。他的身份还是督战官，代表军委会对战区长官部和下属各军师的战役行动给予指导和监督。

这时的豫西战云密布，重兵云集。胡宗南部的五个整军从陕西出潼关，在豫西展开兵力，与日军摆开决战的架势。特别是胡宗南的王牌第一军在灵宝实施了一次反击，急进中的日军110师团迎头挨了重重一击，不但停止了进攻，还仓皇后退了20公里。于是中日双方军队在灵宝、卢氏、西坪、内乡、南阳一线形成对峙，在这期间双方都没有大动作，只是掘壕固守，偶尔有些零星的阵地战。

国民政府同时也将河南省会暂时迁至豫西南的内乡县，于是这一带立刻热闹起来。内乡县城里除了进驻大批的军人，还有省政府和沦陷区各县的公务人员以及躲避战乱的大批难民。

蔡继刚走进司令部，迎面遇见电讯室的张参谋。张参谋立正敬礼："蔡长官，您来得正好，我们刚收到军委会转发来蒋委员长的电令，陈长官已经阅过并指示转蔡督战官一阅。"

蔡继刚仔细看着蒋介石的电令："令68军、55军以一部守备鲁山，而以主力为机动，准备打击南犯之敌；陈大庆第19集团军转进南阳东北方城一带；令59军在南阳以西内乡附近选择有利地形构筑据点工事……"

蔡继刚来到地图前，看来蒋委员长的担心是有根据的，因为南阳和襄樊之间的那块平原几乎无险可守，是日军机械化部队快速突击的战略通道，如果日军主力从豫中平原突然挥师南下，势必把包括第五战区长官部所在地老河口在内的国军重兵集团全部合围进去。

蒋介石也罢，统帅部那些高参也罢，都明白着呢，这块平原好比是拳击手的软腹部，一旦遭到重击，比赛就有可能提前结束了。问题是，就算守住豫南平原就解除危机了吗？这不是日军南下的唯一通道，关键在于日军第12军是否有南下的计划。此外，日军大本营还有另外一张王牌，那就是驻守在武汉一带的日军第11军，这也是个令人生畏的重兵集团，完全有能力在长江以南展开新的战役行动。

我们的作战计划不能根据我们的主观愿望去制订，更不能头疼医头、脚疼医脚，最优秀的作战计划应该建立在最糟糕的假设上。最高统帅部的长官们必须对整个中国战场有个总体把握，如何调动各大战区的兵力相互配合作战，这才是问题的关键所在。这应该是一个战略级的大构想，作战地域横跨南北几大战区，投入的总兵力近百万，最高统帅部的关注点决不应该只放在中原这一带。

站在蔡继刚身旁的是司令部几位作战参谋，他们都静静地看着蔡继刚用比例尺进行图上作业，等待他发表见解。谁知蔡继刚沉默着，把比例尺扔在桌上，转身要走。

一个中校终于忍不住了："长官……"

蔡继刚停住脚步："什么事？"

"对不起长官，我们都想听听您对今后战局的预测，请赐教！"

蔡继刚问："你们最关心的是什么？"

中校指着地图上南阳和襄樊之间的平原说："我担心的是，这里一旦失守，会出现什么样的局面？"

蔡继刚回答："局面会很糟糕，第五战区会面临着极大压力，闹不好老河口也有可能失守，但这不是最可怕的。日军目前已经打通了平汉线，只完成了一半的计划，下一步日军要继续打通粤汉线，华中的日军一定会在鄂、湘地区展开大的战役行动，关键点是长沙，如果长沙失守，日军的攻击锋芒一定会转向

## 第十七章

衡阳，如果衡阳失守，日军的下一个攻击点一定是桂林、柳州……"

中校紧盯着地图："长官的意思是，日军有绕道贵州向重庆出击的战略企图？"

蔡继刚说："应该是这样一条攻击线，日军的战役目的，一是打通平汉线至粤汉线的铁路交通线；二是意在摧毁我们西南地区的空军基地。达成这两个目标之后，如果兵力允许，日军还能够保持进攻势头的话，他们一定会向重庆出击，这是毫无疑问的。"

蔡继刚在地图上找到柳州的位置，用红铅笔重重画了个圈说："柳州如果丢了，南宁也将不保。到那个时候，我军还面临着一个重大威胁，那就是驻扎在越南境内的日军南方军第21师团，他们一定会有所动作，会从越南向广西绥渌进攻。这么一来，从我国东北直至越南河内的大陆交通线就会全线打通。到时候我军还能往哪里退呢？只好退入贵州。日军主力会沿黔桂公路和黔桂铁路继续进攻……你们想想看，如果这个点再丢失，那我们就不用打了。"

蔡继刚又是重重地画了个圈，然后把铅笔扔在桌上。

作战参谋们都伸过头去，他们看见那个红铅笔画成的圈里是贵州独山。

上校震惊地问："长官，您的意思是……"

蔡继刚一拳砸在桌子上："我看到那时，所有的中国军人都该自戕殉国，我们还有什么脸面活着？"

作战参谋们面面相觑，不由得神色冷峻，沉默不语。

蔡继刚把军委会转发来的电令扔在桌上，无奈地摇摇头："良将用兵，若良医疗病，病万变药亦万变，不谋万世者不足谋一时，不谋全局者不足谋一域[1]。说句犯上的话，按这封电令排兵布阵，也只能谋一时得一域，无论如何赶不上战局的发展。"

"长官，按这个判断，那老河口方向应该是暂时无忧。"

蔡继刚点点头："可以这么说，但老河口方向迟早会爆发一场大战，因为老河口机场也是日军大本营的心腹之患，最近中美联合空军以此为前进基地，连续空袭华北、华中的水陆交通线，给日军造成严重威胁。日军大本营一定会千方百计拿下老河口，此次作战的战略重点是控制豫陕公路要塞——西峡口，阻挡第八战区的部队向南阳腹地挺进。诸位不信就看着，将来西峡口一带会是个主战场。"

另一位年轻的少校迟疑了一下，然后坚定地抬起头来："长官，恕我直言，

---

[1] 语出清末陈澹然《寤言》卷二《迁都建藩议》，意为看问题必须眼光长远，不能为长远利益考虑的，必然不能够做出短期的计划；看问题也必须全面，不能从全局出发想问题，那么在局部方面也不会有所成就。

您说的这些只是一些假设，只是最坏的结果，但卑职认为，我们会在某一个防御点上挡住敌人的进攻，敌人进击重庆的企图不可能成功。"

蔡继刚盯着他的眼睛："少校，说说你的理由。"

"从世界整体战略格局上看，日本的国力在一天天衰弱下去，在战略上他们已成强弩之末，局部战场上的胜利改变不了他们总体颓势的命运。现在的形势是，作为防御一方，我们很困难，但作为进攻一方，我们的敌人更困难。只要我们撑住了，敌人一定会垮掉。"

蔡继刚的眉毛挑了一下："少校，你叫什么名字？"

少校脚跟一碰，挺胸回答："报告长官，我是第一战区司令部作战参谋纪振华！"

蔡继刚赞许地点点头："说得好！我们困难，敌人更困难。就像拳击台上的两个拳手，谁坚持到最后一刻，谁就是赢家。就目前的战事而言，胜利是需要条件的，首先是制订正确的战略方针和切合实际的战役计划，然后是众志成城，将士用命，靠军人的勇气和智慧去战胜敌人！"

"是！纪振华谨记长官的教诲！"

"还有一点，战役计划的制订，一定要着眼于最坏的可能性，就像我刚才对战局发展的判断。我要说的是，我非常希望我的判断是错误的。"

蔡继刚说完又看了一眼地图，然后头也不回地走了。

那位中校望着蔡继刚的背影，嘴里喃喃道："诸位，你们能看出这位长官眼睛里有什么东西吗？"

军官们都摇头。

中校说："我能看出来，他眼光里有一种……深邃的忧伤。"

应该说蔡继刚对战局的预测是极具前瞻性的，事后战局的发展证实了他的判断。在20世纪40年代的中国军界，像蔡继刚这类具有西方军事教育背景，同时又具有大战略眼光的军事将领实在是太少了，正因为少，就形不成气候，也很难得到重用，这不能不说是蔡继刚这类职业军人的悲剧所在。

蔡继刚那位弗吉尼亚军校的老校友孙立人运气算是好的，他虽然也没有盘根错节的军界派系背景，但他很幸运，因为他在战前就坐到了团长的位子上，有了军事主官的活动舞台，这样他的军事才能才得以有机会尽情发挥，最后终于靠战功跻身名将行列。

不过，还是应了那句话：成也萧何，败也萧何。这位官拜二级陆军上将、陆军总司令的孙立人，最终还是倒霉在他留美军校生的背景上，这是后话。

如此说来，蔡继刚少将不过是空有一腔报国志，无处施展而已，运气还不算是最坏的。

## 第十七章

　　这时的第一战区司令长官陈诚还没有意识到，刚刚结束的豫中会战不过是随后而来的一连串战役的开始，他还想不了这么远，他只想着把自己分内的事做好。当前第一战区兵力部署的着眼点，首先是要确保西安的安全，防御企图向西安进攻的日军110师团，其次才是扼守豫南平原，阻止日军机械化部队的南下。

　　现在陈诚手里掌握的兵力非常可观，共有六个集团军所属的17个军，3个炮兵团和3个工兵团，还有一个负责临时省会内乡县城治安任务的宪兵14团。这时第一战区的兵力配置之雄厚，达到了抗战后期全国各战区之首。

　　陈诚为了确保西安、巩固陕南，对第一战区的防御态势进行了调整，将重兵集团以伏牛山为根据地，固守豫、陕边境交界处的潼关、朱阳关、西峡口、荆紫关等要点，以控制豫陕公路。他将主力以公路为轴，呈辐射状纵深配置于山地，而将炮兵部队配置在南阳、镇平一线，用以扼守豫南平原，准备对付日军坦克集群，阻止其机械化部队南下……

　　这段时间，蔡继刚始终在恪守自己的职责，代表军委会监督各部队执行命令的情况。这期间，蔡继刚每天都在研究战役计划，也在密切关注着日军的动向。蔡继刚判断，危机并没有解除，日军大本营一定在酝酿着新的进攻。下一场大战的爆发点会在哪里？目前豫西南、陕南一带国军重兵云集，战事不大可能发生在第一战区管辖的地域内。蔡继刚的眼光越过黄河，落在了扼守长江中游的重镇武汉。根据情报，这个地区传递出一些令人不安的信号。

　　5月25日，日本驻中国派遣军总司令官畑俊六大将和第5航空军司令官山下琢磨中将，携众多参谋人员飞抵武汉，分别将其战斗指挥所推进至汉口。日军第11军司令官横山勇已将主力集结在长江沿岸，原隶属日本本土军的47师团和新征招的十万余补充兵员也抵达武汉，用于补充和加强第11军的战力。更令人关注的是，曾在东京担任防空任务的最新4式战斗机第22战队，最近也被调到武汉机场。这说明，南方的日军主力第11军要有大动作，难道日军准备第四次进攻长沙？

　　在此之前，第11军司令官横山勇的几位前任，曾指挥第11军同薛岳的第九战区进行过三次长沙会战，三次都以日本第11军的失败而告终。如果第四次长沙会战爆发，中国军队是否还能守住长沙？

　　经过仔细分析，蔡继刚得出结论：薛岳的第九战区辖区内将要发生激烈的战斗。目前蔡继刚在第一战区已无事可做，不如向军委会提出申请，将自己调到战事可能爆发的地点——第九战区，到了那里，或许还能有一番作为。

　　蔡继刚拿出纸笔，准备给军委会写一份详细报告。

佟满堂坐在父亲和妹妹的坟前，他已经不吃不喝在这里坐了十几个小时。

父亲和妹妹的坟在岗子村的南边，一片地势起伏的土岗断崖下，这里埋葬着佟家十几位先人，属于佟家的祖坟。

天色渐渐暗下来，坟地里静悄悄的，断崖下是一丛丛野生的攀缘植物，爬满了山崖的垂直面，茂密的枝叶在晚风吹拂下沙沙作响。放眼望去竟是满目苍翠，郁郁葱葱。

铁柱悄悄走来，他壮着胆子小声哀求道："哥，回家吃饭吧。"

满堂沉默着，他哪儿也不想去，就想坐在这里，这里离爹和妹妹最近。

铁柱继续哀求："哥，少林哥给咱送了点吃的，咱娘吃过睡了。哥，你先吃饭，吃完饭俺陪你来……"

满堂猛地站起身，一脚把铁柱踹了个跟头，只说了句："滚！"说完他又坐回了原处。

铁柱无奈地走到不远处，也坐下来注视着满堂的举动。

满堂的脑子里一片空白，他只觉得胸口被什么重东西压住了，几乎透不过气来，长这么大还从没有过这种感受。

娘疯了，爹和妹妹死了，这个家真的完啦！满堂真切地感受到绝望，他需要把一些事情想明白，否则他为什么还要活在这个世界上？他要为今后活着找到一个说得过去的理由。

满堂是个没受过什么教育的粗人，平时也很少动脑子，属于混沌未开那类的农村青年。这类人具有一定的是非观念和伦理观念，却缺少国家与民族的概念。他只知道自己生在中国，是个中国人。至于国家是什么，他不知道，也没兴趣知道，因为国家与他没有一点关系，他也从来没有感受到国家的存在。他只知道遭遇天灾后，自己和家人饿得眼睛发绿时，国家似乎并不在意，而且有人继续以国家的名义前来派粮、派捐。满堂始终认为，既然国家这东西不在乎他的死活，那他又凭什么要在乎国家的死活呢？

满堂也闹不明白，日本人为什么要来中国，国家为什么要和日本人打仗。你们愿意打仗就打吧，凭什么又总把自己和家人卷进去？他以前没接触过日本人，不知道日本人是好是坏，只觉得他们办事还算地道，就冲拿出军粮救济老百姓这一条，就比咱自己政府强。可问题是，日本人咋就属狗脸的，说翻就翻呢？他们给的粮食还没来得及吃完，脸就变了，光一个岗子村就被他们杀掉这么多人。娘被吓疯了，爹和妹妹死得这么惨，这是为什么？满堂翻来覆去也想不明白。他只知道自己变了，再也回不到从前了，从踏进岗子村那一刻起，满堂的心中就被仇恨填满，如果他还要继续活着，那么从今往后，他活下去的理

## 第十七章

由就是杀日本鬼子，给爹娘和妹妹报仇！

满堂想起了东家陈家兴的那句话："政府就是再不好，也是咱中国人自己的政府，我们就是再委屈再难，也不能胳膊肘朝外拐，帮助鬼子打中国人，这么干对不起祖宗啊！"

每当想起这句话，满堂就懊悔得恨不能撞死，他对不起陈老爷，也没脸见爹娘，更没脸见佟家的列祖列宗。多少年以后，佟家的后代子孙们翻开佟家家谱，都会指着满堂的名字说，这位先人当过汉奸，给咱老佟家丢尽了脸……

爹的坟前立着块木牌，上面是陈少林写的"佟春富之墓"几个字，新堆的坟头后长着一丛丛野酸枣刺，细小的叶片点点翠绿，洒落在荒野间，灌木丛的枝条在夜风中微微颤动，苍白的月光从背后洒来，勾勒出一大一小两个坟冢的轮廓。陈少林说，如今兵荒马乱的，连石匠都请不到，只好先用块木牌，等将来有条件再给爹换块石碑。满堂轻轻抚摸着爹坟前的木牌，不由得悲从中来。他先是呜咽着小声说着什么，随后变成了痛哭，声音越来越大，直至放声号啕起来。他的哭声格外瘆人，在浓重的夜色里传出很远很远……

从古到今，中国的乡村社会并不是靠基层政权的力量去维系，在封建皇权时代，中国最基层的政府管理机构是县政府，而县以下的政府管理机构长期以来处于空白状态。至于不同朝代的乡遂制、保甲制、乡约制等传统的社会控制制度，不过是县级政权的延伸，并不具备行政管理的法定权。因此，两千多年以来，中国乡村社会的维系并不是靠法治，而是靠道德力量和宗法势力去维系，这两种力量的合成产生了约定俗成的价值观，乡绅阶层则是这种价值观的监督者和执行者。在通常情况下，一个大字不识的农民，他的价值观的形成，一是靠老辈人口碑相传的灌输，二是靠当地德高望重的乡绅之解释与指导，这样才能使没有受过基础教育的农村青年懂得：勤劳耕作、尊老爱幼是人之根本，而杀人抵命、欠债还钱是千百年来形成的处世原则，是颠扑不破的真理。欺骗、偷盗及乱伦都会受到周围舆论的谴责、不齿和惩罚。因此，在中国封建社会发展的漫长过程中，乡绅阶层对中国乡村社会的维系起到了至关重要的作用。

而乡绅阶层无非是来源于几个方面，一是来自受过教育、德高望重又颇有田产的读书人；二是来自血缘与地缘合一的宗法制氏族的宗族领袖；三是来自衣锦还乡的退职官员。

岗子村的陈家兴先生应该属于第一类。

在满堂的成长过程中，在他混沌的精神世界里，父亲佟春富的言传身教，乡绅陈家兴的人格力量，无一不对他施以重大影响。源远流长的中国传统文化并不复杂，它只是告诉生活在这块土地上的人们，应该如何为人处世，如何判断是非好恶。

恸哭过后，满堂的思维渐渐清晰起来，他的灵魂似乎完成了一种蜕变。他明确意识到，今后的生活不再是日出而作、日落而息，不再是老婆孩子热炕头……他可以不清楚国家与民族的概念，但他完全知道，一个真正的、有担当的男人，要能够保护自己的亲人，保卫自己的家园。

从今天起，他佟满堂要为失去的家园和死去的亲人去战斗。

满堂站起来喊道："柱子！"

"哥，俺在这儿。"铁柱在不远处回答。

"回去收拾东西，把娘托付给少林，咱们走！"

铁柱小心翼翼地问："哥，咱去哪儿呀？"

满堂大声说："找队伍，杀鬼子报仇！"

"哥，咱那队伍也不知道还在不在了，咱去哪儿找？"

满堂想了想："蔡长官走的时候说，突围出去的人都到豫西卢氏县，咱队伍在那儿等着呢……他娘的，卢氏县在哪儿？不管了，边走边打听，总能找到，咱跟着蔡长官干。"

赵湘竹刚在内乡县结束了采访。临时省政府里乱糟糟的，政府官员们都处在惊魂未定的状态，他们没心思办公，更没心思接受采访，这里说不定哪天又成了沦陷区，省政府的官员们做好了随时撤退的准备。

赵湘竹安慰他们，这一带集结着国军几十万大军，日本人不可能占领内乡县，他们没这个力量。可那些行政官员根本不信，因为事实已经让他们对自己的军队产生了极大的不信任。

其实赵湘竹自己也很懊丧，豫中会战的失败也同样给她的心蒙上了阴影。要说战争初期我们蒙受了很大损失，这还可以理解，但现在的情况比1937年时毕竟要好得多。1944年的中国军队在《租借法案》物资的援助下，武器装备比战争初期得到很大的改善，美国第14航空队和中美联合空军的组建使中国军队第一次掌握了部分，甚至是大部分制空权，中美空军的作战半径已经达到东北和日本本土……在这种情况下，驻守在中原的几十万中国大军仍然是一触即溃，从最高长官到普通士兵都完全丧失了战斗意志，这简直可以称之为一场"大崩溃"，实在是太丢脸了。

赵湘竹怎么也想不通，为什么我们总打败仗？

在军委会的调动命令下来之前，蔡继刚也只好在第一战区长官部等候。这里的战线已基本稳定下来，看来日军在短时期内无力发动对西安的进攻，蔡继

## 第十七章

刚在这里无事可做,便从情报部门调来一些最新的情报资料,在自己房间里仔细研究。

蔡继刚翻阅着资料,突然,一份情报引起了他的关注:今年2月,东条英机提出统一军令、政令,逼迫杉山元元帅辞去参谋总长一职,又要求军令部总长永野修身[1]元帅把职务交给海军大臣岛田繁太郎兼任。天皇批准了东条英机的要求,永野修身被迫辞去职务,改任天皇的最高海军顾问。东条英机因此集总理大臣、内务大臣、军需大臣、陆军大臣、参谋总长之职于一身。

蔡继刚喃喃自语道:"这位海军元帅终于下台了,不过,日本海军已经没有机会重整旗鼓了,此乃日本海军的宿命……"

"继刚,你在说谁?"赵湘竹一阵风一样飘了进来。

蔡继刚合上文件夹:"哦,我说的是日本的军令部总长永野修身,他最近辞职了。"

赵湘竹手忙脚乱地在衣柜里找衣服,随口问:"我听说过这个人,他的辞职意味着什么?"

蔡继刚笑了笑:"说了你也不懂,就别问了。"

赵湘竹"砰"的一声关上柜门,回身坐在蔡继刚对面的沙发上:"我不懂,你难道就不能给我讲讲?别忘了,你老婆是个军事记者,一切与军事有关的事我都感兴趣。"

赵湘竹说的是实情,她是个很敬业的记者,自从担任军事报道以来,她一直在学习各种有关军事方面的知识,她不愿当个混饭吃的外行记者。

蔡继刚知道妻子的脾气,只要她问了,自己若是不能使她满意,她即会没完没了地纠缠,这是她从小养成的大小姐脾气,凡她要的,就必须得到。

蔡继刚无可奈何地摇摇头:"真拿你没办法。好吧,我告诉你,我为什么关注这位海军元帅。永野修身是军令部总长,也是日本海军的最高统帅,此人是个坚定的主战派将领,当初他和当时的内阁总理东条英机、参谋总长杉山元一起向天皇上书,不惜对美一战。可以说,他是挑起太平洋战争的主要策划者。"

"继刚,你关注这个人,恐怕不是因为对他的履历感兴趣吧?"

蔡继刚继续说:"对,我提到他的履历不过是想说明,此人是个完美的明治

---

[1] 永野修身(1880.6.15 ~ 1947.1.5),日本海军元帅,日本海军舰队派的主要人物,对美开战的主要支持者。在日本海军历史上,他是唯一先后担任过"海军三长官"(海军大臣、联合舰队司令官、军令部总长)的人,战后被列入首批28名甲级战犯名单,1947年1月5日,永野修身患肺炎在巢鸭拘留所死去,逃脱了远东国际军事法庭对他的最后审判。

海军军人，崇尚大炮巨舰的传统海战，所以，当他成为日本海军的最高长官时，那么昭和海军的悲惨命运就被注定了。"

赵湘竹疑惑地问："完美的明治海军军人？你是说，他是个过时的海军军人，还停留在明治时代？"

"真聪明，我就是这个意思，他的作战思想还停留在明治时期日本海军创造的辉煌里。此人并不了解现代化战争，这是盟军的幸运所在，所以说，当他成为日本海军主帅时，日本帝国和日本海军的悲惨命运就被注定了。"

"为什么这样说呢？请详细一点。"

蔡继刚侃侃而谈："明治时代日本海军打了两场漂亮仗，消灭了我们的北洋舰队和俄国的太平洋舰队，从此他们背上了'日本海军无敌'的包袱。仔细分析一下就清楚了，明治时代的海战有两个特征，首先是大炮巨舰的对决，还没有形成飞机和潜艇参与的立体海战理论；其次是海战主要在黄海和日本海海域展开，属短线补给。像现在太平洋海战的模式，早已超出永野修身的想象。日本军队漫长的补给线已经要了日本帝国的命，从日本本岛经由中国台湾、菲律宾、马来西亚一直延伸到印度尼西亚或者巴布亚新几内亚，如此漫长的航路为美国潜艇提供了一道大餐，到目前为止，美国潜艇击沉的日本商船总吨位已经接近500万吨。这就是永野修身对日本海军的'贡献'，他现在虽然下台了，但是日本海军的命运已经注定，回天乏力啊。"

赵湘竹笑道："我来补充一点，明治时代战争还有一个重要特征，就是有限战争。小国日本与资源大国大清国和俄罗斯帝国的战争，都是在取得了局部战役的决定性胜利后，通过外交手段，签订了有利于日本的终战和约而结束战争。这类战争法则完全不同于现在的总体战争，日本决策层的判断出现重大失误。"

蔡继刚表示赞同："永野修身等人都是出身于明治时代的海军将领，他们最大的失误，就是认为美国会像当年的俄国一样，如果在局部海战中失利，就会和日本签订停战和约，可美国不是当年的俄国，日本也不具备总体战的实力。所以，当日本海军偷袭珍珠港时，这场战争就已经没有任何悬念了。"

赵湘竹忧虑地说："继刚，可是现在……中国战场好像还看不到胜利的希望，我们的军队到底是怎么了？"

蔡继刚沉默了片刻说："原因太多了，一时哪里能说清楚？从表面上看，是因为我们的军队装备差，训练不足，我们的军事指挥人员素养低劣，不了解现代化战争……这当然都是打败仗的理由，但这些好像还不是最主要问题，这里面有很深远的历史和文化传统原因，需要慢慢梳理。"

赵湘竹思索着："这恐怕要从现代国家的概念上加以梳理，我早想到过这个问题，但我缺少第一手资料，也缺乏与民间的沟通，坦率地说，我不了解中国的底层民众。"

蔡继刚惊讶地望着妻子："天哪，我太太果然非同凡响，一下子就抓住了事物的本质。不瞒你说，这个问题我已经思考了很长时间，湘竹，你应该知道板垣征四郎[1]这个人。"

"当然知道，战争初期他是日军第5师团长，后来担任过陆军大臣、中国派遣军总参谋长等职务，现在这家伙好像是驻朝鲜军的司令官。"

蔡继刚点点头说："日本军界有'石原莞尔之智，板垣征四郎之胆'之说，此人的军事才能就不说了，据说他从四岁起就学习汉学，他与土肥原贤二、矶谷廉介三人并称为日本陆军中的三大'中国通'。平心而论，这个人绝对是我们的劲敌，因为他比我们还要更加了解中国社会。"

赵湘竹吃惊地叹道："那真是太可怕了……"

"板垣征四郎认为，中国还不是一个现代国家，它不过是在一个拥有自治部落的地区加上了国家这一名称而已。从中国民众的心理上来说，安居乐业是其理想，至于政治和军事，只不过是统治阶级的一种职业。在政治和军事上与民众有联系的，只是租税和维持治安。因此，中国民众的国家意识是非常淡薄的。此人厉害就厉害在这里，他比我们很多军政大员都要了解中国民众。现在我可以告诉你我思考的结果，我们打败仗的根本原因，就是没有解决好国家与民众的关系。"

"有道理，请继续说下去。"赵湘竹催促道。

"自古以来，中国民众受到的爱国主义教育无非是'忠君报国'四个字，这听起来好像没什么问题，但仔细分析就不对了，这只是一种单方面的诉求，民众承担了忠君和交纳赋税的义务，而君和国却从来不大考虑自己应尽的义务，问题就在这里。国家到底是谁的？皇帝告诉民众：'普天之下，莫非王土。'这意思很明白，国家是皇帝的。既然是皇帝的，那么下一个问题就来了，如果国家遭到侵略，发生了战争，那应该与民众无关，因为民众不是国家的所有者，凭什么要他们去流血牺牲呢？这样一分析，很多困惑着我们的问题就清楚了，这恐怕是我们打败仗的主要原因。"蔡继刚说出了自己的结论。

---

[1] 板垣征四郎（1885.1.21～1948.12.23），日本昭和时代重要将领，第二次世界大战甲级战犯之一。陆军士官学校第16期学员，日本陆军大学第28期毕业生。1937年3月任日军第5师团师团长；1938年6月任日本陆军大臣；1939年9月任中国派遣军总参谋长；1941年7月晋升为大将，任朝鲜军司令官。1948年12月23日被远东国际军事法庭判处死刑。

"可是……现在的中国已经不是皇权时代了,我们的国家政体也是按照现代国家的框架建立的,为什么国家与民众仍然不能互尽责任和义务呢?"

蔡继刚温和地反问道:"那么请告诉我,对民众而言,1944年和1844年有什么不同吗?他们一样要向国家交纳赋税,至于交给皇帝还是交给国民政府,这并不重要。现在的事实是,国家还是一如既往地拒绝向民众承担任何责任与义务,而民众也仍然只有承受苦难的义务。中原大旱,赤地千里,民众流离失所,饿殍遍野,国民政府又做了些什么呢?只是下了一道命令:今年河南省的军粮征收不能减免。看看吧,中国的国情如此,政府怎么能让人民去支持战争?这才是我们国家的悲剧所在。"

两个人都沉默了。

"报告!"门外有人喊。

蔡继刚打开门,见门外站着一个年轻的中校。

中校敬礼道:"报告蔡长官,我是16军李正先军长的副官靳益泉,李军长下午要去前沿阵地视察,他想问问蔡督战官,是否愿意一起到前沿指挥所看看?"

蔡继刚笑道:"既然是李军长相邀,蔡某岂敢不从?你先去吧,我马上到16军军部。"

靳副官走后,蔡继刚转身问赵湘竹:"16军李正先军长你采访过吗?"

"没有,这里将级军官有几十个,我怎么能都认识?"

蔡继刚戴上军帽:"我要和李军长上前沿阵地看看,你要有兴趣就和我一起去,也正好认识一下李正先。"

赵湘竹是个工作狂,她当然不肯放弃采访前线军官的机会:"好啊,前沿阵地对我很有吸引力,我当然去。"

蔡继刚和李正先站在109师前沿指挥所里,专心致志地用望远镜观察着日军阵地纵深。这里两军之间有一片约300米的开阔地,靠近国军一侧的阵地上乱糟糟的,到处是铁丝网、鹿砦和宽大的防坦克壕,隐蔽部和堑壕的胸墙都用粗圆木固定,纵横交错的交通壕四通八达,轻重机枪的火力点配置隐蔽而刁钻,并且很注重交叉火力和侧射火力的发挥。16军到底是嫡系部队,响当当的中央军,防御阵地构筑得颇为专业。

蔡继刚和李正先非常熟,两人的年龄差不多,彼此说话比较随便,见面就开玩笑。前年蔡继刚随军令部的长官去第八战区视察,当时李正先刚刚从第一师师长的位子升任第一军副军长,蔡继刚以军委会督战官的身份在第一军司令部住了一个月,两人就这么认识了。李正先号健白,蔡继刚称他为"健白兄",

## 第十七章

他则称蔡继刚为"云鹤兄"。

李正先是黄埔二期步科毕业，是蒋委员长的同乡，因此在军界一直发展得顺风顺水，1939年即成为第一军第一师第一旅的旅长，官拜陆军少将，在黄埔二期生里算是升迁较快的。

李正先放下望远镜，有些得意地问蔡继刚："云鹤兄，你是名校生，给我们提提意见，我们的阵地设置还过得去吧？"

蔡继刚继续观察，嘴里淡淡地说："嗯，还行吧，就阵地战来说，比第一次世界大战的水平要提高很多。"

赵湘竹听出了讽刺的意味，忍不住笑了。

"这是什么话？骂我们呢？"李正先不满地瞪着蔡继刚。

"我的意思是，以我军目前的作战思想、装备水平和战术水平，也只能这样了，如果让我来指挥，恐怕也是这样。我们的作战思想和战术水平还停留在第一次世界大战呢，欧洲战场早不是这种打法了。"

李正先嘲讽道："嚄，到底是弗吉尼亚的高才生，张嘴闭嘴都是欧洲战场，我们这些黄埔出身的土包子听得一头雾水，蔡督战官能不能具体讲讲？"

蔡继刚毫不理会他的嘲讽："健白兄，我提个问题，你们的防线比起马其诺防线来，哪个更坚固一些？"

"当然是马其诺防线，人家修了多少年？用了多少钢筋混凝土？我可没这么富。"

"是啊，修了这么多年，花了这么多钱，结果呢？人家一枪没放就绕过去了。老兄，如今的作战模式早变了，你的工事坚固，可人家未必来打。现代化战争的特点是宽正面，高机动，大纵深。突击是大纵深快速突击，防御是大纵深防御，在防御过程中抓住战机立刻实施反突击。去年8月的库尔斯克会战，苏联军队就是这么干的，双方的军队都在进攻，也同时都在防御。所以，现代化战争中，进攻和防御不再是两个对立的概念，而是对立统一的一个概念。"蔡继刚边说边改用炮队镜继续向敌纵深观察。

李正先讨饶地举起双手："行了，行了，别说了，我认输了还不行？谈起军事理论，十个李正先也不是一个蔡继刚的对手。现在的问题是，这是中国战场，我们只能根据自己的条件打仗，实施高机动作战要有本钱，谁不知道坦克集群是好东西？可咱们有吗？中国是个穷国，而我们的对手也没富到哪儿去，都穷到一块了，所以交战双方只能使用第一次世界大战的作战模式，我的大督战官！"

蔡继刚调整着炮队镜回嘴："健白兄，你这纯粹是抬杠，我指的是战术思想，在某些情况下，智力的提升可以弥补装备的不足……"

突然，敌人阵地上传来一阵轻机枪射击声，指挥所里的人立刻紧张起来。副官沈光亚连忙摇动电话向前沿观察哨询问，然后他挂上电话报告："据黄坡村阵地观察哨报告，东面坡地日军据点传来枪声，好像有人越过战线向我方阵地跑来，由于来人身份不明，我前沿官兵未敢开火阻拦。"

李正先也顾不上斗嘴了，举起了望远镜。

蔡继刚的炮队镜视野里出现了一高一矮两个老百姓，他们正试图越过两军阵前的开阔地带，背后日军阵地上的机枪声时时响起，子弹不时在他俩身前身后溅起土烟。蔡继刚心中十分疑惑，这两个家伙可真是二愣子，这片开阔地足有三百多米，他们大白天的就这么明目张胆，毫无顾忌地越过战线，吃了豹子胆了？

沈光亚也举着望远镜观察，他对蔡继刚说："长官，这两个人倒是不同寻常，他俩在做'之'字形运动，而且很会利用地形，我看他们不像是老百姓，好像是有战场经验的军人。"

蔡继刚仔细看看，又觉得奇怪，这两个人的确像是受过训练，他们总是跃出十几步，趁日军机枪手还没来得及构成瞄准线时又扑进弹坑，这两个人的跃进、卧倒、规避动作很正规，时而分散，时而聚拢……蔡继刚断定，这两人肯定是有战场经验的老兵。

李正先也看出了一些门道，他大声喊道："传我命令！前沿机枪开火，压制对方火力，掩护这两个人过来！"

李正先的命令通过电话传过去，前沿阵地上枪声大作，七八挺轻、重机枪同时开火，一下子压住了日军的火力。只见那两个老百姓从弹坑里一跃而起，急速跑过开阔地，就地一滚，跳进国军的战壕里……

指挥所里所有的人都松了口气。

李正先扔掉望远镜命令道："把那两个人带到指挥所来，我要问话。"

不一会儿，那一高一矮两个家伙被几个士兵带进指挥所。这两人似乎不大懂规矩，一边满不在乎地拍打着身上的泥土，一边懵懵懂懂地四处观望。

沈光亚突然向蔡继刚喊了起来："长官，真巧了，是老熟人啊！"

蔡继刚定眼一瞧就笑了，这不是满堂和铁柱吗？

满堂和铁柱一见到蔡继刚和沈光亚也大喜过望，他们走了这么远的路，就是来投奔蔡长官的。满堂兴奋地正准备扑过去和蔡长官握手，忽然想起军队的规矩，连忙喝住铁柱："柱子，给蔡长官和沈副官敬礼！"

两人规规矩矩挺直身子向蔡继刚、沈光亚敬礼。

李正先笑着问蔡继刚："云鹤兄，你认识这两个家伙？"

## 第十七章

"何止认识,这是和我一起突围的弟兄。"蔡继刚兴奋地在满堂和铁柱的胸前捣了几拳。

赵湘竹好奇地问:"你们怎么从敌人阵地上穿过来?这太危险了。"

满堂回答:"那边到处是鬼子,俺找不到别的路,听一个打草的老乡说,跑过这片空地就是咱国军的地盘,俺本来还想等到天黑再过来,可碰上了鬼子的巡逻队,俺俩撒腿就跑,鬼子腿短追不上,就在后面开枪,后来咱的机枪响了,俺知道这是掩护俺呢,这下不用躲啦,俺和铁柱几步就蹿过来了。"

李正先夸奖道:"战术动作还是蛮地道的,都是老兵吧?"

蔡继刚笑道:"恐怕算不上老兵,守许昌时在暂15军入伍的,不过几场仗下来,战斗经验是有了。"

李正先打量着满堂:"云鹤兄,这两个兵就留在109师吧,我们可是中央军,不比那些杂牌军强?"

"长官,俺不在这儿干,俺兄弟俩是来投奔蔡长官的。"满堂断然拒绝。

李正先正要发火骂人,蔡继刚马上接口道:"健白兄,这件事以后再说,我先和这兄弟俩谈谈。"

晚饭后,蔡继刚吩咐沈副官去叫满堂兄弟。

赵湘竹问:"继刚,我能听听你们的谈话吗?"

"当然可以,下午我们不是谈过国家和民众之间的关系吗?我们还没有谈完,正好这两个士兵都是豫中当地人,你可以问问他们对战争的看法。"蔡继刚说。

正说着,满堂和铁柱到了。兄弟俩见了蔡继刚和赵湘竹还是很拘束,都规规矩矩坐好,等着长官发问。

沈光亚生怕他们不会说话,使赵湘竹难堪,连忙介绍了一下:"满堂,这是蔡长官的夫人,你们应该向夫人问个好。"

满堂和铁柱从来没听说过"夫人"这个称呼,心说啥"夫人"呀?蔡长官的女人不就是"屋里人"嘛,咋这么绕口呢?

铁柱没敢吭声,满堂硬着头皮叫了一声:"夫……夫人好!"

赵湘竹笑着走过去,想和他们握握手,谁知这兄弟俩吓得连忙把双手背在后面,弄得赵湘竹有些尴尬。

蔡继刚笑道:"湘竹,你不要难为他们,他们不习惯和女人握手。"

赵湘竹自嘲地嘟囔着:"你的意思是,我把他们吓着了?好好好,我不说话了,你们谈!"

蔡继刚仔细询问了在崤山南坡的官道口自己撤离后的情况。

满堂和铁柱都不具备清晰而完整的叙述能力，他俩语无伦次、颠三倒四地叙述了最后那场战斗和被俘的经历。

蔡继刚听完后神色黯然，沉默良久。

赵湘竹又忍不住提问题："满堂，最后你们被俘的时候，这支阻击部队只剩下五个人了，是这样吗？"

"是，连俺俩算上，一共剩下五个活人，别的弟兄都死尿啦！"满堂说。

铁柱补充道："连长脑门上中了枪子儿，二话没说就死尿了，俺还把连长翻过来看，乖乖，后脑勺都打没了……"

沈副官不满意了："说话要文明点，说死了或者牺牲了都行，就是不要说脏话。"

满堂和铁柱惶恐地看着沈副官，他俩并不认为自己刚才说了脏话。

赵湘竹一边做着笔记，一边继续提问："满堂，你刚才说，那个叫山田圭一的日本兵是大阪人，对不对？"

"俺记不清了，是柱子说的，他记性比俺好，柱子，你没记错吧？"满堂拍了拍铁柱脑袋问。

铁柱肯定地说："没错，俺记着呢，是叫'大板儿'，这名好记，大块的板子嘛，山田说，他以前的部队里都是大阪人。"

赵湘竹停住了笔，扭头问蔡继刚："继刚，据我所知，日本军队征兵都是按地域组成部队，那么大阪地区组成的部队是哪个师团？"

蔡继刚想了想："是第4师团，这个师团在日俄战争之前就组建了，是日军最早的几个常备师团之一，属甲种师团，不过战斗力不算强，在中国战场上也没什么值得一提的战绩。如果我没记错的话，这个师团已经在前两年调到南方军，现在好像在菲律宾驻防。"

赵湘竹疑惑地自语道："这个叫山田圭一的人很有意思，在我看来，日本士兵都被洗过脑，很少有这种厌战而又心地善良的人。"

蔡继刚点点头说："嗯，是比较少见，这可能和地域文化有关。大阪是日本商业气氛最浓的城市，第4师团的兵员大部分是小商贩，而全世界的小商贩都有共同的特点，那就是和气生财、精于算计、善于审时度势，只相信自己的判断，不易受他人煽动。所以，第4师团从日俄战争起就因战绩不佳被称为'奸诈的商人师团'。"

"真没想到，日本军队里居然还有这么好的人，搁以前我根本不会相信。"赵湘竹说。

两个人正讨论着，只见满堂和铁柱像约定好了一样，"扑通"一声同时跪在蔡继刚面前。

蔡继刚大惊:"满堂,铁柱,你们……这是怎么了?"

满堂嘟囔着说:"长官,俺兄弟俩对不起你,俺们……当……当过汉奸!"

蔡继刚厉声喝道:"大声点说,到底怎么回事?"

赵湘竹在一边温和地安慰着:"满堂,铁柱,别着急,慢慢说,不管有多大事,说出来就好。"

满堂哭了起来,边哭边叙述自己当汉奸的经过……

这兄弟俩在路上就商量好了,要是能见到蔡长官,说什么也要把那件事说出来。铁柱是个没心没肺的浑小子,也缺乏思考能力,他已经习惯什么事都听哥的,只要哥说了话,让他去扒黄河大堤他也照扒不误。

而满堂可不像铁柱那样没脑子,每当想起自己聚众抢劫的事就别扭,特别是在日军洗劫了岗子村、自己家破人亡后,满堂越发不敢回想这件事。他的逻辑很简单,日本鬼子是杀爹和妹妹的仇人,自己非但没有去报仇,反而抢了打鬼子的队伍;这还不算,自己为了点粮食,还上赶着帮鬼子去运粮。当时满堂混沌未开,对自己的行为还没有一个明确的认识。自从在战俘营里见到翻译官高升以后,满堂才真正明白,这就是汉奸,凡是真心实意为鬼子干事、欺压自己同胞的行为,都是汉奸行为。满堂虽然没有文化,但他从小就有强烈的自尊心,他是要脸的人,一旦明白了自己的行为,满堂的心就没日没夜地处在煎熬之中。

满堂的逻辑是对的,但事情发展的时间顺序是错的,应该是他先抢劫了国军,帮助鬼子去运粮,然后才是爹和妹妹被杀,到这时候,日本鬼子才成了杀爹和妹妹的仇人。

蔡继刚耐心听完满堂的叙述,怒火终于爆发出来:"妈的,汤恩伯被劫的事我早听说了,现在终于搞清楚了,原来是你们两个小子干的,真他妈的浑蛋,满堂,我真想毙了你们!"

满堂耷拉着脑袋小声说:"长官,俺兄弟俩在路上就商量好了,见了长官实话实说,说完长官要杀要剐俺当哥的顶着,饶了俺兄弟就中。"

蔡继刚气哼哼地背着手在房间里来回踱步:"哼!我看你们两个吃里扒外的东西都该枪毙!"

"长官,你要枪毙俺俩,还不如送俺俩去打仗,杀鬼子,现在咱队伍不是正缺人手吗?"铁柱愣头愣脑地说。

蔡继刚望着这两个头脑简单的士兵哭笑不得,他不想讲什么有关国家与民族的大道理,这两个家伙恐怕也听不明白。不过,既然他们主动前来归队,说

337

明还懂得是非曲直,至少没去当伪军。

"继刚,是不是先让他们去休息,明天再谈?"聪明的赵湘竹赶紧出来打圆场。

蔡继刚推开窗户,望着窗外没有吭声。

赵湘竹向满堂使个眼色,示意他们退下,满堂和铁柱就像得到特赦令的囚犯,仓皇退出房间。

赵湘竹为蔡继刚披上件衣服,用探讨的口吻说:"其实国家真是个宽泛的概念,它的内涵包括领土、民族、社会制度、文化传统和生活习性,这些都很复杂,这两个士兵没有国家的概念也是可以理解的,他们的思维很直观,在饥饿的时候,有人给了粮食,他们自然会心生感激。"

蔡继刚叹了口气:"冈村宁次这个人很厉害,他很懂得军事手段与政治手段并重的道理,就这一比,我们的统帅部在智力博弈层面上又输了一筹。冈村宁次用粮食去赈济敌国灾民,这一手看似良善之举,实际暗藏杀机,这是个完整的战略计划,损失区区一点粮食,等于增加了十万大军。"

赵湘竹打开笔记本说:"嗯,你总结得很精准,我可以在文章中使用你的总结吗?"

"绝对不行,原因你知道,日军通过赈粮事件的另一个目的,就是想煽动后方新闻舆论界的不满,把国府的形象搞糟,这也是他们计划中的一部分。"蔡继刚很清醒地提示道。

赵湘竹顺从地合上笔记本:"好吧,为了国家的形象,我这个记者只好闭嘴了。继刚,明天我要搭长官部的飞机回重庆,我们总编想派我去采访一下陈纳德将军。你是不是和我一起走?反正你在这里也无事可做。"

蔡继刚轻轻搂过妻子:"真抱歉!我恐怕不能和你一起走,我在等候军委会的命令,南方的战事吃紧,我可能要调往南方战线。"

赵湘竹把脸贴在丈夫胸前,柔声叹道:"唉,真舍不得和你分别,我们在一起的时间太短了……"

"没办法,湘竹,这是战争,谁让你丈夫是军人呢?"

"我知道,我理解,你老婆无非是发发牢骚而已,我为战争守了这么多年空房,做出这么大牺牲,难道还不许我发发牢骚吗?继刚,你估计,下一步……会派你去哪里?"

蔡继刚严肃起来:"肯定是第九战区,我稍微透露一点军事秘密,长沙、衡阳一带马上要爆发一场大战。"

赵湘竹震惊了:"豫中会战刚刚结束,长沙又要大打?"

蔡继刚沉默不语。

## 第十七章

"那……满堂和铁柱你怎么安排?"

蔡继刚想了想:"容有略的190师正在衡阳南郊接受新兵,组织训练,我和容有略是老朋友了,让满堂和铁柱去190师吧,我会安排这件事。"

赵湘竹紧紧拥抱丈夫:"继刚,答应我,好好的回来,我要一个完整的你,不许蹭破一点皮。"

蔡继刚笑着亲吻妻子:"我答应你,尽管我知道这是废话……"

"不,只要你答应了,就是真的,上帝会保佑我们!"

蔡继刚在电讯室叫通了第九战区190师容有略的电话。

"喂,容师长吗?你好!我是蔡继刚啊。"

电话那边一声惊呼:"啊呀!是云鹤兄,几年不见啦,阁下都混到重庆军委会了,令人刮目相看呀!"

"到军委会又怎么啦?还不是个闲差?哪比得了你容师长,黄埔一期生,委员长的高足,正经的嫡系呀,不像我,出身不正,喝了点洋墨水,倒成了军中异类,如今干脆不让带兵了,惭愧啊!"蔡继刚发着牢骚。

容有略一口的广东普通话:"看你说的,我算什么嫡系?好不容易当了个师长,还是个后调师,有点兵都让人家挖走了。没办法,人家是主力师嘛,财大气粗,我只能当个配角啦。"

"容师长,你现在正招兵买马,我向你推荐两个老兵,都有战斗经验,参加过豫中会战,是刚从日军战俘营里逃出来的,吃了不少苦,所以求战心切,怎么样,你要不要?"

容有略大喜过望:"要要要,当然要!我缺的就是老兵呀,来了都当班长,给我带新兵。云鹤兄,你可真是雪中送炭啊,谢谢啦!"

"好,我马上安排通讯连的车给你送去。老弟,下一步我可能也要去第九战区督战,到时咱们会见面的。"蔡继刚放下了电话。

## ·第十八章·

C-47运输机刚刚在羊街机场的停机坪上停稳,赵湘竹第一个走下扶梯,这是她第一次到羊街机场。

战争爆发以来,赵湘竹经常去前线部队采访,有时甚至深入到前线团一级指挥所。在同行们看来,赵湘竹的胆子大得出奇,她的故事经常在同行之间流传。其中有个笑话,在第三次长沙会战中,赵湘竹居然钻进了前沿阵地的一个地堡,先是帮机枪手压子弹,然后就提出进一步要求,她想试试轻机枪射击。当时正是敌人进攻的间歇,机枪手拗不过她,只好让她试着打几发,赵湘竹愣头愣脑,上去就是一个长点射,子弹全打在射孔外七八米远的地上,还差点让机枪的后坐力把肩膀撞脱了臼,吓得机枪手脸都白了。

蔡继刚是这样评价自己妻子的:赵湘竹女士对任何事物都充满着热情,有着强烈的参与感和好奇心,但在具体操作上,这位女士起到的作用却往往是添乱。

赵湘竹作为一个军事记者,采访过很多将军和士兵,也多次亲临战场,经历过众多危险。她对军队十分熟悉,但这只局限于陆军,她还从没有和空军打过交道。这次来羊街机场,主要是因为陈纳德。这位美国将军是个大忙人,行踪飘忽不定,为了采访陈纳德,赵湘竹把腿都跑细了,居然连续跟踪了半个月也没找到他。神出鬼没的陈纳德往往是上午还在重庆,下午就到了桂林,等赵湘竹追到桂林时,陈纳德又飞到了湖南芷江机场,赵湘竹穷追不舍,又跟踪到芷江,结果只晚了半个小时,陈纳德已到了昆明羊街机场。赵湘竹得到消息后,犯了犟脾气,她在芷江机场停机坪上等了六个小时,终于等到一架飞往羊街机场的美军运输机,幸亏她的记者证起了作用,机组人员破例允许她搭乘了飞机。

当赵湘竹气喘吁吁赶到羊街机场新闻接待处时,一位军官告诉她,陈纳德将军已经在两个小时前乘汽车前往巫家坝机场。赵湘竹一听就瘫坐在那里,她实在没有力气再继续跟踪了,这个年过半百的美国将军精力充沛,非常人可比,赵湘竹几乎已准备放弃采访了。

看着赵湘竹疲惫不堪的样子,那个军官似有不忍,他偷偷向赵湘竹透露了一个秘密:陈纳德将军明天下午还要返回羊街机场。赵湘竹一听又来了精神,

## 第十八章

这个老牛仔到底没有逃出她的手心,既然明天他还回来,那不如现在就在羊街机场守株待兔,等这老头儿自己撞上来。

赵湘竹看看手表,时间是下午三点,离晚饭时间还早,她决定去俱乐部的酒吧消磨时间。虽然是第一次来这里,但她早就听说过羊街机场的美军俱乐部,这可是个大名鼎鼎的场所,一直被大后方的空军人员所津津乐道,赵湘竹决定去体验一下。

她坐在吧台前的高脚凳上,要了一杯"血玛丽"鸡尾酒,边啜着酒边翻阅着吧台上的英文杂志。突然,赵湘竹放下杂志,微微皱起了眉头,她抬头看看站在吧台里的调酒师,竟然是位年轻姑娘。

赵湘竹大感意外,她把酒杯向前轻轻一推,问道:"小姐,这杯酒是你调的?"

那姑娘立刻显得很紧张:"是我调的,怎么,口味不对吗?"

"你好像忘了放黑胡椒粉,另外,伏特加酒的比例也不对,我记得'血玛丽'标准配方里,伏特加酒应该不少于1.5盎司,小姐,你兑得稍微少了些。"

站在吧台里的姑娘是沈星云,今天下午调酒师临时有急事外出,央求沈星云替他顶一会儿班。沈星云以前也学过一些调酒技术,只不过很少实践,所以一着急就出了差错。

沈星云连忙道歉:"对不起,这是我的错,我马上给你重新调制一杯,这杯酒你不用付费。"

赵湘竹奇怪地问:"小姐,你好像不是调酒师吧?在我印象里,还从没见过年轻姑娘做调酒师呢。"

沈星云脸红了,她不好意思地承认:"实在对不起,调酒师临时有事,我替他值一会儿班,我……我是营养师,不太会调酒,通常这个时间酒吧里很少有顾客,真没想到,让你碰上了,实在对不起。"

"哦,没关系,反正我是在消磨时间,并不是真想喝酒,你不用重新调酒了,给我一杯白水吧。小姐,你们这里的营养师也是现役军人吗?"赵湘竹已经养成记者的职业习惯,无论见到什么人都会迅速拉近距离,进入随便聊天的状态。

"是的,我们这里的医护人员,属于美国红十字会中国支部的派出机构,在编制上又隶属第14航空队,所以全部是现役军人,其中大部分是美国军人。不过,我是中国国籍。"

赵湘竹拿出采访本和钢笔:"哦,这我倒是第一次听说,看来不光是中美空军混合团,连你们这里的医护人员也是中美军人混合编制。小姐,我们可以聊聊天吗?"

"当然可以,如果我没有猜错的话,你肯定是记者吧?"

赵湘竹点点头："我是《中央日报》记者，叫赵湘竹。"

沈星云兴奋地说："那可太好了，三天前这里遭受过敌机空袭，我们这儿出了个大英雄，他居然抢了一架飞机，冒着敌人的轰炸强行起飞，上去就打下一架敌机，简直太棒了，你可以写一写这位英雄啊。"

赵湘竹顿时来了兴趣："天哪，看来我来得正好，你谈谈这位英雄，他叫什么名字？哪里人？在哪个部队服役？"

"他叫蔡继恒，还有个很厉害的绰号，叫鳄鱼……"沈星云夸张地做出骇人状，仿佛变成了一条张牙舞爪的鳄鱼。

赵湘竹惊讶地张大了嘴："蔡继恒？是中美混合团那个蔡继恒吗？他怎么……在这里？"

"是啊，他刚从中美混合团调来，还没有具体分配工作，你……认识他？"

赵湘竹合上采访本笑道："果然是这臭小子，我当然认识他，我是他'姐姐'。"

蔡继刚家兄妹四人，赵湘竹和最小的弟弟蔡继恒关系最好，至于那两个小姑子，赵湘竹表面上客客气气，但心里始终把感情维持在一定距离上，她认为女人和女人之间很难交心，特别是小姑子对嫂子，无论你做得有多么面面俱到，她们仍然会以审视、挑剔的眼光对待你，赵湘竹觉得自己很难讨得她们的喜欢。再说了，她本来就是个经济独立的新女性，嫁到蔡家来，是因为她爱蔡继刚，可不是为了穿衣吃饭，为什么要放下身段去讨小姑子的喜欢？

赵湘竹嫁到蔡家之前，婆婆就已经去世，老爷子没有再续弦，这让她很庆幸，要是再赶上个难侍候的婆婆，以她的性格恐怕会很难相处。蔡家属于旧式大家族，繁文缛节多，规矩也很大，像赵湘竹这种新女性对此感到很不适应，幸亏平时不和他们生活在一起，所以暂时还没什么矛盾。

和其他人相比，蔡继恒就好相处多了，他热情、通透、性格豪爽，有时还很顽皮，很招赵湘竹喜欢。在这个大家庭里，每当赵湘竹有什么心事需要与人交流时，她第一个会想到的是蔡继恒。

她还记得第一次见到蔡继恒的情景，那时他还是个大学一年级的学生。

蔡继恒说："嫂子，你比我想象的还要漂亮，看来大哥还是很有眼力的。另外，我有个问题，你是希望我叫你嫂子呢，还是叫你姐姐？"

赵湘竹想了想说："就叫我姐姐吧，我家人口少，没有兄弟姐妹，所以我很愿意有你这么个弟弟。"

从此赵湘竹和蔡继恒一直以姐弟相称，两人相处得极为融洽。赵湘竹对这个比自己小六岁的弟弟很是娇惯。他在西南联大上学时，老爷子对他每月的零花钱控制得很严格，蔡继恒喜欢结交朋友，花钱大手大脚，因此在经济上总是捉襟见肘。赵湘竹心疼弟弟，她自己收入不低，娘家又有钱，于是瞒着老爷子和丈夫偷偷给他寄钱，甚至鼓励他交女朋友，蔡继恒在交女友期间所有的花销都是赵湘竹提供的。

赵湘竹总是告诉蔡继恒，男人身上一定要有些钱，否则就很难保持尊严。记住，没钱了就和姐说，姐姐砸锅卖铁也要让你活得像个男人。

赵湘竹没想到蔡继恒也在这里，她一直以为蔡继恒所在的飞行中队还驻守在衡阳机场，正准备抽时间去衡阳看看他。这臭小子，调动了单位也不告诉姐姐，太不像话了。

赵湘竹听沈星云讲述了蔡继恒的英雄壮举，她笑了笑，觉得没什么可大惊小怪的，这就是蔡继恒，他总是能干出令人目瞪口呆的事，打下一架敌机还真算不上什么大事，凭这臭小子桀骜不驯的性格和诡计多端的脑子，要是他的P-40有足够长的航程，他一准儿敢去轰炸东京。在这个世界上，哪还有这臭小子不敢干的事？

倒是眼前这位容貌清秀的姑娘值得关注，怎么一提起蔡继恒就两眼放光，白皙的脸蛋也变成了粉红色？赵湘竹是过来人，她一眼就看出，这姑娘怕是爱上了蔡继恒。如果是这样，赵湘竹可得慎重对待，她认为自己有责任替弟弟把把关。

"小姐，我该怎么称呼你呢？"

"我叫沈星云，既然你是蔡继恒的姐姐，那我也叫你姐姐吧。"沈星云很大方地回答。

"好啊，以后我叫你星云，咱们就算是认识了。星云，姐姐是个直性子，说话不太喜欢绕弯子，如果有什么唐突的地方，也请你原谅！我想问问你，是不是对我弟弟很有好感？"赵湘竹直截了当地说。

沈星云踌躇了一下，有些害羞地点点头承认："是……"

"嗯，那也就是说，你喜欢他，是不是？"

沈星云慌乱地点点头："是，我是喜欢他，可是……我并没有向他表示过。"

赵湘竹笑了："那你应该找他谈谈，也许他并不知道。还有个问题，不知你考虑过没有？如果你选择一个飞行员做男友，就该有充足的心理准备，因为他随时有可能阵亡或者受伤致残，你想过这些吗？"

沈星云郑重地点点头："想过，我觉得……只要是我自己的选择，就没什么可后悔的。姐姐，我想给你讲一讲这些飞行员的故事，你有兴趣听吗？"

"当然，我很有兴趣。"

"你知道，我的工作就是为这些飞行员服务的，羊街机场算上我一共有四个女营养师,我们负责23大队和308大队两百多个中美空勤人员的饮食。他们都是些年轻人,其中大部分人甚至没交过女朋友,在我看来,都是些没长大的大男孩,他们任性,不喜欢受约束,有着强烈的逆反心理,有的还喜欢搞恶作剧。说来好笑,我曾经在一天之内接到过12封情书,另外还有五个大男孩直接跟我表白。当然,我不愿使他们难堪,更不会生硬地拒绝他们,因为他们的自尊心很强,一旦没有处理好就会伤害他们。所以我只是告诉求爱者,我暂时还没有做好恋爱的心理准备,请他原谅,我们可以做好朋友。求爱者里面有一个美国飞行员,叫丹尼斯,你弟弟蔡继恒和他也是好朋友,这个丹尼斯是个很固执的年轻人,他说:'密斯沈,我真的很爱你,虽然你拒绝了我,但我是否能提一个小小的要求?请让我吻你一下,就一次,哪怕我明天就在战斗中牺牲,我也会心满意足地去见上帝。'"

赵湘竹笑道:"这个美国人很浪漫,你答应他了吗?"

"没有,当时我委婉地告诉他:这怎么可以?我只能让我所爱的人亲吻,中国女人不可以这么随便,我们有我们的习俗。记得当时丹尼斯很失望地说:'密斯沈,你不了解我们,我每天驾驶轰炸机起飞的时候,都有可能直接飞到上帝那里,你的一个吻可以让我毫无遗憾地去赴死,因为我从来没和女人接过吻……'"

赵湘竹的眼睛湿润了,她喃喃自语道:"这句话真的……令人心碎。"

沈星云望着她,眼睛里充满了忧郁:"姐姐,我真的很后悔,丹尼斯是个很好的人,他从此以后再没有提过这类要求,仍然爱护我,把我当成好朋友。可是……就在前些日子的一次战斗中,我们一天之内就牺牲了68个空勤人员,其中就有丹尼斯……那天晚上,大家哭得昏天黑地。真的,这实在太让人无法接受了。68个生龙活虎的优秀青年,一下子就没了,战争太残酷,太残酷了……那天夜里,整个羊街机场无人入眠,从指挥官到普通士兵,所有的人都在痛哭……就我个人的感受,觉得整个天都塌了下来,我无论如何也不肯接受这个现实。餐桌上还摆放着为他们准备的饭菜,他们的音容笑貌还不断在我眼前出现,可他们永远也不会回来了……真像丹尼斯说的那样,他们飞到上帝那里去了,在飞往天国的路上,丹尼斯是否还在为那个吻而遗憾?姐姐,我真的很后悔,干吗要让他带着遗憾走呢?连生命都这么脆弱,一个吻又算得了什么?这些死去的人都是我的兄弟、我的战友,我爱他们,要是能唤回他们的生命,我真的什么都可以做……"

沈星云泪流满面,赵湘竹也哭成了泪人。

沈星云擦去泪水,眼睛里发出一种奇异的光彩:"让我终生难忘的是,第

## 第十八章

二天早晨，跑道上又响起了飞机的轰鸣声，我看到那些战斗机、轰炸机飞行员的脸上，都透出一种冷峻的平静，他们透过机舱向我们做出'V'字手势，然后驾驶飞机义无反顾地冲上跑道，机群转眼间消失在天空中……我的眼泪又控制不住了，不光是我，机场上所有的地勤人员、警卫哨兵、医护人员都流着眼泪向起飞的机群致以军礼……我第一次感受到，这些不同国籍、不同肤色的优秀男人，他们身上散发出的那种力量。有他们在，世界民主阵营就强大无比；有他们在，我们的国家就亡不了，这是唯一能支撑着我们忍受战争苦难的精神力量。"

赵湘竹泪眼婆娑地望着沈星云，一时无语……

"姐姐，你知道，飞行员这个群体是军队中的精英，这是毫无疑问的，要是有一个人，即使在精英组成的群体中，也属于佼佼者，那这样的人真的会让很多女人缴械投降的，你明白我的意思吗？"

赵湘竹涕泪交流："我明白，我理解……星云，你这番话险些让我崩溃，这是我入行以来，所搜集到的最感人的新闻素材，我一定要把这些事写出来。"

沈星云望着窗外的机场小声说："是啊，写写那些牺牲的英雄，也写写那位还活着的英雄，你简直无法想象，那天羊街机场的上千人全都仰望天空，眼睁睁看着蔡继恒单枪匹马在天上和敌机决斗，真是太惊险了！我们红十字会的那些女护士，平时就很擅长刺耳的尖叫，那天更是不得了，她们的尖叫声太恐怖了，我不得不用双手捂住耳朵。当蔡继恒的飞机落地时，大家的情绪简直无法控制，欢呼声响彻整个机场，大家把他一次次抛向空中……说来不好意思，我就是在那一瞬间，突然对他有了种异样的感觉……"

赵湘竹收起笔，站起身来："星云，请给我引路，我要去看看他。"

蔡继刚的预测是准确的，北方的豫中会战刚刚尘埃落定，在武汉的日本第11军又发动了更大规模的战役行动。

这次战役的日军主帅是驻中国派遣军总司令官畑俊六大将，中方主帅是国军第九战区司令长官薛岳上将。

日军通过豫中会战打通了平汉铁路，一号作战计划才仅仅完成了一半，下一步自然是要打通粤汉线，要完成这个计划，就必须拿下长沙，否则一切都无从谈起。

从1938年9月到1941年12月，中日两军为争夺长沙进行过三次会战，在这三次会战中，日军共投入兵力近30万人，伤亡9万人左右；中国军队共投入兵力70多万人，伤亡13万人左右。

第一次长沙会战，双方打成了平手，日军没有达到预期的作战目的，而中国军队也未能取得如其宣传的大捷；第二次长沙会战，日军基本实现了作战目的，中国军队损失惨重；第三次长沙会战，日军显然是失利一方，非但没有达到歼灭第九战区主力的目的，自己反而遭受了前所未有的损失。

公平地说，在三次长沙会战中，中日双方在作战中各有胜负，就伤亡比而言，中国军队的伤亡相对日军来说要大一些。但就战略目的及战略全局而言，日军未能达成歼灭国军第九战区主力，进而迫使国民政府妥协屈服之目的；国军第九战区虽然损失了一些兵力，但却基本完成了国民政府所赋予的保卫湘赣之任务。因此从战略层面上看，中国军队应是三次长沙会战的获胜者。

在中国的大后方重庆，国民政府开动全部宣传机器将第三次长沙会战称为"长沙大捷"，民众舆论也热烈响应，举国欢腾，各地民众奔走相告，慷慨解囊，仅慰问三军将士的医疗创伤捐款就达34万大洋。香港《大公报》发自上海的报道《孤岛的国庆》称："自从租界当局限定悬旗的日子以后，孤岛上已经四五个月不见国旗了。正当湘北大捷声中，青天白日旗又满街飞舞，激动着每一个人的热情，吐出一口窒悬已久的长气。"

蒋介石给薛岳发来贺捷电报，其中也掩饰不住兴奋之情："此次湘北大捷，全国振奋，诚为最后胜利之佐证，而对于人民信念、国际视听，关系尤钜。骏烈丰功，良深嘉庆。"

第九战区司令长官薛岳将军一时成了国家英雄。薛岳所独创的"天炉战法"成了扭转战局、拯救国家的里程碑，甚至有文章吹捧薛岳："他的战略战术足以法天地之幽邃，穷宇宙之奥秘，为鬼神所惊泣，人事所难测，无以名之，故曰'天炉战'。"

对一种新战法，夸几句是可以的，一旦被吹捧成"法天地之幽邃，穷宇宙之奥秘"，就太过分了。

趁着长沙大捷的势头，第九战区参谋长吴逸志连夜组织人赶编了一出现代京剧：《新战长沙》。在剧中，司令长官薛岳亲自上台，头戴帅盔，身穿帅甲，前有马童，后有大纛，上面大大地写了一个"薛"字，两厢的龙套打着"精忠报国"的旗子，也不知到底是刘备还是岳武穆。参谋长吴逸志自然也不会闲着，他扮成诸葛亮，头戴纶巾，手持羽扇，身着八卦衣，也上台尽情玩了一把票。台上玩票玩得热闹，台下更是群情振奋，九战区的官兵们大声叫好，喊哑了嗓子。

薛岳和吴逸志两人关系极好，他们是保定军校六期的同学，在东征北伐时期就同甘共苦，是情同手足的生死弟兄。如此说来，战区司令长官和参谋长关系这么不一般，相互吹捧一下也是难免的。

抗战军兴以来，中国军队败多胜少，精神上实在太需要一场胜仗鼓励一下。

## 第十八章

战后，第九战区对外宣布：此次会战共歼灭日军42190人。这数字有整有零，由不得人不信，而日本方面后来计入战史的伤亡数字是3550人，也是精确到一位数。交战双方的统计数字竟然如此悬殊，水分当然都有，不过中国方面的数字好像更夸张一些。

对此，蔡继刚只有苦笑。身为职业军人，他当然不反对宣传部门为提高士气进行某种程度的夸张。民众需要胜利的消息，中国人民需要精神力量的支撑，适当地制造一些神话，倒也无可厚非。问题是，中国的职业军人如果也相信了这种神话，那可就危险了。

蔡继刚认为，这三次长沙会战的结果，究其原因是战争步入战略相持阶段后，日军大本营因兵力不足而调整了侵华战略所致。日军占领了广州、武汉后，对国民政府采取以政治诱降为主、以军事进攻为辅的方针；与此同时，其军事战略方针也做了相应的调整，在军事上"除发生特殊重大和必要的情况外，不再扩大占领地域"，不再以攻城略地和抢夺物资为作战目的，而只以局部的战役进攻配合其政治、外交攻势，达成在全局上"不战而胜"解决中国事变之目的。因此，在三次长沙会战中，日军每次制订的作战目的都是以歼灭或击溃国军第九战区的主力、迫使国民政府妥协投降为主，而不以占领地区或掠夺财物为主；其每次制订的作战时间都在两周左右，日军在作战中所携带的粮弹也以此时间为参照，一旦达成战役目的，日军都会主动撤退。

蔡继刚也承认，第三次长沙会战的确取得了不错的战果，薛岳的"天炉战法"当然是功不可没，但使用这种战法的机会只有一次，绝不能反复使用。所谓"天炉战法"，是将兵力在作战地带布成网状的据点，以伏击、诱击、侧击、尾击等方式，分段消耗敌军的兵力与士气，最后，把敌军"拖"到预设的决战地区，再围歼之。当时的日军主帅、第11军司令官阿南惟几被打蒙了头，由于轻敌冒进，日军两个师团在长沙城下被合围，经过苦战才得以逃脱。

可以这样判断，日军并不是没有能力拿下长沙，而是没有占领长沙的计划，日军每次作战后的撤退是由其战略指导思想所决定的。

尽管人微言轻，但蔡继刚还是向军委会的长官们写出了战场形势报告，而且提出警告："这一次日军对长沙志在必得，横山勇完全有能力拿下长沙。如长沙不保，日军的下一个攻击点肯定是衡阳，甚至有可能在攻击长沙的同时即对衡阳展开进攻。我统帅部应对当前的军事态势重新进行评估，制订出实际而有效的战略方针。"

报告送交到军委会便没有了下文，那些权高位重的大员不知道在忙些什么，反正没有人重视一个少将督战官提出的警告。

蔡继恒已经接到了通知，明天早晨有一班飞往衡阳的运输机，他可以搭乘运输机返回衡阳。他松了一口气，总算是可以归队了，越早走越好，省得夜长梦多。

如今他在羊街机场成了大名人，23大队指挥官罗伯特上校一见到蔡继恒就眉开眼笑。有一次他去酒吧，屁股还没坐稳，调酒师就殷勤地送上一杯龙舌兰酒。蔡继恒诧异地问："这是怎么回事？我还没要酒呢。"

调酒师指了指吧台高脚凳上坐着的罗伯特上校："这是罗伯特上校请你的。"

罗伯特上校向蔡继恒举了举酒杯，招呼道："嗨，鳄鱼，今天天气不错。"

蔡继恒举起酒杯："你好！上校，谢啦！"

罗伯特上校凑到蔡继恒身边，向他眨了眨蓝眼睛说："鳄鱼，我有个建议，你可能有兴趣，想听听吗？"

"是升官发财的事吗？如果是的话，我当然想听！"

"你猜对了一半，发财的事我管不了，但如果你留在23大队，就可以当个中队长，这难道不是升官吗？"

蔡继恒一口把酒干了，把酒杯放在桌上，起身说道："对不起，上校，你的好意我心领了，我还是更喜欢中美混合团，那里有我很多朋友，我愿意和他们在一起，谢谢你的酒。"

蔡继恒转身走开，身后传来罗伯特上校的声音："鳄鱼，你想不想得到一架P-51？你先考虑一下，不必现在就答复我。"

蔡继恒的战绩表上已经有了击落敌机六架的记录，是真正的王牌飞行员了，如今他成了香饽饽，第14航空队的各级飞行主官都在打他的主意，谁不希望自己手下多几张王牌？可蔡继恒打定主意，除了中美空军混合团，他哪儿也不去。

在羊街机场的这段日子里，蔡继恒快闲出了毛病，谢天谢地，明天总算是可以归队了。他看望了藤野内五郎和中信义雄，并向他俩告别。然后又到机修车间找到老杰克，也想和他告个别，这一分手又不知什么时候才能见面。

老杰克听说蔡继恒要走，很是意外，这些日子他背着蔡继恒上蹿下跳，游说各级飞行主官，想把蔡继恒留在23大队。其实老杰克并不是要坏蔡继恒的事，他是舍不得蔡继恒走。

这是一条好鳄鱼，也是个好酒友。老杰克这样评价蔡继恒。

"鳄鱼，我知道，这里反正也留不住你，那你就给我滚得远远的，再也不要让我看到你！不过……今天晚上要好好喝几杯，由我付账，以后谁知道还他妈的有没有机会见面。"老杰克没好气地说。

## 第十八章

蔡继恒才不想听他发牢骚，于是岔开了话题："响尾蛇，听着，我有一个关于P-40的重大技术改革方案，你要听听吗？"

头脑简单的老杰克立刻上了当，他的思路马上被引到技术问题上，他诧异地搔搔头皮问："P-40还能改进什么？连P-51都开始列装了，要是真有好的改进方案，干吗不用在P-51上？"

蔡继恒一本正经地说："有一位杰出的科学家刚刚发明了一种装置，可以安装在P-40的尾翼上，当飞机需要加速时，只要一按电钮，'通'的一声，飞机的时速就能加大到两千英里，飞越大西洋有两个钟头就够了。还有个好处，当你的飞机在战斗中受伤或出现故障，不得不迫降时，你不用费劲去找平坦的迫降地点，只要再一按电钮，机尾上'砰'地弹出一个巨大的降落伞，可以让飞机毫发无损地降落到地面上……"

老杰克满脸狐疑地盯着蔡继恒："鳄鱼，真有这东西吗？怎么有点像天方夜谭里的飞毯？一下子把速度加大，它的动力从哪里来？"

"响尾蛇，这就不是你的专业知识所能理解的啦，这应该是一种新型的火箭推进技术，还处于绝密阶段。老杰克，你可一定要嘴严点，千万不要对外人说。"

老杰克却钻了牛角尖："这就奇怪了，这么小的一个装置，却能产生这么强大的推力，它的动力难道是压缩空气……不可能，绝对不可能。是火箭发射产生的反推力？这……这他妈的也不可能……鳄鱼，你告诉我，这位科学家叫什么名字？你放心！我会把这件事烂在肚子里，打死也不和别人说。"

蔡继恒把嘴凑到老杰克耳边，小声说："你可千万要保守秘密，否则咱俩就死定了……"

老杰克忙不迭地点头："我知道，我知道，对我你还不相信吗？"

"那我可说了啊，这位伟大的科学家叫……蔡、继、恒，发明的时间是昨天夜里，地点是在梦里……"

"Fuck！该死的鳄鱼，我要扒下你这丑陋的鳄鱼皮！"老杰克终于发现上当了，他怒不可遏地向蔡继恒扑过去……

蔡继恒灵巧地一闪身，想躲开老杰克的攻击，谁知被一个装工业黄油的铁桶绊倒，老杰克顺势骑在他身上，从桶里抓了把黄油狠狠地抹在蔡继恒的脸上。

蔡继恒挣扎着连声讨饶："我错了，我错了，今晚我请客……哎哟，你他妈的抹到我鼻子上啦，鼻孔都堵住了，你想憋死我呀……"

老杰克的玩笑也有点大，这类黄油本来是用于飞机螺旋桨的轴承上起润滑作用的，往人的脸上抹就有些过分了。

"该死的鳄鱼，我发现你的皮肤很需要保养，干这活儿我还比较拿手……"

老杰克意犹未尽地又抓了一把黄油，准备继续惩罚蔡继恒。就在这时，"砰"的一声闷响，老杰克的后脑勺突然挨了重重的一击，他顿时一阵晕眩，眼前骤然迸发出无数小星星……被压在身下的蔡继恒见老杰克的表情显出怪异，便停止了嬉闹："怎么啦，响尾蛇？"

老杰克回头看了一眼，懵懵懂懂地说："鳄鱼，这是怎么回事啊？有个女人在打我……"

蔡继恒撑起身子一看，惊呆了，只见赵湘竹手里举着一把木头椅子，正怒气冲冲地站在老杰克的身后。

蔡继恒惊讶地喊道："姐，你怎么来了？"

原来沈星云带着赵湘竹把机场各处转遍了，也没找到蔡继恒，后来听一个地勤员说，他看见鳄鱼进了机修车间，于是她们就找到了这里。赵湘竹本就是个很情绪化的女人，平日里喜怒哀乐都挂在脸上，落实在行动上。她一进门就看见一个身材粗壮、满脸络腮胡子的洋人骑在弟弟身上，用黄油在弟弟脸上乱抹，便认定这个洋人在欺负蔡继恒。于是赵湘竹又犯了大小姐脾气，管他是谁，谁欺负弟弟她就和谁拼命，赵湘竹情急之下抄起一把椅子，照着老杰克脑袋就是一下。幸亏她力气小，后果还不太严重，老杰克只是犯了一阵迷糊就缓了过来。

沈星云一开始也被惊呆了，她没想到赵湘竹会突然出手，等弄清了误会，沈星云再也忍不住了，她望着老杰克的狼狈相放声大笑起来。

赵湘竹尴尬地连声道歉，老杰克揉着脑袋，嘴里嘟囔着："真不可想象，这么漂亮的女人也会打人？不过……这也是我的荣幸。没关系，夫人，只要你高兴，以后随时可以照我脑袋上来一下。"

赵湘竹找了一团棉丝，一边给蔡继恒擦去脸上的黄油，一边数落着："你说你，怎么就长不大呢？24岁的人了，还像个孩子，就算闹着玩也该有个分寸，有这么闹的吗？看看你的脸，就像刚从油锅里捞出来的，你哥要是在，看见你这副模样，非揍你不可！"

蔡继恒笑道："老杰克已经是手下留情了，他有一次还打算往我脸上涂油漆呢。"

老杰克怒气冲冲地揭发道："那都是你先向我寻衅的，你这条鳄鱼坏透了，上次我在宿舍里睡觉，你溜进来在我眼皮上抹万金油……"

赵湘竹也忍不住大笑起来。

和沈星云、老杰克道别后，赵湘竹和蔡继恒走出机修车间，两人沿着停机坪旁的小路边散步边聊。

蔡继恒解释道:"我和老杰克是朋友,在一起经常开玩笑,刚才我去向他告别,老杰克有些伤感,我就想和他开开玩笑,活跃一下气氛,谁知让你误会了。姐,我以前还没发现,你是个敢说敢干的人,幸亏力气不大,不然老杰克要倒霉了。"

赵湘竹笑道:"别以为你姐是个女魔头,其实我也是第一次动手,一急眼就什么都忘了,看来以后也得改改脾气。"

"我看不用改,有性格的女人倒有一种特殊魅力,只要别用椅子照我哥脑袋上砸就行。"蔡继恒调侃道。

"臭小子,这件事可不许和你哥说,这有损我的形象,听见没有?"

"不说,坚决不说!我懂,你要在我哥面前保持淑女风范,这很重要。我哥那个人太保守,哼,和我爸差不多,属于19世纪的人。"

"住嘴!不许说你哥的坏话,他是我这辈子见到的最精彩的男人,我长这么大,只做过一件最正确的事,那就是嫁给你哥。当然了,你这臭小子也不错,唯一的缺点就是还没长大,和你哥比起来,还欠那么一点成熟和稳重。"赵湘竹毫不客气地数落着。

两人正闲扯着,只见沈星云骑着一辆自行车追上来。

赵湘竹开玩笑道:"星云,你是找我呢,还是找他呀?"

沈星云停住车笑道:"姐姐,我是来通知蔡大哥一件事,刚才罗伯特上校告诉我,今天晚饭后,上校要召集一些空地勤人员,在俱乐部办个告别酒会,为蔡继恒上尉饯行。"

蔡继恒从不喜欢应酬,很少参加这类聚会,便拒绝道:"还是免了吧,我们中队经常会转场,说不定哪天就飞过来了,以后有的是见面机会。再说,今天晚上我已经答应和老杰克一起喝酒了。"

沈星云央求道:"还是去吧,别辜负了大家的一片好意,罗伯特上校从不主动和人交往,他总是和所有人拉开距离。这次是他主动为你举办酒会,说明他非常看重你。蔡大哥,还是去吧,求求你了!别让大家扫兴,好吗?"

蔡继恒却不买账:"小沈,你去和上校说,对他的好意,我蔡继恒心领了。大家都挺忙的,每天都有作战任务,不要为我一个人耽误大家休息。我看,今晚的活动还是取消吧。"

这时赵湘竹说话了:"继恒,你怎么一点人情世故都不懂?大家为你举办活动,是因为大家喜欢你,你怎么能无动于衷呢?继恒,一个人不能总由着自己性子行事,这是不成熟的表现。星云,你去告诉上校,晚上我们准时到。哦,对了，今晚对着装有什么要求吗？"

沈星云回答："上校说，男士一律穿军装，女士穿裙子。那好，你们谈，我马上去回复上校，晚上见！"

赵湘竹望着沈星云的背影，若有所思地说："继恒，这姑娘喜欢你，你知道吗？"

"姐，咱们能不能不谈这件事？"蔡继恒生硬地说。

"怎么了，你咋像个刺猬，动不动浑身的刺就竖起来？是以前的女友让你受了刺激，还是你有什么不正常？继恒，我只问你一句，你要告诉我实话，你对这姑娘有感觉吗？"

"有感觉，人不错，脾气也好。可是……那又怎么样？现在正在打仗啊。姐，我告诉你一个数据，民国二十六年战争刚爆发时，中国空军有几百个飞行员，到现在，活下来的不到十分之一。远的不说，就说和我前后几期受训的飞行员，不到四年时间，阵亡的人数已经超过了一半。我能活下来，不是因为我比别人优秀，而是我运气好罢了。可你知道，一个人不可能永远有好运……"

赵湘竹突然变色道："不要说，永远不要说那个字……"

"好好好，不说！姐，其实我的意思是，一个正常的男人都会渴望女人，这种渴望很单纯，尤其是在战争状态下，生理上的需要往往大于感情上的需要，在生命都朝不保夕的情况下，谁会去想以后的事？可女人想的大概不是这样，她们从恋爱开始就已经在安排后半生了，而且思维相当缜密，目的性也比较明确。这就像女人喜欢的珠宝，租赁来的和永久拥有是两码事，没有哪个女人不希望永久拥有。可现在的问题是，对女人来说，我们这些飞行员大部分就是租赁来的珠宝，随时有可能失去，这是谁也不希望出现的结果。因此，为了避免这种令人沮丧的结果，还是先自制一下。"蔡继恒侃侃而谈。

赵湘竹愤怒地反驳："完全是谬论，你根本就不了解女人，我和你哥哥恋爱的时候，他也是这套逻辑，说什么不想耽误我，要是真有这个心就等打完仗再说。当时我气得要命，心说这纯粹是废话，谁知道战争什么时候结束？难道因为打仗我们就不谈恋爱，不过日子了？关键是彼此是否相爱，如果是真心相爱，那么好，我今天晚上就不走了，哪怕是明天你就阵亡了，我也把自己给你。依我看，男女之间谈不上什么责任，心灵的召唤比什么都重要。"

蔡继恒沉默着。

赵湘竹用食指照他头上戳了一下："说话呀，干吗装哑巴，你平时不是挺能说的吗？"

"姐，你好像不太正常，操这个心干吗？我都不着急，你着什么急？我明天就回衡阳，就算我喜欢沈星云也来不及了，谈恋爱需要时间，可我们不知道什么时候才能见面呢，以后再说吧。"

"什么叫我不正常？我看是你讨打了……"赵湘竹照他背上狠狠捶了一拳，"我是你姐姐，喜欢你，心疼你，这不行吗？实话告诉你，就因为你是飞行员，就因为你比一般军人更危险，随时会牺牲……我才希望你有个好女人，我要你好好享受女人给你带来的所有感受，女人的爱，女人的美，女人的温柔……你和你哥都是我最亲的亲人，我爱你们，也正因为你们的生命随时处在危险中，我才希望你们活着的时候，能尽情享受人间最美好的东西，即使有一天，你们不得不离去，我赵湘竹也没有任何遗憾……为了你们，我什么都愿意做！"赵湘竹越说越悲伤，她忍不住哭了。这是她的心里话，从她嫁给蔡继刚那天起，她就无时无刻不处在忧虑和恐惧之中，她把蔡继恒看作是自己的亲兄弟，和自己丈夫同等重要。赵湘竹无法想象，如果有一天，他们的生命被战争毁灭，她真不知道自己还有没有勇气活下去。

蔡继恒也是第一次看到赵湘竹的真情流露，他被感动了，这些年赵湘竹对他的关爱，比他的两个亲姐姐还要细腻周到，他很珍惜这份感情。蔡继恒轻轻揽过赵湘竹，拍拍她后背，温和地安慰道："姐，你放心，我不会有事，你兄弟在天上净揍别人了，哪能轻易让人家打下来？"

赵湘竹擦着眼泪说："继恒，答应姐，对自己好一点，千万别委屈自己，不要管别人的看法，自己怎么高兴就怎么生活，钱不够花就和姐说。"

"姐，我早已是成年人了，又不是小孩子，你别唠叨行不行？我们赶快回去准备一下，晚上不是还有活动吗？这都怨你，谁让你轻易答应的？我一点也不喜欢这种应酬。"蔡继恒又恢复了本色，开始数落起赵湘竹来。

晚饭后，蔡继恒和赵湘竹走进俱乐部的酒吧，蔡继恒发现，这里已经被重新布置过了，平时用的桌子被排成一条长长的台子，上面铺着雪白的桌布，摆放着鲜花和一些盛着炸薯条、炸洋葱圈的碟子。钢琴也被挪到大厅中间，平时坐的椅子已经全被收起，来宾一律端着酒杯站在那里。

赵湘竹大发感慨："这让我想起重庆的各种酒会、冷餐会、舞会，现在的官场上很时兴搞这些。继恒，你不知道我的感受有多糟糕，我经常在两个世界里来回奔波，在前线，我看到的是士兵们营养不良的脸，听到的是伤兵们悲惨的哀号，战场上腐烂的尸体，流离失所、奄奄一息的难民，到处是饥饿、贫困、鲜血和死亡……可一回到重庆，我就进入另外一个世界，无论前方战场形势多么糟糕，那些舞会、酒会照样开，一个比一个豪华排场，官员们还是西装笔挺，太太小姐们照样打扮得珠光宝气。有些宴会更让我吃惊，餐桌上居然还有匈牙利鹅肝酱、法式焗蜗牛、荷兰奶酪……要知道，欧洲现在也是炮火连天啊，这些东西是从哪儿搞来的？难道是通过'驼峰航线'运来的？你真是不得不佩服这些官员的神通广大，那些运输机机舱的每一寸空间该有多宝贵，他们竟然能把这些奢侈品找到而且运来……继恒，这些话我从来不敢和任何人说，连你哥哥我都没敢说。我常想，要是前线那些浴血奋战的将士知道这些事，他们还能不能坚持下去？还愿意流血牺牲保卫这个国家吗？"

蔡继恒一边频频向熟人点头致意，一边小声数落："姐，你和我哥可真是天生的一对儿，都跟范仲淹似的，居庙堂之高，则忧其民，处江湖之远，则忧其君，是进亦忧，退亦忧。然则何时而乐耶？"

"你少和我耍贫嘴，你这个人真少见，好像什么也不在乎，难道你不认为，一个正常的社会是需要公平和正义的？"

"对对对，对此我毫无异议，我也喜欢公平和正义，可是我们毫无办法，对这种糟糕的现实生活，你反感也罢，愤怒也罢，我们束手无策。再说，这种事又不光是中国才有？你想想，伦敦已经炸成那个鬼样了，丘吉尔不照样在唐宁街的避弹室里抽雪茄吃牛排？列宁格勒的市民们饿得眼睛发绿，到处逮耗子充饥，斯大林先生的餐桌上照样少不了伏特加和黑鱼子酱。还有那位自由法国的戴高乐，都亡了国了，人家在伦敦还是享受着一份优厚的特供。所以说，抱怨是没有用的，你要是看不惯这个社会，就去想办法改变它，否则就只好忍受它了。"蔡继恒漫不经心地说。

赵湘竹做出夸张的表情："哟，你个臭小子，什么时候变得有思想了？简直像个哲学家，你可真是翅膀长硬了，开导起你姐姐了？"

老杰克端着一杯酒冲过来："鳄鱼，刚才我正准备逃走呢，本来今晚喝酒应该由我付账，咱们事先说好的，对不对？结果我到酒吧一看，上帝啊，鳄鱼这小子怎么请来这么多人？难道都他妈的……对不起，我不该当着女士说粗话……我是说，难道都由我来付账吗？我一下子头都大了，太恐惧了，就是把我一年的工资和海外补贴都算上，也请不起这么多人喝酒啊。后来有人告诉我，今天的全部账单由罗伯特上校支付，我这才松了一口气，他妈的，反正有人付账，我为什么要逃走？"

蔡继恒有些恨铁不成钢地批评道："响尾蛇，你这个人哪儿都好，就是爱算小账，看把你吓的，至于吗？"

老杰克耐心地解释道："不能这么说，我真的不是吝啬鬼。我单身的时候，也是个豪爽的爷们，从来不会存钱。可我不是一时糊涂结了婚吗？于是苦难的生活就开始了,这苦难的源头正是我太太,现在她每星期都给我写一封信,每次都这么说,亲爱的杰克,我们的房子需要换房顶了,这需要一大笔钱,为了我们的家,你应该把酒戒掉,而且节省每一分钱,我百分之百地相信,我丈夫杰克是个极有责任感的男子汉……鳄鱼,你听听,这究竟是夸奖还是威胁?难道就为个破房顶,我就得戒酒?这不是要我命嘛!鳄鱼,你可以想象一下,有一天我两手空空回到西雅图,一见我太太就说,亲爱的,真对不起,我的钱都请伙计们喝酒了。你猜她会怎么惩罚我?告诉你,她会毫不客气地把我挂在树杈上……"

赵湘竹被逗得大笑不止:"杰克,你太可怜了,我们都很同情你。"

老杰克做出一副可怜巴巴的样子:"没办法,我太太的体重属于重量级的,有时还有些暴力倾向,我根本不是对手,所以对我来讲,任何反抗都是不明智的。有一位智者说过,生活就是一个需要不断妥协的过程……"

蔡继恒怜悯地摸摸老杰克的后脑勺:"我说响尾蛇,你的脑袋没事吧?别是因为脑袋和重物发生了碰撞,你的话就多了起来?"

"鳄鱼,你还别说,我的脑袋经过这一次打击后,反倒变得聪明起来,这是有科学依据的,据说很多天才都是这么出现的。"

蔡继恒看见丁震天正在和几个中国飞行员交谈,便向他招招手打了个招呼。这时大厅里已经人声鼎沸,来宾们差不多都到了,男人们都换上了笔挺的军装,红十字会的中美女护士们穿着色彩鲜艳的裙子。蔡继恒注意到,沈星云穿着一身白色的连衣裙从外面走进来,两人的目光对视了一下,沈星云嫣然一笑,向他点点头。

丁震天走过来和蔡继恒打招呼:"鳄鱼,你明天就走吗?"

"明天早晨搭运输机走。怎么样,海盗,有什么话要我带给那边的老同学吗?"

"问老同学们好,我还在继续给航空委员会写信,要求调到中美混合团,但愿他们能批准。鳄鱼,明天你就走了,我没什么可送你的,就弹个曲子给你送行吧。"丁震天夸张地活动着十个指头,似乎跃跃欲试。

蔡继恒笑道:"早听说你会弹钢琴,就是从来没听过,今天一定要验证一下,你以前不是吹牛。"

"在航校的时候我倒很想露一手,可上哪儿去找钢琴呢?不瞒你说,我过五岁生日的时候,父亲送了我一台三角钢琴,乳白色的,德国霍夫曼牌。我从那时候就练习钢琴了。不过,自从上了大学就没怎么摸过琴,我得熟悉一下,弹得不好你不要见笑。"

蔡继恒做出邀请的手势:"你请,不要客气,我们这些人好糊弄,也听不出什么技巧,只要比弹棉花的水平强点就能忍受。"

丁震天坐在钢琴前,用手指在键盘上随便地弹出一连串琶音,大厅里立刻安静下来。丁震天猛地将十指砸在键盘上,钢琴立刻发出雄浑的和弦,他激情四射地弹起肖邦的《军队波罗乃兹舞曲》。

这是一首凯旋的进行曲,它的格调和寓意很符合此时的战争状态。

赵湘竹小声评论道:"他弹得不错,像是受过严格训练,乐感也很好。不过,他的指法有些生疏,出现了一两个错音,要是很久没摸过琴,能弹成这样很难得了。"

蔡继恒说:"这首曲子洋溢着中世纪的骑士精神,在肖邦眼里,军队中最精锐的兵种是骑兵,最具英雄主义形象的是古代波兰骑士,他们在15世纪初击败了十字军骑士团,从此名声大噪,这种骑士荣誉感居然保持了500年之久,直到1939年,波兰骑士们遇到德国坦克才终结[1]。"

赵湘竹不满地捅了他一下:"你这个人思维总是和别人不一样,听着肖邦的音乐,却刻薄地评论人家的骑兵,这是一种英雄主义精神,虽败犹荣,你懂不懂?"

"是啊,是很英雄主义,可再英雄也不能用马刀长矛去捅坦克,对不对?要怨就怨这位骑兵指挥官,他在发出攻击命令时,脑海里一定出现了一种很诗意的想象,军乐队演奏着《军队波罗乃兹舞曲》,在雄壮的进行曲中,身穿铠甲、手执长矛的骑士们,排山倒海般向敌人的坦克发起进攻。"

"臭小子,不和你说了,你就会说怪话!"

丁震天的演奏结束了,大厅里响起热烈掌声,罗伯特上校开始发言:"女士们、先生们,晚上好!今天是一个值得纪念的日子,有一条很棒的鳄鱼终于要游回巢穴了……"

大厅里响起一阵笑声。

"女士们、先生们,这条鳄鱼和我们相处的时间不长,却给大家留下了深刻的印象。说实话,我第一次见到鳄鱼时,他并没有引起我的关注,唯一使我感兴趣的,是他背上的那支司登式冲锋枪,因为我从没见过一个战斗机飞行员背着冲锋枪。记得他当时是这样解释的:长官,如果有一天我迫降或跳伞落在敌占区,这支冲锋枪就会派上用场,它可以弥补手枪火力的不足。坦率地说,我并不赞同他的观点,在我们美国军人的理念中,飞行员一旦迫降或跳伞,从某

---

[1] 1939年9月19日,波兰第18骑兵团在沃尔卡·威格洛瓦附近与纳粹德国的坦克集群发生一场遭遇战,上千名波兰骑兵高举马刀,英勇地向德国坦克集群发起进攻,在德国坦克的火炮、机枪及履带的碾压下,波兰骑兵遭受重大伤亡。

种意义上讲，他已经完成了自己的使命，这时就该退出战斗，即使被敌人俘虏，也绝不是件丢脸的事。但鳄鱼告诉我：'长官，我的理念是，只要我还活着，就要继续战斗！'女士们、先生们，我必须承认，他这句话让我思考了很久，在此我无意评论这种理念的正确与否，我只是想告诉大家，作为军人，就凭这句话，蔡继恒上尉就赢得了我的尊重。诸位，关于这条鳄鱼在战斗中的表现，在座的大部分人都亲眼看到了，我就不耽误大家的时间了。最后我想说的是，我喜欢鳄鱼，并且愿意和他结为并肩战斗的兄弟，如果他愿意，第23大队的大门永远向他敞开着。谢谢大家！"

在热烈的掌声中，罗伯特上校走过来和蔡继恒拥抱。

丁震天今晚临时充当起司仪的角色，他宣布："女士们、先生们，我向大家透露个秘密，罗伯特上校不仅是名优秀的飞行员，他还是一位男高音歌唱家，这一点他从来没有露过。今晚他主动要求，为大家唱一首《斗牛士之歌》，大家欢迎！"

在众人的掌声中，罗伯特上校很优雅地向大家鞠躬："诸位，在我演唱前有个小小的问题，在座的有没有懂法语的人？哦，没有，那就好办了。下面我要用地道的法语演唱这首歌。"

人们哄笑起来。

罗伯特上校在钢琴伴奏下唱起了《斗牛士之歌》。

赵湘竹听着，惊讶地说："哟，这位上校还真受过声乐训练，而且比较专业。继恒，我发现飞行员里面真是藏龙卧虎，哪个军兵种也没有这么多人才。"

蔡继恒说："听美国飞行员说，罗伯特上校出身军人世家，他父亲是个退役将军，早年毕业于西点军校。"

随着罗伯特上校的歌声，大厅里的气氛越来越热烈，来宾们全都随着节拍跺着脚加入了合唱：

斗牛勇士快准备！

斗牛勇士，斗牛勇士！在英勇的战斗中你要记着，

有双黑色的眼睛充满了爱情，

在等着你，在等着你！

歌曲结束的时候，老杰克却没收住，他的嗓子虽然有些破，但高音却不含糊，他把尾音又延长了几秒，还加上了一些奇怪的装饰音，貌似华彩乐段。

这种出风头的行为又引来一阵哄笑和嘲弄。

随后丁震天大声宣布："诸位，我向大家宣布一个惊人的消息，就在刚才，有一位美丽的姑娘对我说：'海盗，我想为一个人唱首歌，你能为我伴奏吗？'

我回答：'当然可以，但我很想知道这位幸运的人是谁，能告诉我吗？'姑娘说：'他自己知道……'"

这时罗伯特上校表现出难得的幽默，他插嘴道："我也知道，好像是某种爬行动物。"

来宾们哄堂大笑，气氛热烈。

丁震天继续说："好了，不卖关子了，这位姑娘是大家都熟悉的沈星云小姐，她要唱的歌是《梅娘曲》，在座的中国军官都熟悉这首歌。至于美国盟友就不见得知道了，不过，音乐是没有国界的，美国盟友们应该也会喜欢。下面有请沈小姐……"

身穿白色连衣裙的沈星云在掌声中出场了。

丁震天在钢琴上弹出前奏，大厅里立刻静了下来。

沈星云款款深情的歌声响起：

哥哥，你别忘了我呀，
我是你亲爱的梅娘，
你曾坐在我们家的窗上，
嚼着那鲜红的槟榔……

蔡继恒和赵湘竹都熟悉这首歌，这是聂耳在1935年为田汉的话剧《回春之曲》所作的插曲，话剧的故事背景是1932年的"一·二八事变"，一些南洋的爱国青年华侨回国参加抗战。剧中主人公高维汉在战争中负伤后，他的情人梅娘不顾父母的反对，只身从南洋赶回祖国，看到自己的心上人因受伤而昏迷不醒，后又失去记忆时，她抑制不住内心的痛苦唱出了这首歌。话剧《回春之曲》一经公演，立刻引起轰动，其插曲《梅娘曲》也在国内和海外华侨中广为流传。

蔡继恒多次听过王人美等人唱的《梅娘曲》，但没有引起他的关注。他认为那些当红歌手对这首歌的处理有问题，当时一些女歌手最流行的唱法，都是把歌曲处理得嗲声嗲气，极尽撒娇之态，听着很有些肉麻。抗战前出现的那些流行歌曲，像《桃花江是美人窝》《何日君再来》等，都使蔡继恒这类的热血青年感到厌恶，他认为歌曲本身没有政治性，若是太平盛世唱唱倒也无所谓，但在强敌压境、民族危亡的大背景下，这些歌曲却表现出一种亡国之音，使人不由得想起"隔江犹唱后庭花"的历史悲剧。

沈星云的歌声从一开始就紧紧抓住了蔡继恒，一声"哥哥"的呼唤，深情、简练地表现了梅娘见到昏迷不醒的情人时，内心充满痛苦与爱恋的心情。沈星云把这段歌词处理得情深意切，令人柔肠百转。

（梅娘力图以回忆他们在南洋时的生活情景，唤起情人的记忆……）

> 我曾轻弹着吉他，
> 伴你慢声儿歌唱，
> 当我们在遥远的南洋。
> 哥哥，你别忘了我呀，
> 我是你亲爱的梅娘，
> 你曾坐在红河的岸旁，
> 我们祖宗流血的地方，
> 送我们的勇士还乡……

如诉如泣的歌声触动了蔡继恒内心深处一块柔软的区域。生活总是在不经意间留下许多痕迹，忧伤的、快乐的、感动的和铭心刻骨的，但不管哪种情愫，都会扰得人久久不能忘怀。在失去爱情的日子里，他竭力想忘掉往事带来的伤痛，可那些本以为能遗忘的人和事，却一件也没能忘记……

问世间情为何物？据说，五百年的回眸，才换来今生的擦肩。所谓缘定三生，是指一切相遇都是前世注定，才有了今生不了之情。

他记得佛教传说中，佛的弟子阿难在出家前，邂逅一位美貌少女，只这么一次，就从此爱慕难舍。佛祖问他："你有多喜欢那女子？"阿难回答："愿化身为青石桥，受五百年风吹、五百年日晒、五百年雨淋，只求那少女从桥上走过。"

蔡继恒很想知道，阿难皈依佛门后，是否还记得当初的誓约？等到那美貌少女成为沧桑老妪时，他是否依旧情深不改？他也许可以为她化作石桥，经受一千五百年的风风雨雨，但如果他与那位女子成就了一段姻缘，又能否把一朝一夕的平淡日子，维持得情深意长？

多少情深如许的红男绿女，最终形同陌路；多少地老天荒的誓言，变成风中飞絮？那位情僧苏曼殊[1]，一生中几次遁入佛门，却又始终不能斩断情缘。在他离去时，只留下八个字：一切有情，都无挂碍。可他真的顿悟了，放下了吗？

---

1　苏曼殊（1884～1918年），近代作家、诗人、翻译家。苏曼殊十几岁出家，但一生数次为情所困。他能诗擅画，通晓日文、英文、梵文等多种文字，在诗歌、小说等多个领域皆取得了成就，后人将其著作编成《曼殊全集》。作为革新派的文学团体南社的重要成员，苏曼殊曾在《民报》《新青年》等刊物上投稿，他的诗风别具一格，在当时影响甚大。

当年听到谭追梦死讯时,蔡继恒肝胆俱裂,痛苦得难以自拔,一度产生出家的念头。在滇池东岸的盘龙寺,一位方丈认为蔡继恒有些佛缘,便有意点化之。

方丈说:"花开是有情,花落是无意。来者是缘起,去者是缘灭。三千世界,每一天都会有擦肩,每一天都会有重逢,而修禅则无须刻意。施主若有悟性,也许就在回眸的刹那,恍然顿悟。任何的执着,都是烦恼,唯有放下,方能自在。"

是啊,放下当然好,可蔡继恒放不下,他无法斩断情缘,他忘不了逝去的情人,更放不下对国家的责任。在山河破碎、民族危亡之时,他怎么能放下一切,遁入空门,每日面对青灯古佛,过着晨钟暮鼓的日子?

过去的已经过去,该来的迟早会来,滚滚红尘中,唯有顺其自然,一切听凭心灵的召唤。

> 我不能和你同来,
> 我是那样的惆怅。
> ……
> 我为你违背了爹娘,
> 离开那遥远的南洋,
> 我预备用我的眼泪,
> 搭好你的创伤……

沈星云的歌声里分明有着一种情深意切的呼唤,"他自己知道……"蔡继恒当然知道,他能够听懂,不光是他,在场的所有人都能听懂。这才是沈星云与众不同的地方,她敢爱就敢于当众表达,完全不顾世俗的干扰。

赵湘竹被歌声感动了,她对蔡继恒说:"唱得真好,这是真正从心底里流淌出来的歌,你还等什么呢?"

蔡继恒一步一步向前走去,大厅里一片寂静,所有的人都屏住呼吸,想看看会发生什么样的奇迹。

沈星云静静地站在那里,含情凝视着他,眼睛里充满了期待……

这时丁震天突然在键盘上弹出《欢乐颂》的主题,来宾们都愣了一下,但立刻就什么都明白了,大家随着节拍合唱起《欢乐颂》:

> 欢乐女神,圣洁美丽,
> 灿烂光芒照大地。

>我们心中充满热情,
>来到你的圣殿里。
>……

蔡继恒在辉煌的合唱声中走到沈星云面前,两人几乎同时张开双臂,拥抱在一起……

>你的力量能使人们,
>消除一切痕迹,
>在你光辉照耀下面,
>人们团结成兄弟……

## ·第十九章·

蔡继刚终于接到军委会命他返回重庆的通知,他和沈光亚从西安搭乘运输机回到重庆。下了飞机后,他们还没来得及喘口气,就被徐永昌派车接回机关开会。

蔡继刚走进会场才被告知,这是一场高级别的战略研讨会,讨论的题目是《国军敌后战场的成败与得失》,由军令部部长徐永昌主持会议。

蔡继刚心说,都什么时候了,还有心思开研讨会?这位徐长官倒真是坐得住。

徐永昌是位老资格军人,无论从年龄或资历上都算是蔡继刚的长辈。在20世纪40年代的中国军界,凡是重量级的人物,大部分都有拖着辫子在清朝军队中服役的资历。徐永昌也不例外,他1898年进入武卫左军随营学堂读书时,蔡继刚还没有出生。武卫军的随营学堂相当于现代的初级军校,徐永昌在宣统三年毕业时,授副军校衔,相当于中尉军衔,他见习后被派往武卫左军左路前营左哨做副哨长,这个职务相当于副连长,那年蔡继刚才八岁。凡在军中服役,最重要的是资历,哪个国家的军队都是如此,但中国军队的特点是,只要有了资历,哪怕没有能力也没关系,资历就是一切。

以蔡继刚的眼光看,大清国的军队简直不算军队,一百多年来就没打过任何漂亮仗。它的随营学堂更是个不伦不类的东西,哪里算得上是军校?这种落后的军事教育是时代造成的,对老一代军人当然不可苛求。但可怕的是,在战争中,与我们作战的对象是一支现代化军队,他们的作战能力超过我们几十倍,面对这样的强敌,我们的国力和军人素质本来就处于下风,这还不算,最要命的是,中国军队的指挥权却掌握在这些老军人手里,他们没有受过现代军事教育,头脑僵化,故步自封,完全不懂现代化战争。这些将军有可能人品正派,甚至德高望重,但这些优良品质不应是可以统帅军队的理由。所以,中国军队的指挥体系除了打败仗,不可能有任何作为。

徐永昌对蔡继刚一直很客气,他当着别人的面总是称蔡继刚的字"云鹤",而单独相处时,则亲切地称他为"小蔡",这很能表现出老一代军人虚怀若谷的气度。

徐永昌一见蔡继刚就大声说："云鹤，你来得正好，都说你有战略思维，又有美国军校的背景，大家都等着听你的高见呢。"

蔡继刚发现，与会者多数都认识，这些人虽然都佩着将官军衔，但大部分不是独当一面的军事主官，而是各战区司令部的高参、高级幕僚之类的将官，这类人从没带过兵，更无实战经验，但纸上谈兵却都头头是道。

蔡继刚站起来向大家敬礼道："对不起，各位长官，我刚从前线回来，没有准备，只是看了看今天讨论的题目，既然徐长官点了我的将，那就恭敬不如从命，我就这个题目简单谈谈看法。另外，也希望各位长官能和我一起探讨，形成互动，就算观点不能统一也无妨。"

徐永昌插话道："刚才大家讨论到，此次豫中会战的失利，虽然有敌人力量过于强大、我战区主官指挥失当等原因，但也暴露了我统帅部对广大敌后战场重视不够，只关注正面战场的失误。云鹤，你以为如何？"

蔡继刚坐下说："我同意这种看法，但需要更正一下，应该说我统帅部在抗战初期，对开辟敌后战场还是相当重视的。1938年第一次南岳军事会议召开时，委座就提出：'政治重于军事，游击战重于正规战，变敌后方为其前方，用三分之一力量于敌后方。'当时我军滞留在敌后的兵力已达30个师，主要活动在豫北、冀南、冀中、山西太行山和冀察等地；华东的鲁西北、鲁南的泰沂山区、苏北和苏浙赣交界靠近交通线的山区。南岳会议后，我统帅部又向敌后战场陆续增派了30个师，如果加上地方部队，我军在抗战中、前期，留在敌后战场的部队共计超过100万人，这怎么能说不重视呢？"

第二战区少将高参彭述桐立刻表示赞同："我同意云鹤兄的观点，至少我们第二战区一直在坚持敌后作战。太原失守后，阎长官将原行政区划分为七个游击区，后调整为六个，分别以卫立煌第14集团军、中共第18集团军和晋绥军为核心，组成南、东、北三路军，分别建立起中条山及吕梁山、太行山、晋西北山区三个战略游击根据地。当时第18集团军只占据了太行山晋冀豫三省交界的一部分，而太行山东南部一直在我们手里。另外，卫立煌部的中条山、太岳山根据地虽属一战区直辖，但也在山西境内。从作战效果上看，战争中、前期我敌后部队的战绩相当突出，中条山根据地曾连续13次抵御住日军的重兵围攻，直到1941年5月才失守。而太行山东南部根据地则一直坚持到1943年才被迫放弃。除此之外，我军控制的还有吕梁山、恒山等根据地……不过，1943年以后，除吕梁山还在坚守外，我军其余的根据地都基本失守。"

来自第九战区的少将高参石敬源也发言："我第九战区以大云山、九宫山、岷山、庐山为根据地，在前后三次长沙会战中，协助国军主力将汨罗河南北公路及湖南境内公路全部破坏，使敌人重炮、坦克、卡车等皆不能通行，应该说，第九战区的敌后将士在三次长沙会战中功不可没。"

徐永昌插言道："诸位，我看还是多听听云鹤的分析吧。云鹤啊，我有个问题，现在有这么种说法，到目前为止，整个抗战分为两个战场，我军在正面战场作战抗敌，而敌后战场是中共武装在苦苦支撑，你同意这个观点吗？"

蔡继刚有些踌躇，这个问题比较敏感，鉴于国共两党的紧张关系，怎样说也不会使所有人都满意。政治上的歧见一旦遇到军事问题，就会出现公说公有理，婆说婆有理的局面，很少有人会跳出本身的政治立场去考虑问题。

蔡继刚斟酌着词句说："现在的事实是，在抗战中、前期，国共两党都在敌后致力于建设抗日根据地，但很遗憾，结果却很不一样：我军的敌后根据地，到1943年左右基本上都丧失了，一百万的敌后游击武装也差不多损失殆尽；而共产党的抗日根据地，却扩展到十余省，其武装力量也从最初的几万人，发展到近百万人。这就带来一个问题，同样是开展敌后游击战，同样是建立敌后抗日根据地，这两者的结局为什么会如此不同？我觉得……这倒是一个可以探讨的话题，如果搞清楚这一点，会对我军当前制订战略战术方案起到一个不错的警示作用。"

"哦，你可以先谈谈自己的看法嘛，对共产党的问题，不要有什么顾虑，我们只谈军事，不谈政治，今天的会议不过是学术性的探讨嘛。"徐永昌鼓励道。

蔡继刚下了决心："好，那我就斗胆谈谈我的看法。我认为，在坚持敌后游击战方面，我军的战略指导思想有一些失误，虽然蒋委员长在抗战初期就提出过'游击战高于正规战'的口号，但我各根据地的部队，其主导思想仍然是为正面战场服务，这样必然导致其作战自由度的降低。而与此相反，中共军队却一直在进行'独立自主的游击战'，他们没有条条框框，也不用执行战区长官部和军委会的命令，所以从策略上就灵活得多，他们拥有很大的作战自由度。"

石敬源说："云鹤兄，你能不能举几个例子说明一下？"

"好，首先是我军根据地占据的战略位置都很重要，比如第一、二战区的太行山、吕梁山、中条山等，第三战区的天目山，第五战区的大别山，第九战区的大云山、九宫山、岷山、庐山等根据地，都是可攻可守，而且能直接威胁日军交通要道，迫使日军不得不以重兵防守的敏感地区。事实上，日军在占领武汉、广州后就被迫停止了战略进攻，究其原因，与敌后游击战和敌后根据地的牵制作用，有很大关系。"

彭述桐插言道："这个观点应该没有异议，我战区中条山根据地坚守了四年，长期牵制日军三个师团的兵力，使其无法南下，这是事实。"

蔡继刚继续说："可话又说回来了，既然我军在敌后的战略布局使敌人很不舒服，如芒在背，那么必然要引来敌人的凶狠报复，加大对我根据地的扫荡力度。这已经形成一种规律，我敌后作战与正面战场配合越多，主动出击的次数越多，招致日军的扫荡也就越多，扫荡的力度也就越大，敌人每报复一次，根据地的面积就缩小一些。这种情况不只是我军，八路军也一样，他们的百团大战也招致了相同的结果。另外，我军在敌后战场的失利，也有其战术不当的原因。以中条山之战为例，日军六个师团、两个混成旅、一个骑兵旅团总计十余万兵力，三面围攻我根据地，而我军是如何迎敌呢？很遗憾，整整七个军被配置在宽170公里、纵深50公里的狭窄区域内，依托天险和工事与敌硬拼，硬是把游击战变成了阵地战，这种打法，不败才怪。我看八路军就吃不了这个亏，人家的战术灵活多变，通常是在敌人重兵围攻下，留少量部队牵制敌人，其主力则跳到外线作战，攻击敌人防守薄弱地区，使敌人主力不得不回援，这种四两拨千斤的战法很有效，敌人的攻势自然会瓦解。中共军队的战术原则是不以一城一地为得失，先是避其锋芒，保存自己，然后是以消灭敌人有生力量为主，这种战术值得我们借鉴。大家都清楚，日军的兵力有限，他们只能占据主要城镇和铁路沿线，而不可能在广大偏僻乡村派驻部队建立牢固的秩序，所以，只要八路军保存住自己，等日军结束扫荡，返回驻地后，就会卷土重来，这是他们能够坚持下来的重要原因。"

石敬源表示同意："云鹤兄的分析非常精辟，我认为我军虽然在战略上重视敌后战场，也相应做出了军事部署，但我们对游击战的理解还很不成熟，我想听听云鹤兄对游击战的理解。"

蔡继刚点点头说："日军的战略是先发制人，以一个工业强国率先进攻一个农业弱国，以图迅速占领大片国土，这样就可以把占领区内的资源转变为正向的战力，以达到以战养战之效果。而游击战的精髓在阻止敌方利用占领区内的资源，不仅如此，还要最大限度地拖住及消耗敌方的力量，使其正向战力转化为负向战力，把被占领地区变成敌方的巨大负担。因此，在敌后战场上，我军应在战略战术上树立一个原则，首先是保存自己，其次才是消灭敌人，不要在乎歼敌数字的多少，因为歼敌不是目的，只要能达到使敌方战力由正向转为负向之效果，就算是成功的游击战。"

徐永昌问："云鹤啊，你认为这是共产党在敌后战场成功的原因，那么还有其他原因吗？"

蔡继刚谨慎地回答："当然还有很多，有些是政治方面的原因，比如共产党在根据地内实行减租减息政策，这应该很受民众拥护。对于农民来说，谁不愿意少交一些租子呢？其实任何政治纲领，都不如多给民众一点好处来得实在，我们的政策在这方面的确是有缺陷，此次豫中会战，河南一些百姓的表现就证实了这个问题。还有一点我本来不想说，但既然长官问到了，我就谈谈个人看法。我认为，国共两军在敌后的摩擦、交战也是导致敌后战场失利的重要原因。我是个军人，无意评论国共两党在政治方面孰是孰非，因为政治方面的事很难以对错来讨论，不像非黑即白这么简单，若是真想搞清楚，恐怕还得要跳出政治立场的圈子，从传统文化中去寻找答案。我要说的是，如果仅从军事角度看，这种同室操戈的内斗严重损耗了中国的国防资源，将本来就很有限的国防力量，投入到无穷无尽的内斗之中，这无疑加大了战争成本，最大的受益者应该是日本人。"

徐永昌同意道："是啊，这个问题就不能再深入讨论了，在与共产党的关系上，蒋委员长将来自有打算。"

沈光亚坐在旁听席上写笔记，他对这类军事研讨会非常感兴趣，尤其喜欢听蔡继刚讲战略问题，他的观点通俗易懂，一下子就能抓住事物的本质，他从来不与人辩论，也不强迫别人接受自己的观点，但他却有能力让别人在不知不觉中被征服，这就是蔡继刚的魅力。

散会时，蔡继刚站起来，正准备叫沈副官去安排汽车，却被徐永昌叫住："云鹤，你留一下，我们单独聊聊。"

"是！"蔡继刚只好又坐下。

下午四点，沈星云搭乘运输机降落在重庆白市驿机场，当她走出机舱时，发现机场上的气氛高度紧张，在跑道、滑行道的两侧，停机坪的周围，到处是用沙包垒成的高射炮炮位，战斗机机群在跑道上频繁起降……

沈星云听同机来的一位空军军官说，最近日本人又加大了对重庆的轰炸力度，有时一天要来两三次，幸亏我们的空军渐渐强大起来，日本轰炸机大部分都被拦截在几百公里以外。

这些情况对沈星云来说不是什么秘密，她甚至知道一些更为机密的事，由于日军增加了空袭次数，陈纳德重新调整了空军兵力的部署，把保卫重庆上空作为一个重点，这几天，中美联合空军会有大批的战斗机被调到重庆附近的几个机场。

其实这才是沈星云到重庆来的目的，自从与蔡继恒在羊街机场分手后，两人就再也没有见过面，只能靠电话和书信联系。战时的电话线路最靠不住，按

## 第十九章

照战时规定，私人之间的通话是被严格禁止的，但沈星云不管这些，她总是能找到机会，把电话打到衡阳机场和蔡继恒说上几句话。由于两人的恋人关系大家都知道，所以两边机场的通讯兵都给予这对恋人最大照顾，常常违反规定，让他们谈上几分钟。就算如此，靠打电话也很少能联系上，有时沈星云为了找到蔡继恒，需要在电话机旁等一两个小时。对沈星云来说，这段日子太难熬了，她工作之余的全部时间都用在这方面，那种铭心刻骨的思念真让她要发疯了。

沈星云这次来重庆是出公差，这当然是上级长官的照顾。两天以前，罗伯特上校就偷偷向她透露："密斯沈，鳄鱼所在的中队马上要调往白市驿机场，你去找一下你们的主管，看看有没有需要去重庆办的事，随便什么理由都可以，你明白我的意思吗？"

沈星云对罗伯特上校千恩万谢，这位上校平时不苟言笑，接人待物一副公事公办的样子，似乎很难接近。其实他是个非常善良的长官，总是能在不经意间给下级很多温暖和帮助。

沈星云工作上的主管比尔医生也表示支持："密斯沈，我这里有一些学术方面的资料，需要专人送到重庆联合医院，你去一下吧，资料送到以后不必马上回来，你可以休息几天，我会安排人暂时接替你的工作。"

沈星云被感动得几乎流泪，这个集体中充满了友爱和温情，长官们、同事们即使在帮助你、关爱你的时候，也要小心翼翼地给你的自尊心留出足够的空间，对这种关爱，沈星云感到无以回报。

蔡继恒明天才能到重庆，沈星云特地提前了一天，她想和哥哥沈光亚单独谈一谈，他是沈星云唯一的亲人，按照中国传统，长兄如父。她交男友的事不可能瞒着哥哥，而且还要取得哥哥的同意和支持，毕竟这里还有蔡继刚这一层关系。

沈光亚比沈星云大七岁，今年28岁，他们兄妹都是在教会办的孤儿院里长大的。当年他们的父母在一年内先后病故时，沈光亚刚满9岁，妹妹沈星云才2岁，由于父母生前就是虔诚的基督徒，兄妹俩便顺理成章地被教会所领养。

沈光亚在1931年他17岁时报考了中央军校，虽然那时陆军军官学校已从广州黄埔岛迁至南京，正式改称为中央陆军军官学校，但从习惯上，仍然被称作黄埔九期生。沈光亚军校毕业后被分配到陆军第88师任少尉排长。陆军第88师是抗战前中国军队仅有的三个德械师之一，其装备和战斗力强于一般中央军部队。在1937年底的南京保卫战中，第88师坚守雨花台与中华门附近城垣。沈光亚当时已升任连长,他在防守雨花台阵地时左臂中弹,被及时送往后方医院。后来他听说,第88师几乎全军覆没,从下关码头渡江突围的仅有四五百人。

沈光亚伤愈后落了残疾,他的左臂虽然保住了,但只能略微弯曲,而无法用力,他的身体状况已经不适合在作战部队服役。在老师长孙元良的关照下,沈光亚被调到军委会当了个坐机关的参谋。

1942年,蔡继刚被调到军委会任少将督战官,按照他的级别,应该配一名副官跟随其左右,于是军委会办公厅推荐了沈光亚。

蔡继刚第一次见到沈光亚时,一眼就发现他左臂有残疾,去前线督战是个苦差事,怎么能带个残疾人呢?于是蔡继刚便打算让办公厅换人。但沈光亚不想放过这个机会,他对蔡继刚说:"长官,你需要的不是带兵打仗的军官,而是一个合格的副官,我可以向你保证,我正是你需要的人。"

蔡继刚上下打量着他,奇怪地问:"为什么?说说你的理由。"

沈光亚不卑不亢地回答:"因为我忠诚,如果你给我机会,我会证明给你看。"

"你在哪里负的伤?"

"南京保卫战,雨花台阵地。"

"哦,是孙元良的88师?"

"是88师,长官。我伤愈后是孙长官安排我进的军委会,但我不喜欢坐机关,做梦都想去前线,请长官考虑我的要求。"

这句话打动了蔡继刚,谁不知道坐机关舒服还没有危险?可沈光亚自愿放弃舒适的工作,主动要求去前线,冲这一点就赢得了蔡继刚的好感和信任,他改了主意,留下了沈光亚。

沈星云找到军委会机关时,徐永昌和蔡继刚正在办公室里谈话,沈光亚照例在外边的会议室里一边等候,一边和徐永昌的副官闲扯。

一个中尉走进会议室,在沈光亚耳边小声说:"沈副官,会客室有人等你。"

"谁会找我呢?"沈光亚嘀咕着来到会客室。"哥!"只见沈星云兴奋地向他扑过来,她用双臂环住哥哥的脖子,整个身子吊在哥哥身上。

沈光亚也很高兴,他拍拍沈星云的后背,慈爱地说:"行了,行了,吊一会儿就行了,我脖子快受不了啦,快下来!"

"哥,我到重庆出差,下飞机第一个想到的就是你,所以就来了。你说,你想不想我?"沈星云一见到哥哥就变成了孩子,话也多了起来。

"我也刚从前线回来,下飞机还不到两个小时呢。小云,在前线的日子,我常常想起你，这没办法，我就你一个亲人嘛。"

沈星云四下看看，见会客室里没有别人，便小声说："哥，有件事要向你汇报，我……我交男朋友了。"

沈光亚不动声色地说："哦，这是好事啊，这位小伙子是哪里人？"

"哥，你认识他，他是蔡长官的弟弟，叫蔡继恒。"

"什么，蔡继恒？"沈光亚大为惊讶，蔡继恒每次到重庆都要来看望哥哥，沈光亚自然少不了要打交道，因此和蔡继恒也很熟。

"小云，你说的是中美混合团那个飞行员蔡继恒吗？他不是在衡阳机场吗？你怎么会和他认识？"

"就是他，前些日子他暂时调到羊街机场，我们就这么认识了。哥，你不会不同意吧？"沈星云小心翼翼地看着哥哥。

沈光亚摇摇头："不，怎么会不同意呢？我相信你的眼力。我只是觉得突然，这件事恐怕蔡长官还不知道吧？在前线时我一直和他在一起，他要是知道，会和我提起的。"

"继恒和他哥哥也是很久没见了，再说，他也没觉得这件事有多重要，继恒说，这是我们自己的事，犯不着和别人说。"

沈光亚皱起了眉头："他是这么说的吗？小云，实话说，这才是我最担心的。在我印象里，这小伙子和他哥哥很不一样，他好像什么都不在乎，有些玩世不恭。你想一想，一个什么都不在乎的人，他会在乎你吗？"

"哥，我们俩好了，这说明他现在很在乎我，这就够了。"

沈光亚瞪起了眼："什么话？现在在乎你，那将来呢？恋爱结婚是一辈子的事，不是儿戏。"

沈星云低下头，小声说："我们讨论过这个问题，他说，现在正在打仗，他说不定哪天就……所以，他想不了那么远。哥，我觉得……他说得有道理。"

沈光亚沉默了，他何尝不知道飞行员这一行的危险，可一旦涉及自己妹妹，就难免有些私心，他希望自己的妹夫最好不是军人，比较理想的工作是后方政府部门的职员，这样，妹妹的一生才有保障。

沈星云不想使哥哥生气，她鼓足勇气说："哥，其实爱情没有这么复杂，只要有爱就够了，你不能指望一个人对你说，20年以后我还爱你。这种话恐怕信不得，因为谁也没法把握20年以后的事，包括我自己，我真的不知道，20年后我是否还爱他，这20年中会发生多少事。现在的承诺未必是真诚的。哥，要是连自己都做不到的事，为什么要要求别人做呢？"

沈光亚苦笑道："你说得有道理，我只是一时转不过弯来。当然了，你自己的事，还是要你自己做主。这个蔡继恒，我虽然不是很了解，但我想应该错不了，因为我那位蔡长官是我非常佩服的人。"

沈星云眉开眼笑地说："你知道我为什么爱他吗？因为你妹妹眼皮浅，没见过更好的男人，蔡继恒是我见过的最优秀的男人，所以我不想放过他。"

沈光亚站起来说："这件事我还是要向蔡长官汇报一下，他还不知道呢。"

"小蔡，此次豫中会战，你从头到尾都经历了，还亲自参加了战斗。所以，你应该是最有发言权的人，咱们随便聊一聊，我现在最需要的是真实的、来自第一线的报告。"徐永昌坐在办公桌前，直视着蔡继刚说。

蔡继刚直言不讳道："长官，我认为前线的情况非常糟糕，这次豫中会战可以说是兵败如山倒。我想，第一战区长官指挥不当，他应该承担全部责任！"

"嗯，这些情况我知道，委座不是已经把蒋鼎文撤职了吗？这些就不用说了。小蔡，我只是很奇怪，战争打了快七年了，我们的部队比起民国二十六年战争初期，应该说条件要改善多了，可是，为什么战斗力越来越弱？有的部队和敌人刚一接火就垮了，完全放弃了抵抗。还有的部队甚至出现士兵打死长官，一哄而散的情况。你认为，为什么会出现这些现象？"

"长官，这个问题很复杂，无法一下子说清楚，原因无非是几个方面：首先，黄河防线上几十万部队，与敌对峙三年而无战事，安逸则懈怠，官兵全无斗志，一些长官骄奢淫逸，腐败至极，克扣军饷，盘剥士兵，官兵关系紧张到这种程度，一旦开战，必然会出现士兵调转枪口之事；另外，各部队军纪废弛，在驻地与民争粮，乱派捐税，无偿征用地方劳动力、车辆和牲畜，这样势必造成民怨鼎沸，军民关系紧张，民众仇恨国军甚于日军的局面。长官，军队一旦到了这种地步，就算不是蒋鼎文指挥，换上任何人指挥，结果都一样。"蔡继刚悲愤难平。

徐永昌沉吟道："军队的腐败不是从今天才开始的，委座对此也是深恶痛绝，为此没少杀人啊。可有什么办法呢？我想起当年朱元璋整治贪官，手段之恐怖，令人不寒而栗。官员一旦被指控贪污，无须审判即剥皮揎草[1]，悬皮于亭中，以示警诫。朱元璋才不管什么法不责众，对贪官是有一个杀一个，决不姑息，直杀得人头滚滚，血流成河，可贪官们照样如长江之浪，前赴后继。小蔡，我们是满身伤痕从五千年历史中走过来的民族，回首历史，我们没有退路；展望未来，则前路茫茫，风雨如磐啊！国家的命运、民族的未来究竟在何方？谁

---

[1] 剥皮揎草：朱元璋惩治贪官的独特手段，即活剥人皮，皮内填草，悬挂于高处示众。

都知道，战争终归要结束，可战后我们又该如何治理这个国家？说真的，我不知道，我看蒋公心里也未必清楚，中国的事，真的很难办啊。"

蔡继刚索性一吐为快："长官，的确很难办，可是我们总要做点什么，有些事情并不是不可逆转的，我们完全可以通过运作去改善。譬如国家和民众的关系，就很能说明问题，政府要求民众爱国，却只是要求民众单方面付出，很少会考虑民众的诉求。关键在于，你要民众去流血牺牲保卫国家，就必须给民众一个理由，我为什么要这样做？"

徐永昌打断他的话："好，那么现在假定你有权代表国家讲话，你会给民众什么样的理由？"

蔡继刚苦笑道："尽管这种假定不可能成立，但我仍然愿意模拟一下，我会告诉民众：如果你保卫了这个国家，那么国家将给你如下承诺，你会在这块土地上安居乐业，愉快地生活。你将不受欺凌，免除饥寒，享受一个公民应有的权利，那就是自由、平等、尊严和公正……"

徐永昌大笑："小蔡，你还真是个理想主义者，这种乌托邦我当然也很喜欢，可惜啊，离现实太远，至少在中国是行不通的。咱们举个例子吧，拿征兵这件事来说，如果我们给民众以选择，完全凭自愿当兵，你觉得会出现什么样的情况？"

蔡继刚想了想，承认道："恐怕自愿当兵的人不会太多。"

"是啊，指望民众自愿是不可能的，可国家确实需要兵员，否则就会亡国，那怎么办？看来也只好强迫了，不管你愿意不愿意，你必须去！就是抓也要把你抓去，这么大一个国家，这么多的人口，想让每一个人都自觉自愿，心情舒畅，那是不可能的。所以说，独裁也罢，集权也罢，这是中国现阶段历史的必然产物，即使是蒋委员长也无法超越历史。"

蔡继刚叹了口气："长官说得有道理，但这只是站在政府的角度看问题，其实你说中国的事难办，难在哪里？我看难就难在政府和民众都站在各自的角度考虑问题，哪一方也不肯妥协，结果政府和民众完全对立，真成了两股道上跑的车，永远合不到一起。于是中国的一切悲剧都由此产生，这是个死结啊。"

徐永昌突然改变了话题："小蔡，现在是我和你私下谈话，有些话可以直说，不要有顾虑，以你的判断，目前日军的战力是否有衰竭之势？是否还会继续进攻？"

蔡继刚肯定地说："长官，目前战场态势已经非常清楚了，日军一定会继续进攻，而且战场形势也会进一步恶化，我们应该有所准备。"

"小蔡,你的这个判断根据是什么?"

"豫中会战不过是日军整个计划的第一阶段,其目的是打通平汉线,他们已经做到了。下一步就是打通粤汉线,这毫无疑问。目前驻武汉的日本第11军已得到空前的补充,战力十分强大,完全具备一个方面军的实力,是个令人生畏的战略集团,他们有能力进行大纵深突击。"

徐永昌注视着巨大的中国地图,沉思道:"敌人打通大陆交通线的意图已经是确定无疑了,但这未必是他们的唯一目的。当然,我西南地区的空军基地也是他们的心腹大患。我的问题是,敌人的胃口就这么大吗?这里面是否还隐藏着更为重大的战略意图?"

蔡继刚神色严峻地回答:"长官,卑职认为,他们一定会向重庆出击,以达到一箭三雕之目的,其攻击线是长沙、衡阳、永州、桂林、柳州,然后兵锋转向贵州境内,如果日军主力还有这个力量的话,他们会沿黔桂公路和黔桂铁路向重庆进攻。"

徐永昌猛地回过头问:"你说的'日军主力还有这个力量的话',是什么意思?"

"我指的是,就算他们顺利打到贵州境内,很可能进攻势头会出现衰竭迹象,横山勇的第11军虽战力强大,但毕竟兵力有限,攻击线过长,后勤补给一定会出现问题。所以我判断,敌人有可能会在贵州境内的某一个点上停止进攻。"

徐永昌穷追不舍地问:"为什么说'有可能'?是不是还有另外一种可能?他们的攻势没有出现衰竭?"

"我认为也有这种可能,这取决于我军在每一个防守点上是否竭尽全力抵抗,是否能最大限度地消耗敌人的战力,如果没有这个前提,则结局很难预料。"

徐永昌把手里的红蓝铅笔扔在桌上,目光直视蔡继刚:"小蔡,你是个悲观主义者。当然,我们应该往最坏的可能预测,但我认为,我们可以在湖南境内挡住敌人,我们有三次长沙会战的经验,而且都取得了很大的战果,为什么不能有第四次长沙大捷呢?"

蔡继刚迎住徐永昌的目光,并不退缩:"长官,恕我直言,卑职并不认为有什么三次长沙大捷,那不过是宣传部门夸张的说法,除了鼓舞士气的效果,其他并无意义。事实上,前三次长沙会战,日军之战略意图并非占领长沙,而是守住已占领地区,进行有限度进攻,以实现消耗我有生力量,迫使国民政府与其和谈之目的。可以这样说,这三次长沙会战,日军的政治目的大于军事目的,但这次就不一样了,从战略意义上,这次日军对长沙是志在必得,也完全有能力拿下长沙,而且最坏的可能是对长沙和衡阳同时展开进攻,我们应该早做准备呀。"

这就是蔡继刚不得志的原因，他从来不会考虑长官的心情，总是直率表达自己的判断，虽然他的判断在事后多次被证实是正确的，但仍然不招长官喜欢。

徐永昌有些不悦："好了，今天就到这里，你抓紧时间休息几天，然后去第九战区长官部报到，至于开战后到哪里督战，先听听薛伯陵的意见。"

"是！"蔡继刚立正道。

几天前，赵湘竹结束采访后回到重庆，当时蔡继刚还在西安，她与蔡继刚通电话时，简单地把蔡继恒交女友的事告诉了他，这时蔡继刚的心思全在战事方面，哪会关注这些小事？蔡继刚心说弟弟交女朋友又不止一个了，这点小事轮不上他操心。

下午，蔡继刚听了沈光亚的汇报才想起这件事，他没想到这么巧，弟弟的女友居然是沈光亚的妹妹。沈副官跟随自己两年了，蔡继刚对他印象很好，他是个忠于职守的军官，不光有实战经验，对参谋业务也很精通，更难得的是，沈光亚一向沉默寡言，为人处世从不张扬，而且口风很紧，是个严加保守秘密的人。军委会是最高军事指挥机关，在这里工作的年轻军官都应该有这种素质。蔡继刚很庆幸当初选择了沈光亚，他没有让自己失望。

赵湘竹也真是个马大哈，这么重要的信息，她在电话里居然没有提起，若不是沈副官主动汇报此事，那就有些失礼了。

回到家，蔡继刚对赵湘竹说："你安排一下，叫上沈光亚兄妹，大家聚一聚，我这个当大哥的，总要表示关心一下。"

赵湘竹想了想说："沙坪坝有一家新开张的徽菜馆，据说还不错，我看可以把聚会地点安排在那里。"

蔡继刚立刻否决了她的建议："湘竹，这样不妥，倒不是钱的问题。你想想，现在还在打仗，后方物资匮乏，大家都在勒紧裤带过日子，政府对老百姓实行战时配给政策，连大学教授都在挨饿，我们是不是也要节俭一些？"

赵湘竹有些不以为然："不至于这么谨慎吧，战争归战争，饭总是要吃的，政府的战时配给不过是平价米按人头少量供应，不是也允许市民购买高价的黑市米吗？至于其他的消费，政府也没有什么规定，我们去餐馆吃顿饭又违了哪家的法？"

"唉，你怎么不明白我的意思？去餐馆吃顿饭当然不违法，可我们做事最好不要让老百姓戳脊梁骨。你也经常在前方跑新闻，难道就没听过这种说法，'前方吃紧，后方紧吃'？前方将士在流血牺牲，后方的贪官却在奢华享乐，这就是中国的现实。我蔡继刚虽位卑言轻，惩治不了这些浑蛋，可我洁身自好总能做到吧？"

赵湘竹揶揄道："嗯，知道啦！蔡继刚先生位卑未敢忘忧国，我这当太太的又岂敢不追随？"

蔡继刚叹了口气说："我想起几个月前，在街上遇到张恨水先生，他扛着小半袋糙米从《新民报》社里出来，老先生快50岁了，走路一摇三晃，我扶住他问：是不是生病了？张先生说：没事，就是肚里没食，身子有些发软，政府配给的平价米不够吃，黑市米又买不起，如今读书人也是斯文扫地啊。湘竹，张先生也是著名的大作家了，连这样的社会名流都在挨饿，我们去餐馆大吃大喝，这好意思吗？"

蔡继刚的一番话，使赵湘竹也有些不好意思了，丈夫的观点她完全认可，当初她之所以爱上蔡继刚，正是因为蔡继刚身上的那种正义感。

赵湘竹温柔地笑了笑："好了，好了，我的夫君，我听你的还不行吗？我只不过是有些别扭，怎么我们每次争论，都是我认输呢？虽然事实证明你是对的，但我仍然觉得不服气。"

蔡继刚拉过她的手，合在自己的掌中轻轻说："湘竹，这是你的优点，你这个人虽然心高气傲，但不管多么不情愿，最终还是会服从真理。"

赵湘竹抽回了手道："呸！没这么夸自己的，难道你就代表真理？"

重庆人很喜欢泡茶馆，战前重庆的大街小巷到处都是星罗棋布的各色茶馆，几个铜板沏一壶茶就可以在茶馆里泡上一天，这是有闲人最好的去处。可自从战争开始后，重庆遭到多次毁灭性轰炸，市区近一半的建筑被夷为平地，再加上经济恶化，市面萧条，因此大部分的茶馆都倒闭了。

1941年美国参战后，随着美军高级顾问团的进驻，很多美国军事人员或准军事人员也涌进重庆，其中有美国陆军第14航空队的空、地勤人员，代表美国政府负责分配管理《租借法案》物资的工作人员，军火工厂的工程技术人员，以及大量美国和盟国的新闻记者、独立撰稿人、专栏作家……这些高鼻子、白皮肤的洋人大量涌入，使重庆传统的生活方式及消费方式发生了很大变化，于是街上出现了许多西餐厅、咖啡馆、酒吧和舞厅，每到夜晚便是一片熙熙攘攘、灯红酒绿的繁荣景象，这些表面的繁荣倒也符合重庆作为陪都的形象。

赵湘竹由于职业关系，对重庆的茶馆和咖啡馆都很熟悉，新闻记者为了抓新闻，需要和各色人等打交道，一般都选择在茶馆或咖啡馆见面，这个叫作"比弗利山庄"的咖啡馆是赵湘竹经常来的地方。

## 第十九章

咖啡馆的老板是个上海人,他很懂得生意经,根本不屑做本地人的生意,本地人连饭都吃不饱,哪还有钱进咖啡馆?只有做美国人的生意才有钱赚,那些远离家乡的美国男人总要有个地方打发闲余时间,他们需要的是女人、美酒和咖啡。

赵湘竹带着一行人走进"比弗利山庄"时,营业厅的座位上已经坐满了顾客,幸亏赵湘竹提前打电话预订了座位,不然还需要排队等座位。

蔡继刚兄弟和沈光亚都特意换了便装,赵湘竹和沈星云略施粉黛,穿着朴素的裙子和平底鞋,五个人坐在营业厅的一个角落里,不太引人注意。

蔡继刚一坐下就皱起了眉头,他从来没进过这类场所,所以对这种环境缺乏了解。这家咖啡馆的内装修显得富丽堂皇,地板、护壁板和桌椅是樱桃木的,吧台的台面是大理石的,处处都显出一种奢华气。蔡继刚在美国生活多年,他知道这种木材的主要产地,是在美国宾夕法尼亚、弗吉尼亚及纽约州,这位老板可真是神通广大,他是从哪里搞到的这些木材?不仅是室内装潢,就连餐具、酒具以及各种品牌、各种窖藏年份的酒也全部是外国货。蔡继刚想,在海路和陆路被封锁的情况下,这些奢侈品唯一可能的通道,就是从那条充满凶险的"驼峰航线"运抵重庆的。

蔡继刚有些后悔,早知如此,他无论如何不会来这里。赵湘竹看出了他的心思,便安慰道:"继刚,咱们既然来了,也不好马上就走,还是坐一坐,我们早点走就是了。"

蔡继恒是下午才在白市驿机场落地,然后请了假赶到这里。他从羊街机场返回衡阳后,被提升为第五大队八中队的中队长,这些天的作战任务很繁重,有时每天要起飞两三次,每当机群落地,飞行员们只在停机坪旁的休息室里歇口气,地勤人员争分夺秒地给飞机加油载弹,这些工作一旦完成,机群就立即起飞。就在昨天夜里,蔡继恒还带领八中队飞了一次夜航,去袭击武汉的一座日军机场,他们把18架零式机摧毁在地面上,还击中了机场油库,引起熊熊大火。全中队返航时已经是黎明了,飞行员们只休息了几个小时,今天下午又转场到了重庆,实在是太辛苦,蔡继恒疲倦得连话都不想说,他只想睡觉。

蔡继刚为每个人要了咖啡,便进入开场白:"诸位,今天是我提议大家聚一聚,首先要祝贺一下我弟弟继恒与沈小姐结成一种新的关系,这仅仅是个开始,至于将来两人能否走到一起,这还需要双方的努力。我认为,一对恋人的结合,双方的地位、家庭、经济状况都不重要,最最重要的是什么?我看是缘分。缘分这种东西说不清,道不明,你无法用语言把它表达清楚,但它确实是存在的。缘分往往与命运紧密相连,它看似偶然,实际上却是一种必然,是命里固有的东西，西方有句谚语说得好，是你的，早晚是你的，不是你的，得到了也会失去。这就是对命运、对缘分最好的解释。男女之间由于缘分走到一起，有了感情后，还需要努力经营这段感情，至于如何经营才能修成正果，这需要考验男女双方的智慧，幸福终归会眷顾那些有智慧的人。"

赵湘竹笑道："继恒啊，你听听，你哥在变相夸自己，他把我娶到手就是修成正果，这证明他很有智慧。"

蔡继恒回答："姐，应该说你有智慧，能不动声色地把我哥这条大鱼钓到手的人，一定是个高手。"

"呸！他算什么大鱼？那是我一时糊涂，当时他就是个小中校，连个团长还没混上。继恒啊，姐当时一定是鬼迷心窍了。"

沈星云轻声对蔡继刚说："大哥，我喜欢你的祝福，很别开生面，我会牢牢记住的，谢谢大哥。"

沈光亚也表示："谢谢长官，我妹妹的事有长官做主，我很放心。我跟随长官两年了，长官的言传身教，使我受益匪浅，这是我的心里话。你不仅是我的长官，也是我的兄长和最佩服的人，我沈光亚愿意永远追随长官！"

"沈副官，你就不想对我说点什么吗？"蔡继恒微笑着望着沈光亚。

"我当然有话说。"沈光亚直率地说，"继恒，虽然你哥哥是我的长官，我尊重他，但是对你，我并不是很了解。我只知道你是个优秀的飞行员，其余的譬如性格、人品、生活习惯、个人爱好，尤其是对婚姻的态度，对家庭的责任，这些我都不清楚。我只想告诉你一句话，希望你能善待我妹妹，她是我唯一的亲人，我对妹妹永远负有保护的责任。"

沈星云不满地说："哥，你干吗这么严肃？就像是在谈判。"

蔡继恒笑笑回答："沈副官，我听懂了，你是在警告我，永远也不要欺负你妹妹，因为她身后有一个强有力的保护者，是这样吧？"

沈光亚郑重地点点头："你可以这么理解，我是说话算话的。"

蔡继恒对沈星云开玩笑地说："星云，你哥好吓人啊，他大概认为感情都是吓出来的……好吧，沈副官，我可以做出承诺，你听好，我，蔡继恒，会像一个正派人那样，以一种平等的关系去处理感情问题，我会用行动去解除你对妹妹的保护之责，因为保护自己的女友或妻子，本来就是我的责任，我不需要别人插手，哪怕是我女友的哥哥也不行！"

沈光亚的脸上露出一丝笑容："好，这句话尽管有些不客气，但我基本认可，我会一直关注你的。继恒，咖啡这东西不是咱们军人喝的，我们来瓶酒怎么样？"

## 第十九章

"此话正合我意，那就来瓶爱尔兰威士忌，我付账！"

赵湘竹急了："继恒，你怎么说着说着就要喝酒？还是烈性酒，这是什么地方？不行……"

蔡继刚慢悠悠地说："湘竹，让他们喝嘛，这是我第一次看沈副官主动要酒喝，好啊，今天我高兴，也陪你们喝一点。"

沈星云说："哥哥，继恒，你们喝酒可以，但不许怄气，大家高高兴兴的，好吗？"

侍者送上一瓶爱尔兰威士忌，把酒依次斟入杯中。

蔡继恒举起酒杯说："沈副官……不，你是星云的哥哥，我也该叫你大哥。来，大哥，咱们干一个！"

两人都把杯中酒一饮而尽。

沈星云这才松了一口气，这两个男人都极有个性，都是她生命中最重要的人，也是最亲近的人，她非常希望他们能和睦相处。

一阵喧闹声从邻桌那边传来，那是两个身材高大的美军中尉，从他们的军装和臂章上看，应该属于陆军航空队的军官，他们身边还有两个中国陪酒女郎。这四个人酒喝得多了，那两个美国军官开始还比较斯文，说话时尽量控制着音量，对陪酒女郎也保持着彬彬有礼的风度，但随着酒精摄入量的增加，他们说话的声音越来越大，行为上也越加放肆，一个满脸雀斑的军官干脆把陪酒女郎抱上自己的大腿，一手拿酒杯往女人嘴里灌酒，另一只手在女人的胸部搓揉着……

赵湘竹和沈星云都有些难堪地扭过脸去。

赵湘竹叹了口气，对蔡继刚说："唉，这两位军官闹得有些过分了，他们也是受过教育的人，在公共场合这么闹，也太不检点了。"

沈星云扭头看了看说："这两个军官都是14航空队的飞行员，我见过他们，只是没有打过交道。这些美国飞行员大部分都是很好的人，他们有教养，对女人也很尊重。但也有少数人喜欢酗酒，平时也许很正常，一喝了酒就会闹事。姐，咱们不看他就是了。"

蔡继恒眯缝起眼睛注视着那两位军官，他一眼就能看出来，这两位军官都是轰炸机飞行员，因为他们的个子比较高。战斗机飞行员由于座舱空间有限，一般都挑选中等身高的人，而轰炸机乘员则没有身高问题。一般来说，凡是飞行员，身上总有一些特殊的东西，同行之间一眼就能认出来。

蔡继恒之所以关注，是因为他们正在大声用英语谈论黑格尔有关历史哲学的话题。

一个留着长鬓角、脸型很窄的军官在侃侃而谈："黑格尔在《历史哲学》[1]中提到，人类文化的发展是分阶段的，中亚文化代表了人类文化的少年时期，人类文明最早在那里发源。希腊文化则是青年，表现出生机勃勃的活力。罗马文化是壮年，而日耳曼文化是成熟理性的老年……"

他的同伴插话道："那么，中国文化是什么呢？"

那个雀斑脸军官紧搂着陪酒女郎，伸出半截小拇指说："是这个，黑格尔认为，中国文化是幼年。这是黑格尔仔细阅读了当时他所能搜集到的全部有关中国的文字，才得出的结论。他认为，造成中国落后的原因是中国人内在精神的黑暗，中国是一片还没有被人类精神之光照亮的土地。在中国，理性与自由的太阳还没有升起，人还没有摆脱原始的、自然的愚昧状态，凡属于精神的东西都离它很远。中国的历史从本质上看是没有历史的，它只是君主覆灭的一再重复而已，任何进步都不可能从中产生，千百年来在这片广阔的土地上重复着庄严的毁灭，而又在本质上毫无变化。"

蔡继恒轻轻对蔡继刚说："哥，那俩小子在讨论黑格尔的《历史哲学》呢，你听见了吗？"

蔡继刚不动声色地说："听到了，我读过《历史哲学》，依我看，黑格尔有关中国的论述虽然有偏见，但在很多方面倒也是事实。"

蔡继恒脸色变得阴沉起来："这些问题在学术讨论时怎么谈论都不为过，可这两个小子在中国的土地上，一边搂着中国姑娘，一边说什么'中国是一片还没有被人类精神之光照亮的土地'，这就有点挑衅的意味了。妈的，他一个开飞机的也要卖弄一下历史？我这学历史的还没说话呢。难道黑格尔的结论就是金科玉律？他根本没到过中国，手里的资料大部分来自马戛尔尼[2]，这位勋爵1792年作为英国特使拜见过乾隆皇帝，顺便在中国走马观花看了看，于是就成了中国问题专家，可那是150多年前的乾隆时代，拿18世纪的中国社会作为论据，来证明今天中国社会的落后和愚昧，这不是胡说八道吗？"

沈星云说："这是西方人的偏见，而且带有强烈的种族优越感，历史在发

---

1  《历史哲学》是黑格尔晚年于1822至1831年在柏林大学多次讲演的合辑，原题为《哲学的世界历史》。这些文稿集中反映了黑格尔的历史观和对世界历史的看法。《历史哲学》在事实陈述方面最易为人诟病的是他关于东方文明的描述。其原因是黑格尔并没有到过东方，他在准备有关材料时，对东方文化的阅读和消化都不够充分，他所处的那个时代，西方对东方文化还存在普遍偏见，黑格尔也未能免俗。

2  马戛尔尼，1792年作为英国访华全权特使，来中国拜见乾隆皇帝，曾著有《乾隆英使觐见记》，书中详细叙述了他在中国期间的见闻与感想，此书一度在西方国家流传，成为当时西方人研究中国社会的主要参考书。

展,如果今天的中国还像黑格尔说的'中国文化是人类文化的幼年时期',那我们还有什么必要进行这场战争?大家都去当亡国奴好了。"

"嘘!别说话。"赵湘竹又犯了职业习惯,她在仔细听着那两位美国军官的议论。

"汤姆,黄猴子[1]虽然可恶,但他们的战斗力还是令人称道的,相比之下,中国军队的表现就太糟糕了,他们唯一的长处,就是逃跑的速度令人惊讶,这是我亲眼看到的,就在上个月,当日本人突破黄河防线时,我在空中看到,中国的几十万大军就像雪崩一样令人震撼,他们几乎不做任何抵抗,只是像蚁群似的四处逃散,那些小甲虫一样的日本坦克在后面拼命追,可怎么也追不上……"

两个美国军官爆发出一阵大笑。

那个叫汤姆的窄脸中尉已经喝得口齿不清了,他大声喊道:"这哪里是什么军……军队?这是一……一群猪,一群任人……宰杀的猪……我们给的……战争物资……全他妈的喂了猪……上帝啊,这是我们美国……纳税人的钱啊,就……就这么喂猪了……"

蔡继恒的脸色铁青起来,他"砰"的一声把酒杯重重顿在桌上,猛地站起身,走到那位窄脸中尉面前低吼道:"浑蛋,你说谁是猪?你敢再说一遍!"

雀斑脸军官推开怀里的陪酒女郎,站起来打量着蔡继恒,挑衅地说:"哦,总算遇见个懂英语的中国人,小子,我不认识你,希望你滚得远远的,别让我再看见你!"

蔡继恒叉开双腿,双手自然下垂于腿侧,他冷冷地说:"中尉,你污辱了中国军人,同时也冒犯了我,现在你必须道歉!我给你一分钟考虑时间。"

窄脸中尉笑了起来:"小子,想打架?你行吗?中国人要是真有这份勇气,也不会在战场上一败涂地……"

他的话还没说完,下颚就挨了蔡继恒重重一记勾拳,窄脸中尉被打出两米远,仰面跌倒……蔡继恒转身想再对付那个雀斑脸,却没想到对方居然是个拳击老手,他被雀斑脸一个直拳击中脸部,蔡继恒身子向后腾空而起,砸在一张餐桌上,"哗啦"一声,餐桌被砸塌,桌上的酒具、餐具撒了一地。

沈光亚大怒,他扑过去,一个侧踢正中雀斑脸的下巴,这一脚踢得很重,雀斑脸一头扎在桌面上,把鼻子磕出了血……

这场斗殴惊动了坐在窗前的两个美军士兵,这两位喝得也有些过量,浑身

---

[1] 黄猴子:第二次世界大战中美国军人对日本军人的蔑称。

精力无处发泄,正想寻点事干,一见美国军官吃了亏,他们立刻跳了起来,不问青红皂白也加入了打斗。

蔡继恒迎着一个下士虚晃一拳,下士连忙躲闪,哪知道蔡继恒做的是假动作,被他一脚踢在裆下,下士立刻捂住下身,疼得弯下了腰……

那雀斑脸刚刚爬起身来,又一次被沈光亚踹在脸上,雀斑脸的后脑勺再一次和地板接触,发出很大的声响。沈光亚正要转身,却被一个下士抡起椅子砸在后背上,他一头扎进雀斑脸的怀里,把雀斑脸砸得翻了白眼。

蔡继恒和沈光亚以二对四,渐渐有些难以招架……

蔡继刚本来没打算动手,以他的年龄早就没了打架的激情,况且以他将官的身份参加斗殴,这事要是传出去,就算不在乎军纪制裁,也是件很丢面子的事。可是现在情况发生了变化,对方一下子又多出了两个人,他再不出手自己人就要吃亏了。

蔡继刚一口干了杯中酒站了起来,赵湘竹惊恐地拉住他:"继刚,你要干什么?总不会也去打架吧?"

蔡继刚挽起了袖口:"好多年没打架了,我还真有点手痒,继恒和沈副官的格斗技术实在不怎么样,我去帮把手。湘竹,你带星云先走,我们一会儿就回去……"

蔡继刚话还没说完,人已经窜出去了,敏捷得像头豹子。只见他身形一闪,"砰!砰"几声闷响,两个美国人就被放倒在地板上……这一切发生得太快,使人来不及看清他的动作。但蔡继恒是看清楚了,他没想到平时斯文儒雅的大哥居然是个徒手搏击的高手,蔡继刚出拳起腿的动作幅度很小,但出手的爆发力惊人,看样子受过很专业的训练,以40岁的年龄,竟然有如此敏捷的身手,蔡继恒大为惊讶。

双方正打得不可开交,门外突然传来"嘟!嘟"的警哨声,几个戴着白色钢盔,手持警棍的美国宪兵冲进来……

蔡继恒心里暗暗叫苦,今天算是有麻烦了,让宪兵逮住可不是闹着玩的,无论如何要赶快脱身。

他正想着,只听身后"哗啦"一声传来玻璃的破碎声,蔡继恒回头一看,差点惊叫起来,原来是沈星云操起椅子砸碎了消防栓的玻璃,她一把拽出水龙带和高压水枪,很利索地打开开关,手持水枪迎头向宪兵们喷去,几个宪兵猝不及防,被强劲的水柱冲倒,大厅里顿时成了游泳池,几个宪兵挣扎着拼命想从水里爬起来,可还没站稳又被水柱击倒……

蔡继恒等人,包括那几个美国军人全都看傻了,竟呆呆地站在那里望着沈星云发愣。

　　沈星云一跺脚，用英语大声喊道："看我干什么？还不快跑！"

　　雀斑脸最先醒悟过来，他喊了一声："谢谢！"扭身窜出门去。

　　蔡继刚也习惯性地喊出一句军事术语："快！交替掩护，撤！"

　　这时营业厅里人仰马翻，女人的尖叫声和玻璃器皿的破碎声交织成一片，肇事者混在顾客人群中向门外逃窜，斗殴双方一眨眼都消失得无影无踪。

## ·第二十章·

5月27日拂晓,在湖南北部水网密布的洞庭湖地区,日军战役总指挥横山勇发出进攻的指令。

此次日军的进攻兵力高达八个师团又一个旅团,总兵力36万人,在战力上拥有前所未有的绝对优势。在横山勇的军事指挥生涯中,这还是他第一次指挥如此强大的进攻兵团。日军的战役计划胃口大得惊人,国军方面严重估计不足,认为此次战役充其量是个第四次长沙会战。事实上横山勇的目光早已越过长沙,在他眼中,长沙早已是囊中之物,这一点已经没有任何悬念了。这次日军进攻兵团的作战纵深,按计划应该延伸到衡阳以南,其中包括占领衡阳。因此,横山勇在兵力优势及作战规模上,都早已超越了薛岳"天炉战法"的架构。

按照横山勇的战役计划,由齐装满员的五个师团组成的一线兵团分三路同时发起攻击。左路兵团由第3、第13师团组成,从崇阳出发,沿湘赣边界的山岳地带向南攻击,大迂回长沙的东南方,先攻占浏阳,再包抄长沙后侧。其目的是将薛岳的外线兵团兜进圈内,同时也能阻击江西的国军部队跨境支援第九战区。更阴险的是,左路兵团后面还跟着由27师团组成的第二梯队,这支第二梯队与攻击部队沿同一路线出发,两军相隔仅一天的路程。

中路兵团由第68、第116师团组成,沿粤汉铁路南下,从岳阳地区突破国军第20军正面防线,直扑长沙。中路兵团的后方也跟着第二梯队,由第58、第34师团组成。

横山勇在中线摆上如此众多的兵力,是隐藏着重大战略意图的。正如蔡继刚所料,横山勇决定在日军包围长沙的同时,对衡阳也进行远距离奔袭,趁国军全力保卫长沙时,出其不意一举攻占衡阳。

右路兵团的成分比较杂,是由第40师团、独立步兵第106联队、独立混成第17旅团、独立第5旅团、海军舰队和海军陆战队组成,任务是从洞庭湖区的南县出发,沿湘江西岸的河网丘陵地带向南攻击,从侧后方突袭长沙城的制高点——岳麓山阵地。右路兵团的战术价值是把薛岳的左翼外线兵团兜入圈内,同时也可阻击常德方向的国军驰援。

## 第二十章

横山勇不愧是将才,他对得起领章上的两颗金星,在排兵布阵、组织规模空前的大进攻同时,还通过各种方式进行大规模的战略欺骗行动,他通过传递假情报等手段,有意透露出日军的作战目标,是沿着长江西进,进攻重庆,或是准备再度进攻常德。这一战略欺骗行动基本达到了目的,重庆国民政府一时难辨真伪,不得不加以重视。蒋介石特地将精锐的卫戍部队放在第六战区,作为保卫重庆的生力军,因而在兵力上没有全力支持第九战区的部队。此举正中横山勇下怀,他要的就是这个结果。

5月27日拂晓,日军强大的战争机器开动起来,36万如狼似虎的日本军人以坦克、机械化部队、骑兵部队为前锋,在空中大编队机群掩护下,组成多路突击兵团如洪水般在湖南境内展开。

战幕一旦拉开,连上帝也无法阻止,第九战区的中国军队将要陷入灭顶之灾。

蔡继刚按照薛岳的指派留在长沙的第4军督战,第九战区长官部已在两天以前转移到长沙以南二百公里的耒阳,战区参谋长赵子立率特务营留在长沙,准备指挥守城战斗。

这时蔡继刚正在岳麓山湖南大学校长室内听人吵架。吵架的人是参谋长赵子立、第4军军长张德能和战区炮兵指挥官王若卿,吵架的原因是谁当守城主帅的问题。这件事得怨战区司令长官薛岳,他撤离长沙时指定这三人负责守城,却没有指定三人中谁是主帅,结果三个人谁也不服谁,都认为自己有资格当主帅。

三个人若按军衔比,赵子立和张德能是中将,王若卿是少将,这么一比,王若卿只好不吭声了。若按职务和作用比,就不太好比了。赵子立是战区参谋长,算是战区长官,比起张德能这个中将军长来,职务当然是高一些。可张德能也有当主帅的理由:长沙城主要由第4军防守,城里的主要兵力都来自第4军,你赵子立虽然贵为战区参谋长,但眼下你手里只有一个特务营,凭什么指挥我?而王若卿的理由好像也很有说服力,没有我的炮兵做火力骨干,你们拿什么守城?拿机枪、手榴弹吗?

蔡继刚是外来户,帮着谁都不好,只好和稀泥,最后决定三人商量着来。看来这场架算是白吵了,既然是商量着来,那就意味着谁说了也不算。蔡继刚心说,吵了半天,事情又回到原点上,早知如此,还吵什么架呢?

见吵架的事已尘埃落定,蔡继刚便提议去岳麓山上的炮阵地看看,那三人都同意,于是一起爬上岳麓山。

与长沙城隔湘江相望的岳麓山其实是座小山,其主峰标高才海拔300.8米,它周围绵延分布着凤凰山、天马山、桃花岭等九个小山头,南北朝时的道人徐灵期在《南岳记》里写道："南岳周围八百里，回雁为首，岳麓为足。"紧邻古城长沙的这座名山，拥有中国当时保存最完好的一座古代书院——北宋时期的岳麓书院。

蔡继刚很熟悉这座书院，战前因工作关系，他常来长沙，每到长沙都要去岳麓书院看看。他喜欢这里浓厚的文化氛围，不过他对"惟楚有材，于斯为盛"这副名联很不以为然，认为古代楚人大有自吹自擂之嫌，偌大一个中国，五千年的文明，怎能是"惟楚有材"呢？

这一路上历代留下的文化遗迹遍布其间，以晋初麓山寺、隋舍利塔、唐李邕麓山寺碑、明云麓宫、清爱晚亭最为著名。这个自古以来文人墨客的荟萃之地，因其横亘于长沙市区西面，对长沙城具有瞰制的地形地势，使其成为守卫长沙极为重要的军事制高点，夺取长沙，必先夺取岳麓山。

一想到这座文化名山、千年古迹马上要陷于战火之中，蔡继刚心里一阵难过，也不知战火过后，这些千年古迹是否还会存在？

炮兵旅的80门大炮摆在岳麓山顶的炮阵地上，蔡继刚以内行的眼光仔细观察这些火炮。火炮的种类只有三种，有德国克虏伯军火公司生产的卜福斯75毫米山炮和少量的150毫米榴弹炮，更多的是俄国造76.2毫米野战炮。蔡继刚辨认着炮管上的出厂日期，上面隐约可见1914年的字样，他苦笑道："天哪，第一次世界大战时的火炮，八成是从苏联的历史博物馆里拉来的。"

赵子立哼了一声："要饭吃就不能嫌饭馊，人家俄国人能给就不错了，他们自己还指望美国《租借法案》的物资呢，这几门旧炮算是给盟友意思意思，多牵制一些日军，为他们的远东边境减轻些压力。你再到那边看看，还有1898年出厂的呢，19世纪的老古董。"

蔡继刚知道，这批俄制野战炮是1941年苏联支援的，一共200门，国军用这批火炮补充装备了七个炮兵团，对于拥有三百多万陆军的中国军队而言，这点火炮显然微不足道。没办法，自从1938年7月，德国在日德盟约的限制下，军事顾问团离华，国军获得德造武器的大门被完全封死，作为国军主力炮种的德造卜福斯山炮在战争中日益损耗，又没有途径得到补充，打坏一门少一门。到了抗战中期，笨重的俄制野战炮算是救了急，成了国军炮兵部队的香饽饽。至于美国的《租借法案》物资，中国分到的配额极少，美国的武器主要拿去装备中国驻印军和远征军了，第九战区别说是吃肉，就是连汤也没的喝。毕竟在美国人眼里，中国战区的作用只是牵制100万的日本陆军，对战争的进程并不起决定作用，他们最关注的还是欧洲和太平洋战区。

第一次世界大战时期俄国的火炮，炮身极重，平地行军就需要六匹马牵引，遇到上坡时则需要八匹马，这么笨重的玩意儿实在不适合现代化战争。好在这种炮的射程还比较令人满意，对于缺乏火炮的中国战场，俄制野战炮逐渐取代了日益损耗的卜福斯山炮。

见蔡继刚在看炮，王若卿走过来笑道："云鹤老弟，你还喜欢炮？"

蔡继刚说："是个军人就没有不喜欢炮的，战争之神嘛，要是这玩意儿多些，我们的步兵伤亡就会少许多。若卿兄，附近目标的射击诸元都标定好了吗？"

王若卿吃了一惊："老弟，行家呀，你一个步兵出身的人还知道标定射击诸元？"

蔡继刚回答："按西方国家军校的标准，步兵军官必须懂得炮兵知识，否则无法进行步炮配合。"

"哦，想起来了，你上的是美国军校，难怪懂得多。你不是问射击诸元吗？是这样，第二次长沙会战以后，我亲自带着几个测绘军官，对长沙周围进行了测绘，把长沙近郊和城内可称为标志的建筑物，详细加以测量，制成二万五千分之一的标点图。到第三次长沙会战时，我们的炮兵就如鱼得水了，根据步兵指挥官的请求，依照标点图上的射击诸元开火射击，效果出奇地好。"王若卿得意地说。

王若卿是个老资格炮兵了，他是保定军校第八期炮兵科出身，当过炮兵团长、炮兵旅长。1940年5月炮兵第4旅旅部改编为第9战区炮兵指挥部，王若卿从炮兵旅长变成了战区炮兵指挥官。他是个炮兵制胜论者，观点比较偏激，总认为战争胜负的决定因素是炮兵火力的强弱，为此还经常和别人抬杠。

两人正说着，那边的赵子立和张德能又争论起来。

赵子立口气激烈地说："长沙只能作为一个持久的防御点来拖住、消耗敌人的有生力量，以争取时间，有利于我外线兵团集结与决战，绝不能死守。我认为，应该把第4军的两个师放在岳麓山，另外一个师放在城内。只要岳麓山阵地不丢，长沙城就保得住，就算是做最坏打算，万一长沙城保不住，若我军主力尚在岳麓山，也可以掩护城里的一个师西渡湘江，免遭日军歼灭，向西向南撤退。"

张德能激烈反对："我不赞成！应该将主力放在城里，岳麓山是制高点，易守难攻，日军难以展开兵力夺取，也不会在岳麓山下大力气。我认为日军主力会全力攻打城内，如果我军城内兵力单薄，一旦顶不住失守，外围的机动部队就失去作战核心，各跑各的，到那时我们可是叫天天不应，叫地地不灵了。再说，第4军将主力放在城里，这也是薛长官的意思。"

张德能抬出薛长官这块王牌压人，赵子立自然无话可说。

蔡继刚心里很赞同赵子立的意见，岳麓山这个制高点是非守不可，一旦失去，就意味着炮兵的消失，没有了炮火的掩护，步兵仅靠轻武器则很难守住阵地。再者，日军占领了岳麓山，就可以居高临下，用大炮对付守城部队，城里的部队即将面临灭顶之灾。可想是这么想，蔡继刚却没有吭声，因为没有人征求他的意见，他只是个督战官，不在其位不谋其政。更何况蔡继刚心里还有个更隐秘的想法，他私下断定，这次长沙无论如何也守不住，这是他从战场的大趋势上得出的判断，无论怎么排兵布阵，结果都是一样的。

张德能固执起来只有薛岳能管他，一个赵子立当然还差着火候，他不太把这个参谋长放在眼里。于是他按自己的主张行事，将90师放在岳麓山这边，自己亲率102师和59师驻进城里，军指挥部设在中央银行的地下室。

这边的赵子立也动了怒，他返回指挥部给薛岳打了个电话，只问了一句话："薛长官，我留在这里，是否能指挥第4军？"

谁知薛岳的回答却耐人寻味："你不指挥！"

这下可把赵子立气得要发疯，他心说，既然没有指挥权，那你派我到长沙来干什么？幸亏赵子立多了个心眼，他预见到必将出现的严重后果，便闪开薛岳，通过老朋友王耀武和上官云相，将自己无法指挥长沙守城的情况转告蒋介石。赵子立的意思很明显，既然不给我指挥权，如果打了败仗，可不干我的事。后来的事实证明，赵子立的这个电话保住了他的性命，此为后话。

日军发动进攻的几天以后，对中国军队而言，战局出现恶化。

日军右路兵团突过洞庭湖水系，占领沅江，正好将第六战区南下救援的王耀武集团军阻击在益阳地区，同时它的主力继续南下，6月中旬占领了长沙西面的战略要地宁乡。

中路日军的一线兵团第3、第13师团以钳形攻势突然包围了国军第20军的主力133师和27集团军总部，该集团军司令官李玉堂急了：日军这是个什么打法？27集团军是薛岳为了合围日军进攻的部队才配置在这里，怎么稀里糊涂反被人家包围了？李玉堂命令20军的其他两个师前来救驾，自己率27集团军总部和133师拼死突围，从平江县退往浏阳地区。这样一来，正中横山勇下怀，横山勇本来也没打算吃掉27集团军，只是想把它赶走。27集团军是薛岳"天炉战法"的核心部队，这支部队被横山勇赶得远远的，离开了长沙。

日军左路兵团的一、二线部队轮番出击，在浏阳以南地区将第九战区国军五个军的机动部队前后夹击，左右围攻，打得几个军建制大乱，纷纷向江西边境突围撤退。而薛岳的机动兵团主力按"天炉战法"的构架，正是在此待命出击。日军准确的攻击，使"天炉战法"顷刻间土崩瓦解。

应该承认，横山勇的布阵，真是精彩绝伦，出奇地精准。

6月8日，日军中路兵团第一线的68师团、116师团抵达长沙城郊，长沙守军早已等候多时，立刻摆出决战的架势。不料这两个日军师团在长沙外围虚晃一枪，兵锋绕过长沙城，继续向南猛插。战前蔡继刚最为担心的事终于发生了，横山勇把这两个师团摆在一线进攻部队中，完全是一种战略欺骗，为的是给对手造成主攻长沙的假象，其真实意图是直捣衡阳。

现在的战场态势渐渐明朗化了，日军中路兵团的一线与二线部队，就像拳击手的两个拳头，摆在一线的第68、第116两个师团是横山勇打出的一记左勾拳，这个左勾拳划出一道弧线，绕过长沙击向衡阳。而摆在二线的第34、第58两个师团却是一记凶狠的直拳，直截了当打向长沙。

长沙的中国守军正在迷惑，为什么日军主力兵临城下，却绕城而去？没等赵子立、张德能等人想明白，日军的二线兵团又到了，跟在后面的日军第34、第58两个师团在一线兵团扫清的通道上快速推进，途中两个师团倏然分开，第34师团与右路兵团的两个支队会合，以四万余人的兵力，从长沙北面突然西渡湘江，直扑岳麓山中国守军阵地。第58师团则长驱直入，一鼓作气推进到长沙城下，这时长沙外围已无任何中国军队，日军的两个师团可以放心大胆地攻城了。

6月13日这天，整个第九战区的中国军队阵脚大乱，各军都陷入被动挨打的局面。

此时的薛岳心中暗暗叫苦不迭，深悔自己不听赵子立的建议，慌乱中薛岳向各部队下达了一道奇怪的命令："各部队索敌攻击！"

这道命令说了等于没说，什么叫"索敌"？明明是被敌人追着打，还用"索敌"吗？

蔡继刚自开战起，就密切关注着衡阳，当横山勇打出左勾拳时，蔡继刚惊出了一头汗，虽然他早有心理准备，但还是被横山勇诡谲多变的战术所震惊。蔡继刚想，幸亏1937年战争爆发时，这家伙还仅仅是个刚晋升的陆军少将，还没有资格指挥大兵团作战，要是横山勇早生几年，那么抗战初期的历史怕是要改写了，他绝对是个不可忽视的劲敌。

几天以后，蔡继刚看战区长官部转来敌情通报，这是中美联合航空队侦察机飞行员的报告：

日军第68、第116两个师团，绕过长沙后，向南突击到株洲以南，突然停顿下来，好像在就地休整补充。

蔡继刚长舒了一口气，谢天谢地！它总算停止进攻了，原因只有一个，日军的供给线拉长，这两个师团经长途奔袭已近弹尽粮绝，需要补充了。真是天大的喜讯，方先觉的第10军正在衡阳没日没夜地构筑防御工事、疏散民众和囤积物资，多赢得一天时间，衡阳保卫战就多一分把握。

6月13日，保卫长沙的战斗打响，日军首选的攻击点是湘江以西的岳麓山阵地。

日军第34师团会同两个支队共四万余人突然西渡湘江，其前锋部队渡江后没有丝毫停顿，立刻对岳麓山阵地展开全线攻击。在优势炮火的掩护下，日军以大队为单位展开攻击队形，不顾死活地对前沿阵地发起波浪式进攻。

蔡继刚站在岳麓山炮阵地的观察所里，用望远镜观察着前沿阵地的情况。在望远镜的视野里，身穿土黄色军服的日军士兵漫山遍野，像海浪一样向阵地前涌动，一波未平，一波又起，成千上万的日军士兵高呼着"天皇万岁"，呼喊声汇成巨大的声浪，如山呼海啸般压过激烈的枪炮声。

蔡继刚身边一个炮兵少校穿着沾满油污的军装，一手拿着电话话筒，一边伏在炮队镜上向前沿观察。蔡继刚听见话筒里传来王若卿镇定的声音："董营长，我们的步兵发起反突击了，给我来个双层徐进弹幕射击[1]，让他狗娘养的尝尝移动火墙的滋味！"

炮兵少校大声喊道："是！3连、4连、5连注意，二号装药，榴弹，瞬发引信，全体，双层徐进弹幕射击，开火！"

炮声震耳欲聋地响起来，无数暗红色的弹道从观察所上空掠过。蔡继刚在望远镜里看见离前沿堑壕100米左右的地方出现一道由硝烟烈火组成的火墙，和第一道火墙间隔数百米的地方又出现了第二道火墙，日军士兵的残肢断臂在连续的爆炸中被抛向半空，第一道火墙在赶着溃退的日军士兵慢慢向外移动，而第二道火墙在外围向阵地方向移动，日军的进攻队伍被夹在两道火墙之间，炮火所到之处无不血肉横飞，密密麻麻的国军士兵从工事里跳出来，端着刺刀向敌人实施反突击……

炮兵少校放声大笑："打得好啊，弟兄们，敌人退下去了，1连、2连，按

---

1 徐进弹幕射击：炮兵射击学术语，是指一种步炮协同战术，步兵在冲锋或前进的时候，炮兵按一定顺序延伸炮火，始终把炮弹打到步兵前面数百米的地方，为步兵提供火力掩护的战术。徐进弹幕射击分为单层和双层，单层徐进弹幕射击通常以平均七分钟一次齐射的速度射击，为冲锋突击的部队提供一定的防御率和防御宽度，防御宽度不得超过被增援部队的正面宽度。双层徐进弹幕射击一般是由两层弹幕为步兵提供掩护，后一层弹幕主要杀伤避开第一层弹幕进入防御阵地的敌步兵，也是以平均七分钟一次齐射的速度射击，同单层徐进弹幕射击相比，提供的防御率加倍而防御宽度减半。

预定射击诸元，二号装药，榴弹，瞬发引信，集中射击[1]，开火！"

随着少校的口令，装备德制150毫米重型榴弹炮的两个连开始集中射击，第一轮炮弹集中落在两道移动火墙中间，把这一区域瞬间变成了火海。日军两个步兵大队组成的第一攻击波顷刻间灰飞烟灭。大口径火炮的杀伤力果然非同小可。

炮兵观察所里一片欢呼声，只有蔡继刚不为所动，他仍然冷静地用望远镜向敌人纵深观察。

蔡继刚可不这么乐观，战斗才刚刚开始，出水才见两脚泥，岂能刚占点小便宜就欢呼雀跃？后面的麻烦事还多着呢。

6月16日，守卫岳麓山阵地的90师已伤亡过半，在日军的猛烈炮火和步兵海浪式攻击下，林木茂盛的岳麓山笼罩在浓浓的硝烟中，猛烈的爆炸将很多百年老树炸得连根抛起。

中午，数十架日军飞机临空，朝岳麓山阵地投掷大量炸弹和燃烧弹，引起漫山大火。熊熊的烈焰已经威胁到山顶上的炮兵阵地和弹药库，炮兵指挥官王若卿下令停止射击，将火炮推入工事。没有了炮火掩护，前沿阵地上的步兵便面临着巨大压力。下午2时，日军又组织了一次步炮协同的强攻，这一次日军的前锋已经接近了岳麓山主峰云麓宫阵地，90师师长陈侃亲率官兵实施反突击，用轻武器拼死将日军击退。

蔡继刚从指挥部了解到，此时湘江东岸日军58师团已经到达了长沙东南郊，奇怪的是58师团并没有向市区发起攻击，而是忙着构筑炮兵阵地，搭设营帐，运送弹药，好像完全没有进攻的意思。

这是什么意思？58师团在等什么？

张德能盯着地图问："蔡督战官，你认为敌58师团在等什么？"

蔡继刚看了一眼地图，冷冷地说道："他们在等待岳麓山阵地失守，等消除了我军炮火的威胁，敌58师团就可以放心大胆地攻城了。"

张德能一惊："你的意思是，敌人的主攻方向是岳麓山？"

蔡继刚沉默了。赵子立哼了一声："战事的发展已经证实了我的判断，这一点已经毫无疑问了，下一步我们需要考虑的是如何守住岳麓山阵地，那里只有一个90师，兵力太单薄了。"

---

1  集中射击：炮兵射击学术语，是指为歼灭某一特定目标而集中大量密集火力的射击。它通常是事先计划好的，但在进攻中也可根据观察员的报告实施。这是一种密度最高的火力。

张德能有些惊慌,他没想到日军会首先用重兵攻击岳麓山,这一拳正打在他的失算处,这时他才感到赵子立的意见是正确的。

张德能顾不上计较赵子立的态度,焦急地说:"赵参谋长,我想从城里把102师抽调过来,当作预备队,你认为如何?"

赵子立面无表情地问:"张军长,你的船呢?没有船,部队怎么过江?"

张德能这才想起来,湘江边所有的船只都被派去疏散物资了,此时根本无船可用,更糟糕的是,这道命令也是自己发出的。

张德能颓然坐下,他感到一种前所未有的沮丧。

张德能是个老资格军人,比那些出身黄埔的军官出道要早一些。他早年赴越南谋生,23岁才回国,1924年毕业于云南讲武堂第二期,分配在张发奎的第4军任少尉排长,在北伐战争中屡立战功,多次负伤,从排长、连长晋升为营长。在夺取汀泗桥的战斗中,张德能亲冒矢石,身先士卒,又一次身负重伤,军长张发奎传令嘉奖,张德能与独立团的叶挺等人因此战成名,在第4军成为风云人物。张德能伤愈出院后,被提升为该军59师第1团团长,那还是1926年的事。两年之内从排长到团长,这种晋升速度在国军中极为少见。张发奎的第4军被称为"铁军",张德能在1941年出任第4军军长,足以证明他是有能力的。

18年前在汀泗桥战斗中,张德能不愧是勇将,累累战功铸就了他领章上的两颗金星,他数次身负重伤而运气好得出奇,一次又一次逃脱了死神的纠缠。然而今天,张德能中将的运气走到头了,死神又一次向他扬起黑色的翅膀,这一回怕是在劫难逃。

接下来的两天里,战场上的态势变得越来越不利于中国守军。日军为了拔除岳麓山上的国军炮阵地,调集了一百三十多门火炮,其中的火力骨干为16门100毫米加农炮,双方进行了整整一天的炮战。一天下来,国军炮阵地上弹坑累累,满目疮痍,火炮损毁惨重,几乎丧失了对等还击的能力。

6月16日深夜,岳麓山外围阵地终于被突破,90师的残余部队被围在山脚下做困兽之斗,只有湘江边渡口还在国军控制下。而岳麓山上国军的火炮已经损失了一多半,对城内的火力支持大大削弱。就在这时,已经静候四天的日军58师团突然开始攻城,重型火炮将守军工事逐个摧毁,国军59师的防线瞬间被撕开了一个口子,日军的一个联队冲进市区,城中的59师和102师陷入被动苦战之中。

日军将炮兵编入突击群,火炮跟随步兵向前推进,以直瞄方式对中国守军的坚固工事进行打靶式射击,猛烈的炮火如收割机般一层层扫除着守军的工事。每摧毁一个工事或街垒,成群的步兵便蜂拥而上,踏着中国士兵的尸体攻击前进。下午3时，战线已推至城中心的妙高峰、天心阁一带。

情况万分危急，这时岳麓山指挥部里所有参谋人员都静了下来，大家的眼睛都注视着三位指挥官。

赵子立拿起一支汤普森冲锋枪，卸下弹夹，将子弹一颗一颗压进弹夹。他看了一眼周围的参谋人员，镇静地说："都看我干什么？不要慌，大不了鱼死网破，咱们这些人就和长沙共存亡吧，各人拿好武器，准备战斗！"

王若卿拿起电话："传我命令，所有火炮连续射击，只要还有一门炮，就不能停止射击，其余人员给我拿起步枪、手榴弹，编入步兵继续战斗，人在阵地在，与阵地共存亡！"

张德能背着手在来回踱步。他知道，现在已经到了最后时刻，岳麓山阵地一旦失守，城内的59师和102师将毫无退路，除了被全歼，没有别的结果。

一个参谋摇了半天电话机，最后懊丧地扔下电话："报告！通往102师指挥所的电话线断了，现在联系不上102师。"

张德能吼了一声："传令兵！"

一个十五六岁的小传令兵跑进来："到！"

张德能手一挥道："去，告诉102师立刻抢渡湘江，增援岳麓山。"

"是！"小传令兵领命而去。

蔡继刚长叹一声："张军长，恐怕已经晚了，我们怕是坚持不到102师过江了，再说，他们没有船，拿什么过江？"

张德能暴怒道："让他们自己想办法，哪怕是游也得给我游过江来。"

"当然，能全师游过来更好，我也希望如此。张军长，赵参谋长，我想我得走了，我刚刚接到命令去衡阳，那边的情况也不乐观，敌人的两个师团已经就位，随时可能对衡阳发起攻击，恐怕又是一场血战。"蔡继刚说话时很有些难为情，长沙城危在旦夕，而自己却要走了，这会给别人造成贪生怕死的印象。

赵子立拍拍蔡继刚肩膀，宽容地说："云鹤老弟，你不要内疚，我们都是军人，服从命令是天职，况且我们各有各的责任，你的责任是代表军委会督战，而不是作战，没有人会说什么，希望你将来向军委会汇报时，把长沙的战斗情况如实反映，证明一下，长沙守军尽了最大努力，坚持到最后一刻，没有辜负蒋委员长和国家的栽培。"

张德能也向蔡继刚伸出手："再见吧，老蔡，要是运气不好，我们就来生再见啦！"

蔡继刚有些动容："张军长，别这么说，我们会见面的，将来你们去重庆一定要通知我，我给诸位接风洗尘。"

王若卿张开双臂拥抱了蔡继刚："老弟，炮兵的情况你都看见了，你听，现在还在射击，只要还有一门炮、一发炮弹，我们炮兵就不会停止战斗，告诉军委会，我们都尽力了。"

蔡继刚望着这三位指挥官欲说还休。

赵子立说："云鹤老弟，有什么话你就直说吧。"

蔡继刚迟疑地小声说："三位老兄，照理说……这话不该由我来说，毕竟……我只是个督战官，我的意思是，与城市共存亡，其精神固然可嘉，可是，无论从战略上还是战术上都没有任何价值，作为指挥官，我们应该珍惜手下官兵的生命，对国家对军队而言，他们都是有丰富实战经验的军人，多保留下一个，就为将来的反攻多积蓄一份力量。"

赵子立神态凝重地点点头："老弟，我明白你的意思，我们会仔细考虑你的建议。"

蔡继刚走到门口又停住了，他转过身子对所有人说："敌人的包围圈并不严密，空隙很多。我对各位还有个忠告，突围时各部队最好成小建制分散行动，可以搞一些像反突击一类的战术配合，从正面突围。在某些情况下，包围圈最薄弱处，也许就是敌人进攻的方向，我们应该吸取南京保卫战的教训[1]。"

蔡继刚说完，向指挥部里所有的军人庄重地敬了个军礼。

赵子立、张德能、王若卿等人也郑重向蔡继刚还礼。

在下山路上，蔡继刚有些伤感，不知今后还能不能见到这三位老兄，也许这一别就和他们阴阳永隔了。

6月18日，长沙保卫战落下帷幕。

张德能的运气很糟糕，他本来想弥补自己的失误，派传令兵通知第102师抢渡湘江，增援岳麓山。结果忙中出错，那个小传令兵脑子不太好使，愣把增援岳麓山的命令错传为渡江西撤。当师长陈伟光率102师来到湘江边时，却见茫茫江面上空荡荡的，没有一条船。陈伟光心中叫苦不迭，心说军长好糊涂，你既然下令让我们过江，却没有想到要安排船只，我们又不是两栖动物，该怎么渡江？于是陈伟光情急之下也下了一道不讲理的命令：各团、营、连自己想办法寻找船只或漂浮物过江。

这道不讲理的命令一下达，102师顿时乱了套，有的连队现拆民房扒木料，

---

[1] 在1937年11月的南京保卫战中，指挥官唐生智在组织突围时举措失当，各部队建制大乱，最后数万溃兵都退至下关码头一带，大部分被日军俘虏或屠杀。而少数几支突围成功的部队，都是从正面突出包围圈的，如叶肇第83军等。

有的连队锯起了电线杆子，还有个连队干脆抢了一个汽车修理厂，一枪托打翻了企图阻拦的老板，卸下了所有的汽车轮胎绑在木筏上，江边一时秩序大乱。

事实证明，102师果然是主力，硬是把这道不可能完成的命令给完成了，各团、营、连是猫有猫道、狗有狗道，八仙过海，各显其能，居然大部分人都过了江。不过倒霉蛋也不少，有的木筏载人过多，半渡倾覆，会游泳的士兵拼命扑腾着爬上对岸，而不会游泳的人只好自认倒霉，随波而去。据战后日本战史记载："当重庆军败逃欲渡湘江时，死亡甚众，仅目睹溺死者便达千人以上。"

九死一生上了岸的部队遵照小传令兵误传的命令，撒开双腿，以极快的速度沿着公路向衡阳方向逃去。

这对岳麓山阵地上的90师来说，最后的一点希望也破灭了。

这时第4军军长张德能还糊里糊涂蒙在鼓里。几天来，他到处督战，跑前跑后，累得几乎吐了血。这天夜里他将守城任务交给59师师长林贤察后，便离开了设在市区中央银行的军指挥部，他带着几个卫士乘小船过了江，准备等到102师过江后，亲自率部队镇守岳麓山阵地。

当张德能到达岳麓山脚下的湖南大学时，天已经蒙蒙亮，心力交瘁的张德能进屋就栽倒在床上，几秒钟之内即进入梦乡。

一个小时以后，张德能猛地被卫士推醒："军长，102师过江后没有进入岳麓山阵地，他们都沿着公路往南边衡阳跑呢。"

张德能闻言大怒，拎着手枪冲了出去。他在江边的大路上拦住十几个102师的士兵，怒气冲冲地朝天"砰、砰"开了两枪，士兵们都迟疑地站住了。

张德能声嘶力竭地吼叫着："你们这些混账王八蛋，都是哪个团的？你们团长是谁？现在我命令你们，马上进入岳麓山阵地，违令者，杀无赦！"

事实证明，自长沙保卫战开始，张德能的运气就变得越来越糟糕，一连串的倒霉事在前边等着他，使他的精神濒临崩溃，这一次，他又碰上了倒霉事。

这十几个士兵是战前刚刚入伍的新兵，从新兵营编入部队就赶上打仗，他们见过的最高长官就是营长，至于团长、师长长什么模样，他们根本没见过，更何况是第4军最高长官张德能，他们好像连听也没听说过。

张德能的吼叫引起了士兵们的反感，眼下正是逃命的机会，而这个身穿毛料军服的家伙却比画着手枪拦在路上，这不是欠揍吗？

于是士兵们纷纷举起手中的步枪，"哗啦啦"拉动枪栓，把枪口对准了第4军最高长官……

张德能的卫士见势不好，连忙用身子挡住长官，赔着笑脸忙不迭地说："弟兄们，弟兄们，有话好说，千万别动家伙，这是误会，你们赶快走！"

就这样，张德能眼睁睁地看着士兵们走远，无可奈何。

这已是102师走在最后的士兵了，就这十几个新兵，还险些要了军长的老命。

张德能双腿一软，无力地坐在地上，他双手抱头绝望地低吼："完了！全完了！"

6月18日清晨，日军第34师团216联队的官兵们气喘如牛地冲上岳麓山顶峰。在奶白色的晨雾中，整个山顶阵地静悄悄的，不见一个人影。中队长武忠南信大尉看了看作战地图，命令中队搜索前进。

当日军士兵们沿着林中小路，来到云麓宫南侧的第九战区指挥部和炮兵指挥部的地下工事时，发现工事内的备用发电机还在转动，作战室的电灯还亮着，就连桌子上的一杯水还尚有余温……

武忠南信大尉通过无线电台向战役总指挥横山勇报告：陆军216联队第三步兵大队第一中队于18日晨6时占领岳麓山顶峰，中国军第九战区参谋长赵子立中将、炮兵指挥官王若卿少将刚刚离去，战果正在统计中……

这一天，随着岳麓山阵地的失守，正在市区进行巷战的第59师失去依托，军心大乱。而湘江渡口也被日军占领，59师师长林贤察率部向正面之敌发起反突击，拼死杀开一条血路突围出城，向浏阳方向退去。

枪炮声沉寂下来，长沙，这个在战争中坚守了近七年的城市终于失守。

· 第二十一章 ·

蔡继刚是在从长沙到衡阳的路上听说长沙失守的消息，他不为所动，继续赶路，这一切早在预料中，没什么好大惊小怪的。蔡继刚心说了，照这种打法，恐怕哪座城市也守不住。

衡阳距长沙大约180公里，一条窄窄的、砂石铺就的低等级公路把两个城市连接起来。第九战区长官部为蔡继刚配备了一台美制吉普车，除了副官沈光亚，还有两个临时派来的卫士，都挤在这辆中型吉普车上。

公路上挤满了逃难的人群，吉普车在人流中艰难缓慢地爬行，司机拼命按着喇叭，希望人群能自动让出一条路，而逃难的人群可不管蔡继刚是不是将军，他们面无表情，麻木、机械地迈着步子，缓慢地走着，根本没有让路的意思。

蔡继刚透过车窗，观察着公路两侧的地形。这一带多是平原和丘陵，从军事角度上看，似乎无险可守。不过现在考虑这些已经没有任何意义了，蔡继刚一路走来，竟然没看见一处布防的设施，没有军队，没有防坦克壕，也没有任何永久或暂时的防御工事，甚至连公路都没有破坏。从株洲到衡阳只有一百三十多公里，日军的机械化部队四五个小时就能赶到。看来蔡继刚在战前向薛岳提出层层设防的建议都成了废话，这位一级上将的脑子里全是他关于保卫长沙的"天炉战法"，超出这个框架的问题完全不予考虑。

横山勇和薛岳都属于优秀将领，他们之间的差别就在于胸中战略格局的大小与化解危机的应变能力。薛岳以长沙为中心战场，搞了一个烧煤球的炉子；而横山勇则以半个中国为战场，做了个足以把煤球炉放进去的大锅炉。两人相比，横山勇显然是略胜一筹。

蔡继刚的脑子飞快地转动着，日军第68师团和第116师团在长沙郊外虚晃一枪绕城南下，目前这两个师团已经到达了株洲。横山勇当然懂得兵贵神速的道理，他们没有立刻向衡阳发起攻击，完全是因为后勤补给出现问题，可以肯定的是，一旦这两个师团得到补充，横山勇就不会再耽误时间了，他会刻不容缓地向衡阳发起进攻。

如此说来，守衡阳的第10军军长方先觉还算有运气，如果不是日军补给出现问题，他根本没有时间准备防御，真乃不幸中的万幸。

蔡继刚正想着，只听到坐在副驾驶座上的沈光亚大喊一声："敌机！"司机猛地将吉普车拐下路基，冲到路边的几棵大树下，蔡继刚拉开车门跳出车外，立刻被沈光亚扑倒在地上……

两架日本中岛一式战斗机一前一后超低空从公路上空掠过，机腹下喷吐着火光，一连串的子弹打在公路上，溅起半米高的砂石泥土。公路上的难民可没有司机这么好的军事素养，他们在猝不及防中被弹雨打得血肉横飞，公路上瞬间变成了屠宰场，到处是横七竖八的尸体，路面溅满了鲜血。

那两架日本战斗机兜了个圈子又飞回来，准备第二次俯冲。蔡继刚辨认出日本陆军航空队的徽记，这种被称为"隼"二型的战斗机是日本中岛航空制造公司在战时生产批量最大的飞机，其外形很像日本海军的零式战斗机。弟弟蔡继恒说过，"隼"式战斗机的作战性能还可以，但它的火力一般，只有两挺12.7毫米机枪，没有航炮，在空战中显得火力不足，但对付地面部队是足够了。蔡继刚目测着飞机的高度和速度，抑制不住心中的怒火，这两个日军飞行员在杀人取乐，他们明明知道公路上是手无寸铁的难民，却仍然残忍地向平民发起攻击。

"这两个浑蛋！"蔡继刚从吉普车上拿出冲锋枪，把子弹推上膛，朝挂着冲锋枪的沈光亚和卫士吼道，"飞机又过来了，都给我开火揍它！记住，打提前量，让它自己撞上火网。"

转眼间飞机又临空了，日军战斗机的机枪吼叫起来，子弹把路面打得飞沙走石……蔡继刚已经算好提前量，对准飞机的航路提前开了火。四支冲锋枪组成的火网显得很单薄，但蔡继刚知道，它一定会撞上火网，因为飞机已经进入俯冲，离地面高度只有不到50米，来不及改变航线了。

果然，第一架飞机一头撞进火网，蔡继刚甚至可以看见子弹击中飞机腹部腾起的细细白雾，日军战斗机上的大口径机枪声戛然而止，飞机的尾部拉出一丝细细的、灰白色的尾迹……

"打中啦！"沈光亚和卫士们欢呼起来。

蔡继刚追随着飞机坚持打完弹夹里最后一颗子弹，直到冲锋枪空仓挂机。

那架日军战斗机显然是受了伤，它勉强拉起了高度，但已经无法保持水平飞行，像风筝一样忽高忽低，转眼消失在视野里……

蔡继刚估计，刚才的射击有可能打坏了飞机的油路管线，因为"隼"式战斗机装备了防护装甲和自封油箱，一般情况下靠轻武器很难击伤它，这次不过是凑巧罢了。蔡继刚估算了一下日军飞机的作战半径，这些飞机应该是从武汉附近的野战机场起飞的，因为目前日军还没来得及在长沙附近建立机场。这架

## 第二十一章

受伤的飞机恐怕会在半途中掉下来，飞行员就算是迫降也是九死一生，湘鄂地区到处是水田和丘陵，想找一块干燥的平地可不大容易，让这浑蛋去死吧！蔡继刚心里咒骂着上了车，继续向衡阳赶路。

长沙的失守使蒋介石大动肝火，他没有想到，这座坚守了将近七年的省会城市，居然才抵抗了五天就丢掉了，这大大出乎他的意料。

蒋介石正在大发雷霆时，又接到第六战区24集团军司令官王耀武的电话。王耀武是黄埔三期生，也是蒋介石比较喜欢的弟子，只有他和少数的几个黄埔弟子有这种特权，可以直接给老爷子打电话。

王耀武和赵子立私交不错，他一直记着赵子立托付自己的事。此时他在电话里汇报说："校长，我奉命增援长沙，不料在益阳被日军的优势兵力堵住，现在正在僵持中。在这之前，我曾打电话到长沙找参谋长赵子立请求任务，赵子立说在长沙守城问题上，他和张德能军长有很大分歧，张军长固执已见，拒绝接受赵子立的意见，硬是将主力置于城内，致使长沙失守。赵子立说，希望学生能把这情况报告给校长，他身为战区参谋长，不能履行职权，也无权指挥守军作战，辜负了校长的栽培，他很惭愧！"

蒋介石一听这些，火又撞上脑门，他挂上电话，命令给第九战区发电报："第九战区参谋长赵子立和第4军军长张德能立即回重庆，向军委会汇报长沙作战经过。"

委员长动了雷霆之怒，赵子立和张德能哪敢怠慢？两人诚惶诚恐地赶到陪都重庆，刚下了飞机就被军法执行总监部派来的宪兵逮捕。蒋介石的怒火仍没有平息，长沙失守的责任是一定要有人承担的，选择谁当这个倒霉蛋呢？

没过几天，军事法庭就开庭了，赵子立事先打出的电话终于收到效果。军事法庭认为：在长沙作战中，战区参谋长赵子立被第4军军长张德能架空，未能行使指挥权，因此赵子立不负长沙失守之责任，予以无罪释放。

既然赵子立被宣布无罪，那么有罪的就只有张德能了，于是长沙失守的责任便理所当然地落在倒霉的张德能头上。军事法庭的结论是：第4军军长张德能指挥失当，临阵脱逃，对长沙失守负有不可推托的责任，罪不可恕，对第4军军长张德能判处死刑，立即执行！

当张德能被判处死刑的消息传到第九战区各级指挥部时，军官们都面面相觑，噤若寒蝉。在衡阳督战的蔡继刚也吃了一惊，他没想到张德能会判死刑。平心而论，张德能不听劝阻，刚愎自用，一意孤行，导致指挥上严重失误，这是没有异议的，但这只是犯了战术上的严重错误，罪不该死。听90师逃出来的

397

官兵说，张德能在102师撤走后，仍然和90师残余的部队坚守在岳麓山阵地，直到大势已去，岳麓山主峰已被占领的情况下才突围撤离。

军事法庭的结论实在不靠谱，如果他真的要临阵脱逃，当初就随着102师向南跑了，何必还进入炮火连天的岳麓山阵地，坚守到最后一刻？

张德能的死，让整个第九战区，尤其是第4军的官兵们备感心寒。如果张德能都被判了死刑，那么在豫中会战中损兵折将、临阵脱逃的蒋鼎文又该当何罪？张德能的罪过难道比蒋鼎文还大？事实上，蒋鼎文只被撤职了事，没有受到更严重的惩罚。

蒋委员长的脾气谁也说不清，这位老爷子有时很情绪化，他心情的好坏经常影响决策，甚至影响历史的走向，让部下们毫无规律可循。比如同样是守城失败，指挥官带残兵突围而出，守洛阳的第15军军长武庭麟和守常德的第74军57师师长余程万的结局却截然相反：坚守洛阳14天的武庭麟在西安受到蒋介石的大加褒扬，而在常德血战16天的余程万却被指责为没尽到守土保民之责任，蒋委员长大笔一挥就判了死刑，虽然后来经军委会数名高级将领力保，才将余程万改为撤职查办，但蒋委员长这种喜怒无常的做法，实在让人胆战心惊。不在于你犯了多大罪，关键在于此时蒋委员长的心情如何。

蒋介石虽贵为国民党军队的最高统帅，但他无论如何不能算是优秀军事家，说他是个重量级的政治家倒是没有异议。他军事指挥上的不足与他所受到的军事教育有关。蒋介石20岁才考上保定陆军速成学堂学习炮兵，起步本来就晚了些，不到一年他又去了日本东京振武学校，这个振武学校是有些名堂的，它是日本陆军参谋本部专为中国陆军留学生开办的预科军事学校，初期修业1年3个月，后来延长至3年，毕业后可先下部队见习，再入正式陆军士官学校。

这就有些问题了，学了三年才混个能入士官学校学习的资格，要是按部就班熬着，这得哪年才能出头？当然，这所振武学校也出了些大名鼎鼎的人物，譬如第一期的蔡锷、第三期的陈独秀、第四期的吴玉章、第五期的孙传芳、第六期的阎锡山等人，都是蒋介石的高年级校友。尽管这些校友在中国近代史上赫赫有名，但如果不继续深造，只有三年的初级军事教育是不足以造就一位名将的。

话说蒋介石从振武学校毕业后，被分配到日军第13师团第19联队任士官候补生，众所周知，士官的军衔已经很低了，我们未来的中国军队统帅却连士官都没混上，只混了个士官候补生，这真是件令人懊丧的事。

1911年武昌起义后，当了一年士官候补生的蒋介石回国，在沪军部当上团长。蒋介石运气很好，当时的中国还找不出几个受过外国军事教育的人，尽管有些人的学历令人生疑，但并不影响这些留洋回来的人成为香饽饽。蒋介石在振武学校学习了两年，加上一年的保定陆军速成学堂，所受的军事教育总共为三年，士官候补生的经历不能算作学历，那应该属于成为士官前的实习。因此，未来的国民党军队统帅蒋介石从一名士官候补生，一跃而起成了团长，这可是古今中外比较少见的事，这一年，蒋介石才24岁。

如此说来，这就是蒋介石受过的全部军事教育，他以后再没有受过任何军事教育，但这并不妨碍他教别人军事，甚至成了黄埔军校的校长。

蒋介石的军事资历虽不深厚，但他对指挥作战总是表现出异常浓厚的兴趣。他经常事必躬亲，越级指挥到师团一级，让各级将领常常感到无所适从，敢怒不敢言。军令部部长徐永昌曾在日记中发牢骚说："委员长每好亲拟电，亲笔信，或亲自电话，细碎指示，往往一团一营如何位置等，均为详及。各司令长官或部队长官既不敢违背，亦乐于奉行，致责任有所透谢，结果，所至战事愈不堪问矣。因委员长之要求，即本部指导者，实亦有过于干涉之嫌。"

蒋介石对军队指挥集权于一身的做法，高级将领们都熟悉，所以每当收到蒋委员长电报，先要看看是哪个机关主办的，如果是"中正手启"，那是要特别注意的；如果是"中正侍参"（侍从室主办），那也要重视；但如果是其他部门主办的电报，就要看具体情景来决定执行的程度了。因此，军令部、军政部乃至后方勤务部门，有时为求命令有效，也都要用"中正手启"名义发电报，弄得下级真假难辨。

蒋介石的这种指挥方式，在战争中弊端甚多，但无人敢谏，毕竟他是最高统帅，谁敢给最高统帅提意见？他对手下将领的作战失误，并不是经常给予死刑处理，他主要考虑的是树立个人权威，对派系林立的各种势力如何摆平与掌控，其政治考虑始终摆在首位。有一点是部下们都承认的，蒋介石对部下的处罚，要看当时的心情和平时对此人的印象，因此，蒋介石的公平性是值得商榷的。

长沙失守，衡阳告急，此时的蒋介石心急如焚。衡阳的战略地位非同小可，它既是粤汉、湘桂两条铁路的交会点，又是西南公路网的中心，衡阳失守就意味着东南与西南被隔断，西南大后方就会受到直接威胁。

还有个要命的问题，衡阳机场是中国东南空军基地和西南空军基地的中间联络点，衡阳机场一旦丢失，就会使辛苦经营几年的东南空军基地变成废物。

衡阳在整个大后方的经济地位也是举足轻重的。这个城市位于湘江和耒水汇合处，依靠这两条大河，可以集中输出湖南省每年出产的3000万石稻米，没有这些粮食，重庆的日子就没法过。

更何况衡阳还有从沦陷区迁来的大量工商企业及丰富的矿产资源,这对大后方的军食民用和军工生产是极为重要的。如果衡阳失守,会使西南大后方的政治经济雪上加霜,引发严重的经济危机。反过来说,如果日军占领了物产丰富的衡阳,就会给他们"以战养战"的策略注射一剂强心针,给日益衰竭的日本战争机器提供新的动力。

无论如何,衡阳是不能丢的。

蒋介石为确保衡阳不失守,开始排兵布阵了,他决定在渌水至衡山地区采取"中间堵、两边夹"的战略计划。所谓"中间堵",是计划将欧震的第37军和暂编2军放在中路进行阻击;而"两边夹"是由湘江东岸的王陵基第30集团军和杨森第27集团军、湘江西岸的王耀武第24集团军和第4军的一部,形成两大集团对击夹攻之势,斩断向南进攻之敌。

蒋介石的计划堪称完美,但毕竟只是个计划,问题是,他在制订作战计划的时候,根本不知道他的部队在哪里。实际上,经过长沙会战,准备实施"天炉战法"的各集团军已被打成一盘散沙,王耀武的第24集团军被堵在湘北益阳,其他各集团军有的被赶得远远的,还有的部队在江西边境乱窜,连第九战区司令长官薛岳都联系不上,就更谈不上收拢部队了。

焦头烂额的薛岳直到6月23日才和各部队取得联系,下达了指令,准备执行蒋委员长的作战计划。

然而战场形势突然大变,中国军队的补救行动为时已迟,太晚了!

现在衡阳还处在大战之前的平静中。这是个极具战略价值的城市,它连接着皖浙赣的第三战区,关系着保卫闽粤的第七战区;它又担负着湖南的第九战区、第五战区与西南大后方的连通与屏障作用;衡阳机场又是东南方赣州、建瓯、浙南机场与大西南空军基地的中转联络站,是美国第14航空队和中美联合空军的重要基地,随着战线的南移,衡阳机场成为争夺长江流域制空权的前出基地,其战略地位非同小可。

衡阳以前只是个县城,没有一点城市的样子。1941年12月,经国民政府批准,以衡阳督察区治、衡阳县城为主体,加上衡阳县城郊成立衡阳市。

战争爆发以来,战事一直在长沙以北进行,地处湘南的交通要道衡阳相对稳定,所以大批从北方、长江流域等沦陷区逃难来的人就留在此地落脚谋生了。这些难民中不乏一些有钱的工商业主,他们带来了大量的资金。由于资金的迅速集中,战时的衡阳经济便畸形发展起来,郊外的花园别墅、市区的商场高楼、江边的工厂和手工业作坊像变魔术般一下子冒了出来。

## 第二十一章

到1943年底,衡阳成了一个颇具规模、工商业发达的城市,全市工商企业多达八千多户,单银行就有32家,工业总产值达18亿多元。

1944年的衡阳是个繁华之城,市场繁荣,工业生产兴旺,铁路、公路、水运畅通,大批从沦陷区逃离的文人墨客为衡阳的文化生活注入了活力,这个城市迎来了文化艺术、文化教育的空前发展。随着美国空军人员进驻衡阳机场,好莱坞电影、可口可乐、口香糖等光怪陆离的美国生活方式也融入了衡阳市民的文化生活。入夜,城区的大街小巷,五颜六色的霓虹灯变幻闪烁,鳞次栉比的酒吧间里灯红酒绿,歌舞升平,呈现出一派畸形的浮华奢靡。大后方的人们鉴于此地之奢华,又将衡阳称为"小南京"。

没有人能想象,巨大的血光之灾已经逼近衡阳,这个繁华之城马上就要陷于血与火之中。

刚刚被解职的第10军军长方先觉正在城市南郊黄茶岭自己的寓所里,他今天心情不错,便吩咐用人准备笔墨。方先觉喜欢书法,也酷爱中国古典诗词,他有兴致时,经常写些旧体诗或临帖练字以自娱。

方先觉是那种很招女人喜欢的强悍男人,他有着1.80米的身高,强壮魁梧,圆圆的脸庞上有一双细长的眼睛,目光中充满机警和自信,两片略厚的嘴唇常常紧闭着,显现出一种很独特的冷峻。

方先觉点燃一支香烟,静静地坐在椅子上,看着用人在研墨。

和大部分中央军将领一样,方先觉也是黄埔生,他毕业于黄埔军校第3期步兵科。抗战爆发之前,方先觉的升迁速度并不快,不过是在李玉堂的第3师补充团里当个中校团副,直到淞沪会战时才当上团长。战争爆发为方先觉提供了升迁的机会,到了1938年10月,方先觉已经是预备第10师的少将副师长了。若不是战争原因,一个才从军12年、年龄仅仅33岁的人,无论如何是当不上将军的。

当然,方先觉成为将军后也并非一帆风顺,其中也有误解和委屈,个中滋味只有他自己知道。第二次长沙会战时,身为预备10师师长的方先觉差点被蒋介石枪毙。当时预备10师奉命从株洲向湘北移动,途中与日军遭遇,方先觉仓促应战,血战一天,最终还是顶不住退了下来。在战后的检讨会上,蒋介石动了杀机,要拿第10军军长李玉堂和预10师师长方先觉开刀。幸亏天无绝人之路,友军送上一份缴获的日军作战地图,图上标明,与预10师交战的日军有将近四个师团的兵力,蒋介石这才转怒为喜:"唔,预10师打得还是不错的,敌人有将近四个师团的兵力,就是铜墙铁壁,也难以阻挡敌军前进,能抵抗一天,还算不错。"

这份作战地图来得正是时候,就在蒋委员长要杀人时来了,于是化险为夷。蒋介石认为预10师打不过敌人四个师团是合理的,所以方先觉不但没被杀头,还得到口头表扬,这就是运气。其实方先觉心里明白,别说敌人是四个师团,就是半个师团,预10师也照样顶不住,中日两军作战实力的悬殊是明摆着的。

第三次长沙会战后,方先觉靠战功升任第10军中将军长,这一年他才37岁。方先觉对得起蒋委员长给的两颗金星,在1943年10月的常德会战中,第10军的名声达到了顶峰。

常德会战中,第10军奉命由长沙驰援常德,因地处洞庭湖畔沼泽地带,部队难以机动,方先觉命令预10师师长孙明瑾先行夺取资江南岸江堤。孙明瑾明知敌兵力强大,并且对岸已构筑桥头堡火力网,这时渡河作战实为兵家大忌,但军令如山,孙明瑾没有犹豫,毅然渡河强攻,在接连五次进攻失败后,亲率敢死队渡河冲锋,终于夺取日军桥头堡,孙明瑾也在冲上江堤时英勇殉国。预10师攻占江堤后,战场局势为之改观,随后第10军所属第3师成功占领德山,接应余程万57师残部突出包围圈,立下大功。

此战第10军名声大噪,家喻户晓,方先觉自然声誉倍增,被蒋介石召见数次并特送一匾,题词"忠义表天地"。方先觉在重庆一时炙手可热成了"明星"。这也使其他嫡系将领面露羡慕之色。党国要员陈立夫、张群、孔祥熙、李济深等人纷纷宴请方先觉,陈诚和何应钦都向方先觉伸出橄榄枝,想把他拉入自己派系,为此还展开了公开争夺。

那段时间,方先觉也成了重庆名媛贵妇们的英雄偶像,各种圈子的沙龙都以能邀请到方先觉为荣。身材高大、相貌英俊的方先觉在形象上也并不辜负"英雄"二字,这位38岁的中将军长理所当然地成了名媛贵妇们的梦中情人。

方先觉不是圣人,在巨大的荣誉光环下,不免有些飘飘然,还真把自己当成了战无不胜的"军神",行为举止也渐显趾高气扬,最后发展到连第九战区司令长官薛岳也看不上眼了,有些命令执行起来大打折扣。

薛岳是何等人物,他几时受过这等气?在他眼里,方先觉不过是个小字辈。北伐初期薛岳当第1师少将师长时,方先觉还刚从黄埔军校出来,因殴打贪污的军需官受了处分,连毕业证都没拿到,只在第3师当了个少尉见习官。那是1926年的事,一个少将和一个见习少尉,两人的资历差得可不是一星半点。军队就是这样,讲的就是个资历,方先觉就算再不服气,也绝非老谋深算的薛岳之对手。

碍于方先觉的巨大名声,薛岳当然不能明着给他小鞋穿,对第九战区的这

## 第二十一章

位英雄，表面上的礼数还是要尽到的。薛岳的办法很简单，你一个方先觉有多大能耐？还不是因为有了第10军，才有了你方先觉的舞台？如果失去了第10军，你方先觉屁也不是。薛岳对付方先觉用的是最传统的方式：给第10军掺沙子。他先是把自己的广东老乡容有略派到第10军当参谋长；第190师师长空缺后，又点名要容有略接任第190师师长。

容有略也是个人物，他年龄虽比方先觉小一岁，但他是黄埔一期生，是方先觉的高年级校友。容有略毕业后在军界混得有声有色，27岁即获陆军少将衔，在黄埔一期同学中被誉为"少年将军"。抗战爆发后，容有略被调到陆军大学任将官班学员队长。1940年以后任军事委员会参议、第九战区干训团大队长。因为没有带兵打仗，必然影响其职务的升迁，如今黄埔一期生容有略成了黄埔三期生方先觉的下级。

方先觉对薛岳的小动作洞若观火。他不动声色地略施小计，把第190师调整为后调师。所谓后调，即将该师现有兵员全部分拨给第3师和预备第10师，仅保留班长以上的各级军官和业务技术人员，开到指定地域去接受新兵，加以训练，期满归建。方先觉这一招很有效，容有略一下子成了光杆司令，职务是师长，可手下没有兵，整个被架空了。

容有略被架空后，方先觉干脆三下五除二，把薛岳安插在第10军里的一些校官撤职的撤职，挤走的挤走，第10军转眼之间又变成了铁板一块。

这样一来，薛岳可真动怒了，看来是自己走了眼，以前还真小瞧了这位晚辈，这个方先觉是被重庆那些大员惯坏了，居然敢和战区司令长官叫板，这还了得？不收拾他一下，今后第九战区是没法管了。

薛岳毕竟是军界重量级人物，他有随时觐见蒋介石的特权，薛岳的话蒋介石不能不重视。他认为，方先觉自恃有战功，谁也不放在眼里，第九战区没有人能指挥他。另外，方先觉还有克扣军饷、虐待士兵、残害百姓、任用私人、心存异志等问题。蒋介石当然是明白人，薛岳反映的问题，他不会全信，将帅不和是国军队伍里常见的事，双方出于私人恩怨，都会不遗余力地诋毁对方，而作为领袖的蒋介石是个搞平衡的大师，他始终认为下属之间有矛盾也是好事，要是没有任何矛盾，下属之间相互吹捧，那倒要出乱子了。因此，蒋介石对打小报告的人并不反感，他自有能力去化解这些矛盾。

蒋介石认为，此时正是用人之际，一个战区司令长官当然要比一个军长重要，况且薛岳这个战区司令还是屡建战功、能够独当一面的一级上将，蒋介石当然要给他面子，为了战争大局，宁可让方先觉受些委屈。

于是突然有一天，方先觉接到了军委会的命令：免去方先觉第10军军长职务，调任军委会高级参议，由方日英接任第10军军长。

方先觉被气得浑身哆嗦。

这个方日英也是薛岳的广东老乡，黄埔一期生，担任过孙中山的卫士，1922年6月陈炯明叛乱时，方日英与薛岳一起参加过保卫总统府的战斗。现在方日英正在第六战区当个有职无权的高级参议，薛岳早想拉这位老乡一把，现在有了空位子当然不会放过。看来薛岳排除异己、安插亲信的手段近乎于明目张胆。

方先觉生气归生气，却也无可奈何。他知道这是蒋介石的意思，就是再不满也不能骂自己的校长吧？军委会高级参议是个虚职，此时去不去重庆上任也无所谓，不如就在衡阳自己家里休息一段时间。方先觉默默办理了移交手续后便回到家里，闭门不出。

此时墨已研好，方先觉打开线装本的《古文观止》，找到《前出师表》一文，准备写一段文字一吐胸中郁闷之气。

这时用人走进房间说："先生，外边有人求见。"

方先觉头也没抬，随口说："不见！说我正在养病，谢绝一切拜访。"

"先生，我是这样和客人说的，但客人执意要见，他说他叫蔡继刚，是军委会派来的督战官。"

方先觉提笔的手停住了："蔡继刚？我听说过这个人……"

方先觉想了想，终于想起来了。去年他到重庆述职，遇到老朋友、新编二十九师师长吕公良，当时他也在军委会述职。两人好久没见了，很是亲热，述职结束后，方先觉和吕公良找了个饭店喝酒，那天晚上两人都喝多了，具体谈了什么，方先觉已经想不起来了，只记得吕公良多次提到蔡继刚这个人，说此人是个极具战略眼光的军官，也是个被埋没的帅才。方先觉了解吕公良，他是个心高气傲的人，能让他佩服的人一定不简单。

想到这里，方先觉改变了主意："请这位蔡先生到客厅稍候，我马上就到！"

方先觉换上一件会客穿的杭纺丝绸长袍，走进客厅。

坐在藤椅上等候的蔡继刚立刻站起来向方先觉敬礼："方军长好，我是军委会督战官蔡继刚，叨扰。"

方先觉与蔡继刚握手，也寒暄道："蔡督战官，我早听公良兄介绍过你，久闻大名啊，快请坐。"

一提到吕公良，蔡继刚立刻伤感起来："公良兄殉国之前，兄弟我一直在他身边，突围时我们兵分两路，没想到这一分手成了永诀……"

方先觉低声道："我听说了，公良兄壮烈殉国，我也很难过，我给嫂夫人写过信了。"

蔡继刚寒暄了几句，马上转入正题："方军长，我来是想和你商讨一下衡阳的防御问题。我知道，你刚刚被军委会免职，但是……"

方先觉打断他的话："对不起，蔡督战官，现在衡阳守军的最高长官不是我，是方日英中将，你应该去找他谈。"

蔡继刚耸了耸肩膀说："这我知道，可是方日英还没有到任，据我所知，他现在还在施恩的第六战区长官部没来得及动身呢，而敌人已经逼近衡阳了，在这种情况下，第10军怎么能没有军长呢？"

方先觉不为所动，他坚持自己的原则："我已经接到军委会给我的免职命令，作为军人，我坚决执行命令，除非军委会改变了命令，否则，我无权指挥第10军。"

蔡继刚叹了口气道："那就只好等着了，上面会改变命令的。"

方先觉微微一笑："你这么肯定？为什么？"

"主帅还没到，大战即将爆发，军委会也好，第九战区长官部也好，除了改变命令，由你继续担任第10军军长，我想象不出来，他们还能做什么？"蔡继刚肯定地说。

方先觉正要说话，电话铃急促地响起来。

方先觉拿起电话，里面传来薛岳焦急的声音："方军长吗？我是薛岳。"

方先觉平静地回答："报告司令长官，我不是方军长，我是方先觉。"

薛岳的声音很大，以至于坐在对面的蔡继刚都能听见。

"子珊，据可靠情报，在株洲待命的日军第68师团和第116师团已经做好战斗准备，随时可能进攻衡阳，现在方日英还没有到任，第10军处于无人统领状态，我命令你暂时代理第10军军长职务，指挥部队进行防御准备。"

方先觉不卑不亢地回答："对不起，薛长官，卑职方先觉已经接到军委会任命，现在卑职的编制已不属于第九战区节制，因此，第九战区司令长官无权给我下命令，如果我的职务任命有变化，应由军委会向我出示书面命令。"

薛岳急了："子珊，现在情况紧急，你不要意气用事，有什么意见，我们可以战后谈，现在军情十万火急，个人恩怨要先放在一边……"

"报告薛长官，我没有个人恩怨，我现在的职务是军委会高级参议，当然要听命于军委会，请薛长官与军委会联系，由军委会给我下令，否则我拒绝接受任何口头通知！"

薛岳那边气急败坏地摔了电话。

方先觉微笑着挂上电话："哼哼，想招之即来，挥之即去，我方先觉可不是那种窝囊废。薛长官,你早知如此,何必当初?"

蔡继刚无奈地摇摇头:"方军长,你的确有些意气用事,大战在即,我们的每一分钟都很宝贵,何必争一时之长短?"

方先觉觉得蔡继刚的话有些刺耳,便厉声说:"这谈不上争一时长短,这是原则问题,我方先觉在原则问题上从来不妥协。"

蔡继刚也不示弱,他针锋相对地说:"什么是原则问题?眼下战争需要就是最大的原则。株洲到这里只有一百三十多公里,敌人两个师团随时可以进攻衡阳,目前衡阳只有第10军这一支不满员的部队,现在的工事构筑、粮弹储备、御敌方案、平民及政府人员的疏散等,战前准备工作千头万绪,我们哪还有时间斗气?"

方先觉望着蔡继刚领章上的一颗三角星怒道:"蔡继刚,和我说话要客气点,我提醒你注意一下我的军衔,你这个少将难道不懂得军队条令吗?"

蔡继刚一掌拍在桌上,桌子上的茶杯都蹦了起来,他怒目圆睁道:"用不着你提醒,我知道你是中将,那又怎么样?我虽然军衔没你高,可我是代表军委会来此地督战,我有权表达自己的看法,也有权行使自己的职责!"

两个人都是心高气傲之人,谁也没把对方放在眼里。方先觉认为所有军衔比自己低的人,都该对自己毕恭毕敬;而蔡继刚根本没把一个中将放在眼里,他私下认为,国军大部分将领都是尸位素餐之辈,往往是军衔越高越草包,把仗打得一败涂地,那些上将、中将们居然还好意思挂着将星?

方先觉压住火,眯缝起眼睛仔细打量着蔡继刚。自从他一战成名后,还没见过敢对自己如此不客气的人,这个少将的胆子不小。他想起来了,以前听吕公良说过,这个蔡继刚是留美军校生,真他妈的怪了,上过美国军校又有什么了不起?方先觉一时还没想好,该怎么收拾这个不懂规矩的家伙。

方先觉和蔡继刚对视着,谁也不肯退缩。

电话铃又一次响起来。方先觉拿起电话,正要发问,电话里响起他熟悉的浙江口音:"子珊吗?"

方先觉心里一惊,一下子站了起来,成了立正姿势:"校长,您好!"

肯定是薛岳刚刚告了状,蒋介石似乎火气很大,他在电话里破口大骂:"方先觉,你是个什么东西?没想到你深受党国栽培,事到临头竟然如此昏庸。敌人已逼近衡阳,而你方先觉还在和战区长官怄气,弃民族大义于不顾,成何体统?你还是不是我黄埔军校的学生?"

方先觉抹了把额头上的冷汗,小声答道:"学生一时糊涂,校长……骂得好,如醍醐灌顶,令学生羞愧难当,无地自容。请校长放心,学生一定勤勉有

## 第二十一章

加,积极布防,固守衡阳,发扬第10军光荣传统,坚决抗击来犯之敌!"

蒋介石口气稍有缓和:"子珊呀,此战关系到国家民族存亡,衡阳得失尤为此次胜败之关键,望你安心固守7至10天,我必督促陆空军助弟完成空前大业,切记,7至10天!"

"是!"方先觉诚惶诚恐地回答。

这正是蒋介石为人处世的特点,对待部下总是以兄弟相称,显示出虚怀若谷的肚量,而部下们一听委员长称自己为"弟",往往感动得一塌糊涂,恨不能为委员长肝脑涂地。在中国玩政治,必须要制造些个人崇拜,这是领导艺术。当然这只是单方面的称呼,若是部下们主动和委员长称兄道弟,那就太不懂事了,离倒霉也就不远了。

方先觉的心情立刻舒畅起来,多日来所有的委屈和怨气都烟消云散。校长亲自给自己打电话,面子是给足了,虽然挨了几句骂,可方先觉是这么理解的,这分明是校长没拿自己当外人,老师骂学生当然是天经地义。方先觉自从被免职后,等的就是校长这一句话,既然校长帮他找回了面子,再当甩手掌柜就不明智了。第10军是他方先觉的,别人带不了这个军,他决定马上去军部上任。

想到这里,方先觉看了蔡继刚一眼,而蔡继刚也正用审视的目光望着他。四目相对,方先觉宽容地笑了,和解地伸出手:"蔡督战官,对不起,刚才我心情不好,发了火,你别生我气。"

蔡继刚也笑了,他握住方先觉的手说:"方军长,我脾气也不好,此事以后不再提了,这次守衡阳我们要一起共事,谁生谁死还不知道呢,吵什么吵?我字云鹤,以后你就叫我云鹤吧。"

方先觉大笑起来:"云鹤兄,我字子珊,你可以叫我子珊。不瞒你说,我的脾气现在好多了,以前谁要是惹了我,我从来不吵架,出手就打。当年在黄埔,有个军需官克扣学员的伙食费,我和几个同学准备揍他,当时我还差一个月就拿到毕业证了,要是打架,肯定会把毕业证打丢了……"

"可你还是打了,最后还真把毕业证打没了。"蔡继刚微笑着说。

"没错,我和几个同学把那小子暴打了一顿,最后处分决定下来了,我是领头者,处分最重,被开除了学籍,其余的同学是保留学籍,留校察看。后来我在同学的引荐下到第3师9团当了个少尉见习官,当时的团长是卫立煌,我一直干到见习期满后才当的中尉排长,而那时我的同班同学们大部分都当上了上尉连长。你看,脾气不好就是耽误前程。"

蔡继刚站起身来:"子珊兄,时间紧迫,我们还是去前沿阵地看看吧。"

方先觉在用人帮助下换上军装:"你放心吧,什么事也误不了,我虽然被免职了，可我们第10军并没有闲着，我的参谋长孙鸣玉一直在指挥部队构筑工事，这是件大事，马虎不得，没有坚固的工事，守衡阳就是一句空话。"

　　下午两点，方先觉和蔡继刚赶到设在衡阳市中央银行的第10军军部。蔡继刚观察了一下中央银行的建筑，觉得这个地方选得不错。他有个经验，不管多么破烂的城市，银行的建筑一定是这座城市最坚固的。

　　一个值班参谋正在看地图，他猛然抬头发现方先觉，立刻一脸惊喜地立正敬礼，随后向各房间大喊："都出来呀，老军长回来啦！"

　　军参谋长孙鸣玉、预10师师长葛先才一头撞了出来，三人紧紧拥抱在一起。孙鸣玉眼里闪着泪花说："军长，你受委屈了！"随后第3师师长周庆祥、第190师师长容有略也纷纷上来和方先觉热烈握手。

　　方先觉重任第10军军长的消息迅速传开了，整个衡阳城里的各师、团指挥所，兵营、战地医院、城郊外正在修筑防御工事的部队都沸腾起来，阵地上的地堡、掩体、壕沟里，到处传来第10军官兵们一阵阵欢呼声："老军长回来啦！"

　　蔡继刚冷眼看着方先觉和部下们在亲热交谈，心里觉得很宽慰。第10军毕竟是久经战阵、功勋卓著的部队，看得出来，方先觉在第10军享有极高的威望，部下们对这位军长有种近乎崇拜的拥戴。这也是方先觉的个人魅力所在，是他率领第10军在以往的战役中创立了辉煌，方先觉有理由，也有资格感到骄傲。

　　善解人意的方先觉不会让蔡继刚感受冷落，他与部下们寒暄几句后，马上把蔡继刚介绍给他们："诸位，我来介绍一下，这位是军委会派来的督战官蔡继刚少将，蔡督战官的大名，鄙人早就如雷贯耳，大家认识一下，这次衡阳保卫战，大家要同舟共济，肝胆相照，共同完成委座交给我们第10军的光荣任务。"

　　蔡继刚依次和军参谋长孙鸣玉、预10师师长葛先才、第3师师长周庆祥、第190师师长容有略等人握手，其中的葛先才和容有略是老熟人了，蔡继刚以前就和他们有过交往。

　　容有略和蔡继刚握手时，故意发力想攥疼他的手，蔡继刚若无其事地运力相抗，两人相持了一下，谁也没占到便宜。

　　容有略亲热地说："云鹤兄，咱们兄弟又见面了，你是军委会派来的钦差，手握尚方宝剑，对我们第10军而言，你就是我们的灶王爷，云鹤兄的作用是，上天言好事，下界保平安。对不对，弟兄们？"

　　众人大笑。

　　蔡继刚笑着向大家拱拱手："建雄兄在拿我开心，让大家见笑了，蔡某不是钦差，督战官也不敢当，兄弟我只有一点敢拍胸脯，那就是，必要时我蔡继刚可以拿起枪，上阵地投入战斗，不会给第10军丢脸就是。"

参谋长孙鸣玉很感动："督战官，有你这句话就够了，我可以保证，等你拿起枪的时候，我们第10军一定是打光了。"

在一边的方先觉瞪起了眼："打光了？这是什么话？第10军永远不会打光！"

蔡继刚觉得寒暄得差不多了，便提醒方先觉道："方军长，你们的作战计划应该是有了吧？现在各师的主官都在，我们是不是明确一下？"

方先觉看了看手表说："好，现在我们开个军事布防会议，开会之前，由军委会督战官蔡继刚少将向大家传达一下军委会的命令。"

蔡继刚站起来宣读军委会命令：

"着国民革命军第10军死守衡阳7到10天，作为本次会战之战略核心，吸引和拖住敌人于衡阳盆地四周，待外围各军集结到位后，对敌实施反包围，内外结合，合力打破敌之包围，将敌聚歼于衡阳城郊。此令，中华民国政府军事委员会军令部。"

宣读完军委会的命令，方先觉要求参谋长孙鸣玉宣布军部的布防安排。蔡继刚暗想，这个方先觉真是不简单，被免职后他表面上赋闲在家，整日吟诗作画，实际上却一直和军部保持着密切联系，从制订作战计划，到各部队的布防安排，以及防御工事的构筑，都在紧锣密鼓地进行，一天也没有耽误。蔡继刚暗暗后悔自己的不冷静，方先觉果真是个天生的军事主官，一切都显得胸有成竹，和上司怄气归怄气，实际上已经把战前的准备工作安排得井井有条。

孙鸣玉向各师主官讲解着布防安排："第190师负责湘江东岸的守备任务，完成衡阳机场以东以北固守的任务；第3师主力沿草桥、石鼓嘴、瓦子坪一线布防；预10师主力固守黄茶岭、虎形巢、张家山、五桂岭一线；军属炮兵部队在雁峰寺、县政府、蒸阳路、吉祥街等地构筑炮兵阵地……布防情况基本如此，各位有什么问题现在就可以提。"

蔡继刚问："孙参谋长，第10军以打防御战而全国闻名，我想了解一下城郊野战工事的构筑，都有些什么特点？"

孙鸣玉微微一笑答道："阵地沿线如果从高空看，不是一条平滑的曲线，而是呈很大尺度的折线，很像是放大了的锯齿状。"

"为什么要这么挖？这不是更费人力吗？"蔡继刚继续提问。

"确实多费不少人力，可是优点是加倍的，我们把轻重机枪火力点全部设置在锯齿形的突出点上，当敌人的散兵线冲到锯齿形的凹陷部时，我方的机枪火力可以全部侧击，构成严密交叉的火力网。"

"哦，如果我没有理解错的话，你们的工事正面设计有些像欧洲中世纪的棱堡[1]，利用有意设计的防御工事和地形，把敌人引向最适合守军发挥火力的地段。"

"的确如此，我们把凡属面向敌人的阵地前沿全部削成二至三米徒手不能攀登的断崖绝壁，其背后设手榴弹投掷壕，宽度必须保证远近投掷自如；阵地上挖1.5米深的交通壕，全阵地连接，依地形和火力需要，在交通壕背后挖出1.5米深的多个散兵坑与交通壕相连，士兵立起能投手榴弹，坐下能舒服地休息，坑口有遮阳避雨的油布或树枝覆盖……"

"我明白了……"蔡继刚大为兴奋地说，"敌人冲到断壁前，只能靠短梯或搭人梯攀登，迟滞了冲击速度。这时两侧突出部的交叉火力会大量射杀敌人，敌人的退路也会被交叉火力所封锁，这时进退不得的敌人就会被我军用手榴弹组成的'弹幕攻击'所消灭。妙啊，真是绝对精妙的战术！"

孙鸣玉看了一眼方先觉说："这是我们方军长在后两次长沙保卫战中总结出来的战术。"

方先觉补充道："我们的交通壕也有特点，每隔30米设一个厚重掩体，上面盖巨型木材并且加厚土层，当敌人炮火覆盖阵地时，所有战斗人员均可以进入掩体躲避。还有一点，我们的实战经验表明，所有的火力点都是招致敌人火力攻击的重点，轻重机枪射手的生存至关重要。我们的火力点全部修筑成厚重地堡，而且绝对禁止有向正前方直射的射击孔，以避开敌人火炮的直瞄射击，需要正面直射时由轻机枪射手临时移动补充射位。"

蔡继刚问："为什么不用水泥材料构筑掩体？"

孙鸣玉回答："以我们的经验看，水泥最好不用，一来养护时间长，来不及固化；二来炸坏了又不好修，不像土木掩体炸塌了，把木料抽出来搭上再覆盖土层就修好了，这样又快又省力。"

蔡继刚真心地恭维了一句："再没有比实战经验更宝贵的了，第10军果然名不虚传！"

方先觉指着一张工事构图说："我们给预备队官兵在阵地后的山脚下，每人挖一个曲尺形单兵掩体，这样可抵御敌人远程炮火的杀伤。我们的战场原则是：保存自己和消灭敌人同等重要，不存在谁轻谁重的问题。"

方先觉停顿了一下，转向军官们继续说："关于构筑工事所需要的材料，比如巨型木材、两爪钉等，军部已和地方政府、地方商会接洽，火车站的仓库货栈里有的是木材，地方政府表示要多少有多少。至于两爪铁钉，商会已动员全

---

1　棱堡：古代欧洲堡垒的一种，其实质就是把城塞从一个凸多边形变成一个凹多边形，这样的改进，使得无论进攻城堡的任何一点，都会使攻击方暴露在超过一个（通常是2~3个）的棱堡面下，防守方可以使用交叉火力进行多重打击。

市铁匠铺连夜打造，所需费用全部由商会承担。诸位，构筑工事和挖掘防坦克壕土方量巨大，现在天气又炎热，官兵们非常辛苦。我们各级军官要反复向每个士兵讲明白，不要怕苦，不要怕热，现在多流汗，战时就能少流血，在工事的坚固程度上绝对马虎不得，糊弄工事就是糊弄自己。"

方先觉向军官们交代完事项，便坐上车去市政府会谈了。几个师长也都散去，各自回部队传达任务。

孙鸣玉拦住蔡继刚："督战官，刚才当着军长的面，我没好意思问你，我们第10军的布防有什么不足的地方？"

蔡继刚很客气地回答："第10军防御工事的设计，非常有特点，已经让我大开眼界了，哪还有什么不足？"

孙鸣玉不以为然："你受过西方军事教育，见多识广，什么样的部队、什么样的打法没见过？不像我们这些人，都是黄埔出来的土包子，你老兄千万不要客气，直言无妨。"

蔡继刚见孙鸣玉一脸诚恳期待的表情，也就直说了："孙参谋长，你们打的是城市防御战，按道理应该拒敌于城外，敌人攻不进来当然最好，可敌人一旦攻进市区，就不可避免地要进行巷战了。我刚才穿过市区时，看见街道、小巷、墙壁拐角等处都没有构筑巷战的工事系统和火力支撑点。我认为，如果利用城市地形建立防御工事目前有困难，我们也可以退而求其次，在各级指挥部、军火库、火炮阵地等有军事价值的地点构筑防御工事，有重点地部署兵力火力。"

孙鸣玉望着市区地图沉思道："督战官，你认为一定会发生巷战吗？"

蔡继刚点点头，肯定地说："敌人的兵力火力太强，我们很难在外围阵地上长时间阻拦他们，到了最后阶段，只能进行巷战做困兽之斗了。孙参谋长，我认为巷战一定会发生，我们要早做准备。"

孙鸣玉不住地点头："讲得好，我们确实忽略了这一点，我会马上着手准备。"

蔡继刚索性一吐为快："城市巷战有其特点，虽然受地形限制，不便于发挥火力，但我们必须坚持火力优先，先火力后兵力，能使用火力，则不使用兵力。在不便于火力控制的敌必经之地，要设置地雷等爆炸性障碍物和非爆炸性障碍物，其目的是迫敌徒步行动，迟滞敌人的攻击速度。然后我军则利用熟悉地形的有利条件，占领房屋门窗、楼顶地下，用冷枪冷炮的狙击战术阻敌前进。总之一句话，要用多种手段结合的方式，大量杀伤敌人有生力量。我们在巷战中多坚持一小时，胜算的机会就大一分，也许到时候战场形势会大大改观。"

孙鸣玉感激地说："现在城里市民的疏散工作还没完成，修筑街道的防御工事确实有困难。等疏散工作结束，我会提醒军长做补救工作的，谢谢督战官的建议。"

"孙参谋长，你们守城的兵力到底有多少？我非常关心这个问题。"蔡继刚问道。

孙鸣玉有些迟疑地答道："一言难尽，我们军在常德会战后名义上得到整补，实际上有整无补，兵员严重不足，全军只有七个团，暂54师是粤系部队，是军长强留下来守机场的，实际上暂54师在城内的兵力只有一个营，根本指望不上。我昨天仔细计算了兵力，情况不容乐观，衡阳守军的总兵力才1.75万余人。"

蔡继刚心里猛地一沉，他没想到身为主力的第10军还不到两万人，而敌人的首轮攻击部队就是齐装满员的两个甲种师团。蔡继刚知道，日军的一号作战开始之前，日本大本营将原先在中国战区的乙种师团与丙种师团，全部调升为甲种师团，一个满员的甲种师团再加上特种作战单位，其作战兵力达到3.2万人。

蔡继刚仰天长叹："糟糕，简直太糟糕了，我军就这么一点兵力，防御圈又推得如此之远，这下兵力就更显单薄了。"

"谁说不是呢？就是这点米，又要做这么大一锅饭，饭只好做得稀一点。"孙鸣玉无可奈何地说。

· 第二十二章 ·

满堂和铁柱刚到驻衡阳的第190师就惹出了麻烦。

6月初，满堂和铁柱乘坐第一战区的汽车走西坪、老河口、宜昌、石门一线，辗转来到衡阳。

由于蔡继刚的推荐，也因为好奇，第190师师长容有略还亲自接见了这兄弟俩。满堂和铁柱这辈子除了蔡继刚还没见过什么大官，一听说师长要见，都吓得够呛。

铁柱说："哥，咱不见中不中？"

满堂想了想说："不中，人家师长是大官，咱不见还不得罪了师长？得罪了大官以后咱还咋混？"

兄弟俩由副官带着去师部见了容有略，容有略简单地问了问他们都参加过什么战斗，受过什么样的训练。铁柱吓得说不出话来，满堂的腿肚子也在哆嗦，但不说又过不了关，只好壮着胆子回答师长的问题。可他一紧张，怎么也想不起来都在哪儿参加过战斗。

"柱子，咱打第一仗是在哪儿？"

铁柱结结巴巴地说："不……不知道，谁知道是个啥……啥尿地方……"

满堂急了："你个狗日的啥记性？咋就记不得啦？咱麻子排长就死在那儿啦，给俺使劲想，想不出来他娘的俺揍死你！"

"你揍……揍俺，也……也不中，揍死俺也……也想不起来。"

容有略本来也是随便问问，见满堂犯难就转移了话题："那你们还记得自己原先的部队番号吗？或者长官的名字？"

满堂嗫嚅着："不知道，俺们那队伍……好像没番号。"

容有略的副官奇怪地问："怎么会没番号呢？凡是军队都必须有番号，你们再仔细想一想。"

这回铁柱的话来得倒是快，他抢着回答："俺知道，叫……叫国军！"

容有略哭笑不得，心说这两个士兵咋笨得出奇，半天说不出句整话来，以前的事也是一问三不知，真不知蔡继刚是怎么搞的，走眼也不至于走到这步田地，还号称是老兵，战斗骨干，狗屁吧！

容有略一怒之下把这两个傻得找不着北的家伙轰走了，他认为和这两个士兵谈话至少会折寿10年。本来容有略听了蔡继刚的介绍，准备让这哥俩在新兵营当个班长，带带新兵，现在他改变了主意，这两块料只能当大头兵，能不能当好兵还单说呢，只盼着实弹射击时，这俩傻东西不把枪口对准自己的脑门就万幸了。

满堂和铁柱被带到新兵营，一个值班中尉打量了他们一眼问："嗯，你们是自愿入伍的还是被抓来的？"

满堂自豪地挺了挺胸："喊，想抓俺的壮丁？门儿也没有，俺兄弟俩是蔡长官派来的，自愿当兵。"

值班中尉不耐烦地说："闭嘴！你俩就是蒋委员长派来的，也得按规矩来，违反了军纪，一样军棍侍候，明白吗？"

"明白，明白，俺记住啦！"

"你们俩去8班报到，往前走，走到头向右拐，第一间房就是8班。"

满堂忙不迭地道谢："多谢大哥，多谢大哥！"

值班中尉没好气地说："狗屁！什么大哥？军队里不许叫这个，以后叫长官，明白吗？"

"是！长官。"

满堂认为，今天是个倒霉的日子，走到哪儿都挨训，真他娘的撞见鬼了。满堂和铁柱按中尉的指点找到8班，这回兄弟俩学乖了，还没进门就大喊："报告！"

"娘的，你要吓死老子？喊这么大声干啥？进来！"屋子里传来熟悉的河南口音。

满堂喜上眉梢："柱子，听见没有，8班有咱老乡，这下可好啦，咱河南老乡一抱团儿，谁敢欺负咱？咦……等会儿，他娘的，这人的声音咋这么熟呀？"

这时兄弟俩已经走进房门，那个操河南口音的人正好转过身子，面对着满堂和铁柱，兄弟俩一看不要紧，顿时气血上涌，恨不能扑过去掐死他……

还真是碰见老熟人了，这个8班班长正是杀死佟家母猪"黑妮"的仇人麻老五，冤家路窄。

麻老五也没有防备，他哪里能想到会在这里遇见满堂兄弟？麻老五眼里闪过一丝惊慌，但马上就镇定下来。在麻老五的意识中，"黑妮"事件已经是很久远的事了，况且这也不是什么大事，不过是一头猪嘛，满堂兄弟要是老记着这件事，没完没了，那就不太懂事了。

这时麻老五的脸上出现一种他乡遇故知的兴奋，他笑容满面地迎上来："哎哟，这不是满堂、铁柱兄弟吗？真他娘的巧啦，没想到在这儿还能碰上老乡。满堂啊，咱可是好久没见了，俺大伯大娘还好吧？俺翠花妹妹嫁人了没有？来来来，这边坐。小李子，快去倒点水来！"

一个年龄很小的新兵答应着出去了。

满堂被麻老五一连串的亲热话弄得有些反应不过来，他本是口拙之人，哪是巧舌如簧的麻老五的对手？满堂差一点就沿着麻老五设计好的思路走下去，幸亏铁柱还没有蒙，他抻了抻满堂的衣角，提醒道："哥，他偷了咱家的猪，咋办？"

满堂这才反应过来："啊……对啦！是麻老五干的，娘的，麻老五你狗日的……弄死了俺的猪，你说咋办吧？"

麻老五一脸无辜，语重心长地说："满堂啊，兄弟我得说你几句，你还别不爱听，都啥时候了，还想着你家猪，咋就这么小心眼儿呢？如今鬼子打进中国，咱都快当亡国奴了，蒋委员长招呼咱抗日，咱就得先想打鬼子的事，国家的事，再小也是大事，咱自家的事，再大也是小事，对不对？再说了，你咋老想着一头猪啊？一头猪算个啥？谁吃不是吃？你想想，咱两家啥关系？你爷爷和俺奶奶是堂兄妹，再往上捯几辈，咱都是一个祖宗呀，就这关系，还过不着一头猪吗？我就是开口管你爹要，你爹也不好不给吧？满堂啊，你咋像个娘们儿似的，成天算计鸡毛蒜皮的事……"

真邪了，才几个月没见，麻老五咋变得一嘴的新词儿？又是国家又是委员长的，不就当了个芝麻粒大的班长吗？唬谁呀？这鳖孙绕来绕去，就是想把人绕晕。还真难为他了，明明是偷了人家的猪，反倒让他绕成别人对不起他了。

满堂不会再被麻老五绕进去了，他一把揪住麻老五的衣领："麻老五，你个偷猪贼，少来这套，今天俺让你给'黑妮'偿命！"满堂一拳向麻老五脸上打去……

麻老五早有防备，他滑得像条泥鳅，一低头闪过满堂的重拳，闪电般抬起膝盖猛磕在满堂的胯下，满堂顿时觉得睾丸像是被高速行驶的重型坦克撞了一下，疼得他双手捂住裆弯下腰去。

麻老五一招儿得手，士气大振，他决定好好教训一下满堂，这小子一来就敢和班长叫板，往后还不成精了？麻老五解下腰间的皮带，照着满堂的脑袋正要抡过去，没想到他自己的后脑勺挨了重重一击……

麻老五顿觉天旋地转，眼前晃出无数金光灿烂的小星星，他哼了一声，一头栽倒在地上。

这时满堂才看见，铁柱正举着条板凳呆呆地看着躺倒的麻老五。这愣头青可真是没轻没重，出手就照后脑勺招呼，完全不考虑会出人命。

屋子里的几个新兵都是没见过世面的农村孩子，在他们眼里，班长可是个了不得的官儿，其地位好像只比蒋委员长低这么一点点，没想到今天蹦出个愣种，像铁匠打铁似的，照着班长脑袋抡圆了就是一下，这老哥怕是有来头，要不咋这么大胆？

一个新兵蹿出门到连部报信去了。满堂把手放在麻老五鼻子前试了试，发现这小子不但有气，还很粗，他顿时放了心，于是又照着麻老五的肚子踹了两脚。

铁柱这才想起害怕，丢下板凳哆嗦着问："哥，这狗日的死啦？"

满堂安慰道："莫事，这狗日的死不了，喘气跟他娘的拉风箱似的，离死还远着嘞。柱子，今天你小子还挺有种，没给你哥丢脸！"

满堂和铁柱因为目无长官，殴打班长，被分别打了20军棍，关了一周的禁闭。别小看这20军棍，打起来还真难扛，满堂脱裤子的时候还很有点英雄气概，他大义凛然地向执法官提出建议，俺兄弟铁柱的20军棍由俺顶了。

执法官只当他说话是放屁，一丝不苟地执行了判决。

第一棍子下去，满堂就觉得不对劲，他感到屁股上像被烧红的烙铁烙了一下，一股钻心的疼痛。他咬了咬牙，没吭声。接下来屁股上又挨了五六下，满堂的意志终于崩溃了，他声嘶力竭地哀号起来，倒把执法者吓了一跳。

无论满堂如何哭爹叫娘，反正20军棍一棍没少，行刑结束后，满堂是被抬回来的。

谁也没想到的是，铁柱挨了20军棍，居然一声没吭，这让行刑者大为诧异。铁柱被抬走的时候，他充满仇恨地盯着行刑者一字一句地说："俺记着你，等哪天发了枪，俺一枪干了你个狗日的！"

这下把行刑者吓得够呛，心说别看这小兔崽子不起眼，还真是个硬茬子，让他恨上可是件麻烦事。

麻老五终于为自己的偷窃行为付出了代价，铁柱这一板凳给他留下了比较严重的后遗症，他把以前的事忘得一干二净，既不知道自己是哪里人，也不知道自己爹娘是谁。更要命的是他见谁都敬礼，拿谁都当长官，对满堂兄弟俩也是如此。不过，麻老五唯独对自己受过的政治教育倒是一点没忘，譬如国家与民族的问题，蒋委员长对抗日问题的阐述，个人与国家的关系，等等。他牢牢地记住一句话：国家的事，再小也是大事，自家的事，再大也是小事。这句话麻老五逢人便讲，有一次居然给新兵营的曹营长上起了政治课。

曹营长这两天气儿正不顺，他的家乡刚刚遭到敌机轰炸，老婆被炸断了一条腿，正在恼火之际，碰上这位神神道道的麻老五，他语重心长地给曹营长讲："自家的事，再大也是小事。国家的事……"

曹营长顿时大怒，老子老婆断了一条腿，还是他娘的小事？曹营长抡圆了一记耳光扇过去，麻老五的身子原地转了360度，中止了他关于国家与个人的论述。

满堂和铁柱也大惑不解，咋就一板凳砸出个政训教官[1]来？以前还真没看出来，这小子居然是搞政工的料。铁柱坚持认为，当初他要是多砸一板凳，闹不好能为第190师砸出个政训处主任来。

照理说，麻老五现在的状态已经不适合服兵役了，可现在正是用人之际，各部队都急需补充兵员，麻老五又不缺胳膊少腿，不过是傻了点，并不耽误射击投弹，这样的人虽然不能当战斗骨干，充个数还是可以的。

曹营长查到麻老五的入伍记录，他不是自愿入伍，而是在某地被抓壮丁抓来的，也没有任何战斗经验。麻老五之所以能当上班长，完全是因为他深谙人情世故，能说会道。不过，现在麻老五的优点已经消失，当班长就不太合适了。曹营长决定撤销麻老五的职务，等新兵训练结束后，和其他新兵一起搭着分配到作战部队。

满堂和铁柱到底是年轻，屁股上的伤不到一周便恢复了六七成，而新兵营的训练业已结束。按照惯例，以往新兵训练需要两至三个月时间，但现在可来不及了，日军已逼近衡阳，战事一触即发，满堂所在的新兵营只用了15天就完成了新兵训练。

就这样，满堂、铁柱和麻老五被分配到第190师的570团1营。

去1营报到的那天，满堂和铁柱互相搀扶着，一瘸一拐地走在前边，麻老五扛着三个人的行李跟在后面。他自从丧失记忆后，脾气变得极为温顺，谁都能支使他干活，而他也表现出一副无怨无悔的样子，越发勤勤恳恳。看来麻老五真是变了，变得招人喜欢了。

570团是一支严重缺员的部队，全团加上刚刚补充的新兵也才一千多号人。团长贺光耀是黄埔三期生，他是个运气不太好的人，黄埔三期的同学们此时大部分都进入将官行列，而贺光耀还很委屈地挂着上校的牌子，这真是件很无奈的事。

570团的防区是衡阳以北一个叫作五马归槽的地方，属城市的外围阵地。6月初以来，全团官兵都在加班加点拼命修筑工事，新兵们一到，立刻被轰到了工地上参加施工。

---

[1] 国民党军队里有政训处的编制，政训处的负责人为政训处主任，而政训教官是政训处里专门对官兵进行政治教育的军官。

第10军是以擅守成名的部队，因此对防御工事的要求甚高。新兵们惊讶地发现，防御阵地已经初见规模，纵横交错的交通壕把机枪掩体、明碉暗堡、掩蔽部、指挥所、观察站等设施连接起来，尤其是阵地外壕很讲究。这条外壕宽五米，深五米，外墙稍斜，这是为了引诱敌人进入壕沟。而内墙却几乎九十度陡立，这样敌人即无处攀登。宽大的壕沟中还设置了隐蔽火力点，火力点射孔的角度非常刁钻，射向与笔直的壕沟相同。也就是说，敌人一旦进入外壕，就会撞在秘密火力点的枪口上，笔直的壕沟无遮无挡，使敌人无处藏身，轻机枪的抵近射击，可以利用子弹的贯穿力击穿多人身体，把火力效应发挥到极致。

这种外壕作为防御工事是相当完美的，但作为施工人员可就倒了大霉，如此巨大的土方量全部由人工挖掘，其艰巨程度可想而知。

满堂、铁柱和麻老五等新兵理所当然地被分配到挖掘外壕的工地上，这应该是最苦的活儿。

一天下来，外伤未愈的满堂兄弟几乎累断了气，而麻老五却越战越勇。他在抬土筐时总嫌土量装得少，每次都是抢过铁锹补上几锹，再把土拍实了，害得班里的弟兄们都拒绝与麻老五搭档。满堂认为，麻老五这小子肯定是撞见鬼了，被什么鬼魂附了体，不然他哪来这么大劲头？

今天团长又打算加夜班了，晚饭被送到工地上，1营的三个连队被集中在一起吃饭。满堂和铁柱浑身像是从水里捞出来一样，军衣已经被汗水湿透了。兄弟俩趴在沟沿上像狗似的吐着舌头大口喘气，哪还有心思吃饭？于是麻老五自告奋勇地承担起排队领饭的任务。

谁知一会儿麻老五端着自己的饭回来了，满堂很不高兴，他踹了麻老五一脚："老五，你个鳖孙咋只管自己？又找揍了吧？"

麻老五朝远处一指说："有个长官说了，吃饭不许代领，让你们自己去。"

满堂和铁柱一听就骂了起来，这是啥狗屁长官？咋啥事都管？

满堂转念一想又觉得不对，麻老五说的长官未必是长官，这小子平时见谁都敬礼，看谁都是长官，他的话咋能当真？满堂决定自己去领饭，他倒要看看这位管闲事的长官是谁。

满堂和铁柱端着搪瓷碗来到饭车前，见分饭的是两个炊事兵，饭车旁站着个身材瘦高的上士，满堂突然发现这人有些眼熟，这时那上士正好转过脸来，满堂一看，扔下饭碗大叫一声："俺的娘啊……这不是宝旺大哥吗？"

张宝旺也认出了满堂兄弟，眼睛一亮："满堂，铁柱……"

铁柱兴奋地一头撞过去，抱住张宝旺："张大哥！"

三个人在众目睽睽之下热烈拥抱。

满堂眼里泛着泪花，望着张宝旺兴奋得不知说什么好，这时吃饭的人群中又冲出了两人，铁柱惊叫了一声："哥，新仓和长顺也在这儿……"

满堂脑子一时没转过来，咋回事？战俘营里逃出来的弟兄们都在这儿凑齐了？

还真是孙新仓和李长顺，他们两个也穿着新军装，显然也是新兵。孙新仓一见满堂眼圈就红了："满堂哥，俺还以为这辈子见不到你和铁柱了呢。"

李长顺激动得一把抱住铁柱，他劲使得大了些，把铁柱勒得直翻白眼。

看样子张宝旺在1营混得不错，在营长董志群那里也很有面子，他和营长打了个招呼，说是遇见原部队的老兄弟了，得叙叙旧，董营长点头同意了。于是五个难兄难弟坐在一个地堡上，各自谈起了分别后的情况。

张宝旺和大家分手后回到了家乡，村子已经在日军的扫荡中成了废墟，他家的房子被烧得只剩下半堵乌黑的残墙，父母也在烈火中丧生。听乡亲们说，鬼子点燃他家房子时，张宝旺的父母死活不肯离开，说是死也要死在自家炕头上。大火就这样烧起来，两位老人居然一声不吭地在火中化为灰烬。日军扫荡过后，张宝旺的老婆带着孩子跟人贩子走了，不知所终。

张宝旺在父母的坟前默默地坐了一夜，他很绝望。多年来在战场上拼命厮杀，九死一生，唯一能支撑他精神世界的，就是家乡和亲人。张宝旺对生活的要求并不高，他最大的愿望，就是战争结束后，自己退伍回到家乡，买上一头牛，耕种几亩地，上要孝敬父母，下要养活老婆孩子，穷也罢，富也罢，只要一家人在一起，那日子就其乐融融。可如今什么都没有了，父母死了，老婆怕是改嫁了，这会儿孩子也不知道姓了谁的姓。在张宝旺的心中，亲人们都不在了，家乡也就没有任何意义了。他呆坐了一夜后，第二天清晨就离开了家乡。

当时董营长正在垣曲县一带招兵，说好听点是招兵，其实就是抓壮丁。这是个招人骂的差事，上至40多岁的大叔，下至16岁的少年，见一个抓一个，被抓的壮丁们呼天抢地，拿脑袋撞墙，董营长不为所动，他有自己的原则。董营长认为，老百姓的种种不满都不该由政府负责，要骂也该骂日本人，谁让他们发动了战争？既然国家遭到侵略，政府当然要进行抵抗，要打仗就需要兵员，兵员从哪里出？指望这些愚昧的老百姓自觉报名当兵，那就太理想主义了，也根本不现实。因此，为了国家和民族，为了战争的胜利，只好让老百姓做出一些牺牲，这也是不得已而为之。

就在董营长感叹老百姓缺少爱国主义觉悟时，张宝旺撞上门来。他一见董营长就做了自我介绍：原国军27师上士班长，参加过三十多次战斗，在中条山战役中被俘，现在从战俘营里逃出来，自愿返回军队参加战斗。

董营长一听乐得险些背过气去，这不是天上掉馅饼吗？俺的娘哟，老天爷给老子送来个战斗骨干，在正规军里当过上士班长，参加过三十多次战斗，这种有实战经验的老兵给他娘的十个壮丁都不换。董营长当即收下张宝旺，并委任他为上士班长。

张宝旺就这样来到了第10军。

李长顺和张宝旺的情况差不多，他家所在的村子已经完全消失，只剩残垣断壁和荒草，相邻的几个村也大致如此。他的亲人们有的被杀，有的失踪，听说失踪的人都是被抓到日本国做苦工去了。李长顺无法接受这个现实，他发了疯一样寻找父母和兄弟姐妹们的坟墓，但没有人能告诉他。

李长顺的家乡在洛阳附近，那一带是豫中会战的主战场，他家的村子正处在日军第3坦克师团和大批机械化部队的攻击路线上。日军坦克集群的指挥官不会在意几个村庄，数百辆坦克轰隆隆穿村而过，直接把房屋、树木和人体碾压在履带下，坦克集群过后，村子周围方圆几十里都成了无人区。

完全绝望的李长顺不想活了，他找了棵歪脖树就上了吊。当时190师的招兵人员正从那里路过，救下了李长顺。一个国军上尉听了李长顺的哭诉后，不但没有宽慰之言，反而踢了他一脚，恶狠狠地骂道："熊包，软蛋！你他妈是不是站着撒尿的？宁可自己吊死，也不敢拿起枪来跟鬼子干，你他妈是个什么东西？"

这一骂倒把李长顺骂醒了，他站起来只说了一句："长官，你骂得好，我跟你们走！"

那个国军上尉的脸这才由阴转晴："小子，你家死了几口人？"

"七口。"

上尉冷冷地说："好！那就翻它10倍，你杀他70个日本鬼子，给你家人报仇！到那个时候，你再死也不迟！"

李长顺叙述完自己的经历后，又补充了一句："那天晚上我哭了一宿，把这辈子该流的眼泪都流光了，你们看着，从现在一直到死，我不会再流一滴眼泪！"

满堂也简单叙述了自己和铁柱的经历，弟兄们都唏嘘不已。

铁柱问："新仓哥，你呢？你家在山沟里，鬼子不会去，你家没事吧？"

孙新仓哭丧着脸说："俺和你们分手以后，还没到家呢，就碰上抓壮丁的，又把俺逮住了。俺跑了一回，没跑成，还差点把俺毙了。"

满堂教训道："新仓，以后再想跑要和弟兄们商量，弟兄们不同意就不许跑，听见没有？再让人家抓回来不是闹着玩的。"

孙新仓老实地点点头："中，俺听儿位大哥的，让俺跑俺就跑，不让俺跑，俺就跟你们一块儿打仗，死了就算啦。"

满堂问："宝旺哥，你咋管起炊事班来啦？"

张宝旺说:"前几天咱营长给派我个美差,叫我监督炊事班分饭菜。你们不知道,炊事班这几个小子都是人精,手里那把勺子能使出花儿来,是老乡就多给,不是老乡就要好处,你给他送盒烟,他就多给你,你要是不尿他,他勺子一抖,你连半勺菜都吃不上。弟兄们都对炊事班有气,有人还放出话,要揍这几个小子,营长怕出事,就派我先管一下。"

铁柱忽然想起什么,他问张宝旺:"宝旺大哥,刚才麻老五给俺领饭,你咋不让领呢?"

张宝旺笑了:"噢,那个新兵叫麻老五?我看他人不错嘛,干活儿不惜力,人也老实,见他一人要领三个人的饭,我心说了,肯定是有人欺负他,所以我才让他去叫你们自己来,谁知道碰上老兄弟了。"

满堂一听就叫了起来:"我日他娘的,他老实?俺说宝旺哥,你可真走了眼啦!这小子和俺是老乡,光屁股的时候就认得,那真是个坏得流油的货!"

张宝旺略感意外:"哦,这我倒没看出来。"

铁柱补充道:"就是这鳖孙弄死了俺家'黑妮',要不是他跑得快,俺和俺哥非弄死他……"

"等等……'黑妮'是谁?你妹妹?"

"哪儿呀,是俺家的猪,是留着给俺哥娶媳妇的。"铁柱认真地解释道。

张宝旺恍然大悟:"嗨!我说铁柱呀,你说话别大喘气行不?我还以为麻老五有人命案呢。"

满堂笑道:"铁柱倒是差点闹出人命来,他照麻老五脑袋上砸了一板凳,一下子把这小子脾气全砸没啦,怪不得你看他老实。"

弟兄们都大笑起来。

张宝旺站起身来:"弟兄们,聊的时间不短了,咱们该去干活儿了,这活儿是苦,可咱们非干好不可,仗一打起来,工事就是个保命的地方,你糊弄它,它就会糊弄你,这活儿可凑合不得。"

满堂说:"宝旺哥,咱们几个弟兄能在一起吗?打起仗来,也好有个照应。"

张宝旺想了想:"我去想想办法,现在我还没有分配到连队,暂时在营部帮帮忙,估计早晚要下连队当个班长。董营长和我关系不错,我想请他帮忙,把咱们几个调到一个班里。"

李长顺一听便喜上眉梢:"那太好了,大哥,我当过迫击炮手的事和谁也没说过,现在更不能说了,要不然团里会调我去团属炮连,我一个人上那儿干啥?还是和弟兄们在一块儿当步兵好。"

这时董营长在远处喊起来:"张宝旺,你他妈有完没完?赶快带上你那几个弟兄，给老子干活儿去！"

　　1944年，对中国军队而言，是战场态势最为严峻的一年。5月份结束的豫中会战，中国军队兵败如山倒，多年来惨淡经营的黄河防线全线崩溃，中原重镇郑州、洛阳、许昌等几十座城市及县城沦落敌手，第一战区所属各集团军伤亡惨重，望风披靡。而日军则顺利完成一号作战的第一阶段战役，如期打通了平汉线，占领了长江以北的大片区域。

　　5月底，中原战事尚未结束，长江以南的日军第11军又向长沙大举进攻，中国方面称此次战役为"长衡会战"。

　　日本陆军第11军是个庞大的战略级兵团，第二次世界大战时期日本陆军曾出现过近60个军的番号，但用数字序号表示的军级作战单位所下辖的师团数量不尽相同，有的军下辖2至3个师团，是典型的军级编制。但也有的军指挥4至5个师团，更有的军能够指挥多达9个师团的部队，兵力多达数十万，这种军显然已经属于战略集团了。

　　1944年5月的日军第11军，其兵力及战力都达到空前的规模。第11军司令官横山勇中将在这次战役中指挥的兵力达到9个主力师团、4个混成旅团，总兵力为150个步兵大队，共计36万人。另外，还有第5航空军的两个飞行师团、海军舰队和海军陆战队协同作战，这是个令人生畏的战略集团。

　　这时的中国军队，正处在战力严重缺损的阶段。由于中美两国为了战时军事援助、经济援助等问题在高层爆发了严重的摩擦，两国关系几近破裂。其始作俑者，正是中国战区参谋长史迪威中将。史迪威与蒋介石的关系是水火不容，两人似乎气场不合，天生就是对头。史迪威甚至私下给蒋介石起了个"花生米"的外号，蒋介石也不示弱，他一心一意、用尽一切手段想把这难缠的老牛仔赶回美国去。

　　在手握重权的史迪威的运作下，不仅美国援华物资的百分之九十都用在了缅甸作战准备之中，而且中国陆军最精锐的八个军，也被抽调到缅甸方向作战。对中国军队而言，本来由"驼峰"航线空运输入的美援物资在数量上已经是杯水车薪，这样一来，无疑是雪上加霜。

　　史迪威与蒋介石不仅有着极深的私人成见，而且在最为重要的关键时刻，对于日军的作战动向与情报判断方面，两人的看法也几乎是南辕北辙。

　　在日军发动河南战役之前，史迪威的判断是，日军无意对中国军队发动任何作战攻势，最多只是破坏与劫掠的"军事演习"罢了。所谓日军即将在中国战区发动全面攻势的情报，只是蒋介石借口来"勒索"美国的援助物资而已。

· 第二十二章 ·

战后一些军事评论家认为,史迪威中将作为中国战区的参谋长是难以胜任的,他缺乏作为军事统帅的大战略胸怀和运筹手段,以他的能力,只能指挥一个集团军。

史迪威掌控着一切美援物资,以及中国军队的战略预备队兵力。但由于他缺乏大战略眼光,对广袤的中国战区军事态势视而不见,却只把眼光放在反攻缅甸的作战计划上。当然,史迪威对反攻缅甸也有自己的考虑,他急于想击溃缅甸方向的日军主力,重新夺回滇缅公路。一旦公路打通,大批美援物资就可以从仰光港直接走陆路运往昆明,这样即可大大缓解"驼峰"航线的压力。

史迪威的想法当然没错,但问题是,他忽略了一个大前提,如果他如愿以偿地完成了反攻缅甸的作战计划,大批美援物资也沿着滇缅公路源源不断运往昆明,可如果这时日军已集中全部力量歼灭了华北、华中与华南的中国军队主力,甚至兵锋直指重庆,国民政府被迫流亡国外,那么这些美援物资又给谁用呢?何谓大战略?就是要站在全局的角度上通盘考虑,而不是把眼光仅放在一地一域的争夺上,丢了西瓜,捡了芝麻。

重庆军委会的一些高级将领甚至产生了更为偏激的猜测,他们认为史迪威可能有着更阴暗的心理,他希望蒋介石的军队在本土作战中被打得一败涂地,这样他才能有全面接收中国军队作战指挥权的借口。因此史迪威故意忽略日军集结的情报,不断向华盛顿报告蒋介石根本无法作战,日军在中国战区实际并没有威胁。

对于这种猜测,蔡继刚和一部分将领坚决不认可。蔡继刚认为,史迪威在战略上的判断失误是能力及性格问题,绝不可能是人品问题,提出这种猜测的人,恰恰反映了他们自己的心理阴暗。

眼下蒋介石的日子也很不好过,各方面的压力使他濒临崩溃状态。就在豫中会战最紧张时,蒋介石打算抽调装备精良的远征军回来参战,但遭到史迪威的拒绝,而且在罗斯福总统亲自介入的压力下,蒋介石于4月25日被迫下令远征军由云南出动,渡过怒江,参与缅北作战。这时的日军刚刚攻陷郑州,开始突破中国军队在河南的防线,痛心疾首的蒋介石只能眼睁睁地看着河南战场军事态势的恶化,手中却无兵可调。

历史的经验证明,国家与国家之间的联盟与合作是相对的、暂时的,而国家利益却是永恒的。纵观古今中外的历史,几乎所有国家都把"国家利益至上"作为至高无上的法则。

第二次世界大战中,在美国《租借法案》物资的分配上,英联邦国家约占60%,调整后约占58%。在这部分物资中,英国占了大头,约45%,调整后约

423

40%。苏联约占22%，调整后包括英联邦国家转交的物资约占总比例的32%。自由法国、中国，包括东南亚国家抵抗力量总共加起来，分到的物资不到总额的10%。《租借法案》物资总价值达500亿美元，参加分配的国家共有38个，至于中国战区，从1941年5月6日起到1945年9月3日止，得到的援助总额仅有8.45亿美元，还不到物资总额的1.7%。

1944年夏天，在盟国军事决策者的眼中，欧洲战区第一，太平洋战区第二，中印缅战区第三，而名列第三的中印缅战区中，中国战场则等而下之。

此时广袤的中国战场，从最北端的北纬53度线，到南端海南岛三亚的北纬18度线，到处燃烧着战火，中日两国的数百万兵力正在厮杀，成千上万的城市和村镇在毁灭，上千万的军人和平民在死亡，这区区8.45亿美元的援助物资实在是杯水车薪。就这点可怜的美式装备，还在史迪威的坚持下，90%用于装备远征军和驻印军，因为盟国的军事决策者们认为，英国在缅甸与印度的利益更为重要。

豫中会战之后，中美军队高层之间开始了一场推诿责任的内部大争论。史迪威坚持认为，中国军队的作战能力极为低下，高层军官贪污腐化，广大士兵更无心恋战，以上原因导致了河南战役的大溃败，其责任完全应由蒋介石来承担。史迪威建议，只有让他完全接掌中国军队的指挥权，才能在中国战区击败日军，而其他任何对于战场的补救与支持措施，根本无济于事。

史迪威的指责当然不算错，但他却完全不提自己情报判断严重失误，导致中国战区没有预先做好准备，以及在作战期间整个后勤支持一塌糊涂、空中掩护严重不足等责任。

事实上，以中日双方当时在中原的兵力部署和作战准备而言，中国军队无论由谁去指挥，其结果都是一样的。面对日军强大的立体攻势，中国军队若是不退，便只有遭到全歼，没有第二种可能。令人遗憾的是，身为中国战区参谋长的史迪威中将，似乎没有自我反省的习惯，也不准备承担任何责任。

这边架还没有吵完，华中的日军战略集团又开始了大动作。雄心勃勃的横山勇没给中国军队留出喘息时间，他太明白"兵贵神速"这条铁一般的战争法则了。

多灾多难、苦苦挣扎的中国；筚路蓝缕、屡败屡战的中国军队；内外交困、焦头烂额的蒋委员长……

这一切构成一幅豫湘桂大血战、大崩溃的大背景画卷。

方先觉、蔡继刚等人正在火车站与衡阳市市长赵君迈商谈疏散市民的事。

赵君迈市长与蔡继刚是老熟人，他们同在财政部税警总团服役过。赵君迈出身名门，他的堂兄是湖南军界耆宿赵恒惕，他本人也是留美学生出身，美国威斯康星大学土木工程系1926年的毕业生。不熟悉赵君迈的人都以为他是个文人，因为他永远西服笔挺，领带系得十分规范，发型梳理得一丝不苟。

其实赵君迈也是个军人，他回国后担任过浙江省教导团团长、财政部税警总团第一团团长、缉私总队总队长、国军第四师第三旅旅长等职务，还率部参加过1932年的"一·二八"抗战，也是个久经沙场的老兵了，若不是赵君迈后来脱离军界，走了从政之路，这会儿也该是个中将军长的级别。蔡继刚在税警总团任上尉连长时就与赵君迈相识，只不过当时两人地位有些悬殊，一个是上校团长，一个是上尉连长。

赵君迈是个雄心勃勃的人，他到任衡阳市长后，便苦心经营新衡阳的建设，他要抓紧时间多搞出些政绩，于是没日没夜操劳起来，战前衡阳的繁荣就是在赵君迈的运作之下完成的。1944年4月，衡阳国民党市党部大楼刚刚落成剪彩，湘江铁路公路大桥又举行了开通典礼，衡阳市的主要干道铺设了柏油马路，为美国空军第14航空队军官和飞行员们提供服务的包括舞厅、餐厅、酒吧的俱乐部也已竣工，赵市长甚至亲自指导服务员们学习美国式的服务招待……

现在的赵君迈是市长，而不是将军，不在其位不谋其政，他顾不上关注战事的发展，一心一意要在自己任期内完成建设新衡阳的创举。当日军主力绕过长沙，夺取株洲，直逼衡阳时，始料不及的赵市长真有些焦头烂额了。大战在即，衡阳原有的二十多万市民加上先后进入的、鬼才知道多少人数的大批难民向哪里疏散？铁路、公路是否畅通？还有火车机车的集中和车皮的调度，无一不使赵市长焦虑万分。守城的第10军各级军官们也不让赵市长省心，城市外围土方量巨大的反坦克壕和纵深防御的地堡群等工事系统，都需要大量的人力资源，构筑工事所需要的木材、麻包、铁钉、挖掘工具等物资，事无巨细，也都需要市长去一一解决。

谁在这位子上，头都会变大，即使是美国留学生，带过兵、打过仗，文韬武略都有一些的赵市长也一样，战时的社会管理是一门专业性很强的学问。

此时湘江东岸的火车东站已经被逃难的人群壅塞得水泄不通。长沙失守后，铁路当局立刻将衡阳至韶关、衡阳至桂林的火车票价提高了4倍。即便如此，衡阳仍然是一票难求。车票黑市立刻应运而生，票贩子们很自觉地将黑市票价翻成了战前的10倍。铁路官员们和票贩子勾结在一起，大发国难财，而各级地方官员们也都在利用手中的特权，成车皮地把自己的财产优先运往后方。

火车还没有到，火车站已是人声鼎沸，连铁轨上都挤满了人，难民中流传着各种各样可怕的消息，维持秩序的警察们声嘶力竭地吼着，驱赶着人群，成千上万的难民发出的嘈杂声汇成巨大声浪。

赵君迈、方先觉和蔡继刚站在一辆停在岔道的火车车厢顶上,居高临下俯视着人群。

方先觉不无同情地对赵君迈说:"赵市长,地方上的事比我们军队要复杂,这些日子够你忙的,需要我军队做些什么,你尽管开口。"

赵君迈说:"你们正在构筑工事,这是件大事,耽误不得,我但凡还有一点办法,就不会来麻烦军队。方军长,我们市政府组织了一支三千多人的队伍,去帮你们修工事,这也算市政府对军队的一点支援吧,你们别嫌人少,我再去想办法就是。"

方先觉感激地说:"3000人不算少了,这会儿哪怕是多一个人也是好的,我代表第10军全体将士感谢赵市长,感谢市政府的支持!"

蔡继刚不大喜欢这类寒暄,他是个务实派,只关心在每一件事上具体而有效的运作。此时他认为赵君迈和方先觉的寒暄纯粹是在耽误时间,战斗马上就要打响了,市政府支持一些人力是理所当然的,战时的一切工作都要以军事行动为优先,犯不上感激涕零。倒是眼前这疏散的问题比较严重,战斗一旦打响,还有这么多人留在城里,绝对会产生灾难性后果。敌人的空中轰炸和地面炮火会造成平民大量伤亡,而巷战一旦开始,敌人会以平民作为人质,组成人肉盾牌攻击前进,这样会极大束缚守军的火力发挥和战术实施。这些平民一定要疏散出去,当衡阳变成一座空城时,第10军才可以放开手脚,大打出手。

"我的老长官,我能提一些建议吗?"蔡继刚开口了。

赵君迈叫了起来:"看你说的,有什么好建议赶快提。云鹤,你跟我还客气什么?别忘了咱们都是税警团的老伙计,老交情了。"

蔡继刚开门见山地说:"衡阳原住市民二十多万,加上先后进入的难民,估计40万也打不住,如果全部坐火车、汽车撤离,市政府能组织多少机车、车皮和汽车?我虽然不了解情况,但我敢肯定,这些运载工具远远不够。所以我建议,双管齐下,除了火车、汽车外,还要由市政府派出行政人员亲自带队,组织市民徒步向后方撤离,越快越好,多向南走一公里,就多一分安全。"

"云鹤,情况真有这么严重吗?第10军是精锐部队,不会守不住衡阳吧?我昨天还和薛岳长官通了电话,薛长官告诉我,不要慌,衡阳附近有我们的大部队,敌人敢进攻衡阳,我军的外线兵团就会合拢过来,把他们包围。"赵君迈仍然沉溺在幻想中。

蔡继刚神色凝重:"老长官,我可以负责地告诉你,情况非常严重,战斗一旦打响,会异常惨烈,衡阳会变成一座人间地狱。因此,我们一分钟都不能耽误,要日夜兼程,把市民和非战斗人员全部撤离。"

方先觉接过话来:"云鹤兄说得对,要组织多种方式撤离,必要时由军队出面,使用强制手段,这是为市民的生命安全负责,即使挨骂也要干。"

赵君迈终于下了决心:"好,我接受这个建议,不能再指望火车了,要动员市民们走出去,关键是动员和组织,需要有专人去疏导,我马上回去开会!"

蔡继刚补充道:"还要在沿途的公路上设置饮水和食物发放的工作站,一定要安排警力维持秩序,还要注意防空,否则会出现大混乱。"

正说着,一列火车鸣着汽笛开进车站,难民们一下子就乱了,人群像海浪一样涌上去,生生踩倒了维持秩序的警察;成千上万扛着各种行李、皮箱的难民从车门、车窗冲进车厢,车厢里很快就爆满了,于是身手敏捷的人爬上了车顶,拱形的车顶上顷刻间挤满了人……

赵君迈急得大喊:"危险!都给我下来……"他的声音立刻被淹没在巨大的嘈杂声中。

列车在一片惊呼声中缓缓开动了,列车的车顶上、车门的踏脚板上、车厢的接合部,凡是人手能抓住的地方和人脚能蹬住的地方,全都攀挂着逃命心切的难民。列车渐渐加速,于是不断有人从车顶上、车厢两侧滑落,惊恐的叫喊声和凄惨的求救声不绝于耳……

看到这混乱、悲惨的情景,站在高处的赵君迈、方先觉和蔡继刚都痛楚地闭上了双眼……

蔡继刚低声自语道:"简直是场噩梦。唉,这也是我们的劫数啊……"

## ·第二十三章·

6月18日,日军的战争机器再一次启动,驻株洲、湘潭的日军第116、第68师团已经过休整和补充,兵分三路沿湘江两岸向衡阳推进。日军第68师团沿湘江东岸抵达衡山地区,防守衡山的中国守军兵力单薄,仅仅抵抗两天,防线便土崩瓦解。日军第68师团于6月23日清晨抢渡洣水,23日夜间进抵衡阳东南郊区的泉溪,并企图连夜渡江。日军第116师团沿湘江西岸,于6月26日推进到衡阳城西郊。日军进攻衡阳的兵力为5.5万人,横山勇认为,以五万多人的兵力进攻衡阳,多则三天,少则两天,衡阳城指日可破。横山勇的胃口大得很,他还真没把一个衡阳放在眼里。

23日深夜,设在市中心中央银行的第10军指挥部的值班电话铃响了,是190师师长容有略打来的,他要直接向军长方先觉汇报。刚刚躺下的方先觉接过电话,没等容有略开口就问:"建雄,是不是日军的前锋到了?"

容有略回答:"军座,敌人前锋已经到了耒水河东岸,看样子准备连夜强渡耒水。"

方先觉心里一块石头落了地,这些日子他忙得每天只睡两三个小时,人已经极度疲倦,却仍然失眠,这无疑是心中焦虑所致。防御战就是这样,毫无主动性可言,敌人不知什么时候进攻,守军指挥官的神经永远绷得紧紧的,不敢稍有懈怠。现在敌人终于来了,方先觉倒反而松了一口气。

方先觉问:"建雄,西岸是哪个营防守?"

"568团1营和师战防炮连,营长是杨济和。军座,按作战计划,1营与敌人稍作接触,就可以后撤到五马归槽阵地,与暂编54师1团合力阻击。但我想临时变更一下,我认为,初次与敌接触,若不战而退,对军心不利,我决心趁敌兵半渡而击之,给他来个下马威!"容有略建议道。

方先觉表示同意:"建雄,那是你们190师的防区,如何打由你考虑,不必请示军部。"

"好,我马上下令开火,军座,请值班参谋备案,衡阳保卫战由我第190师拉开序幕,第190师师长容有略祝长官及各位同人好运!"

## 第二十三章

方先觉刚刚挂上电话，东郊泉溪方向即传来隆隆的炮声……

方先觉用冷水浸湿毛巾擦了擦脸，精神立刻为之一振。他推开窗户，望着东郊方向想，是啊，随着这第一轮炮火，衡阳保卫战就此拉开序幕，第10军的命运在此一战！

容有略放下电话时，日军第58旅团渡河部队的橡皮舟和木船已经驶到河中间了，1营的20余挺轻重机枪和炮连6门战防炮，早已各自瞄准好了自己的目标，等敌船渐渐过了耒河中心线进入有效射程，营长杨济和甩手一扬驳壳枪，"啪"的一声枪响，打响了衡阳保卫战正式揭幕的第一枪。

密集的火力顷刻间覆盖了河中的日军船只，弹雨将河面打得像是开了锅，37毫米战防炮在200米距离内弹无虚发，几近100%的命中率。日军的木船一条一条被炮弹击中，木船的碎片和人的肢体在爆炸声中腾空而起，轻重机枪组成的密集火网将日军的橡皮舟连人带船打成碎片。15分钟后，射击声停止，只见河面上到处漂浮着日军尸体和木船碎片，200余名日军士兵无一生还。

190师首战告捷。

消息传到第10军指挥部，作战室里的参谋们不由得欢呼起来。只有方先觉和蔡继刚平静地相互对视了一眼，这两个久经沙场的职业军人都保持着绝对的冷静，他们都明白，战斗才刚刚开始，残酷的血战还在后面。

一个作战参谋挂上电话，向方先觉报告："军座，190师来电话，568团1营和师战防炮连阵地，遭到敌人报复性炮击，容有略师长已下令将1营和战防炮连主动撤退到五马归槽阵地，与暂编54师所部会合。"

方先觉点点头："知道了，告诉容师长，耒水河西岸新码头据点可以放弃，但五马归槽阵地暂时还不能放弃，目前190师必须守住，不得后退一步。违令者，杀无赦！"

蔡继刚走到十万分之一比例的军用地图前，眉头紧锁地盯着地图上衡阳周围表示敌我态势的红蓝色箭头，久久地沉默着。

方先觉走过来："云鹤兄，你半天没有说话了，只是一个劲地看地图，有什么想法，说出来听听嘛。"

蔡继刚凑近方先觉耳边，以近乎耳语的音量说："前景不妙啊！"

方先觉心里一惊："何以见得？"

蔡继刚仍然盯着地图回答："我们的兵力太少了，除了第3师和预备10师相对完整一些，190师只有1200多人，其兵力还不到一个满员团，剩下的就是暂54师的一个团，可人家的任务是协防机场，不能按守备兵力计算。我精确统计了一下，我们的守城兵力实际只有7个团加1个营，共计1.76万余人，实际战斗兵员不足1.4万人，这点兵力捉襟见肘啊。"

方先觉笑着说："云鹤兄，你算错了，守城兵力应该是8个团，你怎么算成7个团加1个营呢？那两个营哪儿去了？蒸发了？"

蔡继刚哼了一声："暂54师师部和一个营在城里，两个营守机场，其余的两个团根本不在衡阳。我只把在城里的这个营统计在守城兵力内，至少守机场那两个营，我们恐怕指望不上。"

"你的意思是，机场有可能会丢？"

"不是有可能，是一定会丢，这基本上没一点疑义。我不知道薛长官是怎么想的，这么重要的衡阳他只放了一个不满员的军，而机场的守军暂54师又和第10军毫无关系，虽然名义上配属第10军作战，但恐怕不那么好指挥。衡阳机场是我军西南的重要机场，日军为达成一号作战中打通粤汉南段铁路的目的，必然要夺取更接近战线的前进机场，因此衡阳机场一定会成为两军必争之地。我就不明白了，薛长官为什么只派了暂54师的两个营守机场？你注意到没有，机场守军的防御工事很简单，而且没有和守城的防御工事相连接，这意味着他们随时有可能放弃机场。我敢和你打赌，他们放弃机场后，决不会主动撤进城内参加守城，而是会向外线撤离，脱离战场。"蔡继刚冷冰冰地分析着。

方先觉说："薛长官如此排兵布阵，大概是又想玩他的'天炉战法'，把日军主力吸引到衡阳附近，然后在外线进行大合围。这样一来，衡阳与衡阳机场都可以看作是鱼饵。"

蔡继刚冷笑道："可惜这鱼饵不是廉价的蚯蚓，而是昂贵的燕窝。你查一查我们外线兵团现在的位置，早被横山勇打得七零八落，赶得远远的，正自顾不暇呢，所谓'天炉战法'已经没有实施的可能了。"

正说着，一个值班参谋报告："蔡长官，美国陆军第14航空队陈纳德将军来电话，指名道姓找您。"

蔡继刚一惊：陈纳德来电话？这情况可不常有。这位美国将军很少直接与作战部队联系，今天直接来电话，肯定是有重要的事。

蔡继刚急忙走进电讯室，拿起电话用英语打招呼："嗨，将军，我是蔡继刚。"

话筒里传来陈纳德带有得克萨斯口音的美国南部英语："嗨！蔡将军，请原谅我的冒昧，我实在没有别的办法了解情况，听说你在衡阳，只好直接找你了。"

"什么事，请讲！"

陈纳德直截了当地问："蔡将军，我非常关注衡阳机场的守卫情况，请你直言不讳地告诉我，我们能否守住机场？"

蔡继刚踌躇道:"这……我想,机场守军会尽到自己的责任……战争中情况瞬息万变,什么事都有可能发生,将军,我认为空军方面应该早做准备。"

"蔡将军,我想你已经告诉我了,你们的陆军没有把握守住机场,是不是这样?我需要一个明确的答复。"

蔡继刚心一横,索性直说了:"是的,将军,我认为衡阳机场马上会丢失。"

陈纳德愤怒地咆哮道:"蔡将军,你应该知道,现在由我指挥的作战飞机已经超过600架,运输机也在500架以上。第14航空队既担负着美援装备的空中运输,又要执行运输的空中掩护任务,还要抽出一定力量为你们的陆军作战提供近距离空中支持,而衡阳机场又是第14航空队的主要基地之一,我不能想象衡阳机场丢失的严重后果。"

"将军,您能否直接向蒋委员长进言?我想,您的意见他会重视的。而我,只是被军委会派来执行督战任务的督战官,没有任何指挥权。尽管我非常同意您的观点,但很遗憾,我爱莫能助。"蔡继刚说这些话时,心里很是难过。

陈纳德缓和了口气:"对不起,蔡将军,我可能有些冲动,这当然不是你的责任……蔡,你那里,有什么需要我帮忙的吗?"

"哦,衡阳守军非常需要您提供空中支持,请您尽可能多地抽调一些飞机来衡阳上空作战。"蔡继刚恳求道。

陈纳德沉吟片刻道:"蔡,我非常愿意帮助衡阳守军,但我能力实在有限,物资的分配权在史迪威将军手里,这个人很固执,他的眼睛永远盯在缅甸方向,在作战物资的分配上,缅北战场永远第一。蔡,我很不高兴,但毫无办法,如果我有充足的汽油和作战物资,我完全有能力夺取中国战场的全部制空权。"

蔡继刚真诚地说:"是的,我理解,将军,我和我的同僚们都一致认为,您是我们中国人、中国军人的好朋友,您出色的专业运作能力、您优秀的人品和为正义献身的精神,我们永远不会忘记!"

"谢谢!蔡,虽然困难很多,但我会竭尽全力,为衡阳守军多提供一些空中支持。祝你好运!愿上帝保佑衡阳守军!"陈纳德挂上了电话。

在一边旁听的方先觉惊讶地问:"云鹤兄,你认识陈纳德将军?这可是个人物啊。"

蔡继刚回答:"我们是朋友,战争初期在重庆,翻译人员奇缺,陈纳德和军方人员打交道,都是由我去客串英文翻译。其实陈纳德是个很喜欢交朋友的人,他是个标准的西部牛仔,豪爽仗义,古道热肠。我相信,要是倒退一百年,这位老兄一定是个骑着烈马,腰挎两支左轮手枪,纵横美国西部的成名牛仔。"

"云鹤兄,刚才我听到了,你在向陈纳德请求空中支持,真是患难见人心。"

我代表第10军将士感谢你！"方先觉使劲握住蔡继刚的手。

蔡继刚正色道："子珊兄，机场那边实在太危险，我们能否从预10师抽调一个团去加强机场守军的防御力量？"

方先觉沉重地摇摇头："对不起，我和你的判断一样，但我无能为力。别说是一个团，就是一个营我也没有，现在是一个萝卜一个坑，所有能动用的部队都上了一线阵地，我手头连预备队都没有。难啊，号称四个师，其实两个满员师的兵力都不到。蒋委员长要我守7至10天，我不能叫苦，再难我也得顶住，可是机场那边我真的顾不上了。"

正说着，天空中传来飞机发动机的轰鸣声和机枪扫射声。

蔡继刚推开窗户，看见四架中美空军混合团的P-40战斗机编队低空掠过市区，向东南方向飞去……

一个刚挂上电话的参谋报告："军座，190师报告，日军松山支队正在抢渡耒水河，我空军的战斗机在低空扫射阻拦，有几条木船中弹起火。"

方先觉对蔡继刚说："你看看，人家陈纳德说到做到，这才放下电话，飞机都到了。"

蔡继刚仰天长叹："这几架飞机都是衡阳机场起飞的，当然来得快，但今后这个机场我们怕是用不上了。"

衡阳机场位于衡阳市东郊，湘江东岸的八尺岭下。这个机场的战略位置十分重要，它是中国东南空军基地之间的联络站，一旦失守，日军就会以此为前进机场，大大提高飞机的作战半径，使多年惨淡经营的东南部诸多空军基地处于日军飞机的威胁之下。

横山勇当然懂得衡阳机场的重要性，他的第一个攻击点就选在了这里。日军第68师团在兵分三路纵队向衡阳方向突击时，就已做好了夺取衡阳机场的准备，其中第57旅团下属独立步兵64大队在行进途中编成松山支队，成为独立作战的支队。横山勇给松山支队的任务很明确，就是以最快的速度南下占领衡阳机场。

6月24日傍晚，松山支队向位于湘江东岸的五马归槽阵地发起攻击。守卫这一线的国军主力是第190师570团，团长贺光耀上校久经沙场，也熟悉日军战术，因此指挥若定。当日军的炮兵开始射击时，570团官兵立刻进入防炮掩体，部队几乎没有伤亡。日军炮火一停，部队立刻进入射击掩体，几十挺轻重机枪将阵地前的开阔地打的是飞沙走石。第一轮射击过后，松山支队遗尸百余具，第一攻击波全部被歼。

## 第二十三章

570团阵地上一片欢呼。

张宝旺利用和营长的特殊关系，当了2连8班的班长，满堂、铁柱、李长顺、孙新仓、麻老五等人都被编入8班。

组建8班时，满堂和铁柱坚决反对麻老五进入8班，这兄弟俩对"黑妮"事件还耿耿于怀，仇恨未消。但张宝旺却看着麻老五可怜，这家伙自从被打后，变成了一只温顺的绵羊，全班十来个弟兄谁都能支使他干活儿，像洗衣服、打洗脚水这类事都当仁不让地成了麻老五的差事。而麻老五似乎也很乐意效劳，他就像屁股上被安了个马达，整日精神抖擞地忙个不停，好像永远不知道疲倦。这样的优秀士兵简直是打着灯笼都难找，除了满堂兄弟，全班弟兄都拿麻老五当个宝，于是坚决否决了满堂兄弟的提议。

班长张宝旺认为，就算麻老五以前是个魔鬼，那么铁柱的一板凳已把他打成天使了，既然是天使，就不允许有人欺负他，这样的人要好好保护，说不定麻老五会给全班带来好运。

张宝旺决定善待麻老五，却唯独不敢派他去站岗放哨，因为这家伙与人为善的态度实在令人不放心，闹不好哪天夜里鬼子摸上来，麻老五很有可能会扔下枪去拥抱人家，把鬼子当成远方来的贵客，这样的哨兵可绝不能用。

战斗开始的时候，满堂不大在意鬼子的进攻，却死死盯着麻老五。他一直怀疑麻老五在装傻充愣，别人不了解他，满堂还不了解？从小光着屁股一起长大，这小子那一肚子坏水在十里八乡是出了名的，他咋就一下子变得这么好了？是真的假的？万一是装的，那就危险了，打起仗来麻老五有可能向仇人背后打黑枪，满堂不能不提防。

当日军散兵线推进到离前沿阵地五六十米远时，董营长的驳壳枪打响了。这是射击信号，于是全营的机枪、步枪噼里啪啦地打响了，满堂发现麻老五使用中正式步枪很熟练，他开枪、退壳、上膛、再开枪，所有动作一气呵成，简直像个久经战阵的老兵，就是准头不行，消耗了二十多发子弹，硬是连鬼子的边也没沾上，全当是听响儿了。

满堂暂时放下心来，他瞄准一个日军士兵的脑袋开了一枪，50米的距离谁都是神枪手，满堂眼看着那个日军士兵脑门被子弹掀去半边，一头栽倒。

铁柱费了好大劲，才向张宝旺证明了自己当过机枪手的资历，终于当上了8班的机枪手。铁柱自己也说不清，为什么一见轻机枪就那么亲，反正是怎么看怎么顺眼，8班那挺半旧的捷克ZB-26式轻机枪让他保养得油光锃亮，谁摸一下就和谁翻脸。

此时在阵地突出部的地堡里，铁柱的轻机枪大显威力，他短点射和扫射交替使用，机枪"哒哒"吼叫着，子弹追着敌人打，日军的散兵线被打得七零八落，坡下的开阔地上躺满了日军尸体。

张宝旺是个有丰富射击经验的老兵，他惊讶地发现，铁柱射击的弹着点散布面很小，这通常是射击老手所为，而铁柱从第一次摸枪到现在也不过三个月时间，能把机枪打到这种程度，只能说这是个天生的机枪手。张宝旺知道，在战斗中操作机枪比操作步枪难度要大，优秀的轻机枪射手在进行连续射击时，能够有效地控制枪口的跳动，弹着点的散布面越小，越能证明射手的射击技术。

日他娘的，真怪了，这孩子的射击能力仿佛是从娘胎里带来的。

从24日傍晚到25日上午，日军松山支队对五马归槽阵地连续猛攻了三次，都被击退。

上午11点，天气越来越炎热，骄阳似火，士兵们的军装都被汗水湿透了。开阔地上横七竖八的日军尸体在烈日的暴晒下，颜色开始发黑，尸体渐渐膨胀，一种难闻的气味在阵地上弥漫。

湖南是典型的亚热带气候，一年四季分明，冬冷夏热。而衡阳盆地更是如此，冬天凛冽的北风沿湘江河谷长驱直入，最冷的日子里，可谓寒彻骨髓；夏天则由于南岭高大的山峰挡住了东南凉爽的海风，致使漫长的夏季积温因盆地结构散发不出去，因此，衡阳的酷夏奇热无比。在这种糟糕的气候下，人类从事任何活动都不会感到舒适，更何况是处于战争状态下，攻守双方都很遭罪。

1营的伤亡不大，张宝旺的8班是零伤亡，除了麻老五，全班士兵都击毙了不少敌人。

铁柱狠狠地踹了麻老五一脚，骂道："你个狗日的是不是成心往天上打？"

麻老五笑嘻嘻地回答："咋会嘞，俺数着呢，俺打死了一百多个……"

"放你娘的屁！我看你狗日的欠揍！"铁柱骂骂咧咧要揍麻老五。

张宝旺连忙制止："铁柱，你干什么？不许欺负人！"

孙新仓说："麻老五，你为啥老打不中？俺早看出来了，你连目标都不找，装上子弹就开枪，子弹打到哪儿你根本不管，照这么打下去，你这辈子也打不着一个鬼子。"

李长顺建议："麻老五，你别打枪了，还是省点子弹吧，扔手榴弹你总会吧？鬼子到了坡下，你就用手榴弹往下砸，别忘了拉弦就中。"

麻老五很听话地扔下步枪，拿起一颗手榴弹"嗖"地扔出战壕外……

"嗨！你狗日的，怎么还是忘了拉弦？"满堂骂了起来。

谁知话音没落，猛听见外面一声惨叫，张宝旺惊得一下子蹿了起来，他大吼一声:"弟兄们抄家伙,鬼子上来啦!"

阵地前沿的观察哨是个没有战斗经验的新兵,他被烈日晒得晕头转向,实在受不了了,就缩回到战壕背阴处,忘了自己的责任。这时一个大队的日军士兵不声不响地摸了上来。亏得麻老五来了这么一手,他扔出去的手榴弹不偏不斜正好砸在一个日军少尉的脸上,虽然没爆炸,但这铁疙瘩的分量也足以让日军少尉惨叫起来。目标一暴露,准备偷袭的几百个日本兵便不再沉默,他们爆发出一片令人心悸的号叫,向战壕冲来……

铁柱第一个跳起来,一头撞进地堡,抄起机枪狠狠地扣动了扳机。机枪狂叫着吐出长长的火舌,冲在前面的十几个日军士兵立刻被扫倒,后面的敌人毫不迟疑,他们敏捷地跃过尸体继续猛冲,离阵地只有二三十米了。

张宝旺一把抓起两颗手榴弹,用牙齿扯出导火索,挥臂投出去。随着两声爆炸,五六个日军士兵被炸倒……

张宝旺高喊:"全班跟我投弹,快!"

这时全班的弟兄都扔了步枪,纷纷投出了手榴弹。随着持续不断的爆炸声,已经冲到战壕前的几十个日军士兵被炸得支离破碎,强烈的冲击波将血淋淋的残肢肉块抛进战壕……

一两分钟内,8班士兵投出了一百多颗手榴弹,连麻老五都学会拉弦投弹了。这家伙虽然脑子出了问题,但出手还是很利索。他背靠着战壕的反斜面,不停地把手榴弹跃过头顶向背后轻松甩去,投出的距离在五六米之间,这种偷懒的投弹法恰恰在这时发挥了作用,因为日军的散兵线已经接近战壕了,正好落进麻老五的弹幕里……

张宝旺大喜,一边投弹一边大叫:"麻老五,好样的,我要给你请功!"

麻老五一听,立刻停止了投弹,猛地起身立正,向张宝旺敬礼:"谢长官栽培!"

张宝旺大惊,一个鱼跃将麻老五扑倒,嘴里骂了起来:"你他妈找死啊?"

2连连长纪长贵拎着一杆中正式步枪匆匆跑过来喊道:"8班,停止投弹!8班长,你他妈的怎么指挥的?敌人都退下去了。"

8班弟兄们这才齐齐地把脑袋探出战壕,只见战壕外到处是敌人血肉模糊的尸体,敌人早已退下去了。

纪连长在麻老五的光头上拍了一下,满意地说:"嗯,你们8班干得不错,尤其是麻老五,这小子别看有点傻,居然还知道把手榴弹往近里甩。我在远处看得真真的,别人投弹使劲太大,都投到敌人后面去了,要不是麻老五,至少有二十多个鬼子会跳进战壕,结果全让麻老五给消灭啦!"

张宝旺在麻老五的光头上掸了掸土说:"连长,我正夸他呢,这小子噌地就站起来敬礼,差点让鬼子打爆了脑袋。麻老五,你小子不是傻吗,怎么一听说要给你请功就不傻啦?"

铁柱在一旁敲边鼓:"装傻呗,前两天发军饷,这狗日的拿到钱就往裤裆里塞,俺一看,闹半天这小子在里面裤衩上缝了个兜,钱都藏在鸡巴那儿,你说他是真傻还是假傻?"

弟兄们都哄笑起来,有两个新兵嚷嚷着要扒麻老五的裤子验证一下,麻老五立刻警惕地看着大家,双手紧紧捂住裤腰带,生怕大家真扒他裤子。

弟兄们都笑得前仰后合;纪连长也忍不住大笑起来。

纪长贵挥了挥手,大家安静下来,他总结道:"嗯,你们8班打得不错,本连长特此提出表扬!弟兄们,咱第10军有个战斗条令叫'三不打',什么叫'三不打'?就是对敌人看不见不打,不瞄准不打,打不死不打。我希望弟兄们能记住这个条令!"

张宝旺代表全班说:"明白,连长。"

这时团长贺光耀来到前沿巡视,老远就喊:"2连长,这一段是哪个班防守?"

纪连长敬礼道:"报告团长,是2连8班,请指示!"

贺团长走过来,看着8班的弟兄们,好像在寻找什么:"刚才我在望远镜里看见,你们好像有个好射手,枪法不赖,是谁呀?给我站到前边来!"

纪连长莫名其妙地看着张宝旺:"8班长,你们班谁是好射手,我怎么不知道?"

张宝旺这才想起来:"噢,团长,你看见的可能是孙新仓,新仓,快过来!团长要见你!"

孙新仓怯生生站起来,向贺团长敬礼:"团长,你是说俺吗?"

贺团长上下打量着孙新仓:"好像是你,你枪打得怎么这么准?"

张宝旺说:"团长,孙新仓家是猎户,他从小就会使火枪。"

"哦,我说呢,会使火枪就会使步枪,我看得很清楚,这个新兵简直是弹无虚发。当然了,五六十米的距离命中率高不算什么,但他的射击手法很娴熟老到,装弹退壳的速度很快,抬枪就有,根本不用瞄准,是个当神枪手的料。"贺团长兴奋地说。

孙新仓嗫嚅道:"原先使火枪打的是铁砂,打出去就是一片,有个野兔野鸭子啥的,挨上一粒铁砂就完蛋,不用太瞄准。使步枪可不一样,一枪就是一枪,偏一点也不行,俺刚刚有点习惯。"

贺团长说:"习惯了就好,使什么家伙不重要,重要的是射击感觉,感觉对了,离神枪手就不远了。2连长,这个兵可是个宝贝,你得给我好好保护起来,要是咱570团有100个这样的兵,那可就乐死我啦!"

纪连长一挺胸道:"是!团长,我把他调到连部,跟着我。"

孙新仓一听说要把自己调离8班,立刻胆子大起来:"团长,俺不走,俺就在8班,哪儿也不去!"

贺团长回过头来饶有兴趣地问:"为什么?"

"俺要和班长,和弟兄们在一起,俺……俺在8班心里踏实……"

贺团长笑了:"8班长,你兵带得不错嘛,有了好去处都不愿意离开8班,好啊!那就让他跟着你,我同意!"

"是!团长。"

贺团长对在场的士兵们告诫说:"弟兄们,刚才大家打得不错,但千万不要轻敌,刚才的一仗太小意思,鬼子的飞机还没出动,炮火也没有展开,估计是炮兵还没有跟上。我要告诉大家的是,恶仗还在后面,大家要有心理准备……"

贺团长的话还没说完,就听到一阵怪异的呼啸声。贺团长脸色骤变,大吼一声:"全体卧倒……"

一排大口径炮弹呼啸着落下来,随着一连串震耳欲聋的爆炸声,整个阵地被硝烟烈火所笼罩……日军的重炮群已经在湘江东北岸就位,开始了对五马归槽阵地的火力覆盖,几架日军飞机也俯冲掠过阵地进行投弹扫射。

这时设在枫树山的国军炮群也开了火,一排排炮弹划出暗红色弹道轨迹,越过湘江,在东北岸日军阵地上频频爆炸,中美联合空军的战斗机也多次飞临,反复向日军阵地俯冲扫射,双方的战斗机在湘江上空展开格斗……

这一轮炮击,8班可没那么幸运了,第一排炮弹落地,就把三个新兵变成了一团血雾,连尸体都没找到,只有一只穿着草鞋的残脚狠狠地砸在麻老五的后背上。麻老五一点也不害怕,他仔细比较了一下,觉得这只脚上的草鞋比自己的草鞋还要新一些,于是就做了一下交换,还把左脚换下来的旧草鞋给那只血淋淋的残脚穿上。

满堂心想,麻老五这小子看来是真傻了,他玩着那只血淋淋的残脚居然面不改色,一般人可没这种定力。

日军的炮火开始向后延伸,张宝旺立刻端枪扑到战壕边高喊道:"弟兄们,鬼子上来啦!打呀!"

地堡里,铁柱的机枪又狂叫起来,满堂等人疯狂地投弹……战斗进入白热化。

日军松山支队也进入疯狂状态,他们完全不顾伤亡,数百人展开多层散兵线铺天盖地冲上来。

危急时刻,贺光耀团长亲自上阵率领突击队实施反突击,双方的步兵搅在一起，展开白刃战……混战中，贺团长的腹部被子弹洞穿，肠子流出体外，他咬着牙把肠子塞回腹腔，用左手捂住伤口，右手持左轮手枪连连射击，连续打倒几个日本兵，直到左轮手枪的弹巢被打空才倒下。卫士们拼死抢回贺团长，紧急送往后方医院，由副团长接替了指挥权。

570团大部分是新兵，白刃战的惨烈加上贺团长的重伤引起了新兵们的恐惧，而新兵们的惊慌失措反过来又加剧了部队的伤亡。

570团真的顶不住了，25日下午，副团长命令全团各连交替掩护，后撤至莲花塘、冯家坪第二线阵地。

五马归槽阵地终于被放弃，至此，衡阳已经丧失了外围阵地。

五马归槽阵地失守的消息传到第10军指挥部，方先觉、孙鸣玉和蔡继刚立刻感到事态的严重，大家的眼睛都紧盯着沙盘上的湘江大铁桥。谁都清楚，衡阳外围阵地一旦丧失，日军下一步就会夺取这座铁桥，作为守军一方，失去了铁桥，也就失去了湘江这道天然屏障，日军的坦克部队即可通过铁桥向市区长驱直入。因此，这座铁桥一定要炸掉，否则后果不堪设想。

关于湘桂铁路衡阳湘江大桥，军委会早就有过指示：必要时予以彻底炸毁。长沙失守后，第九战区长官部也发出过命令：着第10军相机炸毁湘桂路衡阳湘江大桥。

这就是说，炸不炸铁桥，何时炸铁桥，这个决定权掌握在驻守衡阳的最高军事长官方先觉手里。

方先觉早已为炸桥做了充分准备，在他的命令下，第10军工兵营在前两日已经会同桥梁专家将大量TNT炸药放置在桥梁钢架的结构点上，引爆电线也安装完毕，只等炸桥命令了。

在研究湘江大铁桥的炸桥步骤时，湘桂铁路衡阳西站站长的眼圈都红了，他无论如何也接受不了这个现实。

1944年之前，衡阳虽然有粤汉、湘桂两条铁路交叉枢纽之称，但并不是真正意义上的铁路枢纽，因为两条铁路之间隔着一条湘江，并没有相接。所以，衡阳才有一东一西两个火车站隔江相望，江东车站属于粤汉铁路局，江西车站则属于湘桂铁路局。客货列车运输交接要换乘汽车坐轮渡过湘江，这里成了交通瓶颈，非常不便。1940年，战事正紧张，英美等国还没有参战，东方战场上只有中国在独撑危局，而当时正值国民政府内外交困之际，修建湘桂铁路衡阳大铁桥的决定就是那个时候做出的。

修建这座铁桥耗费了三年时间，也耗费了无数财力和人力，尤其是在建桥时还经常遭到日军飞机的空袭,历经了千辛万苦才于1944年4月20日铁路公路全部通车。

通车那天,衡阳市区高官云集,万人空巷,人们敲锣打鼓、鞭炮齐鸣……这仅仅是两个月之前的事,谁能想到,一座耗资巨大、修建了整整三年的大桥,仅仅使用了两个月零两天,就要自己亲手炸掉,这的确是件令人难以接受的事情。

方先觉去视察部队还没有回来,孙鸣玉和蔡继刚会同工兵营营长陆伯皋中校、副营长宋魁贤少校以及湘桂铁路局衡阳西站的工作人员商量着炸桥事宜。

蔡继刚用铅笔敲打着沙盘上湘江大桥的桥墩问道:"陆营长,桥墩部分安放炸药了吗?"

陆营长回答:"只安放了一部分,因为水下部分爆破十分复杂,还要报请美军蛙人部队协助,所以没有实施。蔡长官,我有个建议,不知能不能……"

蔡继刚抬起头来盯着陆营长说:"说嘛,你是专业人员,你的建议比任何人都重要。"

陆营长指着沙盘上的桥墩说:"我想把炸桥方案修改一下,只炸桥梁部分而保留桥墩,这样便于战后重建大桥。按规律,修建大桥最费钱费力的是桥墩的水下部分,如果我们保留了桥墩,将来修复会容易些,也会节省很多资金,毕竟我们是穷国啊。"

蔡继刚称赞道:"嗯,这倒是个好主意,可问题是,保留了桥墩,我们将来修复容易,敌人修复也容易呀。当然,我们的炮火和空中打击可以阻止敌人利用桥墩架桥,不至于重蹈黄河铁桥的覆辙……"

蔡继刚的心里话没有说出来,炮火和空中打击是可以阻止敌人架桥,但前提必须是衡阳还在我们手里,如果没有守住衡阳呢?敌人就有可能修复铁桥。蔡继刚同意陆营长的建议,是因为他深知桥墩水下爆破的难度,时间这么紧,仅靠工兵营的技术力量是很难彻底炸毁桥墩的。既然没有更好的办法,也只好采纳陆营长的建议了。

这时,方先觉视察完部队回到指挥部,孙鸣玉迎上去问:"军座,现在一切准备就绪,何时炸桥,只等你的命令了。"

方先觉仰天长叹:"唉!真舍不得啊,这不是一座一般的桥梁,它是我国东西南北十字交通连接点上关键性的一座桥,是我们的咽喉所在,下不去手啊……"

蔡继刚站起来,果断地说:"子珊兄,不能再犹豫了,横山勇不是傻子,他当然知道这座桥的重要性。如果换位思考,你是横山勇,子珊兄,你会怎么样?"

方先觉脱口而出:"派出精干突击队,化装混入难民中间,伺机夺取大桥。"

"对呀，我们的思路都差不多，横山勇难道就不会想到这一点？也许此时这支突击队已经接近大桥了，我们一分钟都不能耽误，立刻炸桥！"蔡继刚有些焦虑地提醒道。

孙鸣玉也表示赞同："军座，夜长梦多，日军会千方百计使用各种方式夺取大桥，是时候了，请下令炸桥吧！"

方先觉下了决心："陆营长，大桥两端立刻戒严，半小时后起爆，去执行吧！"

陆营长立正敬礼："是，马上执行！"

炸桥的命令下达后，湘江西岸熙熙攘攘的人群忽然安静下来，衡阳城外的几千名修工事的国军士兵纷纷放下手里的工具。

正在冯家坪阵地上构筑工事的8班士兵们也听到了这个消息，张宝旺带着满堂、铁柱、李长顺、孙新仓等人站在一个高土岗上，向湘江大桥眺望。目力所极处，午后的阳光为湘江大桥勾勒出金黄色的轮廓，在江面蒸腾的水雾中时隐时现。江面很寂静，往日百舸争流、千帆竞发的繁忙景象已完全消失，只见浩浩荡荡的江水，无语向北流去。

这时湘江西岸上的数万衡阳军民，人人神色冷峻，屏住了呼吸，数万双眼睛都死死盯着两个多月来为他们提供无数方便的这条钢铁大桥……

陆营长一手拿电话，一手握住起爆器的按钮把手，电话里传来方先觉的命令："陆营长，我是方先觉，现在我正式命令：炸桥！"

陆营长果断按下了起爆器的把手，空气和时间仿佛凝固了半秒钟，近千个炸点分两批起爆，随着一阵巨响，大地强烈震动，大桥瞬间被腾起的黄色浓烟笼罩，无数团巨大的火焰夹杂着烧红的钢铁碎块、支离破碎的混凝土块腾空而起，烟柱达到上百米高空，大桥巨大的钢铁构架被炸成数千个残片慢慢地翻滚着砸向水面，溅起几十米高的水柱，随即消失在滔滔的江水中……

人们惊呆了，半晌，军人们面向湘江默默地脱帽敬礼，无数百姓难掩哀伤，面对湘江东岸发出巨大的悲鸣声……人们的心里充满着悲怆，这是三湘子弟们向着江东沦陷的故乡，向着承受苦难的同胞们，同时也为自己还能否活着再次踏上东岸的土地，从灵魂深处发出的诀别！

蔡继刚站在江边目睹这一切，他默默地转回身，穿过痛哭的人群，步履沉重地走回城去。

大敌当前，军人此时不相信眼泪！

五马归槽阵地失守后，日军松山支队若想拿下衡阳机场，前面还有湾塘和冯家冲两道薄弱的防线。急于夺取衡阳机场的日军指挥官又增派田部久次郎中佐率领的独立步兵第116大队支援伤亡惨重的松山支队,企图以兵力优势压倒中国守军,迅速夺取机场。

湾塘阵地的守军是6月24日午夜才匆匆渡江而来的190师569团的3营,这个营也是个不满员的单位,兵力本来就少,就算是全营上去守阵地,兵力分配也是捉襟见肘,偏偏3营营长黄钟少校还舍不得使用全部兵力,只把一个不足百人的8连派上阵地,并且在附近的八只岭制高点上安排了三个哨兵负责警戒。黄营长有自己的打算,他希望手头保留一支预备队,一旦八只岭上的哨兵发现日军进攻,会立即报警,那么山下的部队会立即上山增援。

但是黄营长的计划并不严密,他疏忽了来自耒水河方向的威胁,没有在这个方向安排警戒。

6月25日午夜,日军突击队从耒水河方向摸上了八只岭,轻松地干掉了警戒哨。随后大队日军士兵发起攻击,轻易就突破了湾塘阵地,守军8连士兵大部分阵亡,少数人突围。

日军松山支队得手后没有停顿,继续向前突击,直扑冯家冲阵地。

冯家冲阵地守军的兵力更为薄弱,第190师568团本是个空架子,只有一些负责训练新兵的军官,开战前才匆匆补充了一部分新兵,战斗力极弱。因此,战斗打响后不到一个小时,冯家冲阵地就失守了。

至此,衡阳机场完全暴露在日军的兵锋之前。

衡阳机场的守军是暂编54师的两个营,这两个营更无心恋战,五马归槽阵地失守后,他们就已经开始撤退了。至于衡阳机场的重要性以及一旦失守所产生的严重后果,守军的指挥官似乎懒得去想。

暂编54师是粤系部队,是第九战区司令长官薛岳的嫡系。这支部队在战前才被指定为配属第10军作战,暂时划归方先觉指挥,但不知是何原因,到达衡阳的却只有一个团。

至于机场守军为什么未经交火就撤退,暂编54师师长饶少伟少将也有自己的解释。他认为,他的任务是警卫机场,而按照预定计划,衡阳外围作战结束后,机场可以随即放弃,那么此次作战任务就算完成了,应该撤离衡阳战场。至于如何守卫衡阳市区,对不起,这不关暂编54师的事,他只对薛长官负责,其余的事他犯不上操心。

五马归槽阵地失守后,饶少伟立刻命令属下团长陈朝章上校率领守卫机场的1营、2营向南撤往冯家冲,然后相机渡河,一路退到耒阳,脱离衡阳战场。但一想到方先觉那张易动怒的圆脸,饶少伟不禁踌躇起来。身为守城部队的高级将领,饶少伟当然清楚衡阳守军面临的困境,兵力不足是最主要的问题,此时增添一人一枪也是好的。若是方先觉知道自己这个团已经撤离了衡阳战场，还不知要发多大的火，这样的确不太好交代。况且暂编54师至少在名义上是被指定为配属第10军作战，归方先觉指挥，这样一来，有临阵脱逃之嫌，将来统帅部怪罪下来，也会有很大麻烦。

饶少伟思来想去，最后决定担任机场守卫的两个营脱离衡阳战场，自己率3营留下继续战斗。方先觉若是怪罪下来，饶少伟也有话等着，老子一个少将师长留下来陪你守城，你还要怎样？

6月26日拂晓，兵力得到加强的松山支队终于抵达衡阳机场的南端。而机场内负责守备的中国守军已经大部分撤离，只有机场北端留有一些掩护撤退的小部队。

日军松山支队担任前锋的松岛中队虽然已疲惫不堪，但凶悍之风犹在，他们没有丝毫的犹豫，立刻向机场发起攻击，一个冲锋就将守军少量掩护部队击退，干脆利索地抢占了机场。

衡阳机场失守的消息传来，第10军指挥部里一片哗然，军长方先觉被气得狠狠地砸碎了手中的茶杯。

只有蔡继刚还保持着冷静，因为对这个结果他一点也不感到奇怪，早已在意料之中。别说这两个营的守军没有抵抗，就是抵抗了又如何？从战场态势上看，如果日军对衡阳机场志在必得，即使派两个团守卫机场也无济于事。横山勇自开战起就牢牢掌握着战略主动权，兵锋所指，无坚不摧。而中国军队内部却矛盾重重，军令难以统一和执行，各部队都以保存实力为第一原则，有时眼瞧着友邻部队被歼也无动于衷，但争起功来却个个奋勇当先。如此打仗，焉有不败之理？

蔡继刚劝慰道："子珊兄息怒，现在恐怕不是追究责任的时候，我们是不是还有机会做一些补救的事？"

方先觉冷静下来："机场都丢了，还怎么补救？只能收缩兵力，守住现有的阵地罢了。"

蔡继刚猛地想起一件事："子珊兄，守军撤离时，对机场设施是否进行了破坏？"

方先觉的心猛地一沉，脱口而出："糟了，没有这个计划，此时机场应该是完好的。"

蔡继刚一拳砸在桌子上："子珊兄，我们一刻也不能耽误，马上组织兵力夺回机场，然后毁掉机场设施，此机场我们用不成，也不能让日本人利用，否则日军飞机的作战半径要向南延伸上千公里，广西、贵州都会处在他们的攻击范围下，此事非同小可。"

方先觉站起来，走到地图前仔细看着。他眉头紧锁，满脸怒气，用手指比了一下地图上各战略要点的距离，久久没有吭声。

参谋长孙鸣玉走近方先觉，耳语般小声道："军座，督战官说得对，制订作战计划时，谁也没想到机场会失守，所以也没有制订破坏计划。问题是，如果日军利用衡阳机场做前进基地，大后方遭到轰炸，军委会一定会怪罪我们，因为破坏失守的机场，以防敌人利用，这应该是基本常识啊。"

方先觉又何尝不想夺回机场？只因为他手头掌握的兵力不多，现有的部队一个萝卜一个坑，哪有多余的兵力？况且这又是一场进攻战，伤亡不会小，手里这1.4万多人损失一个少一个，真是有些玩不起。

但是失守的机场必须破坏，否则后果会非常严重。

方先觉终于下了决心："参谋长，传我命令！趁敌立足未稳，命令第190师容有略师长率部夺回机场，并实施彻底破坏！"

命令传达到190师指挥部，容有略师长深知此举的重要，没有丝毫的犹豫，立刻亲自上阵，指挥第569团向衡阳机场实施逆袭。

又是一场恶战，569团在死命令下，不顾伤亡地展开决死攻击……

日军虽然占领了机场，却由于对地形尚未熟悉，也没有想到中国军队会这么快实施反攻，因此有些措手不及。569团2营一个冲锋占据了大半个机场，战斗在机场指挥塔台附近展开。

日军的野战部队毕竟训练有素，他们很快就组织起有效抵抗，由指挥塔台上和地面工事中的轻重机枪组成的交叉火力，给569团2营的攻击部队造成了极大的伤亡。战斗整整进行了5个小时，机场的水泥跑道上躺满了国军士兵的尸体……

在师长容有略的严令督促下，第569团团长梁子超中校拼了老命，他端着轻机枪亲自率突击队冲锋，受此鼓舞，2营的弟兄们士气大振，前仆后继，终于夺取了机场指挥塔台。

第190师569团以伤亡二百余人的代价，终于将日军守备部队全部驱逐出机场。

容有略久经战阵，他完全知道仅凭手头这点部队难以守住机场，日军很快就会反扑。当务之急是马上对机场进行破坏，否则就来不及了。于是569团全体动手，在工兵的指导下，迅速炸毁机场的所有设施，并且在机场跑道上每隔10米就挖一个深50厘米的坑，埋上一公斤炸药。一切就绪后，容有略亲自按下引爆雷管的电钮，机场上响起一连串沉闷的爆炸声，烟尘冲天而起，整个机场跑道被炸得百孔千疮，地基也被震松，高45米的塔台缓缓倒下，掀起一团巨大的白色雾团。

日军在短时间内对衡阳机场是无法修复使用了。

日军松山支队指挥官得知机场得而复失，便立即组织兵力反击。26日傍晚时分，一千多名日军步兵分数路冲进机场，将国军第569团轻而易举地撵出了机场。

至此，在衡阳外围战线上，国军已经无力发动反击，为保存战力，方先觉下令湘江东岸部队全部撤回衡阳西岸主城区。

衡阳机场失守的消息传到重庆，立刻引起轩然大波。先是中美联合空军司令官陈纳德将军大发雷霆，作为中国战区的空军参谋长，他比任何人都重视这个机场，衡阳机场的失守就像砍断了陈纳德的一条手臂，使这位将军心疼得几天吃不下饭。

蒋介石和史迪威中将的矛盾更加尖锐化，史迪威毫不客气地指责国民政府腐败不堪，统帅蒋介石军事指挥失当，中国军队不堪一击，甚至秘密建议罗斯福总统弃蒋而扶持其他军界巨头取而代之。

事情发展到这步田地，性质就开始变化了。史迪威不过是区区一个陆军中将，在美国军界也算不上什么重量级人物，这回他玩得有点大，忘记了自己的身份。蒋介石是中国的国家元首，是中国战区的总司令；而史迪威只是中国战区的参谋长，是蒋介石的下级，是协助他工作的。如今参谋长似乎要骑到总司令的脖子上，甚至要颠覆一个国家的政权，这可就触到底线了，是蒋介石无论如何不能容忍的。

陈纳德也很不喜欢史迪威，两人之间毫无私交，但这并不妨碍他对史迪威的长处和短处做出最恰如其分的评价："史迪威的中国使命无疑是把难度最大的外交工作放到了一位战时职业军人的肩上……他是一名陆军战士，性格粗犷，勇猛无比，在敌人的炮火下指挥军队作战，他有如闲庭信步……"这是陈纳德对史迪威长处的夸奖，但他在最后说了句最关键的话："我与史迪威的全部交往让我相信，他总是把自己完全看成是一名陆军军人，而根本不明白他作为外交官的基本职责，他也没有那份耐心去弄明白这一切。"

就是史迪威的好友、美军总参谋长乔治·马歇尔将军也承认："酸醋乔"是他自己最大的敌人。由于他毫不掩饰他对中国人，还有英国人"无所作为"态度的蔑视，毒化了他与他们的关系……

智者说：性格即命运。作为外交官，史迪威的性格是难以成就大事的。几个月以后，史迪威中将被召回国内，结束了他作为中国战区参谋长的使命。

贵为一国首脑的蒋介石连续遭到史迪威的批评，心情自然很恶劣。仗打得不好他承认，但这能怨他吗？这里面的原因太复杂了，说上三天也说不完。蒋介石不想解释，他的美英盟友们也不想听他解释。蒋介石心里明白得很，解释一万句也不如实实在在打个胜仗有用，所以他寄希望于在衡阳的方先觉，如果第10军守住了衡阳，把日军主力牢牢牵制在衡阳，然后调集外线兵团合围聚歼日军主力于衡阳，这才能在美英盟友面前挺起腰杆，否则他这个蒋委员长真的很没面子。

他多次屈尊打电话给方先觉，以校长的身份晓之以理，动之以情，要求第10军打出国威、军威。学生方先觉在受宠若惊之余也横下了一条心，这一仗若是打不好，怕是无颜见江东父老了。校长既然这么给面子，他方先觉和第10军全体将士的命就交给校长了。

占领衡阳机场的消息传到日本国内，引起内阁与民众一片欢腾。日本天皇、东条英机都纷纷传令嘉奖，日军松山支队则一战成名。这时准备进攻衡阳的日军各部队已经各自就位，从军官到士兵无不士气高涨，完全不把衡阳守军放在眼里。根据第11军司令官横山勇的计划，夺取衡阳只需两天时间，日军野战兵团急于南下，没有工夫在衡阳这个小地方浪费时间。

现在横山勇手里握着满把的好牌，财大气粗，兵力雄厚。日军第68师团、第116师团和独立步兵第5旅团已经完成对衡阳的包围，除各师团、各旅团的直属炮兵大队外，还配属了第122独立炮兵联队，炮兵力量得到了空前的加强，进攻衡阳的总兵力达到5.5万余人。

以将近三个师团并附有大量炮兵、坦克和空军支持的强大兵力，对付建制残缺、火力强度只有日军三分之一的国军第10军，其结局是明摆着的，衡阳守军的命运，似乎从一开始就注定了。

## ·第二十四章·

从6月26日起,日军主帅横山勇的精神便处于亢奋状态。近一个月来,他指挥的八个多师团攻城略地,如入无人之境,其骄人的战绩令这位学者型战将渐渐忘形起来。他决定只动用68、116两个师团参加攻城,把其他六个师团摆在衡阳外围阻截援军,至于攻占衡阳城的时间,横山勇认为,三天足矣。

横山勇的计划不是没有道理,因为守长沙的张德能第4军比起方先觉的第10军,无论从装备到兵员都要强得多,仅从炮兵火力上计算,第4军有火炮七八十门,其中还有一半是大口径火炮,而方先觉的第10军只有十二门口径较小的火炮。第4军的兵员有2.4万多人,而第10军只有1.7万多人,况且衡阳市区的面积要比长沙小得多,才两平方公里。担当主攻任务的日军68师团是11军的精锐,向来以攻坚见长,并且进行过严格的攻城训练,既然攻占长沙用了三天,那么攻占衡阳也给三天时间,这应该没有问题。

横山勇认为自己对参加攻城的部队有些过于宽容,攻占一个小小的衡阳城居然给了他们三天时间。

68师团师团长佐久间为人中将也很乐观,他认为拿下这座城市根本用不了三天,司令官给三天时间完全是出于对部下的体恤。

佐久间为人中将口气很大地向横山勇做出保证:"请司令官放心,三天足够了,三天之后我们在方先觉的指挥部见!"

这两位中将并不认为自己的判断有误,事情是明摆着,占领衡阳城应该是一场一边倒的战斗。

6月26日,日军对衡阳城发动了第一次大规模攻势。

日军两个师团顺利完成了对衡阳城的钳形包围,68师团在南面,116师团在西面同时发动强攻,一个炮兵联队共60余门野战炮协同40架轰炸机对衡阳城内外阵地开始进行饱和轰炸,一时间城内外浓烟蔽日,墙倒屋塌,熊熊烈焰燃烧了半个城区。

满堂所在的8班在战斗打响前脱离了190师建制,被紧急补充到预备第10师30团。30团负责防守南郊张家山至枫树山一线的阵地,此时急需兵员补充。

## 第二十四章

张家山阵地是确保衡阳西南的重要防线之关键所在，预备第10师师长葛先才设在五显庙的师指挥所距离张家山主阵地仅700米，距离肖家山30团团指挥所仅300米。

张家山阵地为全师阵地之突出部，整个阵地由三个标高不大的小高地组成。东南面是227.7高地，西北面是211高地，两高地之间相距约50米，是步枪、机枪交叉火力网最有效的距离。张家山在东北方向，比这两个小高地稍高些，位于前两高地的正后方，相距约150米，整个张家山阵地呈品字形排列，可以互为犄角，互相掩护，故此张家山阵地和枫树山阵地在衡阳西南防线上成为两个重要的火力支撑点。

满堂和弟兄们躲在防炮掩体内，他紧捂住耳朵，把头埋在胸前，浑身在不停地颤抖。虽然掩体上覆盖的圆木直径达40厘米，又有半米厚的夯土层，但一发发150毫米的炮弹爆炸开来，仍然像直接砸在背上的感觉，空气中的震波携带着巨大的能量，震得人全身骨节像散了架一样，不少弟兄被震得呕吐不止。

炮击停了，满堂听见排长低声命令："弟兄们，马上进入阵地，把手榴弹箱全部搬出掩体，每隔5米放一箱，每人提前拧开10颗手榴弹保险盖，地堡内机枪准备，步枪上膛靠在身边，每人手里持一颗手榴弹等待。"

满堂看了张宝旺一眼，见张宝旺已经提起两箱手榴弹蹿出掩体，他不解地想，准备战斗居然不拿枪，这是他娘的什么打法？

令人不安的寂静只持续了二十几秒，阵地前方突然爆发出惊天动地的号叫声，足有一个联队的日军士兵狂呼着万岁，展开多层散兵线漫山遍野地冲了上来，远看像一层土黄色的浊浪汹涌而来，而两三千人的齐声呐喊，竟然发出山呼海啸般的效果，声势夺人，恐怖至极。满堂身边的几个新兵吓得面无人色，拿着手榴弹的手也在不住地颤抖。

土黄色的浊浪涌到国军阵地前突然停住了，仿佛遇见一堵拦河坝。日军士兵们发现，一道高约2.5米的断崖结结实实挡在面前，前面的士兵停止了脚步，可后面的士兵收不住脚，浪潮般地涌上来，把前面的士兵挤在土壁上，一时队形大乱。训练有素的日军士兵们纷纷搭起人梯，乱糟糟地往断崖上方攀爬。就在这时，日军士兵们的头顶上像飞来一群蝗虫，数百颗手榴弹组成的密集弹雨把断崖下变成了火狱，日军士兵们在爆炸冲击波和密如飞蝗的弹片攻击下血肉横飞，乳白色的硝烟混合着人体残肢碎块腾空飞起。

铁柱守在地堡里，他的机枪枪口正好侧对着日军进攻方向，机枪地堡全部修在锯齿形工事的尖端部位，射击孔却分别开在两侧，四挺机枪射向相反的两个方向，和对面的地堡工事形成交叉火力。当断崖下的日军士兵遭到"弹幕"攻击时，后面的日军士兵纷纷掉头往回跑，这时铁柱兴奋地扣动了扳机，轻机枪抖动着狂叫起来，后退的日军士兵们犹如镰刀割草般一片片倒下……

这类野战工事的构筑法是第10军的创举，是针对中国军队重武器和远程火力的不足，在战争中逐渐摸索出来的，可以将轻武器的火力效能发挥到极限。其战术特点是：绝不轻易暴露秘密火力点，即使有小股敌人接近障碍物实施破坏性作业，也只以散兵坑内的单兵火力进行拦截阻击，而秘密火力点只有等敌人大部分兵力深入到预定位置时，才像突然开闸的洪水倾泻而出，采用侧射、斜射、俯射、仰射等方式组成的多层次交叉火力，将进攻之敌全部歼灭。这种在局部加强火力密度的打法，所造成进攻一方的伤亡效果往往是惊人的。而侥幸能冲过火网的日本兵好不容易到达阵地前的人工绝壁下，正企图以人梯攀登断崖时，守卫在断崖顶上投弹壕里的国军士兵将成捆的手榴弹投下，断崖下的日军毫无遮挡，无任何安全死角可寻，只有被全部消灭。当然，这套程序也可以反过来用，就是先引敌人接近人工断崖，进行"弹幕"攻击之后，再开启秘密火力点断其后路。

日军的第二攻击波转眼又涌了上来。他们并不知道断崖下已经成了屠宰场，依然不顾伤亡地向前猛冲。铁柱换了个弹匣正要继续射击，却接到连长的命令："停止射击！再放进一拨鬼子！"

于是数百名日军士兵们组成的第二攻击波就像被放进流水生产线一样，毫不走样地被"加工"了一番，断崖下日军残缺不全的尸体堆成了小山，日军的三次攻击，均以惨败收场，国军阵地前躺倒了上千具尸体。

这一仗满堂一口气投出上百颗手榴弹，胳膊都投酸了。他还没有打过这么过瘾的仗，一枪没放，光靠手榴弹就结束了战斗。新兵们刚才还吓得脸色发白，这会儿全都眉开眼笑了。

孙新仓端着支中正式步枪正准备露一手，谁知一枪没放，就顾着扔手榴弹了。他把一颗拧开盖子的手榴弹丢在地上，不满地抱怨道："日他娘的，这打的什么狗屁仗？连枪都使不上啦！"

张宝旺拍拍他的肩膀说："兄弟，这才到哪儿？你那手好枪法往后露脸的时候还多着嘞。"

日军68师团师团长佐久间为人中将在望远镜中看到三次进攻的惨败，不禁大为恼火，他懊悔自己的轻敌，在进攻开始之前怎么没有派侦察兵抵近侦察一下，谁知道对手会把地形给改变了，好好的丘陵地带居然给弄成这般怪样，照这么打下去，整个68师团全填进去也过不了那道断崖。

## 第二十四章

佐久间为人放下望远镜想，68师团从来没有遭受过如此重大的伤亡，不，说伤亡还不大准确，应该说是死亡，在那道断崖下，进攻部队的死亡率几乎是百分之百。看来进攻之前的炮火准备没有收到任何效果，中国军队的工事是如何设置的？他们是如何将轻武器的火力效能发挥到极致的？还不到一个小时，担任主攻的133联队就损失了一大半兵员，这简直匪夷所思。

佐久间为人一边披挂手枪和指挥刀，一边对师团参谋长原田真三郎大佐说："原田君，带上几个作战参谋，跟我上前沿看一下，我倒要看看，他们的工事是怎么构筑的。"

第57旅团旅团长志摩源吉少将立刻劝阻道："长官，你不能去，前边太危险！我会派人去侦察。"

佐久间为人微笑着反驳道："哪里不危险？就算待在指挥部里，也保不准会吃上一颗炸弹，快走吧！"说完他头也不回地走出指挥部。

原田真三郎连忙带着几个作战参谋追了上去。

志摩源吉无奈地摇摇头，不再吭声。

日军的三次进攻遭受到重大损失，以至于很长时间组织不起继续攻击的力量，张家山阵地前出现了一段平静时期。铁柱望着断崖下堆积的日军尸体，突然有了发洋财的念头，他低声和满堂商量："哥，咱闲着也是闲着，还不如下去捡捡洋落儿，说不准能发财呢。"

满堂一听就兴奋起来，照自己脑门上拍了一巴掌："中啊！俺咋就没想起来呢？柱子，你小子就是比哥脑子活泛，咱悄悄下去，别让排长看见！"

兄弟俩悄悄滑下断崖，在横七竖八的日军尸体中翻捡起来。满堂好不容易从一个日军少尉手腕上解下一块手表，到手后却发现这手表已经停摆了，他懊丧地把手表扔出很远。这才发现，捡洋落儿的可不止他们两个，班里的弟兄们来了五六个，其中还有麻老五。

麻老五从一个日军少佐胸前摘下个望远镜，正用军帽擦拭沾在上面的血迹。满堂过去一把抢了过来，嘴里骂道："麻老五，俺说你他娘的是装傻吧？俺就没见过想发财的傻子。"

麻老五虽说脑子不大好使，可还是懂得私有财产的重要性，他见刚到手的财物被抢走，立刻发起飙来，竟然一头撞过来，把满堂撞了个仰面朝天。满堂火冒三丈蹿起来，接连照他肚子上给了几记重拳，才使麻老五老实下来。

铁柱翻检着尸体，先是从尸体的衣袋中找到几盒香烟，又发现一具尸体的嘴里镶有金牙，于是铁柱耐心地用刺刀撬下了两颗金牙，小心翼翼地揣进怀里，嘴里还嘟囔着:"娘的,这些鬼子咋也是穷光蛋?比咱也强不到哪儿去……"

孙新仓不愧是打猎的出身,他只对枪有兴趣,居然捡了四支三八式步枪,还有七八个装满子弹的牛皮弹盒。

在上面望风的李长顺压低声音喊了一句:"快回来,排长往这边来啦!"

于是捡洋落儿的弟兄们连滚带爬返回阵地。

排长走后,大家各自拿出战利品摆弄起来。李长顺拿起满堂抢的望远镜向远处望去,却发现视野中一片模糊,他试着转动镜筒之间的旋钮,视野才渐渐清晰起来……

满堂生怕他把望远镜摆弄坏了,连忙喊:"长顺,你他娘的瞎鼓捣啥?鼓捣坏了你小子可赔不起!"

李长顺突然挺直了身子,一动不动地用望远镜观察着前方,嘴里小声说:"嘿,对面山坡上有鬼子……"

大家立刻紧张起来,纷纷抄起了手榴弹。

李长顺在望远镜里看到,对面欧家町小高地上的灌木丛后站着七八个日本军人,其中几个穿着黄呢子军服的军人正举着望远镜向这边观察,他们全部佩带着手枪和指挥刀,看样子是一群军官,而且为首的肯定是高级军官,不然他身旁不会有这么多随从。

满堂紧张地问:"长顺,看见啥啦?是不是鬼子又要进攻了?"

李长顺放下望远镜,兴奋地自语道:"是鬼子大官,距离有一千多米,迫击炮能够上,满堂,我这会儿要是有门迫击炮,就能干掉那伙鬼子官。"

铁柱插嘴道:"迫击炮?有啊!团部迫击炮连就在咱们后面,刚才还看见炮连的白连长呢。"

满堂猛地站起来:"走,咱赶快去报告白连长,晚了就不赶趟啦!"

团部迫击炮连的连长白天雷上尉正在观察所里训斥一个新兵,这新兵在刚才的战斗中发射了两发炮弹都没有炸响,后来才发现,他慌乱中忘了拧开引信上的保险帽,白白地浪费了两发炮弹。

白天雷是中央军校第15期炮科毕业生,他和蔡继刚是老乡,都是安徽桐城人,桐城是中国历史上著名的"桐城派"文学发源地。桐城文派是清代文坛最大的散文流派,历史上曾出现过1200多个桐城派作家。受此影响,白天雷从小就喜欢舞文弄墨,立志做个散文家,谁知赶上了战争,白天雷投笔从戎报考了中央军校,毕业后成了炮兵军官,把个好好的散文大家愣给耽误了。

听了李长顺等人的报告,白连长立刻来了精神,竟有这等好事?日军高级指挥官居然主动送到自己炮口下,这可是打着灯笼都难找的好事。

白连长用望远镜仔细观察了一下,认定李长顺的判断是正确的,那伙鬼子里肯定有个将军,就冲这前呼后拥的架势,那老鬼子的官儿小不了。老天真是开眼啊,把个立大功的机会送到了白连长眼前。

白天雷抑制不住内心的激动,大吼着发出一连串命令。为避免打草惊蛇,白天雷决定暂时不请示上级,管他娘的,先干了再说。他决定不按常规进行单炮试射,而是命令全连八门迫击炮同时瞄准目标集中发射。

李长顺见到这么多迫击炮,一时技痒,便壮着胆子请求:"白连长,能不能让俺打一炮?"

白天雷诧异道:"你,你也会使迫击炮?"

"老炮手了,准不准的不敢说,至少不会比你手下这些弟兄差。"

"嘿!怎么不早说?我这儿就缺老炮手,郭连成,你站一边去,让这位兄弟试试。"

刚才挨训的那个新兵立刻让出了位置,李长顺走到迫击炮前,眯起眼睛目测了一下距离,又熟练地调整了迫击炮的射击仰角,然后拿起一枚炮弹放在炮口上,他注视着白连长说:"白连长,你不是要试试俺的准头吗?那就让俺这门炮早发射三秒钟,省得和别的弟兄闹混了。"

白天雷笑道:"行啊小子,你是打算露一手?就听你的,全连让你三秒!现在全体注意,听我的命令,目标正前方,距离1000米,八炮急速齐射,预备……"

这时李长顺的炮弹"咣"的一声已经出膛……

白天雷随即发出"放",其余的七门炮才同时射出炮弹。

在欧家町小高地上的佐久间为人中将正举着望远镜仔细观察张家山阵地。在这里,他终于看清楚了中国军队设置锯齿状人工断崖的奥妙,所有的火力点都构筑在锯齿的尖端,而机枪射孔则开在尖角的两侧。看来他们费大力气改造地形,就是为了避免正面射击,利用人工断崖挡住攻击部队,采用侧射方式组成交叉火力断其后路,再使用大量的手榴弹进行"弹幕"攻击。这一招的确很聪明,正面进攻一方的炮火很难将火力点摧毁,进攻部队只有挨打的份儿,绝无还手的余地,难怪伤亡如此巨大。

佐久间为人看到锯齿状断崖下躺满了日军士兵的尸体,土黄色的军服为阵地边界勾勒出清晰的轮廓,这位陆军中将的脸部肌肉剧烈地抽搐起来。他气恼地回头对参谋长原田真三郎大佐说:"传我的命令,下次进攻时,把工兵大队所有的短梯都带上,要以最快的速度翻越断崖……"他话音没落,空中突然传来一阵划破空气的呼啸声,原田真三郎大佐脸色骤变,大喊一声:"卧倒……"便奋不顾身地向佐久间为人扑去……

然而晚了，李长顺那颗最先出膛的炮弹带着呼啸声落下，在猛烈的爆炸中，佐久间为人中将和原田真三郎大佐的身体被冲击波高高扬起，像羽毛一样飘落下来……三秒钟后，这里又落下一群炮弹，把欧家町小高地变成了一片火海。

李长顺发射的这颗迫击炮弹获得了极高的性价比：佐久间为人中将[1]、师团参谋长原田真三郎大佐、作战主任松井中佐、参谋松浦觉少佐身负重伤，陪同中将阵前观察的68师团司令部参谋人员和第57旅团各部队长非死即伤，损失惨重。白天雷指挥的这次炮火急袭使日军68师团的指挥系统一度瘫痪。

日军发起总攻时，蔡继刚正在第3师的城西防线督战。

衡阳城防的西线起自汽车西站接预备第10师阵地，沿瓦子坪到易赖庙前街，这条防线全长1200多米，阵地前地势平坦开阔，都是些水田和鱼塘，沟渠纵横，只有易赖庙后街的民宅中有几条道路可以接近防线。

第3师虽然也是第10军的主力师，但参加守城的只有两个团兵力，因为第8团在半个月前被派到衡阳至湘潭之间的长衡公路一带袭扰日军，暂时脱离了第3师的建制。按战前的部署，第7团负责防守西面长湖町、易赖街一线；第9团则担负拒敌于北门之外的重任，据守辖神渡、草桥、石鼓嘴一线。师长周庆祥命令9团加强防守，各派一个加强连据守辖神渡和草桥南端这两处要害阵地。两处阵地都构筑有坚固的碉堡、地堡群和交通壕等设施。

第9团防区只有一段比较薄弱，就是从辖神渡到易赖庙前街中间的水田、鱼塘，其他地段均可依托蒸水河布防。

第7团防守的长湖町、易赖街一线构筑了大量的伏地堡和交通壕等工事，敷设多层障碍物和雷场，并且拆毁了一片民宅以扫清射界，此处是个易守难攻的阵地。

蔡继刚在9团1营的指挥所里正赶上日军总攻前的炮击，看来横山勇认定城西防线是个薄弱之处，急于从这里突破。总攻前的炮击加上飞机轰炸进行了足足一个小时，蔡继刚的耳朵被震得处于半聋状态。1营营长许学文少校也没好到哪儿去，他不光是耳朵聋了，还被遮天蔽日的硝烟呛得咳出了血。

蔡继刚从望远镜里看到，阵地前的障碍物和雷场被猛烈的炮火扫得七零八

---

[1] 据多种资料记载，日军第68师团师团长佐久间为人中将，于1944年6月28日被国军第10军击毙于衡阳。经核实，此记载应是误传。佐久间为人在衡阳之战只是受了重伤，并没有毙命。1945年2月10日，伤愈归队的佐久间为人被任命为第84师团师团长，担任本土决战之责。

落，战前精心构筑的地堡群被摧毁了三分之一，其中不少地堡是被大口径炮弹直接命中的。阵地上各连连长都把电话打到营部，大概是报告各连的伤亡情况。

许营长大声喊着："你们不用汇报，老子什么也听不见，只有一句话，只要鬼子进入100米内，各连不用等命令，马上给老子开火，揍他个婊子养的！"

日军果然训练有素，步炮协同配合得丝丝入扣，他们的散兵线几乎是跟着弹幕走，炮火刚向后延伸，日军的散兵线就已抵达阵地前，上千名士兵齐声呐喊着蜂拥而上，他们步枪上的刺刀在阳光下发出耀眼的光芒……

守在辖神渡阵地上的2连率先开火，紧接着草桥南端阵地、易赖庙前街阵地、长湖町阵地都爆发出炒豆般的枪声，7团和9团防守的这1200米防线全线打响。

蔡继刚从望远镜里看到一幅血腥的画面：轻重机枪组成的交叉火网把日军的第一波散兵线几乎全部打倒，顷刻间第二波散兵线又像浪头一般席卷上来，雷场上残存的地雷不断地被踩响，爆炸声此起彼伏，冲击波和横飞的弹片无情地撕碎着日军士兵的身体……这些被武士道精神洗过脑的日军士兵的确令人生畏，他们对死亡似乎毫不在意，冲击速度丝毫不减，一波未平，一波又起，其战斗意志之顽强令人咋舌。

蔡继刚注意到，守军中还活跃着一些枪法精湛的狙击手，专门在中远距离上射杀日军的指挥官和军曹，而且狙杀效果极佳。日本军队的条令中有不少机械僵化的规定，他们的军官和军曹必须携带指挥刀，尤其是冲锋的时候，总要摆出一副军刀出鞘向前45度举刀的造型，嘴里还要高喊"前进"，生怕敌人不知道自己的军官身份。这种"耍酷"的习惯给敌方的狙击手提供了极大的机会，他们不用仔细辨认目标，只要发现挎指挥刀的立刻瞄准射击，基本一枪毙命，很少有失误。因此，日军中下级军官及军曹在战场上的伤亡率一直居高不下。蔡继刚纳闷地想，战争已经打七年了，怎么就没把他们打得聪明一点呢？

日军116师团毕竟久经战阵，士兵们的战术动作令人称道，他们在密集的火网下时而奔跑，时而匍匐前进，进攻队形一丝不乱，而且善于利用守军机枪换弹匣的一瞬间，只要守军火力稍一中断，他们会立刻抓住时机一跃而起，奋力扑上前去。蔡继刚看到，日军的散兵线不顾伤亡，步步紧逼，已经接近守军的工事了。这时守军工事里迎面飞来成群的手榴弹，在火光硝烟中日军士兵血肉横飞……硝烟散去，阵地前到处躺满了穿黄军装的日军尸体，残肢断腿遍布田间地头，有的还高高地挂在大树枝头，战场上的惨状令人触目惊心。

蔡继刚放下望远镜，满意地掸了掸军装上的尘土，心里琢磨着是不是到前沿工事里去过过机枪瘾。有些日子没摸过机枪了，还真有些手痒。尽管他知道，这不是一个少将督战官该干的事。

"蔡长官，你的电话，是周师长打来的。"许营长递过话筒。

周庆祥字云亭，是黄埔三期生，和军长方先觉是同期同学。他抗战初期和蔡继刚一样，也是团级军官。蔡继刚是在1938年的武汉保卫战时和他认识的，那时候周庆祥是3师8团上校团长，是个性格稳重、很内敛的军官。

"云鹤兄，你那里怎么样？我们都在担心你的安全呢。"周庆祥关切地问。

蔡继刚笑道："云亭兄，9团1营打得好啊，部队士气高，战术也发挥得当，敌人的第一轮进攻就被消灭了三四百人，第3师果然名不虚传，是支好部队啊。"

周庆祥开玩笑道："哎哟，让蔡督战官这一夸，我还真有点受宠若惊，改日你回重庆，在军委会各位长官那里替我们第3师多美言几句，那些美式装备总不能全给了远征军吧？哪怕给100支冲锋枪我也知足啊。"

"好啊，我要是有那个权力，别说冲锋枪，就是榴弹炮、坦克也给你装备到营一级。哎，对了，飞机你要不要？是不是给第3师再装备上几十架B25轰炸机？"蔡继刚也开起了玩笑。

"那敢情好，我在这儿就先谢谢督战官了。云鹤兄，军委会命令我们坚守衡阳7至10天，看样子问题不大。"

"别这么乐观，衡阳保卫战才刚刚开始，艰难的时候还没到呢。情报上说，日军参加攻城的是整整两个师团，衡阳外围还有六个多师团在打援，我们的援军能不能赶到还是个问题，我看咱们还是要做长期固守的准备。"蔡继刚忧心忡忡地说。

周庆祥惊讶地问："云鹤兄，你真这么悲观吗？或者有什么新情报？"

"没有新情报，你查一查第九战区各部队目前所处的位置就能得出判断，指望这些部队冲破日军阻击驰援衡阳，我看很难。"

周庆祥一时无语。

"云亭兄，你找我有事吗？"蔡继刚问。

"嗨，聊着聊着倒把正事给忘了，刚才军座把电话打到我这儿找你，他还以为你在3师指挥所督战，一听说你上了前沿阵地就发了脾气，骂我们对你的安全重视不够，他请你立刻返回五桂岭军指挥部，有要事商议。"

"哦，这么急？我马上到！"蔡继刚放下了电话。

从军事地形学角度看，衡阳是一座无险可守的城市。如果从空中俯瞰衡阳，就会发现这个小盆地内河网纵横，水田和鱼塘密布。衡阳城的东面是湘江，北面为蒸水,城南连接西湖莲池,与天马山、西禅寺相连。自天马山、西禅寺向东,是岳屏山、接龙山、雁峰山、五桂岭连接湘江西岸的连绵丘陵地带,呈波浪状展开。这些小山包的名字都很唬人,什么虎形巢、枫树山、张家山、停兵山等,不知道的人还以为是什么崇山峻岭呢,实际上只是一些标高不过四五十米的土丘,土丘之间水田与池塘星罗棋布。

受地形影响,攻城的日本军队不可能自北向南进攻,而只能是循波状丘陵由南向北攻击。

在城市保卫者的眼中,这样的地形虽然不利于敌方机械化部队高速推进,可一旦敌方兵临城下,衡阳这座城市则很难防守。城市东面的湘江、北面的蒸水虽然是拱卫衡阳的天然屏障,可一旦城市被合围,这两条河流又成了突围的障碍,变成勒紧守军于绝境的绞索。

方先觉为了振作士气和便于指挥,特意将第10军前线指挥部设在衡阳南郊五桂岭上的湘桂路局内,这里距离前线只有300米。一个军级指挥部离火线只有300米,这无疑是一着险棋,但对下属部队官兵士气的提升却起着极大的作用。

"军部就在五桂岭,军长就在我们身后!"这个消息通过电话线迅速传到了各个阵地,各师的师长告诉团长们:"军部就在五桂岭,军长就在我身后,我在你们身后,我们一步也不能退!"于是团长们又告诉营长们,营长们又告诉连长们,连长们告诉士兵们:"注意!军部就在我们身后300米处,我们无路可退,就是用脑袋顶,也要顶住敌人的进攻!"

蔡继刚赶到第10军前线指挥部时,方先觉正背着手在作战室里来回踱步,一个通讯参谋正通过电台紧急呼叫湘西的芷江机场。

蔡继刚走进作战室向方先觉敬了礼:"军长,你找我?"

方先觉抬头望着蔡继刚,焦急地说:"云鹤兄,你总算来啦,我刚才还在骂周庆祥,他怎么敢把你放到前沿阵地去?出了危险谁负责?"

蔡继刚笑着解释道:"这可不怨周师长,是我自己去的,没和他打招呼。子珊兄,有什么事吗?"

方先觉说:"现在我们急需空中支持,我找你来,就是想和你商量一下,你看……"

通讯参谋报告:"军座,芷江机场方面说,此事他们做不了主,他们只能听从中美联合空军指挥部的命令。"

蔡继刚一把抢过话筒:"听着,我是军委会的蔡继刚少将,你马上给转昆明中美联合空军指挥部陈纳德将军办公室,此事十万火急,耽误不得,否则你要承担责任！快点，我等着！"

军委会的牌子还是好使，芷江机场方面不敢怠慢，只用了两分钟就接通了陈纳德将军。

蔡继刚拿起电话用英语说："陈纳德将军，我是军委会军令部督战官蔡继刚……"

"嗨！蔡将军，我知道你在衡阳，有什么需要我效劳的吗？"

"陈纳德将军，是这样，衡阳目前已被包围，战况激烈，衡阳守军急需空中支持，除了对地面部队提供近距离空中支持外，我们还需要空投弹药和给养，请将军无论如何答应我的请求！"

"蔡将军，我知道衡阳之战关系重大，也很想帮助你，可我目前的处境也不太好，你知道，我和史迪威将军在使用空运物资的优先权上一直有严重的争执。是的，我们一直在争吵，他甚至还威胁我，要解除我的指挥权……算了，我不想再提他了。蔡将军，没办法，我现在缺油料，有一部分飞机已经无法起飞了，史迪威准备把大部分油料都用于反攻缅甸，他只关心缅甸。"

蔡继刚努力控制着自己的情绪，使自己的谈话尽量充满感情色彩："将军，我非常理解您的处境，也知道您所面临的压力，我的意思是，能否想想其他的办法……哪怕是很少一点支持，至少出动一些轰炸机轰炸敌人的补给线，敌人的炮兵火力对我们威胁太大，弹药也很充足，只要切断敌人运输线，守军的压力就会小一些。"

陈纳德也动了感情："蔡，我会尽我所能支援衡阳保卫战，你放心！我马上联系各机场，哪怕是清仓查库也要搜罗一些燃油和弹药，只要有一点燃油和弹药，我的轰炸机立刻起飞，至于战斗机……能有几架算几架，尽量对守军提供一些火力支持，我能做的只有这些了。"

"谢谢！谢谢！将军！"蔡继刚几乎要流泪了。

"蔡，第10军作战消耗量最大的是什么？"陈纳德关切地问。

"是手榴弹和80毫米迫击炮弹，还有7.9毫米轻机枪子弹。"

"那我尽量想办法，从驼峰空运物资中多搞一些给你们投过去！'酸醋乔'那里……大不了再和他吵上一架，让他撤我的职好了，我根本不在乎。"陈纳德下了决心。

蔡继刚肃然道："将军，我代表第10军全体将士给您敬礼了！"

"谢谢，请替我向第10军全体官兵表达敬意！对了，蔡，我刚刚想起一个主意……"

"什么主意？"

"我要是被解职了，就回国向银行贷款，唔，用我父亲留给我的房子做抵押，买一架P-40战斗机，然后就他妈的以志愿者的身份参加衡阳保卫战！"陈纳德兴致勃勃地说。

蔡继刚终于流泪了，默默地挂上话筒。

6月29日清晨，东方天空布满了绛红色的火烧云，仿佛预示着又是腥风血雨的一天。

清晨6时，日军照例开始了炮火准备，随着隆隆的炮声，无数炮弹落在虎形巢、枫树山、张家山一线的国军阵地上；空中的轰炸机编队呼啸着俯冲下来向守军倾泻重磅炸弹。日军的野战炮兵凭借远程重炮的掩护，竟然将十余门九二式步兵炮推进到距离张家山、虎形巢阵地不到500米处，向守军火力点进行直瞄射击。经过一个小时的炮击轰炸，国军阵地前的多处人工断崖被炸成了45度斜坡，断崖上的投弹壕及散兵坑几乎被打平，不少防炮掩体被大口径炮弹直接命中，很多士兵被土掩埋活活闷死。一个小时内，预备第10师30团伤亡惨重。

在日军第116师团前进阵地上，133联队的两千余名官兵军容肃整，手执武器摆开战斗队形，等待着进攻命令。

第116师团师团长岩永汪中将站在一座土丘上，用望远镜观察着张家山阵地上的炮火着弹点。就进攻而言，岩永汪中将赞同克劳塞维茨的观点：数量上的优势是战略战术上最普遍的制胜因素，集中优势兵力是战略上最简单有效的准则。

岩永汪认为，在6月26日的进攻中，参加首轮攻击的120联队联队长武藏勇雄大佐，在使用兵力方面犯了一个战术性的错误，他以步兵大队为单位逐次投入战斗，结果在对方严密的火网下被一个一个打残了建制，这种逐次增加兵力的战术实为大忌。根据空中侦察，中国军队的防御纵深极其有限，不过是几道单薄的线状防御阵地，就防御体系而言，还不如第一次世界大战的水平。当年的马其诺防线，防御纵深已达14公里，整个防线构筑的永备射击工事就有5800个，而眼前衡阳守军的这道防线不过是由一些简陋的土木结构工事仓促建成的，这样的防线，久经战阵的116师团居然连续攻击了三天还没有突破，这简直是帝国皇军的耻辱。

岩永汪决定改变战术，他要集中优势兵力，一次性投入整整一个联队实施重点突破，中午之前结束战斗。

岩永汪扔开望远镜，向前挺举战刀发出进攻命令："133联队，前进！"

133联队的两千多名士兵发出排山倒海般的呐喊，冲上前去……

"敌人上来了,各班进入工事,准备战斗!"1营3连连长程远志在阵地上大吼着。

张宝旺、满堂、孙新仓等人昏头涨脑地爬出防炮掩体,刚才那一轮炮火非同小可,其猛烈程度超过以往任何时候,弟兄们被震得几乎发了疯,2班和5班的防炮掩体被重磅炸弹直接命中,两个班的士兵只活下三个人,还全部是重伤。

8班还算幸运,除了被调走的李长顺,其余九个人还都在。李长顺自从玩迫击炮露了一手之后,就被炮连的白连长强行留在了炮连。白连长认为这么好的炮手留在步兵连简直是糟蹋人才,李长顺就是再舍不得8班也没用。

8班的弟兄们拖着手榴弹箱连滚带爬进入几乎被炸平的投弹壕,懵懵懂懂地将手榴弹的保险盖一个个拧开。

前面地堡里的轻重机枪狂叫起来,日军的前锋线已经接近了断崖,看来这两天他们根据人工断崖的地形做了强化训练,每个小队都配备了短梯。这时日军士兵们有的架起短梯,有的干脆向被炸塌的斜坡上攀爬,在两侧交叉火力的猛烈扫射下,短梯上、斜坡上不断有中弹的日军士兵滚落下来,但其余的士兵仍然不顾伤亡地向上攀登。

当第一个日军士兵登着短梯在断崖边刚刚露头时,连长程远志举起驳壳枪一枪击中其脑门,那士兵一头栽下断崖……程远志喊道:"各班先不要投弹,都给我拿枪瞄着,梯子上人头一露就给我干掉,不许放空枪!孙新仓,你小子该露一手了!"

他的话音没落,断崖边已经乱糟糟地竖起了几十个梯子,爬在上面的七八个日军士兵也探出了身子,孙新仓率先抬手一枪,一个日军士兵惨叫一声向后翻倒。又是一声枪响,另一个日军士兵中弹栽下去。8班的弟兄们惊奇地发现,这一枪居然是麻老五放的,这傻小子啥时候会打枪啦?而且退壳上膛蛮像那么一回事,真他娘的邪门了。

断崖边越来越多的日本兵露头了,8班的弟兄们噼里啪啦乱枪齐发,又是七八个日本兵栽下去。投弹壕离断崖边缘只有四五米远,在这种距离上射击,简直就像顶着敌人的脑门开枪,连傻乎乎的麻老五都弹无虚发成了神枪手。

孙新仓自从缴获了鬼子的步枪后就再也看不上中正式步枪了,在他捡回的几支枪里居然有一支带瞄准镜的九七式狙击步枪。中央军校毕业的程远志连长是个枪械专家,他随便摆弄了几下告诉孙新仓,这种步枪是日本1937年研发出的三八式步枪改进型,可以发射减装药的6.5毫米三八式枪弹,它的特点是瞄准基线长,弹道稳定,射击时后坐力小,弹药在枪管内燃烧很充分,几乎不会产生枪口炽焰和白烟，这样敌方就难以通过枪口火光或白烟发现狙击手潜伏的位置。

孙新仓一听就乐了，日他娘，这回可真发财了，随便捡个洋落儿就弄支好枪，这可是上辈子修来的福分。孙新仓对这支枪是爱不释手，睡觉时都抱着。

但他对这种顶着敌人脑门开枪的射击方式很不以为然，这算个啥？连麻老五都成神枪手了，哪还显出咱的手艺？孙新仓爬到断崖边，选了个极佳的射击位置，向下举枪瞄准……

连长程远志有心看看孙新仓的枪法，却发现他瞄了半天不开一枪，程远志焦躁起来，正要骂街，只见孙新仓突然扣动了扳机，随着一声枪响，七八十米开外竟然倒下三个日本兵。

"打得好！"程远志兴奋地大叫，他终于看出来了，孙新仓一直在捕捉日本兵在运动中的位置，当前后三个日本兵形成一条线后才果断击发，日军的6.5毫米三八式步机弹其侵彻效果极佳，强大的贯穿力竟连续击穿三个日本兵身体。

程远志喊道："孙新仓，给我打远目标，专打带指挥刀的……"

"啪！"孙新仓又是一枪，150米外的一个日本军官仰面倒下。

"孙新仓，看见那棵小树没有？以它为坐标，向左30密位，距离180米，标尺3，打那个穿黄呢子的佐官……"程远志喊道。

"啪！"又是枪响人倒。

8班的弟兄们齐声叫起好来。

几轮射击之后，连长程远志发现露头的日本兵越来越多，仅靠步枪射击已经挡不住敌人了，有三四个日本兵趁弟兄们退弹壳的工夫，已经跃上断崖，就在将要跳进投弹壕时被击毙在壕前。程远志认为是时候了，这会儿断崖下已经挤满了敌人，该让他们尝尝手榴弹的滋味了。

程远志吼道："3连全体都有，停止射击！全体投弹！"

瞬时间，铺天盖地的手榴弹飞下断崖，崖下火光闪闪，硝烟四起，短促剧烈的爆炸声不绝于耳，被炸成碎块的日本兵肢体被气浪抛上断崖，又纷纷扬扬地落下，像是下了一场血雨，断崖下受伤的日本兵发出一片惨叫。

日军133联队得到的是死命令，师团长岩永汪命令133联队展开全部兵力，不惜一切代价，必须在中午12点之前拿下张家山阵地。联队长黑濑大佐横下一条心，全联队官兵不计伤亡，坚决攻击，就是把整个联队全部填进火网也在所不惜。于是133联队的官兵们犹如海浪般一波接着一波向张家山阵地涌去。

此时战斗已呈白热化，攻防双方都打红了眼，战术目标和目的已经不重要了，竭尽全力杀死对方，把对方撕成碎片才是唯一目的。

守在地堡里的铁柱脸色发白，精神濒临崩溃。整整两个小时，他一刻也没有停止射击。这个火力点配备了轻重机枪各两挺，正副射手十个士兵，大家都像铁柱一样精神濒临崩溃。战斗最激烈时，射手们满头大汗，号叫着不停地扫射，副射手们一边换弹夹一边用工兵锹清理机枪旁边堆成山一般滚烫的弹壳。轻机枪打红了枪管，浇上水冷却一下继续射击。马克沁重机枪冷却筒里的水已经烧干几次，最后水也供不上了，射手们靠向冷却筒里撒尿才保证了重机枪免于报废。人尿被煮开了的味道非常难闻，炎热的天气加上枪管散出的高温将地堡变成了蒸笼。使射手们精神濒临崩溃的还不是这些，因为谁也没经历过这种人类大量死亡的场面，他们都被眼前这种屠杀场面吓住了。

火网下的日军尸体已堆积成山，地面上流淌的血浆达几寸之厚。数十挺机枪组成的交叉火力把地面打得飞沙走石，就像开了锅一样。上千枚手榴弹在爆炸，其中四枚一捆的集束弹炸开后所形成的强烈气浪，像飓风般扩散开，将人的肉体瞬间撕碎……但一波接一波的日军士兵仍然踩着同伴的尸体，号叫着，义无反顾地撞进火网，顷刻间被打成碎片，变成了一堆堆蠕动着的、奇形怪状的东西，这种惨烈场面不是一般人可以承受的。

几十年以后，日军133联队老兵协会的老兵们还心有余悸地回忆起这天，1944年6月29日。这些幸存的老兵每年这个日子都要从四面八方赶来聚在一起，祭奠6月29日在战斗中阵亡的战友。每当谈起这次战斗，他们的脑海中就会出现张家山阵地前尸山血海的画面，他们无法想象，当初自己是如何从那骇人的火网下幸存下来的。那种火力密度简直令人无法想象，每分钟都有上百次中弹的可能。是啊，那时133联队所有的士兵都被一种情绪控制着，脑子里只有一种愿望，那就是杀死张家山阵地的保卫者，只要能杀了他们，付出多大代价也无所谓。

正在肖家山阵地30团指挥所里督战的蔡继刚也震惊不已，他经历过淞沪会战、武汉会战，参加过上百次战斗，还从没见过如此残酷惨烈的场面。30团指挥所距离张家山阵地直线距离仅300米，在刚才的激战中屡次被流弹击中，连观察窗前炮队镜的镜片都被流弹击碎。

方先觉打来电话："云鹤兄，你那边怎么样？"

蔡继刚只吐出八个字："前所未有，惨烈至极！"

6月29日这天，日军133联队顶着枪林弹雨，前仆后继攻击了整整两个小时，在遭到重大伤亡后，133联队的攻势终于衰竭了。两千多名士兵倒在张家山阵地前，全联队的伤亡达到三分之二，而各级军官的伤亡率达到百分之七十

## 第二十四章

以上。

116师团团长岩永汪中将在望远镜里看到张家山阵地前堆积如山的日军尸体，险些发疯。

这一天，国军第3师防守的西部防线也爆发了激战，从西面长湖町、易赖街到北门外的辖神渡、草桥、石鼓嘴一线，攻守双方都杀红了眼，双方的炮兵在激烈对射，步兵在突击与反突击，易赖街阵地甚至出现短兵相接的白刃战，双方数百人端着刺刀绞杀在一起……

这一天，自石鼓嘴到新街北的大段江防线上，国军第190师570团的迫击炮群与日军的重炮群展开隔江对射，湘江东西两岸都被烈火硝烟所笼罩……

下午两点，四架从芷江机场起飞的中美空军混合团的P-40E战斗机编队飞临衡阳上空，衡阳守军各阵地一片欢呼声。十分钟以后，八架日本陆军航空队的"隼"二型战斗机赶到，双方的战斗机在城市上空展开对决。在空战中，中美空军混合团的飞行员们表现出极强的战斗意志，虽然处于数量上的劣势，但仍然毫无惧色地与对方八架飞机展开空中格斗。

日方的"隼"二型战斗机虽数量占优势，但火力较差，它机翼上只安装了两挺机枪，在空战中显得火力不足；而P-40E战斗机的机翼下装有六挺机枪，于是火力的优势抵消了数量的劣势，双方竟然打了个平手，日方的一架"隼"二型战斗机被打得凌空爆炸，而中方的一架P-40E战斗机中弹燃烧，坠毁在日军阵地上，双方的飞行员都没来得及跳伞。

十分钟后，双方飞机的弹药告罄，于是各自重新编队，似乎是约定俗成地退出战斗。这时，在地面上观战的数万衡阳军民突然看到一个奇异的画面：一架P-40E战斗机单枪匹马冲进"隼"二型战斗机编队，"隼"二型战斗机纷纷散开躲避，但这架P-40E战斗机加大速度死死咬住其中一架敌机，大有撞机拼命的架势，那架"隼"二型战斗机情急之下做出了一连串规避动作，显得狼狈不堪……

蔡继刚站在五桂岭第10军前线指挥部的屋顶上观看了这场追逐，他苦笑着摇摇头：这是谁呀？简直是拼命三郎，玩空战也这么死缠烂打，整个一副以命换命的架势，不闹个同归于尽决不罢休。蔡继刚把所认识的飞行员都想了一遍，到底也没猜出会是谁。

在地面观战的数万衡阳军民热血沸腾，发出一阵阵欢呼，向那位勇敢的飞行员致敬。蔡继刚心想：浑小子，你玩够了没有？该看看仪表盘上的油表了，再这么玩闹，你连返回芷江机场的油料都不够了。

日方的飞机消失在地平线上，那架P-40E才恋恋不舍地返航。这时蔡继刚看到南线的张家山、枫树山、虎形巢等阵地，西线的长湖町、易赖街等阵地，第190师570团守卫的自石鼓嘴到新街北的江防线上，都不约而同地升起了红色信号弹，这是守卫在各阵地上的第10军将士向那位飞行勇士表达的最大敬意。

蔡继刚在日记里记录了6月29日这场空战。他忧心忡忡地想：这个冒失的飞行员到底是谁？不会是弟弟蔡继恒吧？

## ·第二十五章·

自从日军6月28日对衡阳发起总攻起，战斗已经进行了整整七天，日军进攻部队用尽一切办法，从白天动用联队级建制兵力集团冲锋，到深夜以中队为单位进行偷袭，国军的防线岿然不动。

横山勇三天之内拿下衡阳的狂言成了笑柄。

衡阳之战的失利引起了东京日本高层的震动，首相东条英机呈现出极度焦虑状态。从1941年10月18日东条内阁正式成立以来，东条英机一人身兼首相、陆相、内相，以后又兼任文部相、商工相、军需相、总参谋长等职，集各种大权于一身。权力是有了，但并没有什么建树。进入7月份，各个战场上传来的全是坏消息，位于太平洋马里亚纳群岛的塞班岛在美军的攻击下已经危在旦夕，全岛的五分之四地区已被美军占领，残余的日军被压缩至东北角的狭小地域，塞班岛的失守只是个时间问题。

在中国战场，横山勇的第11军在衡阳兵锋受挫，战斗进行了七天，日军伤亡惨重，却打成胶着状态，衡阳攻克不下，日军主力便无法南下完成一号作战计划。战事不顺利，东条英机的地位就岌岌可危，他将面临着辞职的压力。此时，他非常需要帝国军队在战场上的胜利来支撑他的地位。

东条英机派自己的亲信、作战部长真田穰一郎少将飞赴武汉，直接向中国派遣军司令官畑俊六施加压力。

畑俊六也心急如焚，他也没想到，一个小小的衡阳居然像颗钉子一样，牢牢地钉在大军西进的必经之路上。司令部的一些高级幕僚提出，是否可以使用太平洋上麦克阿瑟擅长的那种"跳岛战术"，留下两个师团继续围困衡阳，而大部分主力师团绕过衡阳迅速西进进攻桂林。畑俊六不假思索地拒绝了这个建议，他的理由是：这里可不是太平洋，麦克阿瑟可以倚仗着强大的海空优势实施越岛作战，因为他毫无后顾之忧，他身后那些被围困的岛屿已经被切断了运输线，岛上的日本守军只有等死的份。而衡阳的情况大不一样，如果日军主力绕过衡阳继续南下，那么中国第九战区的各部队会马上聚拢起来，先是包围日军攻城部队聚而歼之，然后迅速切断日军运输线，以几十万兵力的庞大兵团向南展开大追击，到那时后果会非常严重。因此，衡阳必须拿下，否则从战略上就死定了，还奢谈什么一号作战计划？

畑俊六拿起电话要通了长沙11军司令部横山勇："横山君，请你汇报一下衡阳的战事。"

正处在焦虑中的横山勇感到难以启齿："司令官，我军不分昼夜连续进攻，敌人的抵抗出乎意料地顽强，68师团、116师团伤亡严重，目前……仍在激战中。"

畑俊六和颜悦色地问："横山君，我记得你好像做过保证，三天之内攻克衡阳，是这样吧？"

"是的，司令官，可是……"

畑俊六的口气突然严厉起来："可是，可是现在已经是第七天了，横山君，我需要听到你的解释！"

横山勇第一次听到司令官使用这种严厉的口吻，他感到无地自容："我……我承认，我对对手估计不足，守军的战斗意志非常顽强，他们的防御体系构筑得也很巧妙，我在不断调整进攻方式，目前还没有奏效。"

畑俊六大将终于爆发出咆哮："好了，你不必解释了，我只想知道，你什么时候能占领衡阳？"

横山勇踌躇了一下，索性横下一条心："司令官，我请求停止攻击！"

"什么？你再说一遍！"

横山勇面无表情地回答："司令官，攻城的两个师团伤亡惨重，炮兵部队的炮弹和步兵弹药也消耗殆尽，我不得不承认，目前攻城部队无力再发动攻势，只能休整几天，等待补充兵员和弹药。"

畑俊六没有回答，他狠狠地摔了电话。

7月2日下午，日军进攻之弦的张力超过了极限，一下子崩断了。炮兵停止了射击，步兵亦停止冲锋，只有七八架日军战斗机向张家山、枫树山一线阵地进行了例行公事的投弹扫射。而国军阵地针锋相对，毫不退让，纷纷组织轻武器对空射击，数千支步枪、机枪组成的密集火网使日军飞行员丧失了低空俯冲的勇气，只好在高空投下炸弹，随后编队返航。

战场上出现一片寂静，筋疲力尽的衡阳守军终于获得片刻喘息时间。

蒋介石居住的黄山官邸坐落于奇峰幽谷之间，这里属于重庆南山风景区，遍山松柏簇拥，风景极佳。蒋介石平时居住的"云岫楼"是一座中西结合式的三层楼房，而他的妻子宋美龄住在"松厅"。"松厅"依傍山势建在双峰夹峙的一抹人造平地边沿，取东向朝阳角度，垒青石为基，筑起一座长约25米、宽近20米的长方形中西合璧式平房。这对夫妻平时并不住在一起。

"云岫"与"松厅"之间的凹谷小道旁挖有防空洞，距"云岫"不远，有一稻草铺顶的中式平房，名曰"草亭"。

这一天蒋介石起得很早，他心情恶劣，吃早餐时由于自己不注意，胸前溅上了汤汁，他干脆把盘子也摔碎了。宋美龄见他发火，什么也没有说，只是在胸前画了个十字，起身走了。

这两天蒋介石在黄山官邸召开了整军会议，讨论整顿军事体制等问题。这次整军的直接原因是虐待壮丁事件。前些日子戴季陶的儿子戴安国向委员长汇报，重庆某处关押的壮丁境遇悲惨，备受虐待。蒋介石不大相信，随后前往巡视，果然看见军官虐待壮丁的场景。委员长勃然大怒，将兵役署长程泽润中将痛骂一顿，随即下令将程泽润交付军法处审判，最终，程泽润被军事法庭判处了死刑。

蒋介石之所以发这么大的火，真正的原因还是战局的失利。自豫中会战起，中国军队在战场上溃不成军，一败涂地。史迪威借罗斯福总统向蒋介石施压，其中一条理由就是蒋介石的军队太腐败。蒋介石心里当然明白，但嘴上绝不能承认，他只承认腐败是个别现象，而不是整个军队，史迪威的指责完全是出于个人恩怨。

对腐败现象，蒋介石是这样看的，他可以在内部惩治腐败，但外人最好闭嘴，因为我不知道你是不是别有用心。

平心而论，蒋委员长不是不能接受意见的人。就在这云岫楼，1938年年底，蒋介石宴请华侨领袖陈嘉庚，当时他直截了当地告诉陈嘉庚："现在政府财政已经破产，物价涨得一个中校都养不起自己一家人，要靠偷菜叶才能过活。你的捐赠很多，但是远远不够，我希望海外爱国华侨能定时地为我们筹集一些款项。"

一个国家元首，能不顾尊严地向一个海外侨领低声下气，只为讨一些小钱，这对于蒋介石来说已经够屈尊了。陈嘉庚听了蒋介石的话，眼泪当场就流了下来，他表示一定要竭尽全力为抗日筹款，哪怕倾家荡产也在所不惜。

陈嘉庚先生擦干了眼泪却发现，蒋介石的官邸虽然并不铺张奢华，餐厅的陈设也很简单，但餐桌上的菜肴却是一道一道不停地上，宋美龄更在一旁殷勤夹菜劝酒。这使陈嘉庚先生很愤懑，他终于拍了桌子怒斥道："国势如此艰难，你们还如此铺张，情何以堪？"

蒋介石身旁的侍从们都吓傻了，在他们的记忆里，还没有人敢如此训斥委员长，这个陈嘉庚真是吃了豹子胆。

可谁也没有想到，蒋介石居然痛快地接受了批评，当即表示：陈先生批评得对，我们以后坚决改正。

这就是蒋委员长，他并不是接受不了批评，关键是谁批评，在何时何地批评。他心情好时，别人也许可以批评，甚至严厉一点也能接受，但史迪威肯定不行，他和蒋介石的诸多矛盾中，更主要的是性格上的水火不容。这两人之间的博弈闹得惊天动地，世人皆知，甚至影响了历史的走向。但以历史的眼光看，蒋介石与史迪威谁都不是真正的胜利者。

正如一位学者所言："史迪威带给蒋介石政府的既是巨大的帮助，也是动摇根基的冲击。"

这次程泽润算是撞到了枪口上，虐待壮丁事件早不发生、晚不发生，偏偏在史迪威刚刚告完刁状之后发生了，这太让蒋委员长下不了台，因此程泽润算是死定了。蒋介石不仅杀了兵役署长以示决心，还在黄山官邸召开了整军会议。

整军会议持续数日，蒋介石做了大量发言，并以文件形式传达。整军会议对衡阳守军起到一定的激励作用，但于大事无补，军队的腐败不是一朝一夕形成的，怎么能靠开一次会议就能解决呢？

衡阳之战，不仅是中日两国在主要战场上的军事对决，更是中日两国内部的政治之战。对于蒋介石与东条英机而言，衡阳之战的胜负，关系着这两位统帅的最高军政领导权的掌控。

目前的蒋介石更是焦头烂额，在政治、外交和军事上陷入空前困境，他和史迪威的关系已经到了一触即发的地步。

在整个太平洋战争期间，美国陆军参谋长马歇尔上将似乎并不清楚中国战区的真实情况，他向罗斯福总统汇报情况的依据一直是引用史迪威的"第一手"报告，以此作为中国战区战略决策的情报依据。而史迪威的报告，多半是引述日军的战报、"东京玫瑰"的广播内容、苏联和共产国际组织的宣传，更重要的，是掺入了史迪威个人主观的成见，加以调整润色而成的。平心而论，这样的情报依据，其价值会大打折扣。

在史迪威的报告里，蒋介石这颗讨厌的"花生米"既不肯又不敢作战，作为中国战区的最高统帅，他的个人能力是值得怀疑的。按照史迪威的评估，中国战区随时都可能崩溃，如果说中国战区还有存在的一点意义，那就是中国所剩余的作战力量，都要用于协助英军守住印度和协助史迪威本人完成反攻缅甸的计划。

史迪威这种内容偏颇的评估报告显然不能反映中国一直在苦战待援的实情。

蒋介石更是怒火中烧，马歇尔和史迪威的战区情报完全不顾事实，如果真像他们说的那样，日本军队在中国战区如入无人之境，中国军队望风披靡，那么日军何不迅速打垮重庆政府,结束中国战事,然后抽出80万驻华日军,投入到太平洋战场呢?日本内阁的一些人为何总是通过各种渠道与重庆政府不断接洽,一再提出各种"退让"的和谈条件,希望能够优先解决中国战事?

事实上,日本始终无法在战场上消灭中国军队,摧毁中国政府,因为中国纵然是在山穷水尽时,也仍然拼命抵抗着日军的进攻,依然在苦苦支撑,以一个贫弱的农业国抵抗着先进的工业强国日本。装备低劣的中国军队没有别的办法,只能以血肉筑起抵抗的长城,忍受着令人无法想象的伤亡代价。

罗斯福总统当然更相信史迪威,他认为史迪威是公正的,这是来自中国战区的"第一手报告",以一个西方政治家的眼光看,中国军队在战场上处于不作为的状态,而这种不作为最先始于中国政府,关键是蒋介石在有意保存实力,他并没有全力以赴进行抗日。于是,史迪威的报告最终瓦解了罗斯福总统对于中国抗日的支持和信心。

7月6日,罗斯福致信蒋介石:"我决定给史迪威晋升为上将军衔并希望你赶紧考虑把史迪威从缅甸召到中国,使他在你的直接指挥下统帅所有的中国军队和美国部队,让他全面负责,有权协调和指挥作战行动,阻止日军的进攻浪潮。我认为中国的情况非常严重,如果不立即采取果断而适当的措施,我们的共同事业就会遭到严重挫折……"

蒋介石接到信后气愤异常,难道罗斯福总统不知道国军精锐已经被史迪威调去云南、缅甸加入了远征军,导致中国战场军力枯竭的事实吗?罗斯福总统没有从常识角度注意到,自1840年以来中国的综合国力和美国根本无法相比,况且国民政府和日本全面开战已打了七年,维持抗战的承受力在经济方面已到了枯竭的极限。罗斯福总统,你在要求自己的盟友做一些超越他能力极限的事情,这是极为过分的。

蒋介石当然也有蒋介石的办法,他是个有骨气的人,自然不会被盟国的威胁所吓住。既然你们不讲道理,只是催促着让我交出指挥权,那么对不起,中国军队的指挥权只能由中国人来掌握。来自盟国的任何要求他只当是放屁,蒋介石毫不客气地拒绝了罗斯福的要求。

方先觉的第10军在衡阳的顽强抵抗,在关键时刻为蒋介石和重庆政府争得了一点面子。盟友们突然发现,遥远的中国战场并非像他们想象的那么糟糕,况且对于蒋介石的固执,罗斯福总统一时也无可奈何,指挥权交接的事即暂时搁置了。

衡阳保卫战对处于内外交困的蒋委员长来说,成了他日夜为之祈祷的精神支柱,是他全部的希望所在。他心里非常清楚,此役具有政治和外交上的重大意义，中国军队在此刻极需证明自己的战斗力，只要衡阳还在战斗，蒋委员长就拥有了和罗斯福讨价还价的有力筹码。

衡阳第10军的战绩这几天成了重庆各新闻媒体的头条新闻。此时正值纪念"七七"抗战七周年的日子，这个难得的胜利消息给了重庆的党国要人和广大后方民众以极大的鼓舞。国民党中央宣传部部长梁寒操兴高采烈地宣称："这个胜利给了日本人一个教训，日本人不敢再进攻了。"

军政部长何应钦分析了整个国际形势后，欣慰地表示："从全盘战略上看，吾人实不忧敌人打通我平汉、粤汉两线之蠢动！"

蒋介石倒是保持着异乎寻常的清醒，他告诫党国要人们："我们与日本人战斗了七年，难道还不懂得日本人？日本人还会打下去，衡阳的防卫一定要坚持到底，外围部队一定要跟上！日本人的进攻不会停止，不信，可以看事态的发展。不管怎么样，诸位都要注意，你们是党国的栋梁，在国家的危急时刻必须服从——我要说的就是：半年内应做最艰苦奋斗之准备！"

蒋介石预感到最险恶、最艰难的时刻正在迫近，除了中国战场态势之外，还有中美关系、国共关系、政治经济形势的恶化。他明白，他和他的国民政府正经历着一场前所未有的艰难与考验。

有人在轻轻叩门，蒋介石大声说："进来！"

负责战时情报工作的国际问题研究所所长王梵生走进办公室。王梵生长得面白体胖，眼睛高度近视，总戴着一副厚厚镜片的黑框眼镜，他身穿蓝布长衫，走路步履迟缓，典型的书生模样。

王梵生早年毕业于日本东京帝国大学，是个极有才干的人。蒋介石对此人的评价是：王梵生是个干才，他无论干什么，不干则已，一干便一鸣惊人。他早年加入过军队，没费什么劲就当上了师参谋长，后来又进入外交界及政界，官至驻日大使馆参赞，以及交通部次长等职。他是个情报分析专家，他主持的国际问题研究所是战时对日情报分析的权威机构，每星期要向最高决策人蒋介石报告敌情两次。

王梵生从不寒暄，他认为见面寒暄是一种恶习，除了耽误时间没有任何好处，哪怕是见了委员长，他也是有事说事，没事转身就走，没用的废话一句不说。

王梵生向蒋介石点点头，从皮包里拿出有关日本国内的最新情报，只说了一句话："委座，日本政局不稳，内部失和，国内各方面情况恶化，我分析，东条内阁有可能在10日内倒台。"

王梵生把文件放在蒋介石的办公桌上转身要走。

"等等……梵生啊，如果东条内阁倒台，会对战局产生什么样的影响？你们国际问题研究所是怎么看的？"蒋介石问。

王梵生谨慎地说："委座，多数人认为，没有了东条的支持，日军的一号作战计划有可能夭折。"

"嗯，这是其他人的看法，我想知道你的看法。"

"我的看法正相反，如果东条内阁倒台了，马上会有一个新内阁，日军的一号作战计划有可能被修改，至于修改的结果……我认为军事进攻方面不会减弱，而是要大大加强。原因很简单，除了这件事之外，日本新内阁将无事可做。所以，他们会把一号作战计划做到底。"

蒋介石拍拍王梵生的肩膀，赞许地说："梵生啊，你分析得对，我同意你的看法，日本人不会停止进攻。对于我们来说，军事形势会继续恶化，我们要有所准备。"

蒋介石虽然对军事形势的发展有着清醒的认识，但对下一步作战如何应对，却没有做出切实有力的安排。在战略运作层面上，蒋介石总是缺乏纵横捭阖的操作能力。

而日军对衡阳的进攻仅仅停顿了一周。横山勇并没有闲着，他一方面在休整部队，补充兵员；另一方面是在等待弹药补充和调集攻城的重火器。更重要的是，横山勇在绞尽脑汁地考虑新的打法。

国军第10军利用这段难得的休战机会，拼命地抢修被炸毁的工事，又在一线阵地后面，修筑了许多秘密的机枪工事。但是弹药的消耗却无法自己解决，阵地上的国军士兵们每天都望眼欲穿地仰望天空，盼望中美空军的空中补给。

7月8日，对于困守孤城的第10军官兵们来说，就像是苦难中的节日一样。

这天清晨，西边传来一阵低沉的轰鸣声，几架中美空军的B-25轰炸机飞临衡阳上空，日军的防空炮火拼命开火拦截，空中顿时布满了无数乳白色的爆炸烟团。B-25轰炸机在拦截炮火中从容不迫地向国军阵地空投下物资，若干个巨大的降落伞在空中张开，缓缓下落。

衡阳城里、湘江边上、西部防线和南部防线的阵地上，国军官兵们发出一阵阵欢呼声，士兵们笑着、跳着、追逐着下落的木箱。

蔡继刚站在中央银行残破的楼顶上，望着空中掠过的轰炸机编队，心中感到一阵温暖。他知道陈纳德将军是个重承诺的人，只要他答应的事，无论多么困难，都是一定要办到的。蔡继刚知道，刚才空投的这批物资，一定是陈纳德将军从"驼峰"航线运来的有限物资中挤出来的。

这批空投的军用物资主要是手榴弹和迫击炮弹，还有少量的机枪子弹。其实对于第10军来说，空投的这一点弹药实在是杯水车薪，还不够一个营级单位一天的弹药消耗量。

最后的一个降落伞飘过了湘江，落在东岸被敌人占领的衡阳机场上，地面上立刻响起一片恶毒的咒骂声。

7月11日，沉寂了八天的衡阳，又响起日军第二次大规模攻城的炮声。第68师团和第116师团在兵员和弹药得到充分的补充后，向衡阳守军阵地发起又一轮冲锋。

横山勇为这次进攻，特地从长沙调来150毫米榴弹炮和100毫米加农炮，加强了炮兵。攻城前的炮击显得极为恐怖，日军不同口径的火炮开始有条不紊地进行饱和轰击，几十架轰炸机和战斗机对城外西、南防线的守军阵地进行着反复轰炸扫射，将国军外围阵地上的据点、工事、战壕、地堡几乎摧毁殆尽。

衡阳市区的街道、仓库、店铺、民房被炸得狼藉一片，燃起冲天大火。米店、杂货店、布庄等易燃的地点被付之一炬。

第10军军部的军官们各司其职，都忙得不可开交。相比之下，蔡继刚倒成了闲人，他自告奋勇率领作为预备队的预10师第28团和衡阳民众组成的灭火队冲进火区……

衡阳城的主街道只有两条，一条东西向的中正路，自西岸湘江边到汽车西站，全长500多米；另一条南北向的中山南北路，南起回雁峰，北到青草桥头。这两条街道十字交叉，其他的街巷都与之或平行或垂直相连。经过这场毁灭式的大轰炸，衡阳的街道已经面目全非了。

蔡继刚率灭火队跨过残垣断壁、大小弹坑和残缺的尸体，用水桶和人力压水车拼命扑火。衡阳近日来暴雨不断，城内大小弹坑都蓄满了雨水，街上遇难者的碎尸血水被冲到坑里，坑里的水呈淡红的血色。蔡继刚下令首先扑灭米店的大火，他心里很清楚：军粮是支撑守军斗志的最后底线，无论如何也要保住粮食。

米店的大火被扑灭了，抢救出来的米袋有一半都被烧成焦糊状。蔡继刚对28团团长曾京上校说，即使这样的粮食也不能丢弃，将来弹尽粮绝时，这会成为救命的东西。

幸亏第10军的弹药库在开战前被转移到市内大型建筑的地下室，或深埋于地下，这才避免了更大的灾难。

日军的炮火延伸后，其步兵展开了声势浩大的大规模进攻。这次进攻日军竟然没有主攻方向，从西线的汽车西站到辖神渡、草桥、石鼓嘴，再到湘江防线的泰梓码头、湘江大桥一线，东线的江西会馆、枫树山、机修厂、张家山、虎形巢各阵地前，日军全线出击，他们的步兵犹如汹涌的波浪，漫山遍野地向守军阵地冲来。

满堂所在的1营3连在炮火轰击时伤亡不大，炮击之初，营长即命令3连撤至二线的散兵掩体内，避免了大部分伤亡。满堂这时已经练出准确的听力：当第一轮炮火的着弹点稍为稀疏，满堂即根据弹道的呼啸声，断定炮火即将延伸，这是日军步兵冲锋的前奏，这时全班跳出掩体，顺着被炸得七零八落的交通壕直扑前沿阵地，延伸的炮火顷刻间将他们刚刚藏身的掩体炸平。等到日军步兵冲到阵地前沿时，国军士兵们早已就位，立刻扔出了密集的手榴弹，刚刚接近阵地的日军士兵们重蹈覆辙，又一次陷入"弹幕"中，再次被炸得血肉横飞。

此时的守军已经练就得非常精明了，他们会利用日军冲锋的间隙，抓紧时间在战线后面重新修整被炸塌的单兵掩体，以备下次炮击时使用。

满堂和8班的弟兄们在炮火下的前后快速移动，与日军的炮火打出了一个漂亮的时间差，这个经验使8班弟兄们受益匪浅，在如此密集的炮火下，全班士兵竟然只有两个轻伤，其余的弟兄都活得挺好。8班的经验当晚就传遍全军，并迅速在所有战线上推广，大大降低了守军的伤亡率。

日军前沿的中级指挥官们百思不解，为什么饱和轰炸已经到了极限，守军阵地上不应该再有活物了，怎么一开始冲锋，鬼知道又从什么地方冒出那么多的中国士兵来。

日军的第二次总攻又打了三天，仍然没有前进一步。

7月14日，3连阵地前的人工断崖遭到日军炮火的定点攻击，上百发炮弹集中在人工断崖的两个点上爆炸，经过一个小时的炮击，断崖上出现两个被炸成约45度的斜坡。

满堂和8班的弟兄们像往常一样躲在后面掩体里，他隐约感觉今天炮火的弹着点不对，断崖上没落下几颗炮弹，炮火似乎都集中在断崖的立面上。等炮火延伸后，满堂和8班的弟兄们沿着交通壕冲进前沿的投弹壕，这时他们才发现有些晚了，日军的进攻兵力全都集中在这两个斜坡下，几十名日军士兵已经沿着这两道斜坡冲上人工断崖。

满堂在跑动中扔出了两颗手榴弹，其他士兵也纷纷投弹，突破口的日本兵被炸倒一片，但后面的日本兵毫不退缩，密集的人流踩着横七竖八的尸体冲上斜坡。冲在最前边的四个日军机枪手，平端着歪把子机枪，一边号叫着一边狂扫着冲上来，3连的投弹手们顿时被撂倒七八个。后面工事里的国军机枪手再想扫射也来不及了，中日两军的士兵已经绞在一起展开了肉搏战。

3连连长程远志用驳壳枪连连打倒几个日本兵，他一边射击一边高喊："弟兄们，赶快抄家伙，跟鬼子干啊！"程连长话音未落，一个日本兵的30式刺刀就刺穿了他的胸膛……

这时满堂已经抄起了装有刺刀的中正式步枪，他一见程连长被刺中，立刻气血上涌，没等那个日本兵拔出刺刀，就将刺刀捅进了他的后心。

满堂低头看了看倒在地上的程连长，他胸前的创口里喷出带着气泡的鲜血，人已经不行了。程连长是个好军官，带兵很有一套，他之所以得到弟兄们的爱戴，是因为程连长爱护士兵，国军队伍里军官喝兵血的事司空见惯，可是3连弟兄们都知道，程连长从来不克扣士兵的粮饷。想起程连长平时对自己的关照，满堂悲愤交加，多好的长官啊，就这么一眨眼工夫，人就没了，日他娘的小鬼子，老子和你们狗日的拼了……

满堂来不及多想，他见不远处的孙新仓已经被两个日本兵逼到了断崖边上，身子瘦弱的孙新仓不擅拼刺，他急了眼，竟然大声咒骂着将刺刀横着抡来抡去，倒让那两个日本兵一时无法进行突刺。

满堂采用偷袭的方式，不声不响从后面接近一个日本兵，一个突刺将刺刀捅进他的后背，日本兵惨叫一声跌下断崖。

另一个日本兵愣了一下，孙新仓顺势拨开保险，平端着步枪扣动了扳机，"啪"的一声枪响，子弹击穿了日本兵的胸膛……

满堂大声喊道："新仓，千万别走单，跟着俺，咱俩背靠背掩护。"

孙新仓会意地转过身子，端起枪与满堂背靠背站好，他一边拉动枪栓退弹壳一边说："满堂，你把保险打开，拼刺刀咱拼不过鬼子，逮住机会就开枪打他狗日的。"

30团团长陈德陞上校见张家山阵地出现突破口，急忙调动兵力向缺口合拢支持，又将地堡中的机枪手调出地堡，在缺口两边的断崖上设立临时火力点。铁柱带着副射手提着轻机枪上了断崖，缺口两侧的临时火力点开始向缺口后面的大批日军猛烈扫射，八挺轻机枪组成的交叉火网封住了日军后续部队的进攻，断崖上的几十个日本兵被截断后路，立刻成了瓮中之鳖，他们在做困兽之斗。

8班长张宝旺一出手就刺倒了三个日本兵，他步法灵活，躲闪腾挪，时而刀挑，时而突刺。一般人使用突刺都选择对手的胸腹部，而张宝旺却一反常态地选择对手的咽喉部，这是个很实用的招数，攻击咽喉部用力小，可节省体力，效果却是致命的，刀锋可以轻易切断对手的颈动脉。在白刃战中，保存体力，以逸待劳是个聪明的选择。

日军士兵们也很精明，他们一眼就判断出张宝旺是个劲敌，一个军曹一挥手，立刻上来四个日本兵，将张宝旺围在中间。张宝旺出手极快，刺刀尖倏地向前一点又迅速收回，这四个日本兵还没来得及站好位置，其中一个已经咽喉部中刀倒下。剩下的三个日本兵大惊，立刻从不同角度同时向张宝旺突刺，张宝旺滑得像条泥鳅，一个滑步闪出圈外，那三个日本兵连忙收住刺刀，否则极易误伤自己人。这时敌我双方的阵位已经乱了，张宝旺要的就是这个效果，以一对三的刺杀，第一要素就是要扰乱对方的阵位，使对方三个人无法形成配合，在不断运动中伺机刺杀对方。张宝旺趁对手重新调整位置时，迅速向一个最粗壮的日本兵下手了，他刺刀尖向前一点，又迅速收回来，那个日本兵一下子扔掉步枪，双手捂住喉咙，企图捂住创口中喷射出的鲜血……

张宝旺不再理会这个鬼子，他还要全力以赴地对付另外两个日本兵，越是在占了便宜时越不能马虎，在白刃格斗中，保持冷静才会立于不败之地。张宝旺以丁字步迎敌，枪刺以45度角前伸，冷静地盯着前面的两个日本兵。

那两个日本兵也像是久经战阵的老兵，他们很有经验，知道遇见高手了，却没有丝毫的慌张，只是挺枪以逸待劳地站在各自的位置上，默默地注视着张宝旺。

张宝旺可没有时间与他们对峙，因为他身后没有人掩护，随时可能被人偷袭，他需要用最快的手法干掉这两个鬼子。这里又不是武林中打擂台，应该是没有任何规则，能迅速消灭敌人才是最重要的。张宝旺偷偷拧开步枪上的保险，中正式步枪的保险在枪栓后部，逆时针旋转90度，即进入射击待发状态。两个日本兵看到了张宝旺的动作，他们立刻哇哇大叫起来，张宝旺虽然听不懂日语，但也知道意思，他们无非是指责张宝旺不守规矩，拼刺刀时企图开枪。张宝旺心说了，哪儿这么多规矩，你们日本人真要是守规矩，就不该来中国。张宝旺毫不犹豫地扣动了扳机……

中正式步枪采用7.92毫米尖头弹，弹道性能好，杀伤力大，它的有效射程超过600米，弹头打到人的躯干部位不死也是重伤。张宝旺这一枪是近距离发射，左边的那个日本兵顿时被轰去了半个脑袋，仰面倒下。剩下的那个日本兵愤怒地大叫着，猛地跨上一步向张宝旺的胸前突刺，张宝旺用枪管轻轻一磕，轻松地拨开了他的刺刀，反手还了一个突刺，那日本兵敏捷地躲开了。张宝旺心想，这小子身手还不错，就是心理素质还差一点，见到同伙被打倒就怒火中烧，恨不得一下子结果对手的命，这是拼刺刀的大忌，越不冷静越要吃亏。张宝旺一抖刺刀做了个假动作，那日本兵果然上了当，连忙用枪管来拨，张宝旺抓住机会，向前跨出一个箭步，他的枪托斜着向上飞起，狠狠击在日本兵的脸上，给他来了个满脸花。这一枪托颇具威力，那日本兵摇晃了一下，吐出了一口血水努力想站稳，而张宝旺抓住时机一刺刀捅进了他的左胸，其力道之猛，使刺刀没至刀柄，刀尖从那日本兵后背透出来……

白刃格斗就像是武林打擂台，对手们从来都是以快打快，通常是一分钟之内见生死，很少有超过一分钟的格斗，张宝旺力毙四敌不过只用了两分钟。在这两分钟里，断崖上的白刃格斗已经接近尾声。3连的国军士兵们可不是个个都有张宝旺的刺杀技术，为消灭这三十多个鬼子，3连连同程连长在内，共倒下了四十多个弟兄。就拼刺刀而言，日军的单兵刺杀技术的确不容小视。

满堂和孙新仓在混战中被冲散，他单独面对一个矮个子日本兵，刚一交手就稀里糊涂地被对手把枪给挑飞了。满堂心说完啦！他绝望地一头撞过去，那鬼子还没来得及收枪，猝不及防被撞得仰面朝天倒下。满堂顺势骑在他身上，猛地一拳打在鬼子的鼻子上，那鬼子鼻梁骨被打塌，鲜血喷溅到满堂的脸上，满堂顿时来了精神，犹如村夫打架一般，毫无章法地照那鬼子脸上一顿乱揍。谁知那鬼子并没有丧失战斗力，他用力一翻身又把满堂压在身下，双手紧紧掐住满堂的脖子，满堂一阵强烈的窒息感，双手徒劳地在空中乱抓，眼睛渐渐翻白……就在这要命的时刻，一个人影慢慢腾腾走过来，抡起枪托砸在那鬼子的后脑勺上，鬼子的身体顿时瘫软了，扑倒在满堂身上。

满堂用力推开压在他身上的鬼子，定睛一看惊呆了，这个救了他命的人竟然是麻老五……

麻老五就像没看见满堂，手里端着步枪沿着交通壕跌跌撞撞地走着，迎面冲过来一个日本兵，刚刚举起刺刀，"啪！"麻老五手里的枪响了，那日本兵一头栽倒。麻老五熟练地拉动枪栓退壳重新上膛，然后消失在交通壕的拐弯处。

满堂好生纳闷，麻老五是咋的啦？

距离人工断崖150米处的一道田埂上，日军116师团第120联队联队长和尔基隆大佐看见自己的士兵在斜坡前伤亡惨重，急红了眼，高举战刀声嘶力竭地喊叫着，驱赶后面的士兵继续进攻。突然一颗子弹飞来，正中和尔基隆的眉心，他脸上的表情顿时凝固了，身体晃了晃，一头扑倒在水田里。和尔基隆身旁的一个中尉突然意识到狙击手的威胁，猛地跃起扑向土埂后，没料到身体还在半空中就中了一发子弹，当他落在土埂后面时已经是一具尸体了。

孙新仓在断崖边找到一个隐蔽处伏下，举起那支缴获的九七式狙击步枪向正在拼刺刀的日本兵连连射击，连续撂倒了四个鬼子。这可是个细活儿，因为双方士兵仍绞杀在一起，目标一直处于运动中，很容易误伤自己人。3连的一些弟兄还在纳闷，正跟鬼子拼刺刀，不知从哪里飞来一颗子弹要了那鬼子的命。

孙新仓见白刃战已经接近尾声，便把目标转向断崖下，在射杀了日军大佐和中尉后，他一时找不到日军军官的身影了，便不慌不忙地射杀起日军机枪手来。

## 第二十五章

日军第120联队这次对张家山的进攻，付出了惨重的代价，联队长和尔基隆和属下一个大队长、四个中队长以及大部分小队长阵亡，120联队活下来的士兵不足三分之一。

国军预10师30团也付出了重大代价，这一战30团伤亡达五百多人。

这次战斗是衡阳开战以来规模最大、战况最惨烈的阵地争夺战。方先觉和军部的高级军官都亲临张家山，慰问、鼓励守军，国军第10军的士气达到了顶点。

此后，日军只能依靠空中轰炸和炮兵的轰击向前一步步推进。日军第68师团、116师团的中下级军官们总结出一个经验：必须用飞机反复轰炸扫射，炮群集中轰击，将国军阵地上的守军全部消灭，才能占领那个阵地，否则只要阵地上还有一个中国士兵，冲锋的日军步兵就会遭到手榴弹的可怕攻击。

战斗结束后，满堂带着铁柱沿交通壕在阵地上四处寻找麻老五，他要表示一下感谢，毕竟麻老五救了他的命。满堂想告诉麻老五，从今往后，"黑妮"的事就一笔勾销了，都是乡里乡亲，有啥深仇大恨？不过是一头猪嘛，谁吃不是吃？铁柱是个犟种，直到现在也没完全原谅麻老五，在他眼里，"黑妮"根本就不是一头猪，而是家里的一个成员，是亲人。日他娘的，麻老五这货杀了俺家亲人，哪能说说就算啦？就算他救了俺哥的命，也要考虑一下赔偿问题。

满堂对铁柱这种小家子气嗤之以鼻，他四处张望着对铁柱说："柱子，你咋是块榆木疙瘩，是你哥的命值钱，还是一头猪值钱？你咋就算不过账呢？"

铁柱瓮声瓮气地回答："都值钱！反正'黑妮'不能白死。"

满堂火了："闭嘴！咋说都不成，还他娘的反了你啦？哥说了，'黑妮'的事就算过去了，以后不许再提，见了麻老五你要叫哥，叫五哥，听见没有？"

铁柱无精打采地说："听见啦！叫五哥，可是哥啊，他狗日的麻……"

"柱子，你小子学会顶嘴了是不是？再顶嘴俺揍死你信不信？"满堂恶狠狠地威胁道。

满堂兄弟找到麻老五时，这家伙正在翻弄日军尸体。他仔仔细细搜遍每一具尸体的每一个衣袋，他军帽里放着一块手表、三枚戒指、几张日本女人的照片、若干张日本军票[1]，还有几盒香烟，看样子是发了笔小财。

---

[1] 日本军票在日俄战争时期就已出现，其后日本每次对外用兵时皆使用军票。第二次世界大战中，日本在中国、菲律宾、马来亚、缅甸等地的占领区疯狂发行军票，更逼令占领地居民兑换军票作为货币。由于军票发行时没有保证金作为兑换支持，也没有特定的发行所，所以军票不能兑换日圆。基于这个缘故，日本政府以此作为支配占领地经济和掠夺占领地财富的一种手段。

麻老五抬头看见满堂兄弟，便点了点头，随便招呼道："是满堂啊，你都发了啥财啊？"

满堂仔细观察着麻老五，突然发现这家伙有了一些变化，首先是眼睛里有了光彩，看人的眼神又恢复到以前的状态，眼珠在滴溜溜乱转，似乎总在琢磨什么坏主意，以前的麻老五就是这样。这小子是怎么回事？莫非又恢复了记忆？

"麻哥，你还认识俺？还能想起来咱是在哪儿认识的吗？"满堂试探道。

麻老五恶狠狠地说："当然认识，就是把你小子烧成灰俺也能认出来，你不是岗子村的佟满堂吗？这小子是你兄弟铁柱。铁柱，你行啊，咱俩还有笔账没算嘞。"

麻老五像以前一样，说话不紧不慢，思维清晰，表达清楚，看样子他真是恢复记忆了。

满堂笑了笑，盘腿坐在麻老五对面："麻哥，你昨天脑袋还蒙着，今天咋就全明白啦，是鬼子给治的吧？"

麻老五摸了摸后脑勺笑道："嘿嘿！还真让你小子说着了，有颗炮弹落在俺身边，咣的一声俺飞出一丈多远，脑袋结结实实磕在一根粗横木上，当时俺脑袋嗡的一声，好像明白多了，以前的事也慢慢想起来了。俺躺在地上想啊想，先是不明白俺咋跑到这个鬼地方来了，后来想起来了，俺在下沟子村南边大道上遇见一帮当兵的，这帮鳖孙二话不说就把俺当壮丁拿啦，先是给长官挑行李，后来进了补充团，从补充团出来进了第10军。再后来……日他娘，你问铁柱吧，以前俺还真没看出来，这小子手够黑的。"

铁柱说："那俺家的'黑妮'你还没忘吧？"

麻老五眼珠一翻，恨铁不成钢地教训道："铁柱啊，这点小事你咋老提呢？你小子就这点出息，干不成大事。"

铁柱小声嘟囔着："这还是小事？俺哥还指望'黑妮'娶嫂子呢……"

满堂连忙制止铁柱，打圆场道："麻哥，过去的事以后谁也不提了，兄弟要谢谢你，刚才是你救了俺的命。"

麻老五脸上露出微笑："嗯，满堂，你小子总算说了句人话，比在村里懂事多啦。满堂啊，那咱今天就得说清楚，哥哥以前有再大的不是，今天也算扯平了，对吧？"

"扯平了，扯平了，往后咱就是老乡，是兄弟，有什么用得着兄弟的事你尽管开口。"满堂忙不迭地说。

麻老五大度地拍拍满堂肩膀，站起来说："往后？提他娘的啥往后？还不知能活到哪天嘞。兄弟，帮帮忙，把这死尸给我翻过来，这鳖孙像是个小官儿，闹不好身上还有点油水……"

由于五桂岭已经成为主战场，方先觉下令把第10军指挥部挪到了城内中正路与中山路交叉口附近的中央银行。这座大楼有五层高，是衡阳城内最高的高层建筑之一。大楼主体为花岗岩条石筑就，坚固异常，银行的建筑当然要坚固，全世界的银行建筑都循此规律。

从7月11日到20日，方先觉和参谋长孙鸣玉、督战官蔡继刚、高参彭克复等几个将官都没怎么合过眼。这些天太紧张了，日本人像是发了疯，连续几昼夜不停顿地全线进攻，从西线到南线到处都在激战。

孙鸣玉和蔡继刚、彭克复在沙盘边汇总战况，然后由孙鸣玉向方先觉汇报。

连续九天的激战，使衡阳变成一座巨大的绞肉机，攻守双方大量的有生力量在绞肉机的作用下变成了肉酱。

五桂岭以东阵地经日军几昼夜的猛攻，防守江西会馆的预10师28团的一个排官兵全部阵亡，阵地失守。

南部防线的外新街守军是28团的两个连，经过几昼夜激战，第8连和第9连的连排级军官全部阵亡，士兵大部分伤亡，目前该阵地仅余一个班长带两名士兵据守着西北角的一座碉堡，仍在与日军战斗，情况异常危急。

在枫树山阵地，守军居高临下使用迫击炮和手榴弹大量杀伤日军，日军连续几昼夜屡攻屡败，阵地前遗尸累累。日军正面强攻不下便采用夜间偷袭，日军一个大队乘着夜色，爬行绕到阵地西侧后偷袭守军28团指挥所。待守军发现时，日军已渗透进来一百多人。28团2营仓促间与敌展开激战，2营营长余龙少校以下军官全部阵亡。

当时蔡继刚正在枫树山南侧的141高地上督战，见枫树山阵地危在旦夕，他用电话向预10师师部发出警报，自己亲率一个排赶到枫树山阵地，向日军展开逆袭。

预10师师长葛先才亲率师部预备队两个连火速增援枫树山阵地，28团团长曾京也指挥团直属部队赶到。三处部队兵合一处，战至天明，才将这股日军全部消灭，恢复了阵地。

这一夜，预第10师30团防守的湘桂路局修理厂及西侧高地也遇到日军偷袭，双方混战一夜，30团最终守住了阵地。

由国军190师570团防守的石鼓嘴到新街北一段的江防线上也发生了激战。日军在江东岸集中了三四十艘木船，满载士兵企图强渡湘江，遭到第10军军属炮兵营和配属的48师野炮连的拦截射击，四架中美联合空军的P-40E战斗机冒着日军密集的高炮火网也加入了战斗，给日军船队以猛烈轰炸扫射。

在守军强大的立体火力打击下，日军船队多数被击沉在湘江中，少数越过江中心线靠近西岸的船只，在570团战防炮、轻重机枪的猛烈射击下，被全部击毁在江边。这一仗日军伤亡惨重，十几公里的江面被鲜血染红，江面上到处漂浮着被打烂的船只残骸，近千名日军士兵的尸体随波逐流，飘往下游。

7月18日凌晨，日军乘刮南风之际，向国军南郊阵地施放毒气，同时以75毫米迫击炮向守军纵深阵地发射毒气弹。处在最前沿的28团2营7连自连长以下八十余官兵全部中毒身亡。

尽管第10军军部的紧急防毒措施被立即贯彻执行，避免了人员大量死亡，但被毒气长时间熏过的阵地上，花草树木的叶片都卷曲枯黄，连蚊子、苍蝇都大批死亡。守军士兵大部分出现皮肤灼伤，身上大面积发生水疱，溃烂后流出黄绿色的血脓。所有中毒的官兵都因疼痛难忍，两腿难以直立行走而丧失战斗力。经化学战专家研究分析，确认日军所施放的毒气系路易氏气与芥子气混合物。事后蔡继刚等人登上前沿阵地观察，见毒气所过之处草木失色，禽鸟死绝，连鱼塘里的鱼虾都浮头翻白，相继死亡。

方先觉听完汇报，冷静地问："我们的伤亡情况如何？"

孙鸣玉回答："军部直属部队已伤亡50%，预10师伤亡60%，第3师伤亡60%，第190师还有700余人，各部中下级军官伤亡70%以上，每一次战斗都要晋升几个营长、连长。在五桂岭争夺战中，第3师第8团半天之内晋升5个营长，均先后阵亡。现在情况最糟糕的是伤兵，因为没有医药治疗，再加上连续几天气温高达40摄氏度，伤口发炎恶化，伤员死亡率极高，不少轻伤员都自动重返火线，部队里有这么种说法：与其死在医院，不如死在阵地上。"

方先觉皱起眉头问："粮食和弹药消耗情况呢？"

孙鸣玉低声说："粮食还能勉强支撑，就是没有副食，现在各部队都是用盐水泡饭，由于缺乏营养，士兵们的体力严重下降。当然，这还不是最糟糕的，最严重的问题是弹药消耗太大，手榴弹库存消耗了70%，步机弹消耗了80%，各类炮弹消耗了90%，空军如果再不解决空投补给问题，我们恐怕就坚持不住了。"

高参彭克复说："当初委座命令我们只需坚守衡阳七至十天援军就会赶到，可现在已是7月20日，也就是说，我们已经坚守25天以上了，但现在仍然没有解围的迹象，难道委座真的要抛弃我们第10军吗？"

方先觉沉默了。他自己又何尝没有怨气？但不能当着下属的面埋怨自己的校长。他只能这么安慰自己：校长有校长的难处，学生只能体谅，只能校长负学生，学生绝不能负校长。

方先觉回避了彭克复的牢骚，他望着蔡继刚说："云鹤兄，这件事还是要麻烦你，和军令部部长徐永昌联系一下，你是军委会的人，和徐部长好说话一些，你告诉他，衡阳守军只要能得到弹药补给，我们就能坚持！请徐部长转请中美联合空军指挥部，务必加大对衡阳守军的空投补给，此事十万火急！拜托了。"

蔡继刚立正道："是！军座，我马上联系！"

## ·第二十六章·

蔡继刚在第10军军部好不容易接通了军令部部长徐永昌的电话,他顾不上寒暄,开门见山地说:"徐部长,我是督战官蔡继刚,现在在衡阳第10军指挥部与您通话。"

徐永昌这才想起军委会在衡阳还有个督战官,他每天脑子里要过很多事情,哪还记得住这些小事?不过谢天谢地,他还记得蔡继刚,他有些惊讶地说:"哦,是小蔡,你在衡阳?我还以为你在第九战区长官部呢,有什么事吗?"

蔡继刚急切地说:"徐长官,按规定,卑职不该越级与您通话,但现在情况十分危急,卑职这是不得已而为之。徐长官,目前衡阳危急!守军已伤亡过半,弹药也急需补充,目前我军士兵只能靠手榴弹和敌人苦拼,就算是手榴弹,库存也不多了。徐长官,我再说一遍,目前衡阳危在旦夕!"

徐永昌温和地说:"小蔡啊,你不要着急,慢慢说,我知道第10军现在很困难,军委会一直在密切关注着衡阳的战况,请告诉我,第10军有什么最迫切的要求?"

蔡继刚擦了一把汗说:"请徐部长大力督促薛长官命令第九战区各部队迅速向衡阳增援。另外,也请督促中美联合空军指挥部,加大对衡阳的空中补给。这两点都刻不容缓!"

徐永昌也很焦急:"小蔡,我实话和你说,目前第九战区的部队已经很难集中起来,薛岳手边只剩有限的残兵,大部分部队都退到湘赣边界一带,各自陷入苦战,自顾不暇。薛岳也很着急,这些部队在运动中作战,远离基地,得不到兵力与装备的补充,根本无力增援衡阳。不过薛岳已经电令他们对日军后方发动侧击,对日军补给线造成威胁。"

蔡继刚一听如雷轰顶,他不知道情况如此严重,衡阳守军每日盼援军如大旱望之云霓,谁知各路援军不但无法前来救援,反而被赶得更远了,而且也陷入苦战自身难保,薛岳一向自负的"天炉战法"算是彻底完蛋了。

"天炉战法"在前两次长沙会战中是起到了一定的作用,但让宣传部门开足马力这么一吹,却带来灾难性的后果,因为连薛岳自己都相信"天炉战法"是个百战不殆的经典战法,有了这个经典战法,他就可以靠吃老本以不变应万变,永远保持"常胜将军"的称号。事实上这次长衡会战,国军一败涂地,糟就糟在这个倒霉的"天炉战法"上,否则形势也不会像现在这么不可收拾。

"薛长官,你是个久经沙场的职业军人,难道不知道"兵无常势,水无常形"的道理?"

蔡继刚心里叫苦不迭,无奈地问:"徐部长,当务之急是守住衡阳,如果让第九战区主力都去侧击敌人的补给线,其攻击位置又远离衡阳,那对衡阳守军又能有多大帮助?请徐部长指示,如果增援部队来不了,衡阳守军该如何做?我们总不能放弃衡阳自行撤退吧?"

徐永昌口气严厉起来:"衡阳绝对不能放弃,你转告方先觉,在援军没有到来之前,第10军必须死守,否则军法无情!当然,此事现在只能由委座亲自介入了,昨天我已将战况上报,委座也很着急,他已亲自电令62军、79军与99军急赴衡阳,参与解围,第10军无论如何要再坚持一下!"

这时蔡继刚身边的方先觉终于忍不住了,他一把夺过话筒大声说:"徐部长,我是方先觉,请转告委座,我的要求不高,增援部队只要有一个团突进衡阳,就一个团!我方先觉就能拿脑袋担保,一个敌人也别想冲进衡阳……"

徐永昌显得有些不耐烦:"方军长,我已经说了,现在是委座在亲自指挥对衡阳的增援,外围的情况你不要管,你的任务是死守衡阳,你要绝对保证这一点,至于其余的事,委座自有安排。好吧,我很忙,就这样吧。"

徐永昌挂了电话。

蔡继刚和方先觉互相注视着对方谁也没说话。他们都明白,远水解不了近渴,第10军除了死守,没有别的办法,但死守的结局是什么?两人谁也不愿意说出口。

方先觉注视着蔡继刚说:"云鹤兄,你这个督战官已经没事可做,我派人送你走,没有必要把你也搭进来。"

蔡继刚凛然道:"子珊兄,我为什么要走?我也是衡阳守军的一员,到了最后时刻,我还有一支冲锋枪和一支手枪,当个士兵总能胜任吧?第10军全体官兵打光了,我蔡继刚填进去,我战死,你再填进去……"

方先觉微微一笑:"这没问题,可是……我们都战死了,衡阳怎么办?"

蔡继刚耸了耸肩:"那只有天知道了。"

衡阳的第10军因守孤城已经二十多天了,蒋介石也很着急,当务之急就是督促第九战区各部队不惜一切代价增援衡阳。徐永昌说得没错,现在也只有让蒋委员长亲自指挥了，换个人恐怕谁也调不动这些部队。

本来在衡阳保卫战打响之前，担任衡阳外围作战的有三个军：在湘桂铁路方面有第62军黄涛部，这个军归第27集团军副总司令李玉堂中将指挥；在衡阳至宝庆公路方面有第100军李天霞部、第74军施中诚部，这两军归第24集团军总司令王耀武指挥。按照作战计划，衡阳战斗打响后，这三个军应随时准备驰援衡阳。

作战计划制订得倒是不错，可是一旦实施起来却困难重重，即便是蒋委员长亲自指挥也无济于事。

这时离衡阳最近的第62军并不是第九战区的部队，它原属第七战区司令长官余汉谋节制，担任第七战区的总预备队，一直驻守在粤北山区翁源、英德、青塘一带整训待命。自1943年9月起，这个军受命准备接受美式装备，于是大批的军官被派出受训，直到1944年5月却仍没有等到美式装备运到，这时长衡会战开始了，前线告急，蒋介石电令余汉谋调第62军迅速开赴衡阳三塘附近集结待命。

第62军军长黄涛近来也颇感头疼，他不知道该听谁指挥了。因为第62军此时仍是第七战区的部队，军委会并没有下令第62军正式进入第九战区的战斗序列，所以从隶属关系上，第七战区司令长官余汉谋对第62军仍然具有指挥权。

现在的问题是，第62军被临时派到第九战区，第九战区司令长官薛岳当然有权指挥第62军。薛岳毫无疑问成了黄涛军长的第二个上司。除了两位战区司令长官，黄涛军长还有一位顶头上司，那就是第27集团军副总司令李玉堂中将，因为第62军也被临时划归第27集团军节制，李玉堂也理所当然具有指挥权。这样一来，黄涛军长已经有了三位上司，而这三位长官的命令他哪个也不敢不听。就这样还不算完，还有位长官的话更不能不听，那就是一贯喜欢越级指挥的蒋委员长。蒋委员长除了直接把电话打到第62军军部发号施令外，还有重庆军委会侍从室主任林蔚也以蒋委员长的命令来直接指挥。这样算起来，黄涛上面一共有五个上司，哪个也惹不起。这样的多头指挥，该如何打仗？

一开始，李玉堂的命令很明确，第62军担负衡阳外围的作战任务，并且在衡阳守军难以支撑时迅速驰援衡阳。因此第62军迅速开赴衡阳市郊三塘集结待命。结果刚到三塘屁股还没坐热，黄涛就接到薛岳的来电，要调第62军的151师去湘江东岸，归第九战区长官部直接指挥。

黄涛心里明白，薛岳冠冕堂皇的理由都是托词，真正的原因是拿不到台面上来的。薛岳的胞弟薛叔达在151师任第452团团长，薛岳是担心兄弟的安全，不愿意把薛叔达送进衡阳这个血肉磨坊里。黄涛心说，这薛长官私心可是够大的，为了你一个兄弟的安全，就做了这么大的局，一下子弄走我一个师，等打起仗来，蒋委员长可不管我是否少了一个师，还照样拿我当一个军用，到那时我该找谁去说理？黄涛百般无奈，只好搬出蒋委员长这尊大神，回复薛岳说，第62军是奉了委座命令赴衡阳参战，任务重大。如果要分兵调用，须经军委会同意才行。薛岳见黄涛搬出蒋委员长这尊神，自然无计可施，只好作罢，这样黄涛的第62军才免于被分割的危机。

6月30日，黄涛在祁阳洪桥镇的前进指挥所里接到蒋介石的来电：

"据空军侦察，陷长沙之敌约两三万人，分两路沿湘江西岸南下，你军应立即以一个团守备洪桥，主力集结于祁阳，拒止沿湘桂路西进之敌……"

第62军刚按电令部署完毕，黄涛又接到军委会侍从室主任林蔚的电话："黄军长，委座命令你军赶紧在祁阳构筑工事，坚守该城！"

"是！立即部署，坚守祁阳！"黄涛回答。

参谋长张琛少将忧心忡忡地说："军座，我们到底该听谁的指挥啊？第27集团军李副总座要我们担任衡阳外围作战；第九战区薛长官又要我们分兵湘江两岸；委座又来电要坚守祁阳，怎么办？"

"当然是以委座的指挥为准。"黄涛命令以157师副师长侯梅为祁阳守备司令，率领该师第469团固守祁阳，其余部队在城郊选择有利地形构筑据点工事。

到了7月3日，黄涛连连接到衡阳守军被日军围攻，情势危急，请求增援的电报。黄涛感到两头为难，他手头的兵力已经很难集中起来了。由于多头指挥，第62军的三个师兵分云浮、祁阳、洪桥三处，正在执行蒋委员长的命令阻敌西进。多头指挥带来的恶果开始显现，一方面是执行蒋委员长阻敌西进的任务，一方面是李玉堂增援衡阳的命令，好像哪个命令都怠慢不得。

黄涛只好折中一下，派出部分部队向洪桥当面之敌进行夜袭，又以小股部队穿插到白鹤铺敌后设伏，偷袭从衡阳到白鹤铺路段的敌军骡马运输队和骑兵巡逻队。

几天时间就这么耽误过去，而日军可没有闲着，此时的白鹤铺有日军一个大队一千余人正在加紧布防，他们搬木料、挖战壕、筑工事、埋地雷、架设铁丝网，已经利用这几天时间建立起坚固的防御阵地，切断了东援衡阳的道路。

第62军的这种解围行动无异于隔靴搔痒，对危在旦夕的衡阳守军毫无帮助。

日军在衡阳的战事严重受阻，除了方先觉的第10军顽强抵抗外，为衡阳守军出力最大、帮助最大的，还是指挥中美空军的陈纳德将军。

尽管史迪威把支援湖南战役的作战飞机数量缩小到仅有90架，而且在油、弹供应上尽可能地削减，同时湖南的天气又豪雨不断，大大影响了作战飞机的出击，但陈纳德仍然想尽一切办法部署出动战机，全力攻击日军从武汉、长沙到衡阳的补给线和阵地，千方百计争取更多的手榴弹、迫击炮弹、机枪子弹甚至香烟和饼干，空投给衡阳的守军。

中美联合空军的飞行员们平均每天起飞四次，中间的休息时间只够吃饭、加油和听取攻击目标的命令。为了躲避日军高射炮火的攻击，战机沿着湘江的航道低飞攻击日军阵地，甚至低到连螺旋桨都溅起了水花。这样的冒死出击也带来了惨重的代价，以美军第23战斗机大队为例，这个大队的四名中队长及半数飞行员所驾驶的战机均被击落，飞行员大部分阵亡。

从5月27日长沙开战到7月上旬，中美联合空军在五个多星期不眠不休的作战中，击落日机120架，摧毁地面机场的日机90架，造成日军补给线多次中断。

从夜空中俯瞰，自长沙到武汉的公路上，日军运输车辆被炸得烈焰冲天，有些日军补给兵站在空袭中燃烧长达一个星期以上。夜间时，中美空军的飞机甚至可以就着火光，无须导航而直飞汉口，轰炸日军的兵站、船舶和仓库。

据战后日军统计，在湖南会战中，日军的十分之一兵力是在中美作战飞机的攻击下损失的。

陈纳德的空中战略思想是：实施猛烈的空中打击，用较少的财力和生命代价在短时间内重创敌军。这比起动用大批地面部队和装备来，是最合算的打法。

衡阳机场的丢失使陈纳德痛心疾首，但他除了破口大骂却毫无办法，他不知道谁该为此事负责。当然，陈纳德更不能去指责蒋委员长，蒋介石夫妇与陈纳德的私交一向甚好，彼此并不仅仅是上下级的关系，还应该是知心朋友。陈纳德明白，朋友之间需要宽容，蒋介石也有自己的难处，况且衡阳机场已经失守，再埋怨又有什么用呢？

好在衡阳机场虽然为日军所占，但由于国军已将其严重破坏，日军一时难以修复，所以衡阳上空的制空权仍在中国军队手中。中美联合空军还可以从湘西芷江机场和广西桂林机场起飞，前来衡阳助战。

在督战官蔡继刚眼中，衡阳上空的空战实在很怪异，中美联合空军的飞机和日本飞机很少交战，往往是你炸你的，我炸我的，双方各炸各的目标，炸完后各自返航，互不干扰。连轰炸的时间都错开了，当一方的轰炸机编队临空时，另一方的飞机连影子都没有，所以为轰炸机护航的战斗机也失了业，于是战斗机飞行员们便撒了欢地扑向地面，向对方的阵地及一切活动目标进行扫射。这简直成了开战以来的一大战争奇观，只有少数时候，双方的轰炸机编队碰巧遇上了，这时双方的护航战斗机就不能再视而不见了，这样才引出空战。

## 第二十六章

后来蔡继刚终于想明白了，原来是双方的战略目标和战术目标不同，陈纳德的战略重点首先要放在确保中国的战时生命线"驼峰航线"上；其次是要确保中国驻印军和中国远征军的会师，以打通中国的陆路生命线——滇缅公路和中印公路。至于支持衡阳保卫战，那是个更加次要的战术行动，中美联合空军轰炸的主要目标是衡阳外围的日军重型装备及后勤设施，一般不直接参与地面战斗，因为飞机数量有限，所分配到的油料和弹药的配额也有限。另外，衡阳机场的丢失，使陈纳德将军非常恼火，这也算是个原因，要是中国军队连个机场都守不住，那它就没有资格要求空军的支持。

从日军方面看，主要是太平洋战场吃紧，日军作战飞机和飞行员损失惨重，一时难以补充。而在中国大陆战场上，日本空军力量没有绝对优势，既无必胜的把握，就没有必要用有限的战斗机去冒险。所以在衡阳之战中，日军飞机的目标重在摧毁衡阳建筑和守军的抵抗意志，一切城中建筑和工事设施都是日军飞机的轰炸目标，而且大量使用燃烧弹，尽量摧毁守军的弹药库和粮食仓库等物资储备。经过二十多天的战斗，日军意识到衡阳之战很难速战速决，要占领衡阳首先要断绝守军的粮弹供应，这才是衡阳作战的当务之急。

从作战效果上看，在衡阳保卫战期间，中美联合空军未能对地面部队以强有力的配合，对日军地面部队的集结地及后勤运输也未能进行大规模空袭。日军供应的粮食弹药等给养运输船只每日溯湘江而上，络绎不绝。日军攻城用的大口径重型火炮所使用的弹药也全仰仗水路运输，岳阳至衡阳间340公里的公路、720公里的水路一直畅通无阻，日军的运输从未间断过。虽然也曾遭到过中美空军的多次轰炸，但其空袭力度比起美军在南太平洋战场封锁日军守岛部队的空袭，实在是差得太远。

蔡继刚和方先觉分析了战况后，一致得出结论：不要对空中支持抱太高的期望，有一点儿算一点儿吧，唯一能指望的，只有第10军全体将士的战斗意志了。

对于守在张家山前沿阵地上的满堂等人来说，最难挨的不是敌人的进攻，不是高达40摄氏度的炎热天气，也不是一日三餐的盐水泡饭，而是弥漫在阵地上的那股浓烈的尸臭。这种难闻的气味，造成所有的人恶心、呕吐，甚至吃不下饭。

激战后未来得及掩埋的尸体很快就腐烂生蛆，在烈日的暴晒下，尸体不到一天就发黑膨胀起来，然后尸体的腹腔部开始爆裂，发出很大的声响，爆裂声此起彼伏，让人听着心惊肉跳。腐烂的尸体招来大群的绿头苍蝇，密密麻麻的蝇群轰的一声飞起就像一片乌云，一旦落下便几乎将整个尸身淹没。

天亮以后，弟兄们从掩体里钻出来，忙着整顿阵地，因为工事和交通壕已经被炮火破坏殆尽，阵地上死尸累累，密密麻麻的几乎无落脚之地。闷热的空气中充满着血腥气和腐尸的味道。

和前几次一样，每当战斗结束，日军都会驱赶着大批老百姓到人工断崖下来收尸，这时阵地上的守军便会遵循某种不成文的规定，并不开枪制止。当然了，弟兄们也巴不得他们把尸体全部清理干净，否则尸体腐烂在阵地前，弟兄们的日子就更难过了。

在这几天的战斗中，日军多次从被炸塌的斜坡冲进阵地，有时多达上百人。这些日本兵也学精了，守军投弹，他们也以手榴弹回敬，一时间阵地上手榴弹横飞，往往是一对对正在肉搏的中日士兵被不知哪方投来的手榴弹炸得支离破碎。每当守军消灭了突入之敌，自己也会付出重大代价。

昨天夜里，日军连续进攻，战斗进行了整整一夜，张家山阵地上的尸体里三层外三层，交通壕内血流成河，几乎被双方士兵的尸体填平了，守军官兵已经很难找到干净的泥土来掩埋尸体。

经过几昼夜的激战，张宝旺的8班伤亡过半，能动弹的只有张宝旺、佟满堂、麻老五、铁柱和孙新仓了，其余的弟兄非死即伤。1营3连自从程远志连长阵亡后，已经连续换了四任连长，现在的连长是原先的2排排长孔大川。开战后3连的军官几乎全部阵亡，只剩下孔大川一个了，他升任连长是顺理成章的事。战前130多人的满员连队如今只剩30多人，其中还有不少轻伤员。孔连长重新整合了编制，把这30多人编成一个排，任命张宝旺当了排长，满堂为1班班长，麻老五为2班班长，孙新仓为3班班长。

战斗结束后清理阵地是件很麻烦的事，先是要把自己人的尸体运下阵地，由专门的部门去入殓埋葬。这件事大家做得很仔细，有些死于炮火的尸体已经面目全非，支离破碎了，即便如此，弟兄们仍然是小心翼翼地把尸体的残肢碎块收拢在一起，由担架队带下阵地。最难办的是日军尸体，处理这些尸体的唯一办法是就地掩埋，这件事说说容易，真做起来却不容易操作。首先是尸体要深埋，否则一颗炮弹落下又会被掀出来，这么多已经腐烂的尸体又重新暴露在阵地上，会是什么样的情景？尸臭的气味熏也要把人熏死。但若是深埋也不现实，这么多尸体深埋，一是土方量太大，阵地上缺乏人力；二是阵地上也没这么大的地方挖这种巨型深坑，尤其是在敌人随时而来的空炮火力下进行如此之大的工程，实在是无法做到的事情。

满堂建议到后勤部门领一些汽油，把这些鬼子尸体烧掉，然后把骨灰集中起来扔到断崖下，这样比较省事。孔连长当即否定了他的建议："满堂，你这主意可不咋样，如今汽油比炒菜油都金贵，谁会给你汽油烧尸体？这主意不行，大家再想想，有什么好办法？"

最后2班长麻老五想出个馊主意，他建议用这些鬼子尸体垒一座避弹墙，上面多覆盖一些泥土就可以了，这玩意儿挡子弹的效果一定不错。

孙新仓表示怀疑："麻老五，你拉倒吧，这是啥主意？鬼子几颗炮弹下来，你瞧吧，碎骨头烂肉满天飞，还不跟下雨似的？俺宁可挨上一块弹片，也不想让这种雨淋着。"

麻老五说："凑合点吧，兄弟，咱还不知活到哪天呢，你操这个心干啥？俺要是死了，弟兄们省点事，也别给俺往下送，给俺垒进这道墙里就行啦，他娘的哪儿的黄土不埋人啊？"

孔连长想了想说："没时间考虑了，说不准一会儿鬼子又进攻了，就照麻老五的主意办，多盖上一些土就行。"

张宝旺蹲在交通壕沿上，默默地看着士兵们将日军尸体一具具拖来，然后用横压竖交错的方式码放成长长一垛，一些士兵用工兵锹将泥土覆盖在尸体堆上。

满堂发现了一个奇怪的现象，很多日本兵的尸体都是赤裸裸的，几乎一丝不挂，他向一具尸体上踢了一脚，问张宝旺："宝旺大哥，这些鬼子咋净是光屁股的，衣服哪儿去啦？"

铁柱接口说："八成是让麻老五给扒了，这货是个收破烂儿的，啥都要。"

麻老五不爱听了，立刻骂道："柱子，你个鳖孙，说啥呢？老子啥时候扒过衣服？"

张宝旺回答："这没什么奇怪的，近距离爆炸产生的冲击波很厉害，一下子能把人的衣服击成碎片。你看，但凡出现光屁股的鬼子尸体，都是咱们集束手榴弹造成的。"

张宝旺说完长长地叹了一口气。

满堂不解地问："宝旺哥，你咋啦？"

张宝旺指了指那些尸体小声说："你看看这些日本人，都是些十八九岁的年轻人，就这么死在这儿了，死了还不算，还要用身子做成工事，唉，他们的父母看了该怎么想？我看，八成要疯掉，好不容易把孩子养大，就为了被打死码成垛，做成工事？"

"宝旺哥，你可怜这些鬼子了？别忘了，咱们也死了不少兄弟，说不准哪天咱们也得死，谁会可怜咱们？"

"满堂，你没明白我的意思，我说的是，这些日本人也是人，也是人生父母养吧？咱们呢？也都是人，也是父母一把屎一把尿养大的。我刚才蹲在这儿，看着这些死尸,怎么也想不明白,既然都是人,都是父母养大的,干吗这么面对面拿着刀,砍瓜切菜似的互相招呼?你看看这些尸体,血里呼啦的,零零碎碎没几个整个儿的,宰羊也没这么宰的。唉,我真想不明白,人为啥非要打仗?这好玩吗?我看一点也不好玩。"张宝旺若有所思地说。

满堂想了想说:"俺也不喜欢杀人,平白无故谁想杀人啊?可这些鬼子杀了俺爹、俺妹子,俺要报仇!这仇要是不报,俺死都合不上眼。"

张宝旺站起来拍拍满堂的肩说:"你说的当然没错,我呢,可能想得深了点儿,等我想明白了,咱再聊。"

正说着,空中传来飞机引擎的轰鸣声。张宝旺、满堂抬头望去,只见天空中出现四机编队的P-40战斗机。张宝旺的眼睛极好,他一眼就认出了位于飞机头部的鲨鱼嘴图案。

"嘿!是我们的飞机,弟兄们,都来看啊,我们的飞机!"张宝旺兴奋地大喊起来。

这时,从虎形巢、枫树山、张家山等阵地上发出一阵阵的欢呼声,无数国军士兵钻出掩体和战壕,向空中的飞机编队手舞足蹈地狂呼着⋯⋯

中午时分,从桂林机场起飞的中美空军混合团P-40E四机编队进入衡阳上空。这次任务的带队长官是第五大队26中队队长蔡继恒,他飞在编队的最左面,他旁边是担任僚机的"海蜇皮"赵宇霆,然后是副中队长"芬兰刀"王海文和僚机飞行员"杜黑"楚崇光。此行的主要任务是轰炸衡阳城外日军的进攻阵地,而担任轰炸主角的B-25轰炸机却没有出动,他们被临时调往武汉方向执行空袭任务,因此这次空袭衡阳外围的任务就只能由P-40E战斗轰炸机承担了。

当机群穿过厚重的灰白色云层时,蔡继恒看了一眼高度仪,仪表上显示的高度是2000米,地面上的景物渐渐清晰起来,湘西南的崇山峻岭间分布着狭窄的河谷地带,机群接近衡阳盆地的边沿。从空中俯瞰衡阳盆地,只见纵横的丘陵之间是星罗棋布、呈不规则形状的绿色稻田,湘江、蒸水河、耒水河三江汇流,绕过衡阳城平静地向北流去,一个个鱼塘在阳光的照耀下反射出炫目的光芒。

飞机编队飞至战区上空,蔡继恒看见地面上鏖战正酣,特别是在衡阳城南和城西南两面的战斗最为激烈。从空中望去,守军阵地上火光闪闪,硝烟弥漫。带队的陈泽民发出准备进攻的命令,机群渐渐降低了高度,蔡继恒已经清楚地看见衡阳守军打出的对空识别板,电台里也传来地面守军请求空中支持的呼叫。

蔡继恒三天前意外地遇见嫂子赵湘竹,赵湘竹当时和重庆报界的几位同行去桂林机场采访第14航空队的美国指挥官。蔡继恒从赵湘竹那里得知哥哥蔡继刚在衡阳的第10军督战。说来也巧,三天之后蔡继恒就接到出击衡阳的命令,这是衡阳保卫战打响后他第一次被派往衡阳作战。

蔡继恒一边搜索着地面一边通过话筒和飞行员们开玩笑:"我说弟兄们,今天我来衡阳不是作战,是来探亲的,因为我哥哥正在衡阳,一会儿谁要是运气不好跳了伞,到下面只管提我,保证有吃有喝,享受贵宾级待遇。"

芬兰刀不满地说:"鳄鱼,闭上你的乌鸦嘴,咱们凭什么跳伞?咱得让鬼子跳伞!是不是?弟兄们。"

杜黑说:"就是,就冲鳄鱼这句话,今天就得罚他,大伙说说,该怎么罚他?"

海蜇皮也跟着起哄:"我揭发,鳄鱼还藏着一瓶红方威士忌,就罚他今晚请大家喝酒。"

蔡继恒笑道:"海蜇皮,你小子怎么胳膊肘朝外拐?我可是你的长机,你就不怕我给你小鞋穿……"

芬兰刀制止道:"都不要说了,鬼子还在监听呢。"

飞行员们即使在开玩笑时也绝不互称姓名,彼此只称呼绰号,因为交战的双方都在实施无线电监听,在需要传递重要情报时,一般都使用事先约定好的密语。

芬兰刀突然在无线电中急促地呼叫:"鳄鱼,鳄鱼,前方两点钟方向发现敌炮兵阵地……"

蔡继恒兴高采烈地喊道:"嘿,150毫米榴弹炮!今天该咱们发财啦!全体都有,准备俯冲投弹!"

他一拉机头率先向地面俯冲下去,其余的三架飞机也依次进入俯冲……日军的高射炮开火了,天空中瞬间布满了白色烟团,蔡继恒眼前闪现出无数曳光弹划出的弹道,安装了近炸引信的高射炮弹在飞机附近凌空爆炸,密集的弹片在空中飞舞……蔡继恒觉得自己的机翼上传来噼噼啪啪轻微的震动,他知道那是弹片击中机翼的声音,他不为所动,紧紧盯着地面上越来越近的日军炮阵地,手指轻轻放在投弹钮上……

机群在日军炮阵地上空一掠而过,8颗500磅的航空炸弹呼啸着依次落下,炮阵地在剧烈的爆炸声中被烈火硝烟所覆盖。

蔡继恒一边拉动操纵杆爬升一边喊道:"干得好!弟兄们,今天总算是开张啦!"

机群迅速向上爬升到2000米高度,刚刚进入平飞状态,蔡继恒突然发现左前方现出几个黑点,他精神一振,脱口喊道:"注意!前方10点钟方向发现敌机!甩掉副油箱,准备战斗!"

前方的黑点迅速变大，几秒钟的工夫，四架编队的日军战斗机就出现在眼前。蔡继恒立刻认出对方的机型，这是日本陆军航空队最新装备的4式疾风战斗机，这种战斗机于今年3月才首批交付使用，刚一出厂就全部投入中国战场，日本陆军航空队用首批4式疾风战斗机组建了第22实验战队，全部进驻汉口机场。蔡继恒心中暗暗叫苦：妈的，今天算是碰上硬茬子啦！

蔡继恒虽是第一次见到4式疾风，但他早从情报资料上对这类新机型有所了解，4式疾风战斗机作战性能极佳，其续航时间为5小时57分，最高平飞速度为时速680公里，最要命的是这种战斗机火力很强大，它有两门20毫米航炮和两挺12.7毫米机枪，相比之下，P-40E的火力就弱多了，它只有六挺12.7毫米机枪，如果硬碰硬地干，是无法和对方20毫米航炮抗衡的。

芬兰刀也认出了日军飞机的机型，他不动声色地呼叫蔡继恒："鳄鱼，鳄鱼，看清了吧？4式疾风，久闻大名啊，今天总算是见到了，我敢说咱们是首次和4式疾风交手的人，胜也罢，败也罢，肯定是载入史册啦！"

蔡继恒回答："芬兰刀，芬兰刀，4式疾风没什么了不起，碰上了就干它，谁先死还不一定呢！海蜇皮，海蜇皮，跟在我后面，准备攻击！"

蔡继恒带领僚机率先抢占有利阵位，向敌机发起攻击，四架P-40E战斗机对四架4式疾风战斗机展开空中格斗……

蔡继恒咬住了一架敌机正要开火，就听见耳机里传来僚机飞行员赵宇霆的急促喊声："鳄鱼，鳄鱼，你后面有敌机……"

蔡继恒想也没想，立刻猛推操纵杆来了个大角度下滑动作，就在这一瞬间，后面的敌机开火了，一串机关炮弹擦着蔡继恒飞机的尾翼掠过……

蔡继恒摆脱对方攻击后又做了个向右急升转弯，反手咬住刚刚开炮的那架敌机，加大速度接近到400米距离，瞄准器光环中出现敌机的座舱盖，那日军飞行员正在回头观望，距离越来越近。蔡继恒猛然按动发射钮，两侧机翼上的六挺机枪顿时狂叫起来，密集的弹雨将敌机驾驶舱的玻璃打得碎片飞溅，蔡继恒甚至看到飞行员的鲜血飞溅到玻璃上……

蔡继恒把飞机改作平飞，他看见那架4式疾风已经失速进入螺旋状，向地面坠落下去。这时他身边的空战已进入白热化，空中由机关炮和机枪发射的曳光弹犹如金蛇狂舞，双方的飞机上下翻滚，打得不可开交。

这时耳机里传来赵宇霆的呼喊："鳄鱼，鳄鱼，我被咬住了，摆脱不掉……"

蔡继恒拉动操纵杆急速上升，想抢占有利位置解救僚机，然而已经晚了，一架敌机向赵宇霆的座机开火，02号机立刻起火燃烧，耳机里赵宇霆的呼喊声中断，蔡继恒大声喊着："海蜇皮，海蜇皮……"火光一闪，他眼看着02号机在空中爆炸解体。

蔡继恒顿觉一股热血撞上脑门，他拉起机头，加大速度向那架开炮的敌机追过去，耳机里传来楚祟光的呼叫："鳄鱼，鳄鱼，你前方10点钟方向有一架敌机，你不要管，我来对付它！"

蔡继恒用余光扫了一下，他看见楚祟光驾机迎面向那架敌机冲过去，双方的距离越来越近……

蔡继恒急得大喊道："杜黑，杜黑，危险，马上摆脱！"

楚祟光却像没听见一样，继续加大速度向前冲去……

蔡继恒突然明白了他的打算，4式疾风的航炮射程远，威力大，中远距离上占尽了优势，最好的办法是贴上去近战，在三四百米距离上，P-40E的六挺机枪可发挥出最大的火力优势，这种打法被称为"空中拼刺刀"。

敌机利用自己的优势，在中远距离上用航炮率先开火，一串曳光弹从楚祟光机腹下掠过，他不为所动，继续向前猛冲。

敌机重新调整了射击角度，又射出一串炮弹，弹道稍高，擦着楚祟光的座舱盖上方飞过，蔡继恒看见楚祟光的飞机震动了一下，但并没有减速。他凭经验判断，楚祟光的飞机很可能被击中了，但不是要害部位。

敌机暂时停止了射击，对方在重新调整射击角度，而楚祟光仍然没有还击。

现实中的空战有如武林高手打擂台，往往是10秒钟之内见生死。蔡继恒看见两架飞机已经对冲到三四百米距离，这时双方同时开了火……这种类似于中世纪决斗的对射，似乎没有赢家，双方的飞机在弹雨下几乎同时化作一团火球，随后爆炸解体。

蔡继恒没有时间悲痛，他已经咬住了那架击落赵宇霆的敌机。他非常清楚，此时没有僚机的掩护，自己也许正成为身后敌机的靶子，情况异常危险。但他已无暇顾及，甚至不想回头观察一下，今天是要拼命了，无论如何，他要先替赵宇霆把仇报了，否则他就是毫发无损地返回基地，也会生活在悔恨的噩梦中。

蔡继恒终于捕捉到开火的机会，他猛地按下射击钮，机翼下的机枪狂吼着将那架敌机的垂直尾翼打成碎片……眼看着敌机冒着黑烟栽向地面。蔡继恒吁了一口气，正想拉起机头爬高，突然觉得飞机一震，发动机停了车。到了这时，空战已经基本结束，中方飞机被击落两架，日方飞机被击落三架，而最后剩下的那架4式疾风又击中了蔡继恒的座机，这一轮射击过后，双方飞机的弹药全部告罄，日方那架4式疾风向蔡继恒示威性地晃了晃翅膀，然后返航。

蔡继恒努力想把飞机改为平飞，但飞机已经不受控制，急速下降了1000

米，耳机里传来04号王海文的呼叫声："鳄鱼，鳄鱼，你左侧的水平尾翼被打掉，垂直尾翼也严重受损，赶快跳伞！"

蔡继恒立刻拒绝道："我不想跳伞！"

"为什么？"

"伙计，你难道不知道？一旦跳伞挂在天上，我就没有任何选择了，要么在空中让鬼子当活靶子打，要么落在鬼子阵地上被俘，这两种结局我都不要。我还是迫降吧，宁可摔死在自己阵地上。"蔡继恒一边控制滑翔，一边放空油箱中的汽油。

"鳄鱼，鳄鱼，我明白你的意思，看见那片稻田了吗？就在那里着陆，我来掩护你！"王海文说。

蔡继恒取下氧气面罩说："芬兰刀，芬兰刀，我没问题，你放心！早点返回基地，途中不要恋战。再见！"

王海文回答："鳄鱼，鳄鱼，你已接近地面，高度50米，打开减速板，回拉节流杆，小心……"

蔡继恒将座舱盖拉开，随手将皮制飞行图囊垫在面前的仪表盘上。他把机头对准两座小山中间的一块稻田，右手向后猛拉操纵杆，飞机最后一次艰难地抬起机头，机尾先着了地，在水田中划起两条高达数米的水墙，飞机的速度减缓下来，随后机头沉重地落地，发出一声巨响。对于迫降的飞机而言，稻田里的软泥简直是杀手，飞机的起落架陷进软泥里，阻止了机轮的滑行，巨大的冲力使飞机垂直竖了起来，又狠狠地将尾部砸向地面。蔡继恒在猛烈的冲力下不由自主地一头撞向仪表盘。幸亏事先有飞行图囊垫在面前，否则他的头部会撞碎在仪表盘上。即便如此，蔡继恒还是被撞得口鼻喷血，昏迷在座舱里……

守在张家山阵地上的满堂等人刚才一直在观看空战，每当看到日军飞机被击落，张家山、枫树山、虎形巢一线的阵地上就爆发出一阵阵欢呼声，国军弟兄们就像在戏园子里看名角儿演出，发出热烈的叫好声。每当看到自己的飞机被击落时，阵地上又爆发出一阵阵咒骂，弟兄们跳着脚肆无忌惮地日爹操娘。当蔡继恒的飞机迫降在张家山阵地与敌人对峙的开阔地上时，弟兄们一时还没反应过来，都呆呆地望着那架飞机发愣。

正在枫树山阵地上督战的蔡继刚第一个反应过来，抓起电话吼道："张家山，张家山，我是督战官蔡继刚，你们的长官是谁？"

3连连长孔大川在电话里回答："报告！预10师30团1营3连连长孔大川听候长官训示！"

## 第二十六章

蔡继刚急了眼，说话也粗野起来："孔连长，你的眼睛是他妈出气用的？那是我们的飞机迫降，赶快派人去接应飞行员，绝不能让飞行员落在敌人手里！通知迫击炮连，立刻对敌人实施拦阻射击，掩护步兵分队抢人，抢不回飞行员我毙了你！"

孔大川吓了一跳，他没想到这位温文尔雅的督战官说话这么凶狠，好嘛，张嘴就要枪毙人。孔大川不敢怠慢，马上命令张宝旺带领全排去抢飞行员，他最后一句话和蔡继刚稍有不同："抢不回飞行员老子毙了你！"

张宝旺吼了一声："铁柱，把机枪带上，全排都有，跟我来！"说完他带领全排士兵跳出战壕向两军对峙的中间地带冲去。

蔡继刚从炮队镜里看到，对面的日军反应也不慢，他们派出了一个小队的士兵，也在朝飞机跑去。枫树山阵地上的迫击炮开始进行拦阻射击，对面的日军也不示弱，他们的迫击炮也开了火，双方的炮弹越过开阔地，在对方的阵地前爆炸，形成弹幕拦阻线，但双方的步兵都在不要命地冲过弹幕向迫降的飞机接近。蔡继刚急得用拳头不停地捶打着胸墙，他心里很清楚，日军是冲着飞行员的航线图和密语本来的，如果这两样东西落在敌人手里，那真是非同小可。

蔡继刚叫过炮连连长白天雷命令道："白连长，让你的瞄准手做好准备，如果敌人先于我们的步兵赶到飞机那里，你马上向飞机开炮，要全部炸毁！明白吗？"

白天雷愣了片刻，小心翼翼地问："长官，如果我们的飞行员负伤，还没有爬出机舱怎么办？"

蔡继刚冷冷地回答："什么怎么办？当然是一起炸掉！"

白天雷打了个寒噤："是！一起炸掉！"

蔡继刚不再说话，他把头重新伏在炮队镜上继续观察。此时他可不知道这架飞机的飞行员正是自己的弟弟蔡继恒。

蔡继恒从昏迷中醒过来，他的第一个反应是立刻离开飞机。他从座椅旁找到那支司登式冲锋枪，然后抓起飞行图囊爬出座舱。他还没来得及站到机翼上，觉得身子一软，一头栽进稻田里……

"叭！叭"两发子弹打在蔡继恒身边的土埂上，使他一下子清醒过来。他迅速滚到土埂后观察了一下，发现二十多个日军士兵呈散兵线状向他接近，距离不到100米。看来日军士兵开枪并不是想打死他，而是警告他不要动，他们的目的很明显，是要活捉蔡继恒。

蔡继恒冷笑着拨开冲锋枪的保险，心想：这就好办了，你们不是舍不得打我吗？那老子可不客气了。他举枪打出了一个长点射，两个日本兵中弹仰面跌倒，其余的人连忙卧倒。蔡继恒猛地站了起来，把冲锋枪平端在胸前，一边用短点射开火一边叫骂着:"兔崽子,有种就朝我开枪呀!"

这时天空中响起飞机的轰鸣声,王海文那架P-40战斗机从空中呼啸着俯冲下来,从那群日军士兵头上三米高度掠过,强大的气流将日本兵的军帽都卷飞了。

蔡继恒向空中招招手表示谢意,这是王海文在为他做最后的掩护,要不是他的弹药已经耗尽,那些日本兵早就被打成碎片了。蔡继恒知道他的燃油已经不多了,再这样耽误下去就有可能飞不回基地,他指指西南方向,向王海文挥挥手,示意他赶快返航。但王海文仍然在空中盘旋,他坚持要看到蔡继恒获救才走。蔡继恒明白他的意思,为了不辜负战友的一片苦心,蔡继恒不能再耽误时间了,他边开枪边向国军阵地退去。

王海文的飞机俯冲过两次以后,日本兵们终于明白过来,这架飞机肯定是没有弹药了,于是放心大胆地向蔡继恒扑来。蔡继恒已经打空了一个弹匣,他这时才想起,还有四个压满子弹的备用弹匣在飞机座舱里,刚才只顾拿枪和飞行图囊,却忘了子弹。蔡继恒回头看了看,国军阵地派出的步兵正在拼命向这边跑,距离还有四五百米,要是自己向着援兵方向跑,肯定会成为日本兵的活靶子。那些日本兵当然想活捉蔡继恒,但那只是在可能活捉的前提下,如果活捉的可能性没有了,那么唯一的办法就是击毙他,这一点毫无疑问。

蔡继恒随手拔出点三八左轮手枪,向扑过来的日本兵连开两枪,然后回身蹿上机翼,一侧身翻进座舱里……

蔡继刚在炮队镜里看到那飞行员又翻回了座舱,不禁大吃一惊:这个人脑子出问题了?这时不跑还等什么?只要他跑出一二百米就能和接应他的步兵会合,可他为什么要回到机舱里?这下可来不及了,日本兵已经近在眼前,他们一定会在我方步兵赶到之前抓住这个飞行员。

蔡继刚抓起电话:"白连长,准备开炮……等等……"

他突然看见那个飞行员从座舱里猛地站起身,他手里的冲锋枪跳动着,喷出火舌,已经接近飞机的五六个日本兵被突如其来的扫射打得手舞足蹈地栽倒……

哦,明白了,这飞行员原来是回到座舱里拿子弹。你还别说,这小子不光是有胆量,玩起冲锋枪来也挺像那么回事,看他那敏捷的战术动作,当个步兵军官都没问题,飞行员里怎么还有这种人?在蔡继刚的印象中,那些在美国、印度受过训的飞行员都带有一些洋做派,喜欢喝个咖啡、威士忌,喜欢跳舞,喜欢在高谈阔论时夹杂着一些英文单词,让老粗们听得一头雾水。他们飞机玩得怎么样不好说,但要是让他们像步兵军官一样熟练地使用轻武器作战,那可真是赶鸭子上架。

## 第二十六章

蔡继刚的心里突然一动，虽然看不清楚那飞行员的脸，但从他执枪动作上看，这家伙使用的好像是一支司登式冲锋枪。从这支枪上推断，这飞行员很可能是弟弟蔡继恒，因为不会再有哪个飞行员会使用司登式冲锋枪。

这家伙要真是蔡继恒那可巧了，蔡继刚怎么也想不到，他们兄弟会在这种情况下相遇。

当蔡继刚再一次伏到炮队镜前时，发现情况已经改观，国军的步兵分队已赶到，双方正在用步枪、机枪交火，几个国军士兵前后簇拥着那个飞行员，正在交替掩护着往回撤……

天空中又传来飞机的轰鸣声，蔡继恒抬头望去，只见王海文那架P-40在空中摆动着机翼，似乎在向蔡继恒告别，然后冲上云霄。

"长官，您刚才说了一半，我正在等候命令呢。"白天雷在电话里问。

蔡继刚呼出一口长气说："让炮兵观察员盯着，我们的人一撤回来，立刻开炮炸毁那架飞机。"

蔡继刚放下电话，随手拿起了冲锋枪。军部派来的两个卫士立刻站起来问："长官，你要回军部吗？"

"谁说我要回军部？走，跟我去趟张家山阵地，我要见见这位飞行员。"蔡继刚说着已经走出了指挥所。

7月18日，衡阳之战打成胶着状态时，日本内阁发生突变，内阁首相东条英机宣布辞职。

东条英机辞职的原因主要是日本在军事上的一连串失利。6月16日，美军开始攻击马里亚纳群岛。在马里亚纳海战中，小泽治三郎指挥的日本联合舰队再次遭到惨败，绝望的日本中太平洋舰队司令官南云忠一剖腹自杀。7月9日，美军占领塞班岛，B-29轰炸机群开始直接空袭日本本土。战场上的连续失败，加剧了国内反对势力的倒阁风潮。7月18日，已失去天皇信任的东条英机在召开了最后一次内阁会议后，向木户幸一大臣递交首相辞职书。同日，他辞去参谋总长之职，并陆续辞去陆军大臣、内务大臣、军需大臣之职，转入预备役。7月22日，东条英机向全国正式宣布辞去首相的职务。

随后，小矶、米内联合内阁上台，第11军前司令官阿南惟几大将继任陆军大臣，关东军总司令官梅津美治郎大将转任参谋总长。同时海军统帅部的一元化也宣告破产，首脑更换。

日本内阁的更换对处于中国战场的横山勇也产生了不小的震动。

横山勇站在长沙司令部作战室内巨大的作战地图前，心情十分沮丧。由于衡阳久攻不下，横山勇面临着巨大的压力。首先是新上任的参谋总长梅津美治郎大将亲自打来电话，详细询问衡阳战况，并要求横山勇做出承诺，究竟何时能占领衡阳。横山勇感到无言以对，他明白，此时任何解释都是多余的，面对参谋总长的逼问，他哪里敢拍胸脯做出承诺？

横山勇一直在考虑，衡阳之战是否还值得继续打下去？就目前而言，第11军的作战能力已经到了极限。衡阳前线的两个师团伤亡惨重，建制已经残破，兵员和弹药补给消耗巨大，攻势已成强弩之末，如果不立即补充，后果是不难想见的。

第40师团师团长宫川清三中将向横山勇发牢骚说："司令官，我认为问题出在第68、116这两个师团身上，他们有四五万兵力，还配有强大的炮兵部队和轰炸机战队，竟然攻不下个衡阳城？根据情报，方先觉的一个军只有七个团的兵力，不足两万人，无论从兵员还是武器装备上，都不及我军的一个师团。可见第68、116这两个师团不能胜任攻城任务。我请求司令官考虑由我们师团担任主攻。"

横山勇很不喜欢这种背后诋毁，作为主帅他当然要一碗水端平。平心而论，第68、116这两个师团自编入11军以来，一直是做精锐使用，特别是擅长攻坚作战的第116师团，常德作战时，师团长岩永汪指挥有方，一度把常德打成废墟。说到衡阳之战，横山勇认为，这两个师团已经很不容易了，他们在衡阳作战中表现出超常的凶狠，否则不会造成如此之大的伤亡。关键的问题是，方先觉的第10军表现出的顽强坚韧超出了横山勇的想象，从1937年到现在，战争进行了七年，还没有哪支中国军队能给日军造成这么大的伤亡。

第11军高级参谋岛贯武治大佐盯着沙盘在沉思。他是制订一号作战计划的策划人之一，平时很少考虑一城一地的具体战斗，满脑子装的都是大战略，而现在他不得不考虑一下衡阳的作战状况，因为这个不起眼的小城已经严重影响了他的大战略。

想到这里，岛贯武治自言自语道："方先觉的第10军到底是个什么打法？前线官兵告诉我，他们的主要防御武器是手榴弹，第10军似乎专门设有掷弹兵这个兵种。嗯，居然仅仅靠手榴弹防守阵地？这种打法前所未见！"

一位从前线回来的大佐说："我也觉得奇怪，我军的炮火准备非常充足，轰炸机也反复轰炸了他们阵地的反斜面，从空中拍摄的照片上看，他们的工事和各类掩体都被全部摧毁，按理说不该再有生命存在，但只要我们的步兵一接近前沿，鬼知道又从哪里钻出大量的掷弹兵，手榴弹像暴雨一样投过来，给我们的步兵造成大量伤亡，我实在想不通！"

## 第二十六章

一个作战参谋小声说:"就算是衡阳志在必得,我们现在也要从长计议了,第二次总攻已成强弩之末,弹药和粮食补给目前无法到位,继续攻击只会徒增伤亡,请司令官考虑。"

横山勇没有说话,他的思绪越过时空飞得很远,他想起了40年前的旅顺口攻坚战,那是自明治维新以来,日本陆军的第一次噩梦。

那年横山勇15岁,还在大阪陆军幼年学校上学,对那场战役并没有直观的印象,他只记得家里的亲戚中有几位长辈战死在旅顺口,他的父亲横山新治是陆军大佐,也曾参加过旅顺口之战。在横山勇的记忆中,父亲对旅顺口之战绝口不提,似乎有很大的心理障碍。成年后由于某种机缘,横山勇拜访过年迈的陆军大将乃木希典,这位当年的战役主帅曾详细向他谈起旅顺口之战的惨烈之状。

在那次战役中,日军伤亡达11万人,最后一战是进攻203高地,两天之内日军即阵亡一万一千多人,日俄军人的伤亡比达到三比一。乃木希典认为,造成日军惨重伤亡的原因有两个。首先是俄军刚刚装备了德国造马克沁重机枪、迫击炮和探照灯。1904年的日本陆军对火器时代的认识还停留在蒙昧状态,当时的日军将领们还没有领教过重机枪这种速射武器的杀人效率。其次是日本陆军的战术教程完全照搬德国陆军,冲锋时仍然按照欧洲传统的步兵战术,以密集的队形进攻,那时他们还不知道散兵线为何物。战后乃木希典自己也承认,当时他并没有想到,这种密集的进攻队形是应对单发排枪的火力构成而设计的,既然武器发生了重大变化,那么步兵战术也应该随之调整。

当时的英国驻远东军事观察员对这种新武器的评估是:"当堑壕上架起马克沁重机枪时,骑兵唯一能做的事情就是给步兵烧饭。"

可谓是一将功成万骨枯,五万多日本士兵的生命为乃木希典交了学费,而乃木希典最终也没有混上元帅称号。日本陆军自明治维新到第二次世界大战结束,共任命过134名陆军大将,其中有17人最终获得元帅称号。虽说乃木希典在战后被奉为"军神"捧上了天,但那毕竟只是荣誉性的称号,明治天皇并没有糊涂到把元帅称号授予损兵折将的乃木希典的程度。

由于"军神"的愚蠢,五万多日本士兵成了重机枪"上市实验"的牺牲品。惨烈的旅顺口攻坚战,是日本帝国自明治维新以来最大的噩梦。横山勇终于想明白了,为什么父亲从来不提旅顺口,这是那一代日本军人心中难以愈合的伤痛。

横山勇仰天长叹,40年,仅仅40年啊,历史又走过一个轮回,自己统帅的日本大军又碰上了第二个"旅顺口"。望远镜中张家山、枫树山、虎形巢阵地前那漫山遍野的日军尸体,那铺天盖地的手榴弹弹幕,这些场景强烈地刺激着横山勇的神经。

可是……衡阳不是旅顺口，这两者没有可比性，衡阳守军没有强大的海军舰队支援，也没有旅顺口那样的永久性钢筋混凝土防御工事，他们更没有强大的炮兵支援和后勤补给，仅仅靠轻武器和手榴弹作战，衡阳守军可以说什么都没有。可它就像颗钉子一样，牢牢钉在第11军西进的道路上，让你吞不下绕不开。

横山勇不得不承认，目前衡阳的战事比40年前的旅顺口还要糟糕。还有个最坏的可能，如果衡阳久攻不下，重庆军第九战区的大批援军突破了阻击线，与衡阳守军会师，蒋介石再将远在滇缅作战的中国远征军调到湖南战场，那么一号作战就不用打了，横山勇的第11军能否自保很难说。

想到这里，横山勇下了决心，他对岛贯武治口述了命令："第68师团、第116师团立刻停止攻城作战，进行休整；各部队加紧补充弹药及兵员，掩埋处理阵亡士兵遗体；督促第11军所属炮兵部队，集中全部大口径火炮运至衡阳前线，准备对衡阳的最后一击！"

## ·第二十七章·

这是蔡继刚第一次走上张家山阵地。开战前他和葛先才师长站在虎形巢阵地上观察地形时，远远地用望远镜观察过张家山，那时的张家山是个绿草如茵的小山包，山下是一条不宽的石板路，据说这是一条古道，直通两广，但究竟是哪朝哪代修建的已不可考。山脚下石板路边上还有座小庙，庙里的几个和尚已经被疏散了，只留下一座空庙。

现在再看张家山，已经完全变了样子。山上几乎没有一棵草，植被完全被炮火毁坏，整个一座山都裸露着松软的红土，山坡上到处是弹坑，战前挖的交通壕还隐隐可见，但几乎被炸平了。蔡继刚没走几步就觉得脚下有什么不对：这红土地怎么颤颤巍巍的，根本没有站在土地上的坚实感？沈副官悄悄对蔡继刚说："长官，这土下埋的都是尸体，上面只盖了一层薄土。唉，尸体腐烂的味道太难闻了。"

蔡继刚在鼻子前挥挥手，想赶走这股浓烈的尸臭。一个衣衫褴褛的中士向蔡继刚敬了个礼："长官，你刚上来，还闻不惯这味，其实闻惯了就无所谓啦，我们现在已经闻不出任何味道了，不管是香的臭的，都闻不出来了。"

蔡继刚环视着阵地问："这里埋的都是日本人的尸体吗？我们阵亡的人呢？"

3连连长孔大川回答："这里埋的都是冲上来死在阵地上的日本兵，断崖下的日军尸体是他们驱赶老百姓拖走的，他们收尸的时候我们不会开枪，这已经成了不成文的规矩，我们也巴不得让他们清理走，不然的话，不到一天就臭了，熏也把我们熏死了。咱们阵亡的弟兄都送下去了，野战医院专门有人负责入殓尸体。"

张宝旺这个排在迫降的飞机旁和日军打了一仗，双方各有伤亡，不过总算是把蔡继恒抢了回来。

阵地上的国军士兵都好奇地看着蔡继恒，他们从来没有近距离地看到过飞行员，在士兵们眼里，这个从天上掉下来的家伙那身装束就很怪异，近40摄氏度的高温天气，这家伙居然还穿着皮夹克，戴着皮飞行帽，脖子上挂着一支司登式冲锋枪，手里还拎着飞行图囊和伞包。

蔡继恒是从人工断崖被炸塌的斜坡爬上来的，他远远地看见蔡继刚就高兴地喊起来："哥，我来看你啦！"

蔡继刚这时才认出弟弟，他惊讶地迎上去："继恒，还真是你？我在炮队镜里看到你开枪，也猜测是你，可就是不敢确定。快，赶快把皮夹克脱了，今天的气温快40度了。"

蔡继恒这才觉出热来，他摘下飞行帽，脱掉皮夹克，上前拥抱了哥哥："哥，真不好意思，我让鬼子给打下来啦，实在是丢人！"

蔡继刚亲热地搂着弟弟肩膀说："瞎说，丢什么人？空战的全过程我都看到了，你们干得很漂亮。继恒，你没受伤吧？"

"没事，就是迫降时撞了一下脑袋，现在没事了。"

"一会儿跟我去军部，好好休息一下。现在敌人的包围圈很严密，我们会想办法送你回后方。"

蔡继恒停住脚步。"谁说我要回后方？我哪儿也不去，就留在这儿打仗了，多一个人总比少一个人好。你看，我自己有枪，不会给你们添麻烦。"他晃着自己的冲锋枪说。

蔡继刚感到好笑："你胡说什么？一个飞行员要改当步兵，亏你想得出来。你们飞行员都是宝贝，给一个团都不换。继恒啊，我说你脑子里哪来这么多稀奇古怪的想法？"

兄弟俩正说着，阵地的另一侧发出一阵喧哗声，是铁柱和麻老五打起来了，两人打架的原因是一块怀表。在刚才的战斗中，铁柱的机枪放倒了两个日本兵，他牢牢地记住日本兵倒下的位置，并且认定这两具尸体身上的东西都是自己的战利品，谁知等打扫战场时，麻老五抢先从尸体上抢走一块怀表，这下铁柱不干了，一把揪住麻老五索要那块表。

麻老五岂是能吐出财物的人？他认为鬼子身上的东西谁抢着是谁的，于是坚定地拒绝了铁柱的要求。铁柱急了，一拳打在麻老五的鼻子上，麻老五的鼻子被打出了血，他顿时大怒，一头扑倒铁柱骑上去，双手紧紧掐住铁柱的脖子……

满堂见两人打架便有些为难，毕竟麻老五救过自己的命，他还欠着麻老五的情。若是依满堂的意思，那块怀表给麻老五就算了，可他还没来得及说服铁柱，两人已经厮打成一团，特别是铁柱已经明显要吃亏了，这满堂就不能再袖手旁观了，俺兄弟有理没理先放在一边，你麻老五敢当着俺面揍俺兄弟，这毛病可不能惯着，不然往后这狗日的还不反了天？再仔细想想，满堂也不认为他欠了麻老五多大的人情，"黑妮"的事他不是也没有再追究吗？他和麻老五仅仅是扯平，谈不上谁欠谁的情。想到这里，满堂终于出手了，他从后面抓住麻老五的衣领用力一甩，麻老五就骨碌碌顺着斜坡滚到了断崖下面。

满堂和铁柱也连滚带爬地扑下斜坡，兄弟俩按住麻老五就是一顿暴揍，铁柱不但抢回了怀表，还把麻老五衣袋里的战利品洗劫一空，然后兄弟俩得意扬扬地爬上斜坡。

3连连长孔大川一见这边打架，便赶过来制止："满堂，你怎么打人？今天老子非关你的禁闭不可。"

满堂满不在乎地回答："连长，你可想好了，蹲禁闭可比打仗舒坦，你要是不怕缺人手，那俺就谢谢你啦！"

铁柱拍打着身上的土说："连长，蹲禁闭是个美差，俺也想去。"

这时麻老五顺着斜坡爬上来喊道："连长，你别上满堂的当，他娘的，他打了人还想蹲禁闭？咋净想这美事，应该挨打的人蹲禁闭……"

孔连长一时语塞，自我解嘲地嘟囔了一句："娘的，啥时候蹲禁闭也成美差啦？还都抢着去……"

这时蔡继刚走过来："满堂啊，咱们可是好久没见了。"

满堂一见蔡继刚连忙立正敬礼："蔡长官好！"

蔡继刚上下打量着满堂挖苦道："嗯，像个老兵样儿啦，都敢打架闹事了。"

满堂嗫嚅着："长官，俺……俺和麻老五闹着玩嘞。"

铁柱认为，打架是自己先动的手，不应该由哥哥满堂来承担，他跨上一步大声说："蔡长官，是俺先动的手，没俺哥的事，要打要罚俺顶着。"

麻老五趁机告状："长官，这两个鳖孙还抢了俺的东西，请长官给俺做主。"

铁柱说："放你娘的屁！是你抢了俺的表，还他娘的血口喷人！麻老五，你小子别忙，晚上再收拾你！"

蔡继刚闹不清楚他们谁有理谁没理，他带过兵，深知和这些没文化的士兵打交道是需要有技巧的，当长官的只能大致主持一下公道，原则是宜粗不宜细，有的长官不懂这些，非要钻进去搞清到底谁有理谁没理，最后的结果往往还是一本糊涂账，不但解决不了矛盾，当事人双方还都不满意。

蔡继刚把孔连长叫到一边问："孔连长，这到底是怎么回事？"

孔连长说："长官，没啥大事，麻老五和铁柱为抢战利品打起来，满堂见他兄弟挨了揍，就不干了，就揍了麻老五。"

"这么说，主要肇事者是麻老五和铁柱？"

"对，是他俩先打起来的。"

蔡继刚问："孔连长，你如实地告诉我，这两个打架的士兵在战斗中的表现如何？"

孔连长说："表现都不错，铁柱是机枪手，倒在他枪下的鬼子有好几百了。麻老五是2班班长，除了喜欢占点小便宜，打仗还是不含糊。长官，这么说吧，自从我们营守卫张家山以来，还没有出现贪生怕死、临阵脱逃的士兵，一个都没有，这个我可以保证！"

蔡继刚点点头，从手腕上摘下自己的手表递给孔连长："孔连长，这件事不要再追究了，让铁柱把怀表还给麻老五，我这块表送给铁柱。"

孔连长惊讶地问："长官，你这是……"

蔡继刚说："告诉这两个士兵，这是给他们在战场上英勇战斗的奖励，我希望他们继续保持这种战斗意志，等战斗结束，我会亲自为他们请功！"

蔡继刚说完拍拍站在一边的弟弟："走吧，跟我回军部，去见见方军长。"

目瞪口呆的孔连长看着蔡家兄弟俩走下阵地，他仔细端详着蔡继刚留下的手表，认出这是块罗马牌的瑞士表。孔连长大吼道："麻老五，铁柱，都给老子滚过来，日他娘，你们这两个兔崽子违犯军纪，聚众斗殴，还他娘的打出奖励来啦……"

如果不身临其境，没有人能体会到衡阳守军在浴血厮杀、苦撑危局的深切感受，连蒋委员长也难以感受。因为最近从国际到国内发生的很多事情，让蒋委员长穷于应付，焦头烂额，要解决这些问题并不容易，这已经远远超出了蒋委员长的实际能力。就衡阳之战而言，蒋介石即使作为最高统帅也难以驾驭，目前衡阳外围的军事态势似乎迷雾重重。

衡阳守军陷入苦战，度日如年。而衡阳外围不是没有部队，仅仅分布在浏阳、萍乡、醴陵一带隶属第九战区的部队就有整整6个军！如果再加上分布在湘江西岸地区隶属第四、第六、第七、第九战区的部队共7个军，那么衡阳外围的广大地区共有13个军，三四十万人。这些部队如果指挥得当，将士用命，想解衡阳之围应该是可以做到的。

可惜的是，这些部队目前也自身难保。蒋介石通过空中侦察得知，浏阳、萍乡、醴陵一带的国军第20军、26军、44军、72军、37军、58军等正规军团现在居然陷入游击战的境地。湘省的大部分水网及大小道路均为日军所控制，这些野战兵团全部被逼入大山之中，后勤保障无着落，部队进击奔袭全靠武功山、罗霄山等山脉中的小路去完成，辎重、火炮、粮弹等物资运输耗去了部队的大量战力，自身尚且难保，哪有能力去支援衡阳？

湘江西岸地区活动的是第74军、73军、79军、99军、100军、46军、62军。

· 第二十七章 ·

按照战役预案，它们应该是支持衡阳作战的主力部队，但在解围过程中，最高统帅部犯了逐次使用兵力的错误。当第62军两个团竭尽全力突击到衡阳西南近郊时，本来应与第62军协同作战的第79军却在蒸水以北按兵不动，未能起到夹攻的效果。在最高统帅部的一再严令催促下，第79军终于在费尽千辛万苦到达衡阳西侧时，第62军的两个团已经被日军打垮，所有日军打援部队一齐掉过头来对付第79军，倒霉的第79军立足未稳，立即遭到重创，仓皇后退。

7月27日，苦战中的衡阳守军连连告急，请求增援。从第四战区赶来的第46军全力突击到衡阳西北近郊的三塘附近时，由于缺乏两翼掩护，又成了深入之孤军，受到日军两面夹击，因伤亡惨重而败退。

第74军在国军的战斗序列中属最精锐的主力，在历次的会战中均有上乘表现。然而，这次参加衡阳解围作战时，第74军独自在衡阳近郊鸡窝山一带与日军打援部队鏖战，也没有与其他援军联手进攻，当攻克鸡窝山阵地后又突然莫名其妙地撤离了。

在多路援军中，第62军可以说是最得力的援军，该军两次攻占衡阳郊区的雨母山，此地距离衡阳市中心仅12公里。当时的日军阻击部队是第40师团234联队，事后的情报证明，在国军第62军的拼死攻击下，日军234联队的防线几度被突破，日军官兵死伤惨重，连马夫和通讯兵等辅助兵员都进入一线阵地，在弹药用尽时用拼刺刀和投掷石块等方式继续战斗，可见战况之惨烈。令蒋介石捶胸顿足的是，当时第62军北侧衡宝公路60华里处就有第100军整整三个师的主力部队，但这两个军分属两个不同的战区，没有形成协同作战，致使这次最有希望的攻击化为泡影。

纵观湖南战场全局，国军对衡阳的各路增援部队并不是没有机会，但由于各路援军分属不同的指挥系统，令出多门，又没有一个临近战场的统一指挥部，因此在战役指挥方面出现极大的混乱。

不得不承认，1944年的中国军队及中国将领们，最最缺乏的是积极主动的战术意识，消极被动的作战方式已经成为这支军队深入骨髓的病毒。将领们都唯恐孤军深入，无人救援，反陷入日军重围之中，如此顾虑，其作战力度便可想而知。

第九战区本来就是由多个地方部队组成的混合体，但在抗战中一直还能有良好的配合，第九战区司令长官薛岳也并非无能之辈，作为战区主帅，他在此前的几次著名会战中居功甚伟，自创的"天炉战法"颇有独到之处。但此公在性格方面有严重缺陷，他刚愎自用，好大喜功，缺乏容人之量，处理下属关系时挟公带私，难以服众，缺乏一个军事统帅应有的威信和素养。特别是横山勇的

503

第11军发动攻势以后，薛岳完全丧失了斗志，蒋介石命令他前往粤汉路和湘桂路相夹的粤湘桂三角地带，薛岳拒绝服从。他避开日军的攻击锋芒，带领第九战区指挥机关撤往湘赣粤边界，离开了作战中心。如此一来，第九战区群龙无首，指导衡阳作战和衡阳解围的指挥机构陷入瘫痪状态。

远在重庆的蒋介石更是难辞其咎。这位最高统帅的越级指挥是一以贯之的，其特点是朝令夕改，而且缺乏缜密的运作能力。第六战区王耀武集团军兵出湘西，其属下的第79军和第62军的作战任务、攻击方向尽管相同，却分属于不同战区，没有一个统一指挥的长官，而是直接听命于坐镇重庆的蒋介石和侍从室主任林蔚的指挥，因此这两个军各自为战，完全不能形成合力，直致溃败。

在1944年的湖南战场上，国军失利的另一个原因，是日军破译了国军的无线电密码，而国军最高统帅部却始终被蒙在鼓里，事情落到这一步，仗就没法打了。

无论国军各路援军怎样隐藏作战意图，却总在关键地域遭到日军的准确截击，在截击的同时，还能对国军救援部队的侧翼进行侧击，致使国军的攻势瞬间逆转而被迫放弃增援，日军凭情报之优势处处夺得战场先机，其行动迅速而有效。

日军第11军司令官横山勇是个极为聪明的对手，他一眼就看透了国军的战略部署，因此坚持日军最初的战役预案。对衡阳攻势虽然一挫再挫，伤亡惨重，但他对负责攻城的第68、第116两个师团只进行整补而并无增援。在目前阶段，横山勇不打算将其主力师团投入到攻城之战中，他在耐心地等待时机。

横山勇对大本营的解释是："只要将敌人外围主力击破，衡阳守军得不到援军，在无补给的情况下，待其战力耗尽时，则不攻自破矣！"

果然，到了7月底，衡阳外围的日军各师团将湘江东岸的国军全部压迫至衡阳以南很远的地区后，横山勇立即抽调出三个师团的兵力投入衡阳攻城战。

1944年的中国战场，实在是中国军队的噩梦。

日军对衡阳的第三次总攻开始于8月3日午夜。日军97式轰炸机三个战队一批接一批地出动，对衡阳市区、西南两面的高地实施地毯式轰炸。对守军更为不利的是，日军已把湘江东岸的衡阳机场跑道修好，其作战飞机可以就近起降而不计油料和航程，每架飞机一天之内竟然能起降20次以上。

这场大轰炸从午夜一直持续到拂晓，飞机轰炸刚停，城外四周的日军炮群又开始了集火射击，四万多颗不同口径的炮弹在黎明前的天幕中划出密如蛛网的弹道，带着骇人的呼啸声落在城内建筑物和守军的阵地上，衡阳城被笼罩在烈火和硝烟中。

横山勇的意图是用饱和轰炸摧毁城内的工事和火力点，为步兵部队突入城区进行巷战做准备。

为这次攻城，横山勇重新做了兵力部署：命令第40师团南下，占领衡阳城西北角，阻击国军第六战区的援军；调第58师团加强北面的攻城力量；第13师团从耒阳北上，与第68师团兵合一处攻打衡阳城南门；第3师团从茶陵转进耒阳，作为战役预备队，随时准备加入攻城作战；第116师团攻打衡阳城西门任务不变；其他各师团和第11军直属部队，在湘江两岸阻击来援的中国军队，使其不能接近衡阳。

横山勇为了完成对衡阳的最后一击，又增加了四个师团的兵力，加上原来攻城的第68、第116两个师团，进攻衡阳城的兵力达到六个师团。如果再加上炮兵部队、第5航空军的三个轰炸机战队和两个战斗机联队，其总兵力高达11万余人，各种口径火炮共计300余门。

如此强大的战力，仅仅为了对付一个伤亡过半、建制残破、即将弹尽粮绝的第10军，这是长达十四年的抗日战争中绝无仅有的一次。

山田圭一是三天以前随着数千名补充士兵赶到衡阳的，因为参与攻城的第68、第116师团伤亡惨重，横山勇不得不从其他师团大量抽调兵员补充攻城部队。山田圭一所在的第34师团几天前正在衡阳西北阻击国军的增援部队，以一个师团的兵力阻击两三个军的国军部队的轮番攻击，伤亡也不小。师团长伴健雄中将正在叫苦不迭时，却接到横山勇抽调兵员的命令，伴健雄知道衡阳战事不顺利，横山勇正在火头上，哪里敢拒绝？于是咬牙抽调了针谷一郎大佐的218联队开赴衡阳，配合第116师团攻城，山田圭一就这样来到衡阳。

佟满堂、张宝旺等人的逃跑，险些给山田圭一带来灭顶之灾，他成了渡边少佐的重点怀疑对象。渡边不是傻子，他先是不动声色地勘查了满堂等人的逃跑路线，在仓库窗外的土地上发现了他们的脚印，心里便明白了八九分，守备队肯定出了内鬼，不然战俘怎么会进入守备队的院子？渡边又审问了醉酒的两个哨兵和两个炊事兵，诸多的疑点便集中到山田圭一身上。

山田圭一当然是咬死了不认账，他只承认自己醉酒违反了军纪，其余的一概不认，反正喝醉的又不是他一个，渡边总不能把这么多军官全抓起来吧？

渡边当然不相信山田圭一的解释，他只相信自己的推理和判断，这个内鬼肯定是山田圭一，不可能有第二个人，渡边唯一不能解释的，就是山田圭一的动机。他为什么要放战俘逃跑？目前还没有迹象表明他以前认识这些战俘，如果说是为了钱财，似乎也讲不通，因为这些战俘在进营之前，已被无数次搜过身，他们不可能把钱财带进来。既然找不到动机，又没有证据，渡边一时还真拿山田圭一没办法。

"山田君，如果这件事是你干的，你知道会有什么后果吗？"渡边和颜悦色地问。

"长官，我明白，放跑战俘是个严重的罪行，会被送上军事法庭接受审判，最终是被枪毙！但是……长官，事实上我没干，我为什么要放战俘逃跑呢？这没有理由呀，长官。"山田圭一面不改色地回答。

渡边的眼里射出两道冷光："山田君，我清楚，仅靠怀疑是无法定罪的，我就是再想让你死，也不能靠军事法庭去解决。看来我们要想个别的法子，你应该知道，在我的权力范围内，有很多种办法来解决这个问题，而不会惊动上级。"

"这我相信，长官，战争时期什么事都有可能发生，有时需要私下解决。譬如决斗这件事，上级不知道，战俘营管理人员和守备队士兵自然也不会乱说，所以这种事就像没有发生过一样。"

"山田君，你这是威胁我吗？"渡边微笑着问。

"不，长官，我的意思是，我保证不会把我看到的事向任何人说，无论是现在，还是将来。"山田圭一一脸的真诚。

渡边沉默了，背着手来回踱步，好像在思考着什么。

"长官，我觉得……这里的工作不适合我，我请求调动。"山田圭一鼓起勇气说。

正在踱步的渡边站住了："哦，你希望调到哪里？"

"我想去作战部队，哪里都行，希望长官给我一个为天皇陛下捐躯的机会！"

"哦，山田君，你希望参加战斗，不愿意在后方工作，这倒是件值得钦佩的事，我会仔细考虑的。"

山田圭一心想，渡边也有小辫子抓在自己手里，暂时还不能拿自己怎么样，但在他手下工作会很危险。渡边是个报复心极强的人，心胸狭窄，手段残酷，早晚会想出什么办法，把山田圭一置于死地。

他没有别的办法，只能向渡边摊牌。

佛说：对别人行善，你就身处天堂；只顾自己，你就身处地狱！无论身处天堂还是地狱，都由你自己来决定。一念之慈，万物皆善；一心之慈，万物皆庆。心怀慈悲，是度人也是度己。山田圭一一点也不后悔放走战俘的事，有时行善是需要付出代价的，重返作战部队，其结果可能是九死一生，即便如此，山田圭一也认为值得。

# 第二十七章

几天以后，调动命令下来了，山田圭一被调到正在湖南作战的第34师团218联队。218联队由三个步兵大队组成，因联队长针谷一郎大佐而又被称为"针支队"。

山田圭一所在的第二大队被补充进第116师团133联队，这个联队经过三十多天的战斗，伤亡惨重，兵员已经换过两茬了，几个担任大队长的军官竟然全是中尉军衔，中队长以下都是少尉或军曹，开战前大队长以下的军官几乎伤亡殆尽。难怪联队长黑赖平一两只眼睛变得血红，脾气狂躁至极。准确地说，原来的133联队已经不复存在。

山田圭一是老资格军曹了，所以被任命为第10中队5小队的小队长。

在133联队残存的老兵里，山田圭一见到几个来自家乡大阪的士兵，其中的信野三郎和佐佐木忠一竟然在入伍前就认识，他们都是预备役应召入伍的。

他乡遇故知当然很高兴，大家扯了几句往事后，话题马上就转到战争。信野三郎和佐佐木忠一是从第40师团抽调来的，刚刚补充进133联队就赶上7月11日第二次总攻，几场战斗下来，133联队的士兵伤亡达70%，建制又一次被打残，他俩能够活下来完全是靠运气。不过，在衡阳之战没有结束之前，谁也不敢夸自己的运气好，也许今天夜里，也许明天，运气就会悄然溜掉，谁知道呢。

信野三郎心有余悸地说："山田君，你简直无法想象战斗有多么残酷，最可怕的不是中国军的机枪，是他们的手榴弹，那种长柄的M24型手榴弹，一次就是几百颗，密密麻麻地飞过来。他们还有一种铁环，可以把两枚或四枚手榴弹连在一起，这种四枚集束捆爆炸起来不亚于一颗82迫击炮弹，仅仅是冲击波就可以把人体撕成碎块，我们大部分的伤亡都是手榴弹造成的。"

佐佐木忠一说："信野君这样说是很片面的，谁说中国军的机枪不可怕？我认为也非常可怕，关键在于他们设置的火力点，很巧妙地利用或者改造了地形，射击角度好像是全方位的……"

山田圭一奇怪地问："全方位的意思是什么？"

"也就是说，你一旦进入了他们的防御圈，就没有任何死角可以躲避火力，他们机枪的射向很少有正面的，而大部分是侧射、斜射、俯射和仰射，有时甚至在壕沟的底部也设有秘密火力点。当你无处躲藏的时候，以为跳进壕沟就安全了，那你可想错了，也许正中中国兵的圈套，进去了就别想活着出来，我的前任中队长就死在壕沟里。"

听了他们的叙述，山田圭一感到很恐惧，他虽然也参加过多次战斗，但和这次残酷的衡阳攻城战相比，那可真算是小打小闹。开战这么多年了，日本军队在中国战场上还从来没有遭受过这样惨重的伤亡。为了处理尸体，第68、第

116师团都专门抽出一部分兵力焚烧尸体,以致造成木柴等燃料的大量短缺,专门装骨灰的瓷罐也供不应求。山田圭一见过那些从前线拖下来的尸体,简直惨不忍睹,大部分残缺不全,还腐烂发臭,负责处理尸体的士兵们被尸臭熏得恶心呕吐,吃不下饭,仿佛活在地狱里。

山田圭一不是职业军人,他生长在信奉佛教的家庭,从小受到的教育是修身行善,厌恶一切暴力行为。自从入伍到了中国战场,山田圭一也被迫杀过人,但那是在战场上,和中国士兵遭遇,对方已经举起了枪,他为了保命只好开枪打倒对方。每次杀过人以后,山田圭一都要后悔很久,并在夜阑人静时背诵《地藏菩萨本愿经》,希望超度死者。

看到衡阳的战况,山田圭一的恐惧来自两个方面,那就是杀人与被杀。他不愿意杀任何人,也惧怕别人杀自己。但实际上这不可能,山田圭一无法主宰自己的命运,军人就是职业杀人者,不想手上沾血是不可能的。

山田圭一到达衡阳的第二天,133联队俘获了12名中国战俘,黑濑大佐不耐烦地挥挥手说:"我们没有多余的粮食养活战俘,还是按老办法处理吧。"

第10中队中队长松井少尉马上心领神会。所谓的按老办法处理,就是全部杀掉,对待战俘,这是最省事的办法。松井少尉在10天以前还是个小队长,几次战斗下来,133联队的军官伤亡了80%,于是松井自然晋升了一级,以少尉军衔当上第10中队中队长。

新官上任三把火,松井很年轻,刚满21岁,从军校毕业不到一年就当上了中队长,这使他一直处于亢奋状态,没事还想找点事来证明自己的能力,更何况联队长派下了任务,他当然要不折不扣地执行。

松井少尉兴奋地对山田圭一说:"山田军曹,联队长给了个美差,你带一些新兵把战俘处理掉,拜托了!"

山田圭一冷冷地说:"松井少尉,杀人算什么美差?我是个佛教徒,不宜执行这类任务,你还是找别人吧。"

松井颇感意外地看着他:"山田军曹,难道你不觉得,杀人是有快感的吗?我们军队里信佛的人多了,但这并不妨碍他们杀敌立功啊?这样吧,我们节省些弹药,用刺刀干,新兵们也好借此机会练练手。"

"不,松井少尉,我不想手上沾血,我是有宗教信仰的人,请你理解!"

松井少尉生气了,他的声音提高了八度:"山田军曹,我想提醒你,这里是军队,只讲条令,不在乎你是何种信仰,请你执行命令!"

山田圭一不得不屈服了,他没有胆量抗命,否则他只有上军事法庭,后果是可以想象的。

# 第二十七章

士兵们把战俘绑在木桩上，12个新兵手持装上刺刀的步枪，兴奋地做出预备姿势。战俘们的表情也很不一样，有的恐惧求饶，有的怒目相视。山田圭一很想问问他们，临死前有什么话要说，但转念一想，自己会说汉语的事不能暴露，不然以后会有麻烦。他站在刑场侧面，硬着头皮向新兵们发出命令："全体注意，预备……突击！"

发布命令后，他转过身去，不忍再看。身后传来战俘们的惨叫声，他甚至能听到刺刀刺入肉体发出的"噗噗"声。一个湖南口音的战俘负痛大骂起来："小鬼子，我操你妈！老子做了鬼也不放过你……"

山田圭一飞快地离去，炎炎烈日下，他感到一种深入骨髓的寒冷。这是怎么了？几乎人人都成了刽子手，把杀戮当成了乐趣，这些新兵入伍之前都是些本本分分的青年，他们懂礼貌、单纯、热情，甚至腼腆，怎么一进入军队就成了禽兽？照此下去，大和民族恐怕是要遭大难了。

天作孽犹可违，自作孽不可活。佛说，心怀恶念，终得恶果！一个人作恶会下地狱，要是一个民族作恶呢？恐怕也同样终得恶果！

佛家有六道轮回之说，是为天道、人道、阿修罗道、地狱、饿鬼、畜生道。前者为三善道，后者为三恶道。也就是说，人死后的元神有六种去向或归宿。生前为善积德多者，死后可进入天堂做天人享福；生前为善作恶兼有者，死后可以重新投胎人间做人，因前世造孽而因缘聚会，或报恩或还债。还有三种不好的去向或结局，就是因生前作恶太多而堕入地狱受刑罚之苦，或在阴间做饥饿之鬼，或转生成各种动物、牲畜。佛家忌杀生吃荤食肉，其中一个因素就是基于动物的前生曾经是人，而人死后也可能转生成动物这一认识。传说唐时高僧寒山大师看到一个俗家人娶媳妇，这新娘原是新郎的老祖母转世，同时再看到坐在筵席上饮酒食肉的来宾，却原是新郎家的牛马转世，而锅里的猪羊鱼肉，都是他家六亲眷属转生。可怜六道凡夫众生，不明因果，颠倒妄为。寒山大师看了，不禁悲从中来，号啕大哭，唱出一个偈子："六道轮回苦，孙儿娶祖母。牛羊席上坐，六亲锅内煮。"

这是山田圭一幼年时伏在母亲怀里，母亲给他讲的故事。母亲说过，善恶有报，不是不报，时辰未到。如今多少年过去了，山田圭一永远也不会忘记母亲的教诲。这次他尽管没有亲手杀人，但他仍然陷入深深的自责中，无论如何，他等于间接参与了杀害战俘的罪行，明察秋毫的佛祖能饶恕他吗？

8月3日午夜，日军对衡阳的第三次总攻开始了，第10中队的任务是协同其他两个中队进攻岳屏山阵地。这是个标高只有九十多米的土山，守军在山脚下挖出近三米高的人工断崖，断崖前设有雷场、壕沟和数道铁丝网。山田圭一听老兵们说，在前两次的总攻中，在这道要命的人工断崖下，至少有两千多士兵丢了性命。

战斗打响前，第10中队准备了很多竹梯，就是为了对付这道断崖。中队长松井少尉还召集大家讨论，让大家都动动脑子，怎样才能既减少伤亡又能迅速登上断崖，占领阵地。大家讨论了半天，好像也提不出什么有效的办法。佐佐木忠一开玩笑说，除非大家都长出翅膀，但即使长出了翅膀也仅仅是解决了梯子问题，伤亡照样避免不了。

不光是士兵们想不出好办法，各级指挥官也没有好办法，面对这样的阵地，除了按部就班地使用老一套程序，好像没有更好的方式。进攻之前照例要进行炮火准备，狂轰滥炸之后，大批的步兵即展开多层散兵线，乱哄哄地冲上去。山田圭一看到，敌人的阵地已经在炮火中彻底变了样，人工断崖多处被炮弹炸塌，形成约45度斜坡，断崖下的壕沟几乎被炸平，铁丝网大部分被破坏，守军似乎已经在炮火中被彻底消灭，阵地上静悄悄的，没有一丝生机。

随着散兵线的推进，还传来几声零星的爆炸，这是因为有的士兵触发了残余的地雷，但这点伤亡根本算不了什么。新兵们互相观望，面带喜色，只有老兵们阴沉着脸，谨慎地望着守军阵地一步步向前推进。以往的经验告诉他们，无论多么猛烈的轰炸和炮击，守军好像永远炸不死，鬼知道他们都躲在哪里？

第一波散兵线已经接近人工断崖，守军阵地仍然是死一样的寂静……

山田圭一指挥士兵们架起竹梯，命令掷弹筒手不断向崖顶发射榴弹，进行火力掩护。士兵们登着竹梯开始攀登。信野三郎和佐佐木忠一也登上了梯子，被山田圭一制止："你们俩负责观察上面的情况，等一会儿再上。"

他俩感激地向山田圭一点点头，大家都心照不宣，先上去的士兵十之八九会被打死。山田圭一是在利用小队长的权力，给他们提供一点生的希望。

这时几架竹梯上的士兵已经接近崖顶，他们慢慢探出头，准备顺势翻上崖顶……突然，山田圭一听到几声零星的枪响，四个士兵全是头部中弹，纷纷从近三米高处跌落下来……

佐佐木忠一脸色大变，猛地扑倒山田圭一……就在这一瞬间，崖顶上落下上百颗手榴弹，连续不断的爆炸声震耳欲聋，横飞的弹片削断了竹梯，将上面的士兵变成一块块血肉坠落下来，断崖下的士兵被集束手榴弹强大的冲击波高高掀起，很多残肢断臂被抛上崖顶……

若不是佐佐木忠一扑倒自己，周围的几个士兵又替他挡住了弹片，山田圭一在第一轮弹幕攻击下恐怕就已丢了命。他费劲地推开压在自己身上的尸体，想站起来，耳旁却传来佐佐木忠一的耳语："山田君，不要动，8中队又上来了。"

正说着，第二波散兵线又冲到断崖下，8中队的士兵大部分都是新补充的，士气正旺，他们完全不顾断崖下血肉模糊的尸体和伤兵的惨叫，迅速架起竹梯，争先恐后地向上攀登，还有一些士兵顺着被炸塌的斜坡，手脚并用拼命向上爬，谁知这种斜坡完全是由虚土构成，爬不了几步，士兵们就随着新的塌方滚落下来。

这情景正合守军之意，他们毫不客气地甩下第二批手榴弹，又是一阵地动山摇的爆炸声，山田圭一顿时觉得喘不过气来，他身上又横七竖八压了五六具尸体，大量黏稠的鲜血流到他身上，弥漫的硝烟和浓重的血腥气呛得他连连咳嗽……

在短短的四十分钟之内，133联队对岳屏山阵地连续发起五次攻击，每次的结果都是一样，刚经过补充、接近满员的133联队又损失了70%的兵力。

被压在尸体堆下的山田圭一忍不住哭了，既为自己，也为这些迅速消失的生命痛哭……天皇陛下和军部的那些疯子为什么要发动战争？难道大和民族除了战争就没有别的出路吗？这么多英俊、健康、生龙活虎的年轻人，在一瞬间就变成了血淋淋蠕动着的肉块，这实在太令人痛惜了。国家决策者的一念之差，造成无数生灵的毁灭，这值得吗？

在日军第二次总攻时，方先觉下令放弃了张家山与机修厂及其两侧小高地、枫树山、虎形巢等一线的阵地，预10师各团退守萧家山、打线坪、西禅寺一带的二线阵地，第3师各团仍然防守在五桂岭、天马山、岳屏山一线。

日军的这次进攻果然不同于以往，从8月3日凌晨开始，日军的全线进攻几乎没有停顿过。方先觉、孙鸣玉、蔡继刚等人根据各阵地上报的战况分析，日军的这次进攻完全没有重点，不分主次，他们依仗着强大的火力和充足的兵员，以100人为一梯队，进行不停顿的滚动式攻击，当第一梯队在守军的火力下伤亡殆尽后，第二梯队又涌上来，踩着第一梯队的尸体和伤兵持续攻击，一波未平，一波又起，犹如海水一般一波一波向前滚动。这种残酷的、不要命的攻击方式给守军的精神带来剧烈刺激，第3师8团的一个上士在这种无休止的攻击下精神失常，他号叫着赤手空拳冲出工事，在弹雨中仰天狂笑，顷刻间被机枪打成蜂窝状。预10师29团一个士兵实在难以忍受这种无休止的折磨，索性抱着集束手榴弹单独实施反冲锋，与敌同归于尽。

蔡继刚神色黯然地对方先觉说："子珊兄，部队的作战能力已经达到极限，这就像绷到极限的弓弦，马上就要断了，看来我们需要做一些准备。"

方先觉默默地用红铅笔在城防图上打了个巨大的叉，冷静地问："云鹤，你有什么建议吗？"

蔡继刚和方先觉对视着,嘴里轻轻地说:"无外乎两条路,或死守或突围!"

方先觉微微一笑:"死守好办,无非是战至最后一兵一卒,第10军与衡阳一起毁灭,大家都当英雄。可说到突围,麻烦就来了,我们的几千号伤员怎么办?带着一起突围不现实,如果留下,恐怕全要死在日本人刀下,日军对《日内瓦公约》好像完全不在乎。余程万的57师在常德突围后,留下的伤兵大部分被日本人杀了,这是个教训啊。"

蔡继刚沉默了,他感到无话可说。

常德保卫战就发生在九个月前。1943年11月,国军第74军57师守卫常德,以8300人迎敌。进攻常德的日军还是这个第11军,具体参加攻城的还是眼前这两个老冤家,第68师团和第116师团,再加上个第3师团,攻城的总兵力为四万余人。57师师长余程万率部与敌激战15天,最后带残余的三百多人突围,听说突围后全师仅存83人。据战后消息,57师留在城内的伤员大部分被日军杀害。

方先觉的声音突然提高了八度:"他余程万可以不管伤兵,我方先觉可不能这么干,我不能自己一走了之,丢下几千伤兵让鬼子杀害,真要这么干了,以后哪个士兵还愿意做我的部下?"

蔡继刚点点头说:"好,我同意你的观点,既然不能突围,那就只有最后一条路,与衡阳共存亡吧。"

"云鹤兄,军委会几次来电催你回去,我看你还是走吧。衡阳目前三面被围,只有东面的湘江还是个缝隙,你带几个卫士趁夜坐小船顺流而下,在衡山县一带上岸就算突围成功了,那附近有我们的部队,你找到他们就可以回到后方了。"方先觉真诚地建议。

"子珊兄,我不是说过了吗?我目前还不能走,衡阳还在我们手里,部队还在战斗,作为督战官,我怎么能自己先逃走呢?你子珊兄有自己的原则,难道蔡某就没有原则?"蔡继刚争辩道。

方先觉不为所动:"扯淡!这与原则无关,你我的职责不同,我是第10军的指挥官,当然应该和部队在一起,而你不过是军委会派来的督战官,没有必要和我们共进退。"

蔡继刚不想再争论,拎起冲锋枪一边向外走一边说:"不谈这些了,我到市中心去看看街垒的构筑情况,中正路和中山路交叉的十字路口那里还需要设置一个火力支撑点,否则进行巷战时我们会很被动。"

方先觉问:"你估计什么时候开始巷战?"

"两天之内吧,到时候给我个指挥作战的机会如何?一个连的兵力足矣。"

方先觉不接他的话,只是固执地说:"我希望你仔细考虑我的建议。"

## 第二十七章

蔡继刚转身走出军部。

沈星云走下C-47运输机的舷梯，这是她第一次到桂林秧塘机场，她好奇地打量着机场的各种设施和停机坪上整齐排列的作战飞机。

秧塘机场位于桂林西面，距临桂县城只有两公里，这个机场是1933年年初修建的，又在1939年后动员桂林周边十一县近四万民工，经过三次大规模扩修才成为正式机场。为了便于重型轰炸机起降，长达2000米的跑道全部是由碎石铺成硬面，在没有施工机械的条件下，成千上万的民工开山碎石，再由人力拉着巨大的滚碾来回压实路面才建成。

沈星云感慨地想，一个穷国要建成一个现代化机场，付出的代价真是令人难以想象。没有机械化的碎石设备，几万名农村妇女硬是用手锤把大块的岩石一点一点砸碎，才铺成的这条2000米长的跑道，其中付出了多少艰辛？

一个空军上尉走过来向沈星云打招呼："请问，您是沈星云小姐吗？"

沈星云按军队条令向上尉敬礼："你好！长官，我是沈星云。"

上尉还礼道："我是中美空军混合团参谋冯天翔，是奉命前来陪同您的，您有什么要求可以对我说。"

沈星云说："我在电话里已经说了，这次来桂林，主要是想见王海文上尉，他现在在哪里？我要马上见到他。"

上尉看看手表回答："现在王海文正在带队执行战斗任务，大概要一个小时后才能返航。这样吧，我先带你在机场里走一走，也顺便介绍一下蔡继恒上尉的情况。哦，我忘了说了，我和蔡继恒也是好朋友。"

沈星云点点头："好，那我先参观一下机场吧。冯参谋，你既然和蔡继恒是朋友，那是不是也当过飞行员？"

"你说对了，我以前也是战斗机飞行员，和蔡继恒一起在印度受过训。不过我的运气不太好，去年常德会战时，我的飞机被击中，跳伞后摔断了一条腿，伤好后飞行员是干不成了，只好改行当了参谋。"

沈星云这才发现，冯参谋走路有些微瘸，但不算明显。

两人沿着飞机滑行道向前走去，沈星云望着停机坪上整齐排列的重型轰炸机和P-40、P-51战斗机好奇地问："你们机场怎么有这么多飞机？"

冯参谋介绍道："以前没有这么多飞机，自从长衡会战打响后，衡阳机场失守，秧塘机场就成了湘桂线最前沿的重要场站。最高峰时，每天都有200多架飞机停留。这里驻场单位也比较多，有14航空队第23战斗机大队的两个中队，还有第308轰炸机大队的两个中队，再有就是我们中美空军混合团了。你看，我们团的前沿指挥所就设在前面的鸡公山十二重岩。"

沈星云心不在焉地随口问道："我们的机群最远能飞到哪里？"

冯参谋笑了："沈小姐的问题有点外行，应该问我们机群的作战半径最远能到达哪里。因为飞机所带的油料有限，飞到作战地域后，必须要考虑返回的油料，否则飞机就会掉下来。去年11月，我们的机群袭击了台湾新竹日军的重要基地，这应该算最远的一次出击了。"

沈星云并没有关注冯参谋的话，她在想另外的问题。自从沈星云得知蔡继恒迫降衡阳的消息后，一直处在极度焦虑的状态中。这个消息是王海文通过电话通知沈星云的，战时的电话线路非常繁忙，王海文能打通并找到沈星云已属不易，其通话质量就不能再苛求了。沈星云在一片严重的噪音中只得到了一个信息：蔡继恒的飞机在战斗中受损，已经迫降在衡阳……王海文刚刚说到这里，线路就中断了，无论沈星云如何努力，也无法再一次接通。

沈星云心急如焚：蔡继恒的飞机受损，那他人怎么样？会不会受伤？如果受了伤，究竟有多严重？就算在空中没有受伤，那在迫降时会不会受伤？还有，飞机到底迫降在哪里？是敌人占领区还是我方占领区？要是迫降在敌占区那可就糟了，凭蔡继恒的性格，他是宁可自杀也不会当俘虏。沈星云的这么多疑问没有人能够回答，她思来想去，唯一的办法就是亲自到桂林，找到王海文把事情搞清楚。

想到这里，沈星云心里暗暗后悔，她记得与蔡继恒分手前一天晚上的情景。蔡继恒从"比弗利山庄"咖啡馆逃回招待所时也是鼻青脸肿的，看样子，他和沈光亚在与美国军官的对决中也没占到多少便宜，不过一路上蔡继恒的嘴却一直没闲着，他兴致勃勃地向沈星云吹嘘，那几位美国军人如何受到重创，这场斗殴的最大好处，就是教会那几个家伙今后不要在公共场所信口开河，否则会产生严重后果。

沈星云可没这么兴奋，她感到很后怕，同时也很纳闷，刚才在咖啡馆里自己哪儿来这么大的胆子？居然敢用水龙带攻击宪兵，真是吃了豹子胆。沈星云在教会学校里长大，从小循规蹈矩惯了，哪里惹过这么大的事？幸亏刚才逃得快，要是被宪兵抓住，麻烦可就大了。这件事的始作俑者无疑是蔡继恒，但哥哥沈光亚的表现也很过分，他居然也主动参与了斗殴。在沈星云的印象中，她还从没见过哥哥打架，这使她感到很意外。

沈星云小心翼翼地对蔡继恒说："继恒，你要答应我，以后决不再打架了，可以吗？"

没想到蔡继恒却一口回绝："不行，这我可答应不了，要是遇上让我生气的事,打架肯定是免不了。"

两人下榻的旅店是沈星云事先预订好的,出于某种考虑,沈星云特地预订了两个单人间,这种安排等于明白无误地告诉蔡继恒,目前她还不打算与蔡继恒同居。

当沈星云将单人房间钥匙交给蔡继恒时,蔡继恒颇感惊讶:"星云,这是什么意思?你不愿意和我住在一起吗?"

沈星云回答:"继恒,原谅我,我是基督徒,暂时还不能和你同居,因为我们还没有在教堂里举行婚礼。"

蔡继恒不以为然道:"据我所知,《圣经》里好像没有提到婚前性行为的问题,十诫中也没有说明。再说,基督教教派众多,各个教派对这个问题的解释也完全不同,基督徒婚前不可以发生性行为这种说法,要看你是哪个教义派别的,仅仅一个摩门教就有众多教派,其中有的教派还实行多妻制呢。我觉得,你恐怕是过于保守了。"

沈星云不想解释,只是笑笑说:"对不起,作为一个基督徒,这种行为不是可不可以的问题,而是根本就不该这么做。婚姻是神所设立的,《圣经》里面也有很多关于婚姻的准则,就算没有明确的规定,这种行为也是神所不提倡的,就如同没有人会问一个基督徒可不可以抢银行,因为这是不言而喻的。"

蔡继恒苦笑道:"我以前从没有和基督徒打过交道,你的行为准则让我惊讶,可是我们的关系……我们是准备结婚的,只是由于战争,还没有举行婚礼,难道这种已定关系的同居上帝也不允许吗?"

"亲爱的,同居并不证明我们已经结婚,结婚才可以同居,这是一条原则。我不想做神所不喜悦的事,请你原谅我。继恒,我们都要忍耐,不可放纵自己,上帝在注视着我们,等我们在上帝面前举行了婚礼,我会把自己毫无保留地呈献给你。"

沈星云能感觉到,蔡继恒的目光有些黯淡,他正在克制着自己心中的失望,但马上就恢复了常态,向沈星云张开双臂:"来,我们拥抱一下,就算是告别,明天就要各奔东西了,我会想念你的。"

沈星云一头扑进蔡继恒的怀里,热泪夺眶而出,她倾听着蔡继恒的心跳,一下,一下……那强有力的心跳声宛若擂鼓。

两人拥抱了很久,但谁也没有说话。

那一夜,沈星云辗转反侧,彻夜未眠,她很难描述这种感觉,她的内心在苦苦挣扎,她的身体在发热,在躁动。信仰的力量与原始的本能在激烈地冲突、碰撞……当她痛苦得难以自抑时,甚至忍不住想去敲响蔡继恒的房门,但最终她克制住自己，没有行动。沈星云把脸埋进枕头里，无声地哭泣，她心中隐隐约约有一种企盼，这个傻子怎么就不能再主动一点？若是此时蔡继恒来敲自己的房门，沈星云也许就会不顾一切扑进他的怀抱，哪怕事后遭到神的严厉惩罚，她也认了。

然而，蔡继恒始终没有来敲门。

"沈小姐，王海文他们返航了。"冯参谋的提醒使沈星云回到现实中。

天空中传来飞机引擎的轰鸣声，跑道上空出现涂着鲨鱼嘴图案的P-40E战斗机，飞机一架架进入跑道降落……

冯参谋紧张地数着飞机的架数，他的脸色渐渐变得惨白，低声说："糟糕！只回来四架，看样子有两架出事了，起飞时是六机编队……"

沈星云的心一下子抽紧了，她发现返航的四架战斗机机身上竟也是弹痕累累，其中一架飞机的座舱盖被子弹打得粉碎，浑身是血的飞行员被地勤人员抬下飞机，真不知道他是怎么把飞机开回来的。沈星云无法想象，这些飞行员刚刚经过了怎样残酷的一场空战。

王海文拎着伞包和飞行图囊跳下舷梯，大声对地勤人员喊道："快！给我加油装弹，机翼上挂250公斤伞弹，我们就在这儿等着。"

一个地勤人员吃惊地问："我们没有接到通知，难道你们还要起飞吗？"

王海文轻描淡写地说："我们返航的时候发现一个日军油库，我要再去一趟，把那油库干掉！"

王海文向跑道边走来，他是个二十四五岁的年轻人，但从脸上的神态和走路的姿势上看，倒像是个久经沙场的老飞行员了。他脸色平静，动作敏捷，当受伤的飞行员从他眼前抬过时，大量的鲜血透过帆布担架一滴滴洒落在跑道上，他竟视而不见，只是不动声色地向受伤的飞行员行了个美式军礼，然后微笑着竖起两根指头做出"V"字手势，动作是那么自然而洒脱。

沈星云暗想，这是个已经对鲜血和死亡司空见惯的老兵了，世界上没什么事可以吓倒他，蔡继恒也属于这类人。

冯参谋迎上前去和王海文打招呼："海文，今天是不是有伤亡？"

王海文把伞包甩到肩上，满不在乎地回答："嗨！打仗嘛，还能没有伤亡？关键看是不是值得，我们损失了两架，可干掉他们四架，够本啦，我知足！"

冯参谋向王海文介绍："海文，这是沈星云，蔡继恒的未婚妻，她是特地从羊街机场飞过来的。"

王海文愣了一下，马上客气地伸出手："你好！沈小姐，我经常听鳄鱼提起你，你找我有什么事吗？"

沈星云急切地说:"我想知道蔡继恒的全部情况,他是在什么情况下迫降的?迫降后有没有受伤……"

王海文温和地安慰道:"别着急,别着急,你慢慢说,我先回答你第一个问题,鳄鱼在那场空战中击落两架敌机,自己的飞机也严重受损,我是看着他迫降的,直到他获救我才飞走,我从空中观察,他应该是没有受伤,请你放心!"

"海文兄,继恒迫降衡阳后,除了你给我打过电话,我没有得到官方的任何通知,这样是不是太不负责任了?另外,也没有人告诉我,蔡继恒何时才能返回后方。"

"哦,这个问题恐怕要怪鳄鱼,他并没有向上司汇报自己有未婚妻的事,只有我们几个人知道,现在杜黑和海蜇皮已经阵亡,知道这件事的只有我了。至于鳄鱼什么时候才能返回基地,这我可没法回答,因为现在衡阳已经被围得像个铁桶,水陆交通全部断绝,鳄鱼可能要到衡阳解围后才能回来。"

沈星云长长吁出一口气,终于放下心来,蔡继恒没事就好。多日来的紧张情绪一旦松弛下来,她顿感四肢乏力,身体瘫软,很想找个地方坐一坐。

王海文关切地扶住她:"星云,你是不是身体不舒服?要不请冯参谋马上给你安排住处,先休息一下?"

沈星云摇摇头:"不用,我没事。海文兄,你是继恒的好朋友,我应该拿你当哥哥,我……有件事想和你商量……"

"你说,只要我能办到,我都会答应你。"

"请告诉我,有什么办法能进入衡阳。我还有一个月的休假,我想去衡阳,和蔡继恒在一起,再说,现在保卫衡阳的部队一定缺人手,我可以当个护士。"

王海文笑了:"星云,你这是异想天开,没有一点可能。我说过,目前衡阳水陆交通全部断绝,守军的粮弹供应只有靠空中才能勉强补给一些……"

沈星云的眼睛一亮,脱口道:"空中?这倒是个好主意,你能帮我找一副降落伞吗?我可以随空投的运输机去衡阳,然后跳伞下去。"

王海文突然变得严厉起来:"胡闹!你学过跳伞吗?如果没受过训练,除了摔死,没有别的可能。再说,运输机的起飞重量都是经过严格计算的,能多装一公斤是一公斤,你的体重怎么也有五十公斤吧?与其把你装上,不如多装五十公斤弹药。星云,别再胡思乱想了,鳄鱼现在很安全,甚至可能比我们还安全,你还有什么不放心的?"

一个地勤人员跑过来喊道:"中队长,你们的飞机加油装弹完毕,现在可以起飞了。"

王海文点点头:"知道了!"他转身对沈星云说:"星云,一会儿请冯参谋给你安排个住处,今晚先住下,明天返回羊街机场,不要再胡思乱想,鳄鱼如果有什么消息,我会在第一时间通知你。"

沈星云望着停机坪上依次排列的三架飞机,忧心忡忡地问:"这么晚了,你们还要起飞吗?"

王海文戴上飞行帽,蹿上舷梯回答:"一个小活儿,用不了多长时间。星云,要是我能回来的话,今晚我请你吃饭!"

沈星云的眼泪一下子流了下来,她这才体会到王海文那句话的含义:"鳄鱼现在很安全,甚至可能比我们还安全。"这些战斗机飞行员每时每刻都处在生死边缘,每一次起飞身边都有死神伴随,这就是战争,残酷至极。

沈星云望着王海文呜咽道:"海文兄,答应我,一定要好好的回来,上帝保佑你们!"

王海文笑笑,没有回答,他发动了引擎,透过座舱玻璃又一次打出那个潇洒的"V"字手势。

三架战斗机轰鸣着依次冲上跑道,渐渐加速,然后一架架腾起,消失在云层中……

沈星云呆呆地望着天空,久久地不肯离去。

满堂所在的3连从张家山阵地撤往二线阵地时,预10师30团的建制已经残缺不全了,据团长陈德陛上校统计,现在30团能够参加战斗的兵员已不足400人。3连除了现任连长孔大川外,所有的军官全部阵亡,全连兵员不足40人。

在日军第一次总攻时,师长葛先才就考虑到加强二线阵地,他认为随着战事的发展,一线阵地早晚要放弃,因此巩固二线阵地是刻不容缓的事。在军部工兵营的协助下,萧家山、打线坪、西禅寺一带的阵地前都挖了15至20米宽、12至15米深的尖底外壕,用带锋利倒刺的铁丝网挂在壕沟中的两壁上,外壕前还铺设了雷场。

3连负责防守萧家山阵地。比起张家山阵地,这里的地形和工事设置完全不一样,那道深十几米的外壕代替了以前的人工断壁,但守军的火力点不再是构筑于锯齿状的尖端位置上,而是无规律地设置了很多暗堡,有些暗堡的射击孔居然开在壕沟的底部。

8月3日凌晨,日军的第三次总攻开始时,由于日军的攻城兵力已达到六个师团,兵力极为充足,所以在兵力的使用上显得财大气粗。他们以大队为单位进行滚动式连续攻击,在每500米宽的防线正面,日军每一个波次的进攻都达到了上千人。

最使满堂感到恐惧的是日军进攻前的饱和轰炸，这次轰炸比以往任何一次轰炸都猛烈。日军的97式轰炸机像走马灯一样飞来飞去，把雨点般的炸弹倾泻在阵地上。反正他们修复了衡阳机场，不用考虑油料和航程，只需起飞和降落加上载弹的时间。日军的100毫米加农炮和150毫米榴弹炮也加深了守军的恐惧，这种口径的炮弹威力惊人，落地爆炸后形成的弹坑深达七八米，再坚固的掩蔽部也经不住一颗直接命中的炮弹。

3连的运气还不错，在第一轮的炮火中只伤亡了七八人，而邻近的2连阵地就没这么幸运了，一颗500磅的航空炸弹直接命中一个掩蔽部，30多个弟兄一个也没跑出来。

日军的步兵几乎是跟着炮弹的炸点前进，炮声一停他们的散兵线已经出现在外壕前，人数之多，声势之大，使守军的弟兄们倒吸一口凉气，仅仅听着数千个喉咙发出的呐喊声就足以令人肝胆俱裂了。

外壕前的雷场里，在炮火下残存的地雷被纷纷踩响，爆炸声此起彼伏，日军士兵的残肢断臂不断地被气浪抛向半空，而大队的日本步兵根本不为所动，他们完全不在乎这点伤亡，一道道散兵线无动于衷地越过躺在地上哀号的伤兵，坚定地向前推进……

日军的前锋线一步步接近外壕，守军阵地上依然一片沉默。日军士兵们似乎也受到某种感染，他们停止了呐喊，攻守双方都在沉默，整个阵地陷入死一般的寂静……这是一种精神和意志力的较量，攻守双方都在等待着猝然爆发的那一刻。

100米，50米，30米，距离在令人窒息的煎熬中一点点缩短，当日军的前锋线推进到离外壕只有三四米时，连长孔大川的驳壳枪响了，一个日军中尉眉心中弹栽倒……守军阵地上骤然迸发出密集的火力，由轻重机枪组成的火网将最前边的几十个日本兵打成了蜂窝，纷纷栽倒。

满堂、张宝旺等人这才看出来，这个阵地设置得如此巧妙，日军大批步兵在无遮无拦的开阔地上遭到密集火网的拦截，他们唯一的反应就是慌不择路地跳进外壕，这样才能躲避弹雨的杀伤。谁知日本兵们刚一跳进去，等候他们的是锋利的铁丝网倒刺，这一团团的铁丝网就挂在沟壁上，锋利的、带有倒钩的铁刺毫不客气地穿入肉体，深陷入骨，再想拔出来可没那么容易，就好比吞了鱼钩的鱼，想凭自己的力量摆脱铁刺上的倒钩是难以办到的。日本兵的战斗意志令人称道，他们虽然疼痛难忍，但还是忍痛拔出一只只脚，继续向前迈进，但前面等着他们的还是同样的铁丝网和尖刺，就这样，第一批跳进外壕的一百多个日本兵全部挂在壕壁的铁丝网上，浑身血淋淋的动弹不得。

日军后续部队看到前面自己人进入外壕，立即加快速度增援，后面步兵在守军的火力威胁下，顾不上观察，全把外壕当成了避难所，于是一波一波的士兵纷纷跳下外壕，全然不知这里是下得去、上不来的陷阱，不到半个小时，六百多名日军士兵义无反顾地跳进了外壕。在后面观战的日军133联队指挥官黑赖平一在望远镜里看到这情景，心中不禁大骇，他不明白，这条壕沟竟然一下子吞没了一个步兵大队百分之六十的人，而且没有一个士兵能爬出外壕，这条壕沟里到底有什么机关？

黑赖平一在几天前才刚刚由大佐晋升为少将，到目前为止，他是日本陆军里唯一的少将联队长，这也表明他下一步的职务必然会晋升为旅团长。刚刚进入将官阶级的黑赖平一比较谨慎，当了将军的人就不能再像过去一样，动不动就举着指挥刀亲自率部队冲锋，否则他栽不起。

黑赖平一少将决定立刻停止进攻，他的这一决定挽救了133联队大部分士兵的生命。

此时壕沟里面的六百多日军士兵陷入绝境，有些强悍的士兵不甘心无所作为，强忍着皮开肉绽的痛苦，从乱麻般的铁丝网中挣脱出来，用刺刀在近九十度陡立的壕壁上挖出脚蹬，一步步攀上沟沿。谁知一个士兵刚探出头来，一颗子弹就准确地打进他的眉心，不一会儿，前后有七八个日本兵都成了孙新仓的枪下鬼。剩下的日本兵们再也不敢轻举妄动了，他们只能把希望寄托在援兵身上，天亮后联队长官自有办法。

连长孔大川和手下的几个排长班长商量，该如何收拾这几百个陷入绝境的鬼子。麻老五抢先发言："连长，能不能弄几桶汽油来？把汽油往下面一浇，然后划根火柴就齐了，把这帮鳖孙当柴火烧了算啦！"

孔大川骂道："狗屁！咱们哪儿去找汽油？别他娘的净出些没用的主意。"

满堂献策说："俺看还是用手榴弹招呼吧，有个200颗手榴弹就差不多了。"

张宝旺反对："这招儿不行，手榴弹爆炸有安全死角，鬼子全趴在沟底，他们还能架起尸体挡住弹片，光靠手榴弹没法把他们都收拾干净。"

孔大川表示赞同："就是，还是宝旺脑子好使，这些鬼子就是畜生，他们拿自己人的尸体也不当回事，要拿死人做成掩体，咱还真拿他们没办法。再说了，200颗手榴弹咱也糟蹋不起呀。"

铁柱突然蹦出一句话："连长，还是用机枪干最省事，你忘了？沟底下有射击孔，是工兵营修的。"

孔大川一拍脑门，恍然大悟："日他娘的，我咋把这事给忘啦！沟底下有暗火力点，而且射界是直通通的，一旦开火这些狗日的躲都没地躲。咱这么干，铁柱带几个机枪手进入暗火力点，从下面干。其余的机枪都架在沟沿上往下招呼，这叫关门打狗！铁柱，你小子出的主意，等打完仗我给你请功！"

铁柱不好意思地说："请啥功啊，连长要真有这份心，还不如请俺和俺哥吃烙饼摊鸡蛋嘞。"

"没问题，就吃烙饼摊鸡蛋，还有猪头肉，等打完了仗，只要我孔大川还活着，我拿出三个月军饷请全连弟兄吃饭！"孔大川拍着胸脯说。

张宝旺看看天提醒道："连长，趁鬼子下一轮进攻还没开始，咱们现在就动手，省得夜长梦多。"

孔大川提起一挺捷克式轻机枪，换上一个弹匣喊道："各就各位，准备射击！"

铁柱和副射手提着机枪，拿了20个压满子弹的弹匣，从暗道钻进一个暗堡。当副射手抽去射击孔上的伪装板时，铁柱清楚地看到壕沟里的情景，不由暗叹工兵营的弟兄构筑工事之巧妙。原来这个射击孔开在离沟底一米高的位置上，射向正对着笔直的壕沟，沟底的日军士兵们无遮无拦地暴露在枪口下。铁柱轻轻拉开枪机，发出轻微的金属摩擦音。这声音惊动了一个日本兵，他发现壕壁上突然出现黑洞洞的射击孔，顿时发出恐惧的喊叫，另一个日本军曹到底是老兵，反应极快，迅速掏出手雷……

铁柱岂能让鬼子得手？他猛地扣动了扳机，轻机枪"哒哒哒"地狂叫起来，一串子弹穿透日本军曹的胸膛，其贯穿力并未衰减，子弹又连续贯穿后面的日本兵。近距离的射击带来了惊人的杀伤力……

ZB-26轻机枪的子弹初速为每秒830米，标尺射程1500米，有效射程为800米，这种机枪和所使用的7.92毫米子弹是为中远距离目标设计的，因此在50米内的抵近射击中会产生极强的侵彻力，可以轻易贯穿两三个人的身体，大大提高杀伤效果。

铁柱的机枪刚刚打响，架在沟沿上的七八挺机枪也居高临下打响了，困在沟底的数百名日军士兵发出一片绝望的惨叫声……铁柱一口气打完了10个弹匣，副射手用了10秒钟更换下打红的枪管，轻机枪又以每分钟500发的射速继续射击，转眼间又打空了10个弹匣。

这时沟沿上传来孔大川的叫骂声："停止射击！铁柱，你他娘的给我睁大眼睛看着，沟底下没活人啦！"

沟底寂然无声，六百多个日军士兵横七竖八地叠成一米多厚的尸堆，大量的鲜血在无声地流淌，静静地渗入泥土中……

尽管国军士兵们对血流成河的杀戮已经感到麻木了，但仍然被眼前的屠杀场面震撼得目瞪口呆，他们都沉默地注视着沟底奇形怪状的日军尸体，有些不知所措。

孔大川一屁股坐在地上，嘴里喃喃自语："是他娘的狠了点，唉，折阳寿哟，可我有什么办法？谁让你们这些王八蛋来中国杀人放火？"

张宝旺朝尸体堆轻轻说了句："你们谁也别怨，要怨就怨你们的天皇吧！"

连续四天的战斗，进攻的日军已呈现出癫狂状态。主帅横山勇第一次对自己的部队下达了如此决绝的命令：如不能达成占领衡阳之任务，参加攻城的部队，无论官佐、士兵一律切腹自杀，以谢天皇！

命令下达到各攻城部队，日军官兵的武士道狂热顿时爆发了，各师团、各联队、各步兵大队都纷纷成立敢死队，甚至有些大佐级别的军官也赤膊上阵，亲自率领敢死队参加冲锋。成千上万的日军官兵高呼着"天皇万岁"的口号，不顾伤亡地向国军阵地发起汹涌的攻击。

衡阳守军已陷入绝境，第10军指挥部通往各师团、各阵地的有线通讯全部被日军炮火所摧毁，通讯联络中断。8月7日上午，日军集中炮火对小西门连续轰击四个多小时，小西门终于被轰塌了一个缺口，日军一个步兵大队迅速抢占了缺口。

方先觉得知城破的消息，急令军部警卫营向突破口实施反突击，190师师长容有略也派出一个加强连前来协防，双方为争夺突破口控制权展开了肉搏战，激战一个小时后，国军的反击部队终因寡不敌众，全部阵亡。日军牢牢控制了突破口，大批的后续部队源源不断冲入城内。

这时方先觉手里已经没有任何预备队了，他只好下令全线收缩兵力，守在二线阵地上的国军部队纷纷后撤，与冲进城内的日军进行巷战。这一天，衡阳城内的街道上弹如飞蝗，血流成河，攻守双方逐街逐屋地进行厮杀争夺。日军将九二步兵炮推进街巷，对守军的火力点进行直瞄射击，市区的街道被打成一片废墟。尽管如此，第10军的官兵们仍在做困兽之斗，他们利用一些巷道的有利地形死战不退，攻守双方均伤亡惨重。

这一天，远在重庆的蒋介石于极度焦虑中终于动用了血本。为解衡阳之围，驻守在广西界首的国军机械化第48师142团奉命出动。

机械化第48师的前身是原国军第5军的装甲部队，1944年1月1日正式改编为第48师，下辖一个坦克团和两个摩步团。这次奉命出击的142团是坦克团，该团装备的是苏制T-26b轻型坦克，这种坦克重9.5吨，装备1门45毫米火炮，2挺7.62毫米机枪。在1944年的苏德战场上，这种轻型坦克由于装甲薄弱、火力不足早已被苏军所淘汰，取而代之的是性能优良的T-34中型坦克。而在中国战场,这种早已过时的轻型坦克却被蒋委员长当成宝贝疙瘩,顶在头上怕摔了,含在嘴里怕化了,轻易舍不得拿出来使用。

现在连宝贝疙瘩都拿出来了,可见蒋委员长对衡阳之战的重视程度。

这是中国军队自抗战以来少见的一次成建制地使用坦克部队参战。配属坦克部队进攻的还有第46军和新19师的步兵部队,蒋介石对这支装甲部队寄予厚望。据蒋公身边的人说,在出击的前一天夜里,蒋公一夜三次起床默默地祈祷,祝愿他心爱的坦克部队旗开得胜。

但遗憾的是,蒋介石的一片苦心并未感动上帝,早已破获了电报密码的日军为这支坦克部队设置了陷阱。他们调集1式47毫米速射炮埋伏在必经之路上,默默等待着国军坦克部队的出现。

8月7日上午,担任142团前锋的六辆T-26b坦克抵达衡阳近郊的三塘,轰隆隆前进的坦克在公路上排成一字纵队,放心大胆地长驱直入。令日军反坦克炮兵百思不解的是,这支坦克部队的前后方及左右两翼居然没有步兵担任掩护。比起欧洲战场上的机械化程度,日本陆军已算是土包子了,但即便是土包子也明白机械化战争的一个起码原则:在具有反坦克火力的对手面前,没有步兵掩护的坦克基本上是反坦克武器的活靶子。

可悲的是,在1944年的中国战场上,懂得步坦配合战术的国军将领少之又少。坦克这类技术兵器看似庞然大物,实则不堪一击,在没有组成装甲集群的前提下,甚至可以被步兵简陋的集束手榴弹所摧毁。国军将领们不懂得在坦克纵队到达前,步兵分队应该率先突击对方的反坦克阵地,并占领两翼建立掩护阵地,这样才能确保坦克部队的安全。

机械化第48师142团的首次出击就出了大洋相,步兵部队离坦克纵队至少还有两公里远,步兵指挥官的态度很明确,既然有坦克在前边冲锋陷阵,那么步兵就该躲远点,别碍人家的事,等战斗结束后上去收集战利品即可,否则花这么多钱到国外买坦克有啥用?

这场战斗用了不到一分钟就结束了。威风凛凛的坦克纵队正在公路上慢腾腾地行驶着,这时前方一座小高地上火光一闪,两发穿甲爆破弹呼啸而来,正击中走在最前面的两辆坦克,随着两声剧烈的爆炸,两辆T-26b坦克立刻烈焰腾腾燃烧起来……

国军的坦克兵们反应极快,他们绝不会给日军反坦克炮手第二次机会,趁他们还没来得及重新瞄准,142团剩余的坦克已经纷纷调头逃出了日军速射炮的射程,而后面第46军和新19师的步兵弟兄们自然也就放了羊。步兵弟兄的理由很充分:连他妈的坦克都扛不住,那弟兄们的肉身子又岂能扛住?这时唯一的选择就是赶快撤退。说实话,这支装甲部队的表现使日军反坦克炮手感到十分扫兴和郁闷,受限于射击角度,多数炮手还没来得及开炮,等硝烟散去,公路上连个鬼影子都没了。

不得不承认,现实中大部分中国军队的战斗意志犹如景德镇的瓷器,稍触即碎。无论最高统帅蒋介石如何痛心疾首,他们全然不顾,逃走的速度与进攻的速度正好呈反比。

有道是"普天之下,莫非王土;率土之滨,莫非王臣;大夫不均,我从事独贤[1]"。这是古代文人针砭周幽王政治弊端的一句牢骚话,其义是告诫执政者,要注意做事公正,治国不能没有差役,但是国土广博,官员众多,不能只偏劳几个人,却使有些人只顾享受清闲。看来这段话的重点并不在前四句,重点在于"大夫不均,我从事独贤"这后两句。可惜在流传了三千年后,这段话被后人断章取义了,只留下前四句,约定俗成地演变成集权统治的理论依据。

对于帝王而言,凡有利于集权统治的思想都是求之不得的。既然儒家思想有其浓厚的奴才意识,历代帝王崇尚儒学也就顺理成章了。更有甚者,将儒学肢解而断章取义,为帝王统治提供合法的依据。三千年来,升斗小民们也认可了这句话,这就带来一个悖论:既然天下都是皇帝或国家元首的,小民们只有纳税的份,而享受不到国家政权带来的任何好处,那么流血拼命的事谁爱去谁去,它不关小民的事。

不要忘了,在抗战十四年中,数量庞大的中国军队正是由无数这样的升斗小民所组成,而这样的军队很难成为攻城略地的虎狼之师,不知蒋委员长是否仔细考虑过这个问题?

---

[1] 此句出自《诗经·小雅·谷风之什·北山》。

## ·第二十八章·

蔡继恒正在和军部的一些参谋用砖石块打磨迫击炮弹。

军需官在弹药库里发现了数百发82毫米迫击炮弹,这是库存的最后一批炮弹了。鬼知道这批82毫米炮弹是怎么混进来的,第10军的迫击炮最大口径只有81毫米,就大出这么一毫米,迫击炮就无法发射。而对于在阵地上战斗的官兵们来说,迫击炮弹简直比金子还贵重。参谋长孙鸣玉决定发动军部的参谋和后勤人员把这批炮弹加工一下,只要将炮弹的弹带磨掉一毫米,这批炮弹就可以起死回生了。

蔡继恒在军部勤杂人员中属于最闲的闲人,方军长给他安排的临时工作是对空联络员,只有中美联合空军的飞机临空时,蔡继恒才会用无线电与飞行员们进行联络,指导他们对守军阵地进行空中支持。对于衡阳守军而言,有空军飞机助战的时候并不多,中美空军混合团的飞行员们都忙得很,他们的飞机数量不多,只好增加战斗时间,每天都要起飞三次以上,来去匆匆,有时上午还在河南轰炸黄河铁桥,下午又到了衡阳轰炸日军的炮阵地。随着战事越来越激烈,第14航空队和中美空军混合团的飞行员们伤亡也越来越大,仅蔡继恒所在的第3大队26中队,飞行员就已经伤亡三分之一以上,几乎每天都有人牺牲。

蔡继恒自从迫降到衡阳以后,每天都生活在焦虑中。他渴望着返回部队驾机参加战斗,无奈一时走不了,衡阳已经被围得像铁桶一样,守军的每一个士兵都要精打细算地使用,哪还有兵力掩护蔡继恒突围。

其实若依蔡继恒的想法,他宁可拎着冲锋枪去前沿阵地参加战斗。短兵相接的白刃格斗、冲锋枪的抵近射击、突击与反突击……这些战斗场景都极大地刺激着蔡继恒的神经,这比飞行员的空中缠斗还要刺激。不过想归想,他现在能做的只是用砖块磨炮弹。前几天他向方先觉提出返回后方的要求时,挨了方先觉一顿臭骂:"你哪儿也不许去,给我老老实实地待着,否则我替你哥哥好好管教你小子!"

蔡继恒无精打采地打磨着弹带,这两天他已经磨成了十几发炮弹,把手都磨破了。蔡继恒认为自己已算是为衡阳保卫战做出一定的贡献了,现在需要考虑的是如何返回后方基地。刚才方先觉和蔡继刚的对话他全听见了，方先觉提出的趁夜坐小船沿湘江顺流直下，这样可以神不知鬼不觉漂出日军的封锁线。这倒是个绝妙的主意，虽然湘江里有日军的汽艇巡逻，但辽阔的江面不是几艘汽艇就能封锁的，除非鬼子把整个湘江安上拦网。蔡继恒认为，乘坐小船都没有必要，干脆抱着块木板下水，反正江水的流速挺快，不到一个小时就可以漂到衡山县上岸了，这个办法真值得试一试。

军部的一个通讯兵中尉站在通讯室门口喊："上尉，刚刚收到空军的呼叫，我们的飞机马上就要临空了。"

蔡继恒精神一振，连忙站起来说："我马上去楼顶，来了几架？"

中尉回答："说是P-40四机编队，再有五分钟就到衡阳上空了。"

蔡继恒三步并作两步冲上中央银行的楼顶，刚刚调整好电台的频率，四架P-40E战斗机编队已经怪叫着掠过他的头顶。

蔡继恒拿起话筒："喂！我是鳄鱼，我是鳄鱼，今天谁带队？"

电台里传来王海文的声音："我是芬兰刀，我是芬兰刀，鳄鱼，你还好吗？"

"我还活着，就是他妈的闲得难受，弟兄们还好吧？"

"011和018昨天走了，其余人都还好！"

蔡继恒心里一沉，第3大队又牺牲了两名飞行员，011、018是范长侠和赵子义的代号。

"鳄鱼，我见到沈星云了，她很好，只是在为你担心。"

"哦，告诉她，我死不了，活得很好，只是很想念她。"

"明白，我会向她转达，请放心！"

蔡继恒沉默了片刻说："芬兰刀，芬兰刀，今天就这几个人？来人少了些。"

王海文回答："是这样，最近鬼子修复了衡阳机场，他们的战斗机随时会起飞，我们得分出一部分人手对付他们，把这些浑蛋拦截在机场上空，如今是活儿多人少啊，所以这里只能将就吧！鳄鱼，我看见对空识别板了，得赶紧干活儿了。从哪儿干起？请指示！"

"芬兰刀，芬兰刀，你注意一下5号地区，那里有什么动静吗？"蔡继恒在城防图上找到一个坐标点。按照事先标定的坐标，5号地区是衡阳城的北门外，根据情报，日军的100毫米加农炮和150毫米榴弹炮都设置在北门的炮阵地上，这些重炮对守军的威胁非常大。

"鳄鱼，鳄鱼，我看到目标了，这些浑蛋正忙着呢，不过……目标太分散，我们只带了八瓶'白花油'，恐怕清理不干净。"王海文在强烈的噪音中的声音断断续续。

## 第二十八章

"白花油"是白磷弹[1]的暗语，王海文认为日军的炮位太分散，八枚500磅的白磷弹无法全部覆盖日军的重炮阵地。

蔡继恒兴奋起来："好啊，这玩意可是好东西，该让鬼子尝尝'白花油'的味道！"

他在美国军教片里见过白磷燃烧弹的杀伤效果，十分惊人。它爆炸时会形成云层，半径150米范围内无人能幸免，其杀伤效果极为残酷。白磷颗粒一旦接触到人体，哪怕只有蚕豆粒大小，也会立刻烧穿皮肉，深入到骨头，将皮肉熔化至骨里，旁人几乎无法扑灭。最有效的方法是全身浸入水中隔绝空气，降低温度。对于烧伤部位，只能立即进行外科处理，将伤口处组织全部切除。

蔡继恒望着空中盘旋的机群说："芬兰刀，芬兰刀，这已经是道大餐了，我他妈太知足啦，干活儿吧！"

蔡继恒看见机群怪叫着依次向下俯冲，然后又大角度拉起，钻进云层。很快北门外腾起冲天烈焰，把天幕都映红了。

话筒里传来王海文的声音："鳄鱼，鳄鱼，'白花油'用光了，好家伙，从空中看下去，就像是天女散花，可够鬼子喝一壶的。鳄鱼，鳄鱼，我们还有点干粮（机枪弹药），帮你打扫一下卫生再走。你说，我们从哪里干起？"

蔡继恒在心里计算了一下，四架P-40战斗机上安装着24挺大口径机枪，每挺机枪300发子弹，一共7200发子弹，这些弹药当然不能带回去，必须留在衡阳。

"芬兰刀，芬兰刀，以你的位置看，下面哪里最热闹？"

王海文回答："我看除了东面，其余三个方向都很热闹，就像大年三十的烟花。"

这就对了，城市的东面是190师防守的湘江防线，这个方向没有战事，而西、南、北三个方向都在激战。那么哪里最需要支持呢？蔡继恒综合这两天的战况，认为五桂岭、天马山、岳屏山一线应该压力最大。

"芬兰刀，芬兰刀，请关注一下8号地区，把那里清理一下，注意对空识别板，他们摆好没有？"

"看到了，非常清楚，好家伙，这些鬼子像是不要命了，一波一波地往上涌……鳄鱼，鳄鱼，我们下去了……"

---

1　白磷弹是一种燃烧性弹药，也称铝热剂燃烧弹，其中加入了能够提高燃烧温度的三乙基铝热剂。该弹可以用来燃烧普通燃烧材料难以燃烧的物质，其特点为能够在狭小或空气密度不大的空间充分燃烧，一般燃烧的温度可以达到1000摄氏度以上，足以在有效的范围内将所有生物体消灭。

"芬兰刀，芬兰刀，注意焰火（防空火力），别把干粮都吃完了，也许回去的路上还要用……"蔡继恒提醒道。

蔡继恒把电话转到第3师8团的岳屏山指挥所："喂！我是军部对空联络员蔡继恒上尉，你是哪位？"

话筒里传来一个嘶哑的声音："我是8团1营营长楚中岳少校，有何指示？请讲！"

"楚营长，请报告一下我空中支持的战况。"

"打得好啊，第一轮俯冲就打倒一百多鬼子，干得太漂亮了！我们的飞机又开始俯冲了……地面上像开了锅一样，密密麻麻的全是弹着点，鬼子又倒下一片，敌人这一轮进攻完全被瓦解了，我们8团全体官兵为飞行员请功！谢谢空军兄弟！"话筒里传来飞机引擎的吼叫声和密集的机枪扫射声。

蔡继恒看见机群在城市上空重新编队，王海文在向他告别："鳄鱼，鳄鱼，我们走了，明后天恐怕都来不了，没办法，我们人手不足，你多保重！"

"芬兰刀，芬兰刀，替我向弟兄们问好！就说我想念他们，条件允许就多来看看我，多带些'白花油'和'干粮'，我代表第10军全体将士感谢你们！"蔡继恒眼巴巴地看着天空，心中感到一阵温暖。

四架飞机在空中一起摇摆了几下机翼，算是向战友告别，然后消失在地平线上……

由于岳屏山阵地久攻不下，精疲力竭的133联队被撤下阵地进行休整，山田圭一发现，整个133联队只剩下不足400人了。在撤下阵地之前，联队长黑赖大佐命令全体列队，像是有话要说。经过这些天的战斗，还活着的士兵也已经失去人形，大家衣衫褴褛，面如死灰，大部分士兵都摇摇晃晃站不稳。这已是133联队经过第四次补充后残余的士兵。

谁知祸不单行，刚刚撤下阵地的133联队又在一个炮阵地旁遭到空袭，再一次造成重大伤亡。

几百人的队伍排成单列纵队，前后拉出一公里长，山田圭一走在队伍的最后边，他听到闷雷般的炮声从前面传来，这炮声太响了，他的耳膜被震得几乎破裂。

佐佐木忠一告诉他，前面是一个炮兵阵地，几天前他从那里经过，看见炮位里都是150毫米口径的重炮。

山田圭一捂住耳朵说："难怪炮声这么响，震得人耳朵都受不了。"

佐佐木忠一"呸"地吐了口痰说："那又有什么用？我亲眼看到，这种重炮向张家山、岳屏山阵地发射了上千发炮弹,按理说那上面不该再有活人了,可是只要我们的步兵一接近,立刻会遭到大量的手榴弹攻击。"

两人正说着,就听见炮阵地上响起尖利的空袭警报声,行进中的士兵们立刻卧倒。山田圭一看见四架涂着鲨鱼嘴图案的P-40战斗机,呼啸着依次从高空俯冲下来,机翼下甩出几个黑点,转眼黑点上面张开小型降落伞……

佐佐木忠一失声喊道:"是伞弹!"

他话音没落,那些伞弹在半空中爆炸了,天空中出现类似烟花的火团,那形状就像一条白色的大章鱼,下面展开无数条细细的触角,散射出数百个橘黄色的火球,火球拖着长长的白色尾迹,并伴有大量的白雾,一场密集的火雨如天女散花般从天而降,炮兵阵地上顿时响起一片凄厉的惨叫声……

这时山田圭一闻到一种类似于大蒜的强烈气味,他怔了一下,忽然惊恐地大喊道:"天哪,白磷弹,快!快去救人!"

山田圭一知道白磷弹,是因为他最要好的朋友,一位大阪同乡即死于白磷弹的攻击下,其死状惨不忍睹。他随后请教过相关技术人员,得知这是一种能产生致命高温的新型燃烧弹,当弹体被引爆后,飞散的燃烧剂上均粘有白磷材料,白磷在常温下可以自燃,从而引燃铝热剂材料,引起剧烈燃烧。燃烧剂中还特别添加了黏稠的物质,能使燃烧剂粘在人体和装备上,造成最大的杀伤效果。

当山田圭一和佐佐木忠一冲进炮兵阵地时,他们被眼前的惨状惊呆了:这里成了一片火海,人体、工事、土壤,甚至连钢铁制成的大炮都在熊熊燃烧着,设在阵地反斜面的弹药库也被引爆,发射药的药包和炮弹在接连不断地爆炸,阵地上弹片横飞,一个个火球像信号弹一样飞上天空……

更令人恐怖的是,上百个被白磷碎片击中的士兵,在地上痛苦地翻滚着,声嘶力竭地哀号着,山田圭一按住一个士兵,想为他包扎一下,却发现那些蚕豆大小的白磷块一旦接触到皮肤,就像是浓硫酸溅到海绵上,瞬间就在肉体上烧成一个个窟窿。白磷块冒着白烟"吱吱"地灼烧着,像钻头一样向肌肉深处钻去,一直深入到骨骼仍然燃烧不止……

山田圭一束手无策地喊着:"水,水,谁有水?"

佐佐木忠一被吓得脸色煞白,带着哭声喊道:"山田君,这里……这里没有水……"

山田圭一无奈地放下士兵:"对不起,真的对不起,我救不了你!"

就这么一会儿工夫,惨叫声渐渐弱了下去,阵地上横七竖八躺满了死去的士兵,尸体呈现出种种可怕的形状,一具尸体身子还很完整,衣服上也干干净净,但头部已经完全变成一个骷髅。另一具尸体是上身很完整,而两条腿已变成了焦黑色的骨骼。更可怕的是一个炮兵中尉的尸体，他的腹部被白磷烧得精光，只剩下一截脊椎骨连接着上身和下身……

这场空袭造成炮兵、步兵近三百人丧生，中国空军本来的目标是炮阵地，偏偏133联队不长眼，就在这会儿从炮阵地旁经过，于是一百多个士兵不但成了垫背的，而且死得极为悲惨，由此看来，133联队的运气实在太糟糕了。

黑赖大佐铁青着脸集合起队伍，并下令在队列前升起军旗。他沉默着在队列前走了几个来回，士兵们也沉默地注视着联队长，黑赖大佐终于停止了走动，他咳嗽了一声，准备讲话，但他的嘴张了张，却一句话也没说出来……突然，黑赖大佐一个向后转，面向岳屏山方向"扑通"一声跪下来，放声大哭。

这一哭不要紧，全体士兵都纷纷跪倒，队列中爆发出一阵阵惊天动地的痛哭哀号声，黑赖大佐哭喊着一个个阵亡军官的名字，不停地用头部撞击着地面，以致额头都磕出了血。

队列中，山田圭一也哭了，他仰天哀号，泪流满面，为自己，为自己阵亡的哥哥，为年迈的父母，也为这无数逝去的亡灵而痛哭。

本来在撤下阵地时，黑赖大佐已正式宣布全联队休整三天，但实际上只休整了一天，原因是133联队已经断粮了，再不想办法，真要饿肚子了。

进入8月份以来，湖南的战场态势呈现出一些变化，国军的各路援军在蒋介石的严令下，正艰难缓慢地从四面八方向衡阳逼近，日军的各路打援部队虽然拼死阻击，有效地遏止了援军的推进，但已经明显地感到越来越大的压力，毕竟中国军队在数量上占有压倒性的优势。

由于缅北滇西战事进展顺利，美国第14航空队及中美联合空军对远征军的空中支持压力减轻，陈纳德终于缓了一口气，于是抽调出部分空中力量，对湖南战场的日军水陆运输线进行大规模空袭，并且夺取了大部分制空权。

在这样的战场态势下，横山勇的第11军处境越来越糟糕，衡阳久攻不下，部队伤亡之惨重，已经到了难以承受的地步。中美联合空军猛烈而频繁的空袭，使日军向战区运送的物资受到极大的损失，从武汉到长沙、衡阳的水陆运输线上，到处是被击毁燃烧的车辆和船只残骸。

对横山勇来说，衡阳战事已经到了最后关头，为了这座不大的城市，第11军已付出惨重代价，此时绝对不能前功尽弃。在运输部门经过千辛万苦运到前线的有限物资中，首先确保的是供作战使用的弹药、军械及药品，其次才是粮食。横山勇别无选择，部队没有粮食，还可以采用以战养战的手段，从占领区居民手中夺取，但如果弹药供应不继，前线部队连一天也撑不下去，士兵们只好用刺刀去战斗了。

# 第二十八章

上午9点，松井少尉传达了上面的命令，今天第10中队的任务是下乡收集粮食，至于到哪里去收集，上面没有说，言外之意就是各中队自己看着办，哪里可能找到粮食就到哪里去。

山田圭一心想，什么叫"收集"？其实就是抢劫嘛。长官们都滑头得很，从他们嘴里绝对不会说出"抢劫"二字，只用了"收集"这种模棱两可的说法，随你怎么理解都可以。

第10中队还有八十多人，这是把两个中队残余人员合并，重新编组后的数字，中队长还是松井少尉。山田圭一的第5小队合并后有九个人，战斗开始前的老兵，除了信野三郎和佐佐木忠一两人外，已经大部分伤亡，现在的士兵都是从别的小队合并过来的。

士兵们一听说到农村收集粮食，都很兴奋，在他们看来，那就是一场郊游活动。根据以往的经验，一旦到了农村，各级长官都会表现出极大的宽容，对士兵的行为不加约束。对士兵们而言，没有军纪约束的日子，就如同狂欢的节日，大家就可以为所欲为，这种好事可不常有。

这次行动的目标是松井少尉在地图上确定的，这是衡阳城西南方向一个比较大的村子，距市区大约十公里。山田圭一仔细看了看五万分之一比例的军用地图，找到了这个村子的名称，它叫谭家冲。

"松井君，为什么选择谭家冲呢？这里离我们的驻地大约十公里，你不觉得有些远吗？"山田圭一疑惑地问。

"山田军曹，目前断粮的不只是我们联队，其他联队也和我们一样，在到处收集粮食，我认为城市近郊早有人捷足先登了，我们不可能再找到一粒粮食，只能把搜索范围扩大到十公里以外了。"松井解释道。

"松井君，这样的行动很容易导致士兵的失控，在行动之前，我们是不是要特别强调一下军纪问题？"

"我看没有必要，这些天连续作战，士兵们都很辛苦，我认为应该让他们放松一下，毕竟我们是在休整期内，对士兵不宜约束得太严。"松井毫不客气地否决了山田圭一的建议。

从部队驻地到谭家冲的十公里距离，第10中队徒步行军花了两个小时。对于野战部队来说，若是在平时，这点距离根本不算什么，但是今天就非常吃力了。士兵们在战斗中已经将体力消耗到极限，还没有来得及恢复，结果是屋漏又遭连阴雨，衡阳前线数万士兵又遇到断粮的难题。在中美空军猛然轰炸下，运到前线的有限一点粮食，分到每个士兵手里，不过是每天四两米。这点粮食难以维持士兵的生存，他们中间大部分人呈现出营养不良、体质严重下降的状态。

以往行军，部队总是排成整齐的四列纵队，而今天的行军已经没有队列可言了，饥饿的士兵们摇摇晃晃，互相搀扶着，队伍稀稀拉拉有一公里之长。

山田圭一也感到头昏眼花，浑身无力，落在队伍的最后面。

远处终于出现一个很大的村庄，那些青瓦粉墙的房子体现出典型的湖南民居特点，这种建筑多采用吊脚楼穿斗、马头山墙等手法，形成多变的形体。其山墙做成"马头墙"，高出屋面，随屋顶的斜坡而呈阶梯状。

松井少尉命令部队停止前进，他用望远镜观察了一下，然后打开地图确定坐标，他宣布道，前面的村庄就是谭家冲。这位中队长是个拿着鸡毛当令箭的家伙，这本来是一次稀松平常的抢劫活动，他却煞有介事地当成了军事行动。队伍离村子还有二三百米，他命令第10中队全体士兵步枪上刺刀，展开战斗队形搜索前进。

山田圭一看到，很多士兵在没有得到命令的情况下，已经偷偷地将子弹上膛……他不觉心一沉，似乎嗅到一丝血腥气，这个叫谭家冲的村子今天怕是要遭殃了。

村子越来越近，已经能看到村口打谷场上忙碌的人群，按照松井少尉的推算，湖南省大部分地区可种双季稻，还有些地区能种三季稻，每年早稻的收割期应该是在七月上旬，到了八月初，正是收割结束，粮食入仓的时候。

正在打谷场上干活的农民突然发现渐渐逼近的日军士兵，他们惊慌地扔下农具四散而逃。这时尖兵手中的九六式轻机枪打响了，子弹呈扇面扫向人群，农民们纷纷栽倒……这毕竟不是真正的作战，对方没有猛烈的机枪火力，没有铺天盖地的手榴弹，手无寸铁的农民只有挨打的份。多日来，第10中队的士兵们在岳屏山阵地前受够了窝囊气，这时压抑在心中的怒火瞬间迸发出来，他们号叫着一边开火一边成群地冲进村子……

山田圭一和松井少尉是最后进的村，松井走在最后当然有他自己的考虑，这是日本军队在针对占领区平民的行动中，很多军官惯用的方式，反正自己没有直接下令屠杀平民，更没有指使士兵去强奸妇女，将来即使上面追究下来，他也可以推脱自己的责任，说成是个别士兵的行为。

"山田军曹，我知道你是信佛的人，不喜欢杀戮，这我是理解的。但你要懂得带兵之道，这是一门艺术，对士兵的管束要有张有弛，过于严厉士兵们会恨你，一旦被士兵恨上，你会在关键时刻吃苦头。要是管理过于宽松也不行，这样你无法树立威信，命令的执行力就会大打折扣。所以说，带兵的人要明白什么该管，什么不该管，在某些事上也可以睁一眼，闭一眼……"松井像是在传授经验。

山田圭一只能以沉默对待,他不能公开表达自己的观点,这样除了给自己带来危险,没有任何好处。松井虽然只是个少尉,但毕竟是军官,按照日本军队严格的等级观念,对长官的意志,必须绝对服从,不允许有丝毫的质疑和反驳。

山田圭一知道,这些从残酷战斗中幸存的士兵,心中充满了恐惧,压抑到变态,一旦摆脱了军纪的束缚,他们就会变成一群凶残嗜血的猛兽,没有什么不敢干的事。

村口的一块空地上堆积着各种口袋和容器盛放的稻谷,几个光着上身的士兵围着一个石臼在舂米,另外的几个士兵正在肢解一头猪,把一块块猪肉用步枪通条穿起来,放在火堆上烧烤。这些日子,士兵们都饿得发疯,现在急于吃一顿饱饭。

尽管早有心理准备,但士兵们的暴行仍然让山田圭一瞠目结舌,村里的主要街道上,到处是横七竖八的尸体,街道上、院墙上溅满了鲜血。从尸体身上的创伤看,几乎都是用刺刀直接捅死的,还有很多尸体身首异处,肢体残缺,一看就是被人用军刀砍死的。按照日本军队的规定,只有伍长[1]以上军衔的人才拥有佩刀权。由此看来,第10中队的伍长和军曹都参与了暴行。

一个临街的院子里传来士兵们的吵闹声,其中还有女人在声嘶力竭地惨叫。

山田圭一走进院子,就看到一个赤身裸体的农妇,身体呈"大"字被绑在一块门板上,一个士兵趴在农妇身上正在实施强奸,他身旁是一群急不可耐、跃跃欲试的士兵,他们七嘴八舌地催促强奸者快一些。

更使他感到震惊的是,农舍门前的空地上,还躺着两具年轻女人的尸体,腹部被剖开,内脏流了一地,整个尸体几乎被浸泡在血泊里,空气中弥漫着浓烈的血腥味儿。

信野三郎和佐佐木忠一也在等候强奸的人群里,他们甚至已经脱掉了裤子,无耻地赤裸着下身。一见到山田圭一,两人连忙穿上裤子向他敬礼,信野三郎讨好地说:"山田君,不好意思,我们很久没有接触女人了,按理说,好不容易找到个女人,应该先由长官享用……"

他的话音没落,山田圭一就狠狠给了他一记耳光,信野三郎愣住了。山田圭一不想再说话,他转身向院门走去,却发现松井少尉正站在院门前审视地盯

---

[1] 第二次世界大战时日本军队中的士官军衔分为三个等级,曹长,相当于上士班长;军曹,相当于中士班副;伍长,即下士战斗组长。曹长以上是军官,准尉、少尉、中尉、大尉等。

着自己。

山田圭一实在忍不住了，他向松井少尉鞠躬道："长官，我有话讲！"

松井少尉点点头："山田军曹，我知道你要说什么，你认为这有些残酷，是不是？"

"是的，我认为杀死平民完全没有必要，我们的任务不是收集粮食吗？为什么要大开杀戒呢？现在士兵们不光是杀人，还有强奸，这……这实在是太过分了。"

松井少尉阴冷地笑了笑："山田军曹，难道你不认为，平民也是一种战争资源吗？摧毁敌人的战争资源，就会缩短战争的时间。再说，你可以为我做证，从我嘴里发出过杀死平民的命令吗？没有，从来没有，这是个别士兵的行为，我们可以理解为，这是对反抗者的自卫行动。至于女人……我看不能叫作强奸，这也许是士兵们热爱异性的一种方式，他们需要异性的慰藉，我认为是可以理解的。"

山田圭一不由得声泪俱下："长官，如果你认为平民也是战争资源，需要用军事手段消灭，那中国有四万万人，我们杀得完吗？长官，我们是人，不是野兽……"

松井少尉沉下脸，左右开弓给了山田圭一两记耳光："八嘎，你在和谁讲话？"

山田圭一站得笔直，目视前方道："对不起，长官，我不想冒犯你，但我坚持自己的观点。"

松井暴怒，跨上一步，抡开双臂连续扇了山田圭一十几个耳光……

山田圭一一动不动，他的脸颊渐渐变成酱紫色，眼睛肿胀得只剩一条细缝，鲜血不断地从鼻子里、嘴里渗出……

满堂昏头涨脑地从土里拱出来，刚才一颗大口径炮弹的爆炸把他结结实实活埋了，全靠着求生的欲望，他手脚并用使出浑身的力气，终于拱破两尺多厚的土层钻了出来。

满堂活动着四肢，检查了一下自己的身体，还好，没有受伤。他只是感到头疼欲裂，有些恶心想呕吐的感觉，这是被爆炸形成的气浪震的，应该无大碍。

已经是第四天了，日军的进攻持续不断，3连的阵地早已经面目全非。阵地前那道十几米深的外壕几乎被炮火炸平，阵地上的植被也全部被炮火揭去，裸露着红褐色泥土。战斗打响前新挖的1.5米深的交通壕和单兵掩体也已经消失，3连还残存的士兵们只能依托弹坑在射击，唯一不变的还是那无处不在的浓烈的尸臭味道。

## 第二十八章

满堂渐渐恢复了听力,听见很近的地方传来轻机枪的短点射。他马上判断出,这是铁柱的轻机枪在射击,这枪声太熟悉了,看样子铁柱仍然坚守在地堡里。满堂决定去地堡里看看铁柱,看这架势,今天是有点过不去了,临死之前无论如何要见铁柱一面。

地堡里显得很拥挤,射击孔前的弹壳堆得像小山一样,铁柱干脆趴在厚厚一层弹壳上射击。副射手静静地躺在一边,他的脑门中了一颗子弹,天灵盖被掀去半个,白色的脑浆混合着红色的血液喷溅在墙壁上。

ZB-26轻机枪最大的不足就是弹匣容量小,20发弹容的弹匣一眨眼就打光了,铁柱正要换弹匣,只见旁边有人熟练地卸下空弹匣,"咔嚓"一声插好新弹匣。铁柱斜眼看看,原来是哥哥满堂。

铁柱打了两个短点射问:"哥,有事吗?"

满堂拿起空弹匣边压子弹边说:"没啥事,就是想看看你。"

铁柱一扣扳机,打了个长点射:"哥,俺挺好的,你别惦记。"

"哥能不惦记吗?你看今天这架势,咱兄弟俩怕是活不过去了,哥想再看看你,就这事。"

铁柱看了看射击孔外,停止了射击,他关上了保险:"鬼子退下去了,咱能喘口气啦!"

满堂身子一歪,坐在弹壳堆上,叹了口气说:"唉,反正今天横竖是躲不过去啦,要死咱兄弟死在一起,路上也有个照应。"

铁柱抬头看看哥哥,小声嘀咕:"哥,你不能死,咱娘还在呢,咱兄弟都死了,谁养活咱娘啊?"

满堂的眼泪流了下来,他用袖子擦了擦眼泪:"兄弟,你别提咱娘成不成?一提起咱娘俺就想开小差。"

"哥,连长和宝旺哥都对咱不错,咱跑了对不起人家,要是赶上个坏长官,咱他娘的早跑了,你说是不是?哥,有件事俺一直琢磨不明白,你说国家是个啥?长官们老说咱是为国家打仗,可啥是国家,长官也说不明白。"

满堂搔了搔头皮,困惑地摇摇头:"俺也闹不明白,以前咱家交税纳粮晚了两天,保长就鼻子不是鼻子脸不是脸,催得咱爹心慌。俺一直以为保长就是国家,后来一想也不对,保长要真是国家,那咱兄弟凭啥为他打仗?噢,俺又交税纳粮,又把脑袋掖裤腰带上替他打仗,他能给咱干啥?咱挨饿那会儿他咋不管?这么一算,保长肯定不是国家,他顶多是替国家当差。可国家在哪儿呢?咱摸不着看不见,过日子遇到难处了,你还没地方找它。等国家遇到难处了,它该找咱了,咱不去还不成。就说这打仗吧,你不打成吗?要是不打还别等国

535

家动手，连长就得枪毙咱。唉，这事还真……挺绕的。"

"这事，连你当哥的都想不明白，俺当兄弟的就更是一脑袋糨糊啦。那年发大水，把俺爹娘都冲没了，要不是佟家收留俺，拿俺当儿子养，俺早死啦，后来听有人说，黄河大堤是咱自己人扒的，说是为了打鬼子才扒的黄河。这就怪了，打鬼子你扒黄河干啥？鬼子招你了，俺家又没招你？哥，这事可是那什么……国家干的吧？"

满堂把压满子弹的弹匣码放在机枪旁："算了，咱不想啦，反正是命不好呗，国家是啥俺不知道，俺就认一个理，是鬼子杀了咱爹咱妹，咱打鬼子就为了报仇，就这理！"

外边突然枪声大作，远处传来孔大川的喊声："弟兄们，鬼子上来了，都给我抄家伙，准备战斗！"

铁柱拉开枪机说："哥，你去吧，小心点。啥时候我机枪不响了，那就是你兄弟走了，你要想办法回家，咱娘不能没人管。"

满堂照着铁柱的后脑勺拍了一巴掌："放屁！再胡扯俺揍你，要回家咱一块回，要不就一块死在这儿。"

铁柱回头看看满堂，眼圈红了，小声说："哥，撑不了多久了，还有二百多发子弹，子弹打光了，俺不走也得走，反正俺不想再进俘虏营了！"

满堂抹了一把泪，一句话没说，硬起心肠钻出地堡。

日军的这次进攻与往常一样，没什么新战术，还是以100人为一个梯队摆成多层散兵线，第一梯队的后面紧跟着第二梯队和第三梯队，随时替补遭到守军火力杀伤的第一梯队。几天来，日军一直在用这种滚动式攻击的战术，对于守军而言，本没什么稀奇。但满堂这时却有种不祥的预感，3连的阵地很快就要失守了，首先是弹药所剩无几，步机弹和手榴弹已经消耗了十之八九；其次是兵员的消耗，现在全连算上连长孔大川也不到20人了。老兵们都知道，如果得不到弹药和兵员的补充，这个阵地随时有可能失守。

大家心里都明白，衡阳保卫战已经临近尾声，增援部队肯定是指望不上了，他们永远不会来了。第10军就像个受伤的巨人，伤虽不致命，却每天都在失血消耗，子弹用一颗少一颗，兵员死伤一个少一个，得不到任何补充。如此下去，再强壮的巨人也会衰竭而亡。

现在全连仅存的两挺轻机枪由于弹药即将耗尽，射手只能用短点射对日军的散兵线进行火力拦阻，轻机枪是步兵班排的骨干火力，一旦缺少了骨干火力，全连残存的十几支步枪构成的火力就显得微不足道了。日军的散兵线在守军稀疏的火力拦截下一步步接近前沿……

## 第二十八章

张宝旺把弹药箱里的手榴弹都集中到一堆，正在给士兵们分配手榴弹，其中还有一些两枚捆或四枚捆的集束手榴弹。

满堂自己拿了四颗，又拿四颗递给孙新仓。孙新仓撇撇嘴说："俺不要，俺是玩枪的，要那玩意儿干啥？"

麻老五先是拿了个两枚捆集束手榴弹，想了想又换成了一个四枚捆的。他把盖子全部拧开，将拉火环垂在外面，然后把集束手榴弹装进一个草黄色的挎包里，背在身上。满堂认得这种挎包，这是麻老五从日军尸体上收集的，别人都没拿这当回事，只有麻老五这个老财迷，拿什么都当宝贝，这种挎包他收藏了好几个。

满堂看见张宝旺的腰间皮带上插满了拧开盖子的手榴弹，拉火线垂在胸前。

满堂小声问："宝旺哥，你这是干啥？"

张宝旺回答："预防万一，这是最后一手了，我不想再当俘虏。"

孔大川注视着敌人，嘴里小声命令道："全体注意，准备投弹！"

日军散兵线已经进入50米距离了，孔大川高喊一声："投弹！"士兵们以卧姿投出了手榴弹，爆炸声中日本兵倒下一片，但后面的日本兵仍然不顾伤亡继续往上冲，守军的第二轮手榴弹在战壕前10米的距离内爆炸，横飞的弹片形成一道杀伤弹幕，日本兵又倒下十几个，这时守军再没有机会扔出第三轮手榴弹了，蜂拥而来的日军士兵们已纷纷挺着刺刀跳进堑壕，国军士兵们被迫进入白刃战。

连长孔大川多次说过，对国军而言，拼刺刀只是最后关头迫不得已的反击，这类白刃战能避免则一定要避免，在以往发生的大规模白刃战中，中日两军的伤亡比一般是3∶1或是2∶1，因此和日军进行白刃战是得不偿失的。

但今天的白刃战怕是避免不了了，大批日本兵已经冲进堑壕，刺刀尖已经顶到鼻子尖上，不拼是不行了。连长孔大川率先挺枪跃出战壕，一个突刺干倒了一个日本兵，他吼叫着："3连的弟兄们，咱们没有退路，今天横竖是个死，临死也拉他几个垫背的，干掉一个少一个！"

士兵们都清楚，现在是最后一搏了，这时反而没有了恐惧感，倒是引发出身体内蕴藏的血性。他们号叫着，端起刺刀跃出战壕和敌人绞杀在一起。

满堂被一种情绪支配着，连续四十多天的残酷厮杀，足以使一个精神正常的人产生变异而导致崩溃。他厌倦了这种生活，忍耐力已经达到极限，如果说活着的意义就是为了这无休止的厮杀，他满堂宁可选择死亡，永远没有烦恼地睡去。

满堂号叫着捅倒一个日本兵，由于缺乏经验，他的刺刀被对方的肋骨卡住，一时难以拔出，他使劲拧了一下，才费力拔出刺刀。就在这时，满堂的后脑勺挨了重重的一击，他一头栽倒在地上⋯⋯

偷袭满堂的日本兵并没有打算抓俘虏，他只是由于所站的位置离满堂太近，来不及使用刺刀，便横过枪托砸倒满堂，然后举起刺刀想结果他性命，不料斜刺里一把刺刀戳来，正中他的软肋，刺刀尖毫无阻碍地从他身体的另一侧穿出，这个日本兵叫也没叫出一声就栽倒了。

这是张宝旺干的，他一直惦记着满堂的安全。在他眼里，满堂还不是个军人，只是个有一身蛮力的庄稼汉，让这样的人参加白刃战简直是拿人命当儿戏，所以张宝旺一直在厮杀中分心关注着他。

张宝旺的举动给自己带来了麻烦，三个日本兵冲过来，把他围在中间。张宝旺面无惧色，竟主动向对方发起攻击。他在最初的三分钟内保持了很强的战斗力，腾挪闪展，步法灵活，抓住机会就痛下杀手，接连捅倒三个日本兵。

张宝旺强悍的战斗力引起日军士兵们的注意，一个日军中尉向手下士兵们做出手势，于是四个日本兵围成半圆形切断了张宝旺的退路，他们挺着刺刀并不出击，只是不停地变换着阵位。那个中尉站在张宝旺正面呈半蹲状，双手紧握指挥刀向他点点头，意思是请他先出手。

张宝旺环视四周，心里明白了，这个中尉想和他单独决斗，看样子这是个有段位的剑道高手。张宝旺对这类决斗毫无兴趣，他并不是个好勇斗狠的人，在战场上的表现无非是在尽一个军人的职责，在没有接到上级撤退的命令之前，他必须要坚守在这里，只要能守住阵地，他不在乎任何形式，如果此时他手里有一支冲锋枪，他会毫不犹豫地开火消灭这些鬼子，哪里还有兴趣和敌人玩这种决斗游戏？

但是命运没有给张宝旺太多的选择，他身上驳壳枪的子弹早已打光，手里只有一支上了刺刀、弹仓里没有子弹的中正式步枪。要么放下武器投降，要么进行决斗。张宝旺当然不愿意考虑前者，他曾因在战场上的一时软弱做过俘虏，忍受过被俘后的屈辱和折磨，但此事绝不能再发生了。如果现在放下武器投降，即使苟活了性命，那他的后半生也将生活在悔恨的噩梦里。

张宝旺的胆量和刺杀技术都不是问题，他的短处在于体力，尤其是一个多月来，守军的后勤补给断绝，士兵们靠盐水拌饭充饥，体能严重下降，因此在白刃战中处于绝对的劣势。

张宝旺端起步枪，刺刀前伸做出预备姿态。刺刀在夏日的阳光下反射出令人眩目的光芒，他冷冷地向那日军中尉点点头，表示可以开始了。

日军中尉敏捷得像头豹子，步法灵活，进退自如，手里那把军刀舞得虎虎生风，的确是个训练有素的剑道高手。日本的剑道不是一门简单的技击术，它有着深刻的哲学内涵，蕴藏了东方哲学的智慧，讲究气、剑、体的高度一致，技术上实战性极强，几乎没有任何花哨动作，讲求先发制人或反击制胜，更重要的是强调精神力量，要求修习者具有处变不惊、心静如水的沉着心态和从容化解危机的能力。

张宝旺和日军中尉刚一交手就感觉到对方的分量，自知不是对手。日军中尉的军刀旋风般地向他砍出十几刀，居然没有与对手的刺刀发生碰撞，他的刀锋经常从意想不到的角度袭来，只要对手做出防范姿态，那刀锋就倏然变招儿，从另外的角度砍向对手。张宝旺在对方狂风暴雨般的攻击下显得手忙脚乱，应接不暇，他的体力已明显不济，大口喘着粗气。张宝旺明白自己坚持不了多久，必须绝地反击，即使获胜的把握是零，也要争取在临死前重创对手。

张宝旺横下一条心，完全放弃了防守，以两败俱伤的方式转入进攻。这样果然很奏效，日军中尉的军刀斜着向他的脸部劈来，张宝旺没有躲闪，反而一个箭步猛力向前突刺，对手大惊，连忙侧身躲闪，张宝旺的刺刀擦着日军中尉的左肋划过，顿时衣破血溅，日军中尉的脸上露出痛苦的神色……

张宝旺脸上从左到右斜着被对方的刀锋劐开一道很长的伤口，鲜血大量涌出，顺着脸颊像小溪一样流淌下来。

到了这个份上，这场惨烈的格斗也差不多要结束了，因为双方谁也不会再给对方机会，那日军中尉的刀锋一闪，张宝旺的右臂被齐肩砍断飞了出去，那掠过的刀锋又灵巧地调转了方向，以极大的爆发力砍断了张宝旺的脖子，他的头颅滚出去很远，无头的身子竟然没有倒下……

日军中尉微笑着收回军刀，向无头的身体轻轻一推，顿时"轰"的一声爆炸，中尉和身后的四个日本兵被冲击波抛出五六米远，一切都归于寂静……

张宝旺在最后的时刻拉响了胸前的四颗手榴弹。

白刃战刚刚开始，麻老五就陷入险境。他被一个日本兵连续几个突刺逼得手忙脚乱，连闪带挡总算躲过了对方几次致命攻击，但仍然没有摆脱困境。被逼到绝境的麻老五不禁野性大发，号叫着扔掉了步枪，从腰带上拔出两支南部十四式手枪，左右开弓，一连打倒了四个企图向他靠近的日本兵，气得周围那些日本兵哇哇大叫，他们是在咒骂这家伙太不讲规矩。

麻老五张牙舞爪，动作夸张地挥动着两支手枪，似乎是在警告日本兵们：不要靠近我！日本兵们也看出来了，只要不靠近这家伙，他倒是绝不主动开枪，他的歇斯底里未必是来自愤怒，更多的是出于恐惧。

终于有个日本兵不耐烦了，偷偷地往步枪里压子弹[1]，想击毙这个张牙舞爪的家伙，但麻老五狡猾得像条狐狸，绝不允许有人威胁他的生命。那个日本兵还没来得及把子弹推入枪膛，脑门上就吃了一颗子弹……

这两支南部十四式手枪是麻老五每次战斗结束后翻尸体捡洋落儿得来的。其实他喜欢的是这种手枪的牛皮质枪套，枪套的盖子采用了圆形凸鼓面硬壳造型样式，远远望去就像个王八盖子，由此得了个不雅的俗称"王八盒子"。麻老五收藏这两支手枪还有个不足为外人道的原因：他打算找个机会开小差逃走。这两支手枪是他的私有财产，开小差时当然要带走，一是为路上有个自卫武器壮胆，二是回到家乡还可以卖钱。国军队伍里有规定，战斗结束后缴获的武器应该上交。麻老五就钻了这个空子，战斗不是还没有结束吗？看来这两支手枪是留对了，不然凭他麻老五那两下子，非让鬼子捅成筛子不可。

麻老五跳进交通壕，比画着两支手枪一步一步后退，使日军士兵们不敢靠近。他退到交通壕的拐弯处，身子一闪，脱离了日本兵的视线。麻老五近似无赖的行为使几个日本兵恨得直咬牙，他们正想追杀麻老五，却被日军小队长叫住，说高地上发现敌人的一个狙击手，造成了不少士兵的伤亡，要他们去包围那个中国狙击手。这几个日本兵只好暂时放过麻老五，去执行任务了。

此时麻老五的战斗意志已经彻底崩溃。他实在不喜欢战争，也想不明白，这场战争与自己有什么关系。麻老五当兵前在十里八乡也算个人物，手下有伙子哥们儿弟兄、泼皮无赖，虽说大事不敢惹，但吃喝嫖赌、坑蒙拐骗一类的小事还是经常有的。不夸张地说，在农村长大的麻老五还真闹不清韭菜和麦苗的区别，长这么大他就从来没干过农活儿。麻老五很怀念那段无忧无虑的日子，那简直是人生的极致，给个县长都不换。

可真应了那句话：人要倒霉，放屁都砸脚后跟。千不该万不该，真不该打满堂家母猪的主意，要不是为了这头瘟猪，麻老五也不会出门躲灾，不出门躲灾也不会被抓丁，要是不被抓丁，也到不了这鬼地方来打仗。他麻老五本来活得好好的，凭什么要打仗呢？别说是为了国家这个看不见摸不着的东西，就算是为了父母高堂也不值当。前些日子麻老五的脑袋被铁柱砸了一板凳，思维进入一种混沌状态，开小差的打算也放下了。如今机会来了，仗打到这地步，怕是谁也顾不上谁了，此时不跑，更待何时？

---

1 日军步兵在准备进行白刃战时，都要按照规定退出枪膛内的子弹，其主要原因是避免开枪误伤自己人。因为三八式步枪 6.5mm×50mm 子弹装药量较大，弹丸的侵彻力极强，近距离射击往往可以击穿三四个人，在白刃战中双方人员往往互相重叠，如在肉搏战中开枪射击，贯通目标后极易误伤自己人，这样显然得不偿失。

## 第二十八章

中国的乡村社会自古就有这么一类人，他们生在农村，祖祖辈辈都是本分的种田人，可这类人是本阶级的叛逆者，他们厌恶体力劳动，不喜欢日出而作、日落而息的传统生活方式，对传统的纲常伦理也不大认同。他们有自己的生活方式，热衷于走街串巷、偷鸡摸狗，其人格特点是巧舌如簧，颜之厚矣。为了证明自己的真诚，动辄诅咒发誓，但永无兑现之日。借用京剧《四郎探母》中铁镜公主的一句话，叫作"起誓当白玩"。中国农村社会对这类人也有个统一的称谓，名曰"二流子"。但凡一个社会出现动乱或革命的苗头时，这类人总是积极的参与者，而且往往由于他们的参与，把原本可以平息的事态又推向了极致。因此，说他们是历史前进的推动者也未尝不可。

麻老五下了决心，现在阵地上打成了一锅粥，是开小差的最佳时机，手头这两把王八盒子也给麻老五壮了胆，他决定无论是遇见鬼子还是孔连长，反正今天是遇佛杀佛，遇魔杀魔，谁挡路就干掉谁。

麻老五以交通壕做掩护，弯下腰快速移动，只要溜到小高地的反斜面，就可以从后面脱离阵地了。麻老五拐过一个被炸毁的机枪工事，迎面传来一阵激烈的厮打声，他看见浑身是血的孔大川被三个日本兵死死压住，孔大川的脸上、肩膀上、胸前到处是刀伤，他拼命挣扎着，厮打着……麻老五犹豫了一下，他在考虑是否过去帮把手，连长就算再不是东西，他好歹也是中国人，这点觉悟麻老五还是有的。

筋疲力尽的孔大川发现了麻老五，眼睛一亮，声嘶力竭地喊道："麻老五，我不行了，快，快扔手榴弹！"

麻老五下意识地摘下装着集束手榴弹的挎包，把手伸进去攥住拉火环犹豫着，他不知该怎么办，这东西可不好玩，要是扔过去，怕是孔连长和鬼子得一起上天。

孔大川见麻老五在犹豫便破口大骂："麻老五，我日你娘！你还等什么？我命令你，向我投弹！快……"

麻老五的精神终于崩溃了，他带着哭音号叫着："俺日你娘！扔就扔……"

他一把扯出拉火环，用力甩出了挎包……随着一声惊天动地的爆炸，麻老五被飓风般的冲击波掀出七八米远，头朝下栽进一个弹坑……

这声爆炸震醒了昏迷中的满堂，他懵懵懂懂地想爬起来，却又头昏目眩地栽倒了。他拖过自己的步枪，拉开枪机检查枪膛，却发现枪膛里没有子弹，他懊丧地扔掉步枪，听天由命地闭上眼睛。

"啪！啪！啪！"不远处传来步枪的连连射击声，满堂抬起头来，发现小高地上聚集着十几个日本兵，他们正企图接近一个弹坑，却被从弹坑里射出的子弹连连击中。这个射手退壳上膛的速度极快，枪声的间隔时间很短，而且弹无虚发。

满堂笑了，这肯定是孙新仓，全连除了他没人有这本事。

日本兵们伏在地上不敢上前，向弹坑投出几颗手雷，待手雷爆炸后便放心地站起来，不料射手居然出现在两米外的另一个弹坑里，一声枪响，又一个日本兵脑门中弹仰面跌倒，其余的日本兵被迫重新卧倒，再也无人敢上前了。

满堂观察四周，发现日军已经基本占领了阵地，国军的抵抗也已停止，阵地正面日军的后续部队正源源不断地越过被炸平的外壕，看来3连的弟兄们早已伤亡殆尽，满堂把脑袋扎在土里，无声地哭了。

他想起连长孔大川、排长张宝旺、铁柱、麻老五等弟兄们，难道都阵亡了？如果他们还活着，鬼子不可能这么轻松地站在阵地上。只有孙新仓还在抵抗，但他坚持不了多久了，即使不被敌人打死，他的子弹也迟早会打光，这不过是困兽犹斗，起不了什么作用。

满堂开始考虑，自己该做些什么。他手里只有一支空枪，连拼命都缺乏本钱，他更不想当俘虏，日本人的残暴他是领教过了，打死也不能再当俘虏。满堂慢慢爬进一个弹坑，把手插进泥土里寻找着，他希望能找到一颗手榴弹……

忽然，他听见旁边的弹坑里有人在咳嗽，探头一看，发现灰头土脸的麻老五正慢吞吞地从弹坑里爬出来。

满堂奇怪地问："麻老五，你咋在这儿？"

麻老五"呸"地吐出一口浓痰，用手胡乱地抹了抹脸骂道："他娘的，没想到这四个一捆的家伙这么厉害，差点把老子的命都要了，这不，老子刚迷糊过来。"

满堂说："老五，新仓被鬼子围了，咱要想法去救他。"

麻老五摇摇头说："狗屁！老子谁也不管，生死有命，各人担各人的。刚才俺头朝下栽进弹坑里，跟他娘的插秧似的，谁管老子啦？"

阵地后面突然传来激烈的枪声，正在围攻孙新仓的日本兵纷纷退下来。满堂看见小高地上出现了端着轻机枪的国军士兵，人数大约是一个加强连，孙新仓也跃出弹坑加入冲锋队伍。

满堂长长地吁出一口气，看来是团长动用了最后的预备队进行反击了。

"哒哒哒！""哒哒哒！"前沿阵地突然传来捷克式轻机枪的点射声，正在越过外壕的日军士兵像割韭菜似的倒下一片。满堂精神一振，天哪，铁柱还活着！除了他没有别人……

铁柱的火力点刚才被一发炮弹摧毁，弹药手被炸得粉身碎骨，铁柱连人带机枪被气浪掀出工事七八米远，他"呸呸"地吐出呛进嘴里的沙土，想爬起身时，却发现左腿不听使唤了，一块银圆大小的弹片打进了他的小腿，腿骨已被打断，和大腿只剩一点皮肉相连着，大量的鲜血把裤子都浸透了。他没有感到特别疼痛，只是觉得整个左腿是麻木的，有一种强烈的烧灼感。

铁柱撕开裤子，随手抓了一把土糊在伤口上，伤口的出血速度立刻缓慢下来。他自言自语地嘟囔了一句："娘的，这条腿算是完啦！"他找到机枪检查了一下，发现枪管被弹片打弯，基本报废了，他扔掉机枪向外壕方向爬去，他记得前面七八米远的土坎下有个木头盖子，掀开盖子就是一条秘密通道，通向一个没有启用过的秘密地堡，当初修筑这个地堡是为了向阵地提供侧射火力，地堡的射击孔与外壕处在同一水平线上，没有启用时，射击孔还做了伪装，轻易不会被发现。战斗打响之前，铁柱在地堡里放了一挺备用轻机枪，还有五个压满子弹的弹匣。

铁柱用了十分钟才爬进秘密地堡，这段路几乎耗尽了他的全部力气，他知道自己在大量失血，如果不能有效地止血，恐怕坚持不了十分钟了。不过，这也没关系，横竖是个死，干吗不在临死前多拉上几个垫背的鬼子？五个弹匣就是一百发子弹，他不想糟蹋了这些子弹。

铁柱拉开射孔上的伪装板，看见日军士兵们正在纷纷向后退，正好暴露在他的枪口下，他咬牙扣动了扳机，"哒哒哒！"机枪抖动着狂叫起来……

第一轮长点射后，铁柱稍稍停顿了一下，眼前的景物越来越模糊，晕眩感也越来越强烈，他知道这是失血过多造成的后果，他使劲晃了晃脑袋，力图使自己清醒一些，又重新扣动了扳机……

日他娘的，今天这一关是说啥也过不去啦，命里注定该走了，反正是光棍一条，没啥惦记的，连亲生爹娘啥模样都记不清了。俺活了16岁，穷小子一个，这世上多俺一个不多，少俺一个也不少，拍拍屁股就走了。唯一放不下的还是俺哥。满堂哥，你好好地活着，只要你活得好，兄弟在阎王爷那里也高兴。

铁柱眼里慢慢流出两行泪水，他换了一个弹匣，继续射击……

铁柱的机枪火力截断了后面的日军，也拦阻了从阵地后退的日本兵，那些日本兵急红了眼，他们握着手雷从不同角度企图接近地堡，但都被铁柱的短点射打倒。

满堂在心里暗暗祈祷，只要铁柱再坚持几分钟，情况就会大为改观，增援部队马上就会占领并巩固这个阵地，满堂最担心的是铁柱的机枪是否还有弹药。

正这么想着，铁柱的机枪声戛然而止，满堂的心猛地一沉，最坏的结果出现了，铁柱果然没有子弹了。满堂拼命挣扎起身子，想冲过去帮铁柱一把，不料腿一软，又一头栽倒在地上……

两个日本兵趁机接近了地堡，将两颗手雷塞进射击孔，可他们刚刚转身，手雷又被铁柱捅了出来，在他们身后爆炸，这两个日本兵被炸倒。满堂看出来了，这是日军刚刚补充的新兵，没受过多少训练，更没有什么战斗经验，否则不会干出这种蠢事。

这时一个背着火焰喷射器的日本兵冲上去，用喷火枪对准了地堡……

"满堂，你还活着？"孙新仓端着枪跑过来。满堂声嘶力竭地喊道："新仓，快，快开枪！打那个背罐子的鬼子，铁柱在地堡里……"

孙新仓一怔，脸色倏地变了，迅速举枪瞄准……已经晚了，那日本兵的喷火枪"轰"的一声喷出一团烈焰，长长的火舌径直从射击孔里窜进地堡……

地堡里的铁柱只觉得一团烈焰扑面而来，黏稠的、正在燃烧着的凝固汽油喷溅到身上，他的脸上、胸前……到处在燃烧。熊熊烈火中，剧烈的、难以忍受的疼痛在全身蔓延开来，像是无数把刀子在切割自己。铁柱用尽浑身力气，撕肝裂肺地喊出了最后一句话："哥啊，下辈子……还做你兄弟……"

几乎就在同时，孙新仓开枪了，一颗子弹击穿日军喷火手背上的燃料瓶，那个喷火手瞬时被烈焰包裹起来，他带着浑身的火焰号叫着，跌跌撞撞走了几步就栽倒在地。

"铁柱啊，俺的兄弟……"满堂哭喊着，号叫着，拼命向前爬去。

一个国军上尉端着轻机枪带领一群士兵冲上来，机枪喷出的火舌呈扇面扫去，地堡周围残余的日本兵纷纷中弹跌倒。高地上刚刚架好的马克沁重机枪也开火了，外壕边的大群日军步兵被扫倒了一片，其余的日本兵退了回去。

满堂和孙新仓不顾一切扑到地堡前，只见地堡的射击孔里冒出烈火和浓烟，入口已被烧塌，空气中充满了刺鼻的汽油味和人肉烧焦的味道。两人哭喊着拼命扒开地堡上方的黏土层、圆木和草席，双手刨得鲜血淋淋，胳膊上也被烫起成片的水疱。那国军上尉惋惜地摇摇头，一挥手叫过手下的士兵，大家七手八脚扒开地堡，扑灭了火焰，将铁柱焦黑的尸体扒了出来。

孙新仓跪在地上，不停地用头撞击着烧焦的圆木，满脸是泪地号叫着："铁柱，我的好兄弟，这怨我呀！我要是早几秒钟开枪，你就能活呀，是我孙新仓没用啊，没用啊……"

这时的满堂倒平静下来，他抚摸着铁柱的尸体，脸上竟没有一滴泪水。铁柱被烧成焦炭状的尸体，体积已经缩小到生前的三分之一，那个跟随他一起走进佟家，一直挂在脖子上的长命锁，已经熔化成一个焦煳扭曲的铜疙瘩。

满堂脱下军装，把铁柱的尸体包裹起来，紧紧地抱在胸前。几个月来他目睹了太多的鲜血和死亡，神经早已麻木，但铁柱的死仍然带给他强烈的刺激。

他的心被痛苦一点一点地吞噬着、撕碎着，眼泪却早已干涸。

这就是命啊，民国二十七年黄河花园口决堤，滔天的洪水给佟满堂送来一个异姓兄弟，这是个多好的兄弟啊，虽说没有血缘关系，但他和满堂情同手足，共同承担起田里的劳作。民国三十一年河南大饥荒，铁柱忍着饥饿，偷偷地把自己那份口粮省给妹妹翠花，然后一声不吭地挑起水桶去浇地，最后生生被饿昏在河边……普天之下，到哪儿去找这么好的兄弟？

满堂呆呆地把铁柱包裹着的尸体紧紧贴在脸上，他在想：铁柱走了，自己活着也没意思，不如就这么和兄弟一起走了吧！

那个上尉走过来，拍拍满堂的肩膀说："这位兄弟，我刚刚接到师部的命令，让我们放弃二线阵地，撤进城内参加巷战，我看……还是把这位烈士就地掩埋了吧。"

满堂摇摇头，只说了一个字："不！"

孙新仓在一旁流泪劝道："满堂哥，部队马上要撤退，咱们没法把铁柱带在身边，还是埋了吧。我们做个记号，等打完了仗，要是咱们还活着，一定再来找到他，送他回家！"

满堂仍然摇头，还是一个字："不！"

那上尉火了，强硬地下了命令："来人！给我强制执行，掩埋尸体！"

几个士兵冲上去抓住满堂，强行夺过铁柱的尸体。满堂发了疯，猛地一晃肩膀，两个士兵被甩出很远，摔倒在地上。丧失理智的满堂号叫着拔出一颗手榴弹狂吼道："兄弟，等等俺，哥和你一起走……"。

他边喊边拧开了手榴弹盖子……士兵们大惊，猛扑过去将满堂压倒，拼命从他手里夺过了手榴弹。

满堂挣扎着发出一声哀号："长官，俺求求你，这是俺兄弟，你不能把俺兄弟抢走！长官啊，俺没法和俺娘交代啊……"

上尉的眼圈也红了，一声不响地扭过脸去，不忍再看。

士兵们很快挖出一个一米多深的土坑，把铁柱的尸体放进去，开始盖土。

满堂这时才清醒过来，他不再号叫，只是冷静地请求："长官，俺不再闹了，让这几位兄弟放开俺，俺想烧几张纸送俺兄弟上路，行吗？"

上尉挥挥手，士兵们放开满堂。

这时麻老五像幽灵般地出现了，他的眼圈也有些发红，他拍拍满堂小声说："满堂，俺寻摸了一圈，这里除了死人，啥也没有，哪去找纸啊？"麻老五解开腰间的皮带，脱下军装上衣："来，烧俺这褂子，给铁柱兄弟送行！"

孙新仓也脱下了上衣说："满堂哥，把俺这件也算上，一起烧了，给铁柱，给孔连长，给宝旺大哥他们送行！"

满堂感激地看看他们："谢啦！还是自家兄弟想得周全。"

满堂站在土坑边，点燃手里的军装高高举起。粗布军装慢慢燃烧起来，满堂的手在火焰中渐渐变黑，空气中弥漫着皮肉烧焦的味道。这时满堂突然泪流满面，他声泪俱下地大喊道："铁柱啊，俺的好兄弟，你一路走好，哥给你送行啦……孔连长，宝旺大哥，兄弟给你们送行啦……"

## ·第二十九章·

一架中国空军的运输机钻进硝烟弥漫的衡阳上空,在守军阵地上准确空投了一个木箱,一个国军少校在木箱里发现了蒋介石给方先觉的亲笔信,这封信被迅速转交到方先觉手里。

心力交瘁的方先觉早已失去了往日的兴奋,他把信展平,语调平和地对军部的高级军官们念道:

"我守衡阳官兵之牺牲与艰难,以及如何迅速增援,早日解危围之策励,无不心力交瘁,虽梦寝之间,不敢忽之。惟非常事业之成功,必须经非常之锻炼,而且必有非常之魔力,为之阻碍,以试验其人之信心与决心之是否坚决与强固。此次衡阳得失,实为国家存亡之所关,绝非普通之成败可比,自必经历不能想象之危险与牺牲。此等存亡之大事,自有天命,唯必须吾人以不成功便成仁以一死以报国家之决心赴之,乃可有不谂一切、战胜魔力,打破危险,完成最后胜利之大业。上帝必能保佑我衡阳守军最后之胜利与光荣。第二次各路增援部队,今晨已如期到达二塘,拓里渡,水口山,张家山与七里山预定之线。余必令空军掩护,严督猛进也!"

方先觉缓缓放下信,孙鸣玉、蔡继刚、炮兵指挥官蔡汝霖、高参彭克复等人都沉默不语。

方先觉敲敲桌子道:"大家都说说嘛,事已至此,我们总要拿出个办法来。"

蔡继刚打破沉闷:"委座做到目前这个地步,不能说组织解围不力,除了薛岳的部队远在天边,衡阳的周围至少有七个军的番号,按照战役预案,这些部队都负有为衡阳解围的责任,可目前只有三支部队算是打到衡阳城郊,其余的部队基本上还在原地不动。我看这是国军的老毛病了,各军都想保存实力,不肯力战,借口总是不难找到的,无非是'日军兵力强大,我军激战一番不支',于是撤退就有了理由,可以不顾友军的死活。我可以断定,我们不会得到增援,目前只能靠自己的力量做最后一搏了。"

方先觉一肚子愤懑和委屈,只是他不能带头发牢骚,这样会影响官兵的士气。他看着孙鸣玉说:"参谋长,你有什么建议?"

孙鸣玉回答:"军座,现在我们与各阵地之间的通讯联络全部中断,我们手里还有多少兵员,多少弹药和粮食?我们的几千伤员怎么办?这些都是迫在眉睫的问题。我建议立刻派出传令兵前往各师部,通知各师师长及少将以上军官来军部共同商议。"

高参彭克复说:"我同意,大家一起商议,一旦做出决定,我无条件服从!"

蔡继刚冷冷地插话:"集体的决议也未必正确,要是大部分人都认为投降是最好的选择,难道我们也放下武器投降?"

方先觉看看蔡继刚,发现他虽然面色平静,眼里却射出一道冷彻透骨的寒光,令人不寒而栗。

方先觉只是简单地说了句:"还是开个会吧,总会有办法。"

蔡继刚和蔡继恒拎着冲锋枪走进中央银行的院子。他们刚刚经过的街道正在激烈交火,其中最近的巷战地点离军部只有300米,兄弟俩是一路开火打过来的。

军部的院子里站着一些手持汤普森冲锋枪、司登式冲锋枪和卡宾枪的士兵,他们都是各师长官带来的卫士。

蔡继恒惊奇地说:"哥,都是美国枪、英国枪,看来第10军的装备不错嘛。"

蔡继刚哼了一声:"继恒,你别天真了,是史迪威掌握着《租借法案》的装备,他把美式装备大部分都给了驻印军,连远征军都很少,其余的部队只分到一些象征性的轻武器,每个军也就是百十支枪而已。我们不能发牢骚,人家给多少是多少,不给你也没什么可说的,靠别人恩赐过日子,那就最好把嘴闭上。"

蔡继恒吃惊地说:"一个军才百十支?这够干什么用?杯水车薪嘛。"

"是啊,打仗可指望不上这些枪,只能给卫士们背背,壮壮门面。第10军也算是中央军的精锐了,它的武器配备和抗战初期相比变化却不大,每个步兵班一挺轻机枪,其余的都是些单发手动的中正式步枪。"

蔡继恒不满地说:"咱们的陆军只是靠轻武器作战,我们的盟友不给装备也罢了,可他们对中国陆军的要求却很高,一些美国飞行员总是对我说,你们的陆军太糟糕了,连个机场都守不住,连陈纳德将军也持这种看法。"

"这不怨他们,他们没干过陆军,并不了解情况。现代化战争火力是第一要素,其火力骨干的构成是靠炮兵和近距离空中支持,谁能换算出一门150毫米重炮或是一架战斗轰炸机能顶多少支步枪?恐怕只有蠢人才这么计算。"

蔡继恒自嘲地说:"现在我总算明白了,为什么总说'用我们的血肉筑成我们新的长城'。他妈的，手里的家伙不行，咱只好拿血肉筑长城了，要不怎么办？"

蔡继刚不客气地拍了他后脑勺一下："行啦，发什么牢骚？一会儿你去搞一些子弹和手榴弹，这次会议不管是什么结果，我管不了啦，咱哥俩要准备突围！"

"真的？咱自己单干啊，太好了，妈的我早就想这么干了。"蔡继恒兴奋地说。

"继恒，你嘴里怎么这么多脏话？在哪儿学的？"

"这还算说脏话？我在我们3大队算是说话文明的，我那些美国同事语言才丰富呢，空战时你从无线电里听吧，一口一个Fuck！开火射击时Fuck！被敌人击中跳伞时也是Fuck！连陈纳德将军也有不少类似的口头禅。"

"哼！你小子就辱没家风吧，父亲要是知道你满嘴脏话，非拿鞭子抽你不可。"

"噢，我说句脏话就抽我，那我击落了这么多架敌机，他老人家也该奖励我点什么吧？蔡家的家风可是有赏有罚的。"

"快到会场了，一会儿在会上不许乱说话，听见没有？"

"听见啦，你们都是将军，哪有我一个小上尉说话的份？反正咱不是打算单干了吗？"

蔡继刚若有所思地说："看情况吧，要是出现最坏的结果，我们也只好单干了。"

这天下午，衡阳城内中央银行第10军指挥部的地下室里，第10军的全体将官聚集在一起，他们要讨论一件决定第10军命运的大事。

经军长方先觉中将提议，国民政府军事委员会派驻第10军督战官蔡继刚少将也列席参加了会议。中美空军混合团飞行员蔡继恒上尉，被特邀参加会议旁听。

主持会议的是第10军军长方先觉中将。

参加会议的有：

第10军参谋长孙鸣玉少将。

第10军预备第10师师长葛先才少将。

第10军第3师师长周庆祥少将。

第10军第190师师长容有略少将。

暂编第54师师长饶少伟少将。

第九战区派驻第10军炮兵指挥官蔡汝霖少将。

第10军高级参谋彭克复少将。

第10军第3师副师长彭问津少将。

第10军第3师参谋长张定国少将。

第10军预备第10师副师长张越群少将。

第10军预备第10师参谋长何竹本少将。

第10军第190师副师长潘质少将。

第10军第190师参谋长李长佑少将。

这些将官大多数是刚从前线赶来的，看样子穿过城区时都和日军发生过交火，他们的军衣破烂不堪，被硝烟熏烤过的面庞黝黑发亮，每个人都随身携带着手枪和冲锋枪，预10师副师长张越群和第3师参谋长张定国的武装带上甚至还插着手榴弹。葛先才和容有略都负了伤，身上缠绕着绷带。

蔡继刚感慨地想，连将官们都手持武器参加了战斗，看来第10军真的危在旦夕了。

会议开始前，参谋长孙鸣玉首先综合了一下各师的伤亡情况。截止到今天上午，葛先才预10师的三个步兵团伤亡已经达90％以上，师直属部队如特务连、防御炮连、工兵连、搜索连、防毒连等特种部队已全部当作普通步兵投入战斗，而五位直属连的连长也先后阵亡，各连士兵所剩无几。岳屏山、接龙山等阵地仍然在坚守。

周庆祥的第3师伤亡已达到70％，师直属部队及师部勤杂人员包括副师长、参谋长也投入了战斗。至此，第3师已没有任何预备队可动用了，其城外二线阵地也大部分失守，目前只有青山街阵地仍在坚守。

作为后调师的第190师本来就不足一个团的兵力，到昨天为止，还有不足400人。今天上午，演武坪阵地被日军突破，568团5连三十多名官兵全部阵亡。日军随即向左翼扩展，568团副团长李适带团部参谋、炊事兵、传令兵等20人坚守在一座天主教堂内，战斗中李适中弹阵亡，残余官兵死战不退，与日军形成对峙。

军部的特务营、工兵营、炮兵营等直属部队早已作为步兵投入战斗，目前伤亡也达到三分之二。参谋长孙鸣玉组织军部的参谋、工作人员、勤杂人员等二百余人，分配至市区各巷战工事中，目前已经投入巷战。

现在唯一完整的建制，是暂54师的一个营，这个营是随暂54师师部驻在城内的。暂54师是薛岳的嫡系部队，出于多种考虑，方先觉一直没有动用这个营。

各部汇总后，大家都沉默了。情况在这摆着，现在讨论如何防守已毫无意义，无非是三条路可走：第一是组织残存兵力突围；第二是战至最后一兵一卒，与城市共存亡；第三……这句话谁也说不出口，那就是放下武器投降。

方先觉首先打破沉闷的气氛："情况大家都清楚了，今天开会的目的，就是把大家凑在一起，商议一下下一步该怎么走。我希望每个人都谈一谈看法，这关系到我们第10军的命运，也关系到我们每个人的生死荣辱问题。"

葛先才问蔡继刚："云鹤兄，你是军委会的人，对现在整个战场的大局应该比我们看得清楚，你认为我们还能等到援军吗？"

蔡继刚摇摇头："没有希望了，我们应该考虑下一步该怎么办，而不是考虑等待援军的问题。"

葛先才忍不住骂了起来："废物，都是他妈的废物！咱们一个军不到两万人，鬼子攻了四十多天都没攻进来，可衡阳外围的几十万援军却硬是打不进来！真他妈的窝囊死！"

周庆祥也发开了牢骚："我们第10军算是被人彻底抛弃了，四十多天啊，远征军都可以打几个来回了。他们有一流的美式装备，有那么强的机动能力，怎么就不能来救我们呢？咱们校长不想要第10军了吗？"

葛先才仍然不放过蔡继刚，追问道："云鹤，你为什么说没有希望了？你的根据是什么？"

蔡继刚已经把冲锋枪分解开，正在仔细擦拭零件，他漫不经心地回答："这个判断我不是现在才有的，不客气地说，第九战区在战前的战役预案就有很大漏洞，薛长官在制订作战计划时总是一厢情愿，仅从战役预案上看，似乎没什么问题，可谓面面俱到，却忽略了一个最重要的问题，这就是战略主动权究竟掌握在谁手里。很遗憾，我们不得不承认，掌握在日军手里，更准确地说，是在横山勇手里。战役发起的时间、地点、进攻方向都是人家说了算。我们呢？头疼医头，脚疼医脚，军委会也罢，第九战区也罢，心中全无大方略，对我军的短处毫无了解……"

方先觉插话："你指的我军短处是什么？"

"我军最大的短处是完全不具备进攻能力，论装备、火力、机动能力，特别是战斗意志，均逊于我们的对手。在制订战役预案时，就该将我军所有的短处作为一个参数考虑在内，而不是一厢情愿。比如，在横山勇的计划里，衡阳志在必得，他在考虑进攻的同时就一定会考虑打援的问题，现在衡阳守军孤守待援的困境，早在人家的战役预案中有所体现，只不过第10军四十多天的顽强抵抗出乎横山勇的预料而已。我们的战役预案中当然也考虑了对衡阳的增援问题，但还是一厢情愿，负责增援的部队位置分散，距离过远，又隶属不同的指挥机构，根本无法形成强大的突击力量，这是以我军之短攻敌军之长。我说过，我军本不擅进攻，但此时衡阳外围的所有增援部队都被迫打成了进攻战，这正是由于我统帅部最初的战役布势所致。"

蔡继刚一边说一边重新组装好冲锋枪，将子弹推入枪膛，关上保险。

容有略看着蔡继刚问："云鹤兄，看你这样子，是准备巷战了？"

蔡继刚笑笑："当然，除了突围和巷战，我们还能做什么？无非是打到最后一颗子弹，我的左轮枪里还专门给自己留了一颗子弹。"

方先觉叹息道："云鹤兄，你既然早就想到今天的结局，为什么不向军委会力陈？"

蔡继刚黯然神伤："你怎么知道我没说呢？军委会甚至有我书面报告的备案，这是有案可查的。可蔡某人微言轻，该做的都做了，不该做的也做了，我现在能做的，就是把自己变成个士兵，准备巷战。"

周庆祥问饶少伟："饶师长，情况严重，你的意见如何？"

饶少伟回答得很干脆："固守待援！"

周庆祥冷笑道："外围阵地已经被敌人分割得七零八落，城内也发生了巷战，我们要兵没兵，要弹没弹，拿什么固守？"

饶少伟不紧不慢地说："既然如此，那就突围！"

周庆祥站起来怒气冲冲地喊道："突围？你知道有多少伤兵吗？八千多人，难道把他们丢掉不管吗？如果这样，将来谁会跟我们，谁会与我们共患难？我们还怎么带兵？"

方先觉冷静地说："委座的命令仍然是固守待援，不是我们想突围就可以突围，没有命令，所谓的突围就成了临阵脱逃，在座的各位都要上军事法庭。"

会场空气骤然紧张起来，焦虑和愤懑侵袭着每个人的心。这的确是个两难选择，一座弹尽粮绝的危城，八千多濒于绝境的伤员，突围既然不允许，那就只有死守与城市共存亡了，至于其他的办法谁也不愿意说出口。

问题是，如果死守，那么死守的意义何在？

第10军坚守衡阳已经四十多天了，衡阳保卫战吸引日军兵力超过10万，从战略上有力地阻滞了日军的进攻势头，打乱了日军的战略部署。日军野战兵团在衡阳城下伏尸如山，伤亡惨重，中日两军的伤亡比例达到1∶3！这是抗战军兴以来前所未有的，首次逆转了两军的伤亡比例。日军的士气遭到严重打击，也是客观上造成日本东条内阁倒台的原因之一。

然而，第10军创下的有利战机，为中国军队开拓出广阔的战略空间，国军最高统帅部原本可以抓住这个转瞬即逝的战机，重新调整战略部署，在战役态势方面大有可为，但蒋委员长却没有抓住机会，他除了殚精竭虑地发电写信催促增援衡阳守军外，便无所作为。有利的战机就这样在不作为中流逝。就中国军队而言，战争的不利态势没有得到及时扭转，战况反而在继续恶化。第10军的辉煌战绩在不作为中被湮灭殆尽。

作为统帅，即使是伟大的军事统帅，也没有权力忽视第10军这一万多名官兵的生命；毫无意义地挥霍生命，更不是好统帅。

## 第二十九章

方先觉心力交瘁，他的精神承受着巨大的压力。他并不怕死，自1925年入黄埔军校起，他从军已有19年，在长期的战争生涯中，死亡早已是件司空见惯的事，一个怕死的人也干不到中将军长的位置。他方先觉率领第10军坚守衡阳四十多天，给敌人造成了惨重伤亡，凭此战绩，方先觉的大名注定会进入史册。

现在的问题是，方先觉必须做出选择，如果他想做一个彪炳史册的民族英雄，他还缺什么呢？结论只有一个：唯缺一死！如果方先觉选择了死守衡阳，最终在弹尽粮绝中力战殉国，那么民族英雄的形象就算是立住了，如同文天祥、史可法一样，留取丹心照汗青。无论多少年以后，人们都会长久地传颂着英雄美名。是的，就方先觉个人来说，这一生该做的都做到了，若要成全功名，唯缺一死。死了一切就变得简单了，方先觉将以完美的一生作为英雄载入史册，国民政府会再授一枚青天白日勋章，追授二级陆军上将，家属享受政府丰厚的抚恤……

然而，第10军一万多名出生入死、浴血奋战的官兵呢？他们怎么办？你方先觉成就了自己的功名，第10军一万多名将士的生命就应该被抛弃吗？

一将功成万骨枯啊，方先觉怎么忍心拿一万多名将士的生命来成就自己的功名？

面对现实，方先觉几乎没有选择。违抗命令突围不能考虑，那是临阵脱逃，是犯罪行为。继续死守则玉石俱焚，城破之后八千多个伤员难逃被日军杀戮的结局。还有一条路，那就是放下武器投降。

想到这里，方先觉打了个寒战，他感到一种前所未有的恐惧。在东方民族的传统观念中，军人放下武器投降，与叛国投敌无异。方先觉不敢想象，在他率领第10军经过四十多天的浴血奋战，承受了重大伤亡后，最终落个叛国投敌、身败名裂的下场，这实在太残酷、太不公平了。方先觉可以不在乎死亡，不在乎做英雄，但他却惧怕被国人误解，被辱骂成汉奸，被钉在历史的耻辱柱上。

与身败名裂相比，此时光荣战死是一件多么幸福的事！

想到这里，方先觉不禁泪流满面。他掏出手枪拍在桌子上，痛苦地哭喊道："无非是一死嘛，难道死还不容易吗？拿起这支枪对准太阳穴，扣一下扳机就可以啦……在座的同人，你们谁怕死？你们哪个不是从枪林弹雨里钻过来的？谁会在乎朝自己脑门开枪？可是……那八千多伤员怎么办？八千多条性命啊，这是与我们出生入死、患难与共的兄弟啊……他们也有父母高堂，也有妻子儿女，多少亲人在等着他们回家，我方先觉不能不管他们啊……"

大家被方先觉的哭声惊呆了，他们谁也没见过方先觉流泪，连葛先才和周庆祥这些跟随方先觉多年的人也没见过。方先觉压抑已久的痛哭引发了会场所有人的伤感，几个师长、副师长也失声痛哭起来，他们在宣泄郁结在心中的压抑。

周庆祥泪如雨下："军座，我周庆祥从黄埔军校毕业就进了第3师，从中尉排长干到少将师长，快20年了，从来没有打过这么惨烈的仗。这么苦的仗，我们为谁打？是为国家民族啊，可是……国家怎么就不管我们呢？"

葛先才流泪道："在座的都是黄埔学生，我们第10军没给校长丢脸，可校长怎么会调不动解围部队呢？这么多人在阳奉阴违，保存实力，眼看着我们被消灭，这种人是民族的罪人，难道校长就不会枪毙他几个？"

眼泪是可以传染的，既然将军们都流了泪，军部里的作战参谋、机要员、电报员，包括门口的警卫人员也都跟着流泪了。这些校尉军官和士兵都有一种被抛弃的感觉，他们感到很委屈，对今后不可知的命运也感到恐惧。从会场内到会场外，多数人都沉浸在悲哀的氛围中。

蔡继恒冷眼看着哭泣的人群，感到一种莫名的烦躁。有什么好哭的？城外一些高地还在激战，城内离军部仅仅300米的街道上也在进行殊死的巷战，现在这个城市每一分钟都有人死去，攻守双方在重磅航空炸弹、大口径炮弹甚至是集束手榴弹的相互轰击下，到处是血肉横飞、伏尸累累的场面，双方的军人在逐街逐屋地争夺，在疯狂地厮杀……仗打到这个紧急关头，哪还有时间伤感流泪？

蔡继恒坚持认为，军人不能有委屈情绪，因为这种情绪从来都是从个人感受出发的，而战争却从不考虑个人情感。譬如为了掩护大兵团转移，负责殿后的部队全军覆没，这是战场指挥官出于全局考虑，必须做出的断腕之举，这是起码的军事常识，是战争铁一般的法则，付出牺牲的军人不该有任何委屈情绪，否则就不要从事军人这个职业。

蔡继恒认为，一个优秀的军人在任何险恶环境下都要保持冷静，并且要以主动进取的精神与理性的运作方式去化解危机。抱怨与牢骚不仅无济于事，而且最终会导致不作为，而不作为会给处于劣势的一方带来灭顶之灾。

蔡继恒很清楚，以自己的身份他不宜表态，这里有这么多缀着金色领章的将官，还轮不上一个小小的空军上尉说话。况且大哥蔡继刚也在，他别人可以不放在眼里，但对大哥是绝对不敢放肆的。

蔡继恒背起冲锋枪，决定离开会场去院子里透透气。

蔡继刚正背着手站在巨大的城防图前，似乎在研究地图。当蔡继恒走过他身边时，蔡继刚一动不动，眼睛仍然盯着地图，嘴里小声说了句："站住！回去旁听会议！"

蔡继恒停住脚步，凑到哥哥耳边低语道："哥，我算明白了，为什么我们的陆军打仗总是一败涂地。"

"闭嘴！你懂什么？对你不了解的事，千万不要轻易下结论，你记住我的话！"蔡继刚转身走到会议桌前坐下。

蔡继恒悻悻地回到自己座位上。

周庆祥已经擦干了眼泪，他站起来走到方先觉身边张了张嘴，欲言又止。

方先觉说："庆祥，有什么话你就说，这里没有秘密。"

周庆祥鼓足勇气说："军座，我们还有一条路可走。"

方先觉盯着他："说！"

周庆祥豁出去了："与日军谈判，商议停火！"

方先觉脸色铁青，咄咄逼人道："你的意思是，放下武器投降？"

周庆祥并不退缩："不是投降，是诈降，给我们第10军留点种子，一旦时机成熟，我们可以东山再起。当然，是打是谈，军座说了算，我坚决服从命令！"

葛先才吃惊地说："周师长，这个主意我绝不同意，投降也罢，诈降也罢，我看都差不多，我是宁可战死，也绝不投降！"

方先觉看看容有略问："容师长，你的看法呢？"

容有略的回答坚决而简洁："别的人我管不了，我们第190师决不投降！"

饶少伟跨上一步说："军座，暂54师只有一个营，部队虽少，但我们的决心不变，抵抗到底，决不投降！"

方先觉看着蔡继刚问："督战官，你的看法是什么？"

蔡继刚站起来立正道："只要第10军在战斗，我蔡继刚就会奉陪到底，决不退出战斗！"

周庆祥看着众人，显得有些尴尬地说："好吧，既然大家都决定打到底，我收回刚才的建议。"

方先觉眯缝起眼睛盯着周庆祥说："周师长，我问你，你怕死吗？"

周庆祥仿佛受到极大的侮辱，涨红着脸大声吼道："军座，我周庆祥跟随你多年，别人不了解我，难道你还不了解？我什么时候怕过死？军座，我斗胆再说一句，对我们这些带兵的人来说，现在死是最容易、最省事的，可也是最不负责任的。我说句心里话，看着这八千多伤员，我没脸去死，我就是到了阴曹地府做了鬼，这些伤员的父母高堂、妻子儿女也会骂得我不得安生。"

方先觉的脸色渐渐柔和起来，点点头说："庆祥，我相信你！我向你保证，只要我方先觉在，这八千多伤员就不会被抛弃，要死大家死在一起！"

周庆祥回身抄起了冲锋枪："军座，各位师长，我先走一步，青山街阵地还在战斗，我要和我的部队在一起。请军座及各位同人保重！"

"等一下。"方先觉叫住周庆祥,转过身来面对大家。他脸色平静,神态瞬间又恢复了以往的自信和霸气,声音不高,却表现出一种破釜沉舟的决绝:"现在我宣布,国民革命军第10军决定死守衡阳,决不突围,决不投降!从现在开始,每个将级军官身边只准留卫士四人,其余人员一律到前线作战,如果查出多留一人者,严惩不贷!"

全体军官向军长立正敬礼,齐声道:"是!"

周庆祥问:"军座,所有的通讯联络已全部中断,明天敌人会迅速分割各师团之间的阵地,到时候传令兵恐怕也无法送达口信了,我们还是约定一下,最后的集合地点在哪里?"

方先觉回答:"还在军部,就在这里!如果这里也守不住,最后的时刻,我们都集中到天马山去,要死大家死在一起!"

蔡继刚和蔡继恒、沈光亚从军部出来时,附近的街区正在进行激烈的巷战,枪炮声不绝于耳,不时有一两发炮弹落在军部大楼旁。他们拐过了两个街口,被两个宪兵拦住,其中一个宪兵中尉向蔡继刚敬礼:"对不起,长官,你们不能再往前走了,这一带马上就要发生战斗,很危险!"

蔡继刚还礼道:"中尉,我是军委会督战官蔡继刚,我的职责就是在战斗爆发时进行督战,你明白吗?"

宪兵中尉看看蔡继刚的少将领章,诚惶诚恐地点点头:"明白,长官。"

蔡继刚问:"这里的指挥官是谁?是哪个部队防守这一带?"

"报告长官,这里没有完整建制的部队,都是从城外二线阵地上撤下来的,只有四十多人,有预10师的,有第3师的,还有一些军部勤杂人员,指挥官是军部作战参谋童子良少校。"

蔡继刚继续向前走着:"中尉,你引路,带我们去看看工事,一会儿把指挥官也叫来。"

街道的中间放着用铁轨焊成的三角形防坦克桩,十字路口的中心有一座用沙包垒成的环形街垒,四面都开出了射击孔,工事里面配置了两挺轻机枪。街道两侧的房顶上也设置了临时火力点。一些士兵正在民房的院墙上掏可供单兵进出的洞,将一个个院子连通。

一个少校匆匆赶来向蔡继刚敬礼:"蔡长官,我是军部作战参谋童子良,奉孙参谋长命令,负责防守这一带街区,请长官训示!"

蔡继刚指着十字路口上的环型街垒说:"童参谋,这个火力点设计得有问题,它的正面是直通通的街道,百米之内一览无余,对你的机枪火力来说,自然有个良好的射界。可你想过没有？对于敌人的九二步兵炮来说，这个街垒工事也就是个摆设，把炮推到百米左右抵近射击，一炮就可以解决问题。"

童参谋看了看，不好意思地承认："长官说得对，我的确忽略了敌人炮兵的抵近射击。您看，该如何改一下……"

蔡继刚毫不客气地说："拆掉这个街垒，把所有正面射向的火力点改成侧射火力，你想想，这条百米长的街道，街道两侧全部是侧射火力点，这样，防御纵深就有了，敌人炮兵也找不到一个用于抵近射击的明显目标，除非把这一带的街道全部摧毁。"

"是！谢谢长官指导！"

"童参谋，你们打通所有院墙是个好办法，要让大部分士兵采用运动防守的方式，明白吗？一定要运动起来，每次射击后都要变换位置，尽量少设置固定火力点。记住，在巷战中一旦出现固定火力点，那么离被摧毁的时间就不远了。"

蔡继刚钻过一个墙洞进入一座院落，看样子这院子的主人很富裕，房子高大宽敞，客厅里居然都是清一色的紫檀木家具，正房的后墙也被打了墙洞，这样战斗中守军士兵可以从容地穿堂而过。对于熟悉地形的守军而言，每一座院落和每一间房屋都可以变成一座堡垒。

蔡继恒看着这家的房子和家具，惋惜地叹道："多好的院子，还有这么贵重的家具，战斗一打响，这里什么也剩不下了。"

蔡继刚摸了摸紫檀木家具说："是啊，世界上最糟糕的事，莫过于战争；战争中最糟糕的事，莫过于在自己国土上打仗。你看这紫檀木，生长在亚热带森林地区，成材期高达数百年，常言说十檀九空，据说紫檀木最大的直径不过20厘米左右，要做成较大型的家具相当耗费材料，这些家具可想其珍贵程度。可现在，这么贵重的家具在战争中变得毫无用处，充其量只当个障碍物，暴殄天物啊。这些贵重家具连同这些街道马上就要变成一堆废墟瓦砾了，唉！"

沈副官看到几个士兵正在把一挺马克沁重机枪递送到房顶上，连忙喊道："嗨！那几位兄弟，你们把重机枪放在房顶上是找死，人家一炮连房子带人都给你端了。"

一个士兵回答："长官，这挺机枪只有一条200发弹链，等不到鬼子炮兵瞄准，我们都打完跑了。"

蔡继刚觉得这士兵的声音有些耳熟，回头一看，原来是佟满堂。

蔡继刚招呼道："是满堂啊，你怎么在这里？"

满堂连忙敬礼："蔡长官，俺刚从萧家山阵地上撤下来，全团总共不到100人了，全让团长派到这儿啦。"

满堂等人是昨天撤进城内的,经过重新编组,原预10师30团残余士兵被编成了三个排,满堂所在的一排是由原来一营残余的30名士兵组成,满堂被指定为代理排长。这30个人中间,除了孙新仓、麻老五、李长顺外他谁也不认识。李长顺所在的迫击炮连在炮战中伤亡惨重,迫击炮大部分被毁,炮弹全部告罄,根据师长葛先才的命令,迫击炮连残存的炮兵分别编入步兵投入战斗,所以李长顺被编入满堂排成了步兵。

麻老五讨好地对蔡继刚说:"长官,满堂现在是俺排长,升了官可军衔没升,还是个二等兵。"

蔡继刚笑道:"满堂当排长了,军龄还不到半年,干得不错嘛。"

满堂不好意思地说:"是代理排长,眼下不是没人嘛,等打完仗,新排长一来,就没俺啥事啦。"

蔡继刚看了看士兵们,突然想起什么:"哎,满堂,铁柱呢?"

满堂的眼圈红了,他低声回答:"蔡长官,铁柱没了。"

蔡继刚浑身一震:"什么?铁柱牺牲了?什么时候?"

"昨天,在萧家山阵地,那是最后一仗,3连就剩下俺和孙新仓、麻老五三个人,其余的弟兄还有孔连长都死了。"满堂忍不住抽泣起来。

蔡继刚心里一阵酸楚,喃喃自语道:"唉,铁柱啊,就这么走了,我忘不了你们兄弟跟我在崤山突围时的情景,铁柱是个多好的孩子……"

满堂擦干眼泪说:"长官,俺早想开了,打仗就得死人,铁柱、孔连长、张宝旺他们是早走一步,指不定今天晚上,要不,就是明天,俺也得走,反正早晚还会见面。"

蔡继刚厉声道:"住嘴!谁说早晚都得死?满堂,你记住,我们不是为了死才打仗,打仗的目的是要让敌人死,我们的人少死或者不死,否则打仗就没有任何意义。"

"是!俺记住了。长官,刚才前边的弟兄传过话来,说鬼子已经打到前边那条街了,这里一会儿也要打起来了,蔡长官还是快走吧。"满堂端起了步枪。

蔡继刚笑笑:"我哪儿也不去,我们是来参加战斗的,你们听着,战斗打响后,所有人听我指挥!"

麻老五惊讶地说:"长官,你是……领子上挂金牌儿的,官衔儿比我们团长还大,咋能亲自动手打仗啊?"

蔡继恒冷笑道:"谁告诉你官儿大了就不用打仗了?现在就是蒋委员长来了,也照样得端支枪参加战斗。"

蔡继恒最喜欢说些离经叛道的话,这些在国外受过训的飞行员说话容易口

## 第二十九章

无遮拦，飞行员个个都是宝贝疙瘩，一般也没人和他们计较，但满堂和麻老五却吓得不轻。好家伙，这空军上尉是啥来头？连这话也敢说？竟然敢拿蒋委员长当大头兵用，真吃了豹子胆啦！

蔡继恒却毫无察觉，仍大大咧咧地开始发号施令："喂！这位排长，到哪儿能找到汽油和瓶子？我们要抓紧时间做一些燃烧瓶，好对付敌人的坦克。"

童参谋说："军部的仓库里还有几桶汽油，空酒瓶也有的是，我马上派人去取。"

蔡继刚赞赏地看着弟弟说："嗯，你这个飞行员从哪儿学会的反坦克战术？想得很周到嘛。"

蔡继恒得意地回答："我认识驻重庆的苏联武官罗申[1]，那老家伙在斯大林格勒打过仗，他管燃烧瓶叫'莫洛托夫鸡尾酒'，他说过在巷战中用这玩意儿对付敌人坦克效果不错。"

蔡继刚对满堂说："敌人的九七式坦克车体和炮塔密封性很差，反坦克手要布置在街道两侧的房顶上，用燃烧瓶从高处向下砸，要尽量打在坦克的炮塔上部，这样一些燃烧的汽油就会顺着炮塔缝隙流进坦克内部，引发坦克内部的弹药燃爆。"

副官沈光亚补充道："敌人坦克的装甲厚度只有25毫米，多砸上几个燃烧瓶，装甲板会把高温传递进去，坦克手就会变成闷炉烤鸭。如果坦克手钻出座舱逃生，又会变成步机枪的活靶子。我看了你们设置的反坦克桩，那东西恐怕用处不大，街道两侧的建筑对坦克来说，不过是一些纸盒子，他们只需撞倒房屋就可以开出一条路来，所以我们要多准备一些四枚捆的集束手榴弹和5公斤的炸药包，集束手榴弹可以炸断坦克的履带，5公斤的炸药包可以彻底摧毁坦克。"

童参谋对蔡继刚说："长官，你身边没有卫士，我想抽出两名士兵专门保护你。"

蔡继刚摇摇头拒绝道："算了吧，就这几十号人，打到最后我也得填进去，要卫士有什么用？大家抓紧时间准备吧，战斗马上要打响了。"

街道的拐角处传来坦克发动机巨大的轰鸣声，四辆九七式坦克小心翼翼地拐过街口，进入守军视野，坦克后面跟着大队的日军步兵。

守在路边房顶上的满堂心里有些发毛，他扭头看看蔡继刚，只见他沉静如水，一动不动地注视着敌人。

满堂使劲做了几个深呼吸，紧张的情绪才有所缓解。他心想，蔡长官就在

---

[1] 罗申，即尼古拉·瓦西里耶维奇·罗申，于1943年至1945年任苏联驻重庆武官。1949年至1952年任苏联驻华全权大使。

身后，就算天塌下来，也有蔡长官顶着呢，俺怕个啥？

蔡继刚在计算日军接近的距离，他要等日军坦克行驶到预定位置后才开火。打巷战不同于阵地战，这里没有任何坚固的工事做依托，守军只能利用地形，在运动中阻击敌人，这种战术需要比较精确的计算与合理的运筹，才能最大地发挥火力效果。

第一辆坦克炮塔上的37毫米炮在做轻微的调整，炮口缓缓地下垂，"轰"的一声，一发炮弹把十字路口上的环形沙包工事炸得四分五裂……

蔡继刚轻轻笑了，这是他设置的假火力点，在于吸引对方的注意。对方的坦克已经到达预定位置，蔡继刚猛地扣动扳机，一个长长的点射将坦克后面的步兵打倒五六个……

这时街道两侧的房顶上、墙根下、围墙后顿时响起了爆豆般的枪声，日军步兵被打倒一片，坦克脱离了步兵的掩护。

守在街道东侧房顶上的蔡继恒点燃燃烧瓶的火捻，居高临下，狠狠地将燃烧瓶砸在坦克炮塔上。随着玻璃瓶的破碎声，坦克炮塔上腾起了一团火焰。蔡继恒没有丝毫停顿，一连摔下六个燃烧瓶，把坦克变成了一团炽热的火球。坦克舱盖"砰"的一声被打开，一个全身是火的坦克手惨叫着跳出座舱，孙新仓一枪将他撂倒，蔡继恒趁机将一颗手榴弹扔进座舱，一声闷响，坦克不动了。

靠街道西侧的一辆坦克也被沈光亚的燃烧瓶击中，燃烧起来，一个国军士兵勇敢地抱着炸药包从正面向坦克冲去……

蔡继恒急红了眼，大喊道："笨蛋！从侧面接近坦克……"

坦克炮塔上的并列机枪突然喷出火舌，那个国军士兵身中数弹栽倒，炸药包被甩出很远，燃烧的坦克继续向前猛冲。

蔡继恒顿觉火撞脑门，低吼一声，纵身从三米高的房顶上跳下来，落地时顺势几个侧滚，随手抱起炸药包，一把拉开导火索，敏捷地从侧后方追上坦克，使出全力将炸药包甩在坦克车体下，并迅速扑倒……

一声剧烈的爆炸，坦克平地跳起三尺多高，又重重地砸在地上，火光一闪，又是一声爆炸，坦克的炮塔在火光中向前飞出几十米，车体内的炮弹被引爆，这辆九七式坦克完全解体。

在房顶上的满堂操纵着重机枪向日军步兵猛烈扫射。这是在战斗打响之前计算好的，这挺马克沁重机枪只有一条弹带，用不了一分钟就可以打完，只要弹药打光，满堂就可以从容转移。谁知人算不如天算，一条弹带还没来得及打完，走在最后的一辆坦克已经转过炮塔，"轰"地射出一发炮弹，37毫米的炮弹威力虽然不大，但击毁一幢民居却绰绰有余。满堂见坦克的炮口喷出火光，还没来得及反应，他脚下的房屋便在爆炸中分崩离析，重机枪声戛然而止，一股强劲的气浪将满堂连人带机枪掀起，在空中划出一道抛物线，又重重地落下……

沈光亚从一道临街的院门里跳出来，贴着墙根急速向前飞跑，手中的冲锋枪连连开火，灼热的弹壳从枪身的抛壳窗里迸溅到地上，发出叮当的金属音。他跑到燃烧的坦克残骸旁，找到了被爆炸震晕的蔡继恒，他用残疾的左手勉强拖着蔡继恒，右臂单手持枪，一边连连点射，一边向后退去。麻老五和一个士兵冲上去，协助沈光亚把蔡继恒拖到安全处。

满堂从空中落下时正好砸在院子里的葡萄架上，竹竿搭成的葡萄架和枝叶茂密的葡萄藤托住了他的身体，起到缓冲作用，他只摔了个鼻青脸肿，没有受伤。等到他找回自己的步枪时，四五个日军士兵已经冲进了院子。满堂条件反射般甩出一颗手榴弹，趁着手榴弹爆炸他钻过墙洞进入另一个院子，迎头遇见麻老五，麻老五手里拿着一支三八式步枪，腰带上仍然插着他那两支宝贝王八盒子。

麻老五一见满堂便惊讶地喊道："嘿！满堂，你还活着？俺眼瞧着你让炮弹崩到天上去啦，心说这货算是死定了，没想到你他娘的还活蹦乱跳的。"

满堂顾不上和他闲扯，端枪转过身子，发现一个日本兵刚好从墙洞里露出脑袋，抬手一枪击中日本兵的脑门。那日本兵身子一软，脑袋耷拉下去，他的尸体堵住了墙洞。

满堂指指那边："快扔手榴弹，墙那边有鬼子！"

麻老五反应很快，掏出两颗手榴弹隔着墙甩过去，爆炸过后，墙那边传来日本兵的惨叫声。

日军的坦克被击毁两辆，后面的坦克慌忙退了回去，但日军的步兵却冲了上来，与守军逐院逐屋展开争夺，真正的巷战拉开帷幕。

纵观第二次世界大战的各个战场，最残酷的战斗往往发生在巷战中。这种短兵相接的战斗毫无章法，没有前方后方之分，也没有进攻与防守之分，双方在一片狭窄的区域内展开面对面的厮杀，从先进的自动火器到传统的冷兵器，一切手段都无所不用其极。整个作战区域变成了血肉磨坊，双方不断投入的有生力量转眼便碾碎于其间。

一个提着掷弹筒的日本兵刚刚进入临街的院子，即被藏在门后的李长顺一刺刀捅了个透心凉，他身后的弹药手扭头就跑，李长顺跳出院门将日军弹药手一枪打倒，然后解下尸体上的弹药袋退回院子。

李长顺检查了一下刚刚缴获的掷弹筒，这是一具八九式掷弹筒，有效射程500米，弹药袋里整整齐齐装着八发榴弹，按日军的规定，这是一具掷弹筒配置的弹药基数。在李长顺看来，这种掷弹筒就是一门微型迫击炮，所使用的800

克重量专用榴弹虽说威力小一些,但有总聊胜于无,李长顺还是很满意的。作为迫击炮手,他已经习惯使用迫击炮作战,对步枪总是不大适应。

李长顺拎着掷弹筒找到蔡继刚时,蔡继刚正伏在一堵短墙后向敌人射击。李长顺举起掷弹筒说:"长官,这是刚缴获的,一共有八发榴弹,往哪儿打?我听你的。"

蔡继刚满意地点点头问:"你是迫击炮手?干几年了?"

"三年,长官。"

"嗯,老兵了,那就给我露一手。你向前看,那个街道拐角的地方,距离大约有200米,这伙鬼子的指挥官可能躲在那儿,那是个死角,如果你的榴弹从上往下掉,恐怕角度不对,只能打在房顶上,你想想,该怎么打?"

李长顺目测了一下回答:"榴弹的落点应该落在那房子拐角处的地上,只要榴弹爆炸,藏在拐角后面的人至少要吃几十块弹片。"

蔡继刚说:"那就试试,别紧张,打不着没关系。"

李长顺跪姿扶起掷弹筒,心里测算着角度,他先拉动掷弹筒击发杆,然后将榴弹从筒口装入,他左手握住发射筒,根据目标距离转动手柄上的调节杆,通过瞄准线进行概略瞄准后,拉动击发机上的皮带将榴弹射出……

榴弹在空中划出了一道抛物线落在街道拐角的那间民居的房顶上,"轰"的一声爆炸了。

李长顺咬牙切齿地用拳头捶了自己脑袋两下。

蔡继刚鼓励道:"没关系,再好的炮手也需要试射几发,再来!"

李长顺重新调整了调节杆,放入榴弹,屏住呼吸猛拉击发机皮带,榴弹"通"地飞出去,这次的落点很准,榴弹擦着墙角落下,火光一闪爆炸了,随即墙后传来日军的哀号声。

"打得好!"蔡继刚兴奋地说。

李长顺没有停顿,又连续发射两发榴弹,爆炸过后,那墙后面彻底没动静了。

蔡继刚拎起冲锋枪,一把拉起李长顺:"快!赶紧转移!"

两人一前一后钻过墙洞蹿到隔壁的院子里,还没容喘口气,就听见刚才待过的院子里响起连续猛烈的爆炸声。

"老天爷,好险啊!"李长顺惊魂未定地说。

蔡继刚拍拍军装上的尘土:"记住,每发射一两发就要变换地点,鬼子的掷弹筒手反应很快,只要发现目标,马上就会进行压制。"

正说着,童参谋匆匆赶来,向蔡继刚报告:"长官,军部来了一个传令兵,赶到这里的时候已经负了重伤,传达完通知就死了,他说,军座请蔡督战官赶回军部，有重要事商议。"

"知道了，童参谋，我们得放弃这条街道，敌人正在向我们后方迂回，你带领弟兄们交替掩护，撤到第二道防线。满堂，你再找两三个人，一起跟我走！"

满堂答应着："是！长顺、新仓，还有麻老五，跟我走！"

8月7日，日军从城北突破了青山街阵地，国军第3师7团的一个营全部阵亡。日军大批步兵冲进城区，并沿着大街小巷迅速穿插分割，情况危急万分。暂54师师长饶少伟亲率一个连向日军发动逆袭，双方激战两个多小时，终因敌众我寡，一个连的士兵伤亡殆尽。与此同时，临近的演武坪阵地也被日军突破，从两个方向突入城区的日军已经连成一片，沿司前街而下，战线渐渐逼近第10军军部所在地——中央银行。

至此，国军第10军城内外各个阵地与军部的联络全部中断，残余的部队各自为战，寸土必争，竭尽全力在做最后的战斗。国军第10军已经山穷水尽，完全丧失了反击能力。

下午3时，城外的日军炮兵重新标定了射击诸元，数百门重炮的炮口对准了一个新坐标，那就是衡阳市内中山南路与清泉路交会处的衡阳县政府，第10军的野战医院就设在县政府附近。

在战前，方先觉考虑到日军进攻的重点在城西南，而城西北相对安全些，这里靠近蒸水与湘江交汇处，地处江河下游，野战医院取水也方便些。按照国际惯例，野战医院的房顶上设置了巨大的红十字标识，明白无误地告诉对方，这里是医院，应该受到人道主义待遇。

事实上坏就坏在这个红十字标识上，日本军队从来不是一支文明之师，他们的思维方式和行为方式还停留在中世纪的野蛮状态，在战争中虐杀俘虏和攻击平民对日本军队来说是件令人愉快的事，攻击敌方的野战医院当然更不在话下。

在太平洋战场上，美国军队最初还讲究一些绅士风度，完全按照《日内瓦公约》和国际惯例行事，绝不向日军医院及伤兵船只进行攻击。但天真的美国人很快发现，日军完全没有道德底线，日军飞行员们竟然把攻击敌方医院当作狂欢的节日，这令美国人无比愤怒，这些黄皮肤的猴子简直太不讲规矩。既然如此，咱们就对着干吧！于是气急败坏的美国军人也开始了猛烈报复，把攻击日军医院和伤兵船当成狩猎活动，对双方而言，《日内瓦公约》已成茅厕手纸。

方先觉当然了解日军的残暴，他在战前本来准备建一所地下医院，但没想到战场形势发展得如此之快，连防御工事都是草草而就，哪还来得及修筑地下医院？因此，方先觉临时征用了原衡阳县医院来做第10军的野战医院。

下午3时整,日军炮兵开始了集火射击,市区上空出现密如蛛网的弹道,数百发大口径炮弹呼啸着落在医院所在区域,日军轰炸机编队也临空进行俯冲轰炸……

日军的轰炸持续了30分钟,轰炸过后,野战医院屋倒墙塌变成了屠宰厂,房顶上、树梢上、墙壁上到处粘着人体的碎块,医院前的小广场上血流成河,地面上流淌的血浆竟达数寸厚,伤兵们的残肢断臂铺满了广场。

一个只剩上半截身子的伤兵竟然还活着,他拼命号叫着,拖着半截身子在地上爬行,身后留下一条满是鲜血的爬痕……

第190师师长容有略带着几个卫士正巧从这里路过,见此惨状,卫士们吓得脸色煞白,他们围着这伤兵不知所措,眼睁睁看着他哀号着向前爬行,容有略咬牙掏出手枪,对准伤兵的头部开了一枪,伤兵不动了。

容有略将手枪放回枪套抬起头来,卫士们发现,他们的师长竟泪如雨下。

一个躺在担架上,已经失去双腿的重伤员挣扎着撑起身子大声喊道:"长官,我有个要求……"

容有略转过身问:"说,什么要求,只要是我能做的,我都答应!"

"长官,我求你了,给我留一颗手榴弹,就这个要求!"

容有略的眼泪不停地滚落下来,他咬牙低吼道:"好,我答应你,我给!"

一个卫士从手榴弹袋里抽出一颗M24型手榴弹递给伤员,那伤员接过手榴弹,小心翼翼地藏在身下,大声说:"谢长官啦,请长官赶快离开这里。"

容有略的脚跟一碰,挺直身子向伤员郑重行了个军礼,遂转身离开。

转过一个街口,天空中洋洋洒洒落下无数传单,一个卫士捡起一张递给容有略。传单的抬头叫"归来证",上面写着日军的劝降:

"能征善战的第10军诸将士,你们的任务已经完成。这是湖南人固有的顽强性格。可惜你们的命运不好,援军不能前进,诸君命在旦夕!但能加入和平军,决不以敌对行动对待,皇军志在消灭美空军!"

容有略苦笑道:"这是什么人写的?汉语水平一塌糊涂。"

按照事先的约定,第190师师长容有略、预备第10师师长葛先才、暂54师师长饶少伟等人带领少量的卫士边打边撤,都在向军部靠拢,最后竟然奇迹般地在军部集中起来。

蔡继刚带领蔡继恒、沈光亚、满堂等人,冲过几条正在激烈交火的街道,回到军部。

第10军所有的将领都记得那个约定:"要死大家死在一起!"

只有第3师师长周庆祥还没有赶到。

· 第三十章 ·

山田圭一疲惫不堪地坐在一堵残墙下喘着粗气，他精神和体力的消耗已经达到极限，这种地狱般的日子使他产生了恨不能早点解脱的想法。

按照昨天下午师团司令部发布的命令，第10中队的突击方向是城西北地区，那里是中国军队的野战医院，守军的防御也相对薄弱。松井少尉对这道命令有自己的理解，目前占领衡阳已指日可待，结束战斗的最好方式，是消灭这家野战医院，杀死全部医护人员和伤兵，用恐怖手段摧毁守军最后的战斗意志。

山田圭一第一次领教到巷战的残酷，第10中队投入战斗不到两个小时，竟伤亡了三十多人，信野三郎就死在前边的那个街口，山田圭一亲眼看见他扶着掷弹筒正准备发射，一颗子弹击中他的额头，"噗"地爆起一团血雾，信野三郎的天灵盖被掀掉半个，身子直挺挺地仰面跌倒……

自从强奸事件发生后，山田圭一就没有和信野三郎、佐佐木忠一说过话，他不能原谅这两个大阪同乡，他们的行为已经超越了做人的底线，与禽兽无异，山田圭一为自己的同乡感到耻辱。但就算是这样，他仍然为信野三郎的死感到悲伤，他相信，如果不是因为战争，不是因为法西斯主义教育的灌输，这位同乡本该是个很单纯善良的青年，绝不会在这么短时间里就变成变态的禽兽。

这样也好，信野三郎用自己的生命抵偿了罪恶，愿他来世能做个好人。

前面传来尖锐的哨声，松井少尉大声喊着："第10中队集合，准备战斗！山田军曹，山田军曹呢？"

山田圭一站起来大声回答："我在这里。"

松井提着一挺九六式轻机枪走过来："山田军曹，第5小队还有几个人？"

"算上我还有四人，长官。"

"唔，还不错，第4小队已经全部阵亡了，他们的运气不太好。山田军曹，我决定再组织一次进攻，这次肯定能成功，重庆军的火力越来越弱，这个街口恐怕是他们最后的防线了，拜托诸君，我们再突击一次。"

松井少尉仍然保持着亢奋状态，这是个真正被洗净脑的年轻人，对天皇有着狂热的献身精神。他坚信自己是大和民族的勇士，而且迫不及待要去靖国神社报到。对他来讲，光荣战死是他梦寐以求的事。

佐佐木忠一带着几个扛迫击炮和炮弹箱的士兵从后面赶来，他向松井报告："长官，他们是68师团的，在巷战中打乱了，找不到长官在哪里……"

松井少尉大喜："那太好了，和我们一起战斗吧，哪位是瞄准手？"

一个上等兵敬礼道："长官，我是瞄准手，请下命令！"

"你看，前面的街口左右两侧，看见了吗？对，就是那两座房子，房顶上有敌人的火力点，我们突击的时候就会形成交叉火力，封锁街口。现在我命令你把这两座房子炸掉，有什么问题吗？"

"没问题，长官，距离很近，需要大仰角发射，我有把握。"上等兵回答。

松井拉动轻机枪的枪机，将子弹上膛道："那好，现在就干吧，打掉那两座房子，我们立刻发起冲锋，拜托了！"

68师团的这位迫击炮手果然没有吹牛，他目测了一下距离，将82迫击炮的射角调整到几乎垂直的状态，然后熟练地将两发炮弹先后射出，街口的两座建筑物在两声爆炸声中分崩离析。

10中队的士兵们在四挺机枪的掩护下冲过街口，为数不多的守军士兵被迅速肃清。松井少尉判断得很准确，这里果然是守军的最后防线，冲过这个街口就是中山南路与清泉路交会处的衡阳县政府，重庆军的野战医院就设在县政府旁。

山田圭一发现，这一带街区刚刚遭到轰炸和炮击，几乎没有一座完整的建筑物，街道上、废墟里到处是血肉模糊的伤兵尸体，还活着的伤兵无助地哀号着，一些穿白色工作服的军医、护士在忙碌地抢救伤员。

第10中队的士兵们兴奋地喊叫起来，他们不等命令就自动散开，纷纷用刺刀挑死伤兵，被刺中的伤兵发出阵阵令人心悸的惨叫……

松井少尉好像松了一口气，他扔掉手里的机枪狂笑道："山田君，你不觉得这是一幅很刺激的画面吗？可惜我没有照相机，不然我一定要用军刀挑着敌人的头颅留个影。"

山田圭一看见一个穿着白色工作服，里面军装上佩着上校领章的军医，摇晃着白毛巾迎面向松井少尉跑来。松井饶有兴味地眯缝起眼睛，不动声色地打量着他。

那军医戴着一副黑框圆形眼镜，气质儒雅，肤色白皙，胸前还挂着一副听诊器，他显然还不能接受眼前的残酷现实，正在声嘶力竭地用日语喊道："少尉，请管束一下你的士兵，他们在屠杀伤员，这是严重违反《日内瓦公约》的暴行，我抗议……"

松井少尉彬彬有礼地微笑道："哦，这位先生的军衔还不低呢，竟然是个上校。上校先生,请不要激动,我想先问个问题,你是从哪里学的日语?讲得很流利,发音也很准,还是标准的东京口音,要不是你穿着这身军服,我还以为你是日本人呢。"

军医扔掉手里的白毛巾,叉开双腿稳稳地站在松井面前,仿佛很随意地将双手插进工作服两侧的衣袋里。他面无惧色,直视着松井的眼睛回答:"我在日本留过学,是东京大学医学院1932届毕业生。少尉,现在我要求你,立刻停止杀戮,按照国际公约给伤员予人道的待遇。"

松井和士兵们都被军医的书生气逗乐了,他们认为这军医的精神不太正常,他自己还不知能活几分钟呢,怎么会提出这种荒唐的要求?还什么《日内瓦公约》?太可笑了。

松井望着军医发出一阵怪异的笑声,脸上却渐渐布满了杀气,他缓缓地抽出军刀,轻轻地在军医的工作服上蹭了蹭,像是在擦拭军刀,然后将军刀在军医的眼前晃了晃,锋利的刀身在夏日的阳光下闪着耀眼的光芒……突然,松井的笑声戛然而止,他双手握刀,闪电般出手,一声惨叫,军医的身体瞬间被军刀刺穿,被牢牢地钉在身后的残墙上……

山田圭一扭过头去,不忍再看。

"长官,好刀法啊!"佐佐木忠一大声喝彩。

突然间,只听军医衣袋里传出"砰!砰"两声沉闷的枪响,松井少尉的身体顿时僵住了。他松开刀柄,双手捂住胸口,张大了嘴,似乎想说什么,却没有发出一点声音。他身子晃了晃,一头栽倒在军医脚下……

被钉在墙上的军医惨笑一声,艰难地吐出几个字:"这是我……第……第一次……杀人,我很高兴除……除掉一个……禽兽……"军医的头轻轻地垂下去。

事情发生得太突然,在场所有的士兵都惊呆了,一时不知所措。山田圭一走过去,拉出军医插在右侧衣袋里的手,只见死去的军医手里紧紧握着一支小巧的"马牌撸子[1]",衣袋上留下两个烧焦的弹孔。

看来这位上校军医早已做好赴死的准备,他把手枪藏在衣袋里,用后发制人的方式要了松井少尉的命。

佐佐木忠一和士兵们这时才从惊愕中清醒过来,他们被怒火烧红了眼睛,齐声发出狼一般的嗥叫,发疯似的挺枪向伤兵们扑去,被刺刀刺中的伤兵们连连发出痛苦的号叫,一场惨不忍睹的屠杀开始了。

---

1 马牌撸子:美国枪械大师勃朗宁于1903年设计的M1903式手枪,由美国的柯尔特(COLT)公司获得了生产权,分7.65mm和9mm两种口径。因枪身上刻有一匹前蹄跃起、嘴里含着长矛的小马图案,在当时的中国被称为"马牌撸子"。

松井少尉已经死了，现在山田圭一成了第10中队军衔最高的指挥官，此时他心急如焚，想制止士兵们的疯狂杀戮，但他喊破了嗓子也无济于事，士兵们完全陷入报复性的癫狂中。

佐佐木忠一两眼血红，脸部的肌肉在强烈地抽搐扭曲着，透出一种野兽般的狰狞，他不停地用刺刀向一个重伤员腹部猛戳，这是一个失去双腿的伤员，他躺在一副担架上，身上的白布单已经被鲜血浸透，他身体痉挛着用嘶哑的声音骂道："小鬼子，俺日你个娘啊……"

山田圭一冲过去，一把抱住佐佐木忠一，佐佐木忠一挣扎着甩开山田圭一，再一次举起刺刀，就在这时，那伤兵猛地掀开布单，他手里出现一枚"吱吱"冒着白烟的M24型手榴弹……

山田圭一发出恐惧的惊叫："佐佐木，卧倒……"

然而来不及了，手榴弹"轰"的一声爆炸了，山田圭一觉得自己被一股强劲的力量高高扬起，一瞬间，他感到一切嘈杂声都消失了，四周死一般地寂静，他的身体在火光硝烟中像片羽毛一样飘浮起来……

在中央银行的地下室，第10军的全体将官参加了最后一次会议。

战斗已经到了最后关头，方先觉此时反倒冷静下来。衡阳保卫战的结局已经注定，或战死，或投降，没有第三个选择。

两天以前，方先觉做出了选择，他决定战斗到最后一刻，然后把最后一颗子弹留给自己。但是他刚刚得知野战医院被轰炸的消息，方先觉的意志立刻垮了。横山勇这一手实在毒辣，一下子击中了方先觉的软肋。按容有略的描述，仅仅30分钟的轰炸就造成了血流成河的惨剧，近千名伤员、近半数的医务人员惨死。那活着的数千伤兵，几千个跟随他出生入死的弟兄，城破兵败后会是什么样的结局，方先觉想想都觉得不寒而栗。

在中国的传统文化中，军人走上战场只有两种结局，或胜利或死亡，而投降和被俘向来被视为军人的奇耻大辱。当年西汉名将李陵率五千步卒孤军深入浚稽山，与单于八万铁骑激战八昼夜，斩杀匈奴一万多人，最终因后援不继，弹尽粮绝，不幸被俘投降。李陵如此悲壮的绝地搏杀，血染征袍，换来的竟是汉武帝对其家人的满门抄斩，从此背上"汉奸"的骂名而身败名裂。

史可法苦心经营扬州城一年有余，被清军一日内攻陷城池，造成80万百姓被屠杀的惨剧，而史可法却因为那篇著名的《复多尔衮书》而名垂青史，成为民族英雄。史可法的气节是保住了，可谁还会想起那80万被杀戮的生灵？这些冤魂早已无声地湮灭在历史的烟尘中。

## 第三十章

在中国的传统文化中，注重的是名节，忽略的是结果，80万生灵的毁灭竟然只是保全了一位英雄的名节。

方先觉苦苦地思索，军人的职责是什么？是保卫国家，是作战，而不是毫无意义地送死。按照西方军人的价值观，在弹尽粮绝、突围无望的情况下，保存生命应该视为唯一的选择。军人有投降后保持尊严的权利，有被俘后不被自己同胞歧视和迫害的权利。美国士兵的背包里都有一张投降书，上面用多种文字写着"我投降，请不要伤害我"。军人在陷入包围无法脱身时，可以向敌人投降保全生命。没有人因此而认为美国军人不爱国，更没有人认为他们贪生怕死，作战不勇敢。西方的战俘们历经磨难回国后，往往会受到英雄般的礼遇。

但在中国的传统文化中，投降和被俘代表着一种"罪恶"，犹如女人失贞一样，唯有投井上吊才能弥补失去的名节。陷入绝境的军人也只有通过一死才能证明自己对国家的忠诚。悠悠千古，衮衮诸公，谁能深入地剖析其中的原因？

国人的一元化思维是如此简单，如此极端，非黑即白。在死战与投降的选择上，他们会异口同声地要求你取前者而弃后者，唯此才能称为英雄。谁能理解第10军官兵在大溃退的总趋势下，苦撑危局，浴血搏杀，予敌人以超过自身总兵力的重大杀伤后，在弹尽粮绝、后继无援的绝境中做出的选择？

对军人而言，只有避而不战或不战而降才是真正的耻辱。国民革命军第10军对得起中国，对得起中国的四万万同胞。

方先觉深深地把头埋在胸前，痛苦辗转而不能自拔。

一个参谋跑进地下室，递给方先觉一个文件袋说："军座，空军飞机刚刚投下蒋委员长手令。"

方先觉打开蒋介石的手令，上面只有简短的两行字："明日第62军准进攻大西门，第79军准进攻小西门，第100军准进攻青草桥。他们都有自信力，一定可以攻入，望派员引导！"

方先觉惨笑着摇摇头："我的校长，真的来不及了。"他用打火机点燃了手令。

"军座，敌人已经打到距离军指挥部100米处，童参谋正在组织军部的参谋、炊事兵、电报员、汽车司机等人员进行阻击，我们需要马上做出决议。"参谋长孙鸣玉在方先觉身旁耳语。

方先觉抬起头，镇定地吩咐道："参谋长，我要以第10军全体师级以上军官的名义向委座发电，请你记录！"

孙鸣玉拿出笔记本和钢笔。

方先觉一字一句地口述最后的电报：

"敌人今晨由北城突入以后，即在城内展开巷战。我官兵伤亡殆尽，此刻再已无兵可资堵击,职等誓以一死报党国,勉尽军人天职,决不负钧座平生作育之至意。此电恐系最后一电,来生再见!

"职方先觉率参谋长孙鸣玉、师长周庆祥、葛先才、容有略、饶少伟同叩。"

孙鸣玉拟好电文,命令电报员立刻将电文发出,随后将电台捣毁,文件密码本及所有的文字资料全部销毁,值班的电报员全部投入战斗。

司令部参谋处处长饶亚伯走进来报告:"军座,有两个士兵刚从北门一带来,他们看到一些野战医院的情况。"

方先觉一挥手道:"快,让他们进来。"

饶亚伯带着两个士兵走进地下室,两人像是刚从战场上下来,军装血迹斑斑,破烂不堪,脸上被硝烟熏得乌黑。

孙鸣玉问道:"你们是刚从北门过来的?是怎么过来的?"

一个中士回答:"长官,我们一共八个人,边打边冲,冲过四个街口才到了军部,只剩下我们两个,那六个兄弟都倒在半路上了……"

方先觉打断他的话:"你说说医院那边的情况。"

中士哭了:"敌人从北门冲进来,一部分往纵深里穿插,另外一部分冲进医院,见人就杀,不管是伤员还是医生、护士。伤员们大部分没有武器,不少人被他们用刺刀捅死,也有少数负伤的军官有手枪和手榴弹,只要是有武器的都反抗了,我亲眼看见一个伤员拉响手榴弹和两个鬼子同归于尽。长官,太惨了,我们冲出来的时候,鬼子还在杀人。"

方先觉无力地挥挥手说:"饶亚伯,带他们去休息!"

士兵走后,方先觉看着大家说:"这是最后时刻,大家都准备一下吧!说实话,要是能用我方先觉的命换回伤员不被屠杀,我不会有任何犹豫。可惜,我这条命并不值钱,也无力阻止敌人的屠杀。罢了,罢了,我管不了了,该做的,我都做了,现在是唯缺一死……"

方先觉猛地拔出腰间的手枪,对准自己的太阳穴……他身边的副官和卫士眼疾手快,猛地托起方先觉的手腕,"砰"的一声枪响,子弹擦着方先觉的头皮打在天花板上。副官拼命夺过了手枪。

方先觉大怒,低吼道:"把枪给我!杀身成仁是军人的本分,谁都无权阻拦,你们不同意的请自便!"

两个卫士紧紧地抱住方先觉,他挣扎着,咒骂着,一时无计可施。

葛先才跨上一步喊道:"军座,你不能这样,校长说过,未到最后关头,决不轻言牺牲。敌人还在百米之外,我们的枪膛里还有子弹,就是死也不是现在!"

蔡继刚冷眼看着众人，自从回到军部，他一直没有说话，因为实在没什么可说的。蔡继刚虽然受过美国军事教育，但他骨子里还是个中国军人。美国军人从入伍的第一天起就受到这样的教育：军人在弹尽粮绝、突围无望的情况下允许放下武器投降。蔡继刚对此很不以为然，他承认西方国家重视生命的人文主义传统，但在某种意义上，他更欣赏日本军人那种坚忍不拔、勇猛顽强的战斗意志。

蔡继刚常常想到1937年的南京保卫战，那是一场大悲剧。守卫南京城的十几万中国军队只抵抗了三天就城破兵败，将近半数的中国军人放下武器投降，30万军民被屠戮。作为职业军人，蔡继刚当然要从专业角度研究这场战役，他痛心疾首地发现，南京守军完全没有巷战计划，当外围阵地被突破时，大部分守军建制大乱，出现严重的避战心态，人人只想逃命，完全丧失了战斗意志。蔡继刚认为，这场大悲剧究其原因，无非是两点：一是战役指挥官及军师指挥官的无能，他们缺乏缜密的策划及实施战役的运筹能力；二是参战的军人们缺少血性，缺少军人的荣誉感，缺少勇猛顽强、人自为战的战斗意志。

蔡继刚不得不承认，我们的对手的确非常强悍，这不仅仅出于国力和武器装备的差距，就单兵素质和战斗意志而言，中日双方的军人也存在着极大差距。由于工作关系，蔡继刚参加过多次大型会战，也多次巡视过激战后的战场，他见识过日本士兵的顽强，他们在不利态势下往往坚持战斗到最后一个人，很少有投降者。日本军人的残暴和侵略性虽然令人厌恶，但他们顽强的战斗意志却令人称道。

就第10军目前的处境，蔡继刚也认为非常棘手，如果换位思考，他是方先觉的话，他恐怕也没有更好的办法。如果没有这八千多伤员事情倒还好办，或者抗命突围，或者玉石俱焚，怎么样都行，可第10军现在的处境却令人难以选择，蔡继刚无法向方先觉提出更好的建议。

不在其位，不谋其政。蔡继刚只是个督战官，而不是第10军的军长，这一切只能由军长方先觉自己决断。蔡继刚决定，只要方先觉下令战斗到底，他就会陪着第10军将士战斗到最后一刻，但是……如果方先觉决定放下武器投降，蔡继刚也能够理解，这毕竟关系到上万人的生命，不是一句"杀身成仁，报效党国"就可以解决的。

但就蔡继刚个人来说，他决不打算投降，军人的荣誉感比生命重要，别人可以投降，但蔡继刚不行，他宁可单独突围。

这时，周庆祥带着两个卫士走进地下室，他凑近方先觉低声说："军座，我师第9团在天马山阵地挂起了白旗，要求谈判。日军已派代表与第9团接洽，表示愿意和平解决衡阳战事。"

方先觉怒视着他，低声咆哮道："周庆祥，告诉我，是谁下令挂白旗的？说，是谁？"

周庆祥坦然回答："是我。"

孙鸣玉的脸色变了："什么叫和平解决？是不是投降？"

周庆祥冷冷地说："参谋长，何必说得这么难听，我们现在需要的是解决问题，而不是吵架，你要是有更好的办法，大家听你的，要是没有，为什么不能考虑谈判？"

方先觉低吼道："周庆祥，你这是要陷我于不义，硬是把我往汉奸的火坑里推！周庆祥，我毙了你……"

周庆祥声泪俱下地大喊："军座，医院那边已经变成了屠宰场，鬼子正在对我们的伤员大开杀戒，我们不能再打了。我求求你，为了这八千多伤员，为了第10军残余的弟兄们，咱们的个人荣辱先放在一边，救救他们吧！"

正在寻找手枪的方先觉如遭雷击，身子一下子僵住了。

已经拔出手枪的孙鸣玉长叹一声，无力地将手枪扔在桌上。他转过身子对将官们说："大家表决一下吧，最终的结果由军座定夺。"

葛先才低声道："我同意谈判，但一定要向日军讲明，我们是要求实现有条件的停火，决不是投降！"

容有略表态道："我认为应该由军座决定，是打是谈判，我们190师保证服从命令。"

饶少伟跨上一步说："我主张集中最后的力量实施突围，就算是抗命突围也比投降好。"

周庆祥冷笑道："早知现在，何必当初，你们暂54师一个团守机场，机场失守后竟然让两个营脱离战场。哼，号称一个师参战，实则只有一个营。现在说什么都晚了，要是那两个营还在，我们当然可以考虑突围。"

饶少伟动了怒："周师长，说话不要带刺好不好？再扯以前的事没有意义，咱们要讨论的是现在怎么办……"

孙鸣玉赶紧打圆场："好了，好了，不要吵了，大家不是在讨论吗？每个人都有表达自己想法的权利。我个人认为，为了保全数千名伤员的生命，我们应该不计较个人荣辱，经过谈判实现有条件停火。蔡督战官，你是不是也谈谈？"

蔡继刚苦笑道："我是军委会派来督战的，所代表的是军委会，而不是我个人，请问，我参加这样的讨论合适吗？无论是有条件的停火也罢，投降也罢，从军委会的角度说，肯定不会同意。但从我个人角度说，我表示理解。"

方先觉已经冷静下来，他缓缓站起身来："周师长，告诉日军谈判代表，第

10军绝无投降之意,只是提出有条件的停火。我们的基本条件是:一、日军进城不得杀害俘虏,必须保证我官兵的生命安全;二、收容伤病员,让他们得到人道主义的救治;三、保留第10军建制,并让官兵自行决定去留;四、要收集并郑重掩埋我阵亡官兵遗体;五、立即实现停火,以保证上述条款实施。"

方先觉最后强调:"我再说一遍,第10军不是投降,是实现有条件的停火。如果日本人不答应此条件,咱们就下决心拼他个鱼死网破!"

周庆祥立正道:"是,我马上去见日军谈判代表。"

参谋长孙鸣玉又补充了一句:"注意,在未达成停火协议之前,我军各阵地不得停止战斗。"

蔡继刚走到方先觉面前,举手敬礼道:"方军长,我要向你告别了,我决定今夜单独突围。"

方先觉百感交集地握住蔡继刚的手:"云鹤兄,我方先觉连累你了,作为督战官,你忠实地履行了自己的职责,和第10军战斗到最后一刻,我代表第10军官兵感谢你!祝你突围成功!"

蔡继刚再一次立正,向方先觉和第10军全体将官敬礼:"诸位同人,第10军在衡阳的表现,鄙人都看在眼里,无须多言。第10军将士心中的委屈,我个人完全理解,毕竟我们曾生死与共,并肩战斗。鄙人定会向军委会如实汇报,衡阳保卫战的惨烈程度早已超过第10军将士忍耐力和意志力的极限,无论城破与否,国民革命军第10军完全尽到了军人的职责,无论是对长官、对国家、对中华民族均毫无愧色!"

蔡继刚掷地有声的一番告别词,令在场的所有官兵热泪盈眶,他们齐刷刷地举手向蔡继刚回以军礼。

8月7日夜,虽然中日两军的谈判代表已经在接洽,但城内外的战斗非但没有停止,反而越加激烈。城外的天马山、岳屏山等阵地仍在中国军队手中,双方反复争夺制高点,激战通宵,至天亮,日军仍未攻克。这一夜,城内也变成了人间地狱,街巷院落之间到处在激战,攻守双方都进入一种疯狂状态,轻机枪狂扫,手榴弹横飞,火焰喷射器吐出长长的火龙,抵近射击的冲锋枪喷出一团团灼热的火焰。双方的步兵搅杀在一起,用刺刀、枪托、匕首、工兵锹、拳头甚至是牙齿进行殊死搏杀。日军的坦克在大街小巷中横冲直撞,身后留下一片片瓦砾和尸体,守军毫不示弱,以集束手榴弹、炸药包、燃烧瓶还以颜色……

午夜时分,蔡继刚的突围行动开始。他临时组织的小分队只有七个人,满堂和麻老五走在前面充当尖兵，蔡继刚和蔡继恒、沈光亚走在中间，由孙新仓和李长顺负责断后。

蔡继刚一行人从军部出来就一直向东走，前几天日军没进城时，蔡继恒已经仔细考察过这条路线。衡阳市区呈长方形，东西宽约500米，南北长约1600米，总面积约为1平方公里。从中央银行到城东湘江边要穿过几个街口，如果能顺利到达湘江边，突围基本上就算成功了，只要随便找个漂浮物顺流而下，一个小时左右即可漂到南岳衡山脚下的衡山县，到那里就安全了。蔡继恒以飞行员的缜密计算了突围的危险系数，其中最危险的就是从中央银行到城东湘江边的五六个街口，一旦冲过去就成功了70％。当然，湘江江面上巡逻的日军汽艇也是个威胁，但由于小分队人少目标小，再加上黑夜的掩护，这点危险真算不了什么。

小分队顺利穿过两个街口，但在第三个街口遇到了麻烦。这里正打得热火朝天，攻守双方已经短兵相接地搅在一起，没有一条明确的战线，每一条巷道、每一个院落都有双方的士兵在交火、在格斗……

担任尖兵的满堂和麻老五一头撞进一个院子，迎面看见十几个日本兵正围坐在一起分食饭团，这时再想退出院子已经来不及了，日本兵们纷纷怪叫着抄起步枪，满堂手忙脚乱地甩出一颗手榴弹，趁着爆炸两人闪进一间房子。吃了亏的日本兵们向窗户里投了两颗手榴弹，被麻老五捡起来又扔了回去，双方形成对峙。

日本兵们决定点火烧房子。他们从隔壁的房间里找到棉被等易燃物正待点燃，被随后冲进院子的蔡继恒兜着屁股给了一梭子，日本兵被打倒了五六个，其余的都钻过墙洞逃走了。

蔡继刚认为此地不可停留，要马上脱离这一片街区，否则被敌人缠住就很难走脱了。蔡继恒提醒道："哥，李长顺他们可能也遇到麻烦了，到现在还没跟上。"

麻老五说："长官，咱们等不了啦，人各有命，还是俺和满堂开路，你们几位长官跟在后面，咱五个人目标更小一些，快走吧！"

满堂一听就骂了起来："麻老五，你他娘的是人不是？李长顺和孙新仓是俺兄弟，你想把他们扔下？先问问俺这杆枪答应不答应！"

麻老五说："好好好，你满堂仗义，你去找这俩货，咱各走各的，犯不上斗嘴。"麻老五说着要走。

平时沉默寡言的沈光亚突然发了火，端起枪喝道："站住！再走一步我毙了你！麻老五，你居然是这么个东西，别说是军人的纪律，就连江湖义气都不讲？"

麻老五站住了，转过身子赔笑道："长官，你别生气，俺这不是和满堂开

## 第三十章

玩笑嘛，满堂这货认死理，属老鳖的，咬上一口就不撒嘴，俺就喜欢看他生气，逗他玩嘞。"

蔡继恒哼了一声："麻老五，你这个人不可交，是个不讲义气的人。"

蔡继刚厉声道："都不要说了，现在我们顺着原路回去找他们，不能把他们扔下不管，这段时间不能超过一个小时，不然就算赶到江边，天也该亮了，那就走不成了。现在我们行动吧！"

负责断后的李长顺和孙新仓被日军包围在一个院子里的矮墙下，两个人已经快顶不住了。两支步枪的薄弱火力很难挡住日军的围攻，混战中李长顺的腹部被子弹击中，造成贯通伤，流血不止。孙新仓在五分钟内连续击毙八个日本兵，日军大骇，暂时停止了攻击，双方进入对峙。

孙新仓撕破军装一边为李长顺包扎伤口，一边安慰着："没事，这是三八大盖打的，穿了个眼儿，到不了20天就封口，要是让中正式打中就麻烦了，两个月也好不了……"

李长顺疼得龇牙咧嘴，嘴里不停地骂着："日他小鬼子的娘，刚才还没觉得疼，这会疼劲上来了，哎……新仓，鬼子露头了，快打……"

孙新仓随手拿起步枪"叭"的一枪，50米外墙头上探出头的日本兵被打掉半个脑袋。

李长顺说："新仓，是哥哥我无能，连累你啦！"

孙新仓一边迅速退壳上膛一边回答："你说啥呢？是兄弟俺无能，就这一杆破枪，子弹也没几发，冲不出去了，能扛一会儿是一会儿吧。"

李长顺的军装已经被鲜血浸透，身子下面也汪起很大一摊血，他声音渐渐微弱下去："兄弟，别管我了，你能走就冲出去，犯不上两人一块儿死。"

孙新仓"叭"的又是一枪："扯淡吧，俺一个人上哪儿去？咱兄弟就死在一块儿吧。反正俺不想再投降了，死在这儿也比进战俘营强。"

两个日本兵爬上斜对面一幢房屋的顶上，架起了歪把子机枪，先是一个长长的点射，密集的子弹打在矮墙上，把孙新仓和李长顺压制得无法抬头。

孙新仓骂道："娘的，俺就是死也要先干掉那鬼子机枪手。"

李长顺气息奄奄地说："新仓，我用刺刀顶……顶起帽子，把鬼子火……火力引到左……左边，你从右边干……干掉他……"

孙新仓连忙制止："不行，太危险，你别着急，容我想想……"

孙新仓的话没说完，李长顺已经把帽子顶在刺刀上从左边伸了出去。日军的机枪火力立刻向左转向，李长顺的军帽瞬间被子弹打飞……孙新仓抓住这一瞬间的机会,迅速将步枪伸出"叭"的一枪,子弹正中日军机枪手的眉心,机枪声戛然而止。

孙新仓笑了:"又是一个,长顺,你还记数吗?俺打死几个鬼子啦……"

突然,身边传来李长顺恐惧的喊叫:"新仓,注意身后……"

孙新仓倏地转过身来,看到不远处的房顶上站着一个日军喷火手,背着一具93式火焰喷射器,手中的喷火枪已经对准了自己,孙新仓绝望地发出一声号叫,端起刚刚上膛的步枪……

可惜已经晚了,喷火枪"轰"地喷出一团火焰,孙新仓和李长顺顿时被烈焰所包裹。孙新仓强忍着被烧灼的剧痛,射出了平生最后一颗子弹……日军喷火手被子弹洞穿喉部,一头从房顶上栽下来。

十几个日本兵冲进院子,他们只看到矮墙下燃烧着两个蠕动的人体,空气中弥漫着汽油和皮肉烧焦的浓烈气味……

蔡继刚等人为了营救这两个士兵进行全力攻击,他们选择从房顶上跳跃接近的方式,已经接近孙新仓等人坚守的院子。混战中蔡继恒左臂中弹,沈光亚连忙撕开军衣,边替他包扎边问:"继恒,你还能走吗?要不我背你?"

蔡继恒疼得吸了一口凉气:"没事,是皮肉伤,骨头没断,我能走。"他把冲锋枪的背带挂在脖子上,右手持枪,敏捷地从一个墙头上跳到地面上。

孙新仓和李长顺最后被烈焰燃烧的情景都被蔡继刚等人看到了,满堂和蔡继恒红了眼,嗷嗷叫着要冲上去拼命,被蔡继刚制止。

沈光亚跨上一步,边开火边喊:"长官,你们快撤,我来掩护!"

蔡继刚冲锋枪里的子弹已全部打光,他扔掉空枪,拔出左轮手枪吼道:"快,交替掩护撤退,马上就到江边了。"

五个人边打边撤,连续冲过两个街口,黑沉沉的湘江出现在眼前。江面上没有一丝灯光,黑暗中传来江水湍急的波涛声。

蔡继刚回过头问:"继恒,你的伤能游泳吗?"

蔡继恒回答:"没问题,还能扑腾几下,我在学校还得过游泳第一名呢。"

沈光亚仍然在江堤用不停的短点射阻击着追兵。

满堂和麻老五找到一根长长的圆木,扛到水边。

蔡继刚看看圆木说:"这是190师修江防工事剩下的木料,没想到现在用上了。好,大家都抱紧圆木,这一段江面上有日军汽艇巡逻,满堂、麻老五备好手榴弹,随时准备战斗!"

沈光亚扔出一颗手榴弹,趁爆炸转身窜到江边。

蔡继刚第一个走进江水,温暖的江水渐渐没过胸口,他扶住圆木轻轻地说:

"弟兄们，都抓紧，我们回家了。"

圆木载着五个人顺流漂去……

8月8日晨，衡阳的巷战仍在激烈地进行。

就在这时，大西门的第10军阵地打出一面小小的白旗，国军的军使来到了日军第68师团58旅团指挥所，要求洽谈停战事宜。

横山勇接到参谋长中山贞武的报告时，如释重负，长长舒了一口气，异常兴奋地问："哦，好啊，他们都有什么条件？"

中山贞武说："重要的有三条：第一，这是有条件的停火，不能按投降看待；第二，保证官兵安全；第三，保存第10军的建制。在这些条件下，第10军答应放下武器。"

横山勇舒了一口气，说："好，先答应下来。此事由堤三君和岩永君全权处理。衡阳之战该结束了，该结束了！"

中山贞武退出后，横山勇关上办公室的门，无力地坐下。结束了，一切都结束了，再不结束，他横山勇都不知该如何收场了。这一战的惨烈程度是他从军35年以来前所未有的，第68、第116这两个师团的伤亡之高已经超出了他的想象，其真实的伤亡数字只有横山勇和几个高级军官知道。在47天的战斗中，这两个师团被多次补充过兵员，即便如此，截止到8月8日凌晨，平均每个步兵大队的生还者不足百人，每个中队的生还者只有二三十人。

终于可以停战了，不要说中下级官兵，就是横山勇自己也有一种劫后余生的欣慰。他已经下了死命令，如果攻不下衡阳，参与攻城的全体官佐应剖腹自杀，以谢天皇，其中当然也包括他自己。

横山勇觉得脸上有些异样，用手摸了摸，才发现自己竟然流泪了。

8月8日黄昏时分，仍在顽强抵抗的第10军岳屏山阵地枪声渐渐稀疏，预10师28团团长曾京上校在参谋长孙鸣玉的劝说和命令下，痛哭着扔下手枪。本来他已下定决心与阵地共存亡，但此时他不得不服从命令，28团残存的一百多个士兵最后放下了武器。

放下武器的第10军官兵们被日军驱赶着到衡阳汽车西站集中。这些疲惫不堪、伤痕累累的士兵互相搀扶着，在日军士兵的刺刀下屈辱地一步步走向集中地。这时，天空中传来机群的轰鸣声，中美联合空军的机群出现在衡阳上空。飞行员们默默地合上投弹钮上的保险，机群带弹在衡阳上空盘旋几周，久久地不忍离去。

整整激战了47天的衡阳城终于安静下来，惨烈的衡阳保卫战降下了帷幕。

是役，国民革命第10军伤亡15000人，其中阵亡6000余人。

而日军战史中关于衡阳之战的伤亡总数很模糊，只是公布了自衡阳开战以始6月23日至7月20日，即第二次总攻结束为止的伤亡数字：总计日军伤亡人数为19286人，其中军官为798人；伤亡总数中战死的为3860人，军官战死的为264人。到整个衡阳之战结束后，日军再也没有发布其全部的伤亡数字。

几十年以后，一位日本学者经多方查阅史料，得出一个比较令人信服的结论：在1944年6月23日至8月8日长达47天的衡阳之战中，日本军人死亡近2万人，负伤者近6万人，以京都、大阪人为主的两个师团遭到毁灭性打击。中日军人的伤亡比例为1∶3。

日军第11军高级参谋岛贯大佐在日记里写道："8月8日。一、上午8时攻克衡阳。二、力攻40余天，虽说时机已经成熟，却是一场竭尽全力的战斗。三、只晚了一天，敌机械化兵团就出现了，我军部队面对前来解围的敌军，多少有些动摇，战争的胜负，诚然在于最后的五分钟。如固守衡阳之敌誓死决一死战，或将出现'英帕尔'[1]的结局。"

8月7日下午3时，蒋介石收到方先觉的最后一电。他忧心如焚，寝食不安，每时每刻都在焦急中等候空军的侦察报告。

5个小时以后，空军飞行员报告："全城仍在混战中。"

8月8日凌晨，蒋介石4时便起了床，默默地在耶稣像前祷告，盼望着第10军能转危为安。

10时许，航空委员会转来衡阳前线的空军侦察报告："衡阳城内已无战斗。"

蒋介石面无表情，冷冷地点点头。机要秘书俞国华心里非常清楚，此时蒋先生内心的痛苦无以言表，他不得不承认这个痛苦的事实：衡阳，陷落了。

很多年以后，俞国华在回忆录中写道：8月8日那一天，蒋先生沉默地坐在办公室的扶手椅上，竟然长达四个小时没说一句话。

这一天，蒋介石在日记里写道："悲痛之切实为从来所未有也。"

第一部完<br>2012年7月15日

---

[1] 英帕尔战役是太平洋战争期间，日军遭到惨重失败的一次战役。1944年3月~7月，日军第15军在印度英帕尔地区对英印军发起进攻，企图夺取盟军反攻基地英帕尔，威胁盟军重要补给基地迪马布尔，切断中印公路，改善其在缅甸的防御态势。日军在开始发动进攻时约有10万人，结果有超过5.3万人在战斗中死亡或失踪，并且败退回原来进攻的出发地。英帕尔会战后，盟军在印缅战场，从此转入了总进攻的战略阶段。